THE
SWAN
THIEVES

THE SWAN THIEVES

T H E
S W A N
T H I E V E S

엘리자베스 코스토바 장편소설
유소영 옮김

RHK
알에이치코리아

내 어머니를 위해 la bonne mère

"캔버스에 사물을 홀로 배치하는 것이
얼마나 어려운지 믿기 힘들 것이다. 이 하나의 보편적인 모습에 모든
관심을 집중하고 살아 있는 실제의 그것을 유지해야 한다."

— 에두아르 마네, 1880

동네 밖 모닥불이 녹아가는 눈을 검게 물들이고 있다. 모닥불 옆에는 몇 달째 그 자리인 바구니가 풍상에 시달려 잿빛으로 바래간다. 늙은이들이 웅크리고 앉아서 손을 녹이곤 하는 의자도 있다. 하지만 지금은 그러기에도 너무 춥고, 땅거미는 다가오고, 너무 을씨년스럽다. 여기는 파리가 아니다. 공기 속에 연기와 밤하늘의 냄새가 떠돈다. 저물기 직전의 가망 없는 호박색 태양이 숲 너머로 모습을 감추고 있다. 어둠이 빠르게 다가오고 있고, 버려진 모닥불 근처 집 창가에는 벌써 누가 등을 켜 놓았다. 1월 아니면 2월, 혹은 1895년—이해는 화폭 한쪽 구석 어두컴컴한 그늘 위에 검은색으로 거칠게 적힐 것이다—의 무자비한 3월일 수도 있다. 동네 지붕을 덮은 회색 눈이 녹으면서 무더기로 미끄러져 내려 처마 밑에 쌓인다. 골목에 늘어선 집들은 높은 벽을 둘러친 곳도 있고, 혹은 들판이나 진흙탕 정원으로 열린 곳도 있다. 집으로 들어가는 문들은 모조리 닫혀 있고, 음식 냄새가 굴뚝 위로 올라간다.

황량한 풍경 속에서 움직이는 것은 단 한 사람. 묵직한 여행복

차림의 여자가 동네 언저리 마지막 집들이 옹기종기 모여 있는 쪽을 향해 길을 따라 걷고 있다. 저 멀리 어느 창문 안에서 사람의 형상이 등을 켜느라 불꽃을 향해 등을 구부리고 있다. 걷고 있는 여인은 품위 있는 자태이고, 마을 사람들이 입는 허름한 앞치마와 가죽신 차림이 아니다. 망토와 긴 치마가 보랏빛 눈을 배경으로 두드러진다. 두건 가장자리에 댄 털이 얼굴을 가리고 있어서 동그란 흰 뺨만 보인다. 연파랑색 치마 옷단에는 기하학적 문양이 그려져 있다. 그녀는 팔에 안은 꾸러미를 추위에서 지키려는 듯 단단히 안은 채 걷고 있다. 하늘을 향해 가지를 앙상하게 뻗은 나무들이 길의 윤곽을 그리고 있다. 누군가 길 끝 집 앞 의자에 붉은 천을 남겨 놓았다. 숄이나 작은 식탁보 같은, 풍경 안에서 유일하게 밝은색. 여자는 팔과 장갑 낀 손으로 꾸러미를 안은 채 최대한 빨리 마을 한복판을 향해 등을 돌린다. 부츠가 길의 얼음조각에 부딪혀 끽 소리를 낸다. 점점 더해가는 어둠 속에서 여자의 입김이 부옇다. 여자는 몸을 단단히 움츠린 채 무엇인가를 보호하며 서둘러 걷고 있다. 마을을 떠나는 것일까, 끝 집 중 한 집을 향해 급히 가는 것일까?

그 풍경을 바라보고 있는 한 사람은 그 답을 알 수 없고, 상관하지도 않는다. 그는 오후 내내 길가의 벽을 붓질하고, 헐벗은 나무를 그려넣고, 길의 길이를 재고, 10분이면 지나가는 겨울 일몰이 오기만을 기다리고 있었다. 여자는 침입자였지만, 그는 여자 역시 풍경 속에 넣어 재빨리 옷차림을 자세히 봐 두고 희미한 햇빛을 이용하여 두건의 윤곽과, 몸을 따뜻하게 하려는지 꾸러미를 지키려는지 앞으로 구부정한 자세를 그려 넣는다. 누구인지는 몰라도, 정말 아름다운 놀라움. 여인은 풍경 한복판의 흙투성이 긴 눈길을 채우기 위해 필요했던 움직임, 모자라던 음표였다. 아까부터 집 안으로 들어와서 유리창 너머로 밖을 내다보며 일하고 있었기 때문에—늙었기 때문에 추운 날씨에 15분 이상 밖에서 그림을 그리면 팔다리가 쑤셨다—여자의 가쁜 호흡과 길 위의 발자국, 날카로운 부츠 뒤꿈치에 사각사각 부서지는 눈 소리는 상상할 수밖에 없었다. 병든 노년의 몸이었지만, 순간 여자가 돌아서서 이쪽을 돌아봐 주었으면 하는 생각이 들었다. 아마도 어두운 색의 머리카락과 부드러운 머릿결, 입술은 진홍색, 커다란 눈과 신중한 눈빛일 것이다.

그러나 여자는 돌아보지 않았고, 그것이 다행이었다. 그는 있는 그대로의 그녀가, 캔버스의 눈 덮인 길 속으로 멀어져가는 그녀, 꼿꼿한 등과 우아한 치맛단, 꾸러미에 싼 물체를 안고 있는 팔이 필요했다. 그녀는 실재하는 여자였고 급히 어딘가로 가고 있었지만, 이제 영원히 변치 않는 존재가 되었다. 서두르던 한순간 얼어붙은 것이다. 실재하는 여자는 이제 그림이 되었다.

1

말 로 우

나는 1999년 4월 로버트 올리버에 대한 전화를 받았다. 그가 내셔널 갤러리의 19세기 회화 전시관에서 칼을 꺼내든지 일주일도 채 지나지 않은 때였다. 토요일, 워싱턴 지역에 이미 꽃이 피고 날이 더워진 뒤에 이따금 갑자기 찬 공기와 함께 큼직한 우박과 무거운 구름, 우르릉거리는 천둥이 몰려오곤 하는 그런 고약한 아침이었다. 마침 콜로라도 리틀턴 콜럼바인 고등학교에서 총기 난사 사건이 발생한 지 정확히 일주일 되는 날이기도 했다. 미국의 모든 정신과 의사들이 그랬겠지만, 나 역시 여전히 그 사건에 대해 강박적으로 생각하고 있었다. 그 젊은이들과 총열을 자른 샷건, 악마 같은 증오가 내 사무실을 가득 채우고 있었다. 어떻게 해서 우리는 그들에게, 특히 무고한 피해자들에게 도움이 되지 못했을까? 광포한 날씨와 미국의 우울함이 한데 어우러진 아침이었다.

전화를 걸어온 목소리는 친구이자 동료인 존 가르시아 박사였다. 존은 오래전 나와 학교를 같이 다녔고, 가끔 점심을 먹자고 불러내서 자기가 고른 식당에 가지만 여간해서 내가 계산하게 하지 않는 좋은 친구이자 좋은 정신과 의사였다. 그는 워싱턴의 종합병원에서 응급 환자와 입원 환자를 다루는 동시에 나처럼 개인 환자도 보고 있었다.

존은 환자 한 사람을 내게 보내고 싶다고 이야기하고 있었다. 나는 그의 목소리에서 열렬한 관심을 느꼈다.

"어려운 환자가 될 수도 있어. 자세는 어떻게 생각할지 모르겠는데, 자네가 골든그로브에서 봐 주는 게 나을 것 같아. 성공한 화가인데, 지난 주에 체포된 뒤 우리한테 왔어. 말도 별로 하지 않고, 여기 있는 의사들을 별로 좋아하지 않아. 이름은 로버트 올리버야."

"이름은 들어 봤는데 작품은 잘 몰라. 풍경화와 초상화… 두어 해 전에 〈아트뉴스〉 표지에 나온 것 같은데. 뭘 하다가 체포됐지?"

나는 창가로 돌아서서 담으로 둘러싸인 뒤뜰과 뭉개진 목련 위에 우박이 값비싼 흰 돌멩이처럼 쏟아지는 것을 지켜보았다. 잔디는 벌써 완연한 녹색이었고, 잠시 모든 것에 물기 어린 햇빛이 비치는가 싶더니 다시 우박이 쏟아지기 시작했다.

"내셔널 갤러리에서 그림 한 점을 공격하려고 했어. 칼로."

"그림을? 사람이 아니라?"

"당시 전시관에는 다른 사람이 아무도 없었던 모양인데, 경비가 들어왔다가 그가 그림으로 달려드는 걸 봤대."

"그래서 반항했나?"

반짝이는 잔디 위에 우박이 씨 뿌리듯 떨어지고 있었다.

"응. 결국 바닥에 칼을 떨어뜨리긴 했지만 경비를 붙들고 몸싸움을 했어. 덩치 큰 사람이야. 그러다 무슨 이유에선지 갑자기 멈추더니 순순히 끌려갔어. 박물관은 폭행으로 고소 여부를 판단 중이야. 고소는 안 할 거라고 생각하지만, 상당히 위험한 짓을 했지."

나는 뒷마당을 다시 살폈다.

"내셔널 갤러리 회화는 연방 자산이잖아?"

"맞아."

"어떤 칼이었지?"

"그냥 포켓나이프. 대단한 무기는 아니지만, 상당한 손실을 끼칠 수도 있었지. 자기가 영웅적인 임무를 맡았다고 생각하고 아주 흥분한 상태였다가, 경찰서에서 무너져서 며칠 동안 잠을 못 잤다고 말하고 약간 울기까지 했어. 경찰이 정신과 응급실로 데리고 와서 내가 받았어."

"몇 살이야?"

"젊어. 음, 마흔세 살인데, 요즘 나한테는 그 나이가 젊게 느껴지는군. 알지?"

알고 있었다. 나는 웃었다. 2년 전 쉰 살로 접어들었다는 사실에 우리 둘 다 놀랐고, 우리는 같은 처지에 있는 친구들을 모아 축하하는 것으로 충격을 얼버무렸다.

12

"그는 다른 물건들도 소지하고 있었어. 스케치북과 오래된 편지 묶음. 아무도 못 건드리게 해."

"그런데 내가 그 사람에게 어떻게 하라는 거야?"

나는 좀 쉬려고 책상에 몸을 기댔다. 바쁜 오전 일과가 마무리될 즈음이라 배가 고팠다.

"받으라고."

하지만 이 직업 종사자들에게는 조심하는 습관이 깊이 배어 있다.

"왜? 두통거리를 하나 더 안겨 주려고?"

"아, 왜 이래."

존이 미소 짓는 소리가 들리는 것 같았다.

"자네는 환자를 거부한 적이 없잖아, 헌신적인 박사님. 그리고 이번 환자는 한번 해 볼 만하지 않나?"

"내가 그림을 그려서?"

그는 아주 잠깐 망설였다.

"솔직히, 그래. 내가 예술가를 이해하는 척은 못하겠지만, 자네라면 이 사람을 이해할 것 같아. 아까 말을 별로 안 한다고 했는데, 내가 말을 별로 안 한다고 했을 때는 그 사람 입에서 한 세 문장쯤 들어 봤다는 뜻이야. 약물 처방을 하기 시작했는데도 우울증이 오는 것 같아. 분노도 보이고 흥분 상태가 오기도 해. 걱정스러워."

나는 나무와 에메랄드빛 잔디, 뒤뜰에 흩어져서 녹아 가는 우박, 다시 나무를 생각했다. 나무는 창문 중간에서 약간 왼쪽에 서 있었는데, 어둑한 하늘 때문에 자주색과 흰색 꽃봉오리는 해가 비칠 때보다 오히려 선명하게 보였다.

"약물은 뭘 쓰고 있지?"

존은 약을 줄줄이 댔다. 기분안정제, 항불안제, 항우울제, 모두 적당한 양이었다. 나는 책상에서 펜과 수첩을 집어들었다.

"진단명은?"

존은 내게 말했고, 나는 놀라지 않았다.

"다행히 그가 입을 닫기 전에 응급실에서 정보제공 동의서에 서명했어. 2년 전 그를 진료했던 노스캐롤라이나의 정신과 의사에게서 진료기록도 받았고. 아마 그때 마지막으로 진료를 받았던가 봐."

"불안 증세도 있나?"

"음, 본인이 털어놓지는 않는데, 그런 증세가 보여. 진료기록에 따르면 약물을 처방받은 것도 이번이 처음이 아니야. 사실 병원에 왔을 때 2년 된 약병에 든 클로노핀이 재킷 주머니 안에 들어 있었어. 기분안정제를 같이 복용하지 않으면 약효가 없었을 거야. 노스캐롤라이나에 사는 아내, 아니, 전처와 겨우 연락이 됐는데 거기서 예전에 받은 치료를 좀 더 알아낼 수 있었어."

"자살충동은?"

"아마도. 이야기를 하지 않으니 정확한 진단을 내리기가 힘들어. 여기서는 별다른 시도는 하지 않았어. 오히려 화가 나 있달까.

우리에 곰을 가둬놓은 기분이야. 조용한 곰. 하지만 이런 상태에서는 그냥 내보내고 싶지 않아. 한동안 어딘가에 머물러서 증상을 정확히 알아내고 약물도 미세하게 조절해서 처방해야 해. 자의로 입원에 동의했지만, 이 시점에서는 순순히 가겠다고 할 거야. 여기 있는 걸 좋아하지 않아."

"그래서 나라면 그에게 말을 시킬 수 있다고?"

이것은 우리만의 오래된 농담이었고, 존은 늘 하던 대로 받아쳤다.

"말로우, 자넨 돌에게도 말을 시킬 수 있잖아."

"칭찬 고마워. 점심 식사 시간을 망쳐 놓은 건 특히 더. 보험은 있나?"

"약간. 사회복지사가 담당하고 있어."

"좋아. 골든그로브로 보내. 내일 2시. 진료기록도. 내가 받지."

우리는 전화를 끊었고, 나는 일정이 바쁠 때 그러듯 식사를 하는 동안 5분 정도 스케치할 시간을 짜낼 수 있을까 생각했다. 1시 30분, 2시, 3시, 4시 진료가 있고, 5시에 회의가 있다. 내일은 지난 12년 동안 근무해 온 사립요양병원 골든그로브에서 열 시간 일해야 하는 날이다. 지금은 수프, 샐러드, 그리고 손가락 밑에 연필을 끼고 몇 분간 휴식을 취해야 할 때다.

예전에는 종종 기억했지만 최근 오랫동안 잊고 있었던 것이 다시 떠올랐다. 콜럼비아(역사와 영어, 과학 지식을 채웠던 곳이다)를 졸업하고 버지니아 대학교 의대에 진학했던 스물한 살 때, 부모님은 한 달 동안 룸메이트와 함께 이탈리아와 그리스 여행을 할 수 있는 돈을 지원해 주셨다. 미국 밖으로 나가 본 것은 처음이었다. 나는 이탈리아와 교회와 수도원의 회화와 플로렌스와 시에나의 건축에 전율을 느꼈다. 세계에서 가장 완벽하고 투명한 대리석을 생산하는 그리스의 파로스 섬에서는 나 혼자 고고학 박물관을 찾아갔다.

그 박물관에는 가치 있는 석상이 단 하나뿐이었는데, 따로 전시실이 있었다. 니케였다. 150센티 정도의 키에 여기저기 상한 데가 많아서 머리와 팔도 없고 한때 날개가 돋았던 등에는 상처뿐이었으며 섬의 흙 속에 오래 파묻혀 있어서 대리석에는 붉은 얼룩이 있었다. 그러나 아직 대가의 끌질을 볼 수 있었고, 옷의 주름은 몸 위를 소용돌이치며 흘러내리는 물 같았다. 박물관은 떨어져 나간 한쪽 발을 도로 붙여 놓았다. 전시관에 혼자 남아 스케치를 하고 있는데, 관리인이 들어오더니 외쳤다. "폐관이요!" 그가 나간 뒤, 나는 스케치 도구를 챙기고—뒷일은 생각지도 않은 채—니케에게 마지막으로 다가가 발에 키스하려고 허리를 굽혔다. 관리인이 재빨리 들어오더니 소리를 지르며 내 목덜미를 붙잡았다. 술집에서도 쫓겨나가 본 적이 없건만, 그날 나는 관리인이 한 사람뿐인 박물관에서 쫓겨나고 말았다.

나는 전화를 들어 존에게 다시 전화했다. 그는 아직 사무실에 있었다.

"회화가 뭐였지?"

"뭐?"

"자네 환자, 올리버 씨가 공격한 그림 말이야."

존은 웃었다.

"나라면 물어볼 생각조차 못했을 텐데, 경찰 수사기록에 있었어. 〈레다〉라는 그림이야. 그리스 신화겠지. 어쨌든 난 그게 떠오르네. 기록에는 발가벗은 여인의 회화라고 적혀 있어."

"제우스가 정복한 여인 중 하나지. 백조의 형태로 다가가서. 누가 그렸지?"

"아, 이봐. 무슨 〈미술사 개론〉 수업 듣는 기분이군. 안 그래도 낙제점 받을 뻔했단 말이야. 누가 그렸는지 난 모르고, 체포한 경찰도 모를걸."

"알았어. 다시 일해. 좋은 하루 보내게, 존."
나는 수화기를 쥔 채 뻣뻣한 목을 풀려고 이리저리 흔들었다.
"자네도, 친구."

2

말로우

이 이야기가 개인적인 기록이라고 주장하며 글을 시작하고 싶은 충동을 벌써 느낀다. 개인적일 뿐만 아니라 사실에 상상력이 가미된 기록이라고. 이 사건에 관한 기록과 내 생각을 정리하는데 10년이라는 세월이 걸렸다. 원래는 내가 가장 존중하고 예전에 글을 출간하기도 했던 정신의학 전문잡지에 로버트 올리버에 대한 글을 기고할까 생각했지만, 전문적인 논문에서 벗어난 타협에 불과할 글을 누가 실어 줄 것인가? 우리는 토크쇼와 거대한 경솔의 시대를 살아가고 있지만, 이 직업은 침묵이라는 규범을 엄격히 지키는 분야다. 신중하고, 법에 따라야 하고, 큰 책임을 느껴야 한다. 최선의 경우에. 물론 법칙보다 지혜가 우선해야 할 경우도 있고, 모든 의사들은 그런 응급상황을 알고 있다. 내 이름을 포함하여 이 이야기와 관련된 모든 이름을 바꾸었으나, 내게는 이미 너무나 아름다운 이름 하나는 워낙 흔한지라 원래대로 놓아두어도 전혀 해가 없을 것 같아 그대로 두었다.

나는 의사 집안에서 태어나지 않았다. 부모님은 두 분 다 성직자였다—어머니는 작은 교파의 첫 여성 목사였는데, 내가 열한 살 때 서임을 받았다. 우리가 살던 집은 코네티컷에 있던 마을에서 가장 오래된 건물이었다. 황갈색 미늘벽판자로 된 지붕이 낮은 집이었고, 영국식 공동묘지 같은 앞마당에는 지빵나무, 주목나무, 수양버들 등 묘지에 어울릴 만한 나무들이 정문까지 이어진 판석길 주위에서 공간을 서로 다투고 있었다.

매일 오후 3시 15분이면 나는 책과 빵 부스러기, 야구공, 색연필로 가득 찬 배낭을 질질 끌고 학교에서 그 집으로 걸어갔다. 어머니는 보통 파란 치마와 스웨터 차림이었고, 후년에 병자나 노인, 혼자 움직일 수 없는 사람, 개심자 등을 찾아보고 온 날은 흰 목깃이 달린 검은 정장 차림으로 문을 열어 주셨다. 나는 삐딱한 자세에 늘 인생이란 약속했던 것을 주지 않는다고 생각하는 불만이 많은 아이였다. 어머니는 엄격한 어머니였다—엄격하고, 꼿꼿하고, 쾌활하고, 정이 많았다. 내가 그림과 조각에 소질이 있는 것을 알았을 때, 어머니는 절대 과장된 칭찬을 하지 않았지만 내가 내 자신의 노력을 의심하지 않도록 매일같이 조용한 확신을 심어 주었다. 태어난 순간부터 그 이상 다를 수 없었지만, 우리는 서로를 몹시 사랑했다.

묘한 일이지만, 어머니는 비교적 젊은 나이에 돌아가셨는데도, 아니 어쩌면 그 때문에 나는 중년으로 접어들면서 점점 어머니를 닮아갔다. 결국 결혼을 하긴 했지만, 오랫동안 나는 미혼 상태로 여러 여자를 만났다. 내가 사랑했던 여자는 모두 어느 정도 어린 시절의 나와 닮아서 변덕스럽고, 삐딱하고, 흥미로운 사람들이었다. 그 여자들 곁에서 나는 점점 어머니를 닮아갔다. 지금의 내 아내 역시 이런 패턴을 벗어나지 않지만, 우리는 서로에게 잘 맞는다.

한편으로는 한때 사랑했던 여자들과 아내 덕분에, 그리고 한편으로는 매일같이 정신세계의 어두운 면—환경으로 어쩔 수 없이 형성된 불행, 유전적인 운명의 장난—을 보여 주는 직업 덕분에, 나는 어린 시절의 자신에서 벗어나 인생에 대해 서서히 근면하고 긍정적인 태도를 형성하게 되었다. 인생과 나는 어느덧 친구가 되었다. 어린 시절 원했던 흥미진진한 우정이 아니라, 매일 칼로라마 로드에 있는 내 아파트로 돌아가는 쾌감, 온화한 휴전 상태랄까. 오렌지 껍질을 벗겨 부엌 작업대에서 식탁으로 가져간다든지 할 때처럼, 나는 이따금 그 오렌지 빛처럼 환하고 짜릿한 만족감을 느낄 때가 있다.

나는 어른이 되어서야 이것을 이루어냈다. 아이들은 보통 작은 것들을 즐긴다고들 하지만, 어린 시절에 나는 큰 것만을 꿈꾸다가 한 가지 관심사에서 다른 관심사로 그 꿈이 좁아졌고, 어느덧 모든 꿈이 생물학과 화학, 의대에 진학하겠다는 목표로 집약되더니 결국 생명의 극소분야, 신경과 나선형, 회전하는 원자에 눈을 뜨게 되었다. 그림을 잘 그리게 된 것도 산이나 사람, 과일그릇처럼 거시적인 대상이 아니라 생물학 실험시간에 아주 작은 형태와 음영을 잘 표현하기 위해서였다.

이제 내가 큰 꿈을 꾸는 것은 환자를 위해서, 그들이 부엌과 오렌지의 활기, 텔레비전 다큐멘터리 앞에 발을 죽 뻗는 일상적인 활기를 느낄 수 있도록, 혹은 직장을 잡고 매일 멀쩡한 정신으로 가족에게 돌아가서 얼굴들이 줄지어 늘어선 끔찍한 환영 대신 방이라는 현실을 바라보는 더욱 큰 즐거움을 느낄 수 있도록 돕기 위해서다. 나 자신을 위해서는 작은 꿈을 꾸는 법을 배웠다. 잎 한 장, 새 붓, 오렌지의 속살, 아내의 미세한 아름다움, 그 눈가의 빛, 거실 등불 아래 앉아서 책을 읽는 그녀의 팔에 난 부드러운 털 같은 것들.

의사 집안에서 태어나지 않았다고 했지만, 내가 정신의학을 선택하게 된 것은 어쩌면 그리 이상하지 않은 일일지도 모른다. 어머니와 아버지는 전혀 과학적인 분들이 아니었지만, 오트밀과 깨끗한 양말과 함께 두 분이 외아들에게 열성으로 물려주신 개인적인 규율은 대학의 혹독한 과학수업과 그보다 더한 의대 과정에서도, 공부와 암기 때문에 새웠던 죽도록 힘든 밤들과, 그에 비하면 비교적 쉬웠던, 병원 순환근무를 하느라 눈도 못 붙이고 바쁘게 돌아다닌 밤에도 굳건하게 내 곁을 지켰다.

예술가가 되는 꿈도 꾸었지만 나는 평생 직업을 선택해야 하는 시기가 오자 의학을 택했고 처음부터 정신과를 염두에 두고 있었다. 정신의학은 내게는 치유의 직업이자 인간 경험을 다루는 궁극의 과학이었다. 사실 대학을 졸업한 뒤 미대에도 응시를 했고, 뿌듯하게도 상당히 좋은 미대 두 곳에 합격했다. 생각 같아서는 내 속의 예술가가 의학에 반기를 들었던 고뇌에 찬 결단이었다고 말하고 싶지만, 사실 나는 화가로서 내가 사회적 기여를 충분히 하지 못할 것이라고 느꼈고 그런 삶에 따르기 마련인 불안정한 생활과 생계에 대한 걱정이 두려웠다. 정신의학은 혼자 그림을 그리면서도 고통받는 세상에 봉사할 수 있는 직접적인 길이었고, 직업 미술가가 될 가능성을 확인받은 것만으로도 충분한 것 같았다.

주말에 전화를 드릴 때 내 전공 선택을 말씀드리니 부모님은 깊이 생각하셨다. 내 인생 계획과 이 길을 선택한 이유를 곱씹어 보는 동안 수화기 너머에서는 침묵이 흘렀다. 그러다 어머니가 '모든 사람'은 이야기할 상대가 필요하다고 하셨다. 이것은 부모님의 일과 나의 일을 연관시키는 어머니만의 방식이었고, 아버지 역시 악마를 몰아내는 데는 여러 가지 방법이 존재한다고 한마디 하셨다.

사실 아버지는 악마를 믿지 않았다. 아버지의 현대적이고 진보적인 종교관에는 받아들일 수 없는 개념이었다. 아버지는 아주 늙으신 지금까지도 악마에 대해서 냉소적으로 즐겨 언급하시고, 조너선 에드워드 같은 초기 뉴잉글랜드 신학자의 저서나 아버지를 매혹시키는 중세 신학자의 책에서 악마 이야기를 즐겨 읽으며 고개를 흔

드신다. 공포소설 독자처럼. 불쾌하기 때문에 읽는 것이다. '악마'나 '지옥불'이나 '죄악'이라는 단어를 입에 올릴 때는 빈정대듯이, 한편으로는 역겹지만 매혹적인 투로 말씀하신다. 물론 요즘도 옛 집에 있는 아버지의 서재를 찾는 신도들에게는(절대 완전히 은퇴하지는 않을 것이다) 그런 존재 대신 인간의 고통을 끝없이 용서하는 존재에 대해 설교하신다. 비록 자신은 영혼을 다루는 반면 아들은 병을 진단하고 환경적 영향과 그 결과로 나타나는 행동, 유전자를 다루지만 우리는 똑같은 목표, 고통의 끝을 추구하고 있다고 생각하신다.

어머니까지 목사가 되고 집안이 바빠지자 혼자 있을 시간이 많아졌다. 때로 불쑥 불안감이 찾아올 때는 책으로 해소하기도 하고, 길 끝 공원에 가서 나무 아래 앉아 책을 읽거나 산과 직접 본 적도 없는 사막 풍경을 스케치하곤 했다. 내가 가장 좋아한 책은 해양 모험기나 발명과 과학 도전기였다. 토머스 에디슨, 알렉산더 그레이엄 벨, 일라이 휘트니 등 아동용 전기물도 많이 읽었고, 큰 뒤에는 조너스 소크 등 의학연구에 관한 모험담을 읽었다. 나는 열정이 넘치는 아이는 아니었지만, 뭔가 용감한 일을 하는 꿈은 자주 꾸었다. 사람의 목숨을 살리는 꿈, 누군가를 살려야 할 때가 되면 앞으로 나서는 그런 꿈. 지금도 나는 과학 저널을 읽을 때면 발견의 쾌감을 대리만족하고 발견해낸 사람에 대한 일말의 질투심을 느낀다.

생명을 살리는 사람이 되고 싶은 이 욕망이 어린 시절의 나를 완전히 지배했다고 말할 수 있다면 깔끔하게 정리되겠지만, 아쉽게도 그렇지는 않다. 사실 나는 사명감이 없었고, 어린 시절 읽었던 전기들은 고등학교에 들어가고 나니 추억일 뿐이었다. 숙제는 잘 했지만 대단한 열의는 없었고, 디킨스와 멜빌을 훨씬 더 즐겁게 읽었고, 미술수업을 들었고, 크로스컨트리 경주를 했지만 두각은 나타내지 못했고, 3학년 때 나보다 더 경험 많은, 수업 시간에 내 뒤통수가 마음에 들었다는 여자아이에게 동정을 잃고 안도의 한숨을 내쉬었다.

　부모님은 마을 공원에 노숙하러 들어온 보스턴 출신의 노숙자를 보호하고 재활시키는 데 성공하면서 우리 도시에서 상당한 명망을 얻었다. 두 분은 교도소에서 재소자들을 면담하고, 거의 우리 집처럼 낡은 집을(1691년에 지어진 집이었다. 우리 집은 1686년이었다) 허물고 수퍼마켓을 만드는 사업을 막아냈다. 내 육상경기에 찾아오고, 댄스파티에 보호자로 참석하고, 내 친구들을 피자 파티에 초대하고, 젊은 나이에 죽은 친구들의 추모회를 주관했다. 부모님이 믿는 교파는 장례식을 치르지 않았고 관을 열어 놓고 기도하는 관례도 없었기 때문에, 나는 의대에 들어가기 전에는 시체를 만져 본 적이 없었고 아직 따뜻한 어머니의 힘없는 손을 잡아 보기 전에는 개인적으로 아는 사람이 죽은 모습을 본 적도 없었다.

　어머니가 돌아가시기 전 아직 학교에 있을 때, 나는 아까 말한 친구, 내 인생 최고의 환자를 내게 준 친구를 만났다. 존 가르시아는 20대에 사귄 여러 남성 친구들 중 한 사람이었다─생물 퀴즈와 역사 시험 공부를 같이하고 토요일 오후에 풋볼 게임을 하던, 지금은 머리가 벗어진 대학 시절 친구들. 연구실과 강의실에서 흰 가운을 펄럭거리며 급히 돌아다니던, 그리고 처음 환자를 만나 어색해하던 의대 시절 친구들. 존이 전화를 했을 즈음 우리는 모두 머리가 조금씩 세고 배가 약간 나오거나, 혹은 중년의 모습을 보이지 않으려고 용감하게 싸워서 오히려 더 마른 상태였다. 나는 몸을 날씬하고, 튼튼하게 유지해 준 평생의 조깅 습관에 벌써 감사하고 있었다. 머리숱이 아직 많고 흰 머리만큼 갈색도 많으며 여자들이 아직 길에서 나를 돌아본다는 점에서 내 운명에도 감사했다. 그러나 나는 명백히 그들 중 한 사람, 중년 친구들의 일원이었다.

　그래서 존이 화요일 전화를 해서 부탁을 했을 때 나는 당연히 하겠다고 했다. 로버트 올리버에 대한 설명은 흥미로웠지만, 머릿속

한편으로는 점심과, 다리를 뻗고 아침의 업무를 털어버릴 수 있는 여유 시간 생각을 하고 있었다. 인간은 운명을 미리 깨닫지 못하는 법이다. 그렇지 않니? 코네티컷에 계시는 아버지라면 이렇게 말씀하셨을 것이다. 저녁에 회의가 끝나서 우박이 고운 가랑비로 변하고 다람쥐들이 뒤뜰 담장 위를 달리며 유골단지 위를 뛰어넘을 때쯤에는, 나는 이미 존의 전화에 대해서 거의 생각지도 않고 있었다.

나중에 사무실에서 집으로 빨리 걸어와 내 집 현관에 코트를 건 뒤―결혼하기 전이었기 때문에 문간에서 나를 맞아주는 사람도 없었고, 침대 발치에 하루 종일 일한 땀 냄새가 풍기는 블라우스도 걸쳐져 있지 않았다―김이 오르는 우산을 말리려고 펼쳐 두고 손을 씻고 연어 샌드위치를 만들고 스튜디오로 들어가서 붓을 집어들었을 때, 그때, 손가락 사이에 가늘고 매끈한 나무 붓을 쥔 순간, 내 환자가 될 사람, 붓 대신 칼을 휘둘렀던 남자가 떠올랐다. 나는 가장 좋아하는 음악, 프랑크 바이올린 소나타 A 장조를 틀고 그에 대한 생각은 의도적으로 머리에서 지웠다. 길고 약간 공허한 날이었고, 나는 그날을 색채로 채우기 시작했다. 그러나 죽지 않는 한 다음 날은 언제나 오는 법, 나는 그다음 날 로버트 올리버를 만났다.

3

말로우

그는 새 병실의 창가에 서서 손을 양옆에 덩그러니 내린 채 바깥을 바라보다가 내가 들어서자 돌아보았다. 새 환자는 185센티미터에서 188센티미터 정도. 덩치가 좋았으며 마주 서자 마치 돌진하는 황소처럼 몸을 약간 앞으로 숙였다. 팔과 어깨는 제어되지 않은 힘으로 가득 차 있었고, 표정은 완강하고 고집이 세어 보였다. 그을린 피부에는 주름살이 많았다. 파도처럼 곱슬거리는 머리카락은 숱이 아주 많고 거의 검정색 바탕에 살짝 흰 머리가 보였으며 한쪽만 눌렸는지 반대쪽 머리가 비죽 솟아 있었다. 헐렁한 올리브색 코듀로이 바지와 노란 면 셔츠, 팔꿈치를 덧댄 코듀로이 재킷 차림이었다. 신발은 묵직한 갈색 가죽신이었다.

옷은 연지색, 하늘색, 황토색 유화 물감으로 얼룩져 있었다. 충충한 옷차림과 강렬하게 대비되는 색채였다. 손톱 밑에도 물감이 끼어 있었다. 그는 끊임없이 발을 바꿔 디디거나 팔짱을 끼고 팔꿈치에 덧댄 천을 내보이는 등 초조한 태도를 보였다. 이후 서로 다른 여자 두 사람에게서 로버트 올리버는 자기들이 만난 남자 중에서 가장 우아한 남자라는 말을 들었는데, 여자들은 도대체 내 눈에 보이지 않는 무엇을 보는 것인지 궁금하지 않을 수 없다. 그의 등 뒤 창틀에는 얇아 보이는 종이 꾸러미가 놓여 있었다. 아마 존 가르시아가 말했던 '오래된 편지'인 모양이었다. 내가 다가가자 그는 똑바로 나를 쳐다보았다—우리가 링 위에 서서 대결하고 있다고 느낀 것은 이것이 마지막이 아니었다. 그는 순간 눈빛이 밝아지더니 표정을 드러냈다. 깊숙한 금색과 녹색 눈동자, 흰자는 약간 충혈되어 있었다. 그러다 표정은 다시 화난 듯 닫혔다. 그는 고개를 돌렸다.

나는 자기소개를 하고 손을 내밀었다.

"기분은 어떠십니까, 올리버 씨?"

잠시 후 그는 단단히 손을 잡고 악수를 했지만, 아무 말도 하지 않고 팔짱을 끼더니 창가에 기대서서 다시 무기력과 분노에 빠져드는 듯했다.

"골든그로브에 오신 걸 환영합니다. 이렇게 만나게 되어서 기쁩니다."

그는 내 눈을 마주 보았지만 그래도 아무 말도 하지 않았다.

나는 구석에 있는 팔걸이 의자에 앉아서 잠시 그를 바라보다가 다시 입을 열었다.

"가르시아 박사가 보낸 서류를 방금 읽었습니다. 지난주에 아주 힘든 하루를 겪으셨고 그래서 병원에 오시게 됐더군요."

이 말을 듣더니 그는 묘한 미소를 짓고 처음으로 입을 열었다.

"네, 힘든 하루였소."

첫 목표는 이루었다. 그는 말하고 있었다. 나는 기쁨이나 놀라움을 내비치지 않도록 표정을 가다듬었다.

"무슨 일이 있었는지 기억하십니까?"

그는 여전히 나를 똑바로 쳐다보고 있었으나, 얼굴에는 감정이 나타나지 않았다. 거침과 우아함 사이에서 조화를 이룬, 골격은 각이 지고 코는 길면서도 넓은 특이한 얼굴이었다.

"약간은."

"저한테 말씀해 주시겠습니까? 당신을 도우러 왔습니다. 일단 좀 듣고 싶습니다."

그는 아무 말도 하지 않았다.

나는 되풀이했다.

"약간만 이야기해 주실 수 없겠습니까?"

여전히 그는 침묵을 지켰다. 나는 다른 수법을 시도했다.

"요전 날 한 일이 신문에 났다는 거 알고 계십니까? 당시 기사를 제가 직접 보지는 못했는데, 누가 방금 스크랩을 가져다 줬습니다. 4면에 났더군요."

그는 시선을 돌렸다.

나는 끈질기게 말했다.

"제목은 이렇습니다. '화가, 내셔널 갤러리의 회화를 공격'."

그는 갑자기 웃음을 터뜨렸다. 놀랄 정도로 부드러운 소리였다.

"정확하군. 어떤 면에서는. 하지만 난 그림을 건드리지 않았소."

"경비가 처음에 당신을 붙잡았지요, 맞습니까?"

그는 고개를 끄덕였다.

"그래서 마주 싸우셨습니다. 그림에서 끌려 나오는 것이 화가 났어요?"

이번에는 새로운 표정이 그의 얼굴에 떠올랐다. 차갑고 엄숙한 표정. 그는 입가를 깨물었다.

"그렇소."

나는 최대한 갑작스럽게 물었다.

"여자 그림이었지요? 여자를 공격할 때 어떤 기분이었어요? 왜 그런 기분이 들었습니까?"

그의 반응도 마찬가지로 갑작스러웠다. 그는 아직 남아 있는 진정제 기운을 떨쳐 버리려는 듯 몸을 흔들더니 어깨를 곧추세웠다. 순간 한결 더 위압적인 분위기가 풍겼다. 폭력성을 띠게 되면 상당히 위협적이었을 것 같았다.

"그녀를 위해서 한 일이오."

"여자 본인을 위해서? 여자를 보호하고 싶었어요?"

그는 말이 없었다.

나는 다시 시도했다.

"여자가 공격당하는 것을 원했을 거라고 느꼈다는 겁니까?"

그는 아래를 내려다보더니 숨을 내쉬는 것조차 고통스럽다는 듯 한숨을 쉬었다.

"아니, 당신은 이해하지 못해. 난 그녀를 공격한 게 아니야. 내가 사랑하는 여자를 위해서 한 일이오."

"다른 사람을 위해서? 당신 아내?"

"마음대로 생각하시오."

나는 계속 그를 뚫어지게 쳐다보았다.

"당신 아내를 위하는 일이라고 느꼈다는 겁니까? 전처?"

"그녀와 이야기해 보시오."

그는 상관없다는 듯 말했다.

"원하신다면 메리와 이야기해 보시든지. 그림을 들여다보시든지. 난 상관없어. 원한다면 누구하고라도 이야기해 보시오."

"메리는 누구죠?"

나는 물었다. 전처의 이름이 아니었다. 나는 잠시 기다렸지만 그는 말이 없었다.

"무슨 그림을 말씀하시는 겁니까? 그녀의 그림? 아니면 내셔널 갤러리의 그 그림?"

그는 내 머리 위쪽 어딘가를 응시하며 내 앞에서 침묵만 지키고 있을 뿐이었다.

나는 기다렸다. 필요할 때면 돌처럼 기다릴 수 있다. 3분, 4분 정도 지났을 때, 나는 평온하게 말했다.

"음, 저도 실은 화가입니다."

원래 나 자신에 대해서는 잘 이야기하지 않는 편이다. 첫 대면에서는 더욱 그렇다. 그러나 이번에는 작은 모험을 할 가치가 있을 거라는 생각이 들었다.

그는 관심인지 경멸인지 알 수 없는 시선을 던지더니 신발을 신은 채 침대에 누워 다리를 죽 편 후 양팔로 뒤통수를 괴고는 마치 탁 트인 하늘 보듯 천장만 바라보기 시작했다.

"뭔가 아주 어려운 일이 있어서 그림을 공격하지 않을 수 없었을 거라고 생각합니다."

이것 역시 모험이었으나, 또한 해 볼 만한 모험 같았다.

그는 눈을 감고 낮잠을 자려는 듯 몸을 굴려 나를 등졌다. 나는 기다렸다. 그가 더 이상 말하지 않으려 한다는 것을 확인하고, 나는 일어섰다.

"올리버 씨, 저는 여기 있으니까 언제든 필요하면 부르세요. 우리가 당신을 잘 돌봐서 다시 건강해지도록 돕겠습니다. 간호사에게 언제든지 저를 불러달라고 하세요. 곧 다시 보러 오겠습니다. 단순히 말상대가 필요하다고 해도 불러 주세요. 당신이 준비되지 않으면 이야기할 필요가 없습니다."

그가 내 말을 그렇게 철저하게 따를 줄 몰랐다. 다음 날 찾아갔을 때 간호사는 그가 아침을 약간 먹고 침착해 보였지만 오전 내내 단 한 마디도 하지 않았다고 했다. 침묵은 간호사를 향한 것만이 아니었다. 그는 나에게도 말을 하지 않았다. 그날도, 그다음 날도, 그후 열두 달 동안. 이 기간에 그의 전처는 찾아오지 않았다. 아니, 그를 찾는 손님은 없었다. 그는 의학적인 우울증 증세를 계속 보였고 가끔 조용한 흥분과 불안기가 찾아오곤 했다.

그가 나와 함께 있었던 대부분의 시간 동안, 나는 로버트를 다른 사람에게 보내려는 생각을 심각하게 한 적이 없었다. 그가 자신에게나 타인에게나 혹시 위험을 초래할 수 있기 때문이기도 했고 조금씩 자라난 내 자신의 감정 때문이기도 했는데, 이 부분에 대해서는 천천히 설명하겠다. 이 이야기를 개인적인 기록으로 생각하는 이유가 있다고 앞서 밝힌 바 있다. 그 첫 몇 주 동안에는 존이 처방했던 기분안정제를 계속 처방했고 항우울제도 끊지 않았다.

존이 보낸 예전 정신과 진료기록에서는 심각한 기분장애가 주기적으로 나타나서 리튬도 시도했다고 되어 있었다. 로버트는 이 약을 몇 달 복용하다 피곤해진다며 거부한 모양이었다. 그러나 작은 대학에서 강사 직업을 유지하면서 미술을 계속하고 가족과 동료와 어울리려고 애쓴 모습을 보면 정상적인 일상생활을 그럭저럭 유지한 환자라는 것도 알 수 있었다. 로버트를 예전에 담당한 정신과 의사에게도 전화를 걸어 보았는데, 그는 바빠서 별다른 이야기를 해 주지 않았지만 어느 시점에 올리버가 의욕이 없는 환자라는 것을 깨달았다고 인정했다. 로버트가 정신과 의사를 찾은 것은 주로 아내의 요구 때문이었고, 1년 전 아내와 별거하기 전에 치료를 중단했다. 로버트는 장기적인 정신과 치료를 받지 않았고 입원한 적도 없었다. 의사는 로버트가 요즘은 그린힐에 살지 않는다는 것조차 모르고 있었다.

이제 로버트는 식사하는 것과 비슷하게 포기한 태도로 처방약을 순순히 복용하고 있었다—그렇게 굳건하게 침묵의 서약을 지키고 있는 환자로서는 특이하게 협조적인 태도였다. 그는 음식에 별 관심 없이 소식을 했고, 우울증에도 불구하고 몸을 항상 아주 깨끗하게 유지했다. 다른 환자와는 전혀 교류하지 않았지만, 병원 안팎을 매일 산책했으며 가끔 큰 라운지로 나와서 햇빛이 잘 드는 구석

의자에 앉아 있기도 했다.

초기에 하루 이틀 주기로 흥분기가 찾아오면, 그는 주먹을 꽉 쥐고 눈에 띄게 몸을 떨면서 얼굴을 씰룩이며 방 안을 서성거리곤 했다. 나는 주의 깊게 그를 지켜보았고 직원들에게도 잘 관찰하라고 일렀다. 어느 날 아침에는 주먹 아래쪽으로 욕실 거울을 깨뜨렸지만 상처는 입지 않았다. 때로는 머리를 두 손에 묻고 침대 가에 앉아 있다가 몇 분 간격으로 벌떡 일어나서 창밖을 내다보다가 다시 앉아 절망적인 상태에 빠져들기도 했다. 전체적으로, 흥분해 있지 않을 때는 초조한 상태였다.

로버트 올리버가 관심을 보이는 것은 늘 곁에 두고 종종 읽곤 하는 옛 편지 꾸러미뿐인 것 같았다. 내가 찾아갔을 때도 앞에 편지를 놓고 있을 때가 많았다. 초기 몇 주간 언젠가, 그가 편지를 접어서 빛바랜 봉투에 넣기 전에 우아하고 또박또박한 필체가 갈색 잉크로 페이지를 뒤덮고 있는 것을 보았다.

"같은 걸 계속 읽으시는 것 같군요. 편지 말입니다. 골동품인가요?"

그는 편지 위를 손으로 덮고 시선을 돌렸다. 그의 얼굴에는 내가 환자를 치료하면서 본 그 어떤 표정보다 더한 비참한 표정이 떠올라 있었다. 아니, 아무리 그가 며칠 동안 침착함을 유지한다고 해도, 나는 그를 퇴원시킬 수가 없었다. 때로 대화를 시도해 보기도 했고—별 성과는 없었지만—그냥 같이 앉아만 있기도 했다. 매일같이 어떻게 지내느냐고 묻곤 했지만, 월요일부터 금요일까지 그는 나를 외면한 채 창밖만 바라보았다.

이 모든 행동으로 미루어 볼 때 환자가 고통 받고 있다는 것은 역력했지만, 환자와 이야기를 나눌 수 없는데 어떻게 그 돌발행동의 원인을 알아낼 수 있겠는가? 무엇보다 혹시 그가 기존의 진단 결과 외에 외상 후 스트레스 증후군을 겪고 있을지도 모른다는 생각도 들었다. 그렇다면 그 충격적인 사건은 무엇이었을까? 혹시 박물관에서 돌발행동을 저지르고 체포된 사건 자체가 이런 상태를 만든 게 아닐까? 내가 가지고 있는 빈약한 자료에서 그의 과거에 비극이 있었던 흔적은 찾을 수 없었지만, 아내와의 이혼이 평정을 깨뜨렸을 수도 있었다. 나는 적당한 때다 싶으면 언제든지 그를 대화로 이끌어 보려고 부드럽게 시도했다. 그러나 침묵은 계속되었고, 강박적이고 비밀스러운 편지 거듭 읽기도 계속되었다. 어느 날 아침 나는 편지가 그에게 대단히 중요한 것 같으니 비밀에 부친다는 조건으로 내가 읽어보면 안 되겠느냐고 물어보았다.

"물론 내가 보관하지도 않을 것이고, 빌려주시면 복사해서 안전하게 돌려드리겠습니다."

이 말에 그는 나를 돌아보았다. 그의 얼굴에는 호기심 같은 것이 떠올랐으나, 그는 곧 다시 침울하고 무뚝뚝해졌다. 그는 나와 더 이상 눈을 마주치지 않고 편지를 조심스럽게 챙기더니 침대 위에서 내게 등을 돌렸다. 잠시 후 나는 방을 나올 수밖에 없었다.

4

말로우

그가 우리 병원에 온 지 2주째, 병실에 들어서니 그는 스케치북
에 그림을 그리고 있었다. 여성의 비스듬한 옆얼굴을 그린 단순한
두상이었고, 곱슬머리도 검게 대충 그려져 있었다. 한눈에도 엄청난
기술과 표현력이 단연 돋보였다. 스케치를 볼 때 모자라는 부분을
지적하기는 쉽지만, 그림을 살아나게 하는 통일성과 내적인 생명력
을 설명하기는 어렵다. 올리버의 그림은 살아 있었다. 아니, 그 이상
이었다. 상상으로 그렸는지 진짜 살아 있는 사람을 그렸는지 묻자,
올리버는 그 어느 때보다 눈에 띄게 날 무시하고 스케치북을 덮더
니 옆으로 밀어놓았다. 다음번에 찾아가 보니 그는 턱을 악물었다
풀었다 하며 방 안을 서성거리고 있었다.

그 모습을 보니, 그가 일상의 자극을 통해 다시 폭력성을 보일
가능성이 완전히 사라졌다는 확신이 들 때까지 퇴원시켜서는 안 되
겠다는 느낌을 새로이 받았다. 나는 그의 일상이 어떠했는지도 몰랐
다. 골든그로브의 비서가 사전조사를 해 주었지만, 워싱턴 지역에서
그가 근무했던 곳은 추적할 수도 없었다. 집에서 하루 종일 그림을

그럴 경제적 능력이 되었을까? 워싱턴 전화번호부에는 이름이 올라 있지 않았고, 존 가르시아가 경찰에서 받은 주소는 노스캐롤라이나에 사는 전처의 집이었다. 그는 분노해 있고 우울했고, 진짜 명성을 얻기 시작하고 있었지만, 집도 없었다. 스케치북을 본 일을 계기로 나는 희망을 품었지만, 그 이후 그가 보인 적개심은 어느 때보다 컸다.

종이 위에서 보여 준 그의 기술과 그가 진짜 명성을 지닌 예술 가라는 사실이 흥미로워서, 나는 보통 인터넷에서 불필요한 검색을 피하는데도 불구하고 그에 대한 정보를 찾아보았다. 로버트는 뉴욕의 정상급 미술 프로그램에서 석사 학위를 받았고 잠시 그곳과 그린힐 대학, 뉴욕 주의 어느 대학에서 가르치기도 했다. 매년 열리는 내셔널 초상화 갤러리 대회에서 2등상을 받았으며, 전국 특별 연구비와 상주 연구원직 몇 개를 수여받았고, 뉴욕과 시카고, 그린힐에서 개인전을 열었다. 유명한 미술잡지 표지에 작품이 여러 번 실리기도 했다. 과거 여러 해 동안 거래된 초상화와 풍경화 이미지도 웹에 올라 있었는데, 그중에는 이 방에서 그리던 스케치처럼 어두운 색의 머리를 가진 무제의 여자 초상화도 두 점 있었다. 내가 볼 때는 어딘가 인상파의 영향을 받은 것 같았다.

예술가의 발언이나 인터뷰 같은 것은 찾을 수 없었다. 로버트는 나와 함께 있을 때 못지않게 인터넷에서도 조용했다. 작품이 의미 있는 의사소통 통로가 될 수도 있겠다 싶어, 나는 우리 집에서 직접 가져온 좋은 종이와 목탄, 연필, 펜을 그에게 주었다. 그는 편지를 읽지 않을 때는 내가 준 도구를 이용하여 여자의 두상을 계속 그렸다. 그는 여기저기 스케치를 세워 놓기 시작했고, 내가 병실에 테이프를 남겨 두자 여기저기 그림이 붙기 시작하더니 방 전체가 혼란스러운 미술관처럼 변했다. 아까 말했듯이 그의 데생 솜씨는 탁월했다. 이후 그의 그림에서도 확인할 수 있었지만, 그 안에는 오랜 훈련과 엄청난 재능이 들어 있었다. 여성의 옆모습 두상은 곧 얼굴 전체 스케치로 발전해서 다양해졌다. 나는 그녀의 섬세한 얼굴선과 커다란 검은 눈을 확인할 수 있었다. 때로 여자는 미소 지었고, 때로는 화를 냈다. 화 내는 얼굴이 더 많았다. 나는 그 모습이 그의 소리 없는 분노를 표현하고 있다고 자연스럽게 추론했고, 환자가 혹시 성정체성 혼란을 겪고 있지 않나 생각해 보았지만 이런 질문에 대해서는 비언어적인 반응조차 나오지 않았다.

로버트 올리버가 말 한마디 없이 골든그로브에 머문 지 2주가 넘었을 때, 나는 그의 방을 작업실로 꾸며 보면 어떨까 생각했다. 나는 이 실험을 위해서 병원 측의 특별 허가를 받았고 몇 군데 보안설비도 했다. 물론 모험이었지만, 로버트는 연필과 기타 그림도구를 사용하는 데 있어 확실한 믿음을 보여 준 바 있었다. 병실 말고 작업치료실 한구석에 작업실을 마련할까 하는 생각도 해 보았다. 하지만 이 상황에서 로버트가 다른 사람들 앞에서 그림을 그릴 것 같지는 않았다. 나는 그가 산책을 나간 동안 직접 그의 방을 꾸며 놓고, 돌아온 후 그가 어떤 반응을 보이는지 관찰하기 위해 기다렸다.

방은 해가 잘 드는 1인용 병실이었다. 나는 대형 이젤을 놓을 공간을 마련하기 위해 침대를 한쪽 옆으로 밀었다. 선반에는 유화물감, 수채화물감, 석고, 걸레, 붓통, 유기용제와 안료배합제, 나무 팔레트와 팔레트 긁개 등을 차곡차곡 넣었다. 몇 가지 물건은 내가 집에서 가져온 것이라 새 것이 아니어서 오히려 작업 중인 스튜디오 느낌이 났다. 한쪽 벽에는 다양한 크기의 빈 캔버스를 놓고 수채화 종이도 한 묶음 갖다 놓았다.

마침내 나는 늘 앉던 구석의자에 앉아 산책에서 돌아온 그를 관찰했다. 내가 갖다 놓은 모든 장비를 보고, 로버트는 깜짝 놀란 기색이 역력해서 우뚝 섰다. 다음 순간 격분한 표정이 떠올랐다. 그는 주먹을 꽉 쥐고 내 쪽으로 다가왔고, 나는 최대한 말없이 침착하게 그대로 앉아 있었다. 순간 그가 무슨 말을 하거나 나를 때릴 거라는 생각이 들었지만, 그는 충동을 억제한 모양이었다. 몸에서 긴장이 약간 풀렸다. 그는 돌아서서 새로운 장비를 관찰하기 시작했다. 수채화 종이를 만져 보고, 이젤의 만듦새를 관찰하고, 유화 물감 튜브를 돌아보았다. 마침내 그는 휙 돌아서서 다시 나를 쳐다보았다. 이번에는 내게 뭔가 물어보고 싶지만 차마 말을 꺼내지 못하는 기색이었다. 처음 든 생각은 아니었지만, 이번에도 그가 말을 하기 싫은 것이 아니라 말을 못하는 것이 아닐까 하는 의문이 스쳤다.

"마음껏 사용하면서 즐겁게 지내세요."

나는 최대한 평온하게 말했다.

그는 어두운 얼굴로 나를 쳐다보았다. 나는 그에게 다시 말을 걸지 않고 방을 나섰다.

이틀 뒤, 나는 그가 그림을 그리려고 밤중에 준비한 듯한 첫 번째 캔버스 앞에 앉아 작업에 깊이 몰두하는 모습을 보았다. 그는 내게 아는 척을 하지 않았지만, 자기 자신과 그림을 관찰하도록 내버려 두었다. 초상화였다. 나는 비상한 관심으로 그림을 감상했다. 풍경화도 좋아했지만, 나 역시 초상화 그리는 것을 무엇보다 좋아했고 오랜 업무 시간 때문에 실제 모델을 정기적으로 그리지 못한다는 것이 슬픔이었다. 천성적인 순수주의 때문에 거부감이 들기도 했지만, 어쩔 수 없을 때면 사진으로 작업을 했다. 아무것도 그리지 못하는 것보다는 차라리 낫고, 연습을 통해서 언제나 배우는 것이 있기 때문이다.

그러나 내가 아는 한 로버트는 사진 한 장 놓지 않고 새 캔버스에 작업을 시작했는데도, 그림은 깜짝 놀랄 만한 생명력을 갖고 있었다. 드로잉으로 늘 그리던—지금은 물론 채색이지만—전통적인 화풍으로 그린 여자의 두상이었다. 검은 눈으로 캔버스 밖을 똑바로 쳐다보는, 자신감 있지만 사려 깊은 시선은 마치 실제 같았다. 짙은 곱슬머리는 빛을 받아 부분적으로 다갈색으로 빛나고 있었다. 그녀는 섬세한 코, 오른쪽에 보조개가 있는 각진 턱, 재미있다는 듯한 감각적인 입술을 가지고 있었다. 이마는 희고 높았으며, 살짝 보이는 옷은 깊이 파인 녹색 브이넥 주위에 노란 목깃 장식이 달려 있었다. 오늘 그림 속의 여인은 마침내 색깔을 입은 것이 기쁜 듯 행복해 보였다. 지금 생각하면 묘한 일이지만, 그 순간은 물론 그 이후 몇 달 동안 나는 그녀가 누구인지 알지 못했다.

그것이 수요일이었다. 금요일에 로버트를 보러 갔을 때 방은 비어 있었다. 산책을 하러 나간 것 같았다. 거의 다 완성되어 이젤에 걸려 있는 검은 머리 숙녀의 초상화는 장엄했다. 내가 늘 앉던 의자에는 흘려 쓴 글씨로 내 이름이 적힌 봉투가 놓여 있었다. 안에는 로버트의 오래된 편지가 들어 있었다. 나는 한 장을 꺼내 오랫동안 들고 있었다. 종이는 아주 낡아 보였고, 겉면에 손으로 적힌 우아한 필체는 놀랍게도 프랑스어였다. 순간 나는 편지를 내게 맡긴 이 남자를 알기 위해서 앞으로 얼마나 먼 길을 여행해야 할지 깨달았다.

5

말 로 우

처음에는 골든그로브 경내 밖으로 편지를 들고 나갈 생각이 없었지만, 하루 일과가 끝난 뒤 나는 편지를 서류 가방에 넣었다. 토요일 아침에는 조지타운 대학에서 프랑스 문학을 강의하는 친구 조에게 전화를 걸었다. 조는 오래전 내가 워싱턴에 처음 왔을 때 사귀었던 여자 중 한 사람이었는데, 그녀가 우리 관계를 끝내자고 했을 때 나도 그다지 섭섭한 마음이 없었기 때문에 이후에도 좋은 친구로 남았다. 조는 가끔 연극이나 음악회를 보러 갈 때 동반자로 아주 적절했으며, 그녀도 나에 대해 같은 기분이었을 것이다.

신호가 두 번 울리고 그녀가 전화를 받았다.

"말로우?"

목소리는 늘 그렇듯 사무적이었지만 한편으로는 다정했다.

"전화 줘서 고마워. 나도 지난주에 당신 생각을 했어."

"그런데 왜 전화하지 않았어?"

"시험 점수를 매기느라고. 아무에게도 전화하지 않았어."

"그럼 용서해 줘야지."

나는 우리 사이의 관례대로 비꼬듯이 말했다.

"점수를 다 매겼다니 다행이야. 당신이 할 일이 생겼거든."

"아, 말로우."

통화를 하면서 부엌에서 뭔가 일하는 소리가 들렸다. 그녀의 집 부엌은 독립전쟁 직후에 지어진 것이라 내 복도 벽장만 했다.

"말로우, 더 이상 일거리는 필요 없어. 조금만 내게 관심을 가졌다면 알겠지만 3년째 쓰는 책이 있잖아."

"알고 있어. 하지만 이건 당신이 좋아할 만한 일이야. 정확히 당신이 전공하는 시기 같은데. 한번 봐 줬으면 좋겠어. 오늘 오후에 오면 저녁 식사 대접할게."

"아주 중요한 일인 모양이네. 저녁 식사를 할 시간은 안 되지만 5시에 갈게. 저녁에는 듀폰 서클에 가야 해."

"데이트가 있는 모양이군."

나는 축하한다는 듯이 말했다. 그러고 보니 내가 데이트 비슷한 것을 해 본 지가 얼마나 오래됐는지 깨닫고 약간 놀랐다. 얼마나 많은 시간이 나를 스쳐지나갔는가?

"당연하지."

우리는 거실에 앉아 로버트가 박물관에서 그림을 공격할 때 품에 지니고 있었던 편지를 펼쳤다. 조의 커피는 입에 대지도 않은 채 식고 있었다. 조는 마지막으로 봤을 때보다 약간 나이 들어 보였다. 올리브색 피부는 피곤해 보였고, 머리는 푸석푸석했다. 하지만 눈동자는 늘 그렇듯 예리하고 밝았다. 나 역시 그녀가 보기에는 나이 들어 보일 것이다.

"편지는 어디서 난 거야?"

"사촌이 보낸 거야."

"프랑스 사촌? 당신에게 내가 모르는 프랑스 사촌도 있었던가?"

조는 믿기지 않는다는 투였다. 어설픈 거짓말이었다.

"그런 게 아니라. 골동품상인가 어디서 구했는데, 내가 역사책을 좋아하니까 관심이 있을 거라고 생각했나 봐."

조는 조심스럽게 첫 번째 편지를 펼쳐서 예리한 눈으로 읽었다.

"모두 다 1877년에서 79년 사이?"

"나도 몰라. 자세히 살펴보지 않았어. 워낙 종이가 약해서 조심스럽기도 하고, 어차피 이해도 못하니까."

그녀는 두 번째 편지를 펼쳤다.

"필적 때문에 제대로 읽으려면 시간이 좀 걸리겠지만, 어떤 여자가 아저씨와 주고받은 편지인데. 당신도 알아챘겠지만. 그림과 스케치에 대한 내용도 있군. 아마 이것 때문에 사촌이 당신이 흥미로워할 거라고 생각했나 봐."

"그렇겠군."

나는 그녀의 어깨 너머를 훔쳐보지 않으려고 애썼다.

"상태가 괜찮은 걸 하나 골라서 번역해 줄게. 당신 말대로 재미있을 것 같네. 하지만 모두 다 할 수는 없을 것 같아. 시간 소모가 아주 심한 일이고, 난 내 책 작업을 바로 시작해야 하니까."

"솔직하게 말해서, 번역료는 넉넉히 줄게."

"아."

그녀는 다시 생각해 보았다.

"그러면 괜찮겠네. 일단 한두 장을 먼저 해 볼게."

우리는 수수료를 계산했다. 나는 그녀에게 고맙다고 인사했다.

"전부 다 해 줘. 부탁이야. 번역은 이메일 말고 보통 편지로 보내 줘. 끝나는 대로 한 번에 두어 장씩이라도."

왜 굳이 보통 편지로 받으려고 하는지는 설명할 길을 찾을 수가 없어서, 그냥 포기했다.

"그리고 원본 없이도 작업할 수 있으면, 혹시 무슨 일이 생길지도 모르니까 저기 모퉁이 가게에 가서 복사를 하자고. 복사본을 당신이 가져가. 시간 있나?"

"늘 조심스러운 말로우. 무슨 일이 생길 리는 없지만 그게 좋겠어. 우선 이 커피나 천천히 마시면서 내 연애담이나 들어봐."

"내 연애담은 듣고 싶지 않아?"

"그렇기는 하지만, 당신은 할 이야기 없잖아."

"그건 그렇지. 어디 말해 봐."

나는 원본을, 조는 빳빳한 복사물을 들고 사무용품 가게에서 헤어진 후, 나는 집으로 돌아가서 샌드위치를 굽고 와인 반 병을 마신 뒤 혼자 영화나 보러 갈까 생각했다.

커피 탁자 위에 편지를 놓았다가, 접힌 선을 따라 반듯하게 다시 접은 후 닳고 닳아 약해진 가장자리가 서로 부딪히지 않게 잘 정돈해서 봉투 안에 넣었다. 오래전 이 편지를 만졌을 손, 한 여자의 섬세한 손과, 정말 아저씨 사이였다면 더 나이 들었을 한 남자의 손에 대해 생각했다. 로버트의 커다랗고 각진, 볕에 그을리고 주름진 손을 생각했다. 조의 뭉툭하고 호기심이 많은 손. 나의 손.

나는 내가 가장 좋아하는 경치 중 하나인 거실 창가로 향했다. 이사 오기 오래전부터 수십 년 동안 거리에 얼기설기 그늘을 드리운 나뭇가지, 반대편 브라운스톤 주택들의 오래 된 계단, 화려한 난간과 발코니, 1880년대에 형성된 동네. 며칠 동안 비가 내린 뒤의 저녁은 금색으로 물들어 있었다. 꽃이 진 배나무는 이제 풍성한 녹색이었다. 나는 영화를 보러 가지 않기로 했다. 평화롭게 집에서 쉬기 딱 좋은 저녁이었다. 마침 아버지에게 생일 선물로 보내 드릴 초상화를 사진을 참고해서 그리던 참이었다. 오늘은 이 작업을 좀 더 진전시킬 수 있으리라. 나는 프랑크 바이올린 소나타를 켜고 수프한 잔을 가지러 부엌으로 향했다.

6

말로우

그제야 깨달았지만 국립미술관에 와 본 지도 1년이 넘었다. 바깥 계단에는 학교에 다니는 아이들이 바글거렸다. 오래전에 사라진 질서를 바로잡겠다는 결의로 주름 잡힌 남색과 우중충한 격자무늬 제복을 채택한 가톨릭 학교 아니면 공립학교 교복 차림이었다. 얼굴은 밝았다. 남자아이들은 대부분 머리가 아주 짧았고, 작은 여자아이들은 땋은 머리에 공 모양의 플라스틱 머리끈을 달고 있었다. 피부색은 새하얀 얼굴부터 주근깨가 박힌 분홍색, 흑단 같은 빛깔까지 다양했다. 순간, 나는 생각했다. 민주주의다. 미국은 모든 미국인의 것이라는 꿈, 코네티컷 초등학교 사회 시간에 조지 워싱턴 카버와 링컨에 대해 읽으면서 배웠던 오래된 이상주의적인 감정. 미술관은 무료이고 이론상 그 어떤 사람에게도 다 열려 있었다. 아이들과 나는 모든 사람이 한데 섞여 제약 없이 그림을 즐길 수 있다는 이상을 표방하는 미술관의 거대한 계단을 함께 올라가고 있었다.

다음 순간 환상은 사라졌다. 아이들은 서로 밀치고 남의 머리에 껌을 붙이고 있었으며, 선생들은 아이들을 점잖게 어르고 달래서 평화를 지키려고 애쓰고 있었다. 무엇보다 워싱턴 인구의 대다수는 이 미술관까지 오지도 않고, 와도 편안한 기분이 들지 않을 것이다. 나는 물러서서 아이들이 먼저 들어갈 때까지 기다렸다. 아이들 사이를 뚫고 먼저 문까지 가기에는 너무 늦었기 때문이었다. 나는 봄기운이 완연한, 따뜻한 오후의 태양을 바라보며 녹색 가로수를 즐겼다. 3시 진료가(만성경계성인격장애 환자였다) 취소되었고 모처럼 그 뒤에도 약속이 없었기 때문에, 사무실을 자유로운 기분으로 홀가분하게 떠나서 미술관으로 나선 길이었다. 이제 오늘은 일하러 갈 필요가 없었다.

여자 둘이 안내 데스크에 앉아 있었다. 한 사람은 검은 직모를 짧게 자른 젊은 여자였고, 다른 한 사람은 부슬부슬한 흰 곱슬머리의 약해 보이는 노인이었다. 자원봉사자 같았다. 나는 늙은 여자를 택했다.

"안녕하십니까. 〈레다〉라는 그림이 어디 있는지 알고 싶은데요."

여자는 올려다보더니 미소 지었다. 젊은 안내인의 할머니라고 해도 될 나이였고, 눈은 빛이 바래 거의 투명하게 보이는 파란색이었다. 이름표에는 미리엄이라고 적혀 있었다.

"잠깐만 기다리세요."

젊은 여자가 이쪽으로 몸을 기울이며 컴퓨터 화면에서 검색하는 것을 바라보더니 말했다.

" '제목'을 치세요."

"아, 거의 다 찾았는데."

노인은 어차피 자기 노력은 소용없다는 것을 미리 알았다는 듯 깊이 한숨을 쉬었다.

"네, 다 찾으셨어요."

하지만 젊은 여자가 키를 한두 번 누른 뒤에야, 미리엄은 미소를 지었다.

"아, 〈레다〉. 프랑스 화가 질베르 토마 작품이군요. 인상파 전시관 바로 앞 19세기 전시관에 있어요."

젊은 여자는 처음으로 나를 바라보았다.

"지난 달에 어떤 남자가 습격했던 그 그림이에요. 많은 사람들이 물어봤답니다. 음⋯."

여자는 검은 머리 한 가닥을 뒤로 쓸어 넘겼다. 다시 보니 흰 얼굴과 녹색 눈 주위로 아시아계처럼 찰싹 달라붙도록 짧게 자른, 검게 염색한 머리였다.

"많은 사람은 아니었지만, 어쨌든 여러 사람이 보고 싶다고 물어봤어요."

나는 퍼뜩 놀란 눈으로 상대를 응시했다. 카운터 뒤에 서 있는 눈빛은 영리해 보였고, 몸에 딱 달라붙는 재킷을 입은 몸매는 날씬하고 유연했다. 재킷과 검은 치마 사이로 엉덩이의 곡선이 아주 약간 노출되어 있었다. 누드로 가득 차 있는 이 박물관에서 복부의 맨살을 이 이상 노출시키는 것은 허용되지 않겠지, 나는 생각했다. 길고 흰 손으로 보아 학교를 졸업하기 위해 남는 시간에 일하는 미술학도이거나 재능 있는 판화작가, 보석디자이너 같은 부류일 것이다. 업무 시간 뒤 그녀가 저 짧은 치마 아래 속옷을 입지 않은 채 카운터에 기대서 있는 모습이 떠올랐다. 아직 어린아이지, 나는 시선을 돌렸다. 아직 어린아이, 난 별 볼 일 없는 남자. 나도 알고 있었다. 나는 나이 지긋한 카사노바가 아니다.

미리엄은 고개를 저었다.

"놀랐네요. 그 그림인 줄 몰랐어요."

"음, 저도 그 사건에 대해서 읽었습니다. 그림을 공격하는 사람이 있다니 신기하죠."

"그러게요."

젊은 여자는 안내 데스크 모서리를 손으로 쓸었다. 엄지손가락에 폭이 넓은 은반지를 끼고 있었다.

43

"여기는 온갖 미치광이들이 다 와요."

"샐리."

노인이 중얼거렸다. 여자는 도전적으로 말했다.

"아뇨. 그렇다니까요."

여자는 내가 방금 자신이 말한 미치광이가 아니냐는 듯 나를 정면으로 쳐다보았다. 혹시라도 저 여자가 나를 매력적으로 생각한다고 착각하고 은근히 커피나 한잔하자고 수작을 건다면, 딱 저런 말투로 '여기는 온갖 미치광이들이 다 온다'고 대꾸하겠지. 로버트 올리버가 그린 그림 속 여인의 모습이 떠올랐다. 그녀 역시 젊었지만, 한편으로는 나이를 알 수 없는, 미묘한 지식과 인생의 경험으로 가득 찬 얼굴을 가지고 있었다.

"그림을 공격한 남자는 체포된 뒤에는 경찰에 협조한 것 같더군요. 그렇게 미친 사람은 아니었던 것 같습니다."

나는 부드럽게 말했다. 여자의 눈은 딱딱하고 건조했다.

"도대체 어떤 사람이 미술작품을 공격해요? 나중에 경비한테 들으니 〈레다〉가 정말 아슬아슬했다던데요."

"감사합니다."

나는 미술관 지도를 손에 든 나이 지긋하고 점잖은 남자로서 물러났다.

미리엄은 잠시 지도를 뺏어 들더니 내가 가려는 전시실에 파란 펜으로 동그라미를 그려 주었다. 샐리는 이미 물러나 있었다. 착각은 나 혼자뿐이었던 것 같았다.

하지만 나는 오후 내내 자유다. 나는 가벼운 마음으로 거대한 대리석 홀로 이어지는 계단을 올라가서 얼룩덜룩하게 번들거리는 기둥 사이를 잠시 서성거리다가 한가운데 서서 심호흡을 했다.

그때 이상한 일이 일어났다. 처음이었다. 로버트가 여기서 잠시 멈추었던 게 아닐까. 그의 존재감이 느껴졌다, 아니, 나는 그가 바로

이 자리에 섰을 때 무슨 경험을 했을까 상상하려고 애썼다. 자신이 그림을 칼로 찌를 것이라는 것을, 무슨 그림을 찌르리라는 것을 알고 있었을까? 그랬더라면, 그는 칼이 든 주머니에 미리 손을 찌른 채 이 장대한 원형 홀을 망설임 없이 지나쳐서 곧바로 목표물을 향했을 것이다. 그러나 자신이 무슨 짓을 할지 미리 알지 못했다면, 그림 앞에 선 뒤에 충동적으로 그런 마음이 든 것이었다면, 그는 나처럼, 주변의 공간감을 감상할 줄 알고 전통적인 형태를 사랑하는 사람이라면 누구나 마찬가지이듯 이 대리석 기둥의 숲 속에서 한참 서성거렸으리라.

나는 손을 주머니에 넣었다. 아니, 미리 그런 계획을 세우고 계획을 실행할 자신이 있었더라도, 칼을 꺼내 손에서 펼치는 그 순간을 처음부터 상상하고 있었더라도, 그는 그 순간을 뒤로 미루는 즐거움을 느끼며 이 자리에 멈춰 섰을지도 모른다. 물론 그림을 망가뜨리고 싶은 충동이 어떤 것인지 나로서는 상상하기 어려웠지만, 지금 상상하는 것은 로버트의 충동이지 나 자신의 충동이 아니다. 잠시 후 나는 장대하고 어둑어둑한 공간을 떠나 다시 그림이 가득한 공간으로, 첫 번째 19세기 작품 전시관을 향해 다시 걸음을 옮겼다.

다행히 전시관에는 사람이 없었다. 하지만 미술관 측은 똑같은 그림이 언제든지 다시 공격당할 수 있다고 생각했는지 경비를 한 사람도 아니고 두 사람이나 세워 놓았다. 〈레다〉가 전시관 건너편에서 곧바로 시선을 끌었다. 오늘 방문하기 전에 책이나 인터넷을 통해 그림을 미리 확인하려는 충동을 참은 것이 다행이었다. 그림의 역사는 나중에 언제라도 읽으면 되지만, 그 이미지는 놀라울 정도로 실제하는 존재로 신선하게 다가왔다.

커다란 캔버스에 인상주의 화풍이었지만 세부 묘사는 모네나 피사로, 시슬리보다 더 섬세했으며, 가로 5피트(약 153센티미터), 세로 8피트(약 244센티미터) 크기를 두 형체가 꽉 채우고 있었다. 주인공은 실제처럼 아름다운 풀밭 위에 누워 있는 거의 벌거벗은 여성이었다. 여성은 고전적인 절망과 체념─혹은 방종?─을 엿볼 수 있는 자세로 뒤로 누워 있었으며, 묵직한 금빛 머리는 무겁게 땅으로 처져 있었고, 주름진 옷감이 배 부분에서 한쪽 다리까지 살짝 덮고 있었다. 처진 젖가슴이 드러나 있었고 두 팔은 양옆으로 죽 뻗은 모습이었다. 현실적으로 표현된 잔디에 비해 신비스러운 색채로 표현된 피부는 마치 통나무 아래서 자라난 식물의 싹처럼 너무나 창백하고 투명했다. 잠시 마네의 〈풀밭 위에서의 점심〉이 떠올랐지만, 〈레다〉의 모습은 투쟁과 놀라움, 장엄함으로 가득 차 있었다. 벌거벗고도 평온한 마네의 창녀와는 달랐다. 피부의 색조는 더 차가웠고 붓질은 느슨했다.

또 하나의 주인공은 인간이 아니었지만, 분명 중심인물이었다. 거대한 백조가 곧 물 위에 내려앉으려는 듯 여자의 몸 위에서 습격 속도를 늦추기 위해 날개를 뒤쪽으로 펄럭이고 있었다. 백조의 긴 날개깃은 발톱처럼 안쪽으로 구부러져 있었고, 회색으로 주름진 발은 여자의 부드러운 배에 닿을락 말락 했으며, 검고 둥근 눈은 종마처럼 강렬했다. 여인을 향해 날아오는 기세가 화폭에 놀랄 정도로 잘 묘사되어 있었고, 이 점이 시각적으로나 심리적으로 풀밭 위에 있는 여인의 공포를 설명해 주고 있었다. 충동적인 착륙을 더욱 도우려는 듯 백조의 꼬리도 허리 아래로 말려 들어가 있었다. 백조가 불과 한순간 전 저 희미한 수풀 속에서 훌쩍 날아올라 잠든 여인의 모습을 보고 느닷없는 욕망에 사로잡혀 이쪽으로 방향을 틀어 내려앉으려 한다는 것을 생생하게 느낄 수 있는 광경이었다.

혹 백조는 이 여인을 찾고 있었던 걸까? 나는 이야기의 자세한 내용을 기억하려고 애썼다. 거대한 생물의 움직임은 여인이 평화로운 야외의 낮잠에서 깨어나는 순간 그녀를 충분히 뒤로 쓰러뜨릴 수 있을 정도였다. 남성성을 표현하기 위해 굳이 성기를 묘사할 필요도 없었다. 꼬리 아래의 어둑한 부위, 긴 목을 여인 쪽으로 굽히고 있는 강력한 머리와 부리만으로 충분했다.

여인을 내 손으로 만져 보고 싶었다. 잠든 그녀를 찾아내고 무시무시한 생물을 밀어내고 싶었다. 물러서서 캔버스를 전체적으로 바라보니, 레다의 공포를, 잠에서 깨어났다가 뒤로 넘어진 상황을, 땅을 움켜쥐고 있는 손에 어린 공포를 느낄 수 있었다. 이 점은 사빈느의 여인들이나 성 캐서린처럼 이 미술관의 다른 전시관 벽에 걸린 고전회화들에 묘사된 관능적인 피해자들에게서는 전혀 느낄 수 없는 부분이었다. 오랜 세월 동안 여러 번 읽었던 예이츠의 시가 떠올랐지만―"느슨해지는 허벅지"―예이츠의 레다는 큰 반항을 하지 않는, 스스로도 원하는 피해자였다. 나중에 확실히 찾아봐야겠다. 질베르 토마의 레다는 진짜 여인이었고, 정말 겁에 질려 있었다. 내게 그녀를 원하는 마음이 생긴다면, 그것은 그녀가 사실적인 인물이기 때문이지 이미 굴복했기 때문은 아닐 것이다.

회화 아래의 명판은 아주 간결했다. "레다[백조에게 정복당한 레다(Leda vaincue par le Cygne)], 1879, 1967년 구입. 질베르 토마, 1840~1890" 한순간을 포착한 화폭에 이 정도의 진짜 감정을 불어넣다니 무슈 토마는 분명 대단한 통찰력의 소유자이자 훌륭한 화가다, 나는 생각했다. 신속하게 작업한 깃털이나 번지듯이 표현한 레다의 옷자락은 인상파의 도래를 알리고 있었지만, 이 그림이 인상파 회화는 아니었다. 우선 소재 자체가 인상파 화가들이 경멸했던 부류였다. 학문적인, 고전적인 신화. 로버트 올리버는 무엇 때문에 이 장면에 뛰어들려고 칼을 뽑아들었을까? 성을 혐오하는 착란증이나 자기 자신의 성적인 욕구를 부정하려는 광기를 앓고 있는 것일까? 즉각 붙잡히지 않았다면 이 회화 속의 인물들을 회복이 불가능할 정도로 망가뜨릴 수 있었던 그의 행동은, 혹시 백조에게 밀려 무력하게 넘어진 이 여인을 보호하려는 것이었을까? 비틀린, 망상장애적인 의협심? 단순히 이 작품의 에로티시즘 자체가 마음에 들지 않았을 수도 있다. 하지만 과연 이 작품을 에로틱한 그림이라고 말할 수 있을까?

작품 앞에 오래 서 있을수록, 점점 더 이것은 권력과 폭력에 관한 그림처럼 보였다. 레다를 바라보고 있으니, 그녀를 만지거나 더럽히고 싶은 생각보다 다시 여인에게 날아들기 전에 깃털로 덮인 백조의 육중한 가슴을 밀어내고 싶다는 욕구가 일었다. 로버트 올리버가 주머니에서 칼을 꺼낼 때 느낀 것도 이런 기분이었을까? 아니면 그저 여인을 화폭에서 해방시키고 싶었던 것일까? 나는 잔디 안에 박힌 레다의 손을 바라보며 잠시 이런 생각에 잠겨 있다가 질베르 토마의 다음 작품으로 돌아섰다. 어쩌면 여기에 점점 커져가는 내 의문에 대한 해답이 있을지도 모른다. 로버트 올리버나 그의 칼을 넘어서는 호기심. 도대체 토마는 어떤 사람이었을까? 제목을 읽고―"동전이 있는 자화상, 1884"―단호하게 붓질한 검정 코트, 검은 턱수염, 매끄러운 흰 셔츠를 훑어보기 시작하는데, 누군가의 손길이 팔꿈치에 느껴졌다.

나는 별로 놀라지 않고 돌아섰지만―워싱턴에서 산 지도 이제 20년이 넘었고, 여기는 솔직히 작은 도시다―그것은 내 착각이었다. 아는 얼굴은 없었다. 누가 어쩌다 내 팔을 스치고 지나간 것뿐이었다. 이제 전시관 안에는 사람들이 꽤 많이 들어와 있었다. 그림을 가리키며 나직하게 대화를 나누는 노부부, 반질거리는 이마에 긴 머리를 한 검은 정장 차림의 남자, 이탈리아어 같은 말로 이야기하는 관광객.

가장 가까이 있는 사람, 내 팔꿈치를 건드린 듯한 사람은 젊은 여자였다. 아니, 아직 젊은 편이었다. 그녀는 레다를 바라보고 있었고, 몇 분 동안 서 있기로 작정한 듯 그림 앞에 똑바로 자리를 잡고 있었다. 거의 나와 비슷할 정도로 키가 크고 날씬했으며 청바지와 흰 면 블라우스, 갈색 부츠 차림에 팔짱을 끼고 있었다. 염색한 것으로 보이는 진한 빨강 머리는 상당히 길었으며 등 뒤로 늘어져 있었다. 비스듬히 보이는 매끈하고 고운 뺨 윤곽, 연갈색 눈썹, 긴 속눈썹, 화장기는 전혀 없었다. 그녀가 머리를 숙이자 금발 머리 뿌리가 보였다. 흔히 갈색 머리를 금발로 염색하는데, 그 반대였다.

잠시 후 그녀는 소년처럼 두 손을 청바지 뒷주머니에 푹 찌르더니 그림 쪽으로 가까이 몸을 숙여 뭔가 관찰하기 시작했다. 붓질을 살펴보려고 목을 길게 뺀 모습을 보아 그녀도 화가라는 것을 알 수 있었다―이건 혹시 내 기억이 만들어낸 착각일까? 화가만이 저런 각도에서 캔버스 표면을 관찰할 수 있는데, 나는 그녀가 고개를 돌리고 굽혀가며 조명을 받은 그림의 질감을 비스듬하게 파악하는 것을 보고 생각했다. 나는 그녀의 집중력에 놀라 최대한 몰래 그녀를 관찰했다. 그녀는 물러서서 다시 그림 전체를 보기 시작했다.

그녀는 레다 앞에 지나치게 오래 서 있었고, 왠지 그것은 기술 관찰 때문이 아니라는 느낌이 들었다. 분명 그녀도 내 시선을 느꼈지만 별로 상관하지 않는 듯했다. 그러다 그녀는 다른 곳으로 걸어갔다. 내게는 눈길 한 번 주지 않고, 전혀 호기심도 보이지 않은 채, 그냥 무시해 버렸다. 아름답고 키 큰 여자는 남의 시선을 받는 데 익숙하다. 어쩌면 화가가 아니라 남의 시선에 단련된, 심지어 즐기기까지 하는 공연예술가나 선생님일지도 모른다. 그녀가 반대쪽 벽에 걸린 마네의 정물화 쪽으로 돌아서는 순간, 나는 양옆으로 늘어뜨린 그녀의 손이 눈에 들어오기를 기다렸다. 그녀는 마네의 빛나는 와인 잔과 자두, 포도를 아까처럼 집중해서 보는 것 같지 않았다. 내 시력은 아직 좋았지만 예전 같지는 않았다. 손톱 밑에 물감이 끼어 있는지는 볼 수 없었다. 하지만 가까이 다가갈 생각은 없었다.

놀랍게도 그녀는 갑자기 돌아서서 내 쪽을 향해 재미있다는 듯

한, 애매한 미소를 보냈다. 그림에 가까이 다가서서 한참 동안 열심히 바라보는 관람객 사이의 은밀한 동지의식이 느껴지는 미소였다. 개방적인 표정, 화장을 하지 않아서 더욱 초롱초롱한 얼굴, 창백한 입술, 색깔을 알아볼 수 없는 눈동자, 발그레하고 흰 피부와 적갈색 머리카락. 쇄골에는 매듭을 지은 가죽끈에 양피지 기도문이라도 말아 넣을 수 있을 것 같은 긴 세라믹 구슬을 꿴 목걸이가 걸려 있다. 각진 몸이었지만 흰 면 블라우스 안의 가슴은 풍만할 것 같았다. 자세는 꼿꼿했지만 섬세하지는 않았고, 조심성이 깃든 우아한 분위기는 무용가라기보다는 말을 타는 기수에 가까웠다. 노부부가 가까이 다가와서 그녀는 비켜 줘야 했다. 토마, 마네, 묘한 중년 남자, 모두 잘 가.

7

말로우

아름다운 미소를 지닌 젊은 여자는 이제 멀어지고 있었다. 내가 무심결에 그녀와 뭔가 소통하지 않았나 하는 생각이 들었다. 그녀도 혹시 화가가 아니냐고 물어보고 싶었다. 다음 벽에는 르누아르가 있었지만, 그녀는 그림을 쳐다보지 않고―신경조차 쓰지 않은 채―그냥 지나쳐서 전시관을 나섰다. 이 점이 마음에 들었다. 나도 필립스 컬렉션의 그 캔버스 화, 햇빛에 빛나는 포도와 병, 유리잔이 사람보다 더 돋보이는 〈보트 파티의 오찬〉을 제외하고는 르누아르를 좋아하지 않았다. 나는 그녀를 뒤쫓지 않았다. 젊은 여자가 하루에 두 명이나 눈에 들어오는 것은 피곤하고 무익한 데다 미래도, 목적의식도 없고 즐겁지도 않은 일이었다.

이 모든 상황은 1, 2초 동안 벌어진 일이었다. 나는 곧장 토마의 자화상으로 돌아갔지만, 기름진 이마의 남자가 길을 막고 서 있었다. 그가 옆으로 움직인 뒤, 나는 좀 더 자세히 보기 위해 다가갔다. 특히 배경을―어두운 커튼―대충 처리한 점이 이번에도 인상파로 접어드는 그림이었지만, 〈레다〉의 대담성과 우아함과는 상당히 달랐다. 다양한 능력을 지닌 화가군, 나는 생각했다. 혹시 토마의 작풍이 1880년대에 전혀 다른 방향으로 바뀌었는지도 모른다. 이 그림에서는 렘브란트의 영향이 엿보였다. 생각에 잠긴 표정과 음울한 색채, 대상의 빨간 코와 통통한 뺨, 한때 잘생긴 남자가 중년에 접어드는 과정을 가차 없이 묘사한 자화상이라는 점, 심지어 어두운 색의 벨벳 모자와 재킷—스모킹 재킷 같기도 했다—에서 그런 점을 읽을 수 있었다. '노(老)대가이자 귀족인 화가'라는 제목을 붙여도 될 것 같았다.

자화상의 제목으로 사용된 동전은 전경에 배치되어 있었다. 토마가 팔꿈치를 괴고 있는 나무 탁자 위에 동전이 쌓여 있었는데—큰 동전, 닳은 동전, 동화, 금화, 녹슨 은화—다양한 모양과 크기의 골동품 동전이 너무나 기술적으로 그려져 있어서 보는 사람이 엄지와 검지로 집어들 수 있을 것 같은 느낌이 들 정도였다. 심지어 동전에 새겨진 신기한 옛 글자와 기묘한 알파벳 문자, 사각형 구멍, 매듭이 새겨진 가장자리까지 다 보였다. 동전이 토마 자신보다 더 잘 묘사되어 있을 정도였다. 마네의 과일과 꽃 옆에 나란히 걸려 있으니, 자화상은 서툴러 보이기까지 했다. 어쩌면 토마는 자기 얼굴보다 돈에 더 주의를 기울였는지도 모른다. 어쨌든 그는 200년 전으로 눈을 돌려 17세기풍의 인물을 그리기 위해 노력했으며, 나는 그로부터 거의 120년이 지나 19세기의 작품을 바라보고 있었다.

토마가 뿌연 렘브란트의 초상화에서 포착해내지 못한 인물의 특성이 한 가지 있군, 나는 생각했다. 그것은 정직함이었다. 그래도 자기 자신의 눈매에 교활한 자의식을 묘사한 점은 충분히 가혹하다고—혹은 허영심이나 자기기만일지도 모른다—할 수 있었다. 전경에 동전을 배치한 것을 보면, 어쩌면 이 약삭빠름은 보는 사람을 불편하게 하기 위해 계산된 것일 수도 있다. 어쨌거나 흥미로운 얼굴이었다. 토마는 그림에서 돈을 많이 벌었을까, 아니면 단순히 많이 벌고 싶었을까? 다른 일에 종사했을까, 아니면 유산을 많이 물려받았을까?

물론 그 답을 알 수는 없었다. 몇 분 전 내 눈에 띄었던 여자도 아마 그랬겠지만, 나는 마네의 정물화로 넘어가서 화이트 와인이 가득 차 있는 잔과 진청색 자두 표면의 빛, 거울 모서리를 감탄의 눈으로 바라보기 시작했다. 피사로의 작은 캔버스도 마음에 들었던 기억이 난다. 나는 온 김에 피사로와, 동료 인상파 화가들을 잠시 감상하기 위해 다음 전시관으로 들어갔다.

인상주의 회화를 진지하게 감상한 것도 아주 오랜만이었다. 수없이 반복되는 회고전, 꼬박꼬박 그림이 박힌 토트백과 머그, 수첩 용지 같은 것들이 인상주의를 멀리하게 만들었다. 예전에 읽었던 내용이 떠올랐다. 베르트 모리조라는 여자를 비롯한 소규모의 원조 인상파 화가들이 1874년 최초로 한데 모여 너무 실험적이라는 이유로 파리 살롱에서 탈락되었던 작품들을 전시했다. 포스트모던 시대에 사는 우리들은 그 작품들을 당연하게 받아들이거나, 경멸하거나, 너무 쉽게 사랑한다. 그러나 그들은 붓질로 전통을 부수고, 일상생활을 회화의 소재로 받아들였으며, 회화를 스튜디오 밖으로 이끌어내 프랑스의 정원으로, 들판으로, 바닷가로 데려간 당대의 급진주의자였다.

이제 나는 시슬리의 자연광과 부드럽고 미묘한 색채를 새로운 시각으로 감상했다. 긴 드레스 차림의 여인이 어느 마을길 눈 쌓인 길 속으로 사라지는 장면이었다. 길가에 늘어선, 높은 벽보다 더 높이 자란 나무의 황량함 속에는 감동적이고 진실한, 혹은 진실이기 때문에 감동적인 뭔가가 있었다. 한 오랜 친구가 말했던, 좋은 회화는 수수께끼를 담고 있어야 한다는 말이 떠올랐다. 석양 속에서 날씬한 등을 이쪽으로 돌리고 있는 여자를 바라보는 시각이 좋았고, 풍경은 모네의 끝없는 짚단보다 흥미를 돋우는 데가 있었다―나는 분홍색과 노란색 경사 위에서 펼쳐지는 여러 단계의 새벽을 묘사한 그림 세 점이 걸린 복도를 걷고 있었다. 나는 재킷을 걸치고 떠날 준비를 했다. 감상했던 그림들이 머릿속에서 한데 엉키기 전에 미술관을 나서야 한다는 게 나의 믿음이다. 그러지 않는다면 무슨 수로 마음의 눈에 뭔가 담아 갈 수 있겠는가?

아래층 로비에 내려가 보니 검은 머리 여자는 없었다. 미리엄은 미술관 지도를 잘 못 읽는 비슷한 나이의 남자에게 열심히 설명하고 있었다. 그녀가 고개를 들 때를 대비해서 미소 지을 준비를 하고 그 옆을 지나갔지만, 그녀가 나를 보지 않아서 인사는 다음으로 미뤄야 했다. 문을 밀고 밖으로 나가면서, 나는 위대한 미술관을 떠날 때 흔히 느끼곤 하는 안도감과 실망감이 섞인 감정을 경험했다. 낯익은, 보다 덜 강렬한, 보다 익숙한 세상으로 귀환하는 안도감과 수수께끼가 없는 그 세계에 대한 실망감. 붓질도, 유화물감의 깊이도 없는 평범한 거리가 거기 있었다. 자동차는 여느 때처럼 혼란스러운 워싱턴의 도로를 질주하고 있었고, 앞 차를 추월하려다 실패한 운전자들이 경적을 누르거나 주먹으로 때리고 있었다. 하지만 꽃이 만발한, 혹은 새 잎이 파릇파릇한 나무는 아름다웠다. 삭막한 겨울이 지난 후에 동부해안이 선사할 수 있는 최고의 아름다움이랄까.

저 밝은 녹색과 적갈색 잎들을 묘사할 수 있는 색채의 조합은 뭘까 생각하고 있는데, 그 여자가 다시 눈에 띄었다―내 앞에서 레다를 관찰하던 젊은 여자였다. 그녀는 버스 정류장에 서 있었다. 상념에 잠겨 있지도, 집중하지도 않은 채, 캔버스 가방을 어깨에 메고 오만하게 꼿꼿한 자세로 서 있는 모습은 아까와는 아주 달라 보였다. 머리카락이 햇빛에 반짝이고 있었다. 아까는 그 머리에 진한 금발과 빨강색이 얼마나 많이 섞여 있는지 미처 눈치채지 못했다. 팔은 흰 블라우스 앞섶에서 팔짱을 끼고 있었고, 입술은 단단히 맞물려 있었다. 그녀의 옆얼굴이 다시 보였다. 어디에서도 알아볼 수 잇을 것 같았다. 그래, 독립적이고 거의 적대적인 분위기까지 풍겼지만, 왠지 '우울하다'는 단어가 떠올랐다. 어쩌면 진정 외로울 수도, 심지어 자의에 의한 선택일 수도 있을 것이다. 그녀는 잘생긴 젊은 남편과 같이 그렇게 서 있을 수 있는 나이였다. 멀리서 아는 사람을 보고도 멈춰 서서 이야기를 나눌 시간이 없을 때처럼 마음이 안타까웠다. 나는 그녀가 나를 눈치채기 전에 자리를 피해야겠다고 생각했다.

나는 얼른 계단을 내려갔다. 마지막 단에 도착했을 때 그녀는 돌아보았다. 그녀는 나를 약간 알아보는 것 같았다(군청색 재킷 차림에 넥타이를 매지 않은 특징 없는 남자). 저 사람이 왜 낯익게 느껴지지? 아까 안에서 나를 지나쳤다는 것을 기억하지 못하고 이렇게 자문하고 있을까? 그때 그녀는 미소 지었다. 아까 미술관 안에서처럼, 동지에게 보내는 듯한, 민망해 보이는 미소였다. 그 순간만큼은 그녀는 내 것, 내 오랜 친구였다. 우스꽝스럽게도, 나는 한 손을 애매하게 흔들어 보였다. 낯선 사람은 서로에게 이상하게 보이는 법이지, 나는 생각했다. 아니, 내가 그녀보다 더 이상해 보였을 것이다. 미소 짓는 그녀의 눈가에 새겨진 주름이 보였다. 서른 살은 넘은 것 같았다. 나는 그녀처럼 꼿꼿하게 걸으려고 애쓰며 그곳을 떠났다.

8

말로우

다음 날 아침 나는 평소보다 오히려 일찍 일어났지만 그림을 그리지는 않았다. 7시에 사무실 컴퓨터를 사용하러 골든그로브에 도착해서 오전 직원들 대부분이 출근하기 전에 커피를 마셨다. 집에 있는 미술 백과사전에는 질베르 토마에 대해서 내가 이미 알고 있던 사실 이상의 내용이 거의 없었지만,《클래식 길잡이》에는 〈레다〉에 대한 이야기가 나와 있었다: 제우스는 인간 여인인 레다를 탐하여 백조의 모습으로 그녀를 찾아갔다. 하필 레다가 남편인 스파르타 왕 틴다레오스와 잠자리를 한 날이었다. 그리하여 레다는 쌍둥이 두 쌍을 한꺼번에 낳게 된다. 한 쌍은 불사의 생명을 지닌 카스토르와 폴리데우스(로마 신화에서는 폴룩스), 한 쌍은 한정된 생명을 지닌 클라이템네스트라와 이후 트로이 전쟁의 원인이 되는 헬렌이다. 레다의 아이들이 알에서 깨어났다는 설도 있는데, 알 속에서 아이들이 서로 뒤섞였는지 이 설에서는 헬렌과 폴리데우스가 제우스의 아이로서 불사의 생명을 지녔고 카스토르와 클라이템네스트라는 유한한 수명을 지녔다고 전한다.

찾기 시작한 김에 레다와 백조 그림도 찾아보았더니, 대단히 에로틱한 미켈란젤로의 복제품, 코레지오의 그림, 백조를 마치 애완동물처럼 묘사한 레오나르도 복제품, 백조가 마치 산책을 나가자고 사정하는 듯 무관심한 레다의 손목을 잡아끄는 장면을 그린 세잔에 이르기까지 상당한 전통이 있었다. 질베르 토마는 이 위엄 있는 대가의 반열에 오르지는 못했지만, 인터넷을 찾아보면 뭔가 더 나올 것 같았다.

이쯤에서 나는, 지금도 인터넷에 의지하는 것을 좋아하지 않지만 당시만 해도 참을 수 없을 정도로 싫어했다는 사실을 언급해야겠다. 책장을 넘기다가 의도치 않았던 것을 우연히 알게 되는 기쁨이 언젠가 사라진다면, 우리는 무엇을 해야 할까? 물론 인터넷 자료조사에서도 그런 기쁨을 경험하는 일이 있지만, 내가 볼 때는 훨씬 한계가 많다. 낡은 책이든 새 책이든, 펼친 책의 향기를 어떻게 포기할 수 있을까? 예를 들어 레다 신화를 조사하기 위해 책장을 살피는 동안, 나는 이 이야기와 상관은 없지만 아직도 가끔 생각하곤 하는 고전 속의 인물들을 몇 명 더 알게 되었다. 아내는 자료조사를 효율적으로 하지 않고 일일이 책장을 넘기는 이런 내 성향에서 가장 늙은 티가 난다고 하지만, 그런 아내도 때로 별 목적의식 없이 전기물이나 미술관 카탈로그를 넘기며 즐거움을 느낄 때가 있다.

어쨌거나 인터넷 자료조사 전문가는 전혀 아니지만, 그날 아침 나는 사무실 컴퓨터 깊숙한 곳에서 질베르 토마에 대해 약간 더 많은 것을 알아냈다. 그는 잘 봐 줘야 초창기에 유망했던 화가였고, 유명한 그림도 로버트가 습격했던 레다 그림과 그 옆에 걸려 있던 자화상뿐이었다. 마네를 포함한 당대 프랑스 화가들과 교분도 있었다. 그와 그의 동생 아르망은 파리 최초의 상업적 화랑 중 하나를 공동 소유하고 있었는데, 이곳은 위대한 폴 뒤랑 뤼엘의 화랑에 이어 두 번째, 혹은 세 번째로 꼽히는 곳이었다. 토마는 흥미로운 인물이었다.

사업은 결국 망했고, 토마가 1890년 빚더미 위에서 죽자 동생은 남은 주식 대부분을 처분하고 은퇴했다. 질베르는 1879년을 전후하여 〈레다〉에 묘사된 풍경을 노르망디 페캉 근처 시골집에서 그린 뒤 파리 작업실에서 완성했다. 〈레다〉는 1880년 살롱에 출품되어 호평을 받았지만, 당대에도 에로틱한 성격 때문에 비판이 있었다. 토마의 그림 중 살롱에 전시된 최초의 작품이었고, 그 외에도 전시된 작품이 있었다. 나머지는 분실되거나 주목을 받지 못했고, 그의 명성은 대부분 내셔널 갤러리에 상설 전시된 이 걸작 때문에 후세에 남았다.

환자들이 아침 식사를 끝낸 것을 알고, 나는 로버트의 방으로 가서 닫힌 문을 두드렸다. 로버트는 물론 대답이 없었기 때문에, 항상 혹시 사적인 순간에 불쑥 그를 놀라게 할까 봐 이름을 부르며 조금씩 문을 열어야 했다. 그가 입을 열지 않아서 가장 불편한—심지어 당혹스러운—점 중의 하나였다. 그날 아침도 예외는 아니었다. 나는 안에 들어가기 전에 노크를 하고 이름을 부른 뒤 문을 여러 번에 걸쳐 조금씩 열었다.

그는 이쪽으로 등을 돌린 채 책상으로 사용하는 작업대에서 그림을 그리고 있었다. 이젤은 비어 있었다.

"좋은 아침입니다, 로버트."

나는 지난 주, 혹은 그 전주부터 그가 그러라고 했다는 듯 이름을 부르기 시작했지만, 어디까지나 정중한 말투를 썼다.

"잠시 들어가도 될까요?"

나는 언제나처럼 문을 열어놓은 채 안에 들어섰다. 그는 돌아보지 않았지만, 종이 위에서 오가던 손의 움직임이 느려졌다. 연필을 더 단단히 붙잡는 것이 눈에 띄었다. 그를 치료하기 위해서는 언어를 대신할 수 있는 어떤 단서라도 찾아야 했다.

"편지를 빌려 주셔서 감사합니다. 원본을 가져왔어요."

나는 그가 전에 편지를 놓았던 의자 위에 봉투를 다시 살짝 내려놓았지만, 그는 여전히 돌아보지 않았다.

"간단한 질문이 있습니다."

나는 밝은 목소리로 다시 말했다.

"자료조사는 어떻게 하시죠? 궁금한데요, 인터넷을 사용하십니까? 아니면 도서관에서 오랜 시간을 지내십니까?"

아주 잠시 연필이 우뚝 멈췄지만, 다음 순간 그는 계속 뭔가를 칠하고 있었다. 나는 그가 그리는 것을 보기 위해 다가가지 않았다. 낡은 셔츠를 입은 어깨가 접근을 금지하는 듯 했다. 머리 꼭대기가 벗어지기 시작하는 부분이 눈에 띄었다. 나머지 몸은 아직 힘이 넘쳐 보이는데도, 그 자리에만 벌써 세월의 흔적이 생긴 것을 보니 어쩐지 마음이 찡했다. 나는 다시 한 번 시도했다.

"로버트, 그림을 그릴 때 인터넷에서 자료 조사를 하십니까?"

이번에는 연필이 멈칫하지 않았다. 순간 그를 돌려놓고 눈을 마주 보고 싶다는 충동이 일었다. 아마 표정은 어둡고, 눈빛에는 경계심이 가득하리라. 하지만 그러지 않은 것이 옳은 선택이었다. 상대에게 관찰당하지 않고 등에다 대고 이야기할 수는 있어야 하니까.

"저도 가끔 그러거든요. 책을 더 좋아하긴 하지만 말입니다."

로버트는 움직이지 않았지만, 어쩐지 그의 속에서 뭔가 변화한 것 같았다. 분노일까? 호기심?

"음, 그럼, 이만 가보겠습니다."

나는 잠시 사이를 두었다.

"좋은 하루 되십시오. 제게 부탁할 게 있으면 뭐든지 이야기하세요."

그의 편지를 번역하는 중이라는 이야기는 하지 않기로 했다. 그가 침묵을 지킨다면, 나 역시 조금은 그럴 수 있다.

방을 나서면서 나는 그의 침대 위 벽에 눈길을 주었다. 다른 그림보다 약간 큰 새 그림이 테이프로 붙어 있었다. 잠자는 동안에도 언제나 그를 내려다볼 수 있는 자리, 엄숙하고 꾸짖는 듯한 표정을 한 검은 머리의 여인이었다.

다음 월요일, 조가 보낸 봉투가 내 편지함에 들어 있었다. 나는 애써 봉투를 뜯지 않고 저녁을 먹었다. 손을 씻고, 차를 끓이고, 좋은 등이 있는 거실에 앉았다. 물론 오래된 편지가 늘 그렇듯 내용은 단순한 가정사일 가능성이 컸지만, 조는 회화에 대한 내용이 들어 있다고 했고 내가 좋아할 거라는 사실을 알고 인삿말은 프랑스 어 그대로 남겼다.

1877. 10. 6.

백부님께

친절한 편지 감사드리며, 제가 답신을 드리게 되었습니다. 어젯밤 백부님을 만나서 우리는 매우 기뻤습니다. 백부님이 오셔서 시아버님은 매우 즐거워하셨습니다. 우리 집에 살게 되신 뒤로 웃는 모습을 뵙기가 힘들었답니다. 사랑하던 부인이 안 계신 지도 벌써 몇 년이 흘렀건만, 자기 집을 그리워하시는 것 같아요. 당신이 그분에게 얼마나 좋은 형님인지 입버릇처럼 말씀하신답니다. 이브도 안부를 전하랍니다. 파리에 잘 돌아가서 마음이 놓인다는군요. (가까운 곳에 백부가 살고 계시니 사는 것이 훨씬 좋답니다!) 저 자신도 드디어 백부님을 만나게 되어 반가웠습니다. 오늘 아침에 할 일이 너무 많아 길게 쓰지 못하는 것을 용서하세요. 부디 르와르까지 안전하게 여행하시고 그곳에서의 체류를 즐기시길 바랍니다. 모든 일이 잘될 거라고 믿습니다. 백

부님이 그릴 풍경들이 부럽군요. 남기고 가신 에세이를 아버님
께 읽어 드리겠습니다.

존경하는

베아트리스 드 클레르발 비뇨

편지를 다 읽고, 나는 로버트가 이 편지에서 무엇을 보았는지,
무엇이 그로 하여금 독방에서 이 편지를—그리고 다른 것들
도—읽고 또 읽게 했는지 이해하려고 애썼다. 그에게 편지가 그렇
게 소중하다면, 왜 내게 읽도록 허락했는지도.

9

말 로 우

보통 환자의 이혼한 배우자까지 만나 보지는 않지만, 로버트 올리버에게서 아무 설명도 얻어내지 못한 채 한 주 한 주 캔버스에서 형태를 갖춰 가는 아름다운 얼굴을 보고 있으려니 일종의 패배감이 느껴졌다. 게다가 그도 케이트와 이야기해도 좋다고 말한 바 있었다.

로버트의 전처는 아직 그린힐에 살고 있었고, 그가 처음 입원했을 때 나는 전처와 통화한 적이 있었다. 전화상으로 그녀는 피곤하게 들리는 나직한 목소리였는데, 그 목소리는 그가 골든그로브에 입원했다는 소식에 더욱 피곤한 기색을 띠었다. 배경에서 아이들이 노는 소리, 누군가 웃는 소리가 들렸다. 로버트가 전에 진단받았던 병에 대해 그녀도 알고 있으며, 이혼이 마무리된 지는 1년이 넘었다는 것을 확인하는 정도에서 통화는 끝났다. 그녀는 로버트가 올해 거의 워싱턴에서 살았다고 했고, 자신에게는 대화하기 힘든 주제라고 덧붙였다. 전남편이 무슨 실질적인 위험에 처해 있는 것도 아니고 그린힐에서 받은 진단서도 있다면, 이 정도에서 이야기를 끝내도 될까요?

그러니 두 번째로 전화를 건 것은 평소의 내 원칙과 그녀의 부탁을 모두 거스른 것이었다. 나는 주저하며 로버트의 파일에서 전처의 전화번호를 꺼냈다. 이렇게 하는 것이 옳은 일일까? 하지만 반대로 이렇게 하지 않는 것은 과연 옳은 일일까? 그날 이른 아침 면담 동안 로버트는 더욱 심하게 우울해 보였고, 〈레다〉라는 그림에 대해 생각해 본 적이 있느냐고 물으니 마치 그런 말도 안 되는 질문에 불쾌감을 느낄 기운도 없다는 듯이 나를 똑바로 쳐다보기만 했다. 어떤 날에는 그림을 그리거나 스케치를 했고—늘 그 여자의 강렬한 얼굴이었다—다른 날에는 오늘처럼 턱을 굳게 다문 채 침대에 누워 있거나 내가 방문할 때 자주 앉는 안락의자에 앉아 손에 편지를 쥐고 창밖을 암울하게 내다보곤 했다. 한번은 내가 그의 방에 들어섰을 때, 그는 눈을 뜨고 잠시 나를 향해 미소 지으며 마치 사랑하는 사람을 만난 듯 뭔가 중얼거리더니, 갑자기 침대에서 벌떡 일어나 나를 향해 주먹을 올려 보였다. 최소한 로버트가 이전에 약물을 복용했을 때 어떤 반응을 보였는지, 어떤 약물이 가장 효과적이었는지 정도는 그의 전처에게서 알아낼 수 있을 것이다.

5시 30분, 나는 노스 캐롤라이나 서부 산악지대에 위치한 그린힐 전화번호를 돌렸다. 거기서 여름 휴가를 보낸 친구들에게서 들어본 적이 있는 동네였다. 전에 들었던 바로 그 조용한 목소리가 이번에는 다른 사람과 막 웃음을 떠뜨린 듯한 기색으로 전화를 받아서, 나는 깜짝 놀랐다. 로버트가 매일같이 스케치하는 사랑스러운 얼굴이 전화 저편에 있을 것 같았다. 그녀의 목소리는 잠시 즐거움에 가득 차 있었다.

"네, 여보세요?"

"올리버 부인, 워싱턴 골든그로브 정신병원의 말로우 박사입니다. 몇 주 전 로버트 일로 통화를 했었지요."

다시 입을 열었을 때, 부인의 목소리에서는 즐거움이 사라지고 둔한 두려움이 그 자리를 채웠다.

"무슨 일이죠? 로버트는 괜찮은가요?"

"특별히 걱정하실 일은 없습니다, 올리버 부인. 환자의 상태는 비슷합니다."

배경에서 아이가 웃는 목소리, 부르는 소리가 들리더니, 뭔가 가까운 바닥에 떨어진 것처럼 쿵 하는 소리가 이어졌다.

"한데 그 점이 문제입니다. 로버트는 아직도 상당히 우울해하고 불안정합니다. 상태가 훨씬 더 호전되어야 퇴원을 고려해 볼 수 있습니다. 가장 힘든 점은 환자가 저나 다른 어느 누구와도 대화를 하지 않으려 한다는 점입니다."

"아."

여자는 말했다. 로버트가 늘 그려대는 그 빛나는 검은 눈에, 재미있는 듯한, 혹은 화난 듯한 입술에 어울릴 만한 심술이 순간 내비치는 것 같았다.

"그는 저와도 그리 대화가 없었어요. 특히 마지막 1, 2년 사이에는. 잠깐. 기다리세요."

전화에서 입을 떼고 말하는 소리가 들렸다.

"오스카? 얘들아? 다른 방으로 가서 놀아라."

"처음 입원한 날에는 말을 했는데, 그때 당신에게 문의해도 좋다고 본인이 허락했습니다."

그녀는 침묵을 지켰지만, 나는 계속 말을 이었다.

"그의 증세가 어떠했는지 이야기를 해 주시면 크게 도움이 될 겁니다. 특히 예전에 처방받은 약물에 어떤 반응을 보였는지, 기타 여러 문제들에 대해서요."

"음, 말로우 박사님?"

그녀는 천천히 말했다. 떨리는 목소리 너머로 아이들의 소음과 웃음, 쿵쿵거리는 소리가 다시 들려왔다.

"전 정신없이 바쁘답니다. 경찰과 정신과 의사 두 명하고 이미 이야기를 했고요. 전 남편 없이 혼자 두 아이를 키우고 있어요. 의료 보험이 끝나면 로버트의 어머니와 제가 그의 치료비 일부를 나눠 부담하기로 했답니다. 그의 유산과 제 돈, 주로 그의 돈이지만, 그래도 저도 조금은 돕고 있어요. 알고 계실지도 모르지만."

모르던 사실이었다. 그녀는 깊이 숨을 들이쉬는 듯 했다.

"내 인생의 재앙에 대해 더 이야기를 하고 싶으시다면, 직접 오세요. 전 이제 저녁 준비를 해야겠습니다. 죄송해요."

타인에게 '꺼지라'고 말하는 데 익숙하지 않은, 대체로 정중하지만 상황에 극도로 몰린 여인의 떨리는 목소리였다.

"죄송합니다. 힘든 상황이라는 것은 짐작합니다. 저도 당신 남편, 전남편을 가능한한 돕고 싶습니다. 저는 그의 의사이고, 현재 그의 안전과 건강을 책임진 사람입니다. 다음에 다시 전화해서 대화하기 편한 때가 언제인지 여쭙겠습니다."

"꼭 필요하시다면."

그녀는 말했다. 하지만 다시 덧붙였다.

"그럼 이만."

부드럽게 전화가 끊겼다.

그날 저녁 아파트로 돌아온 나는 녹색과 금색으로 꾸민 거실 소파에 누웠다. 늘 그렇듯 로버트 올리버의 대화 거부로 시작된 피곤한 하루였다. 로버트의 눈에는 핏발이 서 있었고 거의 필사적인 빛을 띠고 있었다. 밤에 따로 감시를 붙여야 하지 않을까 걱정스러울 정도였다. 어느 날 아침 일어나 보니 유화 물감을 전부 삼켰다든가—내가 그에게 준 선물이었다—손목을 긋는 사태가 발생하지는 않을까? 좀 더 안전한 병원을 찾아주라고 존 가르시아에게 돌려보내야 하지 않을까? 존에게 전화해서 내게 맞는 환자가 아니라고 말할 수도 있었다. 나는 전혀 희망적인 결과가 보이지 않는데도 이 환자에게 너무 많은 시간을 쏟고 있었다. 당장 위험이 될 만한 요소는 제거했지만, 그래도 걱정은 가시지 않았다. 나 자신이 하고 있는 행동이 불편하다는 이야기를—전화에서 케이트 올리버의 음성이 흘러나올 때마다 나는 가슴이 뛰었다—과연 존에게 할 수 있을까. 그녀에게 전화하는 것이 꺼려졌던 걸까, 아니면 전화를 하고 싶었던 걸까?

이 시간에 늘 그렇듯 물병을 채우고 조깅을 하러 나가는 것조차 피곤했다. 나는 눈을 반쯤 감은 채 소파에 누워 벽난로 위에 걸어 놓은 내 그림을 바라보았다. 물론 유화를 벽난로 위에 걸어 두면 안 되지만, 불을 때는 일도 거의 없었고 처음 이사 왔을 때부터 이 공간은 어딘가 허전했다. 로버트 올리버로 살아간다는 것은, 녹초가 될 정도로 우울한 환자로 살아간다는 것은 어쩌면 이런 기분일지도 모른다. 나는 눈을 거의 감은 채 실험적으로 고개를 소파 팔걸이에 대고 계속 돌려 보았다.

눈을 다시 떴을 때, 그림은 계속 그 자리에 있었다. 전에도 말했듯 나는 초상화를 그리는 것을 좋아하지만, 벽난로 위의 유화는 창문을 통해 보이는 풍경화였다. 저 멀리 푸른 언덕이 의욕을 치솟게 만드는 버지니아 주 북부 같은 곳에서는 직접 밖에 나가서 풍경화를 그리곤 했다. 하지만 이 그림은 달랐다. 뷔야르의 캔버스에서 영감을 얻었지만, 코네티컷에서 자란 어린 시절 내 침실 창밖으로 보이던 풍경을 떠올려 그린 그림이었다. 사면을 녹색으로 칠한 창틀, 울창한 나뭇잎, 낡은 집들의 지붕, 나무 틈으로 높이 솟은 흰 교회 첨탑, 라벤더색과 금색으로 물든 봄날의 석양. 나는 창밖으로 몸을 내밀고 이 모든 것을 빨아들이는 어린 소년을 제외하고 내 기억 속에 남아 있는 모든 것을 거친 붓질로 그림 속에 집어넣었다.

그렇게 누워서 바라보고 있으니, 교회 첨탑을 더 오른쪽으로 옮기는 게 낫지 않았을까 하는 생각이 다시 들었다. 어린 시절 창가에서 바라볼 때는 내가 그린 대로 정확히 한복판에 위치하고 있었지만, 그렇게 그려놓고 보니 좌우대칭이라 지나치게 편안하고 균형 잡힌 느낌이 들었다. 빌어먹을 로버트 올리버, 무엇보다, 빌어먹을 자기 학대적인 침묵, 자기 두뇌의 화학작용으로 충분히 괴로움을 당하고 있으면서도 왜 더한 괴로움을 자처하는 걸까? 하지만 우리 두뇌의 화학 작용 자체가 우리의 의지를 결정짓는 것, 언제나 그것이 문제다. 그에게는 한때 두 어린 자식과 나직한 목소리의 아내가 있었다. 그의 눈빛과 손가락에는 아직도 대단한 능력이, 내 머릿속의 뭔가를 아프게 하는 붓질을 할 수 있는 민첩함이 남아 있었다. 그는 왜 내게 말을 하지 않으려고 할까?

너무 배가 고파서 더 이상 누워 있을 수가 없었다. 나는 일어나서 잠옷으로 갈아입은 뒤 토마토 수프 캔을 따서 파슬리와 사워크림을 뿌리고 빵도 크게 한 덩어리 잘랐다. 나는 신문과 P.D. 제임스의 아주 재미있는 추리소설을 조금 읽었다. 작업실에는 가지 않았다.

다음 날 오후 나는 출근하기 전 다시 한 번 올리버 부인에게 전화를 걸었다. 이번에는 전화를 받는 목소리가 진지했다.

"올리버 부인, 워싱턴의 말로우 박사입니다. 또 귀찮게 해드려서 죄송합니다."

그녀가 침묵을 지켜서 나는 말을 이었다.

"이례적인 일이라는 건 알고 있습니다만, 우리 둘 다 당신 남편의 상태에 대해 걱정스러운 마음은 같지 않겠습니까. 전에 말씀하신 대로 할까 합니다만."

여전히 침묵.

"제가 노스캐롤라이나로 가서 찾아뵙고 환자에 대해 이야기를 했으면 합니다."

67

숨을 혹 들이쉬는 소리가 들렸다. 그녀는 놀란 것 같았고 아주 심각하게 생각하는 것 같았다. 나는 얼른 말했다.

"오래 걸리지 않는다고 약속드리겠습니다. 그냥 몇 시간만 내주시면 됩니다. 그쪽에 사는 옛 친구들 집에서 머물면 되고, 최대한 폐 끼치는 일이 없도록 하겠습니다. 대화 내용은 극비로 하고 남편 분의 치료 목적 외에는 절대 사용하지 않겠습니다."

마침내 그녀는 다시 입을 열었다.

"그렇게까지 해서 무엇을 얻으시려는지 모르겠군요."

거의 친절하기까지 한 말투였다.

"하지만 로버트의 상태에 대해 그렇게까지 신경을 쓰신다면, 저는 좋습니다. 매일 4시까지 일을 한 다음 아이들을 학교에서 데려와야 하는데, 언제 이야기할 수 있을지 잘 모르겠어요."

그녀는 잠시 사이를 두었다.

"하지만 시간을 좀 낼 수는 있을 거예요. 말씀드렸듯이 그에 대해서 이야기하는 게 저에게는 쉽지만은 않은 일이니 많은 것을 기대하지는 마세요."

"이해합니다."

가슴이 벅차올랐다. 우스꽝스러운 감정이었지만, 그녀가 마침내 만남에 동의해 준 것이 내 가슴을 묘한 행복감으로 가득 채웠다.

"로버트에게도 여기 온다고 말하실 건가요?"

이제 막 생각난 듯한 말투였다.

"제가 당신과 이야기한다는 걸 그도 알게 되나요?"

"보통은 환자에게 다 이야기합니다. 나중에 말할 수도 있겠죠. 하지만 그에게 전하고 싶지 않으신 내용이 있다면 그 부분은 물론 비밀로 해 드리겠습니다. 나중에 상세히 의논하시죠."

"언제 오실 생각인가요?"

허락한 것이 벌써 후회되는 듯한, 약간 차가워진 말투였다.

"다음 주 초쯤. 월요일이나 화요일 괜찮으십니까?"

"일정을 맞춰 보죠. 내일 다시 전화하시면 알려 드릴게요."

일상적인 주말에서 벗어나 여행을 가는 것은 거의 2년 만이었다. 인근 미대에서 주최한 아일랜드 그림 여행이 마지막이었는데, 집에 돌아와서 보니 믿기지 않을 만큼 밝은 초록색으로 가득 차 있는 캔버스뿐이었다. 나는 지도책을 꺼내고 차에 물병과 모차르트, 프랑크 바이올린 소나타 테이프를 실었다. 계산을 해 보니 아홉 시간 정도 차를 달려야 했다. 직원들은 급작스럽게 휴가를 떠난다는 통보에 약간 놀랐다. 아마 바로 그 이유 때문에—불쌍한 말로우 박사, 과로했군—내게 별다른 질문을 하지 않았으리라. 개인 환자 예약시간도 변경했다. 내가 없는 동안 로버트 올리버를 좀 더 자주 살피라는 지시를 남기고, 나는 금요일 날 작별 인사를 하러 그의 병실에 갔다. 그는 그림을 그리고 있었다. 늘 그리던 곱슬머리 여자였지만, 이번에는 등받이가 아름답게 조각된 정원 의자가 나무로 둘러싸여 있었다. 종종 생각하곤 했지만, 그의 그림 솜씨는 대단했다. 스케치북과 연필은 침대에 떨어져 있었고, 그는 거기 누워 고개를 뒤로 젖히고 천장을 응시하고 있었다. 눈썹과 턱은 굳어 있었고, 머리카락은 위로 비죽 솟아 있었다. 그는 내가 들어서자 충혈된 눈을 이쪽으로 향했다.

"오늘은 어떻습니까, 로버트?"

나는 안락의자에 앉으며 물었다.

"피곤해 보이는군요."

그는 다시 천장으로 시선을 돌렸다.

"저는 며칠 휴가를 얻었습니다. 목요일, 어쩌면 금요일까지 자리를 비웁니다. 자동차 여행이죠. 필요한 게 있으면 직원한테 말씀하시면 됩니다. 크라운 박사가 제 대신 진료를 맡을 겁니다. 사람이 필요하면 곧장 달려오라고 이야기해 뒀습니다. 한 가지, 약은 제때 복용하실 겁니까?"

그는 우아한, 거의 분개한 듯한 시선을 내게 던졌다. 순간 이 질문이 부끄러워졌다. 그는 약을 잘 복용하고 있었다. 지금까지 약에 대해서는 아무 저항도 보이지 않았다.

"그럼, 다음에 보죠. 당신 그림을 기대하고 있겠습니다."

나는 일어나서 문간에 섰다. 나는 작별의 뜻으로 한 손을 들었다. 때로 침묵이라는 힘을 휘두르는 사람에게 이야기하는 것만큼 힘든 일은 없다. 이번에는 내가 그 묘한 힘을 느꼈고, 나는 그 감정을 억눌렀다. 안녕. 나는 당신 아내를 만나러 가.

그날 저녁 집에 와 보니 조에게서 온 번역이 우편함에 들어 있었다. 진도가 나간 것 같았다. 나는 그린힐에서 읽으려고 짐가방에 봉투를 집어넣었다. 이것도 내 휴가의 일부다.

10

말로우

버지니아 대학 시절부터 나는 버지니아 주를 사랑했고, 다른 목
적지로 가는 길에 이곳을 지나치면 종종 그 푸른색과 녹색 풍경 속
으로 나가 휴식도 취하고 그림도 그리고 때로 하이킹도 했다. 나는
넓은 도시를 뒤로하고 길게 뻗은 66번 주간고속도로를 좋아했지만,
이 글을 쓰는 지금 워싱턴의 촉수는 프런트 로열까지 뻗어 있다. 주
간고속도로와 인근 도로변을 따라 주택지구가 곰팡이처럼 군데군
데 생겨난 것이다. 오전의 정적으로 가득 찬 고속도로를 달리고 있
노라니, 매너서스를 지나기도 전에 일 생각은 깨끗이 사라졌다.

혼자서, 혹은 최근에는 아내와 함께 이 길을 달리다가 마음이
내키면 고속도로 출구를 빠져나가 매너서스 국립 전적지 공원에 들
르기도 한다. 아내를 만나기 오래전 어느 음산한 9월 아침, 나는 고
객센터에 입장료를 내고 들판을 건너 역사상 최악 중 하나로 손꼽
히는 전쟁터에 선 적이 있었다. 내가 서 있는 언덕부터 산기슭의 낡
은 농가까지 주위 풍경은 온통 안개로 가득 차 있었다. 중간쯤 서 있
는 나무 한 그루가 마치 이리 다가와서 가지 아래에서 철야 기도를

올리거나 거기서 자기를 그리라고 소리치는 것 같았다. 나는 안개가 옅어질 때까지 거기 선 채 왜 사람들은 서로를 죽일까 하는 상념에 잠겼다. 주위에는 산 사람은 단 하나도 보이지 않았다. 결혼한 지금 돌이켜보면, 그립기도 하고 소스라치기도 하는 그런 순간이다.

나는 로어노크 근처 길에 차를 세우고 한 식당에서 아침을 먹었다. 고속도로에서 간판이 언뜻 보였는데, 트럭 네 대, 혹은 다섯 대 정도가 서 있는 음울한 식당 건물 앞에 도착해 보니 전에 온 적이 있었던 곳이었다. 아마 오래전 그림 여행이었으리라. 상호를 기억하지 못했을 뿐이었다. 피곤에 절어 있는 웨이트리스는 말 없이 커피를 따라 주었지만, 달걀을 가져올 때는 미소를 보이며 테이블 위의 핫소스를 가리켜 보였다. 우람한 팔뚝을 지닌 두 남자가 구석에서 일자리에 대한 이야기를 하고 있었고—일거리가 없다는, 혹은 일거리를 구할 수가 없었다는— 맵시 없게 차려입은 여자 둘이 계산을 하고 있었다. "그가 뭘 원하는지 모르겠어." 한 여자가 상대에게 큰 목소리로 말했다.

김이 오르는 커피와 찌든 담배 냄새, 창문을 통해 내 팔꿈치에 비치는 지저분한 햇빛 속에서 반쯤 환각 상태에 빠진 나는, 순간 그녀가 지칭하는 것이 '나'라고 생각했다. 오늘 아침 동이 트기 전에 느릿하게 침대에서 굴러 내려오면서 내가 일상은 물론 직업적인 원칙까지 깨뜨리고 있다는 기분이 들었던 것이, 잠에서 깨어나 로버트 올리버의 캔버스에 그려진 여인을 떠올리며 욕망에 몸을 떨었던 것이 떠올랐다.

그린힐은 초행이었지만, 긴 산간 도로를 따라 올라가니 쉽게 찾을 수 있었다. 저 아래 계곡 밑에 도시가 오목하게 자리 잡고 있었다. 이곳의 봄은 워싱턴보다 늦었다. 길가의 나무는 이제 막 녹색 옷을 입기 시작했고, 시내로 가는 길에 지나치는 집 앞뜰에는 도그우드와 진달래가 만발해 있었으며, 원뿔 모양의 철쭉 꽃망울은 아직 잔뜩 웅크리고 있었다. 나는 붉은 타일로 된 지붕들과 고딕식의 작은 빌딩들이 서 있는 도심 외곽을 돌아 전화로 친구가 설명해 주었던 구불구불한 길을 따라갔다. 릭 산간도로 주변은 주거지역이었지만, 작은 집들은 솔송나무와 전나무, 철쭉, 도그우드 꽃 뒤에 숨어 있었다. 창문을 내리자 다가오는 석양보다 더 진한 이끼 냄새가 풍겼다.

비포장도로 가에 위치한 잰과 월터의 집 앞에는 나무 간판 하나가 덩그러니 걸려 있었다. 해들리 농가. 해들리 부부는 다행히도 알레르기 때문에 애리조나에 살고 있었다. 그린힐에 무슨 용무가 있는지 직접 만나서 설명하지 않아도 된 것이 다행이었다. 나는 차에서 내려서 뻣뻣한 다리를 죽 뻗었다. 조깅을 좀 더 오래 해야겠다는 생각이 들었지만, 시간은 언제 어떻게 내나? 주변 경치가 더 잘 보일 것 같아 뒤뜰로 돌아가 보았더니, 과연 그랬다. 가파른 낭떠러지 가에 벤치가 하나 있었고, 저 멀리 건물들과 도시 전체가 모형처럼 펼쳐지는 장관이었다. 나는 의자에 앉아 차가운 공기를 들이마셨다. 소나무 숲에서 봄이 솟아오르는 것 같았다. 어떻게 해들리 부부는 연중 잠시나마 이런 곳을 떠나 살 수 있을까?

워싱턴 시내의 숨막히는 통근 시간, 교외의 교통지옥을 뚫고 골든그로브까지 가는 긴 출근길이 생각났다. 소나무 가지 사이로 바람소리가 들려왔고, 멀리 저 아래 주간고속도로의 자동차 소리, 느닷없는 새소리도 들려 왔다. 홍방울 한 마리가 해들리네 뜰 바로 아래 절벽의 나무 사이에서 날아올랐다. 저 마을 어딘가에—위치는 정확히 알 수 없지만 저녁에 지도를 확인하면 된다—두 아이를 키우는 부드러운 목소리의 여인이, 사랑을 잃고 바쁜 일상에 시달리는 여인이 있을 것이다. 내가 아직 상상할 수 없는 집에서, 로버트 올리버가 부분적으로 원인을 제공한 고독 속에서 살고 있을 것이다. 그녀가 내게 과연 뭔가 말해줄지 궁금했다. 전남편의 정신과 의사와 이야기를 나누도록 설득하기 위해서라는 이유로는 아주 먼 여행길이었다.

집 열쇠는 약속한 대로 흙이 가득한 화분 아래에 있었지만, 현관 문이 잘 열리지 않아 엉덩이로 힘껏 밀어야 했다. 나는 포치에 널브러져 있던 피자 전단지 두 장을 들고 들어와서 현관 앞 매트에 구두를 닦고 퀴퀴한 겨울 냄새를 몰아내기 위해 문을 활짝 열어 두었다. 거실은 작고 복잡했다. 낡은 양탄자와 오래된 가구, 페이퍼백 소설, 붙박이 장 안의 디킨스 금박 찻잔세트, 어딘가 벽장 안에 잠겨 있을 텔레비전, 만져 보니 축축한 느낌이 드는 레이스 쿠션들이 놓인 소파. 나는 창문을 몇 개 열고 뒷문도 연 뒤 여행 가방을 들고 위층으로 올라갔다.

2층에는 작은 침실 두 개가 있었다. 하나는 해들리 부부의 침실 같았다. 나는 두 번째 침실을 택했다. 군청색 시트가 깔린 트윈 침대가 있었고, 벽에는 산골 풍경 수채화가 걸려 있었다. 원본이었고, 나쁘지 않았다. 나는 격자무늬 커튼을 걷고—커튼도 약간 눅눅한 것이 손가락 아래에서 찜찜하게 살아 있는 기분이 들었다—창문을 열었다. 집 안 전체는 가문비나무와 다른 상록수 그림자가 드리워져 어둑했지만, 최소한 자기 전에 환기는 시킬 수 있었다. 월터가 불을 피우면 도움이 된다고 했고, 아래층 벽난로에는 이미 땔감이 마련되어 있었다. 나는 저녁에 피우려고 아껴 두었다. 구식 냉장고 안에는 올리브 몇 병과 이스트밖에 없었다. 아직 배는 고프지 않았다. 나중에 시내로 내려가서 식료품과 신문, 인근 지도를 사면 된다. 내일 오후에는 도시를 구경할 시간이 날 것이다.

나는 옷을 갈아입고 자동차 여행의 피로를 풀기 위해 산간도로로 나가서 조깅을 했다. 로버트 올리버와 내일 만날 여인에 대한 생각도 떨쳐 버릴 수 있어 좋았다. 돌아온 뒤 나는 해들리 부부의 집에도 뜨거운 물이 나오는 데 대해 고마운 마음으로 샤워를 하고 이젤을 들고 나가 뒷마당에 세웠다. 양옆에는 비슷한 집들이 역시 울창한 나무 그늘 아래 서 있었다. 이 계절에는 다른 집들도 비어 있는 것 같았다. 정확히 휴가를 기대한 것은 아니었지만, 소매를 걷어붙이고 수채화 물감 상자를 여는 순간 나는 내 인생의 다른 것들에게서 나른하게 해방되는 기분을 느꼈다. 저녁 빛은 아름다웠고, 손님방에 걸려 있던 빛 바랜 수채화보다는 잘 그릴 수 있겠다는 생각이 들었다. 잰과 월터에게 집세 겸 자기 도시 봄 풍경을 선물로 남겨 놓으면 좋을 것이다.

그날 저녁 나는 침대에 누워 조가 보낸 편지를 읽기 시작했다.

1877. 10. 14.

블로아에서 보내신 편지가 오늘 아침 도착해서 기쁨을 안겨 주었습니다. 특히 아버님이 누구보다 기뻐하셨어요. 제가 직접 읽어 드리고 최대한 자세히 스케치도 설명해 드렸답니다. 백부님의 스케치는 사랑스러웠지만, 저 같은 문외한의 입으로 감히 자세한 이야기는 삼가하겠습니다. M. 쿠르베의 작품에 대한 당신의 최신 기사도 읽어 드렸습니다. 아버님은 쿠르베의 그림을 마음의 눈으로 또렷이 볼 수 있다고 말씀하시고, 당신의 기사 덕분에 그 그림을 그 어느 때보다 생생하게 떠올리실 수 있었다고 하셨어요. 우리 모두에게 친절하게 신경을 써 주셔서 감사합니다. 이브도 안부를 전해 달라는군요.

친애하는
베아트리스 드 클레르발 비뇨

11
말로우

다음 날 가 본 올리버 부인의 집은 상상과는 전혀 달랐다. 나는 높고 흰, 전형적인 남부의 우아한 저택을 상상했지만, 실제로는 회양목 덤불과 하늘을 찌르는 가문비나무가 집 앞에 서 있는, 삼나무와 벽돌로 지은 큰 1층 집이었다. 나는 모직 스포츠코트를 걸치고 서류 가방을 든 채 최대한 점잖게 차에서 내렸다. 해들리의 지저분한 작은 손님방에서 꼼꼼하게 옷을 입으면서도, 나는 의도적으로 내가 왜 이러는지 생각하는 것을 피했다. 집 앞 포치는 작았고, 진흙투성이 조경용 면장갑이 문 옆 의자에 놓여 있었으며 모형 플라스틱 조경 도구가 들통 안에 쌓여 있었다. 장난감 같았다. 현관 문은 나무였고, 크고 깨끗한 창이 달려 있었다. 창문을 통해 사람이 없는 거실과 가구, 꽃들이 보였다. 나는 초인종을 누르고 서서 기다렸다.

안에서는 아무것도 움직이지 않았다. 그렇게 몇 분이 흐르자 마치 염탐하는 것처럼 집 안을 속속들이 들여다보고 있는 것이 점점 민망해졌다. 편안하고 단순한 거실이었다. 침착한 색깔의 소파, 골동품 같은 탁자 위에 여기저기 놓인 전등들, 빛바랜 올리브색 양탄자, 예전에는 좋은 제품이었을 것 같은 소형 동양풍 깔개, 수선화가 꽂힌 꽃병, 유리가 끼워진 어두운 색깔의 윤기 나는 찬장, 무엇보다도 책이 가득한 높은 책장이 여러 개 있었다. 여기서는 책 제목은 읽을 수 없었다. 나는 기다렸다. 집 주위 나뭇가지 사이에서 새들이 서로 부르는 소리, 지저귀는 소리, 나뭇가지 사이에서 날아오르는 소리가 들렸다. 까마귀, 찌르레기, 큰어치였다. 이른 아침은 봄날씨였고 맑았지만, 구름이 몰려오고 있어서 포치는 추웠고 연회색 그늘이 내려앉아 있었다.

절망적이라는 기분이 처음으로 들었다. 올리버 부인이 마음을 바꾼 것이다. 그녀는 사생활을 아끼는 사람이고, 이건 아마 내 잘못일 것이다. 아홉 시간이나 바보처럼 달려오다니. 나와 이야기하는 것을 피해 문을 잠그고(물론 손잡이를 잡고 문이 잠겨 있는지 확인해 보지는 않았다) 다른 곳으로 간 것도 어쩌면 당연하다. 그녀 입장이었다면 나도 아마 같은 행동을 했을지도 모른다. 나는 머뭇거리다 다시는 누르지 않겠다고 맹세하며 초인종을 두 번째로 울렸다.

마침내 나는 돌아섰다. 서류 가방이 무릎에 부딪혔다. 슬레이트 계단을 내려다보니 분노가 치밀었다. 긴 여행길이 기다리고 있었고, 생각할 시간은 지나치게 많았다. 이미 머릿속으로 온갖 생각이 오가고 있었기 때문에, 등 뒤에서 문이 덜컥한 뒤 삐걱거리며 열리는 소리가 뒤늦게 귀에 들어왔다. 나는 우뚝 멈췄다. 뒷덜미의 머리카락이 쭈뼛하고 섰다. 5분이나 기다렸던 그 소리에 왜 그렇게 놀랐을까? 어쨌든 돌아서 보니 문이 안쪽으로 열려 있었고, 그녀가 문 손잡이를 쥔 채 서 있었다.

영리하고 민첩해 보이는 아름다운 여인이었지만, 골든그로브에서 로버트의 스케치와 그림을 가득 채웠던 그 뮤즈는 아니었다. 대신 바닷가의 느낌이 들었다. 모랫빛 머리카락, 나이가 들면서 점점 사라지는 종류의 주근깨가 가득 찬 흰 피부, 경계심을 담고 내 눈을 처다보는 바다처럼 푸른 눈. 잠시 나는 계단에서 얼어붙어 있다가 얼른 그녀에게 다가갔다. 가까이 다가가 보니 작고 우아한 체구였고, 키는 내 어깨 높이, 그러니까 올리버의 가슴뼈 높이까지밖에 오지 않았다. 그녀는 문을 좀 더 활짝 열고 밖으로 나왔다.

"말로우 박사님이신가요?"

"네. 올리버 부인?"

그녀는 내가 내민 손을 조용히 잡았다. 손은 체구처럼 작았다. 손길이 부드럽고 어린아이 같을 거라고 생각했지만, 손가락은 아주 힘이 셌다. 어린아이처럼 작은 체구였지만, 강한, 심지어 드센 여인이었다.

"들어오세요."

그녀는 돌아서서 집 안으로 들어갔고, 나는 그녀를 따라 집 밖에서 바라보았던 거실로 들어섰다. 마치 무대 장치 속으로 들어서는 느낌, 혹은 배우가 등장하기 전에 이미 막이 올라가 있어서 배경을 충분히 관찰한 연극을 바라보는 기분이었다. 집은 고요했다. 가까이 가서 보니 책은 주로 소설이었고—시대는 두 세기 정도에 걸쳐 있었다—시와 역사물도 있었다.

몇 발짝 앞에 서 있는 올리버 부인은 청바지와 몸에 달라붙는 회청색의 긴 소매 윗옷 차림이었다. 자기 눈 색깔을 잘 알고 있는 것 같았다. 몸은 탄탄하다기보다는 우아했고, 움직임을 통해 자신의 윤곽을 끊임없이 찾아가는 듯 유연했다. 걸음걸이에는 단호함이 있었다. 쓸쓸해 보이는 그 어떤 몸짓도 없었다. 그녀는 내게 소파를 가리키고 자신도 맞은편 소파에 앉았다. 거실이 그 지점에서 꺾여 있었기 때문에, 이제 바닥에서 천장까지 뚫린 거대한 창문과 그 밖에 펼쳐진 넓은 정원, 너도밤나무, 커다란 호랑가시나무, 꽃이 핀 도그우드가 보였다. 진입로에서는 그렇게 넓어 보이지 않았지만, 녹색 나무가 늘어선 두 필지의 땅 전체가 이 집 마당이었다. 로버트 올리버도 한때 이 풍경을 즐겼으리라. 나는 서류 가방을 발치에 놓고 평정을 찾으려고 애썼다.

맞은편에 앉은 올리버 부인은 이미 침착한 태도로 청바지를 입은 무릎 위에 손을 깍지 끼고 있었다. 그녀는 원래 진청색이었던 듯한 아이용 같은 천 스니커즈를 신고 있었다. 머리숱은 많았고 직모였으며, 어깨 길이로 거칠지만 우아하게 자른 머리카락은 사자갈기와 밀, 금빛 나뭇잎이 섞인 듯 그림으로 표현하기 힘들 정도로 다양한 색채감을 지니고 있었다. 거의 화장기 없는 얼굴도 아름다웠다. 연한 립스틱, 눈가의 미세한 주름. 그녀는 웃지 않았다. 금방이라도 말을 할 것 같은 태도로 나를 엄숙하게 관찰하고 있을 뿐이었다. 마침내 그녀는 말했다.

"기다리시게 해서 죄송합니다. 마음이 바뀔 뻔했어요."

그녀는 망설임에 대해 사과하지 않았고, 더 이상 설명도 하지 않았다.

"이해합니다."

아주 짧은 순간 보다 정중한 표현이 없나 생각했지만, 이런 상황에서는 소용 없을 것 같았다.

"네."

단순한 동의.

"만나 주셔서 감사합니다, 올리버 부인. 이건 제 명함입니다."

나는 명함을 건넸다. 너무 격식을 차린 게 아닌가 하는 생각이 들었다. 그녀는 내려다보았다.

"커피나 차 드릴까요?"

거절하려다가, 이 쾌적한 남부식 거실에서는 받아들이는 것이 더 나은 예의라고 생각했다.

"감사합니다. 커피 끓여 놓은 게 있으면 한 잔 주십시오."

그녀는 일어서서 역시 다부지고 우아한 태도로 방을 나섰다. 부엌은 멀지 않았다. 접시 부딪히는 소리, 서랍 여는 소리가 들려왔고, 나는 그녀가 없는 동안 주위를 둘러보았다. 책이 남편의 것이었는지는 몰라도, 꽃이 그려진 도자기 전등들 사이에 로버트 올리버의 흔적은 없었다. 유화 물감이 묻은 헝겊이나 새 풍경화가의 포스터 같은 것들은 보이지 않았다. 벽에 걸린 장식품은 집안에서 대대로 물려받은 손뜨개와, 프랑스나 이탈리아 같은 곳의 시장을 묘사한 흐릿하고 오래된 수채화 두 점뿐이었다. 검은 곱슬머리의 여인을 생생하게 묘사한 초상화나, 로버트 올리버의 그림, 기타 현대 화가의 작품은 전혀 보이지 않았다. 혹시 거실은 올리버의 공간이 아니었을지도 모른다. 어느 집이나 보통 아내가 꾸미는 공간이다. 남편을 떠올리게 하는 물건을 의도적으로 치워 버렸을 수도 있다.

올리버 부인은 나무 쟁반에 커피 잔 두 개를 받쳐 들고 돌아왔다. 도자기는 섬세한 블랙베리 무늬였다. 작은 은제 스푼과 은제 크림 설탕 단지는 부인의 청바지와 빛 바랜 스니커스와 대조를 이루어 매우 우아해 보였다. 그녀가 사파이어나 전기석으로 보이는 작은 파란색 보석이 박힌 금목걸이와 귀걸이를 하고 있는 것이 눈에 띄었다. 그녀는 쟁반을 내 옆의 테이블에 놓더니 내게 커피를 건네고 자기 잔을 소파로 들고 가서 우아하게 균형을 잡으며 앉았다. 커피는 훌륭했고, 서늘한 포치에서 막 들어온 참이라 따뜻해서 좋았다. 그녀는 침묵을 지키며 나를 쳐다보았다. 부인도 남편처럼 말수가 적은 것은 아닌지 궁금해지기 시작했다.

"올리버 부인."

나는 최대한 편안하게 입을 열었다.

"부인께는 아주 힘든 자리라는 건 알고 있습니다. 어떤 방식으로든 억지로 강요하려는 뜻은 전혀 없다는 것을 알아 주시기 바랍니다. 남편분은 아주 힘든 환자이고, 전화로 말씀드렸듯이 저는 그를 아주 걱정하고 있습니다."

"전남편이에요."

나는 그 말에서 일종의 유머를, 나를 향한, 혹은 그녀 자신을 향한 웃음기 같은 것을 감지할 수 있었다. 마치 '나도 딱딱한 말은 얼마든지 할 수 있어요' 하는 듯한 말투였다. 나는 아직 그녀의 미소를 보지 못했다. 지금도 마찬가지였다.

"로버트가 당장 위험한 상황은 아니라는 점도 알려 드려야겠군요. 미술관에서 그 사건이 있은 뒤로 자기 자신을 포함해서 누군가를 해치려고 한 적도 없습니다."

그녀는 고개를 끄덕였다.

"사실 대체로 아주 침착하지만, 때로 분노와 불안을 보이는 기간이 있습니다. 조용한 불안이지요. 확실히 안전하고 정상적인 사람으로 생활할 수 있다는 것을 확신할 수 있을 때까지는 계속 두고 볼 생각입니다. 전화로 말씀드렸듯이, 그를 돕는 데 있어 가장 큰 문제는 대화를 하지 않으려 한다는 점입니다."

그녀 역시 침묵을 지켰다.

"무슨 뜻이냐 하면… 그는 전혀 말을 하지 않습니다."

그가 지금 내 앞에 앉아 있는 여인과 말을 해 봐도 좋다는 허락을 했을 때 단 한 번 말을 했다는 사실이 떠올랐다.

여자의 눈썹이 커피 잔 위에서 치켜 올라갔다. 그녀는 한 모금 마셨다. 눈썹은 머리카락보다 진한 모래색이었고, 한 가닥 한 가닥이 마치 그림으로 그린 듯했다. 나는 그 눈썹이 어떤 초상화가를 연상시키는지, 나라면 몇 호 붓을 사용할지 생각해 보았다. 빛나는 머리카락 아래의 이마는 넓었고 매끈했다.

"단 한 번도 말을 하지 않았나요?"

"첫날에 한 번. 미술관에서 한 짓을 인정했고, 내가 원한다면 누구와도 이야기해도 좋다고 했습니다."

나는 최소한 지금은 그가 '메리'와 이야기해도 좋다고 말한 것은 빼기로 했다. 내가 말을 꺼내기 전에 올리버 부인이 그가 말한 '메리'가 누구인지 이야기해 주었으면 하는 마음이었다.

"하지만 그 뒤로는 말을 하지 않습니다. 대화야말로 그의 마음의 고통을 치료하고, 그의 상태를 악화시키는 것이 무엇인지 알아내는 유일한 방법 중 하나라는 것은 분명 이해하시리라 믿습니다."

나는 그녀를 똑바로 응시했지만, 그녀는 고개조차 끄덕여 주지 않았다.

나는 적절한 정도의 친밀함으로 상황을 누그러뜨리려고 해 보았다.

"약물은 계속 조절하겠지만, 말을 하지 않는다면 큰 도움이 될 수 없습니다. 약물이 어떻게 그에게 도움을 주는지 정확히 알 수 없으니까요. 개인 치료와 그룹 치료 둘 다 보내 봤지만, 거기서도 말을 하지 않았고 요즘은 가지 않습니다. 본인이 말을 하지 않으면, 그를 괴롭히는 원인을 추정해서 제가 직접 그에게 말을 걸 수밖에 없습니다."

"그를 도발하겠다는 말인가요?"

그녀는 불쑥 말했다. 그녀의 눈썹이 다시 치켜 올라갔다.

"아니. 그를 대화로 이끌어내려는, 제가 그의 인생을 어느 정도 이해한다는 것을 보여 주려는 겁니다. 아마 그가 다시 말을 하는 데 도움이 될지도 모릅니다."

그녀는 잠시 깊이 생각하는 듯했다. 허리를 펴고 앉자 셔츠 안에서 작은 가슴의 선이 위로 올라갔다.

"하지만 직접 당신에게 이야기하지 않은 자기 인생의 세세한 일들을 어떻게 알아냈다고 그에게 설명할 생각이세요?"

아주 좋은 질문, 단도직입적이고 날카로운 질문이라 나는 커피 잔을 놓고 그녀를 똑바로 쳐다보았다. 이렇게 느닷없이 이런 질문에 대한 대답을 하게 되리라고는 생각지 못했다. 솔직히 나 자신도 해답을 찾지 못한 질문이었다. 단 5분 동안 내 허점을 포착한 것이다.

"솔직하게 말씀드리자면."

전문적인 대답처럼 들릴 거라는 사실은 알고 있었다.

"물어보면 어떻게 대답해야할지 저도 아직 모르겠습니다. 하지만 물어본다는 건 말을 하기 시작한다는 뜻이겠지요. 화를 내더라도 말입니다."

처음으로 그녀의 입술이 갈라지더니 고른 이가 보였다. 정면 윗니가 살짝 커서 아주 귀여웠다. 그러다 그녀는 다시 입술을 내밀었다.

"음."

아주 나직한 작은 노래 같은 소리였다.

"그때 내 이름도 들먹일 건가요?"

"그건 당신 결정에 달렸습니다, 올리버 부인. 원하신다면 어떻게 하는 게 좋을지 말씀하십시오."

그녀는 커피 잔을 집어 들었다.

"네. 어쩌면. 생각해 보고 나중에 결론을 내도록 하죠. 케이트라고 부르세요."

그 작은 입술의 움직임. 한때 자주 웃었고, 다시 웃는 법을 배워야 하는 여인의 표정이었다.

"저는 저 자신을 올리버 부인으로 생각하지 않으려고 해요. 미혼 시절 이름으로 돌아가는 과정이거든요. 최근에 그러기로 결정했어요."

"네, 케이트. 감사합니다."

나는 그녀보다 먼저 시선을 돌렸다.

"괜찮으시다면 메모를 하겠습니다. 저만 사용하겠습니다."

그녀는 이 모든 것을 생각해 보는 것 같더니, 문득 본론으로 들어갈 시간이 왔다는 듯 커피 잔을 옆으로 치웠다. 그 순간 나는 거실이 얼마나 깨끗하고 잘 정돈되어 있는지 깨달았다. 그녀는 낮에 학교에 가 있다는 아이 둘을 키우고 있다. 아이들의 장난감은 집 안 어딘가에 있을 것이다. 블랙베리 도자기는 흠 하나 없는 것으로 보아 분명 아이들의 손이 닿지 않는 곳에 보관할 것이다. 살림 솜씨가 대단한 여인이었지만, 나는 지금까지 그 점을 깨닫지 못하고 있었다. 아마 케이트가 이 모든 일을 수월해 보이게 했기 때문일 것이다. 그녀는 다시 무릎 위에서 손을 깍지 끼었다.

"좋아요. 제가 당신과 이야기했다는 말은 하지 마세요. 당장은. 저도 생각해 봐야겠어요. 하지만 최대한 솔직해 볼게요. 어차피 하는 일이라면, 저는 완전한 기록을 남기고 싶어요."

이번에는 내가 놀랄 차례였다. 나도 모르게 그런 감정을 내보인 것 같았다.

"로버트를 도우시는 일입니다. 그에 대해 지금 어떤 감정이시든 간에."

그녀는 눈길을 내리깔았다. 파란 눈동자가 사라지니 얼굴은 갑자기 어두워져 나이 들어 보였다. 나는 어린 시절 크레용 세트에 있던 색깔 이름을 떠올렸다. '페리윙클'. 그녀는 다시 시선을 들었다.

"이유는 모르겠지만, 저도 그렇게 생각해요. 저는 결국 로버트에게 큰 도움이 되지 못했죠. 사실 그때는 그러고 싶지도 않았어요. 제가 진심으로 후회하는 일이 있다면 그게 유일하답니다. 아마 그의 병원비 일부를 부담한 것도 그 때문일 거예요. 당신은 언제까지 여기 계실 건가요?"

"오늘 아침 말씀입니까?"

"전체적으로요. 저는 이틀 아침을 비워 놨어요. 오늘 정오까지, 그리고 내일 정오까지."

그녀는 호텔 체크아웃 시간을 상의하듯 업무적으로 말했다.

"필요하다면 힘들겠지만 사흘째 아침도 비울 수 있어요. 나중에 업무 시간을 두 배로 해야겠지만. 방과 후에 아이들과 함께 있을 시간을 내려고 가끔 밤에 일한답니다."

"이렇게 마음을 써 주셨는데 시간을 더 이상 빼앗고 싶지는 않습니다."

나는 커피를 두 모금에 다 마시고 잔을 내려놓은 뒤 수첩을 집어들었다.

"얼마가 되었든 오늘 아침 이야기를 시작해 볼까요."

처음으로 그녀의 얼굴에 단순히 경계심뿐만이 아닌, 바다와 모래색 슬픔이 떠올랐다. 심장이 쿡 찔리는 기분이 들었다. 아니, 양심이었을까? 그녀는 나를 똑바로 쳐다보았다.

"여자에 대해 알고 싶으시겠죠. 검은 머리의 여인. 그렇죠?"

전혀 예상치 못한 말이었다. 나는 로버트의 이야기로 천천히 들어가서 그가 보인 최초의 정신병적 징후부터 물어볼 생각이었던 것이다. 그녀의 얼굴을 보니 이쪽에서 이야기를 돌리는 것을 탐탁지 않게 생각할 거라는 것을 알 수 있었다.

"네."

그녀는 고개를 끄덕였다.

"그가 그 여자를 그렸던가요?"

"네. 거의 매일. 전시회 소재로 쓰기도 했더군요. 당신이 그녀에 대해 뭔가 알지도 모른다고 생각했습니다."

"알고 있어요. 내가 알고 싶은 만큼. 하지만 낯선 사람에게 이런 이야기를 하게 될 줄은 몰랐는데."

그녀는 몸을 앞으로 내밀었다. 작은 체구가 위로 솟았다가 다시 내려왔다.

"아주 사적인 이야기를 듣는 데 익숙하시죠?"

"물론입니다."

양심이란 놈이 인간이었다면, 그 순간 나는 그놈의 목을 졸라 버렸을지도 모른다.

1877. 10. 17.

사랑하는 백부

진짜 친척처럼 제가 이렇게 부르는 걸 불쾌하게 생각지 않으셨으면 좋겠네요. 핏줄로 연결되어 있지 않아도 영혼만은 친척이니까요. 아버님은 제 편지에 답으로 보내신 소포에 감사한다는 말씀을 전하라고 하셨어요. 이브가 저녁에 집에 있는 날 그의 도움을 받아 책을 읽어 드릴 생각이랍니다. 이브도 아주 궁금해하고 있어요. 잘 알려지지 않은 이런 이탈리아 대가들에게 오래전부터 관심이 있었다고 하네요. 저는 사흘 동안 제 언니의 집에 머물면서 사랑스러운 조카들을 실컷 안아 줄 생각입니다. 제가 취미생활로 보잘것없는 그림을 그릴 때 가장 좋아하는 모델이 바로 그 아이들이랍니다. 언니는 제가 가장 존경하는 친구인지라, 아버님이 당신을 아끼는 마음도 너무나 잘 이해합니다. 아버님은 백부님이 워낙 겸손하신 분이라 얼마나 용감하고 진실한 분인지 세상 사람들이 아무도 몰라 준다고 하세요. 이렇게 서로에 대해 따뜻하게 말하는 형제들이 얼마나 될까요? 이브는 제가 없는 동안 매일 저녁 아버님에게 책을 읽어 드리겠다고 약속했습니다. 돌아와서 제가 그다음부터 읽어 드릴게요.

백부님의 친절함에 감사드리며

베아트리스 비뇨

86

12

케이트

그 여자를 처음 본 것은 메릴랜드 어딘가의 고속도로 휴게소에
서였다. 하지만 그전에 내가 로버트를 언제 처음 보았는지부터 말해
야겠다. 나는 스물네 살이었던 1984년 뉴욕시에서 그를 만났다. 나
는 두 달 전부터 뉴욕에서 일하고 있었고, 때는 여름, 고향 미시건을
그리워하고 있었다. 뉴욕은 흥미진진한 곳일 거라고 생각했고, 실제
그랬지만, 피곤한 곳이기도 했다. 나는 맨해튼이 아니라 브루클린에
서 살았다. 출근길에는 그리니치빌리지 거리를 한가롭게 걷는 대신
기차를 두 번 갈아타야 했다. 의학 저널 편집조수 일과가 끝나고 나
면 너무 피곤해서 산책할 마음도 나지 않았고, 재미있는 외국 영화
를 보러 가고 싶어도 비용 걱정이 앞섰다. 사람들도 쉽게 만나지 않
는 편이었다.

로버트를 만난 날, 나는 어머니 생일 선물을 사러 비싸다는 것
은 알고 있었지만 로드 앤 테일러로 갔다. 더위로 찌는 듯한 거리를
벗어나 실내에 들어서자마자 향수 냄새가 은은하게 밴 에어컨 공기
가 훅 끼쳤다. 다리 선이 높게 패인 최신 유행 수영복 차림의 마네킹

들이 경멸하듯 내려다보는 눈빛을 보니 아침에 출근할 때 옷을 잘 입고 나올 걸 하는 생각이 들었다. 나는 어머니에게 모자를 사 드릴 생각이었다. 본인이 살 생각을 절대 안 하실 물건, 필라델피아 크리켓 클럽에서 처음 아버지를 만났던 젊은 시절 썼을 만한 예쁜 물건을 고르고 싶었다. 앤아버에서는 아마 쓰시지 않겠지만, 안정감 있는 분위기를 풍기는 흰 장갑까지 갖추면 젊은 시절과 딸의 사랑을 떠올릴 수 있을 것이다. 나는 1층, 이름도 거의 들어보지 못한 유명 디자이너들이 사인한 실크 스카프와, 거꾸로 세운 마네킹 다리에 길고 매끄러운 스타킹을 입혀서 진열해 놓은 근처에 모자 매장이 있을 거라고 생각했다. 그러나 그쪽은 공사 중이었고, 화장복 차림의 여자가 임시 모자 매장은 위층에 있다고 말해 주었다.

그날 아침 집을 나설 때 스타킹을 신지 않았기 때문에 벌거벗은 것 같고 보기 싫다는 느낌이 들어 가게 안으로 깊숙이 들어가고 싶지는 않았다. 하지만 어머니를 위한 일이었기 때문에, 나는 에스컬레이터를 타고 올라갔다. 반갑게도 잔잔한 색, 화려한 색깔의 꽃들이 활짝 피어 있는 것 같은 모자걸이 앞에는 다른 손님들이 없었다. 그로그랭 띠에 실크 꽃이 핀으로 꽂힌 얇은 모자, 파란색과 검은색 밀짚모자, 체리와 나뭇잎이 달린 파란 모자. 이렇게 같이 모아 놓고 보니 모두 조금씩 촌스러워 보였고 생일 선물로는 별로 좋은 선택이 아닐지도 모른다는 생각까지 들기 시작했는데, 그때 다른 모자와 전혀 다른 분위기의, 엄마에게 딱 어울릴 것 같은 예쁜 모자가 눈에 띄었다. 크림색 오건디 천으로 덮인 챙 넓은 모자였고, 오건디 천에는 거의 진짜 꽃 같은 여러 종류의—치코리, 미나리아재비, 수선화 같은—파란 꽃무늬가 흩어져 있었다. 마치 들판에 나가 장식한 듯한 모자였다.

나는 모자를 내려 두 손으로 잡아 보았다. 그런 뒤 가격표를 아주 조심스럽게 뒤집었다. 59.99달러, 내 일주일 식료품비보다 비쌌다. 이 돈을 세 번만 모으면, 앤아버로 버스를 타고 가서 엄마를 만날 수 있다. 하지만 선물상자를 열면, 엄마는 미소를 지으며 아주 조심스럽게 모자를 집어 들고 계속 미소 띤 얼굴로 집 안 복도 거울 앞에서 써 볼 것이다. 나는 섬세한 모자 끝을 쥐고 선 채 엄마와 같이 활짝 웃고 있었다. 속이 메슥거렸고 눈에 눈물이 괴기 시작했다. 아침에 가볍게 한 화장이 망가질 텐데. 점원이 모자걸이 옆으로 돌아 나와서 말을 걸지 않기만 바라는 마음이었다. 다른 사람이 한 마디만 하면 덥석 사 버릴 것 같았다.

몇 분 뒤 나는 모자를 다시 걸어 놓고 에스컬레이터로 향했다. 하지만 위로 올라가는 에스컬레이터를 잘못 타는 바람에 뒷걸음질을 해야 했다. 나는 반대편으로 걸어가서 아래로 내려가는 에스컬레이터를 탄 뒤 양손으로 난간을 잡고 1층까지 내려갔다. 난간이 손바닥 밑에서 흔들리는 것 같았고, 아래층이 가까워지자 구역질이 심해졌다. 발을 잘못 디뎌 넘어질 것 같은 기분이었다. 나는 메슥거리는 속을 진정시키려고 허리를 굽혔고, 그 순간 쓰러졌다. 에스컬레이터 밑을 지나가던 남자가 돌아서서 얼른 나를 반쯤 부축했고, 나는 그의 신발에 토했다.

이렇게 해서 내가 로버트에 대해 가장 먼저 알게 된 것은 신발이었다. 신발은 묵직하고 조금은 투박한 연갈색 가죽이었고, 다른 사람들의 구두와는 약간 다른, 영국 남자가 농장에서 일할 때나 황무지를 가로질러 펍에 술을 마시러 갈 때 신을 만한 신발이었다. 나중에 나는 이 구두가 진짜 영국제이고 아주 비싼 수제화라는 것을 알게 되었고, 로버트는 그 구두를 6년 동안 신었다. 보통 한 번에 두 켤레를 불규칙하게 번갈아 신었고, 그의 신발은 허름해 보이지 않으면서도 길이 잘 들어 편안한 느낌을 주었다. 그는 신발 외에는 옷에 관심이 없었고 독특한 색깔을 즐길 뿐, 옷들은 보통 벼룩시장이나

중고가게, 친구들 집을 왔다 갔다 하는 경향이 있었다. "그 스웨트셔츠? 그건 잭 거야." 그는 말하곤 했다. "간밤에 술집에 놓아 두고 갔어. 그 친구는 신경 안 써." 이렇게 굴러 들어온 스웨트셔츠는 닳고 닳아서 그린힐의 우리 집 청소용 걸레나 붓 청소용 헝겊이 될 때까지 곁에 있곤 했다. 옷이 걸레가 될 정도였으니 결혼 생활은 오래 한 편이다. 잭은 로버트가 새벽 2시까지 파스텔에 대해 토론하다가 자기 집 소파에 두고 간 장갑이나 스카프를 사용하곤 했으니, 로버트에게는 이런 것이 전혀 중요하지 않았다. 로버트의 옷 대부분에는 페인트가 너무 많이 묻어서 동료 미술가가 아닌 다른 사람들에게는 매력이 없는 편이었다. 그렇지 않은 화가들도 있지만, 로버트는 전혀 옷을 조심스럽게 관리하지 않았다.

하지만 신발은 그의 보물이었다. 신발을 사기 위해 돈을 모으고, 구두를 모으고, 닭은 먹으려고 하지 않았지만 구두에는 밍크 오일을 바르고, 페인트가 묻지 않도록 조심하고, 방금 벗은 옷 더미와 나란히 침대 발치에 정렬해 두었다. 그의 인생에서 그다음으로 값비싼 물건은―유화 물감을 제외하고―보통 애프터쉐이브였다. 묘한 우연의 일치였지만, 나는 그날 그가 어머니 생일 선물을 사러 로드 앤 테일러에 들렀다는 것을 이후 알게 되었다. 내가 자기 신발에 토하자 그는 자기도 모르게 "세상에, 꼭 그래야겠습니까?"라는 듯한 무례한 표정을 지었다. 그때만 해도 내가 신발에 토한 것 때문이 아니라 그냥 구토물 때문에 역겨워서 그런 줄 알았다.

그는 주머니에서 뭔가 흰 것을 꺼내서 신발 앞코를 닦기 시작했고, 나는 그가 내 사과를 무시했다고 생각했다. 하지만 다음 순간 그는 내 어깨를 잡았다. 그는 키가 아주 컸다. "빨리." 말투도 급했다. 나직하고 마음이 놓이는 목소리였다. 그는 가장 가까운 통로로 나를 안내했다. 향수 매장을 지나자 속이 다시 메슥거렸고, 경쾌하게 옷깃을 귀까지 세운 마네킹이 테니스 라켓을 들고 있었다. 나는 허리를 굽혔다. 도망가고 싶었다. 새로운 물건이 나타날 때마다, 저 많은 물건들, 내게는 살 능력이 없고 어머니도 즐기지 않을 물건들이 나타날 때마다 새로 구역질이 일었다. 하지만 내 한 팔과 한쪽 어깨를 잡고 있는 낯선 사람은 힘이 셌다. 그는 짧은 소매 데님 셔츠와 얼룩진 회색 청바지를 입고 있었고, 내가 숙인 머리를 돌리려는 순간 면도도 하지 않고 거칠어 보이는 곱슬머리 남자가 언뜻 보였다. 구역질이 나는 와중에도 다른 때였다면 기분 좋게 느꼈을 아마씨유 냄새가 그에게서 풍기는 것이 느껴졌다. 아픈 것을 기회 삼아 나를 납치해서 지갑을 빼앗거나 더한 짓을 하려는 게 아닌가 하는 생각이 들었다—아무래도 80년대 뉴욕이었으니까. 나에게는 아직 미시건에 가서 필수적으로 늘어놓아야 하는 강도 경험이 없었다.

　　하지만 무슨 의도인지 묻기에는 너무 아팠다. 우리는 잠시 후 탁 트인 공기 속으로, 아니, 비교적 탁 트인 사람 많은 보도로 나왔고, 그는 나를 진정시키려고 하는 것 같았다. "괜찮아요. 괜찮아질 겁니다." 그가 그렇게 말하는 순간, 나는 고개를 돌리고 다시 토했다. 이번에는 그의 신발과 행인들의 신발에서 멀리 떨어진 출입구 모퉁이를 겨냥했다. 나는 울기 시작했다. 내가 토하는 동안 그는 붙잡았던 내 팔을 놓고 대신 커다란 손으로 내 등을 계속 쓸어 주었다. 지하철 안에서 낯선 사람이 유혹할 때처럼 꺼려지는 상황이었지만, 저항하기에는 몸에 힘이 너무 없었다. 구토가 끝나자 그는 주머니에서 깨끗한 종이 냅킨을 꺼내 주었다. "괜찮아요. 괜찮아." 그는 중얼거렸다. 마침내 나는 허리를 펴고 건물 벽에 기댔다. "정신을 잃을 것 같아요?" 그는 물었다. 이제 그의 얼굴을 잘 볼 수 있었다. 그 얼굴에는 상대에 대한 동정과, 그 동정을 직접적이고 사무적으로 행동에 옮길 수 있는 기민함이 있었다. 그는 녹색과 갈색이 섞인 커다란 눈동자를 가지고 있었다.

　　"임신하셨어요?"

"임신?"

나는 펄쩍 뛰었다. 나는 한 손을 로드 앤 테일러 바깥 벽에 짚고 있었다. 벽은 엄청나게 단단하고 강한 성채 같았다.

"무슨 소리예요?"

"임신한 제 사촌도 지난주에 가게에서 토한 걸 봐서요."

그는 파티가 끝나고 주차장에서 잡담이라도 하듯 뒷주머니에 손을 넣고 있었다.

"네?"

나는 멍청하게 물었다.

"아뇨. 당연히 아니에요."

내가 내 성생활에 대해 뭔가를 드러냈다고 상대가 생각했을 수도 있겠다는 생각이 들어서, 당황스러움에 얼굴이 붉게 달아오르기 시작했다. 당시 그런 것은 전혀 없다고 할 수 있었다. 연애는 대학 시절 정확히 세 번 했었고 졸업 후 앤아버에서 살던 암울한 시절에 잠시 한 사람을 만났지만, 뉴욕 생활은 이 부분에서 완전한 실패였다. 나는 연애 상대를 찾아 나서기에는 너무 바쁘고 수줍음이 많았다. 나는 급히 말했다.

"그냥 갑자기 기분이 이상해졌어요."

처음 그의 신발에 잔뜩 토했던 것을 떠올리니—신발은 쳐다볼 수도 없었다—다시 몸에서 힘이 빠졌고, 나는 두 손과 머리를 벽에 기댔다.

"아, 정말 아프시군요. 물 한 잔 갖다 드릴까요? 어디 앉게 도와 드릴까요?"

"아뇨. 아뇨."

나는 다시 입을 가려야 할 상황이 생길까 봐 손을 입 쪽으로 가져가며 거짓말을 했다. 입을 가려 봐야 별 도움이 되지는 않겠지만.

"집에 가야겠어요. 지금 당장 가야겠어요."

"네. 누워 계시는 게 좋겠습니다. 어디 사시죠?"

"낯선 사람에게 제가 어디 사는지 말해 줄 수는 없어요."

"아, 괜찮아요."

그는 씩 웃었다. 치열은 아름다웠고 코는 흉했지만 눈은 아주 따뜻했다. 나보다 몇 살 위인 것 같았다. 검은 머리는 옹이진 나뭇가지처럼 비죽비죽 솟아 있었다.

"제가 물기라도 할 것 같아요? 몇 호선을 타고 가십니까?"

퇴근 길에 가게 안으로, 보도를 따라, 집을 향해 걷는 사람들이 우리를 밀치고 지나가고 있었다. 나는 힘없이 말했다.

"음… 저기… 브루클린. 그쪽 방향으로 같이 걸어 주시려는 거라면 괜찮아요. 곧 괜찮아질 거예요."

나는 비틀거리며 한 걸음 내딛고 입을 가렸다. 나중에 왜 택시를 잡지 않았을까 하는 생각이 들었다. 그런 상황에서도 절약하는 습관이 몸에 배어 있었던 모양이었다.

"아, 좋아지기는요. 내 신발에 또 토하지 않으면 역까지 바래다드리죠. 거기서 전화해서 마중 나올 사람이 있으면 알려 주세요."

그는 한 팔을 내 몸에 두르고 나를 부축했고, 우리는 어색하게 붙어 서서 블록 끝에 있는 지하철 입구를 향해 움직였다.

지하철 입구에 도착했을 때, 나는 난간에 기대고 사람들의 길목을 막으며 한 손을 내밀려고 했다.

"됐어요. 감사합니다. 혼자 기차 탈 수 있어요."

"같이 갑시다."

그는 앞장서서 인파를 막아 주었고, 나는 데님 셔츠를 입은 등밖에 볼 수 없었다.

"계단 내려오세요."

나는 한 손으로 낯선 남자의 어깨를, 다른 한 손으로 난간을 잡았다.

"전화할 사람 있습니까? 가족이나 룸메이트?"

나는 고개를 저었다. 두 번인가 세 번 저었지만, 말을 할 수가 없었다. 다시 토할 것 같았고, 그렇게 되면 그 굴욕은 이루 말할 수 없을 것이다. 그는 답답한 듯 친절하게 미소 지었다.

"좋습니다. 저 기차를 타죠."

우리는 끔찍하게 붐비는 사람들 속에 끼어들어 기차에 올랐다. 우리는 서서 가야 했다. 그는 다행히 자기 몸을 내게 붙이지 않은 채 한 손으로는 등 뒤에서 단단히 잡아 주고 다른 한 손으로는 손잡이를 잡았다. 기차가 모퉁이를 돌 때마다 그는 두 사람 몫의 균형을 잡았다. 첫 역에서 누가 내렸고 나는 의자에 주저앉았다. 이 좁은 공간에서 다시 토하면 최소한 여섯 사람에게 튈 텐데, 그렇게 되면 차라리 죽어야지. 도시에 어울리는 사람이 아니라는 뜻이니 미시건으로 돌아가야겠다. 나는 뉴욕에 사는 700만 명보다 더 약한 사람이다. 나는 공공장소에서 토하는 사람이다. 도시를 떠나거나 죽으면 신발에 검은 얼룩이 생긴 이 데님 셔츠 차림의 커다란 젊은 남자를 다시 보지 않아도 된다는 것이 가장 행복할 것 같았다.

13
케 이 트

내릴 역에 도착해서도 어디인지를 모르고 있었지만, 의협심 많
은 낯선 남자는 나를 기차에서 끌어내려 다시 지상으로 데려다 주
었다. 이번에는 길가 하수도에 다시 토했다. 나는 한 번 토할 때마다
조준이 점점 좋아지고 과녁 선택도 적절해진다는 것을 힘없이 깨달
았다.

"이쪽으로 갈까요?"

그는 구토가 끝나자 물었고, 나는 내 아파트 건물이 있는 쪽을
가리켰다. 아파트는 다행히도 가까웠다. 집에 도착했을 때 그가 내
목을 딸 거라고 믿었다 해도 아마 순순히 그렇게 했을 것이다. 놋쇠
로 된 현관 열쇠도 마찬가지였다. 그는 떨리는 내 손에서 열쇠를 받
아 들었고, 엘리베이터 역시 마찬가지였다.

"이제 괜찮아요."

나는 속삭였다.

"몇 층입니까? 몇 호?"

양탄자가 깔린 길고 냄새나는 복도에 도착했을 때, 그는 열쇠고

리에서 다른 열쇠를 찾아 내 아파트 문을 열었다.

"실례합니다!"

그는 외쳤다.

"아무도 없는 것 같군요."

나는 아무 말도 하지 않았다. 혼자 산다는 것을 알려 줄 생각도, 그럴 힘도 없었다. 찬장으로 반쯤 막힌 작은 주방이 딸린 원룸이었으니, 그도 아마 곧 알아차렸을 것이다. 소파 겸용으로 사용하는 침대에는 어린 시절 사용하던 낡은 베개가 쌓여 있었고, 옷장 위에는 주방에 넣을 자리가 없는 접시가 놓여 있었다. 바닥에는 오하이오의 고모가 쓰던 올이 풀린 동양풍 양탄자가 깔려 있었고, 책상에는 문진 대신 커피 잔으로 눌러 놓은 영수증과 스케치가 널려 있었다. 나는 내 방을 마치 처음 보는 사람처럼 둘러보았고, 너무 허름해 보여서 놀랐다. 내 집을 갖는다는 것은 내게는 아주 중요했다. 언젠가 내집을 갖기 위해, 지저분한 주인이 관리하는 지저분한 아파트에 살고 있었다. 싱크대 위에는 페인트가 벗겨진 파이프가 노출되어 있었고, 찬물이 계속 새어 나와 수건을 뒤에 괴어 두어야 했다.

낯선 남자는 나를 집 안에 들이고 소파 겸 침대 가장자리에 앉혔다.

"물 한 잔 드릴까요?"

"아뇨, 됐어요."

나는 그를 물끄러미 바라보며 신음 소리를 냈다. 뉴욕의 길거리에서 만난 사람을 내 집 문지방 안에 들이다니 너무나 비현실적이었다. 지금까지 내가 집 안에 들인 사람은 왜 오븐에 불이 켜지지 않는지 보러 왔다가 발로 앞부분을 밀어 보라고 가르쳐 주고 2분 만에 나간 집주인뿐이었다. 이름조차 모르는 남자가 내 방 한가운데 서서 다시 토하지 않도록 막을 만한 것이 없나 찾기라도 하는 듯 주위를 둘러보고 있다. 나는 너무 깊이 숨을 들이쉬지 않으려고 애썼다.

"주방에서 그릇 하나 갖다 주시겠어요?"

그는 얼굴을 닦을 젖은 종이수건과 그릇을 가져왔고, 나는 소파에 약간 비스듬히 기댔다. 그는 엉덩이에 손을 짚고 서서 밝은 눈으로 집 안의 사진과 그림들을 관찰하기 시작했다. 고등학교 때 내가 찍은, 집 앞 포치에서 부모님이 이야기하고 있는 흑백사진, 최근에 내가 그린 우유곽 스케치 몇 장, 세 남자가 불그스름한 근육을 불끈거리며 돌덩어리를 옮기는 장면을 묘사한 디에고 리베라의 벽화 포스터. 그는 이 그림을 잠시 관찰했다. 불안감이 스쳤다. 내 스케치는 무시하는 걸까? 보통은 이렇게 말해 줄 것이다. "아, 이거 당신이 그렸어요?" 하지만 그는 그냥 서서 리베라의 멕시코 노동자들만, 그들의 찡그린 표정과 커다란 아즈텍 인의 몸만 바라보고 있었다. 그러다 그는 돌아서서 나를 보았다.

"음, 이제 진정됐습니까?"

"네."

나는 속삭이듯 말했지만, 펑퍼짐한 바지에 갈색 곱슬머리를 한 낯선 사람이—그 때문이 아니었을 수도 있다—내 방 한가운데 서 있는 모습 어딘가가 다시 구역질을 부추겼다. 나는 침대에서 뛰쳐일어나 욕실로 쏜살같이 들어갔다. 이번에는 덮개를 깔끔하게 올려놓고 변기 안에 토했다. 집에 왔다는 안정감이 들었다. 마침내 올바른 장소에 토하고 있는 것이다.

그는 욕실 문가로 다가왔다. 그를 볼 수는 없었지만 움직이는 소리가 들렸다.

"구급차를 불러 드릴까요? 정말 심각한 일일 수도 있어요. 식중독이라든지. 아니면 택시를 불러서 병원으로 갑시다."

"보험이 없어요."

"나도 없습니다."

그가 욕실 밖에서 묵직한 구두를 발을 바꿔 디디는 소리가 들렸다.

"어머니는 몰라요."

나는 덧붙였다. 나에 대해 최소한 한 가지라도 알려 주어야 하는 이유를 찾고 싶은 마음이었다.

그는 웃었다. 로버트의 웃음소리를 들은 것은 그때가 처음이었다.

"우리 어머니는 알고 계실 것 같아요?"

나는 곁눈질로 그가 웃는 모습을 바라보았다. 그는 입 귀퉁이가 사각형으로 보일 정도로 입을 활짝 벌린 채 이를 완전히 드러내고 있었다. 그의 얼굴은 환했다.

"어머니가 걱정하실까요?"

나는 수건을 찾아서 얼굴을 닦은 뒤 급히 입을 헹궜다.

"그렇겠죠."

그가 어깨를 으쓱하는 소리가 들리는 것 같았다. 내가 돌아서자, 그는 마치 몇 년이나 환자를 돌봐 온 사람처럼 말없이 나를 침대로 안내했다.

"잠시 옆에 있어 드릴까요?"

가야 할 곳이 있다는 소리로 들렸다.

"아니에요. 전 이제 정말 괜찮아요. 정말이에요. 이게 마지막인 것 같아요."

"세어 보지는 않았지만, 더 토할 것도 없을 것 같긴 합니다."

"전염성이라면 당신한테 옮지 않아야 할텐데."

"전 잘 안 아픕니다."

그는 말했다. 나는 그 말을 믿었다.

"음, 괜찮으시면 이제 가 보겠습니다. 여기 제 이름과 전화번호예요."

그는 다른 용도로 쓰는 것인지 물어보지도 않고 책상 위에 있던 종이 가장자리에 적었다. 나는 어색하게 내 이름을 알려 주었다.

"내일 전화해서 상태가 어떤지 알려 주세요. 그러면 정말 괜찮아졌는지 알 수 있을 테니까."

나는 치밀어오르는 울음을 참으며 고개를 끄덕였다. 집은 너무나 멀었고, 여자 한 사람이 홀로 쓰레기를 내다 버리고 있을 그 집은 여기서 버스표 180달러 거리였다.

"좋아요. 그럼 이만. 잊지 말고 뭘 좀 마시고요."

나는 고개를 끄덕였고, 그는 미소 짓더니 떠났다. 망설임이 조금도 없는 이 낯선 사람의 태도가 신기했다. 도움을 주러 왔다가, 전혀 부산 떨지 않고 떠난 것이다. 나는 일어서서 책상에 기대 그의 번호를 보았다. 약간 거칠지만 대담하고 페이지에 단단히 눌러쓴 필체는 그와 비슷했다.

다음 날 아침이 되자 몸은 거의 괜찮아져서 나는 그에게 전화했다. 감사 인사를 해야지, 나는 나 자신에게 말했다.

1877. 10. 22.

친애하는 백부

제가 백부님처럼 꾸준히 편지를 쓰지는 못하지만, 오늘 아침 도착해서 아버님과 같이 읽은 사려깊은 전언에 감사를 드리기 위해 급히 펜을 듭니다. 아버님은 형님이 저녁 식탁에서 가족으로 인정받으려면 좀 더 자주 와야 한다는 말씀을 전하라고 하시네요. 아주 따뜻하고 존경스러운 아버님의 꾸중을 제가 같은 마음으로, 저를 위해서라도 명심하시라는 부탁과 함께 전해 드립니다. 이렇게 비내리는 날이면 이곳은 조금 따분하답니다. 스케치는 아주 좋았고 ― 구석의 어린아이가 정말 사랑스러웠어요 ― 백부님은 우리 같은 사람이 감히 따라갈 수 없을 만큼 인물을 잘 포착하세요…. 저도 언니의 집에서 스케치 몇 장을 해 왔습니다. 가장 큰 조카는 이제 일곱 살인데, 분명 백부의 눈에도 너무나 매력적이고 우아한 모델일 거예요.

베아트리스 드 클레르발 비뇨

14

케 이 트

로버트와 나는 뉴욕에서 거의 5년 동안 살았다. 아직도 그 시간
이 어디로 갔는지 모르겠다. 발생했던 모든 일들은 우주 어딘가에
저장될 가능성이 높다는, 개인의 역사―모든 역사겠지―는 일종의
주머니에, 시공의 블랙홀에 접혀 보관된다는 이야기를 읽은 적이 있
다. 그 5년이라는 시간이 어딘가에 살아남아 있기를. 마지막이 너무
나 끔찍했기 때문에 함께 지냈던 시간들 대부분을 모두 저장하고
싶은 건지는 나 자신도 알 수 없지만, 뉴욕에서의 그 시간들만은…
살아 있었으면. 돌이켜 보면 눈 깜짝할 사이에 흘러간 시절이지만,
뉴욕에서 함께 지낼 때는 앞으로의 생활도 항상 이렇게 흘러가다가
어른의 인생과 비슷한 것으로 이어질 거라고 생각했다. 아이를 갖고
싶은 욕구가 생기고, 로버트가 안정된 직업을 가졌으면 하는 마음이
생기기 전이었다. 매일매일이 만족스럽고, 흥미진진하거나 흥미진
진할 가능성이 있던 시절.

그 5년이 시작된 것은 구역질이 멈추고 난 뒤 로버트에게 연락
하기 위해 내가 수화기를 집어 들었기 때문이었고, 친구들이 내일

저녁 미술 학교에서 연극을 보러 가는데 같이 가겠냐고 그가 물어볼 수 있을 정도로 내가 통화를 오래 끌었기 때문이었다. 정확히 초대는 아니었지만 초대 비슷했고, 미시건에서 처음 이사 왔을 때 뉴욕의 저녁 생활은 이럴 것이라고 상상했던 것과 아주 가까운 제안이었다. 그래서 나는 좋다고 말했다. 연극은 물론 이해할 수 없었다. 많은 미술학도들이 대본을 읽다가 연극이 끝날 때쯤 찢어 버리고 앞줄에 앉은 관객들의 얼굴에 흰색과 녹색 페인트를 칠했는데, 뒷자리에 앉은 사람들에게는 무슨 일이 벌어지는지 잘 보이지도 않았다. 나도 뒷자리에 앉은 채 무대와 가까운 줄에 앉은 로버트의 뒤통수를 의식하고 있었다. 그는 나를 위해 옆자리를 챙기는 것을 잊어버린 것 같았다.

연극이 끝난 뒤 로버트의 친구들은 어느 파티로 몰려갔지만 그는 내게 왔고, 우리는 극장 근처의 술집으로 가서 회전의자에 나란히 앉았다. 뉴욕에서 술집에 간 것은 처음이었다. 아일랜드 바이올린 연주자가 구석에서 마이크에 대고 연주하던 것이 기억난다. 우리는 서로 좋아하는 미술가와 좋아하는 이유에 대해 이야기를 나누었다. 나는 처음으로 마티스를 입에 올렸다. 아직도 나는 마티스의 여성 초상화가 변덕스러워서 좋아하고 더 이상 그 점에 대해 변명하지 않는다. 색채와 과일이 넘실대는 그의 정물화도 좋아한다. 하지만 로버트는 내가 한 번도 들어 보지 못한 현대 화가들에 대해 이야기했다. 그는 미술 학교 졸업 학년이었는데, 그 시절 사람들은 소파에 칠을 하고 건물 외벽을 그림으로 두르고 모든 것을 개념화했다. 그가 말하는 것 중 어떤 것은 흥미로웠고 어떤 것은 유아적으로 들렸지만 무지를 드러내고 싶지 않았기에, 내게는 낯설기만 한, 그가 일하고 자기 작품을 비판받는 스튜디오에서 격론의 대상이 되는 수많은 작품과 운동, 활동, 시각에 대해 줄줄이 이야기하는 동안 나는 말없이 듣기만 했다.

나는 로버트가 말하는 동안 그의 얼굴 윤곽을 바라보았다. 추남과 미남 사이를 오가는 얼굴이었다. 이마는 눈 위로 거의 처마처럼 툭 튀어나와 있었고, 코는 육식동물 같았으며, 머리카락 한 줌이 관자놀이에 코르크 따개처럼 흘러내려 있었다. 맹금류를 닮았다는 생각이 들었지만, 이런 생각이 떠오를 때마다 로버트는 아까 뭘 보고 그런 생각을 했을까 싶을 정도로 어린아이처럼 행복한 미소를 지었다. 자기 자신을 의식하지 않는 태도는 매혹적이었다. 나는 그가 검지로 코 옆을 긁다가 납작한 손바닥으로 코 끝을 문지른 뒤 개를 긁어 주듯—무심하게, 친절하게—혹은 큰 개가 자기 몸을 긁듯 머리를 긁는 것을 바라보았다. 그의 눈은 때로 흑맥주 잔 색깔 같기도 하고 올리브 색 같기도 했으며, 내가 계속 듣고 있다고 확신하지만 지금까지 자기가 한 말에 대한 내 반응을 지금 당장 알아야겠다는 듯 갑자기 나를 불편할 정도로 똑바로 바라보곤 했다. 11월 맨해튼 날씨인데도 피부는 마치 햇빛을 머금은 듯 부드럽고 따뜻한 색깔을 띠고 있었다.

로버트는 나도 오래전부터 들어 본 아주 좋은 미술 학교에 다니고 있었다. 어떻게 들어갔을까? 궁금했다. 그의 말로는 대학을 졸업한 뒤 4년이나 빈둥거리다가 다시 학교로 돌아가기로 결정했고, 이제 졸업할 때가 다 되었지만 아직도 학교는 시간 낭비가 아니었을까 잘 모르겠다고 했다. 내 상념은 그가 주로 혼자서 떠들어대는 현대작가들 이야기에서 조금 벗어났다. 나는 그가 셔츠를 벗고 따뜻한 피부를 더 많이 내보인 모습을 상상하고 있었다. 그때 그는 느닷없이 내가 그린 그림에서 원하는 것이 무엇이냐고 물어왔다. 그가 나를 안전하게 아파트 안에서 토하도록 해 주려고 집까지 데려다 주었을 때 내 스케치를 보았으리라는 생각은 미처 못했다. 나는 미소 지으며 그렇게 말했다—미소를 지어야 할 때라는 점을 의식하고 있었고, 내 눈 색깔과 어울리는 유일한 셔츠를 입고 온 것이 다행이라는 생각이 들었다. 나는 미소 지으며 그걸 물어볼 줄은 몰랐다고 겸손하게 말했다.

매력적으로 보이고 싶어 겸손을 떨어 보였지만, 그는 별다른 느낌이 없는 것 같았다. 그는 직설적으로 말했다.

"그럼요. 봤죠. 잘 그렸더군요. 무엇을 위해 그리는 겁니까?"

나는 가만히 앉아 그를 응시하다가 말했다.

"나도 그걸 알고 싶어요. 그것 때문에 뉴욕으로 왔죠. 미시건은 답답했어요. 다른 미술가들을 전혀 모르기 때문이기도 했어요."

나는 그가 내 고향이 어디인지도 묻지 않았고 자신의 배경에 대해서도 전혀 말하지 않았다는 것을 깨달았다.

"진짜 미술가라면 어디서든 작업할 수 있어야 하는 거 아닐까요? 좋은 작품을 만들기 위해 다른 미술가들을 알아야 합니까?"

아픈 지적이었고, 흔치 않은 불쾌감이 치밀었다.

"내 그림에 대한 당신 평가가 정확하다면, 그렇지 않은가 보죠."

그는 처음으로 나를 완전하게 바라보는 것 같았다. 문득 그는 고개를 돌리더니 커다랗고 특이한 신발을—조금 연해진 얼룩을 보니 내가 토했던 신발이었다—내 의자 발걸이에 얹었다. 그의 눈가에는 젊은 얼굴에 어울리지 않는 주름살이 있었고, 넓은 입가에 서글픈 미소가 떠올랐다.

"나 때문에 화가 나셨군요."

그는 놀랍다는 듯 말했다.

나는 허리를 펴고 기네스 맥주를 한 모금 마셨다.

"음, 네. 난 멋진 술집에서 마주 보고 앉아서 같이 이야기를 나눌 미대생이 없었을 때도 혼자 꽤 열심히 공부했어요."

내가 왜 이러는지 알 수 없었다. 보통 나는 이런 식으로 쏘아붙이기에는 수줍음이 너무 많았다. 거품이 나는 흑맥주 때문인지, 아니면 그의 긴 독백 때문에, 아니면 정중하게 듣고만 있었을 때 끌지 못했던 그의 관심을 내 작은 분노가 끌어냈다는 느낌 때문인지도 몰랐다. 이제 그가 나를 주의깊게 관찰하고 있다는 느낌이 들었다. 내 머리카락, 주근깨, 젖가슴, 그의 어깨에도 못 미치는 키. 그는 나를 향해 미소 짓고 있었고, 때 이른 주름살이 새겨진 눈빛의 따뜻함이 내 혈관에 스며들었다. 이 순간이 아니면 영원히 안 된다는 느낌이 들었다. 지금 그의 관심을 완벽하게 얻어내야지, 아니면 절대 돌아오지 않는다. 그러지 못하면 같이 이야기할 동료 미술학도들이 수십 명이나 있는 그는 거대한 도시 속으로 스며들어 다시는 연락하지 않을 것이다. 그는 술집 회전의자에 앉은 채 독특한 바지 차림의—그날 저녁은 중고가게에서 샀는지 무릎이 닳은, 주름 잡힌 트위드 바지였다—길고 허벅지가 단단한 다리로 나를 향해 균형을 잡고 있었지만, 언제든 관심을 잃어버리고 다시 술잔을 향해 돌아앉을지도 모른다.

나는 그쪽으로 돌아앉아 그의 눈을 쳐다보았다.

"그러니까, 어떻게 감히 남의 아파트에 들어와서 아무 말 없이 남의 작품을 분석할 수 있냐는 거예요. 최소한 마음에 안 든다는 말은 할 수 있었잖아요."

그의 표정은 좀 더 심각해졌고, 눈빛은 내 얼굴을 살피고 있었다. 가까이에서 보니 이마에도 주름살이 있었다.

"미안합니다."

개를 때린 것 같은 기분이었다—그는 당혹스러운 듯 눈썹을 치켜 올리고 내가 왜 짜증을 내는지 생각하고 있었다. 몇 분 전만 해도 현대 화가들에 대해 혼자 장황하게 말을 늘어놓던 사람이라고 믿기지 않을 정도였다.

"난 미대에 다니는 호사를 누리지 못했어요. 하루에 열 시간씩 따분한 편집 일을 하죠. 그런 다음 집에 가서 스케치를 하거나 그림을 그려요."

백 퍼센트 사실이라고는 할 수 없었다. 나는 하루에 여덟 시간씩 일했고, 보통 집에 가면 피곤해서 고모할머니가 몇 년 전 물려주신 작은 텔레비전으로 뉴스나 시트콤을 보거나 전화를 걸거나 소파 겸용 침대에 맥없이 누워 있거나 책을 읽었다.

"그런 뒤 다음 날 다시 출근해요. 주말에는 가끔 미술관에 가고 공원에서 그림을 그리거나 날씨가 안 좋으면 집 안에서 스케치를 해요. 화려하죠? 이런 것도 화가의 일상이라고 할 수 있을까요?"

마지막 질문에 의도했던 것보다 더 강한 냉소가 들어가서 덜컥 겁이 났다. 이걸 데이트라고 할 수 있다면, 몇 달 만에 처음 데이트하는 상대인데 이런 안 좋은 소리나 하고 있다니.

그는 다시 말했다.

"죄송합니다. 대단하시군요."

그는 바 가장자리에 내려놓은 자기 손과, 기네스 잔을 감싼 내 손을 쳐다보았다. 우리는 눈싸움이라도 하듯, 점점 더 오래 서로를 쳐다보며 앉아 있었다. 나를 사로잡은 것은 짙은 눈썹 아래의 눈 색깔이었을 것이다. 마치 다른 사람의 눈을 처음 보는 기분이었다. 그 색깔에, 깊숙이 섞여 있는 색채에 이름을 붙일 수 있다면, 시선을 돌릴 수 있을 것 같았다. 마침내 그는 움직였다.

"이제 뭘 하죠?"

"음."

대담한 대답이 흘러나와서 나 자신도 놀랐다. 마음 깊숙한 곳에서는 나답지 않다는 것을, 오로지 로버트의 존재 때문에, 그가 내 얼굴을 응시하고 있기 때문이라는 것을 알고 있었기 때문이었다.

"당신 집에 날 초대해서 에칭을 보여 줄 때인 것 같은데요."

그는 웃기 시작했다. 눈빛은 환해졌고, 관대하고, 추하고, 육감적인 입가에 웃음기가 가득 찼다. 그는 자기 무릎을 쳤다.

"맞아요. 이제 제 집에 가서 에칭을 보시겠습니까?"

1877. 10. 29.

사랑하는 백부

오늘 아침 백부님의 편지를 받았고, 저녁 식사에 오신다니 기쁩
니다. 아버님은 읽을거리를 들고 일찍 오시라고 합니다.

바쁜 와중에, 당신의 조카
베아트리스 드 클레르발

15

케 이 트

    로버트는 웨스트빌리지의 아파트에서 두 미술학도와 같이 살고 있었는데, 우리가 갔을 때 친구들은 외출 중이었다. 활짝 열린 친구들의 침실 문으로 마치 기숙사 방처럼 바닥에 널브러진 옷과 책들이 보였다. 지저분한 거실에는 폴락 포스터가 붙어 있었고, 주방 작업대에는 브랜디 병, 싱크대에는 접시들이 담겨 있었다. 로버트는 나를 자기 침실로 데리고 갔다. 역시 정신없었다. 침대는 당연히 어질러져 있었고 바닥에는 지저분한 세탁물이 뒹굴고 있었지만, 책상 의자 등받이에 스웨터 두 장은 깔끔하게 걸려 있었다. 책 더미도 쌓여 있었다. 미술서와 소설 같았는데 몇 권은 프랑스 어로 되어 있는 것이 인상적이었다. 로버트에게 물어보니 그의 어머니는 2차 세계 대전 이후에 아버지와 함께 미국으로 왔는데, 어머니가 프랑스인이라 자랄 때부터 두 개 국어를 했다고 했다.

    하지만 가장 놀라운 것은 방 안의 모든 표면이 스케치와 수채화, 회화 포스터로 뒤덮여 있다는 점이었다. 벽에는 로버트 자신이 그린 듯한 스케치가 걸려 있었다—연필화, 목탄화, 때로 같은 모델을 여러 번 되풀이해서 그린 그림, 팔과 다리, 코, 손. 손이 가장 많았다. 나는 그의 방이 정육면체와 선, 몬드리안의 포스터로 가득 찬 현대 회화의 전당 같을 거라고 상상했지만, 그렇지 않았다—보통 작업실 같았다. 그는 나를 바라보며 서 있었다. 나는 그의 스케치가 놀랍다는 것을, 기술적으로도 탄탄하지만 동시에 생명과 수수께끼, 움직임으로 가득 차 있다는 것을 알 정도는 되었다. 그는 진지하게 말했다.

"신체를 배우는 중이죠. 아직 그리기가 아주 힘듭니다. 다른 것은 관심이 없어요."

"당신은 전통주의자군요."

나는 놀라서 말했다. 그는 간단하게 대꾸했다.

"네. 사실 개념미술은 관심이 없어요. 그것 때문에 안 그래도 학교에서 이런저런 소리 많이 들어요."

"저는… 술집에서 위대한 현대 화가에 대해 이야기하실 때, 당신이 그 화가들을 존경하는 줄 알았어요."

그는 묘한 눈길을 보냈다.

"그런 인상을 줄 생각은 없었습니다."

우리는 서로를 응시한 채 서 있었다. 분주한 도시의 밤 한복판에서 비수기처럼 버려진 분위가 감도는 아파트는 정적으로 고동쳤다. 화성에 단둘이 서 있는 것 같았다. 술래잡기를 하는 듯한, 다른 사람들은 아무도 우리가 어디 있는지를 모르는 듯한, 비밀스러운 느낌도 있었다. 현관문을 단단히 잠그고 두 번 확인한 후 아래층 주방 식당에서 째깍거리는 시계 소리를 들으며 발치에 고양이가 웅크리고 있는, 한때 아버지와 함께 사용했던 커다란 침대에 홀로 잠들어 있을 어머니가 잠시 머리를 스쳤다. 나는 로버트 올리버를 향해 돌아섰다.

"그럼 뭘 존경하세요?"

그는 숱 많은 눈썹을 치켜 올렸다.

"솔직히 말할까요? 고된 작업."

"당신은 천사처럼 그림을 그려요."

입에서 이런 말이 불쑥 나왔다. 어머니라면 그렇게 말했을 것이다. 진심이었다.

그는 예기치 못했던 내 말에 놀라고 기쁜 것 같았다.

"비평에서는 그런 말을 잘 못 듣는데요. 사실 절대 못 듣죠."

"당신이 지금까지 말했던 내용 중에서 미술 학교에 들어가고 싶은 마음을 들게 하는 건 하나도 없네요."

그가 앉으라고 권하지 않았기 때문에, 나는 한 번 더 방 안을 서성거리며 스케치를 살펴보았다.

"회화도 하나요?"

"그럼요. 학교에서만. 제 경우는 회화가 주요 작업입니다."

그는 책상에서 종이 두 장을 들어 올렸다.

"스튜디오에서 작업하는 모델 연구입니다. 대형 캔버스, 유화죠. 그 수업을 들으려고 싸워야 했어요. 이 남자 모델은 아주 벅찼습니다. 노인이에요. 멋지고, 키가 크고, 흰 머리, 노끈 같은 근육, 하지만 이제 저물어가고 있는. 마실 거 드릴까요?"

"아뇨."

사실 나는 이 만남에서 내가 무엇을 원하고 있는지, 왜 집에 가지 않고 있는지 생각하고 있었다. 이미 너무 늦어서 브루클린의 집까지 안전하게 가려면 택시를 타야 할 것이고, 그러면 일주일 동안 저축했던 돈이 몽땅 날아가고 만다. 로버트는 어쩌면 신탁 같은 게 있어서 이해하지 못할 것이다. 자존심이 어디로 사라졌는지 의아했다. 로버트 올리버는 자기 자신과 자신의 그림에만 관심이 있고, 처음에 내가 자기 말을 잘 들어 주어서 마음에 들었을 것이다. 직감이, 여자들이 남자에 대해 갖고 있는 예민한 육감이 그렇게 속삭였다.

"이제 가야겠어요. 집에 가려면 택시를 타야 해요."

그는 어지럽고 창문도 없는 침실 한가운데서 내 앞에 우뚝 섰다. 팔을 양옆에 내린 채, 덩치는 커다랗지만 주눅 든 듯한, 상처받기 쉬운 모습이었다.

"가기 전에 키스해도 될까요?"

나는 놀랐다. 그가 내게 키스하고 싶어한다는 사실보다 그걸 묻는 서툰 말투 때문이었다. 내 얼굴을 들여다보기 위해 그는 허리를 약간 굽혀야 했다. 훈 족처럼 우람한 체구에도 불구하고 어색하게 내게 묻는 이 남자에 대한 연민이 일었다. 나는 앞으로 나서서 그의 어깨에 손을 얹었다. 단단하고 믿음직한, 마치 황소, 노동자처럼 신뢰를 주는 어깨였다. 가까이 다가가니 얼굴은 그늘이 내려 잘 보이지 않았고, 눈빛도 마치 얼룩진 것 같았다. 문득 그의 단단한 입술이 내 입술에 닿았다. 그의 입은 어깨가 그렇듯 따뜻하고 근육질이었지만 주저하고 있었고, 잠시 그렇게 머물러 있는 그에 대한 연민 비슷한 마음이 다시 일어 나도 그에게 키스했다.

갑자기 그는 내 몸에 팔을 두르고—나는 처음으로 거대한 그의 체구를, 크고 당당한 몸을 느꼈다—거의 나를 들어 올리다시피 해서 열정적으로 키스했다. 알고 보니 그에게는 소심함이란 없었다. 그는 자기 자신으로 행동하지 않는 법을 모르는 사람 같았다. 그의 자아가 내 몸을, 평생 매순간을 의심하고, 추측하고, 분석해 온 나라는 사람을 번개처럼 훑고 지나가는 것 같았다. 마치 존재한다는 것조차 모르고 있던 물약을 들이마시는 기분이었다. 그 미약은 마지막 한 방울까지 내 뒤통수와 갈비뼈 깊숙이, 이어 발까지 몸을 따라 흘렀다. 물러나서 그의 눈을 다시 관찰하고 싶은 충동이 일었지만, 그것은 두려움 때문이 아니었다. 한 인간이 이렇게 복잡하면서도 이렇게 단순할 수 있다는 사실에 대한 경외감에 가까웠다. 그의 손은 내 등허리 쪽으로 움직이더니 나를 더 세게 끌어안았다. 마치 간절히

111

기다려 온 소포를 껴안는 느낌이었다. 그는 내 몸을 끌어 올려 문자 그대로 팔로 들어 안았다.

이제 문이 닫히는 소리, 최근 누군가 그의 몸에 깔려 있지 않았을까 상상하게 만들, 빨지 않은 이불 냄새가 풍기는 침대의 느낌, 콘돔을 찾아 침대 옆 서랍을 뒤지는 소리가 이어질 차례였고—에이즈에 대한 공포가 최초로 확산되기 시작하던 시기였다—나는 반쯤 두려워하며, 반쯤 기꺼이 동의할 거라는 생각이 들었다. 그러나 그는 대신 내게 한 번 더 키스하더니 나를 바닥에 내려놓았다. 그는 스웨터를 입은 가슴에 나를 끌어안았다.

"당신은 사랑스러워요."

그는 내 머리를 쓰다듬으며 서 있었다. 그는 어색하게 두 손으로 내 머리를 붙잡고 이마에 키스했다. 너무나 부드럽고 자상한 동작이라 목구멍에서 뭔가 치밀어 올랐다. 거절당하는 건가? 그러나 그는 커다란 손을 내 어깨에 내려놓고 목을 쓰다듬었다.

"서두른다는 인상을 주기 싫어요. 나도 그렇고. 내일 밤 다시 만날까요? 빌리지에 아는 식당이 있어요. 값도 싸고 술집처럼 시끄럽지 않습니다."

그 순간부터 나는 그의 것이었다—그는 내 마음을 사로잡았다. 서두른다는 인상을 주고 싶지 않다는 사람은 처음이었다. 다음 날 밤이든, 그다음 날 밤이든, 다음 주가 되든, 때가 되면 그는 침입자가 아니라 내가 사랑에 빠질 수 있는 남자로서, 아니, 이미 사랑에 빠져 버린 남자로서 내 위에 몸을 죽 뻗을 것이다. 이 단순함—내가 그렇게 경계하는데도 어떻게 그는 계속 그런 기분을 느낄 수 있는 것일까? 그가 택시를 잡은 뒤에도 우리는 거리에서 뜸을 들이며 키스했고, 속이 울렁거렸다. 그는 기분 좋은 웃음소리를 내며 운전사를 기다리게 하면서 나를 끌어안았다.

다음 날 아침 직장으로 전화해서 식당의 위치를 알려 주겠다고 약속했지만, 그에게서는 전화가 오지 않았다. 정오가 다가오자 사지에서 황홀감이 천천히 빠져나갔다. 잠자리를 하지 않은 것은 손쉽게, 친절하게 나를 거절하는 방법이었다. 저녁을 먹을 생각이 없었던 거겠지. 요추천자에 대한 긴 논문을 교정하는 동안, 백화점에서 로버트를 처음 만났을 때처럼 구역질이 다시 은근히 치밀어 올랐다. 나는 책상에서 점심을 먹었다. 4시에 전화가 울렸고, 나는 수화기를 붙잡았다. 엄마 외에는 내 직통번호를 아는 사람이 없었기 때문에, 둘 중 하나였던 것이다. 로버트였다.

　　"더 빨리 전화하지 못해서 미안합니다."

　　그는 그 이상 설명하지 않았다.

　　"아직도 오늘 밤 나랑 만나고 싶어요?"

　　이것이 우리가 뉴욕에서 함께 한 5년의 이틀째 저녁이었다.

16

말로우

케이트는 조용한 거실 소파에서 일어나 마치 새장에라도 갇힌 것처럼 약간 서성거렸다. 그녀는 창가로 다가갔다 돌아왔고, 나는 나 때문에 이런 입장에 처하게 된 그녀에 대해 일종의 안쓰러움을 느꼈다. 아직 이야기가 내가 가장 알아야 하는 부분까지 오려면 한참 남았지만, 지금 그녀를 재촉하고 싶지는 않았다.

그녀가 아주 좋은 아내였을 거라는 생각이 들었다. 곧은 심지, 꼼꼼함, 깔끔한 손님 접대라는 면에서 볼 때 내 어머니와 다르지 않았지만(이런 생각이 든 것은 처음이 아니었다), 대신 그녀에게는 내 어머니의 온화함과 자신감, 반어적인 유머감각이 없었다. 어쩌면 남편과 헤어지면서 케이트의 유머감각도 사라졌는지 모른다. 일시적으로 행복을 잃어버린 것이었으면 하는 바람이었다. 나는 이혼 때문에 감정적으로 고통을 겪는 여자들을 많이 봐 왔다. 이혼이 예전의 트라우마나 기존에 가지고 있던 증상과 관련되면, 결국 회복하지 못하고 영원히 만성적인 상실감이나 우울증에 빠지는 사람도 있다. 그러나 나는 대부분의 여자들이 아주 강인하다고 생각해 오고 있었다. 이런 상태를 딛고 일어나는 여자들은 보다 깊이 있는 삶을 살게 된다, 지적인 케이트라면 보다 좋은 것, 보다 좋은 남자를 만나 행복하게, 현명하게 살아갈 것이다, 나는 창문을 통해 들어오는 햇빛이 부드러운 그녀의 머릿결을 물들이는 것을 보며 생각했다.

그녀는 돌아섰다.

"그렇게 괴롭지는 않았을 거라고 생각하는군요."

비난하는 듯한 말투였다. 나는 멍하니 입을 벌렸다.

"그렇지 않습니다. 하지만 비슷하긴 하군요. 분명 괴로운 일이었겠지만, 전 당신이 얼마나 강해 보이는지 생각하고 있었습니다."

"그러니까 극복할 거다."

"제가 그렇게 믿습니다."

그녀는 뭐라 나를 나무라려는 듯하다가 그냥 이렇게 말했다.

"음, 환자를 많이 보셨을 때니까 잘 아시겠지요."

"제가 궁극적으로 인간에 대해 잘 안다고 느낀 적은 없습니다만, 많은 사람들을 관찰해 온 것은 사실입니다."

환자에게라면 절대 하지 않았을 고백이었다.

그녀는 작은 쇄골에서 햇빛을 반사하며 돌아섰다.

"그렇게 많은 사람을 관찰하셨는데도 사람이 좋으신가요, 말로우 박사님?"

"당신은요? 당신도 관찰력이 대단하신 것 같습니다만."

그녀는 웃음을 터뜨렸다. 거실에 들어온 뒤로 처음 듣는 웃음소리였다.

"이런 장난은 그만두죠. 로버트의 사무실을 보여 드릴게요."

두 가지 점에서 나는 상당히 놀랐다. 첫째, 그에게 사무실이 있었다는 점, 둘째, 고통 중에도 그녀가 이렇게 관대하다는 점이었다. 개인 작업실일 수도 있으리라.

"그래도 되겠습니까?"

"네. 방이라고 하기도 뭐하고, 영수증 계산이나 서류 정리용으로 책상이 필요해서 정리하고 있던 참이었어요. 그의 작업실도 정리해야 해요."

로버트가 살던 이 집에서, 그녀는 사무실도 작업실도 없었지만 로버트는 둘 다 가지고 있었다. 로버트 올리버는 문자 그대로 그녀의 인생에서 상당한 공간을 차지하고 있었다. 나중에 작업실도 보여주었다면 하는 마음이었다.

"감사합니다."

"그러실 것 없어요. 사무실은 엉망이에요. 그 방 문을 다시 여는 데만 오랜 시간이 걸렸지만, 이제 기분이 나아져서 정리를 시작했답니다. 이제 그 안에 있는 물건에는 관심이 없다는 뜻에서 드리는 말씀이에요. 정말로."

케이트는 일어서서 컵을 정리하고 어깨 너머를 돌아보았다.

"이리 오세요."

나는 그녀를 따라 거실 못지않게 깔끔하고 편안한 식당으로 향했다—윤기 나는 식탁을 중심으로 등받이가 높은 의자가 모여 있었다. 여기에도 산을 그린 수채화와, 홍관조와 큰어치를 오듀본풍으로 묘사한 오래된 판화가 걸려 있었다. 로버트 올리버의 그림은 역시 없었다. 그녀는 햇빛이 잘 드는 주방으로 잠깐 들어가서 싱크대에 컵을 담은 뒤, 주방을 지나 큰 옷장보다 별로 크지 않은 방으로 안내했다. 책상과 책장, 의자 하나로 가득 차는 방이었다. 책상은 케이트의 가구 대부분이 그렇듯 골동품이었고, 열려 있는 커다란 접이식 뚜껑 안 서랍에는 종이가 가득 차 있었다. 케이트 말대로 엉망이었다.

여기서는 거실에서보다 로버트 올리버의 존재감이 더 느껴졌고, 나는 그의 커다란 손이 계산서와 영수증, 읽지 않은 기사들을 서랍 속에 구겨 넣는 광경을 상상할 수 있었다. 케이트가 정리 중이었는지, 바닥에는 여러 가지 파일 종류를 넣을 수 있도록 라벨이 깔끔하게 붙은 플라스틱 통이 몇 개 있었다. 서류함은 보이지 않았지만—다른 가구는 들어갈 공간이 없었다—케이트가 다른 곳에 보관했는지도 모른다.

"이 일이 싫어요."

그녀는 이번에도 별다른 설명 없이 말했다. 책장에는 사전과 영화 소개서, 범죄소설—어떤 것은 프랑스어였다—수많은 미술서가 꽂혀 있었다. 피카소와 그의 세계, 코로, 부댕, 마네, 몬드리안, 후기 인상파, 렘브란트의 초상화, 그리고 모네와 피사로, 쇠라, 드가, 시슬리 등 엄청나게 많은 19세기 프랑스 작품이 대부분을 차지하고 있었다.

"로버트는 인상파를 가장 좋아했나요?"

그녀는 어깨를 으쓱했다.

"그런 것 같아요. 그는 한 번에 여러 가지를 좋아했죠. 요즘 뭘 좋아하는지 일일이 알 수 없을 정도로."

목소리에 비꼬는 투가 깔렸다. 나는 책상으로 돌아섰다.

"잘 정리만 해 두신다면 살펴 봐도 좋아요. 정리는…."

그녀는 생각이 바뀌었는지 눈동자를 굴렸다.

"어쨌든 그냥 정돈만 해 두세요. 회계가 필요할 때를 대비해서 금융 관련 문서는 전부 찾고 있거든요."

"아주 친절하시군요."

허락이 떨어진 것인지 확실히 해 두고 싶었다. 나는 아무리 전처가 쓸쓸한 기분으로 둘러보라고 했다 해도 살아 있는 환자의 동의 없이 그의 문서를 뒤지는 것은 중대한 행동이라는 생각을 억눌렀다. 아니, 특히 전처가 그러라고 부추기는 상황이니 더욱 그렇다. 하지만 로버트는 원한다면 아무나 만나 이야기해도 좋다고 했다.

"여기 제게 도움이 될 만한 것이 있을까요?"

"그렇지는 않을 거예요. 그래서 이렇게 선선히 보시라고 하는지도 몰라요. 로버트는 개인적인 기록을 하지 않았어요. 자기 감정에 대해 쓰거나 일기를 쓰거나 그런 거요. 저는 글 쓰는 것을 좋아하지만, 그는 자기는 글을 통해서는 세상을 이해할 수 없다고 했죠. 눈으로 보고 색을 파악하고 그림을 그려야 했어요. 난 여기서는 어마어마하게 정돈이 안 돼 있다는 점 외에 아무것도 찾을 수가 없었어요."

그녀는 자신의 표현이 마음에 드는지 코웃음 비슷하게 웃었다.

"그가 글을 전혀 쓰지 않았다는 건 아니에요. 늘 쪽지나 목록 같은 것을 만들어 놓고도 정돈이 안 돼서 잊어버리기 일쑤였죠."

그녀는 열린 상자에서 종이 한 장을 꺼내 소리내어 읽었다.

" '풍경화에 쓸 밧줄. 뒷문 자물쇠, 알리자린과 판자 사기, 토니에게 확인하기. 목요일.' 이래도 늘 잊어버렸어요. 이건 어때요? '마흔 살이 되는 것을 생각해 보기.' 말이 돼요? 이렇게 기본적인 사실을 자기 자신에게 상기시켜 줘야 하다니. 이 쓰레기들을 보면, 나머지를 감당하지 않아도 된다는 게 기뻐요. 그 사람을 감당하지 않아도 된다는 게. 하지만 둘러보세요."

그녀는 나를 향해 미소 지었다.

"아이들을 데려오기 전에 평화롭게 점심 식사를 할 수 있도록 음식을 만들어야겠어요. 물론 내일도 있어요."

그녀는 내 대답을 기다리지 않고 방을 나섰다.

17

말로우

잠시 후 나는 로버트의 책상 의자에 앉았다. 가죽이 갈라지고 뼈대가 녹쇠로 된, 바퀴가 불안하게 굴러가거나 지나치게 뒤로 많이 넘어가서 안정감이 없는 옛날 사무용 의자였다—할아버지나 증조부가 물려준 것 같았다. 나는 다시 일어서서 조용히 문을 닫았다. 그녀는 상관하지 않을 것 같았다. 어차피 이렇게 혼자 내버려 두고 간 상황이었다. 케이트 올리버는 모 아니면 도 유형의 인간인 것 같았다. 양심적으로 모든 것을 보여 주고 이야기하든지, 아니면 아예 사생활을 비밀에 부칠 사람이었는데, 그녀는 전자를 선택했다. 나는 그녀가 좋았다. 아주 마음에 들었다.

나는 책상 위로 허리를 굽히고 뚜껑 달린 서랍칸 중 한 곳에서 종이뭉치 하나를 꺼냈다. 은행 서류, 반쯤 구겨진 수도와 전기요금 영수증, 빈 수첩용지. 케이트가 정돈 안 되는 남편에게 가정의 회계를 맡겼다는 게 이상하게 여겨졌지만, 그가 고집했을 수도 있다. 나는 종이를 제자리에 돌려놓았다. 서랍 몇 칸은 먼지와 종이 클립만 있을 뿐 비어 있었다. 여기는 이미 정리한 모양이었다. 나는 케이트가 이 모든 종이를 꺼내서 어딘가에 깔끔하게 정리한 뒤 책상을 닦고 어쩌면 윤까지 내는 광경을 상상했다. 개인적인 물건들은 전부 옮겨 놓았기 때문에 선선히 나를 들였는지도 모른다. 어쩌면 의미 없는 행동, 거짓 호의였는지도 모른다.

나머지 칸에는 흥미로운 것이 없었는데, 안쪽 구석에 오래된 마약으로 보이는 쭈그러진 물건이 눈에 띄었다. 어린 시절 디저트 맛이 기억나듯, 오래전에 맡아 본 적이 있는 냄새였다. 나는 조심스럽게 다시 넣어 두었다. 책상서랍 맨 위 두 칸에는 스케치와—전형적인 형태 스케치 연습이었고, 로버트가 골든그로브의 방을 가득 채우는 여인의 그림 같은 것은 없었다—주로 오래된 미술용품 관련 카탈로그가 가득 차 있었고, 하이킹이나 사이클을 즐겼는지 야외용 장비 카탈로그도 몇 장 들어 있었다. 왜 나는 그를 과거시제로 생각하는 것일까? 그는 얼마든지 나아서 애팔래치아 등산로를 종주할 수 있고, 그렇게 될 수 있도록 돕는 것이 나의 일이다.

맨 아랫서랍은 로버트가 강의에 대해 메모한("윤곽 스케치, 과일-수업 시간 끝까지 정물화. 두 시간 정도?") 노란 법률용지가 흘러넘쳐 더 열기가 힘들었다. 로버트는 강의 계획을 아주 대략적으로 세우는 것 같았고, 대부분의 종이에는 날짜가 적혀 있지 않았다. 그의 존재감만으로도 강의실이나 작업실은 가득 찼을 것이다. 그 외에는 그도 별다른 준비를 하지 않았던 듯했다. 어쩌면 선생으로서의 자질이 워낙 뛰어나서 모든 내용을 머릿속에 담아 두고 원할 때마다 정연하게 꺼낼 수 있는 유형이었을까? 어쩌면 그에게 있어 그림을 가르친다는 것은 단순히 학생들이 작업하는 사이를 돌아다니며 비판하는 것에 불과했을까? 나도 업무 사이에 시간을 짜내어 그런 수업을 대여섯 번 들어 본 적이 있었는데, 아주 좋은 경험이었다—혼자인 동시에 다른 화가들과 한 공간에 있다는 느낌, 선생도 대체로 건드리지 않고 평화롭게 내버려 두는 한편 예상치 않은 순간 관찰하고 격려하기 때문에 더 집중할 수 있었다.

맨 아랫서랍을 바닥까지 뒤지고 오래된 전화요금 영수증과 뒤섞인 법률용지에서 관심이 떨어질 즈음, 손글씨가 적혀 있는 종이 한 장이 시선을 끌었다. 줄이 그어진 흰 종이였는데, 구겼다가 다시 편 것처럼 주름이 잡히고 모서리가 찢겨 나가 있었다. 편지, 혹은 편지 구성안 첫 부분인 것 같았고, 강하게 눌러 쓴 필체는 둥글게 굴리는 부분이 크고 똑바로 서 있었다—여기저기에 단어를 줄로 그어 지우고 고쳐 쓴 흔적이 있었다. 지금 주변에 굴러다니는 작은 쪽지들을 통해 익숙해진 필적, 분명 로버트의 필적이었다. 나는 종이를 서랍에서 꺼내 펠트 천이 깔린 서랍 위에 놓고 반듯하게 폈다.

나의 뮤즈, 당신은 줄곧 나와 함께 있었어. 당신의 아름다움과 친절함은 물론 당신의 웃음, 작디작은 몸짓 하나까지 놀랄 정도로 생생하게 떠올랐어.

다음 줄은 심하게 줄을 그어 지워져 있었고, 그 뒤로는 내용이 없었다. 나는 부엌 쪽으로 귀를 기울였다. 닫힌 문을 통해 로버트의 전처가 뭔가 옮기는 소리가 들려왔다. 리놀륨 바닥에 의자를 끄는 소리, 찬장 문을 열었다 닫는 소리 같기도 했다. 나는 편지를 접어서 재킷 안주머니에 넣었다. 그런 뒤 허리를 굽히고 마지막으로 아랫서랍을 뒤졌다. 아무것도 없었다. 봉투에서 꺼내 보지도 않은 듯한 세금 계산서가 있을 뿐, 그의 필적이 적힌 것은 전혀 없었다.

문이 굳게 닫혀 있고 케이트는 주방에서 바쁜 것 같아서, 바보짓 같았지만 나는 허리를 굽히고 로버트의 책들을 선반에서 꺼내 그 뒤를 손으로 헤집어 보기 시작했다. 손에 먼지가 묻어났다. 아이들이 쓰던 것 같은 고무공이 먼지 더미를 달고 나왔다―사람 세포 뭉치. 나는 몸을 흠칫 떨었다. 나는 케이트가 예고 없이 문을 열어도 별로 이상한 눈치를 채지 않도록, 책 자체를 읽고 있었다고 변명할 수 있도록 한 번에 네 권 내지 다섯 권씩 책을 내렸다.

하지만 종이는 더 이상 나오지 않았다. 책 뒤에는 아무것도 없었고, 몇 권을 빠르게 넘겨 보았지만 책갈피 사이에도 없었다. 나는 문간에서 나 자신을 바라보듯 잠시 천장에 매달린 알전구에 비친 어두운 색의 형태들로 구성된 내부를, 어딘가 어울리지 않는, 뭔가를 연상시키는 보나르풍의 실내를 바라보았다. 처음으로 나는 로버트의 사무실 벽에는 그림이 전혀 없다는 사실을 깨달았다. 테이프로 붙인 우편엽서 한 장, 전시회 안내문 한 장, 전시에서 팔리지 않고 남은 작은 그림 한 점도 없었다. 미술가의 사무실로는 이상했지만, 어쩌면 이런 것들은 작업실에 보관했는지도 모른다.

그때 책장 위로 다시 허리를 굽히다가, 나는 한쪽 벽에 뭔가 붙어 있는 것을 보았다―그림이 아니라, 문간에서는 보이지 않도록 책장 바로 옆에 연필로 흘려 적은 숫자와 몇 마디 단어였다. 순간 아이들이 특정한 키에 도달한 나이를 기록해 두었나 싶었지만, 아무리 작은 아이라도 너무 작았다. 나는 〈쇠라와 파리인들〉을 손에 든 채 책장 옆에 쭈그리고 앉았다. 5B, 혹은 6B로 보이는 연필, 음영을 넣을 때 쓰는 진하고 부드러운 질감이었다. 나는 눈을 찡그리고 숫자를 보았다. "1879"였다. 그 뒤에 두 단어가 적혀 있었다. "에트르타, 기쁨."

나는 몇 번 되풀이해서 읽었다. 숫자와 문자는 벽에 아무렇게나 적혀 있었다―이렇게 적으려면 바닥에 몸을 죽 뻗고 엎드려야 했을 것이고, 그래도 깔끔하게 적기는 힘들었을 것이다. 사무실이 워낙 작으니 긴 다리는 뒤에서 아이처럼 굽혀야 했을 것이다. 혹 누군가 다른 사람이 적었을까? e와 J의 둥글게 굴린 부분, y의 길이로 볼 때, 아까 읽은 메모와 취소한 수표에서 본 헐렁하고 힘찬 로버트의 필체가 맞는 것 같았다. 나는 주머니에 넣은 편지 초안을 꺼내 비교해 보았다. y는 분명 같았고, 대담하고 뚜렷한 소문자 t도 그랬다. 왜소성인 남자가, 그렇게 키가 큰 남자가 자기 사무실에 엎드려서 벽에 뭔가 적었을까?

나는 조심스럽게 주머니에 편지를 도로 집어넣고—편지는 내 체온 때문에 따뜻했다—아무것도 적히지 않은 종이조각을 찾았다. 맨 아랫서랍에서 빈 노란색 용지를 본 것을 기억하고, 나는 종이를 한 장 꺼내 또박또박 벽에 적힌 내용을 받아 적었다. '에트르타'라는 단어는 알 것 같았지만, 그래도 나중에 찾아볼 생각이었다.

종이를 찾다 보니 한 가지 생각이 떠올랐다. 나는 쓰레기통을 당겨 와서 연신 문을 힐끗거리며 내용물을 뒤졌다. 쓰레기통을 가득 채운 것이 케이트인지, 로버트 본인인지 궁금했다—아마 케이트가 정리하다 버린 것이리라. 안에는 로버트의 필적이 적힌 종이가 더 들어 있었고, 누드 연습 혹은 심심해서 그린 낙서 같은 것도 있었는데 몇 장은 반으로 찢어져 있었다. 올리버가 자기 자신에게 적은 쪽지는 많아야 단어 몇 개, 보통 사무적인 내용을 담고 있었기 때문에 내가 봐서는 내용을 파악할 수가 없었다. 나는 쪽지 한 장을 더 꺼냈다. "내일 저녁에 쓸 와인과 맥주 준비." 쪽지는 감히 내가 챙길 수 없었다. 주머니가 가득 차면 버스럭거리는 소리가 케이트에게도 들릴 것이고, 그 굴욕적인 일이 벌어지지 않더라도 나 자신에게 그 소리가 들려오면 부끄러운 마음밖에 들지 않을 것이다. 굴욕은 하나만으로 충분했다. 나는 재킷 안에 넣은 편지를 쓸어 보았다. "나의 뮤즈, 당신은 줄곧 나와 함께 있었어." 그의 뮤즈란 누굴까? 케이트? 골든그로브에서 그린 그림 속의 여인? 그 여자가 '메리'일까? 그럴 수도 있을 것 같았다. 어쩌면 내가 묻지 않아도 케이트가 그녀에 대해 말해줄지도 모른다.

나는 계속 문간에 귀를 기울이며 한 번에 몇 권씩 나머지 책을 확인해 보았지만, 마음에 든 페이지나 구절, 혹은 강의에 쓸 이미지를 표시하는 빈 종이조각뿐이었다―마네의 '올랭피아' 풀컬러판에도 그런 종이가 끼워져 있었다. 예전에 파리에서 원본을 직접 본 작품이었다. 종이를 들어 올리니, 벌거벗은 여인이 태연하고 공허한 눈길로 나를 올려다보고 있었다. 맨 위 칸 뒤에서는 접혀 있는 커다란 흰 양말 한 짝이 나왔다. 양탄자를 들춰 보지 않는 이상 이제 볼 곳은 없었다. 나는 선반과 책상 뒤쪽까지 들여다본 뒤, 벽의 날짜를 다시 한 번 확인했다. 프랑스 어 '에트르타', 장소다. 이름과 날짜가 서로 관련이 있는 것이라면 1879년 프랑스에서는, 적어도 로버트의 마음속에서는, 무슨 일이 있었을까? 기억을 더듬어 보았지만, 나는 원래 프랑스 역사에 대해 잘 몰랐고 고등학교 서양사 시간에 배운 내용도 오래전에 잊어버렸다. 파리 코뮌이 이때였나, 그전이었나? 오스만 남작이 파리의 대로를 계획한 것이 정확히 언제였지? 1879년이라면 인상파가 심한 비판을 받으면서도 한창 전성기를 구가할 때였으니―미술관도 자주 다니고 이런저런 책을 읽었기 때문에 이 사실만은 알고 있었다―아마도 평화와 번영의 해였을 것이다.

나는 케이트에게 들키지 않은 것을 고맙게 생각하며 연구실 문을 열었다. 로버트의 사무실에 비해 주방은 부자연스러울 정도로 밝았다. 해가 나와서 나무에 맺힌 작은 물방울이 반짝이고 있었다. 로버트의 사무실을 뒤지는 동안 비가 내린 모양이었다. 케이트는 작업대 앞에 서서 그릇에 담은 샐러드를 뒤섞고 있었다. 그녀는 셔츠와 청바지 위에 파란 앞치마를 두르고 있었고, 얼굴은 발그스레했다. 접시는 연노랑색이었다.

"연어를 좋아하셔야 하는데."

안 좋아한다고 하기만 해 보라는 말투였다. 나는 솔직하게 말했다.

"좋아합니다. 아주 좋아합니다. 하지만 번거롭게 점심까지 준비하시게 할 생각은 없었는데요. 감사합니다."

그녀는 천이 덮인 바구니에 빵조각을 넣었다.

"별일 아닌 걸요. 요즘은 어른 음식을 만들 일도 없고, 아이들은 마카로니 치즈, 시금치 말고는 별로 안 먹어요. 애들이 시금치라도 좋아하니 저한텐 다행이죠."

그녀는 돌아서서 내게 미소 지었고, 순간 이것이 얼마나 기묘한 상황인가 하는 생각이 들었다—내 환자의 전처, 겨우 몇 시간 전에 만난 여자가, 잘 알지도 못하고 아직 반쯤은 두려운 여자가 내게 음식을 만들어 주고 있는 것이다. 주방 건너편에서 내게 다가오는 그녀의 미소는 우호적이고 진심이었다. 목이라도 매달고 싶었다.

"고맙습니다."

나는 다시 말했다.

"이 접시 식탁으로 가져가세요."

그녀는 가느다란 손으로 접시를 들어 올리며 말했다.

1877. 10. 30.

사랑하는 백부

어제 저녁 함께 하시어 기쁨을 주신 데 대해 감사의 마음을 전하기 위해 아침에 편지를 씁니다. 아버님과 이브가 고집하지 않았더라면 감히 보여 드릴 용기도 나지 않았을 텐데, 제 스케치를 격려해주신 데 대해 감사드려요. 새 그림을 시작해서 오후마다 열심히 그리고 있지만, 미미한 수준일 뿐이지요. 제 소녀가 그렇게 마음에 드신다니 기쁠 따름이에요. 말씀드렸듯이 제 조카를 모델로 그렸는데, 그 아이는 작은 천사랍니다. 그 스케치도 언젠가 그림으로 옮겨 볼 생각이에요. 하지만 정원을 배경으로 하려면 초여름이 되어야겠죠. 장미꽃이 만발하는 그 계절의 정원은 참으로 아름답습니다.

베아트리스 드 클레르발

18

말로우

전반적으로 조용한 가운데(하지만 다정한 분위기였다고 생각한다)
점심을 먹은 후 케이트는 곧 일하러 나가야 한다고 했고, 나는 다음
날 아침 다시 만나기로 약속하고 눈치 빠르게 집을 나섰다. 그녀는
내 등 뒤에서 커다란 현관문을 닫았지만, 집 앞 산책로에서 돌아보
니 아직도 유리창을 통해 밖을 내다보고 있었다. 그녀는 나를 향해
미소 지었지만 곧 미소를 후회하기라도 하는 듯 고개를 숙이고 손
을 한 번 저은 뒤 내가 답례로 손을 흔들어 줄 사이도 없이 사라졌
다. 벽돌길은 빗물로 촉촉이 젖어 있었고, 나는 조심스럽게 미끄러
운 길을 걸어 돌이 깔린 찻길로 나갔다. 나는 차에 오르며 구겨진 종
이가 안전한지 가슴 주머니를 만져 보았다.

왜 그런지 몰라도 이렇게 서글픈 기분은 오랜만이었다. 내 환자
들이 나를 보거나 내가 그쪽을 볼 때는 늘 골든그로브의 비슷비슷
한 진료실 풍경에 둘러싸여 있거나 의도적으로 경쾌하게 꾸민 병실
에서였다. 한데 방금 나는 외로운, 어쩌면 환자로서 내 진료실에 찾
아와도 이상할 것이 없을 정도로 우울한 여자와 이야기를 나누었지

만, 우리는 현관 문 앞에 거대한 호랑가시나무가 서 있고 꽃밭에는 튤립이 활짝 피어 있으며 할머니가 남겨 준 가구들, 연어와 허브 향이 풍기는 주방, 남편이 남긴 폐허를 뒤로한 그녀의 일상에 둘러싸여 있었다. 그러고도 그녀는 아직 나를 향해 미소 지을 수 있었다.

　나는 숲과 재미있게 생긴 집들을 구경하며 봄의 정취가 물씬 풍기는 도로를 달려 왔던 길로 돌아왔다. 나는 케이트가 재킷을 입고 자동차 열쇠를 움켜쥐고 등 뒤로 문을 잠그는 모습을 상상했다. 밤마다 허리를 굽혀 아이들에게 키스하는 모습, 가느다란 허리가 파란 옷 아래에서 유연하게 움직이는 모습을 상상했다. 아이들은 그녀처럼 둘 다 금발일 수도 있고, 하나는 금발, 하나는 로버트를 닮은 숱 많은 검은 머리일지도 모른다―하지만 내 상상은 여기서 막혔다. 그녀는 아무리 잠깐 헤어져 있었더라도 아이들을 볼 때마다 키스할 것이다. 그 점은 확신했다. 로버트가 자신의 가족인 이 섬세한 세 사람과 떨어져 사는 것을 어떻게 견딜 수 있을지 궁금했다. 하지만 내가 어떻게 알겠나? 어쩌면 로버트는 가족을 견디지 못했는지도 모른다. 어쩌면 그들이 얼마나 섬세한지 잊었는지도 모른다. 나는 아내도, 자식도 없었고, 거실에 햇빛이 가득 찬 오래된 큰 집에 산 적도 없었다. 나는 케이트의 손에서 접시를 받아들었던 내 손을 바라보았다―그녀는 반지를 끼지 않았고, 한쪽 손목에 얇은 금줄만 차고 있었다. 내가 어떻게 알겠나?

　해들리네 집에서 나는 다시 창문을 전부 다 열고 로버트의 사무실에서 가져 온 편지를 책상에 놓은 뒤 모양이 흉한 트윈 침대에 누워 잠깐 졸았다. 몇 분 정도는 잠도 들었던 것 같다. 깊은 꿈속에서 로버트 올리버가 아내와 살던 생활에 대해 이야기했지만, 한 마디도 들리지 않아서 좀 더 똑똑히 말해 달라고 계속 부탁했다. 꿈속에는 뭔가 다른 것도, 기억 같은 것이 묻혀 있었다. 에트르타, 프랑스 해안 마을의 이름―정확히 어디더라?―모네의 유명한 절벽 그림의 소재가 되었던 곳, 그 유명한 아치, 청녹색 물, 녹색과 보라색 돌.

마침내 나는 피로가 덜 풀린 몸으로 일어나 낡은 셔츠를 입었다. 나는 읽고 있던 뉴턴 전기를 가지고 저녁을 먹으러 차를 몰고 시내로 내려갔다. 좋은 식당 몇 곳이 눈에 띄었다. 나는 그중 크리스마스처럼 창문마다 작고 흰 전구가 켜진 한 식당에서 여러 가지 채소를 곁들인 감자 팬케이크 한 접시를 먹었다. 바에 앉은 여자가 나를 향해 미소 지으며 아름다운 다리를 꼬았고, 잠시 후 뉴욕 사업가 같은 행색의 남자가 그녀 옆에 앉았다. 이상한 마을이군. 피노 느와 술기운이 돌기 시작하자, 나는 이 마을이 점점 더 마음에 들었다.

저녁을 먹고 거리를 돌아다니는 동안 혹시 케이트를 만나지는 않을까, 만난다면 무슨 말을 할까, 오늘 아침의 대화가 있은 뒤 이렇게 다시 만난다면 그녀는 어떻게 반응할까 하는 생각이 들었지만, 문득 틀림없이 아이들과 함께 집에 있을 거라는 데 기억이 미쳤다. 나는 그녀의 집 근처로 차를 몰고 되돌아가서 그 거대한 창문 안을 들여다보는 내 모습을 상상했다. 부드럽게 불 켜진 창문 주위의 풀숲에는 이미 어둠이 내렸을 것이고, 지붕이 그 위에 둥둥 떠 있을 것이다. 집 안은 보석상자다. 케이트는 귀여운 두 아이와 놀고 있을 것이고, 그녀의 머리카락은 전등 불빛에 빛날 것이다. 어쩌면 내게 연어를 만들어 준 부엌 창문 안에 있을지도 모른다. 아이들을 재워 놓고 고요를 즐기며 설거지를 할 것이다. 그녀가 풀숲에서 내 발소리를 듣고 경찰에 신고하는 모습이 문득 뇌리를 스쳤다. 수갑, 소용없는 해명, 그녀의 분노, 나의 치욕.

나는 바구니와 손으로 짠 숄 같은 것이 잔뜩 진열된 상점 유리창 앞에 멈춰 서서 잠시 마음을 달랬다. 거기 서 있으려니 집에 가고 싶었다. 도대체 나는 여기서 무엇을 하고 있는가? 이 아름다운 도시는 외로웠다. 집에서는 혼자 있는 것이 익숙했는데. 로버트의 벽에 연필로 적혀 있던 글씨가 자꾸 눈에 어른거렸다. 그는 왜 책장을 인상파 화가로 가득 채웠을까? 나는 저녁을 아직 포기하지 못한 척 좀 더 걸었다. 이제 곧 집에 돌아가면—해들리의 집—침대에 누워서 다른 세상 사람이었던, 현대 정신의학이 없던 편안한, 물론 비극적인 시절에 살았던 뉴턴의 이야기를 읽을 것이다. 모네 이전, 피카소 이전, 항생제가 생기기 이전, 내가 태어나기 이전의 시대. 이 황혼 녘 거리보다, 복구한 건물, 카페 테이블, 스카프와 귀걸이로 치장하고 손을 잡은 채 머스크 향을 풍기며 지나가는 젊은 연인들이 있는 이 거리보다 죽은 뉴턴이 더 편안한 동무가 되어 줄 것이다. 내가 젊었던 시절은 이미 오래전이었고, 나는 그 세월을 어떻게, 언제 지나왔는지 알지 못했다.

한 블록 끝에 다다르자 상점들은 주차장으로 이어졌고, 놀랍게도 흥겨워보이는 토플리스 클럽이 나타났다. 정문에는 기도가 있었지만, 이 클럽에는 워싱턴에 있는 이런 술집 특유의 음침한 분위기가 없었다. 몇 십 년 동안 들어가 본 적도 없고 대학 시절 단 한 번 구경했을 뿐이지만, 차를 몰고 여기저기 있는 그런 클럽 앞을 지나칠 때마다 최소한 그 존재는 인지하고 있었다. 나는 잠시 망설였다. 이 도시에서는 스트립쇼조차 품위를 풍기는지, 기도는 신사처럼 단정한 복장을 하고 있었다. 그는 마치 은행 재정 컨설턴트처럼 우호적이고, 이해심 있는 미소를 지었다. 들어오라고 초대하는 걸까? 융자를 받으라는 걸까?

들어가지 못할 이유를 생각해낼 수가 없었기 때문에, 나는 정말 들어가야 하나 생각하며 잠시 서 있었다. 워싱턴의 아트 리그 학교에서 수업을 들을 때 정말 아름다웠던 모델도 떠올랐다—학생들 앞에서 혼자 우뚝 떨어져 균형 잡힌 벌거벗은 몸을 보인 채, 머릿속에서는 아마도 대학 숙제나 다음 치과 치료 같은 상념이 오가고 있었을 모델, 섬세하게 오똑 솟아 있던 젖가슴, 아주 오랫동안 자세를 취하는 동안 몸을 움직이고 싶은 욕구를 드러내 보인 것은 오직 살짝 떨었던 것뿐이었던 프로답던 태도.

"아뇨, 됐습니다."

나는 문간의 남자에게 말했지만, 나이와 당혹스러운 감정 때문에 목소리가 약간 기어들어가는 것 같았다. 그는 나를 초대하지 않았고 전단 같은 것도 건네지 않았는데, 나는 그에게 왜 말을 하고 있을까? 나는 전기를 겨드랑이에 단단히 끼고 걸음을 옮겨 그 앞을—그와 흥겨운 클럽 문 앞을—다시는 지나치지 않도록 다음 모퉁이에서 꺾었다. 그는 어둠이 내리는 거리에 앉아 있느라 클럽 안의 풍경과 소리를 놓치는 것이 안타깝지 않을 만큼 그 모든 것에 오래전부터 익숙해진 것일까? 사람을 흥분시키려는 풍경조차 지겨워져 다른 생각을 하게 될 정도일까?

해들리의 조용한 집에 돌아온 나는 나란히 놓인 텅 빈 트윈 침대 한쪽에 누운 채, 살짝 열린 창문에 전나무와 솔송나무, 진달래 긁히는 소리, 한밤중 신록의 산, 나를 포용하지 않는 움트는 자연을 느끼며 몇 시간 동안 잠을 내내 이루지 못했다. 잠들지 못하는 내 몸은 복잡한 두뇌에게 묻고 있었다. 내가 언제 날 배제해도 좋다고 동의했던가?

다음 날 아침 케이트의 포치에 서니, 어색함보다는 아주 오랜 친구를 찾아 온 것 같은, 나 자신이 오랜 친구로서 현관 벨을 누르는 것 같은 일종의 친밀함, 편안함이 한층 커졌다. 그녀는 곧바로 나왔고, 이번에도 역시 무대장치 속으로 들어가는 기분이 들었다. 단지 한 번 본 연극이라 어디에 무슨 소품이 있는지 알고 있을 뿐. 오늘은 날씨가 화창해서 집 안으로 햇빛이 환히 들어왔다. 바뀐 점은 두 가지뿐이었다. 첫째, 창가 테이블 위 커다란 물그릇에 정성들여 뿌려놓은 분홍색과 흰색 꽃들, 둘째, 청바지 위로 사프란 색 면 블라우스를 입고 어제와 같은 전기석 장신구를 단 케이트 자신이었다. 어제

나는 그녀의 눈이 파란색이라고 생각했는데, 이제 보니 커다랗고 투명한 옥색이었다. 그녀는 미소를 보였지만, 그것은 문제가 있다는 것을, 그 문제는 나이고, 자기 집에 내가 다시 찾아온 것이고, 더 이상 여기 살지 않는 남편에 대해 내가 더 많은 질문을 하려고 한다는 점이라는 걸 인지하고 있는 예의바르고 내성적인 미소였다.

커피를 내놓은 뒤, 그녀는 맞은편 소파에 앉았다.

"오늘은 마무리를 짓도록 해야겠어요."

그녀는 내 기분을 상하게 하거나 자기 감정을 드러내지 않고 어떻게 이 말을 할까 고민한 듯 부드럽게 말했다.

"물론입니다."

나는 그녀의 암시를 잘 알아들었다는 걸 알리기 위해서 말했다.

"물론이지요. 지금까지 해 주신 것만 해도 아주 친절하셨습니다. 그리고 저도 가능하면 내일 밤까지 워싱턴에 돌아가야 합니다."

"그러면 대학에는 안 가 보실 건가요?"

그녀는 어떻게 균형을 잡는지 보여 주겠다는 듯 단정하고 작은 무릎 위에 커피 잔을 올렸다. 말투는 예의바른 대화체였다. 오늘은 어제보다 그녀에게서 더 많은 것을 얻어낼 수 없지 않을까 하는 생각이 들었다.

"왜 그래야 합니까? 거기서 찾을 만한 것이 있나요?"

"모르겠어요. 아직 그를 알던 사람이 많을 텐데, 제가 직접 그 사람들에게 연락해 드리기는 좀 불편해요. 학교에서는 자기 감정을 잘 안 드러냈을 것 같기도 하고. 하지만 그의 가장 훌륭한 작품이 거기 있어요. 일급 미술관에 있어야 할 작품이죠. 잘 팔았어야 했는데 저만 최고라고 생각하는 게 아니에요. 사실 좋아하는 작품은 아니었지만."

"왜 안 좋아하셨습니까?"

"가서 직접 보세요."

나는 맞은편에 앉은 우아하고 작은 존재를 바라보며 생각에 잠겼다. 로버트의 병이 어떻게 처음 나타났는지 알아야 하는데 시간은 점점 흐르고 있었다. 그리고 그의 검은 머리 뮤즈가 누구인지도 알아야 했다. 아니, 알고 싶었다.

"어제 이야기를 계속 해 주시겠습니까?"

나는 최대한 부드럽게 물었다. 이야기가 그의 증상이나 이후 치료에 대한 정보로 곧장 이어지지 않으면, 좀 분위기가 풀렸을 때 중요한 주제로 조심스럽게 유도해야겠다. 그녀가 아직 이야기를 시작하지 않았지만, 나는 말없이 고개를 끄덕였다. 바깥에서 홍관조가 햇빛 속에 내려앉았다. 나뭇가지가 흔들렸다.

19

케이트

뉴욕 생활은 그렇게 계속되었다. 아니, 눈 깜짝할 사이에 지나

갔다. 우리는 5년 동안 세 곳에서 살았다—처음 한동안은 브루클린
의 내 아파트, 다음에는 사실상 벽장 같은 방 안에 더 작은 벽장 하
나가 들어 있고 거기서 주방 작업대를 접어 내리게 되어 있는, 브로
드웨이 근처 웨스트 72번가의 믿기지 않을 정도로 작은 방, 마지막
으로 빌리지 한 건물의 숨 막히는 꼭대기 층이었다. 나는 이 동네 모
두를, 동전세탁소들, 식료품점, 심지어 거리의 노숙자까지 모든 것
을, 친숙해진 모든 것을 사랑했다.

그러던 어느 날 나는 잠에서 깨어 생각했다. 결혼하고 싶어. 아
이를 갖고 싶어. 정말 거의 그 정도로 단순했다—저녁에 잠자리에
들었던 젊고 자유롭고 근심 없고 타인의 관습적인 생활을 경멸하던
사람이, 다음 날 아침 6시에 일어나서 샤워를 하고 몇 년째 다니는
편집 회사에 출근하기 위해 옷을 입을 때는 전혀 다른 사람이 되어
있었던 것이다. 어쩌면 머리를 말리고 치마를 껴입는 사이에 그런
생각이 찾아왔는지도 모르겠다—로버트와 결혼해서 손에 반지를

끼고 아이를 갖고 싶어. 아이는 로버트의 곱슬머리와 내 작은 손발을 갖게 될 거고, 인생은 그 어느 때보다 좋아질 거야. 그런 상상이 갑자기 너무나 현실감 있게 다가왔기 때문에, 마지막 작은 단계만 거쳐 현실로 만들어 버리면 완벽하게 행복해질 수 있을 것 같았다. 그냥 임신해서 맨해튼에 흔한 '자유연애' 아기를—엄마라면 유머를 섞어서 이렇게 말했을 것이다—만든다는 생각은 떠오르지 않았다. 나는 항상 아이를 결혼과 결부시켰고, 결혼을 생각하면 항상 장기적인 관계를, 아이들이 세발자전거를 타고 녹색 정원에서 뛰어노는, 결국 나의 어린 시절과 똑같은 생활을 떠올렸다. 나는 우리 발에 양말을 신겨 주고 진빨강 구두끈을 매어 주던 어머니처럼 되고 싶었다. 심지어 다리를 한쪽으로 단정하게 모으고 앉아야 하는, 어머니가 젊었을 때 입던 옷을 입고 싶었다. 뒷마당의 나무에 그네가 매달린 집을 갖고 싶었다.

결혼반지를 끼지 않고 아이부터 만들 생각을 떠올릴 수 없었듯, 내가 사랑하게 된 어마어마한 도시에서 아이를 키울 수 있다는 생각도 해 본 적이 없었다. 설명하기는 힘들다. 나는 나 자신이 맨해튼에서의 이 생활, 그림을 그리고, 퇴근한 뒤 카페에서 사람들을 만나 그림에 대해 이야기하고, 늦은 밤 친구의 작업실에서 내가 드로잉을 하는 동안 로버트가 파란 옥스퍼드 천으로 된 팬티 차림으로 그림을 그리는 것을 구경하고, 그러다 아침에 다시 일어나서 출근하기 전에 하품을 하고 지하철까지 걷는 동안 잠을 깨는 이런 생활 외에는 아무것도 원하지 않는다고 확신했기 때문이었다. 그것이 나의 현실이었고, 아직 존재하지도 않는, 내 공상에 대해 아무 권리도 없는 곱슬머리의 작은 사람들은 그 현실을 버려야 한다고 말하고 있었다. 세월이 흐르고 보니 아이들이야말로, 그 모든 슬픔과 두려움에도 불구하고, 로버트를 잃어버렸음에도 불구하고, 인구과잉으로 신음하는 지구에 인구를 더했다는 죄책감에도 불구하고, 아이들을 존재하게 한 일이야말로 내가 한 번도 후회해 보지 않은 결정이었다.

　　로버트는 뉴욕의 생활을 조금도 포기하고 싶어하지 않았다. 나를 위해서라는 핑계로 그 생활을 포기하게 만든 것은 아마 육체의 설득이었을 것이다. 물론 남자들도 아이를 만드는 것을 좋아하지만, 아마 여자와 같은 감정은 아닐 것이다. 나는 그가 내 열정 때문에 이런 상황에 끌려 들어온 거라고 생각한다. 그는 사실 녹색의 소도시도, 작은 대학에서의 일자리도 원하지 않았지만, 그런 그도 우리가 한데 끼워 맞춘 졸업 이후의 생활이 언젠가는 다른 생활에 자리를 내어 주어야 한다는 것을 아마 알고 있었을 것이다. 그는 벌써 잘나가고 있었고, 학과의 교수 한 사람과 전시회도 가졌으며, 빌리지에서 그림도 많이 팔았다. 남편을 여의고 혼자 저지에 살면서 아직도 아들에게 스웨터나 조끼를 떠 주고 아들을 프랑스 억양으로 '밥비'라고 부르는 그의 어머니는 아들이 훌륭한 미술가가 될 거라고 생각했다—심지어 아버지가 물려준 유산의 일부를 아들이 그림을 그리는 데 쓰도록 보내 주고 있었다.

136
＊

　　이제 시작하는 화가로서 그 정도 행운을 누렸으니, 로버트는 세상에 무서울 것이 없었을 것이다. 타고난 재능도 있었다. 그의 작품을 보는 사람은 전통주의에 대한 호불호에도 불구하고 모두 그의 재능을 알아보는 것 같았다. 그는 졸업한 학교에서 입문자 수업을 맡았으며, 지금은 상당한 컬렉션에 포함된 초기 작품들도 매일같이 쏟아져 나왔다—정말 훌륭한 작품들이다. 나는 아직 그렇게 생각한다.

　　내가 아기를 낳자고 제안했을 무렵, 로버트는 진지하게 '드가 시리즈'라고 이름 붙인 작업을 하고 있었다—바를 붙잡은 채 얇은 팔다리를 죽 뻗고 몸을 푸는, 우아하고 성적이지만 도발적이지는 않은 아메리칸 발레단의 어린 소녀들 그림이었다. 그는 드가와 같으면서도 다른 그림을 그리고 싶어서 그해 겨울 메트로폴리탄 박물관에서 드가의 어린 발레리나들을 몇 시간이고 관찰했다. 로버트의 캔버스에는 한두 가지 특이점이 있었다—거대한 새가 소녀의 등 뒤 창문을 통해 발레 스튜디오에 들어오려고 한다든지, 벽을 타고 자라는 은행나무가 끝없는 거울에 반사된다든지 하는 것이었다. 소호의 한 미술관에서 두 작품을 팔고 다른 작품을 요구했다. 나도 퇴근 후 비가 오나 눈이 오나 꾸준히 일주일에 세 번씩 그림을 그렸다—당시의 규칙적인 생활이, 로버트만큼 좋은 화가는 아닐지 몰라도 매주 점점 더 그림이 좋아진다는 느낌이 기억난다. 때로는 토요일 오후 센트럴 파크로 이젤을 가지고 나가서 함께 그림을 그리기도 했다. 우리는 서로 사랑했다—주말에는 하루 두 번씩 사랑을 나누었으니, 아기라고 안 될 게 있었을까? 그도 분명 내가 그를 사랑하는 새로운 방식에 마음이 혹했던 것이 틀림없었다. 우리 생활의 그 부분이 그에게는 늘 대단히 중요했고, 우리 사이에서 씨앗을 주고받아 결실을 꽃피운다는 느낌도 즐거워했기 때문이었다.

우리는 20번가의 한 예배당에서 결혼했다. 나는 판사 앞에서 결혼 서약을 하고 싶었지만, 우리는 그의 어머니를 기쁘게 하기 위해 정숙한 가톨릭 결혼식을 올렸다. 내 어머니도 고등학교 때 단짝 둘과 함께 미시건에서 오셨고, 둘 다 미망인이었던 두 어머니는 서로 마음이 통해서 미사 내내 나란히 앉아 있었다. 로버트의 어머니는 '유일한' 자식에 둘째가 하나 더 들어오는 것이라고 했다. 시어머니는 결혼 선물로 내게 스웨터를 짜 주었는데, 한심한 선물처럼 들릴지는 몰라도 내게는 오랫동안 아낀 보물 중의 하나였다—목선이 민들레 꽃잎 모양인 미색 스웨터였다. 나는 처음 만났을 때부터 시어머니가 좋았다. 마르고 키가 크고 활기찬 시어머니는, 별다른 이유 없이 나를 인정해 주었고 단어 열 개 내지 열두 개 정도 수준의 내 프랑스어 실력도 노력만 하면 유창해질 수 있다고 생각했다. 마셜 플랜 연구원이었던 로버트의 아버지를 따라 전후 파리를 떠나오섰는데, 파리를 떠난 것에 대해 전혀 섭섭해하지 않는 것 같았다. 어머니는 고향에 한 번도 돌아간 적이 없었고, 미국에서 훈련받은 간호사 일과 조숙한 아들을 중심으로 평생 살았다.

로버트는 결혼식 도중에도, 결혼 자체로도, 전혀 바뀌지 않고 여전한 것 같았다. 자신이 가진 유일한 타이를 셔츠 앞에 삐딱하게 매고 정장을 입은 것도 의식하지 못한 채 페인트가 낀 손톱을 하고 그 자리에 나와 함께 있다는 것만 마냥 기뻐했다. 내가 특히 신신당부를 했는데도 가톨릭 사제와 내 어머니 앞에 서기 전에 머리를 자르는 것도 잊어버렸지만, 최소한 반지는 잊어버리지 않았다. 낯선 맹세를 주고받으며 그를 바라보는 동안, 나는 그가 언제나와 똑같은 사람이라는 것을 느꼈다―영원히 똑같은 그 자신, 나와 내 친구들과 함께 좋아하는 술집에 서 있던 그도, 맥주를 한 잔 더 마시며 원근법 문제에 대한 토론을 할 때의 그도 지금과 똑같은 사람이었다. 나는 실망했다. 나는 그가 변한 모습으로 내 옆에 서기를, 우리 인생의 새로운 시대를 여는 이 예식에서 진화한 모습을 보이기를 바라고 있었다.

예식이 끝나고 우리는 빌리지 한복판의 식당에 가서 단짝들을 만났다―그들은 평소와 달리 깨끗했고, 어떤 여자들은 하이힐도 신고 있었다. 내 오빠와 여동생도 서부에서 와 있었다. 모두가 약간 격식을 차려서 행동했고, 친구들은 우리 어머니들과 악수를 나누고 키스하기도 했다. 와인을 한 잔씩 돌린 뒤 로버트의 동급생이 시끄럽게 건배를 제안했고, 나는 걱정이 일었다. 하지만 나란히 앉은 어머니들은 놀라지도 않고 뺨을 발그레하게 붉힌 채 십 대 소녀처럼 웃고 있었다. 내 어머니가 이렇게 행복해하는 모습은 오랜만이었다. 기분이 조금 나아졌다.

로버트는 몇 달 뒤 내가 재촉할 때까지도 다른 곳에 일자리를 잡으려는 노력은 하지 않았다―나는 언젠가 능력이 되면 살 만한 집들이 늘어선 편안한 도시를 찾고 싶었다. 한데 그는 전혀 직장을 알아보지 않았다. 강사 한 사람을 통해 그린힐의 일자리가 들어온 것도 우연히 강사 사무실에 들러서 같이 점심을 먹다가 그가 방금 막 들은 일자리를 생각해 내고 로버트를 추천해 줄 수 있다고 이야기해서였다—조각과 도자기를 하는 강사의 오랜 친구가 그린힐에서 가르치고 있었다. 그는 점심을 먹으며 그린힐이 미술가에게는 아주 좋은 곳이라고 말했다. 노스 캐롤라이나에는 진짜 생활, 순수한 생활을 하면서 예술 활동만 하는 화가들이 많고, 블랙마운틴 대학이 해체될 때 요세프 알버스의 제자 몇 사람이 그린힐의 미대에 자리를 잡은 인연도 있다고 했다—딱 맞는 곳인 것 같았다. 로버트는 그림을 그릴 수 있다. 생각해 보면 나도 그릴 수 있겠지, 기후도 좋고— 너 대신 편지를 써 주겠다.

사실 로버트는 인생에서 좋은 것들을 거의 이런 식으로 운 좋게 얻었고, 그의 운은 늘 좋았다. 과속으로 걸리고도 경찰이 벌금 120달러를 25달러로 깎아 주기도 했다. 뒤늦게 연구비를 신청했지만 장비값까지 추가 지원을 받기도 했다. 남들의 도움이 없어도 워낙 행복해 보이는 사람, 자신의 필요에 무심하고 타인이 자신을 돕겠다는 뜻에도 무심한 사람이라, 오히려 사람들은 그를 위해 뭔가 해 주는 것을 좋아했다. 나는 이 점을 이해할 수 없었다. 그가 의도 없이 남들을 속이는 게 아닌가 생각한 적도 있지만, 지금은 그에게 부족한 점을 인생에서 그런 식으로 보상받은 게 아닌가 때로 생각하기도 한다.

그린힐로 이사올 때 나는 임신한 상태였다. 나는 내 인생에서 가장 중요한 사랑들은 모두 구토로 시작됐다고 로버트에게 말하곤 했다. 사실 다른 것은 생각할 여유가 없었다. 나는 빌리지 아파트의 모든 물건을 꾸리고 옛 생활에 머무는(그들이 뒤에 남는다는 것이 안쓰러웠다) 친구들에게 많은 것을 넘겨주었다. 로버트는 친구들을 모아 빌린 트럭에 짐을 싣겠다고 해 놓고 잊어버렸는지, 아니면 친구들이 잊은 건지, 우리는 결국 10대 둘을 길에서 고용해서 계단을 통해 모든 짐을 날랐다. 그는 마지막 순간까지 학교에서, 작업실에서 마무리할 일이 많았기 때문에 짐은 내가 다 쌌다. 아파트를 비우고 집주인에게서 보증금을 돌려받지 못할까 봐 깨끗하게 청소한 뒤, 로버트는 트럭을 작업실로 몰고 가서 그림도구 상자와 캔버스 한 아름을 끌고 나왔다. 옷이나 화분, 냄비는 단 하나도 챙기지 않았다. 나는 뒤늦게 깨달았다—그가 챙긴 것은 작업실의 핵심적인 물건들뿐이었다. 나는 경찰이나 주차요원이 나타날까 봐 운전석에 앉아 계속 차를 옮겼다.

8월의 태양이 따갑게 내리쬐는 운전석에 앉아, 나는 병원 벽의 태아 발달 단계표에 나오는 땅콩만 한 아이 때문이 아니라 먹고 토하기를 반복하고 더 이상 긴장하지 않아 튀어나온 배를 어루만졌다. 손으로 배를 쓰다듬는 동안, 나는 그 안에 자라고 있는 인간에 대해, 우리 앞에 놓인 인생에 대해 애잔한 욕구를 느꼈다. 전에 없었던 감정이었다—로버트에게도 설명할 수 없을 것 같아 말하지 않았다. 트럭 창문 너머로 허름한 상자와 이젤을 마지막으로 들고 내려오는 로버트를 바라보니, 그는 활기와 에너지, 나와는 상관없는 자아로 가득 차 있었다. 그에게는 자신의 옛 생활의 일부를 뒷자리의 허름한 가구 틈에 어떻게 집어넣을까 하는 것 말고는 아무 생각도 없었다. 그 순간, 그 어느 때보다 더, 나는 이것이 실수의 시작이라는 것을 느꼈다. 아이가 내게 속삭이는 듯했다. 저 사람이 우리를 돌봐 줄까?

1877. 11. 5.

사랑하는 백부

일찍 답장을 쓰지 못했다고 염려하지 마세요. 아버님과 남편,
하인 둘이 심한 감기에 걸려서—식구들 대부분이 걸린 셈이
죠—제가 아주 바빴답니다. 걱정하실 만큼 심각한 일은 없었어
요. 만약 그랬다면 제가 당장 전갈을 드렸겠지요. 다들 나아가
고 있고, 아버님은 하인을 데리고 다시 숲으로 산책을 나가기
시작하셨습니다. 오늘은 이브도 같이 나갈 거예요. 백부님이 그
렇듯, 남편도 항상 아버님의 건강을 염려하니까요. 보내 주신
새 책은 오래전에 다 읽었고, 요즘은 새커리*를 읽기도 하고 아
버님께도 소리 내어 읽어드립니다. 너무 바빠서 많은 소식은 전
하지 못합니다만 항상 백부님을 생각하고 있어요.

141
◆

베아트리스 드 클레르발

<hr>

◆ 새커리Thackeray: 1811~1863, 영국의 작가

20

케 이 트

우리는 점심을 먹기 위해 워싱턴 북쪽 몇 마일 위치에 있는 휴게소에 차를 세우고 다리를 뻗었다. 발에 쥐가 나기 시작했다. 휴게소에는 간이탁자와 참나무 숲이 있었다―로버트는 개똥이 없는지 주위를 훑어보고 드러누워 잠들었다. 그는 작업실 짐을 꾸리느라 늦게까지 깨어 있었고, 그림을 그리며 코냑을 마셨는지 늦게 일어났다. 아직 짐을 싸지 않은 침대 시트에 털썩 눕는 순간 술 냄새가 풍기는 것을 보고 알 수 있었다. 그가 운전대를 잡고 졸 위험이 있으니 내가 운전해야겠다는 생각이 들었다.

짜증이 났다. 나는 임신한 몸인데, 짐 꾸리는 것을 도와주지 못한다면 최소한 길고 힘든 여행길을 떠나기 전에 하룻밤 정도는 충분히 잠을 자 두어야 하는 것 아닌가? 나는 그를 건드리지 않고 옆 풀밭에서 기지개를 켰다. 저녁 나절쯤 되면 너무 피곤해서 내가 운전을 못할 테니, 지금 좀 자 두면 내가 눈을 붙이는 동안 그가 운전하면 되겠지. 그는 낡은 노란색 버튼다운 셔츠 단추를 풀어 헤친 채 잠들어 있었고 옷자락이 오른쪽만 비스듬히 말려 올라가 있었다—셔츠 역시 원래는 좋은 천이었지만 이제 길이 들어 부드러워진, 중고가게에서 산 물건 중 하나일 것이다. 셔츠 주머니에서 종이가 비죽 나와 있었다. 할 일은 없고 그를 깨우고 싶지 않아서, 나는 조심스럽게 손을 내밀어 종이를 끄집어냈다. 당연히 스케치일 것이다. 맞았다. 나는 종이를 펼쳤다. 솜씨 좋은, 두꺼운 연필로 그린, 한 여인의 얼굴이었다.

본 적이 없는 얼굴이었다. 빌리지에서 그가 모델로 이용한 친구들과, 자식들을 그려도 좋다는 서약서를 부모에게 받은 발레리나 소녀들은 다 알고 있었고, 로버트의 즉흥적인 표현들도 잘 알고 있었다. 내가 모르는 사람이지만, 로버트는 이 여자를 잘 이해하고 있다—페이지를 보는 순간 가장 먼저 든 인상이었다. 여자는 로버트의 손 아래에서 그를 바라보듯 나를 올려다보고 있었다—잘 아는 사람을 바라보는 빛나는 눈빛과 사랑에 가득 찬 진지한 표정. 화가로서 그가 그녀를 바라보는 시선을 느낄 수 있었다. 그의 재능과 그녀의 얼굴은 서로 떼어놓을 수 없었지만, 그럼에도 불구하고 그녀는 섬세한 코와 뺨, 약간 각진 턱, 로버트처럼 헝클어진 검은 곱슬머리, 금방이라도 미소 지을 듯한 입술, 하지만 강렬한 눈빛을 지닌 진짜 여자였다. 그 눈은 이글거리고 있었다—커다랗고 빛나고 자신을 가장하는 빛이 전혀 없는 시선. 그것은 사랑에 빠진 여인의 얼굴이었다. 나 자신도 그녀에게 홀리는 것을 느꼈다. 무심코 손을 내밀어 뺨을 어루만질 듯한, 그런 여인이었다.

나는 로버트가 내게 헌신적이라는 것을 알고 있었고, 그것은 일종의 타고난 책임감 때문이기도 하지만 자기 주변에 무심한 성격 때문이기도 하다는 것을 알고 있었다. 사랑으로 스케치한 그 얼굴을 관찰하고 있으니 어마어마한 질투심과 함께 로버트가 내 것이라는 고집으로 인한 열패감이 밀려왔다. 그는 내 남편이자 아파트를 같이 쓰는 친구, 영혼의 동반자, 내 혼란스러운 토양에서 자라는 작은 식

물의 아버지, 비교적 고독했던 나날을 지나 부끄러움 없이 남자의
몸을 사랑하게 만든 연인, 나로 하여금 이전의 나를 포기하게 만든
사람이었다. 이 낯선 여자는 누구일까? 학교에서 만난 사람? 제자나
젊은 동료 중 한 사람일까? 아니면 그냥 다른 스케치, 다른 사람의
작품을 베낀 걸까? 얼굴은 사실 젊지 않았다—아름다움을 그렇게
완벽하게 표현하면 나이는 중요하지 않다고 말하는 듯한 작품이었
다. 나보다 나이 많은 로버트보다 더 나이가 많을까? 어쩌면 특별한
동질감을 느꼈지만 실제로는 몸을 건드리지 않았던, 그래서 그에게
추궁한다면 오히려 내가 옹졸해질 모델일까? 혹 스케치를 하면서
건드리기도 했지만, 나는 그보다 못한 예술가니까 어차피 이해하지
못할 거라고 생각했을까?

임신한 뒤로, 내가 우리의 물리적이고 실질적인 생활을 챙기기
시작한 뒤로 석 달 동안 붓이나 연필을 들지 않았다는 것을 깨닫고,
가슴을 푹 찌르는 분노가 밀려왔다. 붓이나 연필을 그리워한 적도
없었다. 그것이 더 나빴다. 지난 몇 달 동안 직장 일도 바빴고, 가정
생활도 온갖 계획과 활동으로 녹초가 될 정도로 꽉 차 있었다. 내가
분주하게 모든 것을 꾸리는 동안, 로버트는 이 미인을 그리러 나갔
던 걸까? 언제, 어디서 만났을까? 깨끗하게 풀을 깎은 휴게소 잔디
밭의 시원한 참나무 그늘 아래에 앉아서 얇은 드레스를 뚫고 나뭇
가지와 개미가 따끔거리는 것을 느끼며, 나는 몇 번이고 어떻게 할
까 하는 질문을 나 자신에게 던졌다.

마침내 해답이 찾아왔다. 아무것도 하고 싶지 않았다. 잘 생각
해 보면 여자는 그냥 로버트의 상상의 산물이라는 결론이 날 것이
다. 때로 그런 식으로 그림을 그리곤 했으니까. 로버트에게 이런 질
문을 하면 내가 매력이 떨어져 보일 것이다. 이 여자가 별다른 존재
가 아니라면 나는 피해망상에 속 좁은 임신부 아내처럼 보일 것이
고, 혹시라도 알고 싶지 않은 것을, 우리의 새로운 삶을 망칠지도 모

144

르는 뭔가를 알게 될지도 모른다.

뉴욕에 있는 여자라면 우리는 이미 그녀 곁을 떠나고 있고, 로버트가 무슨 이유로 뉴욕에 돌아간다면 내가 같이 가면 된다. 나는 사랑스러운 얼굴을 다시 접어 로버트의 주머니에 넣었다. 흔들거나 한참 말을 걸어도 반응이 없을 정도로 깊이 잠들어 있었기 때문에, 그가 깰 걱정은 없었다.

다음 날 노스캐롤라이나로 접어드는 자동차 여행은 흥미진진했다. 내가 운전대를 잡았고, 행복감에 소리를 지르며 로버트를 깨웠다. 우리는 그린힐 북쪽으로 블루리지의 긴 산길을 넘어 도시로 들어왔고, 작은 고속도로를 타고 동쪽 그린힐 대학으로 향했다. 대학은 사실 행정구역상으로 셰이디 크릭이라는 도시에 속했고, 크래기 산맥에 자리잡고 있었다. 로버트는 오래전 부모님과 여행을 하면서 이 근처를 지난 적이 있지만 기억하는 것은 별로 없었고, 나는 이렇게 남쪽까지 내려와 본 것은 처음이었다. 그는 남은 하루 운전을 하고 싶다고 했고, 우리는 자리를 바꿨다. 이른 오후였다. 커다랗고 오래된 농장과 강기슭의 들판, 넓은 숲, 사방으로 저 멀리 아른거리는 산맥, 전원지대는 태양 아래 잠들어 있는 듯 했고, 시골길로 접어들자 갑자기 굉음을 내며 진달래 아래로 흐르는 강물이 나타났다. 찌는 듯한 운전석 안으로 동굴이나 냉장고 바람 같은 시원한 공기가 흘러들어왔다—공기는 우리의 얼굴을 스치고 손을 어루만졌다.

로버트는 모퉁이에서 속도를 늦추고 창문으로 몸을 내밀더니 표지판을 가리켰다. 그린힐 대학, 1889년 크래기 팜 재단 설립. 나는 뉴욕으로 이사 오기 전에 어머니가 주신 카메라로 사진을 찍었다. 표지판은 회색 자연석이었고 잔디와 양치류 덤불 안에 자리 잡고 있었으며, 그 너머 어둑한 풀숲을 지나 숲으로 길이 이어졌다. 목가적인 천국에 초대받은 듯한 기분이었다—대니얼 분(미국 개척 시대의 인물로 서부 발전에 공헌함—옮긴이) 같은 사람이 총과 개를 데리고 숲에서 금방이라도 걸어나올 것 같았다. 우리가 어제만 해도 뉴욕시에 있었다는 것이, 아니 뉴욕이 존재한다는 것조차 믿기지 않을 지경이었다. 나는 퇴근하고 집으로 걸어가는, 혹은 찌는 듯한 지하철역에서 기차를 기다리는 친구들, 끝없이 빵빵거리는 자동차들, 목소리들을 떠올리려고 애썼다. 그 풍경은 이제 모두 사라졌다. 로버트는 길가에 차를 세웠고, 우리는 말 없이 차에서 내렸다. 그는 손으로 깎고 조심스럽게 페인트를 칠한 표지판으로 다가갔다—미대 학생이 만들었을까? 나는 그가 벌써 촌놈이라도 다 된 것처럼 의기양양하게 팔짱을 끼고 돌에 기대선 모습을 사진으로 찍었다. 트럭은 먼지를 뒤집어 쓴 채 작은 소리를 내며 김을 올리고 있었다.

"지금이라도 돌아갈 수 있어."

나는 그를 웃게 해 주려고 장난스럽게 말했다.

그는 정말로 웃었다.

"맨해튼으로? 농담해?"

1877. 11. 15.

사랑하는 백부

그동안 제가 백부님을 잊어버려서 편지를 쓰지 않았던 거라고
생각하지 말아 주세요! 우리 모두 백부님이 보내시는 편지를 감
사하고 기쁘게 생각하고 있고, 전 특히 제게 보내주신 편지를
보물처럼 아낀답니다―네, 저는 잘 지냅니다. 이브는 이 주 동
안 프로방스에 가 있을 예정이라 준비해야 할 일들이 많아요.
내년에 그가 맡게 될 우체국에 대한 계획을 세우라고 정부에서
보내는 출장입니다. 아버님은 이브가 떠나게 되어 초조해하시
면서, 눈 먼 아버지를 둔 자식은 정부가 먼 출장길에 보내지 못
하게 하는 방법을 찾아봐야 한다고 하십니다. 이브는 당신의 지
팡이고, 저는 당신의 눈이라고 하세요. 버거운 짐이겠거니 하
실지도 모르지만, 부디 섣불리 그렇게 생각하지 말아 주세
요―저처럼 따뜻한 시아버님을 둔 젊은 여자는 없을 겁니다.
비교적 짧은 여행이지만 이브가 없으면 아버님이 시름시름 앓
으실까 봐 걱정이에요. 저도 이브가 없는 동안에는 언니 집엔
갈 엄두를 못 내겠지요. 백부님이 저녁에 오시면 집안이 밝아질
텐데요―아버님도 틀림없이 그렇게 생각하실 거예요! 소포에
넣어 주신 붓도 감사드립니다. 제가 본 것 중에 가장 좋은 붓이
에요. 이브도 자기 없는 동안에 제가 새 물건으로 작업을 할 수
있게 되어 기뻐하고 있습니다. 어린 앤 초상화는 끝났고 겨울이
다가오는 정원 풍경 두 장도 완성했지만, 아직 새 작품은 시작
하지 못하고 있어요. 백부님이 주신 붓이 영감을 줄 것 같습니
다. 저는 풍경을 자연스럽게 묘사하는 현대적인 기법이 대단히

147

마음에 들어요. 어쩌면 백부님보다 더요. 그런 느낌을 표현하도
록 애씁니다만, 이 계절에는 달리 그릴 방법이 없네요.

다시 만나는 날까지 따뜻한 인사를 전하며
베아트리스 드 클레르발

21

말로우

케이트는 블랙베리 문양이 유약으로 그려진 커피잔을 팔꿈치 옆 탁자에 내려놓았다. 그녀는 말을 그만두고 싶다는 듯한 작은 몸짓을 했다. 나는 고개를 끄덕이고 즉시 물러앉았다. 눈가에 눈물이 괸 것 아닌가 하는 생각이 들었다.

"잠깐 쉬죠."

이미 쉬고 있었던 것 같았지만, 그녀는 말했다. 계속 이야기할 마음이 남아 있기만을 바랄 뿐이었다.

"로버트의 작업실 보고 싶으세요?"

"집에서도 작업을 많이 했습니까?"

나는 지나치게 반가운 티를 내지 않으려고 애썼다.

"뭐, 학교하고 집에서요. 물론 주로 학교에서 했죠."

빛 바랜 양탄자가 깔려 있고 넓은 정원이 내려다보이는 위층 중앙 복도는 작은 도서관을 겸하고 있었다. 여기도 장편 소설, 단편집, 백과사전 같은 것들이 꽂혀 있었다. 한쪽 끝 탁자에는 필통에 꽂힌 연필, 펼쳐져 있는 커다란 스케치북 같은 그림 장비가 놓여 있었다. 누군가 창문을 그린 스케치였다. 마침내 로버트의 일상을 볼 수 있는 건가? 하지만 케이트는 내 시선을 보았다.

"제 작업대예요."

그녀는 짤막하게 말했다.

"책을 많이 읽으시는 것 같군요."

"네. 로버트는 늘 내가 책을 너무 많이 읽는다고 생각했어요. 부모님에게 물려받은 책도 많아요."

그렇다면 로버트가 아니라 케이트의 책이었다. 여러 방으로 통하는 문 중에는 닫힌 것도 있었고, 단정하게 정리된 침대가 보이는 방도 있었다. 그중 한 곳에서 나는—마침내—아이들의 장난감이 바닥에 흩어져 있는 것을 보았다. 케이트는 닫힌 문을 열고 나를 안내했다.

여기에는 석유용제와 유화물감 향이 아직 감돌고 있었다—그녀처럼 깔끔해 보이는 주부가(심지어 내 어머니보다 더 깔끔했다) 위층의 이 냄새를 어떻게 참을 수 있었는지 궁금했다. 어쩌면 나처럼 그 냄새를 즐겼는지도 모른다. 우리는 말없이 안으로 들어섰다. 나는 이 방에서 즉각 장례식 분위기 같은 것을 느꼈다. 여기서 짧은 시간 작업했던 예술가는 죽지 않았지만 지금은 먼 곳의 침대에 누워 정신병동의 천장을 바라보고 있다. 케이트가 큰 창가로 가서 나무로 된 셔터를 접자 햇빛이 쏟아져 들어왔다. 로버트 올리버가 이 방을 작업실로 정한 것도 아마 이 햇빛 때문이었으리라. 햇빛은 벽을, 한쪽 구석에 뒤로 포개 놓은 캔버스를, 긴 탁자를, 붓이 가득 든 통을 비췄다. 거의 완성된 그림이 아직 놓여 있는 멋진 이젤에도 햇빛이 비췄고, 그림을 보는 순간 정신이 번뜩 들었다.

벽에는 회화 복제 사진이 잔뜩 붙어 있었다—주로 미술관 엽서였고, 서양 미술의 다양한 시대를 망라하고 있었다. 내가 아는 작품도 수십 점이 있었고, 모르는 그림도 많았다. 얼굴, 풀밭, 옷, 산, 백조, 짚, 과일, 배, 개, 손, 젖가슴, 거위, 화병, 집, 죽은 꿩, 성모, 창문, 모자, 나무, 말, 길, 성자, 풍차, 군인, 아이들이 한 치의 빈 공간도 남기지 않고 빼곡하게 붙어 있었다. 주로 인상파 화가였다. 르누아르, 드가, 모네, 모리조, 시슬리, 피사로의 여러 작품들은 쉽게 알아볼 수 있었고, 분명 인상파인데 내게는 낯선 작품도 있었다.

방 자체는 주인이 충동적으로 비운 인상을 주었다. 탁자 위에는 페인트가 굳은 붓 더미,—좋은 붓이 망가지고 있었다—얼룩진 헝겊이 놓여 있었다. 정신병원에서 매일 샤워하고 수염을 깎는 내 환자는 청소조차 끝내지 않았다. 그의 전처는 방 한가운데 서 있었고, 햇빛이 그녀의 모래색 머리카락에 쏟아지고 있었다. 그녀는 햇빛과, 점차 사그라들기 시작하는 젊은 아름다움과—그리고 아마도—분노로 타오르고 있었다.

그녀에게서 주의를 떼지 않은 채, 나는 이젤로 다가갔다. 낯익은 로버트의 소재가 눈에 들어왔다. 검은 곱슬머리와 빨간 입술, 반짝이는 눈을 가진 여인이었다. 구식 나이트드레스나 잠옷으로 보이는 주름 잡힌 연파랑색 가운 차림이었는데, 흰 손으로 간신히 흘러내리지 않게 붙잡고 있었다. 생생하고 낭만적인, 대단히 육감적인 초상화였고, 옷자락을 잡으려고 올린 팔로 한쪽 젖가슴의 곡선을 지그시 누르고 있는 솔직한 에로티시즘 때문에 감상주의에 빠지지 않았다. 놀랍게도 가운을 잡은 손에는 붓이 들려 있었고, 자기 캔버스에 한창 붓질을 하는 중이었는지 붓 끝에는 코발트색 물감이 묻어 있었다. 배경은 햇빛 찬란한 창문 같았는데, 창틀은 돌로 되어 있었고 다이아몬드 모양의 유리창 너머로 저 멀리 회청색 물과 구름이 보였다. 캔버스 오른쪽 위 구석 쪽으로 나머지 배경은—여자가 서 있는 방—완성되지 못한 상태로 남아 있었다.

살아 있는 듯한 멋진 검은 곱슬머리와 그 얼굴은 충분히 낯익었지만, 로버트가 골든그로브의 병실에서 끊임없이 그려 대는 스케

치와 다른 점이 두 가지 있었다. 하나는 작품, 붓질, 고도의 리얼리
즘이었다. 이 그림에는 로버트가 현대적인 인상파 화풍을 표현하면
서 때로 사용하는 거친 표현이 없었다. 대단히 사실적이고, 어떤 표
현은 거의 사진으로 찍은 듯했다―예를 들어 피부의 질감에는 중
세 후기풍의 부드러움, 매끈한 표면에 대한 관심이 있었다. 라파엘
전파의 섬세한 여성 초상화들이 떠올랐다. 느슨한 옷, 어깨가 넓고
키가 큰 여성의 당당함에는 신화적인 분위기도 깃들어 있었다. 섬세
한 곱슬머리 몇 가닥이 뺨과 목에 흐트러져 있었다. 실제로 사진을
보고 그린 게 아닐까 하는 생각이 들었다. 하지만 그가 과연 사진을
사용하는 화가였을까?

    나를 놀라게 한, 아니, 충격을 준 다른 한 가지는 대상의 표정이
었다. 병원에서 그린 대부분의 그림은 심각하고 음울했으며 최소한
생각에 잠겨 있었고―전에 말했듯 때로는 화가 난 얼굴이었다. 하
지만 셔터를 친 어둠 속에서 대부분의 시간을 보내는 이 캔버스 안
에서, 여인은 웃고 있었다. 전에는 그녀가 웃는 표정을 본 적이 없었
다. 비록 옷차림은 흐트러져 있었지만 이것은 음탕한 웃음이 아니라
즐겁고 지적인 기쁨이었고, 아름다운 입술을 자연스럽게 벌리며 이
를 살짝 드러내고 눈을 반짝이며 웃는 모습에는 인생에 대한 위트
있는 사랑이 있었다. 그녀는 캔버스 안에서 진정으로, 거의 끔찍할
정도로 살아 있었다. 금방이라도 움직일 것 같았다. 그녀를 보고 있
으니 손을 뻗어 살아 있는 피부를 만지고 싶은―그래, 그녀를 좀 더
가까이 끌어당겨 귓가에 그 웃음소리를 듣고 싶다는 욕구가 일었다.
햇빛이 그녀 위를 밝게 내리쬐고 있었다. 인정한다. 나는 그녀를 원
했다. 그것은 명작이었고, 내가 직접 본 가장 훌륭한 착상과 표현을
지닌 현대 초상화 중 하나였다. 미완성이었지만―한눈에 알 수 있
었다―몇 주, 몇 달 정도는 작업했으리라. 몇 달은.

    케이트에게 돌아선 나는 그녀의 경멸을 읽을 수 있었다.

"당신도 그 여자를 좋아하는군요."

목소리에는 냉랭함이 담겨 있었다. 캔버스 안의 여인과 나란히 서 있으니, 케이트는 작고 피곤하고 심지어 초췌해 보였다.

"내 전남편이 재능이 있다고 생각하세요?"

"두말할 필요가 없습니다."

그가 등 뒤에 서서 듣고 있기라도 한 듯 목소리가 낮아졌다— 로버트의 스케치나 드로잉에 대해 말할 때마다 그의 얼굴에서 자주 보이던 경멸이 떠올랐다. 한때 부부였던 이 둘은 비록 힘든 사연으로 갈라졌지만, 둘 다 어떻게 하면 지독한 경멸을 드러낼 수 있는지 아는 사람들이었다. 그것만은 분명했다. 두 사람이 이런 표정으로 서로를 쳐다본 적이 있을까. 케이트는 환한 얼굴로 우리 등 뒤를 바라보고 있는, 산 자보다 더 밝은 여인을 응시하고 있었다. 갑자기 초상이 자신의 창조자, 로버트 올리버를 찾고 있다는 느낌이, 그녀 역시 우리 등 뒤에 서 있는 그를 보고 있다는 느낌이 들었다. 나는 거의 뒤돌아볼 뻔했다. 섬뜩한 기분이었다. 케이트가 셔터를 닫고 여인의 웃음이 다시 그늘 속으로 사라졌을 때에도 그리 섭섭한 기분은 들지 않았다. 초상화 속의 여인이 누구인지 물어볼 용기를 언제쯤 낼 수 있을까? 모델은 누구였을까? 나는 적당한 순간을 놓치고 말았다. 그 질문을 하면 아예 대화 자체를 중단할까 봐 두려웠다.

"작업실은 있던 대로 두셨군요."

나는 최대한 자연스럽게 말했다.

"네. 계속 정리를 하고 싶었지만, 어떻게 해야 할지 확신이 안 섰어요. 닥치는 대로 그냥 창고에 넣어두거나 내다 버리고 싶지는 않아요. 로버트가 어딘가에 정착하면 새로운 작업실을 시작할 수 있도록 짐을 싸서 보내줘야겠죠. 어딘가에 정착할 수만 있다면."

그녀는 내 시선을 피했다.

"곧 아이들 침실을 각자 따로 만들어 줘야 할 거예요. 내 작업실로 만들 수도 있고. 한 번도 개인 작업실을 가진 적이 없었거든요. 늘 이젤을 밖에 들고 나가서 그렸는데, 그것도 날씨가 좋아야 가능한 일이고 그러다 아이가 생긴 뒤에는….”

그녀는 말을 끊었다.

“가끔 로버트가 자기 작업실 구석을 쓰라고 하거나 학교에서 작업하면 되니까 이 방을 쓰라고 하기도 했지만, 난 구석은 싫었어요. 그가 더 오래 학교에서 시간을 보내는 것도 싫었고.”

말투 속의 무엇 때문인지 이유를 물어서는 안 된다는 기분이 들었다. 나는 조용히 그녀를 따라 계단을 내려갔다. 마치 더 이상 내게 갈망이나 호기심을 느끼게 하지 않겠다는 듯한, 자신에게 시선을 주기만 하면 언제든지 한순간 숙녀다운 적대감을 보일 것 같은, 금빛 셔츠 차림의 등은 작고 꼿꼿했고, 몸은 단호하고 빈틈을 보이지 않았다. 나는 대신 창밖으로 시선을 돌렸다. 너도밤나무 가지 사이로 장미색 햇빛이 새어들어오고 있었다. 케이트는 나를 거실로 안내한 뒤 뚜렷한 목적의식을 지닌 태도로 소파에 앉았다. 그녀가 임무를 계속하고 싶어한다는 것을 깨닫고, 나는 맞은편에 앉아 생각을 정돈하려고 애썼다.

12. 14.

친애하는 백부

간밤에는 사교생활을 즐겼답니다. 오셔서 같이 즐기지 못한 것
이 안타까워요. 늘 보는 지인들 외에도 이브가 질베르 토마라는
친구를 데리고 왔답니다. 훌륭한 집안 출신이고 재능이 있다는
소리를 듣는 화가인데, 작년에 살롱 출품을 거절당하고 타격을
입었나 봐요. 토마 씨는 저보다 열 살 정도 나이가 많을 거예요.
삼십 대 후반 정도. 매력적이고 지적인 분이지만, 가끔, 특히 다
른 화가들에 대해 이야기할 때 분노 같은 것이 비치는 점이 마
음에 들지 않더군요. 고맙게도 제 작품에 대해 물어봐 주셨는
데, 이브는 백부처럼 그분도 제게 도움이 될 거라고 생각했나 봐
요. 전에 말씀드린 하얀 피부와 금발 머리의 어린 새 하녀 마그
리트 초상을 보고 토마 씨는 진심으로 감탄하셨는데, 칭찬을 들
으니 민망하더군요. 저 정도의 재능이면 훌륭한 작품을 그릴 수
있을 거라고 말씀하셨고, 제 인물 묘사를 칭찬하셨어요. 조금
자신감이 과한 것 같았지만(잘난 척이라는 표현을 썼다가는, 다음
편지에 속물 근성이라고 꾸짖으시겠지요) 친절한 분이었어요. 자
기 동생과 함께 대형 상업용 화랑을 시작하려고 하시는데, 감히
말씀드리지만 백부님의 작품에도 관심을 보일 거예요. 다음에
동생과 함께 다시 찾아오겠다고 이브에게 약속했으니까, 그때
는 백부님도 꼭 오셔야 합니다.

파티에는 뒤프레 씨라는 재미있는 분도 계셨는데, 신문에 삽화
를 그리는 화가예요. 불가리아의 시골에서 살았는데 최근 혁명
이 일어났다는군요. 이브에게 백부님의 작품을 알고 있다는 이

야기를 하는 걸 들었어요. 자기 작품도 가져왔는데 장엄한 제복을 입은 기병대의 갖가지 전투 장면을 세밀하게 묘사했더군요―민속 의상을 입은 주민들을 묘사한 차분한 풍경화도 있었어요. 산이 많은 나라이고, 지금은 기자들이 살기는 위험한 편이지만 극적인 풍경으로 가득하다는군요. '발칸 풍경'이라는 시리즈물을 연재하고 있어요. 얀카 조지에바라는 사랑스러운 이름의 불가리아 여자와 결혼해서 부인이 프랑스어를 배울 수 있도록 파리로 데려왔어요―부인은 몸이 아파서 파티에는 참석하지 못했지만, 뒤프레 씨가 이름을 적어 주더군요. 저도 그런 곳에 가서 직접 구경할 수 있다면 좋겠다는 생각이 들었어요. 사실 요즘은 이브가 일이 많아서 단조로운 생활인지라, 제 지붕 아래서 저녁파티를 여는 게 즐거웠어요. 다음에는 백부님도 꼭 오셨으면 합니다.

이만 줄일게요. 어떤 소식이든 기다리고 있겠습니다.

베아트리스 드 클레르발

22

케이트

새 집은 대학에서 제공한 커다란 녹색 시골집이었다. 수업이 시작되고 로버트는 어느 때보다 집을 많이 비웠고, 밤에도 다락방에서 그림을 그렸다. 나는 물감 냄새 때문에 다락방을 좋아하지 않아서 거의 올라가지 않았다. 아기가 꼼지락거리고 배를 차기 시작한 뒤로—교직원의 아내 한 사람은 '생명의 느낌'이라고 표현했다—나는 아기 걱정으로 머리가 복잡한 시기를 지내는 중이었다. 아기가 움직이지 않을 때는 어디가 아프거나 죽은 것 같았다. 낡은 차를 끌고 식료품점에 가도 바나나를 사지 않았다. 끔찍한 화학 약품이 묻어 있어서 기형아 출산의 원인이 될 수도 있다는 이야기를 어디서 읽었기 때문이었다. 대신 그린힐에 커다란 빈 바구니를 들고 가서 우리 형편으로는 살 수 없는 유기농 과일과 요구르트를 가득 채워 왔다. 아이에게 안전한 포도도 사 줄 수가 없는데 대학은 무슨 수로 보낼까?

이 모든 것이 내게는 골치 아픈 문제였다. 나는 내가 지루하고 참을성 없고 발륨만 입에 털어 넣는 끔찍하고 한심한 엄마 말고 다른 존재가 될 수 있을 거라는 희망을 잃어버렸다. 차라리 임신에 성공하지 못했더라면 하는 생각이 들었다―나 따위 엄마와 예술가 아버지 밑에서 최대한 잘 자라야 하는 불쌍한 운명을 짊어지고 태어나는 아이를 위한 솔직한 심정이었다―혹시 늘 들이마시는 물감 증기 때문에 정자가 변형되었을지도 몰라. 전에는 이런 생각을 한 적이 없었다. 책을 들고 침대에 들어가면 울었다. 내게는 로버트가 필요했다. 같이 저녁을 먹으면서 이 모든 두려움을 털어놓자 그는 나를 안고 키스하며 걱정할 필요 없다고 말해 주었지만, 저녁을 먹은 뒤에는 미대에서 새로 채용하는 산악 공예 전문가에 관한 회의가 있어서 나가야 했다. 그는 한 번도 내 곁에 충분히 같이 있어주지 않는 것 같았고, 그 문제에 대해서 충분히 신경도 쓰지 않는 것 같았다.

    사실 로버트는 수업이 없을 때면 다락방에 점점 더 자주 올라갔다. 내가 그의 수면에 대해 오랫동안 잘 모르고 있었던 것도 아마 그 때문이었을 것이다. 어느 날 아침 나는 그가 아침을 먹으러 내려오지 않은 것을 보고, 가끔 그랬듯 밤새도록 그림을 그린 뒤 해가 뜰 때 잠자리에 들었다는 것을 알았다―이사 온 직후 다락방에 낡은 소파를 갖다 놓았기 때문에, 일어나 보면 침대 옆 그의 자리가 비어 있는 경우도 드물지 않았다. 그날 그는 머리카락이 오른쪽으로 비죽 솟은 채 정오 즈음 나타났다. 우리는 점심을 같이 먹었고, 그는 오후 수업을 하러 나갔다.

    그날을 기억하는 것은 며칠 뒤 미대에서 전화가 왔기 때문이다. 아침 실기 수업에 두 번 연달아 결근했다는 학생들의 보고를 받고 로버트가 괜찮은지 확인하려는 전화였다. 최근 그의 일정을 더듬어 보았지만 기억이 나지 않았다―허리를 굽혀 침대를 정리할 수 없을 정도로 배가 불러서 나 자신도 피로감에 멍한 상태였다. 나는 그를 보면 물어보겠지만 집에는 없는 것 같다고 대답했다.

사실 나는 늦게 잠들었기 때문에 그는 내가 일어나기 전에 출근했다고 생각했지만, 이제 이 점이 의심스러웠다. 나는 로버트의 다락방으로 향하는 짧은 계단참으로 가서 문을 열었다. 계단은 마치 에베레스트 산처럼 느껴졌지만, 나는 치맛자락을 살짝 걷어 올리고 올라가기 시작했다. 이러다 아이가 나올 수 있겠다는 생각이 들었지만, 간호사 겸 산파가 그전 주에 혹시 그런 일이 있다 해도—뭐 어떤가? 나는, 아니, 아기는 이미 안전한 시기였다—'내가 원하는 때 언제든' 낳을 수 있다고 쾌활하게 이야기해 주었다. 나는 아들이나 딸의 얼굴을 얼른 보고 싶은 마음과, 아기가 내 눈을 보고 내가 무슨 짓을 하는지 모르고 있었다는 사실을 깨닫게 되는, 피치 못할 그날을 미루고 싶은 욕구 사이에서 갈등하고 있었다.

계단 꼭대기에는 문이 없었기 때문에, 마지막 계단을 오르는 순간 다락방 전체가 보였다. 전구 두 개가 천장에서 늘어져 있었고, 둘 다 켜져 있었다. 천창을 통해 황량한 한낮 풍경이 보였다. 로버트는 우아하게, 바로크풍으로 한 팔을 바닥에 늘어뜨리고 손바닥을 밖으로 향한 채 소파에서 잠들어 있었다. 얼굴은 쿠션에 파묻고 있었다. 나는 시계를 확인했다. 오전 11시 35분이었다. 새벽까지 일한 모양이다. 이젤은 이쪽으로 등을 돌린 채 서 있었고, 물감 냄새가 아직 지독했다. 입덧이 심하던 임신 3개월 시절로 되돌아간 것처럼 구역질이 났지만, 나는 참고 돌아서서 계단을 내려가기 시작했다. 나는 부엌 작업대 위에 대학에 연락하라는 쪽지를 남기고 점심을 먹은 뒤 친구 브리짓과 산책을 하러 나갔다. 배는 아직 나처럼 부르지 않았지만 그녀도 둘째 아이를 임신 중이었고, 우리는 최소 하루 2마일(약 3.2킬로미터)은 산책을 하기로 약속하고 있었다.

집에 돌아가 보니 로버트가 점심을 먹은 흔적이 남아 있었고, 쪽지는 없었다. 그는 집에 전화해서 학생들을 만나야 하기 때문에 늦게까지 학교에 있다가 대학 식사에도 참석해야 할지 모른다고 했다. 나는 구내 식당으로 가서 저녁을 먹었지만, 그는 거기로 나를 찾아오지 않았다. 꿈에서는 다락방 계단이 삐걱거리는 소리가 들려왔고, 다음 날도, 그다음 날도 마찬가지였다. 때로 침대에서 몸을 뒤척이면 그가 손바닥 하나 거리에 누워 있기도 했다. 때로 아침 늦게 일어나 보면 그는 사라지고 없었다. 나는 아이와 그를 기다렸지만, 아기 걱정이 더 심했다. 결국 로버트를 찾을 수 없는 때에 진통이 시작되는 게 아닌가 하는 걱정까지 들기 시작했다. 나는 진통이 시작될 때 계단참까지 가서 부를 수 있도록 부디 그가 다락방에서 그림을 그리고 있거나 자고 있기를 기도했다.

어느 날 오후 20마일 정도는 걸은 기분으로 산책에서 돌아와 보니, 학교에서 다시 전화가 왔다. 죄송하지만 로버트를 봤느냐? 나는 찾아보겠다고 했다. 돌이켜 보니 그는 며칠 동안, 최소한 침대에서는 자지 않은 것 같았고 집에도 거의 오지 않은 것 같았다. 가끔 밤에 계단 삐걱거리는 소리가 들리면 아기가 태어나기 전에 시간을 더 내서 위층에서 그림을 그리는 모양이라고 생각했다. 나는 다시 다락방으로 올라갔다. 그는 반듯이 누워서 느리고 깊게 숨을 쉬며 심지어 코까지 약간 골고 있었다. 오후 4시였고, 그가 오늘 일어나기는 한 것인지조차 알 수 없었다. 수업이 있다는 것도, 아내의 어마어마한 배를 돌봐줘야 한다는 것도 모르는 걸까? 분노가 치밀어서 그를 깨우려고 소파 쪽으로 다가가다가, 나는 멈췄다. 커다란 천창 쪽으로 돌려져 있는 이젤에 걸린 그림과 바닥에 어질러진 스케치들이 눈에 띄었던 것이다.

마치 연락이 끊겼던 지인을 길에서 우연히 만난 것처럼, 나는 그녀를 즉각 알아보았다. 그녀는 나를 향해 미소 짓고 있었다. 아래로 약간 내리간 입술, 빛나는 눈, 몇 달 전 로버트의 주머니에서 꺼낸 스케치에서 보았던 표정. 그것은 허리 위를 그린, 옷을 입은 반신상이었다. 이제 몸도 얼마나 사랑스러운지 볼 수 있었다—날씬하고, 강하고, 풍만한 몸, 어깨는 보통보다 약간 넓었고, 목은 부드러운 곡선이었다. 가까이 다가가서 살펴보니 형태는 분명하고 사실적이었지만, 색깔은 약간 모호한 면이 있었고 표면은 거칠었다—인상파, 혹은 그 화풍의 경계선에 해당하는 표현이었다. 주름 잡힌 베이지색 드레스, 젖가슴을 강조하며 몸 앞으로 곡선을 그리며 이어지는 빨간 줄무늬, 다른 시대의 복장, 사극 의상이었다. 머리카락은 틀어올려 빨간 리본을 두르고 있었다—내가 좋아하는 알리자린 진홍색이었다—그가 사용한 물감까지 정확히 알 수 있었다. 바닥에 널린 스케치는 이 그림을 위한 연구였고, 나는 그 순간 이것이 로버트가 그린 최고의 작품 중 하나라는 것을 깨달았다. 그림은 우아했지만 동시에 억제된 동작으로 가득했다. 인간의 표정을 이렇게 탁월하게 묘사한 작품은 거의 본 적이 없었다—이제 막 움직이려는, 부드럽게 웃으려는, 내 시선 앞에서 눈을 내리깔려는 순간이었다.

　나는 분노에 사로잡혀 소파로 돌아섰지만, 그 분노가 그림 속 여자 때문인지, 로버트의 엄청난 재능 때문인지, 미래에 요구르트와 기저귀를 가져다 줄 직장에서 전화가 오는데도 그가 태연스레 자고 있기 때문인지는 나 자신도 알 수 없었다. 나는 그를 흔들었다. 순간 절대 흔들어 깨우지 말라던 그의 당부가 기억났다—놀라서 잠에서 깨어나는 순간 정신을 잃어버린 사람에 대한 실화를 들은 뒤로 겁이 난다는 것이었다. 이번에는 상관없었다. 나는 그를 거칠게 흔들었다. 그의 넓은 어깨가, 그의 망각이, 그가 잠들고 꿈꾸고 그림 그리는 세상이—그가 날씬한 허리를 지닌 다른 여자들의 모습에 감탄하는 세상이 미웠다. 이렇게 무심하고 이기적인 사람과 왜 결혼했을까? 이 모든 것이 내 잘못이라는 생각이, 미숙한 판단의 결과라는 생각이 처음으로 떠올랐다.

　로버트는 뒤척이며 중얼거렸다.

"왜?"

"무슨 뜻이야, 왜라니? 오후 4시야. 당신 아침 수업 빠졌어. 또."

그의 얼굴에 괴로운 표정이 떠오르는 것이 만족스러웠다. 그는 힘들게 일어났다.

"아, 젠장. 몇 시라고?"

"4시."

나는 냉랭하게 되풀이했다.

"직장 계속 다닐 거야, 우리 아이를 극빈자 가정에서 키울 거야? 선택해."

"아, 그만해."

그는 낡은 담요가 마치 20킬로그램 무게는 되는 것처럼 천천히 밀어냈다.

"설교할 건 없잖아."

"난 설교하는 게 아니야. 하지만 전화하면 학교에서 한바탕 듣겠지."

그는 머리와 머리카락을 문지르며 나를 노려보았지만 아무 말도 하지 않았다. 목구멍에서 무슨 덩어리가 치밀어 올랐다. 나는 혼자가 될지도 모른다―아니, 어쩌면 이미 혼자인지도. 그는 일어나서 신을 신고 계단을 내려갔고, 나는 미끄러질까 두려워서 조심스럽게, 뒤뚱거리며, 한심하게 따라 내려갔다. 최대한 가까이 따라가서 곱슬거리는 뒤통수에 키스하고, 휘청거리다 넘어지지 않도록 그의 어깨에 매달리고, 야단치고, 그의 등에 손톱 자국을 내고 싶었다. 순간 오랫동안 억눌러 온 육체적인 욕망과, 부풀어 오른 젖가슴과 배에 대한 자각이 일었다. 하지만 그는 한참 앞서 가고 있었고, 서둘러 부엌으로 내려가는 발소리가 들렸다. 부엌에 들어가 보니, 그는 통화 중이었다.

"고맙습니다, 네. 그냥 사소한 바이러스 같아요. 내일쯤 되면 괜찮을 겁니다. 고맙습니다, 그러죠."

그는 전화를 끊었다.

"감기 걸렸다고 했어?"

그에게 달려가서 팔로 목을 감고, 화를 내서 미안하다고 사과하고, 수프를 만들어 주고, 다시 시작하고 싶었다. 어쨌든 그는 열심히 일했고, 열심히 그림을 그렸다—당연히 피곤할 것이다. 하지만 내 입에서 흘러나온 목소리는 냉랭하고 비꼬는 투였다.

"그런 식으로 이야기할 거면, 뭐라고 했는지 당신이 상관할 일이 아니야."

그는 냉장고 문을 열었다.

"늦게까지 그림 그렸어?"

"당연히 늦게까지 그림 그렸지."

한심하게도 그는 피클 병과 맥주를 꺼냈다.

"난 화가야, 기억 안 나?"

"그건 무슨 뜻이야?"

나는 나도 모르게 팔짱을 끼고 있었다. 커다란 배가 팔을 저절로 받쳐 주었다.

"뜻? 말 그대로야."

"항상 똑같은 여자만 그린다는 뜻이야?"

그가 나를 돌아보고 얼굴을 찡그리기를, 무슨 소리를 하는지 모르겠다고 차갑게 말해 주기를, 난 내가 그리고 싶은 걸, 그릴 필요를 느끼는 것은 뭐든지 그린다고 말해 주었으면 했다. 그러나 그는 굳은 얼굴로 시선을 돌린 채 말없이 맥주를 마시기 시작했다. 피클은 잊어버린 것 같았다. 거의 6년 동안 같이 지내면서 싸운 것이 처음도 아니었고 지난주에도 싸웠지만, 그가 시선을 돌린 것은 처음이었다.

죄책감을 보이고 내 눈을 피하는 것보다 최악의 상황은 상상할 수가 없었지만, 잠시 후 더한 일이 일어났다—고개를 든 그의 시선이 나를 보는 것 같지 않았다. 그의 눈길은 내 어깨 너머 어느 지점에 가 있었고, 표정이 부드러워졌다. 누군가 소리 없이 내 등 뒤 문간에 나타난 듯한 끔찍하고 오싹한 기분이 들었다—실제로 목의 털이 쭈뼛 서기 시작했다. 나는 그가 멍하고 따뜻한 얼굴로 바라보는 동안 뒤돌아보고 싶은 충동을 억눌렀다. 갑자기 더 많이 아는 것이 두려워졌다. 그가 다른 사람과 사랑에 빠졌다면 곧 알게 될 것이다. 그냥 누워서 아기를 끌어안고 쉬고 싶었다.

나는 부엌을 나섰다. 그가 자기 자신의 무책임 때문에 직장을 잃는다면 나는 앤아버로 돌아가서 엄마와 같이 살면 된다. 아이는 딸이니 자라서 자기 힘으로 보다 나은 삶을 찾을 때까지 여자 삼대가 그냥 웅크리고 서로를 돌봐주면 된다. 나는 침실로 가서 삐걱거리는 침대에 누워서 담요를 끌어 덮었다. 나약한 눈물이 눈에서 배어 나와 뺨을 타고 흘러내렸다. 나는 소매로 눈물을 닦았다.

잠시 후 로버트가 다가오는 소리가 들렸고, 나는 눈을 감았다. 그는 침대 옆에 앉았다. 침대가 풀썩 가라앉았다.

"미안해. 못되게 굴려던 건 아니야. 낮에 수업하고 밤에 작업하느라 너무 피곤해서."

"그럼 좀 쉬지 않고. 요즘은 당신을 통 볼 수가 없잖아. 어쨌든 일도 안 하고 잠만 자는 것 같은데."

나는 그를 흘긋 쳐다보았다. 그의 얼굴은 다시 정상적으로 돌아온 것 같았다. 아까 이상한 표정은 내 착각이었나 하는 생각이 들었다.

"밤에는 안 자. 잘 수가 없어. 얼마 전에 대단한 게 떠올랐는데, 이걸 제대로 활용해야 할 것 같아. 초상화가 많이 들어가는 새 연작을 할 생각인데 일을 좀 해 놓지 않으면 잠을 잘 못 자겠어. 그러고 나면 피곤해서 곯아떨어져. 사흘 밤은 깨어 있었던 것 같아."

"좀 천천히 해. 아기가 태어나면 어차피 그래야 하잖아."

지금 당장이라도 태어날 수 있다고, 나는 소리 없이 덧붙였다. 입 밖에 내면 재수가 없을 것 같았다.

그는 내 머리를 쓰다듬었다.

"그래."

멍한 목소리. 벌써 정신은 다른 데 가 있는 것 같았다. 아이를 키우는 친구들 말로, 남편들은 아기가 태어나기 전에 종종 '돌아 버린다'고 했다—여자들은 별일 아니라는 듯 웃었다. "하지만 일단 아기를 보고 나면…" 그들은 덧붙였고, 다들 고개를 끄덕였다. 아기와의 첫 대면이 모든 것을 바로잡아 준다는 뜻이었다. 어쩌면 로버트도 아기가 바로잡아 줄지 모른다. 아침형 인간이 되고, 적당한 시간에 그림을 그리고, 자동적으로 직장에 나가고, 나와 같은 시간에 잠들지도 모른다. 유모차를 끌고 다니며 산책을 하고 저녁에는 아기를 함께 재울 수 있겠지. 나도 다시 그림을 그리고, 집안일과 아기 돌보는 일, 그림 그리기를 돌아가며 할 수 있을 것이다. 한동안은 아기를 우리 방에 재우고 남는 침실을 내 작업실로 쓸 수 있을지도 모른다.

로버트에게 이것을 어떻게 설명해야 할지, 어떻게 요구할지 생각해 보았지만, 너무 피곤해서 적당한 표현을 찾을 수가 없었다. 게다가 그가 자기 의지로 날 위해서, 나와 함께 이런 일들을 해 주지 않는다면, 그는 어떤 아버지가 될까? 우리가 가진 돈이 많은지 적은지, 이런저런 요금을 언제 내야 하는지 그에게 전혀 개념이 없다는 것도 벌써 걱정스러웠다. 돈을 내는 것은 항상 나였다. 우표를 핥아서 봉투 위쪽 구석에 붙이고 나면, 우리 계좌는 거의 텅 빈다는 것을 알고 있더라도 뿌듯한 기분이 들었다. 로버트는 내 어깨를 움켜잡았다.

"그림을 마쳐야겠어. 다시 시작하면 내일쯤 마칠 수 있을 거야."

"학생이야?"

지금이 아니면 물어볼 수 없을 것 같아서 나는 억지로, 힘주어

물었다.

그는 놀라지 않았다. 아니, 무슨 질문인지도 모르는 듯했다. 죄책감은 전혀 없었다.

"누가?"

"위층 그림 속의 여자."

이번에도 억지로 말을 짜내야 했다. 벌써 후회가 밀려왔다. 그가 대답하지 않았으면 하는 마음이었다.

"아, 모델은 쓰지 않아. 그냥 상상하고 있어."

이상했다—그의 말은 믿기지 않았지만, 거짓말을 하는 것 같지도 않았다. 나는 내가 이제부터 캠퍼스의 젊은 얼굴들을, 검은 곱슬머리를 가진 모든 학생들을 샅샅이 훑어보고 다닐 거라는 것을 알고 있었다. 하지만 말이 되지 않았다. 그는 뉴욕을 떠나기 전부터, 아니면 떠날 때쯤부터 그녀를 스케치하고 있었다. 분명 같은 얼굴이었다.

"드레스를 그리기가 정말 힘들어."

그는 잠시 후 덧붙였다. 그는 이맛살을 찌푸리며 머리카락 앞쪽을 긁고 코를 문질렀다—정상적이고, 당혹스럽고, 자기 생각에 푹 빠진 모습. 세상에, 나는 생각했다. 내가 피해망상에 빠진 바보였어. 이 남자는 자기만의 시각을 지닌 예술가, 진짜 예술가야. 자기가 원하는 것, 머릿속에 떠오르는 일을 하는 사람이고, 지금까지 결과는 탁월했어. 그게 학생이나 뉴욕의 모델과 잠을 잤다는 뜻은 아니잖아. 이사 온 뒤로 뉴욕에 간 적도 없었어. 그렇다고 그가 좋은 아버지가 될 수 없는 건 아니야.

그는 일어서서 허리를 굽혀 내게 키스한 후 나가다가 문간에서 멈췄다.

"아, 잊어버렸어. 학교에서 내년 교수 단독전시회를 나한테 맡기기로 결정했어. 번갈아가면서 하는데, 이렇게 빨리 기회가 올 줄 몰랐지. 시내 미술관도 협력하고 있어. 월급도 오를 거야."

나는 일어나 앉았다.

"잘됐네. 나한테 그런 말 안 했잖아."

"어제 알았어. 그 전날이었나. 전시회 전까지 그림을 완성하고 싶어. 가능하면 연작 전부 다."

그는 방을 나섰고, 나는 미소 띤 얼굴로 담요를 덮어 쓰고 30분 동안 누워 있었다. 로버트와 마찬가지로, 어쩌면 나도 이 낮잠을 잘 자격이 있었다.

그러나 다음번에 로버트를 찾으러 다락방에 올라가 보니, 캔버스는 새로운 작업을 하려는지 벗겨져 있었다—어쩌면 빨간 줄무늬 드레스가 잘 안 됐는지도 모른다. 그를 향한 후회스러운 사랑으로 가득 찬 그 표정이 다시 한 번 떠오르는 듯했다.

12. 18.

사랑하는 백부이자 친구

어제 비가 막 내리기 시작해서 우중충한 저녁이 될 무렵에 도착하신 것이 얼마나 기뻤는지. 직접 뵙고 이야기를 들을 수 있어서 좋았어요. 오늘도 다시 비가 오네요! 제가 비를 그릴 수 있다면 얼마나 좋을까요─그게 가능하긴 할까요? 모네는 분명 그려냈죠. 제 사촌 마틸드는 일본에 대한 것이라면 뭐든지 좋아하는데 거실에 프랑스 화가들은 흉내도 못 낼 도판들을 걸어놨어요─어쩌면 파리보다 일본의 비가 마음을 더 밝게 해 주는지도 모르겠네요. 사람들은 모네와 그의 동료들, 그들의 실험을 푸대접하지만, 모네처럼 모든 자연이 제 붓 앞에 열려 있다면 얼마나 좋을까요. 마틸드의 친구 베르트 모리조가 그들과 함께 전시를 하고 있는데, 아시겠지만 그녀는 벌써 유명해요(어쩌면 지나치게 공공 전시회에 노출됐다고 할 수도 있을 거예요. 용기가 필요하겠죠) 다시 눈이 내렸으면 좋겠습니다─겨울이 아름다운 건 올해 너무나 늦게 찾아온다는 점이에요.

다행히 오늘 아침 백부의 편지가 왔습니다. 아버님은 물론 제게도 편지를 써 주시다니 얼마나 감사한지요. 그림이 발전했다는 친절한 말씀을 들을 자격은 없지만, 포치 작업실이 도움이 됐어요. 아버님이 주무시는 동안 거기서 시간을 보낸답니다. 오늘 아침 이브의 출장이 최소 두 주 정도 길어진다는 전갈이 와서, 저도 그렇지만 아버님은 크게 낙심하고 계세요. 아버님처럼 자식이 하나밖에 없어서 너무나 사랑받는데도 집을 비울 일이 많은 것보다는, 차라리 우리처럼 아이가 없는 게 나을 것 같아요.

아버님의 마음은 이해하지만, 우리는 벽난로 앞에 앉아 손을 잡고 비용*을 소리 내서 읽는답니다. 그 손은 이제 레오나르도나 옛 로마 조각가들의 노인 연구용 모델로 적합할 정도로 연약해요. 백부님의 대형 캔버스가 순조롭게 진행되고 글도 더 많은 독자들에게 읽히게 됐다니 얼마나 기쁜가요—제게도 혈육과 마찬가지로 자부심을 지닐 권리가 있겠죠. 부디 사랑하는 조카의 축하를 받아 주세요.

베아트리스

◆ 비용·Villon: 1431~1436?, 프랑스의 시인

23

케이트

잉그리드는 그린힐 산부인과 병동에서 2월 22일 태어났다. 아이가 건강하게—아니, 정교하게—살아 있다는 것을 알게 된 순간의 환희, 잠시 후 아이의 손이 내 손가락을 감쌌던 순간의 환희는 그 무엇으로도 바래지 않는다. 나는 불구덩이를 지나면서도 죽지 않았다. 로버트는 자기 손톱만 한 아이의 코 끝을 만져 보았다. 나도 모르게 나 역시 울고 있었고, 도금한 반지처럼 빛나는 로버트의 얼굴을 보는 순간 그에 대한 사랑이 찬란할 정도로 밀려 와 눈길을 돌려야 했다. 사랑에 빠진다는 것이 무엇인지 그전에는 알지 못했다—내가 이 두 사람, 아주 작은 사람과 거인처럼 큰 사람 중에서 누구를 더 사랑하는지 선택할 수 없었다. 내 몸 위에 놓여 있는 저 작은 머리로 다시 태어나서 갈색 눈동자로 어리둥절하게 주위를 두리번거리는 로버트의 신성함을 왜 전에는 느끼지 못했을까?

우리는 필라델피아에서 살다 오래전에 돌아가신 내 할머니의 이름을 아기에게 붙였다. 잉그리드는 그럭저럭 잠을 잘 잤고, 첫날 밤 이후 우리의 생활에는 패턴이 생겼다. 로버트와 잉그리드는 자고, 나는 누워서 그들을 바라보거나 책을 읽거나 집 안을 돌아다니 거나 욕실 청소를 하거나 같이 잤다. 로버트는 그림을 그리기에는 너무 피곤한 것 같았다―아기는 매일 밤 세 번씩 우리를 깨웠고, 나 는 이 정도는 아무것도 아니라고 했지만 그는 몹시 피곤해했다. 내 가 그에게 아기 젖을 먹이라고 하면, 그는 졸린 듯 웃고 할 수 있으 면 그러겠지만 자기 몸에서 젖이 나온다고 해도 틀림없이 맛이 없 을 거라고 했다.

"유독물질이 너무 많아. 물감 때문에."

질투 같은 짜증이 가슴을 찔렀다. 그의 목소리에 자기 만족감이 비쳐 보였을까? 내 혈관에는 물감은 없었고, 형편은 되지 않지만 아 기를 위해 마다할 수 없었던 몸에 좋은 음식과 산후 비타민만 들어 있었다. 분만실에서 로버트에 대해 느꼈던 숭배에 가까운 사랑은 쓰 린 배와 다리 근육과 함께 하루하루 사라져 갔고, 나는 사라져 가는 그 감정을 지켜보았다. 그것은 눈에 띄게 막을 내리는 10대의 첫사 랑 같기도 했지만 그보다 더 서글펐다. 열다섯이 아닌 서른 살 이후 에 느낄 수 있었던 감정이 무엇인지 나는 알고 있었고, 그것이 사라 진 자리에는 빈 공간만 남았기 때문이었다. 하지만 나는 로버트가 이제 능숙하게 팔에 아기를 안고 다른 한 손으로 식사를 하는 것을 지켜보았고, 두 사람을 다 사랑했다―잉그리드는 이제 고개를 돌려 그를 올려다보기 시작했고, 아기의 눈에는 각진 얼굴과 숱 많은 곱 슬머리를 지닌 이 덩치 큰 남자를 보면서 나 자신이 항상 느꼈던 놀 라움이 담겨 있었다.

나는 로버트에게 집에서 많은 것을 요구하지 않았다. 그는 여분 의 돈을 벌기 위해 초여름 학기 수업을 맡았고, 그것이 고마웠다. 얼 마 후 그는 다시 늦게까지 다락방에서 그림을 그리기 시작했고 때 로 학교 작업실에서 밤을 새기도 했다. 잉그리드 때문에 밤잠을 설 쳤지만, 내가 아는 한 더 이상 낮에는 자지 않았다. 그는 학생들에게 그리라고 배치해 놓고 자기도 같이 그린 젓가락과 돌 같은 작은 정물화 캔버스 한두 점을 내게 보여 주었고, 나는 미소 지으며 죽은 것 같아 보인다는 감상이 튀어나오는 것을 참았다. 나튀르 모르트—그림들은 '정물(죽은 자연이라는 뜻–옮긴이)'을 뜻하는 프랑스어를 연상시켰다. 몇 년 전이었다면 이런 관심을 좋아하는 그와 입씨름을 하고 약을 올리기도 하고 토론하기도 하면서 축 늘어진 꿩만 있으면 완벽할 거라고 놀리기도 했을 것이다. 하지만 이제 그 그림에서 내 눈에 보이는 것은 나무와 돌보다는 빵과 버터였다. 나는 입을 다물었다. 잉그리드는 아기 음식이, 특히 유기농 당근과 시금치가 필요했고, 나중에 바너드 대학에 가고 싶어 할지도 모른다. 내 유일한 잠옷은 지난주 무릎에 구멍이 났다.

6월 어느 날 아침 로버트가 수업을 하러 집을 나선 뒤, 나는 유모차를 끌고 캠퍼스를 도는 산책로에서 벗어나기 위해 그리 급하지 않은 일을 처리하러 시내에 나가기로 했다. 나는 잉그리드를 준비시킨 뒤 스웨터와 자동차 열쇠, 가방을 챙기는 동안 잠시 혼자 놀도록 아기 침대에 올려놓았다. 뒷문 옆 고리에 내 열쇠가 없었다. 아침을 먹는 동안 로버트가 가져갔다는 것을 알 수 있었다. 가끔 아주 늦으면 차를 몰고 수업에 가는 때가 있었는데, 자기 열쇠는 어디 있는지 아는 법이 없었다. 짜증이 열기처럼 치솟았다.

마지막 보루로 나는 구겨진 종이, 펜, 카페 냅킨, 전화카드, 심지어 돈이 정물처럼 쌓여 있는 탁자 위 소지품 더미 속에 로버트의 열쇠가 있을지도 모른다 싶어 다락방 계단을 올라갔다. 열쇠를 찾느라 너무 몰두해서, 처음에는 내가 무엇을 보는지도 모르고 있었다—그것이 눈에 들어온 순간에도, 나는 여전히 열쇠를 찾는 데만 신경을 집중한 채 복잡한 탁자 쪽을 바라보고 있었다. 그러다 천천히 전구 줄을 잡아당겼다. 생각해 보니 여기까지 올라온 것도 몇 달째, 아마 잉그리드가 태어난 이후 넉 달은 됐을 것이다. 말했지만 오래된 시골집이었다. 지붕 아랫면은 마감이 덜 되어 대들보와 지붕널이 노출되어 있었다. 건물 가로 방향으로 짧게 뻗은 다락방은 더운 날에는 찜통이었지만, 다행이 산악지대라 그 정도의 날씨는 흔치 않았다. 나는 익숙한 소지품이 쌓인 탁자 쪽으로 절망적으로 시선을 돌렸다가 다시 주위를 둘러보았다.

미처 억누르기 전에 짤막한 비명이 튀어나왔다는 것 말고는 그 첫인상은 뭐라 표현할 수가 없다. 다락방 표면에는 온통 여자의 얼굴이 작게, 반복해서 그려져 있었다―핏자국은 없지만, 조각조각 해부한 묘사. 내가 알고 있는 얼굴이 웃는 표정, 진지한 표정, 갖가지 크기와 갖가지 기분으로 수십 개는 붙어 있었다. 머리카락을 틀어 올리고 있기도 했고, 붉은 리본을 묶고 있기도 했고, 검은 모자나 보닛, 혹은 목이 깊이 파인 드레스를 입고 있기도 했으며, 머리카락을 내리고 젖가슴을 노출한 장면까지 있었다. 작은 금반지를 낀 손, 단추를 채우는 구식 구두, 혹은 손가락 하나, 맨발 하나만 연습한 장면도 있었으며, 심지어 섬세하게 주름까지 묘사한 젖꼭지, 벌거벗은 등이나 엉덩이, 어깨의 곡선, 벌린 허벅지 깊숙이 어둑어둑하게 난 털, 그러다 다시―그 대조가 더욱 놀라웠다―단정하게 단추를 채운 장갑, 검은 보디스, 부채나 꽃다발을 든 손, 망토를 두른 수수께끼 같은 몸, 비스듬히 옆을 보이고 검은 얼굴에 슬픔을 띤 얼굴.

그림을 그린 나무 표면은 매끈하게 사포질이 되어 있어서―다락방은 마감이 안 돼 있을 뿐이지 거칠지는 않았다―아주 섬세한 묘사까지 할 수 있었다. 그는 이 콜라쥬의 배경에 부드러운 회청색을 칠하고 가장자리에는 꽃을 그렸다. 온통 다락방을 뒤덮은 여자만큼 사실적이지는 않지만, 로버트와 내가 좋아하던 장미, 사과꽃, 등나무꽃 등을 알아볼 수 있는 섬세한 묘사였다. 가로대에는 빅토리아 시대 침실 벽지처럼 트롱프뢰유 기법으로 길게 꼬인 빨강색과 파란색 리본이 그려져 있었다.

　다락방 벽 중 좁은 두 면에는 인상파에 대한 헌정이라고 해도 좋을 정도로 자유롭게 풍경이 그려져 있었고, 여기도 역시 여인이 등장했다. 한 면은 왼쪽에 높은 절벽이 솟아 있는 바닷가였다. 여자는 저 멀리 혼자 서서 바다를 바라보고 있었다. 어깨에 파라솔을 걸치고 있었고 꽃으로 장식한 파란 모자를 쓰고 있었지만, 수면에 눈부시게 반사되는 햇빛 때문에 손으로 눈을 가려야 했다. 반대편 풍경은 여름 꽃 같은 색채가 점점이 떠 있는 풀밭이었고, 여인은 파라솔을 세운 채 키 큰 풀 사이에 반쯤 누워 책을 읽고 있었다. 분홍색 무늬가 있는 드레스의 빛이 사랑스러운 얼굴에서 반사되고 있었다. 이번에는 놀랍게도 서너 살 정도 되는 귀여운 소녀가 옆에서 꽃을 따고 있었다. 잉그리드가 우리 삶에 들어온 것이 영감을 주었나 하는 생각이 들었다. 이런 생각을 하자 심장이 약간 조여 왔다.

　나는 삐걱거리는 로버트의 책상 의자에 앉았다. 드레스와 모자 차림에 검은 곱슬머리를 한 풀밭의 작은 소녀를 보고 있으니, 잉그리드를 깨어 있는 상태로 아래층 요람에 오랫동안 혼자 내버려 두면 안 된다는 생각이 날카롭게 들었다. 로버트가 아직 그림을 그리지 않은 부분은 비스듬히 아래로 내려오는 천장 한구석뿐이었다. 나머지는 색채와 아름다움으로 넘실거렸고, 여자의 존재가 흘러 넘치고 있었다. 이젤에 부분적으로 완성한 캔버스 역시 그녀를 묘사하고 있었다. 한 캔버스에서는 어두운 얼굴과 뭘까… 사랑? 두려움? 같은 것이 가득 찬 눈빛을 한 채 검은 옷감으로—망토나 숄— 몸을 두르고 앉아 있었다. 그녀는 나를 응시했고, 나는 시선을 돌렸다. 다른 캔버스는 더욱 무서웠다. 어깨에 기대 축 늘어져 있는 죽은 여자의 얼굴과 그녀의 얼굴이 나란히 있었다. 죽은 여자는 희끗희끗한 머리에 비슷한 시대복장을 하고 있었고, 이마 한가운데 붉은 상처가 나 있었다—그 어떤 피투성이 상처보다 섬뜩한 작고 깊은 검은 구멍.

이 여인을 본 것은 처음이었다.

　나는 1분 정도 가만히 앉아 있었다. 다락방, 캔버스—나는 이 것이 내가 본 그의 작품 중 최고라는 것을 알고 있었다. 초월적이고 집중력이 뚜렷했지만, 동시에 애타게 가두려고만 하는, 터질 듯한 열정을 표현하고 있었다. 아마 며칠 낮, 며칠 밤, 몇 주, 어쩌면 몇 달 이 걸렸을 것이다. 나는 로버트가 눈 밑에 달고 다니던 보라색 그늘, 압박감으로 주름이 생기기 시작하는 뺨과 이마의 피부를 생각했다. 그는 자신이 얼마나 목적의식으로 가득 차 있는지, 요즘은 얼마나 그림만 그리고 잠은 필요없을 것 같은 기분인지 몇 번 이야기한 적 이 있었고, 나는 그가 부러웠다—나는 밤에 잉그리드에게 젖을 먹 이고 나면 낮에는 반쯤 조는 기분이었다. 이 엄청난 그림을 그린 다 락방을 팔 수는 없겠지만, 캔버스 두 점은 전시할 수 있을 것이다. 사실 나는 이 무시무시한 장관을 아무도 보지 않았으면 하는 마음 이었다. 대학에는 어떻게 설명할 수 있을까? 아니, 언젠가 집을 비우 기 전에는 이 위에 새로 물감을 칠해야 할 것이다. 이 찬란하고 충만 한 작품을 지워 없앤다고 생각하니 속이 쓰렸다. 아무도 이해하지 못할 것이다.

　최악이었던 것은, 그녀가 누구인지는 몰라도 내가 아니라는 사 실이었다. 그리고 그녀에게는 잉그리드처럼 검은 곱슬머리를 지닌 아기가 있었다. 로버트의 머리일까? 물려받은? 근거 없는, 우스꽝스 러운 생각이었다. 생각보다 피곤한 모양이군. 여자도 로버트와 비슷 한 검은 곱슬머리다. 더 나쁜 가능성이 떠올랐다. 어쩌면 로버트 본 인이 이 여자가 되고 싶은지도 모른다—그가 되고 싶었던 여인의 자화상일지도. 내가 남편에 대해 아는 게 뭐가 있던가? 하지만 로버 트는 언제나 덩치 큰 남자였기 때문에 이 가정은 1초 이상 믿을 수 가 없었다. 무엇이 더 놀라운지 알 수 없었다—사방에서 짓누르는 이 벽면을 한 뼘도 빼놓지 않고 빼곡이 채운 그림인지, 그가 자신의

175

일상을 지배하는 여자에 대해 자발적으로 내게 이야기한 적이 없다는 사실인지.

나는 일어서서 방 안을 한 번 더 얼른 둘러보고 로버트가 요즘은 별로 자지 않는 소파의 담요를 떨리는 손으로 흔들어 보았다. 거기서 뭘 찾으려고 기대했던 걸까? 최소한 내 집에서는 그와 자는 여자가 없는데. 연애 편지 같은 것도 떨어지지 않았다―로버트가 찾아 헤맸던 시계만 나왔다. 탁자 위의 소지품과 종이들도 뒤져 보았다. 주위에 가득 찬 초상화와 배경 그림을 연습한 스케치도 있었다. 나는 몇 년 전 내가 선물했던 놋동전이 달린 열쇠고리를 찾아냈다. 나는 열쇠를 바지 주머니에 넣었다.

소파 옆에는 도서관에서 빌려온 책 몇 무더기가 한쪽으로 무너져 있었다. 주로 미술책이었다. 늘 책과 사진을 집에 가져오곤 하니, 최소한 놀랄 일은 아니었다. 하지만 이제 프랑스 인상파를 거의 망라할 만큼 많은 양이었다. 뉴욕에서 살 때 드가에 심취했던 것 말고 이렇게까지 몰두하는 줄은 모르고 있었다. 인상파의 위대한 화가와 그 선조들에 관한 책들이었다―마네, 부댕, 쿠르베, 코로. 먼 대학에서 빌려온 것도 있었다. 파리의 역사, 노르망디 해안, 모네의 지베르니 정원, 19세기 여성 복식, 파리 코뮌, 루이 나폴레옹 황제, 오스만 백작의 파리 도시계획, 파리 오페라, 프랑스의 성과 사냥, 회화사에서 여성의 부채와 꽃다발에 관한 책. 로버트는 왜 이런 관심사를 내게 한 번도 말하지 않았을까? 이 책은 언제 우리 집에 들어왔을까? 그저 다락방을 꾸미려고 이 책을 다 읽었을까? 로버트는 역사가가 아니었다―내가 아는 한은. 그는 미술 도록을 읽고 가끔 범죄소설을 읽었다.

나는 메리 커셋의 전기를 들고 앉았다. 분명 전시회와 관련된, 내게 말하지 않은 프로젝트나 영감과 관련된 것 같았다. 내가 아기 때문에 바빠서 등한시했던 걸까? 혹 이 프로젝트 자체가 내게 도저히 말할 수 없었던 모델에 대한 감정과 얽혀 있는 것이 아닐까? 나는 다락방을 다시 둘러보았다. 온갖 이미지가, 한 여인의 모습을 비춘 거울의 산산조각 난 파편들이 밀물처럼 밀려왔다. 그는 이 책들을 보고 여자에게 꼼꼼하게 옷을 입혔다. 신발, 장갑, 주름 잡힌 흰 속옷까지. 하지만 분명 로버트에게 그녀는 실제 여인, 자기 인생의 살아 있는 한 부분이었다. 나는 잉그리드가 우는 소리를 듣고서야 다락방 계단을 올라온 지 겨우 몇 분밖에 지나지 않았다는 것을 깨달았다. 그것은 짤막한 악몽이었다.

잉그리드와 나는 시내로 차를 타고 나갔고, 나는 유모차를 끌고 은퇴한 노인들과 관광객, 점심시간을 즐기는 사람들 사이를 걸었다. 잉그리드에게 읽어 주려고 도서관에 가서 《야생동물들은 어디에 있을까》를 찾아보았다—표지를 볼 때마다 다시 어린아이가 된 기분이 들었다. 전시되어 있는 반 고흐의 전기도 훑어보았다. 나도 공부를 계속할 때가 되었고, 흔히 입에 오르내리는 내용 말고는 고흐에 대해 아는 것이 전혀 없었다. 옷가게에서 여름용 드레스도 샀다. 할인 판매 중이었고, 늘 입는 청바지와 단색 셔츠와 달리 보라색 바탕에 크림색 단추가 달린 구식 옷이었다. 로버트에게 이 옷을 입고 포치, 혹은 교수 사택 뒤 풀밭에서 내 모습을 그려 달라고 해 볼까 하는 생각이 들었지만, 다음 순간 다락방 벽에 그려진 검은 머리 아이가 떠올라 애써 머릿속에서 밀어내야 했다.

"더 필요하신 건 없습니까?"

점원이 공짜 향초 몇 개를 포장해서 가방에 넣으며 물었다.

"아뇨, 아뇨. 이걸로 됐어요."

허리를 굽히면 찡하게 아파오는 눈시울을 달랠 수 있을 것 같아서, 나는 잉그리드를 유모차 안에 똑바로 앉혔다.

1877. 12. 22.

사랑하는 백부이자 친구

따뜻한 편지 감사드려요. 자격은 없지만 미미하나마 그림을 그
리면서 격려가 필요할 때마다 소중하게 떠올리겠습니다. 회색
하루였지만 편지를 쓰고 있으면 조금이나마 잊을 수 있을 것 같
네요. 크리스마스에는 당연히 오실 거라고 믿고 언제 어느 때나
찾아오시기를 기다리고 있겠습니다. 휴가를 더 오래 얻을 가망
은 확실하지 않지만 그때쯤 이브도 며칠 동안 돌아올 수 있었으
면 합니다. 새해에는 일을 마무리 지으러 남부로 돌아가야 해
요. 심심한 분위기에서 축하를 해야 할 것 같습니다. 아버님은
또 감기에 걸리셨어요. 심각한 건 아니지만, 쉽게 피로해지시고
눈도 평소보다 더 아프십니다. 방금 방에 눕히고 따뜻한 안대를
대 드렸는데, 마지막으로 들여다보니 난롯불이 따뜻했고 잠들
어 계셨어요. 오늘은 저도 조금 피곤해서 편지를 쓰는 것 말고
는 집중해서 뭘 할 수가 없네요. 하지만 어제는 좋은 모델을 찾
아서 그림이 잘됐답니다. 다른 하녀 에스메예요. 예전에 백부님
이 사랑하시는 루브시엔을 알고 있냐고 물었더니 수줍게 자기
동네는 바로 옆의 그레미에르라고 대답하더군요. 이브는 모델
을 해 달라고 하녀들을 괴롭히지 말라고 하지만, 그렇게 참을성
있는 모델을 제가 어디서 구하겠어요? 하지만 오늘은 에스메도
심부름을 나갔고, 저는 이렇게 글 쓰는 동안에도 아버님의 부름
을 기다려야 합니다.

제 작업실을 보셨으니 이젤과 작업대 외에도 제가 어릴 때부터
갖고 있던 책상을 알고 계시겠지요. 원래 어머니 물건이었는데,

178

직접 칠을 하셨습니다. 저는 늘 이 책상에 앉아 창밖을 내다보며 편지를 쓴답니다. 오늘 아침 정원이 얼마나 축축할지 상상할 수 있으시겠지요. 지난여름 몇몇 장면을 묘사했던 그 작은 천국과 같은 곳이라고 믿기지 않을 정도예요. 하지만 그런 지금도 황량하지만 아름답습니다. 제 겨울날의 위안, 이 정원을 상상해주세요, 친구. 원하신다면 저를 위해서.

애정으로

베아트리스 드 클레르발

24

케 이 트

로버트가 집에 왔을 때, 나는 다락방에 대해 말하지 않았다. 그
는 하루 종일 수업하느라 피곤해했고, 우리는 애플소스와 당근을 명
랑하게 목구멍으로 넘기고 있는 잉그리드 옆에 조용히 앉아 내가
요리한 콩 수프를 먹었다. 나는 잉그리드에게 밥을 먹이고 젖은 천
으로 입을 계속 닦아 주며 로버트에게 작업에 대해 물어볼 용기를
내려고 해 보았지만, 그럴 수 없었다. 한 손으로 머리를 괸 그의 눈
밑은 칙칙했다. 그가 어딘가 바뀌었다는 느낌이 들었지만, 그것이
무엇인지, 어떻게 다른지는 알 수 없었다. 가끔 그는 오지 않을 누군
가를 기다리는 듯 낙심한 눈빛으로 내 등 뒤 부엌 문간을 응시했고,
나는 다시 그 혼란과 불안감을 느끼며 그의 시선을 따라가지 않도
록 애썼다.

저녁을 먹은 뒤 그는 침대에서 열네 시간 동안 잤다. 나는 부엌
을 치우고 잉그리드를 재웠다가 밤에 아기와 같이 깨고 아침에도
아기와 같이 깼다. 로버트에게 같이 산책을 하자고 해 볼까 하는 생
각이 들었지만, 캠퍼스 우체국에 나갔다가 돌아와 보니 그는 침대를

어질러 놓고 식탁 위에 반쯤 먹은 시리얼 그릇을 남긴 채 나가고 없었다. 혹시나 해서 활짝 꽃이 핀 듯한 다락방으로 올라가서 만화경 같은 여인을 다시 보았지만, 로버트는 없었다.

사흘째 되는 날에는 더 이상 참을 수 없어서, 로버트가 오후 수업을 마치고 집에 돌아오는 시간에 맞춰 잉그리드를 재웠다. 늦게까지 자고 밤에 늦게까지 깨 있겠지만, 이것이 세상을 바로 세울 기회라면 작은 대가는 치를 수 있었다. 로버트가 들어왔을 때, 나는 차를 준비해 놓고 그를 기다리고 있었고 그는 식탁 앞에 앉았다. 그의 얼굴은 피곤하고 충충했고, 금방이라도 잠들거나 울 것처럼, 혹은 약한 뇌졸중에 걸린 것처럼 한쪽이 약간 푹 꺼져 있었다. 그가 분명 피곤할 거라는 것을 알고 있었기 때문에, 거창한 이야기를 꺼내는 것이 내 이기심이 아닌가 하는 생각이 들었다. 물론 부분적으로는 그자신을 위한 일이기도 했다―뭔가 분명 잘못되어 있었고, 나는 그를 도와야 했다.

나는 컵을 탁자에 놓고 최대한 침착하게 앉았다.

"로버트, 당신 피곤한 건 아는데, 몇 분만 이야기하면 안 될까?"

그는 찻잔 너머로 나를 응시했다. 머리카락은 비죽비죽 서 있었고, 얼굴은 침울했다. 나는 그가 목욕을 하지 않았다는 것을 깨달았다―피곤해 보였고 기름기가 번들거렸다. 수업이든 다락방 벽에 그림 그리는 일이든, 과로하지 말라고 해야겠다. 그냥 단순히 너무 일을 많이 할 뿐이야. 그는 컵을 내려놓았다.

"이번엔 내가 무슨 짓을 했지?"

"아무것도."

하지만 벌써 목구멍에서 뭔가가 치밀어오르고 있었다.

"아무것도 아냐. 그냥 당신이 걱정돼서."

"내 걱정하지 마. 왜 당신이 날 걱정해야 해?"

나는 덩어리를 꿀꺽 삼켰다.

"당신은 과로했어. 너무 열심히 일해서 피곤해 보인다고. 요즘 우린 당신 얼굴도 잘 못 보고 있잖아."

"당신이 원하던 거 아냐? 내가 좋은 직장에서 일해서 당신을 부양해 주길 바랐잖아."

평정을 유지하려고 기를 썼는데도 눈물이 차올랐다.

"난 당신이 행복하길 원해. 당신이 얼마나 피곤한지 눈에 보여. 하루 종일 자고, 밤새도록 그림을 그리잖아."

"밤 말고 또 언제 그림을 그리라고? 어쨌든 요즘은 그때도 보통 자."

그는 화난 듯 머리카락 앞쪽을 쓸어 넘겼다.

"요즘 진짜 작업이 되는 것 같아?"

갑자기 그 지저분하고 기름때 묻은 머리카락이 나까지 울컥하게 했다. 알고 보면 나도 똑같이 열심히 일하고 있었다. 한 번에 몇 시간밖에 못 자고, 지루한 집안일을 전부 다 하고, 잠을 더 줄이지 않으면 그림을 그릴 시간도 없는데 그럴 수가 없어서 그림도 못 그린다. 그는 설거지를 할 필요도, 변기 청소를 할 필요도, 요리를 할 필요도 없었다—내가 그에게 자유를 주었다. 그러고도 나는 지금 머리를 감고 뭔가 그를 달라지게 할 수 있을까 고민까지 하고 있는 것이다. 생각했던 것보다 무뚝뚝하게 말이 나왔다.

"한 가지 더. 다락방에 올라가 봤어. 그건 다 뭐야?"

그는 등받이에 몸을 기대고 내 눈을 똑바로 쳐다보더니 힘센 어깨를 펴고 꼼짝도 하지 않고 앉아 있었다. 함께 살던 몇 년 동안 처음으로 나는 그가 무서웠다—그의 재능이나 탁월함이나 내 감정을 상하게 하는 능력 때문이 아니라, 그냥 미묘하게 동물적으로 그가 무서웠다.

"다락방?"

나는 좀 더 조심스럽게 말했다.

"거기서 그림을 많이 그렸잖아. 캔버스 말고."

그는 잠시 침묵을 지키다가 탁자 위에 놓은 한 손을 펼쳤다.

"그래서?"

무엇보다도 여자에 대해 묻고 싶었지만, 대신 나는 물었다.

"나는 당신이 전시회 준비를 하는 줄 알았어."

"하고 있어."

"하지만 캔버스는 하나 하고 절반만 했잖아."

이런 이야기를 하고 싶었던 것이 아니었다. 목소리가 다시 떨리기 시작했다.

"이제 내 작업까지 감시하는 거야? 말이 나왔으니 뭘 그리라는 것까지 정해 주고 싶어?"

그는 작은 부엌 의자에서 갑자기 몸을 곧추세웠다. 그의 존재가 방을 가득 채웠다.

"아냐, 아냐."

183

그의 잔인한 말, 속마음을 드러냈다는 기분에 눈물이 뺨을 타고 흘러내렸다.

"뭘 그리라고 말하고 싶은 게 아니야. 당신은 당신이 그리고 싶은 걸 그려야 한다는 건 잘 알아. 난 그냥 당신이 걱정돼. 당신이 그리워. 이렇게 피곤해 보이는 모습을 보는 게 두렵다고."

"걱정은 접어 둬. 그리고 내 공간에는 들어오지 마. 다른 건 접어 두고 누가 감시하는 건 참을 수 없어."

그는 차를 한 모금 마시고 맛이 역겹기라도 한 것처럼 내려놓은 뒤 부엌을 나섰다.

그가 대화하는 것을 거부하고 나가 버리는 모습이 그 무엇보다도 내 마음을 산산조각 냈다. 악몽을 꾸는 듯한 기분이 나를 휩쓸었다. 나는 벌떡 일어나서 그를 따라갔다.

"로버트. 거기 서! 그렇게 가지 마!"

나는 복도에서 그의 팔을 잡았다. 그는 내 손을 뿌리쳤다.

"봐."

자제력이 완전히 무너졌다.

"그 여자는 누구야?"

나는 울부짖었다.

"누구 말이야?"

그는 물었다. 다음 순간 미간이 어두워지더니 그는 나를 떨치고 침실로 들어갔다. 내가 문간에 선 채 눈물 콧물을 줄줄 흘리며 굴욕적으로 소리내어 흐느끼는 동안, 그는 내가 아침에 정돈한 침대에 누워 담요를 덮었다. 그리고 눈을 감았다.

"날 내버려 둬."

그는 눈을 뜨지 않고 말했다.

"날 내버려 둬."

놀랍게도 그는 내가 거기 서 있는 동안 잠들었다. 나는 흐느낌을 억누르며 문간에 선 채 그의 호흡이 점점 느려지다가 부드럽고 고르게 숨을 쉬기 시작할 때까지 바라보고만 있었다. 그는 아기처럼 잤고, 위층에서는 잉그리드가 깨어나 울기 시작했다.

25
말로우

나는 베아트리스의 정원을 상상했다. 아마 사각의 작은 정원이
었을 것이다—내가 찾은 19세기 후반 파리의 정원 그림이 수록된
책에는 클레르발이라는 이름이 없었지만, 남편과 딸이 그늘 밑 벤치
에 앉은 모습을 그린 베르트 모리조의 친밀한 풍경화가 하나 있었
다. 설명문을 보니 모리조와 그의 가족은 새로 설계한 거대한 교외
지구 파시에 살았다고 되어 있었다. 나는 나뭇잎이 이미 갈색과 노
란색으로 물든, 폭우가 내린 뒤 낙엽이 산책로에 달라붙고 버건디
색 담쟁이가 집 뒤쪽 벽을 타고 올라가는 그림을 보았다. 비슷한 벽
을 그린 그림 옆의 설명에는 'vigne vierge'라고 적혀 있었다. 버지
니아 담쟁이라는 뜻이었다. 늦가을 베아트리스의 정원을 상상했다.
해시계 주변에는 앙상한 갈색 가지에 진홍색 열매가 달린 장미넝쿨
이 있겠지. 나는 이 모든 것을 머릿속에 그려 보았다. 해시계를 빼는
대신 젖은 화단과 말라붙은 국화, 비에 젖어 묵직해진 다른 꽃들에
집중했고, 한가운데는 작은 풀숲과 벤치를 배치한 구도를 상상해
보았다.

책상에 앉아 이 모든 것을 바라보는 여자는 스물여섯 살, 당시 기준으로 성숙한 나이였고, 5년 전 결혼했지만 아이가 없었다―조카에 대한 사랑으로 판단할 때 남모를 아픔이었을 것이다. 나는 그녀가 자기 어머니가 칠한 책상에 앉아 있는 모습을 생생하게 보았다. 의자 다리에 스치는 풍성한 연회색 치맛자락―당시 부인들은 아침과 오후에 서로 다른 옷을 입지 않았던가―목과 손목의 레이스, 꼬아 올린 묵직한 머리채를 감싼 은색 리본. 그러나 정작 그녀 자신은 회색과는 거리가 멀었다. 어둑한 햇빛 속에서도 또렷한, 강한 윤곽의 얼굴, 검지만 윤이 나는 머리카락, 빨간 입술, 이 축축한 아침, 가장 아끼는 말동무가 되어 버린 편지지를 애수 어린 눈으로 내려다보는 그 눈길.

26

케 이 트

그 여름 내내 로버트는 간간히 잠을 자고 가르치고 이따금 그
림을 그리고 내게서 거리를 유지했다. 얼마 지나자 나는 혼자 울지
않게 되었고 그런 생활에 익숙해지기 시작했다. 나는 그에 대한 사
랑 속에서도 마음을 어느 정도 굳히고 기다렸다.

9월에는 학기 중의 리듬이 되돌아왔다. 잉그리드를 데리고 교
직원 아내 친구들과 차 모임에 나가면, 여자들이 남편에 대해 이야
기하는 것을 듣고 나도 평범한 가정생활이라는 것을 보여 주기 위
해 이런저런 사소한 일들을 풀어 놓기도 했다. 로버트는 이번 학기
에 실습 강의가 세 건 있다. 로버트는 칠리를 좋아한다. 만드는 법을
알아내야겠다.

비교하기 위해 몰래 정보도 모았다. 그들의 남편은 부인과 같은
시각, 혹은 더 일찍 일어나서 조깅을 하는 것 같았다. 그중 한 남편
은 강의가 적은 수요일 밤마다 요리를 했다. 그 말을 들었을 때는,
로버트는 과연 어떤 날이 수요일인지 알기나 할까 하는 생각이 들
었다. 그는 통조림 따는 것을 빼면 요리를 하는 법이 없었다. 한 사

람은 조금이나마 자기 시간을 가지려고 일주일에 이틀 저녁 남편이 아이를 봐 주고 있었다. 남편이 약속한 시간에 두 살 난 아이를 데려가려고 찾아오는 것도 본 적이 있었다. 몇 시인지, 어디 있는지 어떻게 알았을까? 나는 이런 생각들을 마음속에만 간직하고 다른 사람들이 남편의 흉을 볼 때 미소만 지었다. 옷을 자기가 정리하지 않는다고? 나는 이렇게 말하고 싶었다. 그건 아무것도 아니야. 본인이 교수인 여자들은 어떻게 생활을 꾸려 나갈까 하는 궁금증도 처음으로 일었다—나는 혼자 아이를 키우는 여교수 한 사람을 알고 있었는데, 그녀가 학교에서 가르치는 동안 우리는 이렇게 편안히 앉아 잡담을 나눈다고 생각하니 의외로 서글펐고 죄책감이 들었다. 우리는 그녀를 무리에 끼우려고 해 본 적이 없었다. 우리의 생활은 너무나 자유로웠다—돈을 세기는 했지만, 그것을 벌기 위해 일하지는 않았다. 하지만 내 생활은 친구들만큼 자유롭지 않은 것 같았다. 어쩌다 그렇게 된 것인지 궁금했다.

그해 가을 어느 날, 로버트는 거의 날아갈 듯한 얼굴로 집에 와서 내 머리에 키스하고 한 학기 동안 북쪽에서 가르치라는 초대를 받아들였다고 했다—일찍부터, 1월. 바넷 대학, 좋은 자리이고 급여도 좋고, 위치는 여기서 아주 먼 뉴욕 주였다. 바넷 대학에는 유명한 미술관이 있었고, 미술가 초대강의 제도가 있었다—그는 이전에 그 자리에 초대받았던 유명한 미술가의 이름을 몇몇 댔다. 강의는 하나뿐이고, 나머지 시간에는 자유롭게 그림을 그릴 수 있다. 풀 타임으로, 아니, 그 이상으로 그림을 그릴 수 있게 됐다.

그가 기쁜 이유는 알 수 있었지만, 무슨 소리인지 알 수가 없었다. 나는 들고 있던 행주를 내려놓았다.

"우리는? 겨우 몇 달 동안 살려고 아기를 데리고 새로운 곳에 이사가는 건 쉽지 않을 텐데."

그는 이 생각을 한 번도 못해 본 것처럼 나를 쳐다보았다. 그는 느릿느릿 말했다.

"내 생각에는…."

"무슨 생각인데?"

얼굴만 봐도, 눈썹 찌푸리는 표정만 봐도 왜 이렇게 화가 날까?

"음, 가족을 데려오라는 이야기는 안 했어. 혼자 가서 일을 하는 걸로 생각했는데."

"그래도 최소한 같이 사는 사람들을 데려가도 되느냐는 건 물어봤어야지."

손이 떨리기 시작했다. 나는 손을 등 뒤로 숨겼다.

"화부터 내지 마. 당신은 그림을 그릴 수 없는 게 어떤 건지 몰라."

내가 아는 한 그는 몇 주째 그림을 그리고 있었다.

"그럼 하루 종일 안 자면 되잖아."

사실 그는 낮에 안 자고 있었다. 요즘 그가 밤새도록 작업실에서 시간을 보내고 잠도 거의 못 자는 것 같아 걱정하던 참이었다. 하지만 지금으로서는 바닥에 드러누워 있는 모습밖에 그려지지 않았다.

"당신은 내조하는 법을 몰라."

로버트의 코와 뺨은 창백하고 초췌했다. 그래도 귀를 기울이고는 있었다.

"물론 당신과 잉그리드가 많이 그리울 거야. 중간에 잠깐 찾아와도 되잖아. 계속 연락하면 되고."

"내조?"

나는 시선을 거두고 나무 조각을 응시했다. 한 학기 동안 자기 일을 하러 가면서 아내와 상의하거나 어린아이를 데리고 혼자 있어도 괜찮겠느냐고 묻지도 않는 남편은 도대체 어떤 사람일까. 도대체 어떤 사람. 부엌 찬장은 모두 단정하게 닫혀 있었다. 그 찬장만 오래 쳐다보고 있으면 이대로 폭발하는 건 막을 수 있을까. 미친 사람과 살면서 자기 자신도 미치지 않는 게 가능할까 하는 생각이 들었다. 나도 천재가 되면 되겠지만, 천재 둘이 가까이 사는 것이 이런 거라면 굳이 되고 싶지 않을 것 같기도 했다. 그가 물어보기만 했다면, 그가 내게 상의했다면 나도 군말 없이 보내 주었을 것이다. 나는 머릿속에 검은 머리의 뮤즈가 떠오르는 것을 밀어냈다. 왜 이렇게 생생하게 떠오를까? 왜 로버트는 뉴욕이라는 먼 곳까지 가려고 할까? 그는 멀리 가서 집중하고 성취감을 느끼고 큰 연작을 끝내고, 그것으로 치유될 것이다.

"나한테 먼저 물었어야지."

내 목소리가 마치 마침내 동족을 향해 이빨을 드러내는 듯한, 으르렁거리는 짐승의 소리처럼 들렸다.

"원하는 대로 해. 멋대로 하라고. 5월에 봐."

"뭐라고 하든…."

로버트는 천천히 말했다. 그가 이렇게 화난 것은, 최소한 이렇게 조용한 분노를 보인 것은 처음이었다.

"나는 갈 거야."

그때 그는 이상한 행동을 했다. 그는 마치 방을 나가고 싶은데 문이 있는 방향을 잊어버린 듯 일어서서 천천히 두세 번 돌았다. 이런 모습은 지금까지 있었던 그 어떤 일보다 나를 더욱 두렵게 했다. 갑자기 그는 나가는 길을 찾았고, 나는 이틀 동안 그를 보지 못했다. 잉그리드를 들어 올릴 때마다, 나는 울음을 터뜨리고 아이에게서 눈물을 숨겨야 했다. 그는 돌아와서도 그날의 대화를 입에 올리지 않았고, 나도 그가 어디 있었는지 묻지 않았다.

그러던 어느 날 아침 내가 잉그리드와 둘만 먹을 아침을 만들고 있는데 로버트가 식당에 들어왔다. 젖은 머리카락은 깨끗했고 샴푸 냄새를 풍겼다. 그는 식탁에 포크를 내놓았다. 다음 날 아침에도 그는 아침 식사 시간에 일어났다. 세 번째 날 그는 아침 인사로 내게 키스했고, 물건을 찾으려고 침실에 들어가 보니 침대가 정리되어 있었다. 삐딱하긴 했지만, 어쨌든 정리한 것이다. 10월, 나무가 금빛으로 물들고 낙엽이 바람결에 날리는, 내가 가장 좋아하는 달이었다. 그는 우리에게 돌아온 것 같았다—어떻게, 왜 돌아왔는지 알 수는 없었지만, 나는 점점 더 묻기조차 싫을 정도로 행복해졌다. 그주 그는 기억할 수 없을 정도로 오랜만에 제시간에 침대에 '들었고—아니, 내가 자는 시간에—우리는 사랑을 나누었다. 아이를 가진 뒤로 그의 몸이 전혀 변하지 않은 것이 내겐 놀라웠다. 그는 예전과 다름없이 아름다웠다. 크고, 따뜻하고, 조각 같은 몸, 베개 위에 흩어진 머리카락. 아이가 갉아먹은 내 몸이 부끄러워서 그에게 그렇게 속삭였더니, 그는 열정으로 내 입을 막았다.

이후 몇 주 동안 로버트는 밤에 일하는 대신 수업이 끝나고 그림을 그리기 시작했고, 내가 부르면 내려와서 식사했다. 대형 캔버스를 그릴 때 가끔 캠퍼스의 작업실에서 일하는 날이면, 잉그리드와 나는 저녁 시간에 유모차를 가지고 그를 데리러 갔다. 그가 붓을 놓고 같이 걸어서 집에 돌아오는 순간은 더없이 행복했다. 도자기 뚜껑을 덮어 따뜻하게 보관해 둔 음식을 먹으러 집으로 돌아가는 길에 친구를 만나기라도 하면 완벽한 한 가족으로 모여 있는 우리 셋을 보여 줄 수 있어서 행복했다. 저녁을 먹은 뒤 그는 다락방에서 그림을 그렸지만 너무 늦게까지 일하지는 않았고, 가끔 내가 그의 턱 아래 고개를 박고 조는 동안 침대에서 책을 읽기도 했다.

작업실과 다락방에서(나는 그가 있는지 없는지 가끔 확인했다), 로버트는 아름답고 종종 의표를 찌르는 코믹한 요소가 들어 있는 정물화 시리즈를 그리고 있었다. 사색에 잠긴 기묘한 초상화와 검은 머리 여자가 죽은 친구를 안고 있는 캔버스는 다락 벽 쪽으로 돌려 세워져 있었고, 나는 그 그림에 대해 묻지 않도록 주의했다. 다락방 천장은 여전히 여인의 옷과 신체 부위로 화려했다. 소파 옆 책은 다시 전시도록이나 전기물로 바뀌었고, 인상파나 파리에 관한 책은 모두 사라졌다. 가끔 로버트의 혼돈스러운 집착은 모두 내가 꿈속에서 만들어냈던 게 아닐까 하는 생각도 들었다. 그것이 현실이었다는 것을 알려 주는 것은 색채로 넘실대는 다락뿐이었다. 나는 새로운 의심이 고개를 들 때도 다락에 올라가는 것을 피했다.

잉그리드가 벌써 기고 있던 어느 날 아침 로버트는 정오까지 일어나지 않았고, 그날 밤 나는 위층에서 서성거리며 그림을 그리는 소리를 들었다. 그는 자지 않고 이틀 밤 연속 그림을 그리더니 자동차를 가지고 하루 낮, 하루 밤 동안 사라졌다가 아침 식사 직전에 돌아왔다. 그가 없는 동안 나도 잠을 별로 자지 못했고 몇 번이나 눈물을 글썽거리며 경찰에 전화할까 생각도 해 보았지만, 그가 남긴 쪽지 때문에 그럴 수도 없었다. "케이트. 내 걱정은 하지 마. 들판에서 잠을 자야겠어. 아주 춥지는 않아. 이젤을 가져갈게. 안 그러면 미칠 것 같아."

블루리지 늦가을에 가끔 축복처럼 찾아오는 온화한 날씨가 계속되고 있기는 했다. 그는 새로운 풍경화를 가지고 집으로 돌아왔다. 산기슭의 들판, 석양을 섬세하게 묘사한 그림이었다. 갈색 풀밭에는 긴 흰색 드레스를 입은 여인이 걷고 있었다. 내 손에 느껴질 정도로 잘 알고 있는 형태였다. 가느다란 허리선, 늘어뜨린 치마, 아름답고 넓은 어깨 아래 부풀어 오른 젖가슴, 이제 막 돌아서는 참이라 얼굴이 보였지만, 너무 멀리 있어서 검은 눈 말고는 표정이 잘 보이지 않았다. 로버트는 해 질 녘까지 자느라 아침 실습 수업과 오후 교수회의를 빼먹었다. 다음 날 나는 교내 의료센터의 의사에게 전화를 걸었다.

27

말로우

나는 그녀의 생활을 상상했다.

보호자가 없이 외출하는 것은 허락되지 않는다. 남편은 하루 종일 밖에 있지만 전화로도 대화할 수 없다—이 신기한 발명품이 대부분의 파리 가정에 보급된 것은 최소한 25년이 더 지난 뒤였기 때문이다. 이른 아침 남편이 검은 정장과 긴 모자와 외투 차림으로 집을 나서서 말이 끄는 마차를 잡아타고 오스만 백작의 넓은 대로를 지나 우편 업무를 감독하는 시내 한복판의 큰 건물로 일하러 나간 뒤 피곤한 몸으로 가끔 술 냄새도 희미하게 풍기며 집에 도착할 때까지, 그녀는 남편을 보지도 못하고 남편에게서 소식도 듣지 못한다.

남편이 늦게까지 일했다고 말해도 어디 있었는지 알 수 없다. 그녀의 상상은 정장과 흰 셔츠, 부드러운 검은 타이 차림의 남자들이 긴 탁자에 둘러앉아 조용히 이야기를 나누는 회의실부터, 실크 캐미솔과 코르셋, 주름 잡힌 페티코트, 굽 높은 슬리퍼밖에 입지 않은 여자들이(옷차림 외에는 머리도 멋지게 틀어 올린, 점잖게 보이는 여자들) 흰 남자들에게 젖가슴 위쪽을 쓰다듬도록 허락하는—소설 속에서 한두 장면 보았을까, 입소문으로만 모호하게 알고 있는, 자라면서 전혀 접하지 못했던 장면들—그렇고 그런 클럽의 세련된 실내까지 온갖 장소를 오간다.

남편이 그런 곳에 출입한다는 증거도 없고, 어쩌면 정말 그러지 않을 수도 있다. 왜 이런 장면이 별로 질투를 불러일으키지 않는지 그녀는 알 수 없다. 차라리 짐을 나눠지는 듯한 안도감이 든다. 이런 극단적인 곳 대신 남자들이—주로 남자들—점심이나 저녁을 먹으며 이야기를 나누는 신사적인 식당은 알고 있다. 때로 남편은 저녁을 먹고 집에 들어와서 끝내주는 통닭구이나 오렌지소스 오리를 먹었다고 기분 좋게 신고한다. 여자와 남자가 예절을 지키며 같이 앉을 수 있는 음악 카페도 있고, 늦은 저녁 커피를 마시며 혼자 르 피가로를 읽는 카페도 있다. 어쩌면 그냥 늦게까지 일할 수도 있다.

집에 오면 그는 사려 깊다. 저녁을 같이 먹게 되면 목욕을 하고 식사를 하기 위해 옷을 차려입는다. 아내가 저녁을 이미 먹고 자기도 밖에서 먹고 왔을 때는 드레싱 가운 차림으로 벽난로 앞에서 담배를 피우거나 신문을 소리 내어 읽어 준다. 그녀가 뜨개질을 하거나 언니의 새 아기를 위해 수를 놓을 때는 극히 부드럽게 뒷덜미에 키스하기도 한다. 같이 오페라를 보러 반짝이는 새 팔레 가르니에에 가거나 더 멋진 곳에서 오케스트라를 듣거나 샴페인을 마시기도 한다. 중심가의 연회장에 갈 때 그녀는 터키석 색깔의 새 실크 드레스나 장미색 새틴 드레스를 차려입는다. 그는 아내의 팔짱을 끼고 있다는 것이 자랑스럽다는 것을 분명히 드러낸다.

무엇보다 그는 아내에게 그림을 그리라고 격려하며, 급진적인 새 전시회에서 같이 보았던 스타일의 색, 빛, 거친 붓질을 시도할 때도 긍정의 뜻으로 고개를 끄덕인다. 물론 그녀를 급진주의자라고 부르지는 않는다. 언제나 그녀는 화가이니 자신이 옳다고 생각하는 것을 해야 한다고 말한다. 그녀는 남편에게 그림은 자연과 인생을 반영해야 한다고, 빛으로 가득 찬 새로운 풍경화에 감동받는다고 말한다. 그는 고개를 끄덕이지만 인생에 대해서는 너무 많이 알 것 없다고—자연은 좋은 소재이지만 인생은 당신이 이해할 수 있는 이상으로 암울하다고 조심스럽게 덧붙인다. 그는 집에서 뭔가 만족스러운 일을 하는 것이 그녀에게 좋다고 생각한다. 그도 미술을 좋아한다. 그녀에게 재능이 있다는 것을 알고 그녀가 행복하기를 바란다. 그는 매력적인 모리조 부부를 알고 있다. 마네 가족도 만나 본 적이 있으며 언제나 그들이 아주 좋은 가족이라고 하지만, 에두아르의 명성과 비도덕적인 실험(그는 문란한 여자들을 그린다)은 어쩌면 지나치게 현대적이라고—그 엄청난 재능을 생각할 때 안타까운 일이라고 생각한다.

사실 이브는 아내를 여러 전시회에 데려간다. 매년 백만 명의 다른 사람들과 같이 살롱에 참석해서 어떤 캔버스가 칭찬을 듣고 어떤 것은 비평가들의 경멸을 받는지 입소문에 귀를 기울인다. 때로 루브르 박물관을 걸을 때, 그녀는 그림과 조각을 모사하는 미술학도들 중에 여기저기 보호자 없이 혼자 나온 여자들을 본다(분명 미국인일 것이다). 남편이 있을 때는 누드를 감상할 수 없고 특히 영웅적인 남성 누드는 절대 안 된다. 자신은 절대 누드 모델을 그리지 않을 거라는 것도 잘 알고 있다. 공식적인 훈련은 결혼 전 학술원 위원의 개인 작업실에서 어머니가 동행한 가운데 석고 모형을 스케치한 것뿐이다. 그래도 열심히 그렸다.

가끔 자신이 살롱에 출품하기로 하면 이브가 이해해 줄까 하는 생각을 하기도 한다. 그는 살롱에 걸린 여성의 작품에 대해 낮춰 보는 말을 한 적도 없고, 아내가 캔버스에 그리는 것은 뭐든지 칭찬한다. 뭘 좀 덜 익혔으면 좋겠다거나 식탁 배치를 다르게 했으면 좋겠다거나 하는 말을 1년에 한 번 정도 정중하게 할 뿐, 마찬가지로 아내가 잘 꾸리고 있는 집안일에 대해 절대 불평하지 않는다. 이따금 어둠 속에서 서로를 완전히 다른 방식으로, 따뜻하게, 심지어 격렬하게 알고 지내지만, 어느 날 아침 요즘 속옷 안에 넣는 깨끗하게 접은 냅킨과 뜨거운 물병, 월경통을 달래 줄 셰리를 꺼낼 일이 없었다는 것을 깨닫게 되기를 소망할 때 외에는 낮 동안에 밤의 소중한 기억은 감히 생각하지 않는다.

그러나 아직 그런 일은 일어나지 않았다. 어쩌면 너무 자주, 혹은 너무 드물게, 혹은 잘못된 방식으로 생각하는지도 모른다—그녀는 아예 그 생각을 안 하려고 노력한다. 대신 아침의 가장 큰 기분전환이 되어 줄 편지를 기다린다. 우편은 매일 두 번 도착한다. 짧은 파란색 외투를 입은 젊은 남자가 가져온다. 빗속에서 초인종 소리가 들리고, 에스메가 문으로 나간다. 기다렸다는 티를 낼 수는 없다. 사실 그렇지 않다. 편지는 그녀가 오후 일을 위해 옷을 갈아입는 동안 은쟁반 위에 담긴 채 내실로 들어온다. 그녀는 에스메가 나가기 전에 편지를 뜯어 본 뒤 나중에 다시 읽기 위해 책상 안에 넣는다. 아직 편지를 항상 몸에 지니고 다니려고 보디스에 집어넣지는 않았다.

그동안 다른 편지를 쓰고 답장을 보내고 음식 주문, 재봉사, 시아버지에게 크리스마스 선물로 드릴 따뜻한 담요 마감을 해야 한다. 시아버지 본인, 참을성 있는 노인도 돌봐야 한다. 그는 낮잠을 잔 뒤 그녀가 직접 마실 것과 책을 가지고 오는 것을 좋아하며, 사실 그녀도 노인이 핏줄이 투명하게 드러나 보이는 손으로 자기 손을 쓰다듬고 거의 텅 비어 보이는 눈으로 쳐다보면서 고맙다고 말해 주는 순간을 기다린다. 하인에게 시키지 않고 직접 물을 주는 화분도 있고, 무엇보다 원래 포치였던 옆방에는 이젤과 물감이 있다.

요즘 시중을 드는 하녀는—에스메가 아니라 부드러운 얼굴과 노란 머리가 마음에 드는 어린 마그리트다—아직 소녀 티를 벗지 못했다. 베아트리스는 마그리트가 바느질감을 옆에 쌓아 놓고 창가에 앉아 있는 모습을 그리기 시작했다. 하녀는 모델을 서는 동안 손을 바쁘게 움직이는 것을 좋아하기 때문에, 치렁치렁한 금빛 머리만 되도록 움직이지 않으면 베아트리스도 기꺼이 옷깃이나 페티코트를 수선하게 한다.

방은 아주 밝다. 빗물이 창을 타고 줄줄 흘러내려도 작은 일은 같이 할 수 있다. 마그리트의 손은 섬세한 흰 면과 레이스 위에서 움직이고 있고, 베아트리스는 형태와 색을 관찰하고 바늘 위로 몸을 굽힌 소녀의 둥근 어깨와 접힌 치맛자락, 앞치마를 재현해낸다. 둘 다 말은 없지만, 할 일에 몰두하는 여자들의 평화로 뭉쳐 있다. 이런 순간 베아트리스는 지금 하는 일도 부엌에서 끓고 있는 점심이나 저녁 식탁에 놓기 위해 장식한 꽃처럼 가사의 일부라는 기분이 든다. 그녀는 좋아하기는 하지만 잘 알지 못하는 이 조용한 소녀 대신, 자신이 가지지 못한 딸을 그리는 꿈을 꾼다. 그림을 그리는 동안 딸이 소리내어 시를 읽어 주거나 친구들에 대해 수다를 떠는 장면을 상상한다.

사실 작업을 할 때면, 자기가 그리는 그림이 좋은지 나쁜지, 살롱에 출품하는 문제를 과연 이브에게 말할 수 있을지 하는 걱정은 떠오르지 않는다―아직 그 정도로 훌륭하지는 않고 아마 영원히 그럴 것이다. 자신의 인생에 더 넓은 의미가 있는지 하는 걱정도 들지 않는다. 그저 팔레트에서 드디어 정확히 일치하는 색을 만들어낸 드레스의 파란색과, 젊은 뺨에 색을 입힌 동그란 붓질과, 내일 아침 덧칠할 흰색에 대해 생각하는 것으로 충분할 뿐(비오는 가을빛을 전달하려면 흰색이 더 필요하고 회색도 약간 더해야겠지만, 점심 전에는 이제 시간이 없다).

그림을 오전 시간을 채워 주지만, 더 이상 그림을 그릴 기분이 나지 않고 사람을 찾아가거나 손님도 찾아오지 않는 오후는 약간 공허하게 느껴진다. 읽고 있는 소설에 등장하는 인물들은 분명 죽은 사람들 같다. 그래서 대신 그녀는 머릿속에서 정리하던 내용을 편지로 쓴다. 지금 색칠한 책상 서랍 안에 들어 있는 바로 그 편지에 대한 답장이다. 그래, 책상은 창문 앞에 있다. 정원의 경치를 즐기려고 지난봄에 옮겨 놓았다.

편지를 쓰는 동안 그녀는 오늘이 때로 파리의 가을에 찾아오는, 세찬 비가 진눈깨비로, 다시 눈으로 바뀌는 묘한 날씨라는 것을 깨닫는다. Effet de neige, effet d'hiver(눈 오는 효과, 겨울 효과)―작년 한 전시회에서 신진 작가들이 태양광과 녹색 들판은 물론 눈을 표현하면서 이런 문구를 사용한 것을 본 적이 있다. 추운 바깥에서 혁명적인 것을 이루어낸 것이다. 그녀는 신문에서 매도한 그 캔버스들 앞에 겸허한 마음으로 서 있었다. 땅에 떨어진 눈은 회색 얼룩이 섞여 있었다. 빛과 하루 중 시간, 하늘에 따라 파란색이 섞이기도 했다. 황토색, 심지어 갈색이나 라벤더 색이 섞이기도 했다. 그녀 자신도 1년 전부터 더 이상 눈을 흰색이라고 생각하지 않았다. 정원을 바라보다 그 사실을 발견한 순간조차 기억하고 있다.

이제 겨울의 첫눈이 순간 눈앞에 나타난다. 비는 예고 없이 변화했다. 그녀는 쓰던 것을 멈추고 팔꿈치 옆에 있는 플란넬 헝겊에 펜을 닦으며 잉크병을 소매에서 멀리 밀어놓는다. 시든 정원은 이미 미묘한 색으로 덮여 있다―그래, 흰색이 아니다. 오늘은 베이지? 은색? 그런 색이 있다면 무색? 그녀는 종이를 바로잡고, 펜에 잉크를 찍어 다시 쓰기 시작한다. 편지 상대에게 새 눈이 나뭇가지에 내려앉는 모양에 대해서, 1년 내내 녹색 풀숲이 무게 없는 미색 베일 아래서 한데 웅크리고 있는 모습에 대해서, 한순간 빗속에 있다가 다음 순간 미세하고 부드러운 쿠션에 덮인 벤치에 대해서 이야기한다. 그녀는 그가 늙어가는 우아한 손으로 편지를 펼치고 귀를 기울이는 것을 느낀다. 그녀는 차분한 따뜻함을 담고 그녀의 말을 흡수하는 그의 눈을 본다.

　나중에 우체부가 그의 새 편지를 가져온다. 후세에 전해지지는 못했지만 자기 자신에 대해, 혹은 아직 눈에 덮이지 않은 자신의 정원에 대해 쓴 편지다—오늘 오전이나 전날 저녁에 썼을 것이다. 그는 도심에 살고 있다. 어쩌면 자기 자신의 생활이 얼마나 공허한지—매력적인 유머를 섞어서—토로했을지도 모른다. 그는 오래전부터 홀아비이며 자식도 없다. 나처럼, 그녀는 때로 떠올린다. 그녀는 그의 딸, 심지어 손녀라고 해도 이상하지 않은 나이다. 그녀는 미소 지으며 편지를 접었다가 펼쳐서 다시 읽는다.

28

케이트

로버트는 교내 의사를 만나 보겠다고 냉담하게 승낙했지만, 나
와 같이 가는 것은 거절했다. 모든 것이 그랬지만 의료센터는 집에
서 걸어갈 수 있는 거리였다. 나는 포치에 서서 그가 멀어지는 것을
지켜보았다. 그는 어깨를 늘어뜨리고 움직임 하나하나가 고통스럽
다는 듯 한 발을 다른 발 앞에 내딛고 있었다. 나는 그가 의사와 충
분히 대화할 마음이 나거나, 의사에게 증상을 말해 줄 정도로 필사
적이기를, 생각나는 모든 신에게 기도드렸다. 의사가 검사를 할지도
모른다. 혈액과 관계된 질병 같은 걸로 피곤할 수도 있다. 전염성 단
핵증이나—하느님—백혈병 같은 것. 하지만 검은 머리의 여인은
그것으로 설명할 수 없었다. 로버트가 의사에게 별로 말을 하지 않
는다면, 내가 직접 의사를 만나서 설명을 하되 로버트의 화를 돋우
지 않도록 몰래 갈 생각이었다.

그는 병원에서 곧장 강의실로 갔거나 작업실에서 그림을 그렸
는지 저녁때가 되어서야 나타났다. 그는 잉그리드를 재우기 전에는
아무 말도 하지 않았고, 그 뒤에도 의사가 뭐라고 했는지 내가 물어

봐야 했다. 그는 거실에 앉아 있었다—아니, 앉아 있다기보다 펼치지 않은 책을 들고 소파에 나뒹굴고 있었다. 내가 말하자 그는 고개를 들었다.

"뭐?"

그는 먼 곳을 바라보듯 나를 보았고, 전에 한 번 느꼈던 대로 얼굴 한쪽이 처져 있었다.

"아, 안 갔어."

분노와 안타까움이 치밀었지만, 나는 심호흡을 했다.

"왜?"

"좀 내버려 둬."

그는 가느다란 목소리로 말했다.

"그럴 기분이 아니었어. 할 일이 있고, 사흘 동안 그림 그릴 시간이 없었어."

"그럼 그림 그리러 간 거야?"

그렇다면 최소한 살아 있는 사람 같을 것이다.

"날 감시하는 거야?"

그의 눈이 가늘어졌다. 그는 책을 흉갑처럼 가슴 앞에 놓았다. 혹시 책을 나한테 던지려던 게 아닌가 하는 생각이 들었다. 올해 초 그가 충동적으로 산, 늑대에 대한 사진 에세이였다. 새 책을 사놓고 읽지 않는 것도 변한 점이었다. 그는 원래 절약정신이 강해서 중고가 아닌 물건은 사지 않았고, 잘 만든 커다란 신발 외에는 직접 사는 것도 거의 없었다.

나는 신중하게 말했다.

"감시하는 게 아니야. 당신 건강이 걱정돼서 그래. 당신이 의사한테 가서 검사를 받았으면 좋겠어. 그러는 것 자체가 기분을 더 좋게 해 줄 거라고 생각해."

그는 거의 비꼬듯이 말했다.

"그래? 기분을 더 좋게 해 줄 거라고 생각한다. 내가 어떤 기분인지는 알기나 해? 예를 들어 그림을 그릴 수 없다는 게 어떤 기분인지 알아?"

나는 화를 내지 않으려고 애썼다.

"당연하지. 난 그림을 그릴 수 있는 날이 별로 없어. 사실 거의 없어. 나도 그런 기분을 알아."

"뭔가를 계속 생각하고 생각해서 결국… 그만두자."

그는 입을 다물었다.

"결국 뭐?"

나는 내가 잘 들어준다는 것이라도 보여 주려고 아주 침착하게 말하려고 노력했다.

"결국 다른 건 아무것도 생각할 수도, 볼 수도 없는 그런 기분 아느냐고."

그의 목소리는 나직했고, 눈길은 문간으로 향했다.

"역사를 보면 끔찍한 일들이 수없이 일어났어. 예술가들에게도, 심지어 나처럼 정상적인 삶을 살려고 노력하는 예술가들에게도 늘 그런 생각만 하고 있는 게 어떤 기분인지 상상할 수 있어?"

"나도 때로 끔찍한 생각들을 해."

대화가 이상한 방향으로 흐르고 있는 것 같았지만, 나는 단호하게 말했다.

"모든 사람이 그런 생각을 해. 역사는 끔찍한 일로 가득 차 있어. 사람들의 인생도 끔찍한 일로 가득하고. 생각을 하는 사람이라면 누구든지 그런 생각을 해. 특히 아이가 있으면 더. 하지만 그렇다고 그것 때문에 아프지는 않아."

"한 사람에 대해서만 생각하기 시작했다면? 항상?"

소름이 오싹 끼쳤다. 두려움 때문인지, 예상했던 질투 때문인지, 둘 다 때문인지 알 수 없었다. 그가 우리의 인생을 망가뜨리는 순간이 오고야 만 것이다.

"무슨 뜻이야?"

나는 이 말을 힘들게 입 밖으로 꺼냈다.

"내가 신경써 줄 수도 있었을 사람."

그의 시선이 다시 문간으로 향했다.

"하지만 그녀는 존재하지 않아."

"뭐?"

머릿속이 길게 텅 비어 갔다. 끝이 보이지 않았다.

"내일 의사한테 갈게."

그는 부모님의 벌에 체념한 소년처럼 화난 목소리로 말했다. 나는 그가 더 이상 질문을 못하게 하려고 그렇게 말했다는 것을 알고 있었다.

다음 날 그는 나갔다가 돌아와서 잠들었다가 다시 일어나 점심을 먹었다. 나는 식탁 옆에 조용히 서 있었다. 물어볼 필요도 없었다.

"육체적으로는 이상이 없다고 했어. 빈혈이랑 이것저것 알아보는 혈액 검사도 했는데, 의사는 정신과 검사를 받아보라고 했어."

천천히 한 마디씩 내뱉는 말투가 경멸 비슷하게 들렸지만, 내게 털어놓는다는 자체가 그도 두렵고 의사에게 갈 생각이라는 것을 뜻했다. 나는 그에게 다가가서 팔로 그를 감싸고 머리를 쓰다듬었다. 숱 많은 곱슬머리, 넓은 이마, 그 안의 놀라운 정신, 내가 항상 숭배하고 감탄했던 엄청난 재능. 나는 그의 얼굴을 만졌다. 나는 그 머리를, 뻣뻣하고 제 맘대로 뻗치는 머리카락을 사랑했다.

"모든 게 다 잘될 거야."

"당신을 위해서 가는 거야."

거의 들리지 않을 정도로 작은 목소리였다. 그는 두 팔로 내 허리를 단단히 감더니 내 몸에 얼굴을 묻었다.

29
1878

눈은 밤새 깊어져 있다. 아침에 그녀는 저녁 지시를 하고 재봉사에게 편지를 쓴 뒤 정원으로 나선다. 생울타리와 벤치가 어떻게 보이는지 알고 싶었다. 집 뒷문을 닫고 눈에 발을 내딛는 순간 그녀는 모든 것을, 심지어 옷자락 안에 끼워 넣은 편지마저 잊어버린다. 10년 전 원래 이 집에 살던 사람이 심은 나무는 눈으로 장식되어 있다. 작은 새가 벽에 내려앉아 제 몸집의 두 배로 깃을 세우고 있다. 새는 벽 꼭대기에 발자국을 남기고 잠들어 있는 화단의 시든 나무들 사이로 날아가 버린다. 모든 것이 변해 있었다. 남동생들이 어렸을 때 눈 속에 누워 팔을 흔들고 다리를 퍼덕거리며 서로 때리고 버둥거리던 모습을 위층 창문에서 내려다보던 기억이 난다. 모직 코트와 털로 짠 긴 양말은 흰 눈으로 덮여 있었다. 아니, 정말 흰색이었나?

그녀는 장갑 낀 손으로 눈을 넉넉히 퍼서 입에 집어넣고 무미의 차가움을 약간 삼킨다. 봄이 되면 화단은 노랗게, 이쪽은 분홍색과 크림색으로 물들 것이고, 나무 아래에는 어머니의 무덤에서 최근

에 가져온, 그녀가 평생 사랑했던 작은 파란색 꽃들이 만발할 것이
다. 딸이 생기면 그 꽃이 피는 날 정원으로 데리고 나와 어디서 가져
왔는지 말해 줄 것이다. 아니―매일, 하루에 두 번씩 태양과 나무
그늘 아래로, 눈밭으로 데리고 나와서 벤치에 앉아 쉬고 그네를 만
들어 줄 것이다. 아니면 어린 아들을 위해서. 그녀는 눈물을 억누르
고 뒷벽을 따라 쌓인 눈 쪽으로 화난 듯 돌아서서 손으로 눈 속에
길게 모양을 만들어 본다. 벽 너머에는 나무들이 있고, 그 너머에는
갈색 아지랑이 같은 불로뉴 숲이 있다. 요즘 즐겨 쓰는 점묘법으로
흰색을 더 넣어 하녀의 옷자락을 끝내면 그림 전체가 밝아지겠지.

날카롭게 접힌 편지 모서리가 옷 안에서 몸에 닿는다. 그녀는
장갑에서 눈을 턴 뒤 망토와 옷깃을 열고, 등 뒤 집 뒤쪽에 있는 하
인들의 시선을 의식하며 편지를 꺼낸다. 하지만 하인들은 주방 일을
하거나 시아버지의 거실과 침실을 환기시키느라 이 시간에 특히 바
쁘고, 옷방 창가에 앉은 노인은 흰 정원을 배경으로 검게 서 있는 그
녀의 모습조차 보지 못할 정도로 장님이다.

편지는 그녀의 이름 대신 애칭을 부르고 있다. 상대는 자신의
하루에 대해서, 자신의 새 그림에 대해서, 벽난로 옆의 책들에 대해
서 이야기하고 있지만, 그녀는 행간에서 그가 뭔가 다른 것을 말하
는 것을 듣는다. 그녀는 장갑을 낀 젖은 손가락이 잉크에 닿지 않도
록 조심한다. 이미 편지는 단어 하나까지 모조리 외웠지만, 그녀는
검은 곡선으로 적어 나간 편지의 증거를, 항상 태평한 필체, 간결한
선을 다시 확인하고 싶다. 그의 스케치에도 필체와 똑같은 무심한
직접성, 그녀의 강렬함과는 다른 자신감이 있었다―매혹적이었고,
수수께끼처럼 느껴지기도 했다. 그의 언어 역시 자신감이 있었지만,
표면적인 뜻보다 더 많은 것을 담고 있었다. 펜 끝으로 어루만지듯
살짝 스친 악상 테귀(é), 한쪽으로 경고하듯 기울어진 강한 악상 그
라브(è). 그는 자신있게, 하지만 사과하듯 자신에 대해 쓰고 있었다.

깊이 숨을 들이마시듯 소중한 문장을 시작하는 근육질의 대문자 J, 재빠르고 차분한 e. 그는 그녀에 대해, 그녀 덕분에 새로워진 생활에 대해—우연일까? 그는 자문했다—적었고, 지난 몇 통의 편지에서처럼 그녀의 허락 하에 그녀를 '너'라고 불렀다. 문장을 시작하는 정중한 'tu', 작은 불꽃을 손으로 감싸듯 부드러운 u.

편지 모서리를 잡은 채, 그녀는 그 선들의 소리를 무시하고 이어 다가오는 신선한 의미를 즐긴다. 그는 그녀의 생활에 혼란을 가져다 줄 생각은 없다. 자기 나이에는 그녀에게 매력을 줄 만한 점이 없다는 것을 알고 있다. 그저 그녀의 존재를 호흡하고 그녀의 가장 고귀한 생각을 독려하는 것이 허락되기만을 바란다. 말로 할 수는 없지만 그녀가 자신을 최소한 헌신적인 친구로 생각해 주기를 감히 바란다. 어울리지 않는 감정으로 심기를 어지럽힌 것을 사과한다. 길고 장황한 사과의 표현과 섬세한 하이픈 속에서 그는 그녀가 이미 그의 것이라고 짐작하고 있고, 그녀는 그것이 두렵다.

발이 차가와진다. 눈이 부츠 속으로 배어들어오기 시작한다. 그녀는 편지를 접어서 비밀 장소에 다시 넣은 뒤 나무둥치에 얼굴을 갖다 댄다. 눈이 좋은 사람이 등 뒤 창가에 나타날 수 있기 때문에 오래 서 있을 수는 없지만, 지금은 어느 정도의 여유가 필요하다. 이 존재의 떨림은 우아하게 반걸음 물러서는 그의 언어 때문이 아니라 그의 확신 때문이다. 그녀는 이미 이번 편지에 답장을 쓰지 않기로 결심했다. 하지만 다시는 읽지 않겠다고 결심할 수는 없다.

30
케이트

　　로버트는 정신과에 혼자 가겠다고 고집했다. 병원에서 돌아온 그는 시험 삼아 약물을 복용하기로 했고 상담의사의 이름과 전화번호를 받아왔다고 사무적으로 말했다. 상담의사를 만나 볼 것인지, 약을 복용할 것인지는 말하지 않았다. 나는 그가 약을 어디에 두었는지도 알 수 없었지만 한두 주는 캐내지 않기로 했다. 그냥 그의 행동을 두고 보면서 내가 할 수 있는 방법으로 격려해 주기로 했다. 결국 욕실 약장에 병이 나타났다. 리튬이었다. 아침과 밤에 약을 복용할 때마다 병이 달각거리는 소리가 들렸다.

　　일주일 내에 로버트는 침착해졌고 다시 그림을 그리기 시작했지만, 하루 스물네 시간 중 최소한 열두 시간을 잤고 멍한 상태에서 식사를 했다. 그가 더 이상 문제를 일으키지 않고 강의를 계속하는 것이, 내가 눈치챌 수 없을 수도 있겠지만 대학에서도 별다른 불쾌감이 느껴지지 않는 것이 고마웠다. 어느 날 로버트는 정신과 의사가 나를 만나고 싶다고 했고 자기도 좋은 생각인 것 같다고 말했다. 예약 시간은 그날 오후였고—왜 더 빨리 말하지 않았을까—아기

봐 주는 사람을 찾을 시간적 여유가 없었기 때문에 나는 잉그리드를 자동차 시트에 태웠다. 차창 밖으로 산이 흘러갔고, 풍경을 바라보고 있노라니 한동안 시내에도 나오지 않았다는 것을 깨달을 수 있었다. 내 인생은 집, 날이 따뜻할 때는 모래통과 그네, 가까운 수퍼마켓을 중심으로 돌아가고 있었다. 나는 운전을 하고 있는 로버트의 심각한 옆얼굴을 바라보며 그제서야 의사가 왜 나를 불렀는지 물었다.

"가족의 시각을 듣고 싶다고 했어."

그는 덧붙였다.

"지금까지는 경과가 좋대. 리튬으로."

그가 약 이름을 입에 올린 것은 처음이었다.

"당신도 그렇게 생각해?"

나는 그의 허벅지에 손을 얹었다. 브레이크를 밟으니 근육이 움직였다.

"괜찮은 것 같아. 오래 약을 먹을 필요는 없을 거야. 한데 너무 피곤하지 않았으면 좋겠어. 그림을 그릴 힘이 필요해."

그림을 그릴 힘, 우리와 함께 지낼 힘은? 나는 생각했다. 그는 저녁을 먹으면 잉그리드와 놀아 주지도 않고 잠들었고, 아침에 내가 아이를 데리고 산책을 나설 때도 자고 있었다. 나는 더 이상 말하지 않았다.

병원은 비싸 보이는 목재로 지은 길고 낮은 건물이었고, 종이관 안에 심은 작은 나무가 많았다. 로버트는 사무적으로 들어가서 문을 잡아 주었고, 나도 잉그리드를 안고 들어섰다. 여러 의사들이 공동으로 쓰는 것 같은 대기실은 널찍했고 한쪽 끝에서 햇빛이 환히 들어오고 있었다. 마침내 한 남자가 나오더니 로버트에게 미소 지으며 고개를 끄덕여 보이고 내 이름을 불렀다. 그는 흰 가운 차림도 아니었고 차트도 들고 있지 않았다. 재킷과 타이, 잘 다린 카키 바지 차림이었다.

로버트를 돌아보자 그는 고개를 저었다.

"이건 당신 시간이야. 당신하고 이야기하고 싶대. 나도 필요하면 부를 거야."

나는 잉그리드를 로버트에게 맡기고 의사─이름이 무슨 소용일까?─를 따라갔다. 그는 친절한 중년 남자였고 자기가 할 일을 하고 있었다. 사무실에는 졸업장과 자격증이 줄줄이 걸려 있었고, 책상은 잘 정리되어 있었으며, 큰 청동 문진이 종이 한 장을 누르고 있었다. 나는 책상을 마주 보고 앉았다. 잉그리드를 데리고 들어올 걸 하는 생각이 들었다. 아이가 전기 콘센트와 꽃병 사이를 돌아다니는 동안 로버트는 손에 얼굴을 묻고 있지나 않을까 걱정스러웠다. 하지만 Q 박사를 조금 관찰해 보니 마음에 들었다. 부드러운 얼굴은 미시건에 살던 할아버지를 연상시켰다. 10대 시절 다른 곳에서 자랐는지 깊은 목소리에는 후두음이 섞여 있었고, 정확히 어디 억양인지는 알 수 없었지만 자음에 살짝 쉿소리가 들어 있었다.

"이렇게 와 주셔서 감사합니다, 올리버 부인. 가까운 가족과 이야기하면 제게 도움이 됩니다. 특히 새 환자의 경우에는."

나는 진심으로 대답했다.

"제가 기뻐요. 로버트가 정말 걱정스러웠거든요."

"당연히 그러셨겠지요."

의사는 문진의 위치를 옮기더니 의자에 몸을 기대고 나를 바라보았다.

"아주 힘드실 거라는 건 압니다. 제가 로버트에게 아주 관심을 기울이고 있다는 걸 알아 주십시오. 약물 치료가 효과를 보여서 다행이에요."

"분명히 침착해진 것 같아요."

"환자가 어딘가 달라졌거나 걱정스럽다는 걸 처음 느낀 계기에

대해 말씀해 주시겠습니까? 로버트 말로는 처음 의사에게 가 보라
고 제안한 게 당신이었다던데."

나는 두 손을 겹치고 우리의 문제, 로버트의 문제, 작년 한 해
동안의 우여곡절을 이야기해 주었다.

Q 박사는 표정 변화 없이 조용히 들었다. 표정은 친절했다.

"리튬을 복용한 뒤로 안정돼 보입니까?"

"네. 아직도 많이 자고 그도 그걸 불평하기도 하지만, 일어나서
학생들을 가르치러 가는 건 거의 빼먹지 않아요. 그림을 그릴 수 없
다고 불평하기도 하고요."

"새로운 약물에 적응하려면 시간이 걸립니다. 어떤 약물을 얼마
나 복용하는 것이 좋은지 결정하는 것도 마찬가지고요."

의사는 생각에 잠겨서 다시 문진의 위치를 옮겼다. 이번에는 서
류의 왼쪽 위였다.

"당신 남편의 경우에는 한동안 리튬을 복용하는 게 중요하고,
어쩌면 영구적으로 복용해야 할지도 모릅니다. 이번 약물이 원하는
효과를 보여주지 않으면 다른 약으로 바꿔 보고요. 이 과정에서 환
자의 인내가 필요합니다. 부인도 마찬가지고요."

새로운 걱정이 들었다.

"항상 이런 문제를 안고 살아야 할 거라는 말인가요? 상태가 좋
아지면 약물을 끊을 수 없나요?"

의사는 서류 위에 놓은 청동 문진을 다시 옮겼다. 갑자기 어린
시절 즐기던 가위바위보 놀이가 생각났다. 가위로 보를 이길 수는
있지만 바위에게는 지는, 신기한 순환 고리.

"정확한 진단이 나오려면 시간이 걸립니다. 하지만 제 생각에
로버트는 아마도…."

의사는 병명을 말해 주었다. 그것은 지금까지 나와 아무 상관이
없었던 것, 사람들이 그로 인해 전기충격요법을 받거나 자살하는 것

으로만 막연하게 생각했던 그런 이름이었다. 나는 잠시 그 단어들에 로버트를 끼워 맞추려고 노력하며 그렇게 앉아 있었다. 온몸에 찬물을 뒤집어쓴 기분이었다.

"제 남편이 정신병이란 말씀인가요?"

"환자가 보이는 증상에서 어디까지가 정신적인 질환이고 어디까지가 환경적인, 혹은 성격적인 요인인지는 저희도 사실 잘 모릅니다."

처음으로 의사에 대한 적의가 일었다. 그는 답변을 피하고 있었다.

"로버트가 이 약물로 안정되지 않으면 다른 약물을 시도해 봐야 할 겁니다. 환자의 지능, 예술과 가족에 대한 헌신을 감안할 때 많이 좋아질 거라고 생각하셔도 될 겁니다."

하지만 너무 늦었다. 로버트는 내게 더 이상 단순한 로버트가 아니었다. 그는 병을 지닌 환자였다. 나는 아무리 로버트에 대해 예전 같은 감정을 가지려고 애써도 더 이상 똑같지 않을 거라는 사실을 깨달았다. 로버트로 인해 마음이 아팠지만, 나로 인한 아픔이 더욱 컸다. Q 박사는 내가 가진 가장 소중한 것을 빼앗아갔고, 그는 그것이 어떤 기분인지 분명 모르는 것 같았다. 빈 책상을 정리하는 손만 보여 줄 뿐, 의사는 내게 그 대가로 아무것도 주지 않았다. 그에게 사과할 수 있는 품위가 있다면 얼마나 좋을까.

31
케이트

로버트는 리튬 약기운으로 늘 몽롱했다. 하루는 시내 미술관에
서 돌아오는 길에 다른 차를 들이받기도 했다. 다행히 저속운행 중
이었다. 그 이후 Q 박사는 불안 증세와 관련된 약과 함께 다른 약물
을 처방했다. 로버트는 내가 약에 대해 물어보면 대답해 주었고, 나
는 그의 신경을 건드리지 않는 선에서 최대한 자주 물어보았다.

12월 중순이 되자 새 약물이 효과를 발휘해서 다시 그림을 그
리고 수업도 제시간에 꼬박꼬박 나가게 되었다. 그는 예전의 정력적
인 로버트에 훨씬 가까워 보였다. 당시 그는 학내 작업실에서 일했
고, 일주일에 몇 번은 밤늦게까지 작업실에 있었다. 잉그리드를 데
리고 찾아가 보니, 그는 초상화 작업에 몰두하고 있었다. 악몽 속의
그 여인이었다. 여인은 안락의자에 앉아 무릎 위에서 손을 겹치고
있었다. 이후 시카고에서 큰 전시회를 연 계기가 된, 비교적 쾌활한
분위기의 탁월한 그림이었다. 노란 옷차림의 여인은 혼자 뭔가 즐겁
고 내밀한 기억을 떠올린 듯 미소 짓고 있었고, 눈길은 부드러웠으
며, 옆의 탁자에는 꽃이 뿌려져 있었다. 그가 작업을 하고 있는 것

이, 그것도 행복한 분위기의 그림을 그리는 것이 너무나 기뻐서 그 여인이 누구인지는 더 이상 궁금하지도 않을 지경이었다.

며칠 뒤 잉그리드와 함께 만든 쿠키를 갖다 주러 작업실에 갔을 때, 그가 모델을 세워 놓고 똑같은 그림 작업을 하는 것을 보고 더욱 충격을 받은 것도 그 때문이었다. 모델은 학생 같았고, 푹신한 다마스크 의자 대신 접이식 의자에 앉아 있었다. 순간 심장이 멎는 것 같았다. 모델은 젊고 아름다웠으며, 로버트는 머리와 어깨의 각도를 조정하는 동안 모델을 움직이지 않게 하려는 듯 이야기를 나누고 있었다. 하지만 그림 속의 그 여인은 아니었다. 짧은 금발머리, 밝은 눈이었고, 대학 축구팀 선수복을 입고 있었다. 내가 주머니 속의 스케치 속에서 처음 보았던 곱슬머리 여인과 닮은 점은 아름다운 몸매와 각진 턱뿐이었다. 게다가 로버트는 내가 온 것을 보고도 민망한 기색 없이 잉그리드와 내게 키스하더니, 그녀를 학생 아르바이트 조로 자주 모델을 서는 학생이라고 소개했다. 학생도 로버트보다는 잉그리드에게 더 관심이 있는 것 같았고 시험이 거의 다 끝나서 기쁜 것 같았다. 그는 단지 자세를 포착하기 위해 그녀를 모델로 쓰는 것이 분명했다. 여인에 대해 알게 된 것은 여전히 아무것도 없었다.

213

1월 초 로버트가 뉴욕으로 떠날 때의 광경은 몇 장면밖에 생각나지 않는다. 그는 잉그리드를 한참 안고 있었는데, 아이가 그의 허리에 다리를 감고 있는 모습을 보니 새삼 아이가 얼마나 컸는지 깨달을 수 있었다. 로버트의 긴 몸과 검고 뻣뻣한 머리를 닮은 아이. 그의 차가 찻길을 따라 숲 속으로 사라진 뒤 집을 향해 돌아오던 순간도 기억난다. 그가 가는 모습을 단 1초라도 더 오래 보려고 차가운 공기 속에서 포치에 서 있고 싶지는 않았다. 집 안으로 들어가서 아침 식사를 정리하며 마음속으로 또렷하고 명확하게 질문을 던진 기억도 난다. 이것이 별거일까? 그러나 내 머릿속에도, 사과소스와 토스트 냄새가 풍기는 따뜻한 부엌에도 해답은 없었다. 황량하긴 했지만, 모든 것이 정상적인 것 같았다. 집 안에는 일말의 안도감마저 감돌고 있었다. 전에도 견뎌낸 일이라면, 앞으로도 견딜 수 있을 것이다.

로버트는 주로 잉그리드나 내 앞으로 우편엽서에 소식을 보내왔다. 전화도 불규칙하긴 했지만 그럭저럭 자주 걸려왔다. 뉴욕 업스테이트 지방의 겨울 날씨는 매섭지만 눈은 인상파 그림처럼 아름답다. 실외에서 한 번 그림을 그리다가 동상에 걸릴 뻔한 적도 있다, 대학 총장이 환영해 주었다, 머무르는 방은 초대 교직원 관사에 있는데 숲이 잘 내려다보이는 4인실이다, 학생들은 대부분 재능이 없다, 작업공간은 작지만 그림을 그린다. 오늘 새벽에는 4시에 잠자리에 들었다.

그러다 잠깐 소식이 오지 않는 기간이 지나면, 다시 편지가 오곤 했다. 나는 전화보다 입에 올리지 않는 우리 사이의 긴장감, 서로의 얼굴을 볼 수 없는 동안에도 메울 수 없는 간극으로 가득 찬 우편엽서가 좋았다. 나는 그가 내게 전화하는 것보다 내가 더 자주 전화를 걸지 않으려고 애썼다. 한 번은 잉그리드가 이런 언어를 더 잘 이해할 거라고 생각했는지, 아이 앞으로 그림을 그려 보낸 적도 있었다. 나는 아이 방 벽에 그림을 붙였다. 고딕풍의 건물과 깊이 쌓인 눈, 헐벗은 나무가 그려진 풍경이었다. 잉그리드가 밤에 울면 나는 아이를 내 침대로 데려왔고, 다음 날 아침 한데 엉켜 잠에서 깨곤 했다. 2월 하순, 로버트는 겨울 방학과 잉그리드의 생일을 맞아 집에 잠깐 왔다. 그는 많이 잤고 우리는 사랑을 나누었지만 힘든 이야기는 꺼내지 않았다. 4월 초에도 방학이 있다고 했지만, 그동안에는 북쪽에서 계속 그림을 그릴 거라고 했다. 나는 반대하지 않았다. 일을 더 많이 해 놓고 여름에 돌아오면, 같이 사는 게 더 쉬울 것 같았다.

214

로버트가 다시 떠난 뒤, 어머니가 한동안 머무는 덕분에 매일 학내 수영장으로 수영을 하러 갈 수 있었다. 그해 아이를 낳으면서 찐 살이 많이 빠졌고 나머지도 물살을 가르면서 떨어져 나가고 보니, 얼마 지나지 않은 과거에 내가 얼마나 젊고 낙관적이었는지 기억해낼 수 있었다. 그때 나는 어머니의 손이 떨리는 것을 처음 보았고, 뺨에 터진 모세혈관과 약간 부어오른 발목도 눈에 띄었다. 어머니는 여전히 나를 열심히 돌봐 주었다. 어머니가 계시는 동안에는 접시가 언제나 깨끗하게 말라 있었고, 끝도 없이 나오는 잉그리드의 빨래도 늘 빨아서 개어져 있었으며, 잉그리드는 원하는 만큼 책을 읽을 수 있었다.

그러나 어머니는 무엇 때문인지 건강에 대한 자신감을 잃기 시작했고, 미시건으로 돌아가신 뒤에는 얼음 위에서 걷는 게 두렵다는 말씀을 하기 시작했다. 식료품 가게나 치과, 자원봉사를 하러 도서관에 가기 위해 집을 나서다가 얼음을 보면 다시 집 안으로 돌아와서 나에게 전화를 하곤 했다. 하루는 일주일 가까이 외출을 하지 못했다고 하기도 했다. 나는 이른 아침마다 잠에서 깨면 드는 두려움을 혼자 감당하고 싶지 않았고, 로버트에게 물었더니 그는 망설이지 않고 어머니를 모셔 오라고 했다.

놀랄 일이 아니었지만, 나는 놀랐다. 그의 선선한 너그러움, 싫다 대신 좋다라고 대답하는 습관, 친구나 심지어 낯선 사람에게 자기 재킷을 주는 버릇을 잊고 있었던 것이다. 멀리 추운 뉴욕의 대학에서 그가 빨리 돌아오기만을 기다리는 동안, 사랑은 점점 깊어갔다. 나는 마음으로부터 그에게 감사했고, 활짝 피기 시작하는 진달래와 온통 초록으로 물든 나뭇잎에 대해 이야기했다. 그는 빨리 집에 가겠다고 했다. 우리 둘 다 전화 너머에서 미소 짓고 있는 기분이었다.

어머니에게 전화하자 예상과 달리 반대하지 않았다. 어머니는 생각해 보겠다, 하지만 내가 가면 더 큰 집을 사도록 도와주고 싶다고 하셨다. 나는 어머니가 그렇게 큰돈을 가지고 있는 줄은 몰랐지만, 그런 모양이었다. 누군가 작년에 앤아버에 있는 어머니의 집을 사겠다고 했다. 그것도 생각해 보겠다. 어쩌면 나쁜 생각이 아닐지도 모른다. 잉그리드의 감기는 좀 어떠니?

32

1878

5월에 이브는 백부에게 노르망디로 같이 가자고 제안한다. 우선 트루빌에 들렀다가 예전에 여러 번 찾았던 조용한 마을 에트르타로 가는 일정이다. 형과 함께 가고 싶다는 것은 아버지의 계획이었지만, 이브의 뜻도 있었다. 베아트리스는 반대한다. 왜 예전처럼 셋만 살면 안 되나? 시아버지는 그녀 혼자 돌볼 수 있고, 이브가 늘 빌리는 집에는 객실이 작은 방 하나밖에 없기 때문에 아버지가 늘 쓰던 방을 쓰면 올리비에 아저씨가 쓸 거실이 없다. 아버지는 여행하는 것 자체가 힘들지만, 인내심이 많고 해협의 햇살과 산들바람이 얼굴에 와 닿는 느낌을 좋아한다. 그녀는 이브에게 다시 생각해 보라고 간청한다.

하지만 이브는 단호하다. 휴가 중에 출장을 가야 할 일이 있을지도 모르는데, 그때 올리비에가 곁에서 도와줄 수 있다는 것이다. 올리비에는 아버지보다 나이가 많지만, 건강과 기동력은 아버지보다 오히려 15년은 젊어 보인다. 올리비에의 머리는 아내가 죽기 전만 해도 새하얗지 않았는데, 그것은 베아트리스가 이 가문을 알게 되기 2년 전의 일이었다. 올리비에는 나이에 비해 힘이 세고 생기가 넘치니 도움이 될 것이다. 이브가 아버지를 돌보는 책임을 감당해야 한다는 사실에 대해 불만 비슷한 속마음을 내비친 것은 처음이었다.

이번에는 별 힘없이 한번 반대를 해 보았지만, 3주 후 그들은 생라자르 역에서 천천히 빠져나가는 기차를 타고 있었다. 이브는 아버지의 다리에 무릎 담요를 덮어 주고, 올리비에는 신문에 실린 미술 소식을 소리내어 읽는다. 그는 베아트리스의 시선을 피하는 것 같다. 그의 존재가 작은 객실을 가득 채우는 것 같아서 다른 칸으로 가고 싶을 정도였기 때문에, 그녀는 그것이 고맙다. 그는 서신을 주고받기 시작한 몇 달 동안 한층 젊어진 것 같다. 해안에 도착하기 전인데도 벌써 얼굴이 그을어 보인다. 숱이 많은 은색 턱수염은 깔끔하게 다듬었다. 그는 그동안 퐁텐블로 숲에서 그림을 그렸다고 했다. 그가 이젤을 들고 그 길을 걸으며, 그녀가 평생 구경하지 못할 그 숲 속에 서서 그녀를 생각했을까 궁금하다. 순간 그를 둘러싸고 있었을 나무들이, 그가 쉬는 동안 긴 몸 아래 눌려 있었을 잔디가 부럽다. 그녀는 얼른 생각을 다른 곳으로 돌린다. 단순히 마음대로 여행하고 그림을 그릴 수 있는 그의 능력, 자유가 부러운 걸까?

차창 밖에는 녹색 잎이 파릇파릇하게 돋아난 들판과 언뜻 비치는 구불구불한 강물을 배경으로 재가 날아다닌다. 객실이 덥지만, 이브는 석탄 연기와 먼지가 들어오지 못하도록 창문을 닫아 두었다. 그녀는 나무 덤불 아래에 옹기종기 모여 있는 소 떼와 들판에 붉은 점처럼 흩뿌려진 양귀비, 흰색 노란색의 데이지를 바라본다. 가족들만 있는 자리였고 복도와 객실 사이에는 커튼이 쳐져 있었기 때문에, 장갑과 모자, 어울리는 재킷은 벗은 차림이다. 몸을 뒤로 기대고 눈을 감자 올리비에의 눈길이 느껴진다. 이브가 눈치채지 못하기를 바라는 마음이다. 하지만 눈치챌 게 뭐가 있나? 없다, 아무것도, 전혀 없다. 앞으로도 언제까지나 이런 식일 것이다. 이브가 태어났을 때부터 알고 지낸, 이제 그녀의 친척인 이 노인과 그녀 사이에는 아무 일도 없을 것이다.

　기차 앞쪽에서 증기가 그녀의 마음처럼 공허한 휘파람 소리를 낸다. 그녀에게 있어, 인생은 너무나 길 것이다. 좋은 일 아닌가? 길고 긴 아름다운 시간이 내 앞에 펼쳐져 있다고 늘 생각해 오지 않았나? 만약 그 시간에 아기도 올리비에도 없다면? 그녀는 눈을 뜨고 들판을 가로질러 저 멀리 희미한 얼룩처럼 자리잡은 마을, 교회 종탑에 시선을 고정한다. 그 인생에 더 이상 올리비에의 편지가, 그녀의 머리를 쓰다듬는 그의 손이 없다면? 이브는 두 번째 신문을 펼치고 있고, 그녀는 그를 똑바로 쳐다본다. 그가 놀라는 것이 만족스럽다. 그는 잘생긴 머리를 차창 쪽으로 돌리고 책을 집어든다. 남은 시간은 너무나 적다. 그는 그녀보다 몇 십 년은 먼저 죽을 것이다. 그것은 더 이상 저항하지 않아야 할 이유가 아닐까?

33

케이트

어머니가 결정을 내리고 집을 팔고 집 안의 책들을 정리하기까지는 몇 년이라는 세월이 걸렸다. 그동안 로버트와 나는 대학 내 작은 집에서 계속 살았다. 한번은 미시건으로 올라가 아버지의 물건을 처분하는 것을 도운 적이 있었다. 우리 둘 다 울었다. 잉그리드는 로버트에게 맡겼다. 아이가 어디 있는지 잊어버리고 집 밖을 혼자 돌아다니게 하지는 않을까 걱정스러웠지만, 그는 아이를 잘 돌보는 것 같았다.

가을에 로버트는 열흘 일정으로 프랑스에 갔다. 이번에는 그가 떠날 차례였다. 위대한 미술관을 다시 보고 싶다, 대학 때 이후로 한 번도 가 본 적이 없다고 했다. 기분전환을 하고 활기찬 모습으로 돌아온 로버트를 보니 돈이 아깝지 않다는 기분이 들었다. 그는 다음 1월 예전 강사의 초청으로 상당히 큰 시카고 전시회에 참여하기도 했다. 우리는 엄청난 항공료를 내고 시카고로 향했으며, 나는 하루이틀 머물면서 그가 상당히 유명세를 타기 시작하는 것을 눈으로 확인했다.

4월에는 로버트와 내가 좋아하는 꽃들이 교정에 다시 피었다. 나는 야생화를 찾기 위해 숲으로 나갔고, 우리는 잉그리드에게 꽃이 만발한 꽃밭을 보여 주기 위해 대학 정원을 돌아다녔다. 그달 말 나는 수퍼마켓에서 작은 묘판을 사서 흰 타원형 화분에 분홍색 꽃이 줄지어 피어나는 것을 지켜보았다. 아이를 하나 더 갖자고 동의하긴 했지만, 로버트에게 말하는 것이 두려웠다. 그는 너무 쉽게 피곤해하거나 낙심하곤 했지만, 아이가 생겼다고 말하니 기뻐하는 것 같았다. 잉그리드의 인생도 이제 완벽해질 것 같았다. 아이를 혼자 자라게 하는 게 뭐가 좋을까? 이번에는 아들이었고, 나는 잉그리드에게 남자아이 인형을 주고 기저귀를 갈아 주는 연습을 시켰다. 12월에 우리는 다시 산부인과로 향했다. 나는 짧고 강렬하게, 효율적인 산통을 겪으며 아이를 낳았고, 우리는 오스카를 집으로 데려왔다. 오스카는 금발머리였고 내 어머니를 닮았지만, 로버트는 자기 어머니를 더 닮았다고 주장했다. 어머니 두 분은—내 어머니는 아직 미시건에 계셨다—살림을 도우러 와서 몇 주 동안 이웃집 남는 방에 머물면서 서로 누구를 닮았는지 즐겨 입씨름을 하곤 했다. 나는 다시 유모차를 밀기 시작했고, 팔과 무릎에는 언제나 아기가 안겨 있었다.

아이들이 아직 어리고 대학에서 살던 이 무렵 찍은, 잊을 수 없는 로버트의 사진이 있다. 왜 그 시절의 로버트가 이렇게 생생하게 기억나는지는 모르겠지만, 이 시기는 우리 인생의 완벽한 정점이었던 반면 로버트의 내면이 정말 갈기갈기 찢기기 시작한 시기였던 것 같기도 하다. 한 방을 쓰면서 매일 벌거벗은 모습을 보고 반쯤 열린 문 사이로 변기에 앉아 있는 모습까지 보여 줄 수 있는 사람이라 해도, 시간이 흐르면 그 모습이 바래고 희미한 윤곽만 남는지도 모른다.

하지만 아이들이 걸음마를 배우고 어머니가 같이 살기 전만 해도, 로버트는 내게 있어 색깔과 질감이 뚜렷한, 온전한 사람이었다.

그는 추운 날씨에 거의 매일같이 두꺼운 갈색 스웨터를 입고 다녔는데, 나는 그 스웨터의 검정과 갈색 털실을, 학교 작업실에서, 산책하는 동안, 야외에서 그림을 그리면서 스웨터에 묻어 온 보푸라기, 톱밥, 나뭇가지, 온갖 먼지를 생생하게 기억한다. 우리가 처음 만난 직후 중고가게에서 내가 사 준 스웨터였다. 아일랜드에서 누군가 솜씨 좋은 사람이 직접 손으로 뜬 제품이었고 상태가 좋아서 아주 오랫동안 버텼던 그 스웨터는 사실 우리 부부 사이보다 더 오래 살아남았다. 그가 집에 돌아오면 나는 그 스웨터를 가득 안았다. 그의 팔꿈치를 쓰다듬을 때면 그 스웨터를 쓰다듬었다. 그는 스웨터 안에 항상 낡아서 해진 진홍색이나 진녹색 긴팔 티셔츠나 면 터틀넥 티셔츠를 입곤 했는데, 스웨터와 잘 어울리는 색깔은 아니었지만 눈에 띄는 조합이었다. 머리카락은 길기도 하고 짧을 때도 있어서 스웨터 목깃을 곱슬곱슬하게 덮거나 뒷목에서 까슬까슬하게 느껴지기도 했지만, 스웨터는 언제나 같았다.

222

이 시절 내 세계는 주로 촉각이었다. 그의 세계는 색채와 선이었으니 우리가 서로의 세계를 잘 보지 못했거나 그가 내 존재를 잘 느끼지 못했던 것 같다. 하루 종일 나는 깨끗한 접시와 그릇, 욕조 안에서 샴푸에 범벅이 된 아이들의 머리, 부드러운 얼굴, 뾰루지가 난 엉덩이에 묻은 똥, 뜨거운 국수, 세탁물을 건조기에 넣을 때 무겁고 뜨거운 빨래의 감촉을 느꼈다. 아이들이 새로 돋은 잔디 위에서 뛰어노는 동안 현관 앞 벽돌 계단에 앉아 책을 읽던 일, 아이 하나가 넘어졌을 때 잔디와 진흙, 긁힌 무릎, 손에 달라붙는 밴드에이드, 젖은 뺨, 내 청바지, 대롱거리던 신발 끈의 감촉.

로버트가 수업을 마치고 집으로 돌아오면, 나는 그의 갈색 스웨터와 몇 갈래로 갈라진 곱슬머리, 까끌한 턱, 뒷주머니, 못이 박힌 손을 어루만졌다. 그가 아이들을 들어 올리는 모습을 바라보며, 그의 거친 얼굴이 보드라운 얼굴에 닿는 촉감을 즐기는 아이들의 기분을 마치 내 기분처럼 느꼈다. 그런 순간 로버트는 완벽하게 우리와 함께 있었고, 촉감은 그 증거였다. 내가 하루 일에 녹초가 되어 있지 않으면 그의 손길이 나를 더 오래 깨어 있도록 했고, 나는 그의 부드럽고 털이 없는 옆구리와, 다리 사이의 부드럽고 뻣뻣한 털과, 납작하고 완벽한 젖꼭지를 만졌다. 그럴 때 그는 나를 보지 않고 나의 촉감의 세계에, 우리 사이의 움직이는 공간에 들어와서 격정적인 익숙함으로 해방감을 얻을 때까지 그 간극을 메우는 것 같았다. 그 시절 나는 늘 분비물과 젖에, 기저귀를 너무 빨리 갈아 줄 때 오스카가 싸는 오줌에, 넓적다리에 묻는 거품과 뺨에 묻는 타액에 젖어 사는 것 같았다.

아마 내가 시각의 세계를 버리고 촉각의 세계로 개종한 것은, 거의 매일 그리던 그림과 스케치를 중단한 것은 그 때문이었을 것이다. 나의 가족이 나를 물고 빠는 촉감, 내게 키스하고 나를 잡아당기고 내 몸에 주스, 소변, 정액, 진흙을 흘리는 촉감. 나는 끊임없이 샤워를 했고, 산더미 같은 세탁물을 빨았고, 침대보와 브라를 갈았고, 아이들의 몸을 문지르고 닦았다. 그 모든 것을 닦아내고 다시 깨끗해지고 싶었지만, 모든 것을 다 닦아낼 힘이 생기기 전에 늘 다른 것들이 내 몸에 묻곤 했다.

우리는 어른들처럼 부동산을 보러 다니며 어머니에게 현관 포치의 사진을 보내곤 했고, 잉그리드가 다섯 살, 오스카가 한 살 반이던 여름 마침내 새집으로 이사했다. 모든 것이 처음부터 내가 원하던 것이었다. 사랑스러운 두 아이, 두 달 동안 부탁한 끝에 로버트가 만들어 준 그네가 있는 마당, 이름조차 녹색인 작은 마을, 최소한 우리 중 한 사람이 좋은 직장에 다니는 생활. 원하는 모든 것을 이렇게 다 가져도 될까? 어머니도 내 곁에 계셨다. 같이 살게 된 첫해, 어머니는 정원을 가꾸고 집 안 청소를 하고 하루 한두 시간씩 테라스 그늘 아래 앉아 독서를 했다. 느릅나무가 그늘을 드리운 엄마의 은빛 머리카락과 하얀 책갈피 위에 작은 나뭇잎이 떨어졌다. 어머니는 그렇게 앉아 잉그리드와 오스카가 애벌레를 잡으러 다니는 모습까지 구경하곤 했다.

사실 어머니가 계셨기 때문에 좋았던 나날이었다고 생각한다. 나는 말동무가 있었고, 로버트는 어머니가 계시던 그 시절 가장 좋은 상태였다. 때로 그는 며칠 밤을 새거나 학교에서 선잠을 자서 피곤해 보이기도 했고, 종종 짜증을 부리면서 늦게 잠자리에 드는 시기도 있었다. 전반적으로는 평화로운 나날이었다. 로버트는 대학을 떠나기 전에 혼란스럽게 그림을 그려 놓은 다락방 작업실에 자진해서 페인트칠을 새로 했다. 약장 안에 든 오렌지색 약병의 영향이 얼마나 작용했는지는 모른다. 그는 가끔 Q 박사를 만나고 왔다고 말하곤 했고, 내겐 그것으로 충분했다. Q 박사가 나를 도울 수는 없었지만, 남편에게는 분명 도움이 되는 것 같았다.

새집에서 2년째 살던 해, 로버트는 메인의 한 워크숍에서 가르치기도 했다. 그는 이 일에 대해 별로 이야기하지 않았지만, 나는 그 일이 그에게 좋은 영향을 주었다고 생각했다. 우리는 아이들에 대해 이야기하며 함께 웃었고, 밤에는 내가 너무 피곤하지 않으면 로버트가 손을 내밀었다. 생활은 언제나 그랬듯이 흘러갔다. 나는 그의 셔츠 몇 장을 찢어 가구를 닦았다. 어떤 천조각 사이에서라도 그 천을 꺼내면 배어 있는 체취와 질감으로 그가 입던 옷이라는 것을 알 수 있었다. 그는 작업하는 것이 행복한 것 같았고, 엄마가 아이들을 봐주는 동안 나는 대출금을 빨리 갚으려고 주로 집에서 편집 일을 하기 시작했다.

어느 날 아침 어머니가 아이들을 데리고 공원에 간 뒤, 나는 설거지를 끝내고 위층으로 올라가서 침대 정리를 한 후 복도 책상에서 일을 하기 시작했다. 로버트의 작업실 문이 열려 있는 것이 눈에 띄었다. 그는 내가 일어날 때 한 손에 커피 머그를 들고 집을 나섰다. 요즘 그는 아주 일찍 일어나서 그림을 그리러 학교에 가곤 했다. 작업실 문간 바닥에 무슨 종이가 떨어져 있었다. 나는 별다른 생각 없이 종이를 집어 들었다. 로버트는 늘 쪽지나 일정 메모, 스케치, 구긴 냅킨 같은 것을 흩어놓곤 했던 것이다.

바닥에 떨어져 있던 것은 작가들이 갑갑할 때 원고를 찢어 내 버리듯 4분의 1 가량 찢겨 나온 메모지였다. 로버트의 필적이었지만 평소보다 반듯했다. 이 쪽지의 내용은 아직 내 책상 안에 있다. 원본을 보관하지는 않았다. 사실 내가 종이를 구겨서 로버트의 머리에 던졌을 때 그는 종이를 받아 들어서 자기 주머니에 넣었기 때문에, 이후 다시는 그 쪽지를 보지 못했다. 이 내용을 아직 가지고 있는 이유는, 무슨 직감에서였는지 로버트에게 따지기 전에 책상 앞에 앉아서 내용을 베껴서 보관했기 때문이다. 아마 언젠가 법정에서 필요할 것이라고 생각했거나, 최소한 나중에 자세한 내용을 잊어버리기 시작하면 한번 더 보고 싶을 거라고 생각했을 것이다. 검은 펜으로 줄을 잘 맞춰 유창하게 써내려 간 편지는 '사랑하는 사람'이라는 말로 시작되고 있었지만, 나에게 보내는 편지는 아니었고 그전에도 나는 이런 편지를 받아 본 적이 없었다.

225

사랑하는 사람

네 편지를 받고 감동해서 곧바로 쓴다. 그래, 네가 다정하게 암시했듯이, 지난 몇 년간 외로웠어. 이상하게 들릴지는 몰라도 네가 내 아내를 알았더라면 하는 마음이 있구나. 그랬더라면, 이런 표현을 써도 될지 모르겠지만, 우리는 서로를 세속을 초월한 이런 사랑이 아닌, 보다 적절한 관계로 알게 되었겠지.

로버트가 편지를, 아니, 어떤 글이라도 이렇게 유창하게 쓸 수 있다는 것은 미처 몰랐다. 내게 보내는 편지는 늘 짧고 사무적이었다. 이 편지가 연애편지라는 사실보다 바로 그 점이 더욱 구역질나도록 놀라웠다. 정중하고 다수 구식인 필치는 내가 알지 못하는 로버트, 아내에게는 절대 이런 정중한 기사도를 보여 주지 않는 로버트, 그러나 이 편지의 수신인에게는 기꺼이 보여 주려고 하는, 혹은 이미 보여 주었던 로버트였다.

나는 햇빛이 잘 드는 도서실에서 편지를 들고 지금 내가 무슨 내용을 읽는지 어리둥절해했다. 그는 외로웠다. 그는 세속을 초월한 사랑에 빠졌다. 물론 결혼해서 아이도 둘 있는 남자, 게다가 미쳤을 수도 있는 사람이니 당연히 '세속을 초월한' 사랑일 것이다. 한데 나는? 나는 외롭지 않았나? 하지만 나는 현실과 맞서 싸우고 있을 뿐 세속을 초월한 뭔가와는 관계가 없다. 아이들, 설거지, 청구서, 로버트의 정신과 의사. 나라고 자기보다 현실을 좋아하는 줄 아나?

나는 천천히 그의 작업실로 들어가서 이젤을 보았다. 여자가 거기 있었다. 어느새 나도 그녀에게, 우리 인생에 그녀가 있다는 사실에 익숙해진 것 같았다. 그것은 그가 몇 주 동안 작업하던 캔버스였다. 그녀는 혼자 있었고 얼굴은 아직 완전히 칠하지 않은 상태였지만, 그 하얀 타원형에 이목구비를 내 손으로 메울 수도 있을 것 같았다. 그는 그녀를 창문 앞에 세워 놓았고, 느슨한 연파랑색 가운을 입혀서 속살이 다 드러나 보였다. 그녀는 한 손에 붓을 들고 있었다. 하루 이틀이면 그녀는 그를 향해 미소를 짓고 있거나, 사랑을 담은 눈으로 심각하게 지켜보게 될 것이다. 나는 그녀가 상상 속의 인물, 허구, 그의 재능이 만들어낸 환상의 일부라고 믿고 있었다. 내 최초의 직감이 맞았다는 것이 드러나고 보니, 그것은 너무나 한심한 믿음이었다. 그녀는 현실에 존재했고, 그는 그녀에게 편지를 쓰고 있었다.

방을 망가뜨리고 싶은 충동이 일었다. 스케치북을 찢어 버리고, 작업 중의 여인을 바닥에 쓰러뜨려 짓밟고, 벽에 정신없이 붙어 있는 포스터와 우편엽서를 뜯어내고 싶었다. 그런 충동을 누른 것은 너무나 진부하다는 생각, 영화에 나오는 질투심 많은 아내가 되고 싶지 않다는 굴욕감 때문이었다. 마약처럼 내 두뇌를 잠식해 오는 비밀스러운 기분 때문이기도 했다. 내가 알고 있다는 사실을 로버트에게 알리지 않으면 더 많은 것을 알아낼 수 있을 것이다. 나는 편지를 베낀 뒤 다시 작업실 문간에 놓아 둘 생각으로 편지를 내 책상 위에 놓았다. 그가 허리를 굽혀 편지를 집어 들면서 '내가 흘렸나? 큰일날 뻔했군.' 이렇게 생각하며 편지를 자기 주머니나 책상 서랍에 넣는 장면이 머릿속에 떠올랐다.

나는 그의 작업실 탁상 서랍을 샅샅이 뒤진 뒤 물건을 그대로 제자리에 놓아 두었다. 커다란 연필, 회색 지우개, 유화 물감 영수증, 반쯤 먹은 초콜렛 바. 한 서랍 안쪽에 내가 모르는 필적으로 적힌, 로버트에게 보낸 답장 같은 편지들이 나왔다.

친애하는 로버트, 사랑하는 로버트, 오늘 새 정물화 작업을 하다가 당신 생각을 했어요. 아직도 정물화가 그릴 가치가 있다고 생각하세요? 왜 살아 있는 대상이 아닌 죽은 대상을 그릴까요? 당신이 손으로 대상에 생명을 어떻게 불어넣는지, 대상과 당신의 눈 사이에서, 이어 눈과 손 사이, 손과 붓 사이에서 전류처럼 오가는 수수께끼 같은 힘은 어떤 것인지 생각했어요. 그리고 다시 눈. 결국 핵심은 무엇을 보느냐겠죠. 손이 어떤 재주를 부리더라도, 침침한 시력을 고쳐주지는 못하니까요. 이제 급히 수업에 들어가야 하지만, 난 항상 당신을 생각합니다. 아시겠지만, 사랑해요. 메리.

손이 떨렸다. 구역질이 났고, 방이 사방에서 진동하는 것 같았다. 이제 그녀의 이름을 알았고, 학생이라는 것도 알았다. 교직원일 수도 있겠지만, 그랬다면 내가 이름을 알아보았을 것이다. 급히 수업에 들어가야 한다. 대학에는 내가 알지도 못하고 보지도 못한 학생들이 가득했다. 학내에 살던 동안에도 그 학생들을 다 보지는 못했을 것이다. 문득 몇 년 전 그린힐로 처음 올 때 그의 주머니에서 발견했던 스케치가 떠올랐다. 오래된 관계인 것이 틀림없다. 분명 뉴욕에서 만났을 것이다. 그는 그 이후로 자주 출장도 갔고 한 학기 동안 뉴욕 근처에서 체류하기도 했으니… 그녀를 만나기 위해서 간 걸까? 갑자기 떠난 것이, 우리를 데려가지 않으려 했던 것이 이 때문이었을까? 그녀는 분명 미술학도, 현재 작업 중인 화가, 진짜 화가일 것이다. 그는 손에 붓을 쥔 그녀의 모습을 그리고 있다. 당연히 그녀도 내가 한때 그랬듯 화가일 것이다.

228

하지만 메리라니. 이렇게 평범한 이름이라니. 동요에 나온 양을 기르는 여인의 이름, 예수 그리스도의 어머니 이름. 어쩌면 스코틀랜드 여왕, 혹은 블러디 메리, 아니면 반대로 막달라 마리아의 이름. 아니, 이름이 그렇다고 해서 결백을 보장해 주지는 않는다. 그녀의 필적은 크고 소녀 같았지만 거칠지는 않았고, 철자법은 정확했으며, 구문의 사용은 지적이고 때로 놀라웠으며 종종 유머러스했고 약간은 냉소적이었다. 때로 스케치를 보내 줘서 감사하다는 말도 적혀 있었고, 자기도 그림을 그려 보내기도 했다. 사람들이 머그와 차 주전자를 앞에 놓고 카페에 모여 앉아 있는, 한 페이지를 가득 채운 풍경이었다. 몇 달 전 보낸 것도 있었지만, 대부분은 날짜가 없었고 봉투도 전혀 없었다. 편지를 버릴 생각이었는지, 편지를 다른 곳에서 뜯어 보고 봉투를 챙기지 않았는지, 봉투 없이 들고 다녔던 것 같았다. 몇 통은 주머니에 오래 들어 있었는지 모서리가 닳아 있었다. 만나자고 하거나 약속을 한 내용은 없었지만, 예전에 서로 키스를 나누웠던 이야기가 들어 있기도 했다. 그립다, 사랑한다, 그를 꿈꾼다는 표현은 자주 있었지만, 사실 아주 성적인 분위기는 풍기지 않았다. 한 편지에서 그를 '손에 넣을 수 없는 사람'이라고 표현하는 것을 보니, 어쩌면 그 이상의 관계로 진전되지는 않은 것 같았다.

　하지만 그들이 서로 사랑한다면, 모든 일이 일어난 셈이다. 나는 편지를 서랍에 다시 집어넣었다. 내 마음을 가장 복잡하게 만든 것은 로버트의 편지였지만, 책상에는 그녀가 보낸 편지만 있을 뿐 로버트가 쓴 것은 없었다. 작업실에도, 그의 사무실에도, 재킷 주머니에도 더 이상 없었고, 심지어 밤에 글러브 박스에서 손전등을 찾는다는 핑계로—그가 눈치채거나 날 따라올 리는 없었지만—그날 저녁 차 안을 뒤져 봤지만 역시 아무것도 나오지 않았다. 그는 아이들과 함께 놀고 저녁 식탁에서 미소 지었다. 그는 힘이 넘쳐 보였지만, 눈길은 다른 상념에 빠져 있었다. 그것이 차이점이었다. 그것이 증거였다.

34

케이트

나는 다음 날 어머니가 아이들과 나간 뒤 그에게 잠깐 집에 있
으라고 했다. 그날 오전에는 수업이 없다는 것을 알고 있었다. 나는
로버트가 쓴 편지는 주머니에 넣고 나머지 편지는 식당 찬장에 숨
겨 놓은 뒤 그에게 잠깐 식탁에 앉아 이야기를 하자고 했다. 그는 얼
른 학교에 가고 싶은 것 같았지만, 내가 다 알고 있다는 걸 아느냐고
물으니 갑자기 그 자리에 굳었다. 그는 눈살을 찌푸렸다. 몸이 떨리
는 쪽은 나였다. 분노 때문인지, 두려움 때문인지 알 수 없었다.

"무슨 뜻이야?"

얼굴을 찌푸리는 표정이 진심 같았다. 그는 어두운 색 옷을 입
고 있었고, 때로 그렇듯 예고 없이 그가 잘생겼다는 사실이 먼저 눈
에 들어왔다. 당당한 몸매, 강한 얼굴의 윤곽.

"첫째, 그 여자 학교에서 만나? 매일? 뉴욕에서 여기로 온 거야?"

그는 등받이에 몸을 기댔다.

"학교에서 누굴 만나?"

"그 여자. 당신 그림에 늘 나오는 여자. 학교나 뉴욕에서 모델을

서 준 거야?"

그는 나를 노려보기 시작했다.

"뭐? 이 이야기는 전에 끝난 것 같은데."

"매일 만나냐고. 아니면 멀리서 편지를 보내?"

"편지?"

그는 이 말에 창백해졌다. 분명 죄의식이었다.

"대답하지 않아도 돼. 편지를 보내는 건 알고 있으니까."

"그녀가 편지를 보내는 걸 안다고? 당신이 뭘 알아?"

그의 눈빛에는 분노가 깃들어 있었지만 한편으로는 당혹감도 있었다.

"그 여자가 당신에게 보낸 편지를 찾았기 때문에 안다는 거야."

그는 할 말이 없는 듯, 뭐라 말해야 할지 모르겠다는 듯 나를 응시했다. 이렇게 갈피를 잡지 못하고 외부의 자극에 반응하지 못하는 그의 모습은 거의 본 적이 없었다. 그는 엄마가 잘 닦아 광이 나는 탁자 위에 두 손을 내려놓았다.

231

"그녀가 내게 쓴 편지를 찾았다고?"

부끄러워하는 기색이 없는 것이 묘했다. 그 순간 그의 목소리와 얼굴을 한마디로 정의하자면, 한편으로는 놀랍고 한편으로는 간절한 기대감이 엿보였다고 해야 할 것이다. 나는 분노했다. 나는 그의 목소리에서 그녀에 대한 이야기만 나와도 숨길 수 없을 정도로 그가 그녀를 사랑한다는 것을 느낄 수 있었다.

"그래!"

나는 벌떡 일어나 찬장 안 접시받침 아래에 숨겨 두었던 편지를 꺼냈다.

"맞아. 이름도 알아! 메리라는 걸. 내 눈에 띄게 할 생각이 아니었다면 왜 이 집에 편지를 둔 거지?"

나는 편지를 탁자 위에 던졌고, 그는 한 장을 집어들었다.

"아, 메리."

그는 시선을 들었다. 얼굴에 어쩐지 서글퍼 보이는 미소까지 스친 것 같았다.

"그건 아무것도 아니야. 음, 아무것도 아닌 건 아니지만, 중요하지 않아."

나도 모르게 울음이 터져 나왔다. 그가 내게 저지른 일 때문이 아니라, 극적으로 편지를 꺼내서 그의 앞에 내던지는 모습을 그에게 보여 주었다는 사실 때문인 것 같았다. 그것은 상상할 수 있었던 이상으로 굴욕적이었다.

"다른 여자를 사랑한다는 게 아무것도 아니야? 이건 그럼 대체 뭐야?"

나는 그가 쓴, 누가 봐도 그의 필적인 편지를 주머니에서 꺼내 구긴 뒤 그에게 던졌다.

그는 편지를 받아 들고 식탁 위에 반듯하게 펼쳤다. 그의 얼굴에 믿기지 않는다는 표정이 스치는 것 같았다. 그러더니 그는 정신을 차렸다.

"케이트, 대체 뭘 신경 쓰는 거야? 그녀는 죽었어. 그녀는 죽었다고!"

코와 입술 주변이 창백했고, 얼굴은 굳어 있었다.

"그녀는 죽었어. 그녀를 살릴 수 있다면, 그녀가 그림을 계속 그리게 해 줄 수 있다면, 내가 무슨 짓이든 하지 않았을 것 같아?"

이제 무엇보다 어리둥절한 기분이었다. 나는 훌쩍였다.

"죽었다고?"

날짜가 적혀 있던 편지를 생각해 보면 두 달 전만 해도 살아 있었던 게 분명했다. 사회적인 관습에 따라 '아, 정말 유감이야'라고 말하고 싶은 묘한 충동이 일었다. 자동차 사고를 당했을까? 한데 지난 몇 달, 몇 주 동안 전혀 고통스러운 기색을 보이지 않았을까? 다른 점은 전혀 없었다. 어쩌면 둘이 무슨 관계였든, 사실 로버트는 별로 심각한 마음이 아니어서 슬프지 않았는지도 모른다. 하지만 그렇다고 해도 끔찍했다. 인간이 어쩌면 그렇게 차가울 수 있을까?

"그래, 그녀는 죽었어."

로버트는 전혀 그답지 않은 쓸쓸함을 담아 내뱉었다.

"나는 아직도 그녀를 사랑해. 이런 말을 하면 당신이 만족스러울지 모르겠는데, 그 점은 당신 말이 맞아. 난 당신이 왜 신경을 쓰는지 모르겠어. 내가 말하는 이런 사랑을 당신이 이해할 수 없다면, 굳이 설명하고 싶지 않아."

그는 일어섰다.

한 번 흐느끼기 시작하자 멈출 수가 없었다.

"난 만족스럽지 않아. 모든 게 더 나빠졌어. 당신이 무슨 짓을 했는지도, 무슨 말을 하는지도 모르겠어. 당신은, 내가 당신을 이해하려고 얼마나 노력했는지 몰라. 하지만 우린 끝났어, 로버트. 그 점은 만족스러워. 아주 만족스럽다고."

나는 아이들의 손이 닿지 않도록 찬장에 올려놓았던 중국제 도자기를 집어 들어 방 건너편으로 던졌다. 도자기는 신시내티 출신의 강인한 사람들이었던 내 아버지의 부모님 초상화 아래 벽난로에 맞아 가슴 아플 정도로 산산조각 났다. 벌써부터 도자기를 깨뜨린 것이 후회스러웠다. 내 아이들을 제외한 모든 것이 후회스러웠다.

233

35

1878

그들이 머무르는 마을은 가까운 에트르타보다 더 조용했지만, 이브는 이런 계절에는 이곳이 더 좋다고 한다. 트루빌에서의 생활은 더 정신없었다, 여름에 그곳 산책로는 샹젤리제보다 더 붐빈다는 것이다. 원하면 언제든지 말이 끄는 마차를 타고 조용하고 우아하게 에트르타에 갈 수도 있지만, 걸어서 넓은 바닷가에 갈 수 있는 이 작은 마을은 가족 모두 마음에 들어한다. 대체로 그들은 조약돌과 모래를 밟으며 평온하게 마을에서 지낸다.

매일 저녁 싸구려 다마스크 의자와 조개껍데기로 가득 찬 선반이 있는 셋집 거실에서, 베아트리스는 아버지에게 몽테뉴를 소리 내어 읽어 준다. 다른 두 남자는 곁에서 귀를 기울이거나 나지막히 이야기를 나눈다. 이브에게 줄 생일 선물로 탈의실 쿠션에 박아 넣을 새로운 자수도 시작했다. 그녀는 매일같이 금색과 보라색의 작고 섬세한 꽃에 감각을 집중해서 이 일에 몰두한다. 베란다에 앉아 일하는 것이 제일 좋다. 고개를 들면 바다가 보이고, 왼쪽과 저 멀리 오른쪽에는 녹색을 머리에 얹은 회갈색 절벽이 있다. 바닷가에는 어부의 낡은 움막이 있고 배가 밀려 올라오며, 거친 바람이 부는 수평선 위에는 구름이 떠 있다. 몇 시간마다 비가 내리다가 다시 해가 고개를 내민다. 매일 조금씩 따뜻해지다가도 아침부터 폭풍우가 몰아쳐 집 안에 있어야 할 때도 있다. 다음 날은 더욱 화창하다.

여가 생활 덕분에 올리비에를 피할 수 있었지만, 어느 날 오후 그는 베란다에 나타나 그녀의 옆에 앉는다. 그의 습관을 알고 있지만, 이것은 이례적인 일이다. 날씨가 좋으면 그는 매일 아침과 오후 늦게 바닷가에서 그림을 그린다. 그는 그녀에게도 같이 가자고 하지만 그때마다 캔버스가 준비되지 않았다는 변명으로 거절하면, 그는 쾌활하게 혼자 휘파람을 불면서 포치에 앉아 있는 그녀 앞을 지나치며 가볍게 모자에 손을 대고 인사한다.

그녀가 보고 있기 때문에 더 쾌활하게 걷는 게 아닐까. 그가 그녀의 시선을 받으면 오히려 젊어 보인다는 묘한 기분이 다시 든다. 아니면 그녀가 그의 세월을 통해, 보다 투명하게, 그 세월이 만든 사람을 바라보는 법을 배웠기 때문일까? 그가 떠날 때면, 그녀는 그의 꼿꼿한 등과, 바닷가로 내려갈 때마다 즐겨 입는 낡은 작업복을 바라본다. 그에 대해 알고 있는 것을 잊고 우연히 휴가를 같이 하게 된 남편의 나이 많은 친척으로 바라보려고 노력하지만, 그녀는 이미 그의 생각과 언어, 작품에 대한 열정, 그녀를 바라보는 그의 시선에 대해 너무 많은 것을 알고 있다. 물론 이 집에서는 그가 그녀에게 편지를 보내지 않지만, 그 언어는 그들 사이에 항상 맴돌고 있다. 그의 삐딱한 필체, 종이 위에서 갑자기 비약하는 그의 사고, 종이를 애무하는 듯한 '너'.

오늘은 그의 팔 아래 이젤 대신 책이 끼워져 있다. 그는 거절당하지 않겠다는 단호한 태도로 그녀 옆의 큰 의자에 앉는다. 며칠 전 그가 그걸 입으면 수선화처럼 보인다고 말해 주었던, 목에 노란 끈 장식이 달린 연한 녹색 드레스를 입은 것이 기쁘다. 회색 재킷을 입은 그의 어깨가 그녀의 어깨에 닿을 정도로 더 가까이 와 주었으면, 그냥 가 주었으면, 다시 기차를 타고 파리로 돌아가 주었으면 하는 마음이 인다. 목구멍이 막힌다. 그의 몸에서 비누 같기도 하고 향수 같기도 한 상쾌한 냄새가 난다. 예전부터 써 왔던 향수인지, 때에 따라서 바뀌는 것인지 궁금하다. 펼치지 않은 책은 그의 무릎 위에 놓여 있고, 분명 그는 책을 읽을 마음이 없는 게 확실하다. 《라틴법》이라는 제목을 보면 알 수 있다. 집 안의 지루한 책장에서 본 책이다. 여기 나와 앉기 전에 아무 책이나 뽑아 왔을 거라는 생각을 하고, 그녀는 바느질거리 위에 고개를 숙인 채 미소 짓는다.

"좋은 아침이에요."

그녀는 여느 주부처럼 별다른 감정이 드러나지 않는 말투이기를 바라며 말을 건넨다.

"좋은 아침이다."

그는 대답한다. 두 사람은 잠시 말없이 그대로 앉아 있다. 그녀는 이것도 문제가 있다는 증거라고 생각한다. 전혀 모르는 사람이거나 평범한 가족이라면 이미 아무 이야기나 입에 올려 떠들고 있을 것이다.

"한 가지 물어도 될까?"

"그럼요."

그녀는 작은 가위로 황새의 부리와 다리를 찾아 실밥을 자른다.

"한 달 내내 나를 피할 생각이냐?"

"엿새밖에 안 됐는걸요."

"엿새하고 반이지. 엿새 하고 일곱 시간."

그가 정정한다. 그 말투가 우스꽝스러워서 그녀는 고개를 들고 미소 짓는다. 그의 눈빛은 파란색이고 흥미가 떨어질 정도로 늙어 보이지 않는다.

"웃으니 낫군. 4주 내내 벌을 받지 않았으면 했는데."

"벌이라고요?"

그녀는 최대한 가볍게 묻는다. 다시 바느질을 시작하려고 하지만 마음대로 되지 않는다.

"그래, 벌. 무엇 때문에? 멀리서 한 젊은 화가를 찬미했다는 이유로? 정중하게 처신했으니 너도 조금은 우정을 보여 줘도 되지 않느냐."

"아시겠지만…."

그녀는 입을 열지만, 평소와 달리 바늘이 말을 듣지 않는다.

"이리 주거라."

그는 바늘을 받아들고 금빛 실크를 조심스럽게 꿴 뒤 돌려준다.

"눈이 늙어서. 사용하면 할수록 좋아지지."

웃지 않을 수 없다. 그녀의 경계를 해제하는 것은 무엇보다 이런 유머, 자기 자신을 조롱하는 그의 능력이다.

"좋아요. 그럼 눈이 그렇게 좋으시니 이해하시리라 생각하는데…."

"그 예쁜 신발에 관심을 기울이는 것만큼만 나한테 관심을 보여 달라는 게 어렵다고? 아니, 돌멩이에 보이는 관심조차 안 주니, 아마 좀 더 짜증스럽게 굴어야 할 모양이로구나."

"그런 게 아니라…."

그녀는 다시 웃기 시작한다. 이런 순간 그들 사이에 튀는 즐거움이, 다른 사람들의 눈에도 띌 수 있는 기쁨이 싫다. 이 남자는 자신이 가족의 일원이라는 것을 모르는 걸까? 그것도 나이 많은? 나이라는 것은 얼마나 모호한가. 신체가 완전히 망가지지 않은 이상 인간의 마음은 늙지 않는다는 것을 그는 이미 가르쳐 주었다. 아버지가 더 젊으면서도 늙어 보이는 반면 이 머리가 허옇게 센 은빛 턱수염의 예술가는 적절하게 처신할 줄 모르는 것도 그 때문이다.

"그만하거라. 나는 진짜 골칫거리가 되기에는 너무 나이가 많고, 네 남편도 우리의 우정을 인정하지 않니."

"그가 인정하지 않을 이유가 있나요?"

그녀는 불쾌한 투로 말하려고 애쓰지만, 그가 가까이 있다는 묘한 즐거움이 너무나 크다. 그녀는 자기도 모르게 미소 짓고 있다.

"좋아. 너 스스로 그렇게 말하니 이제 할 말 없겠지. 반대할 이유가 없다면, 내일 아침에 나가서 나와 같이 그림을 그리자꾸나. 바닷가 어부 친구가 배에서 물고기가 튀어오를 정도로 날씨가 좋을 거라고 했어. 내가 볼 때는 흐린 날씨에 더 높이 뛰어오르는 것 같더라만."

그는 해안 지방의 억양을 흉내내고, 그녀는 웃는다. 그는 바다 쪽으로 손짓한다.

"네가 바느질이나 하면서 여기 갇혀 있는 게 싫구나. 위대한 예술가가 될 사람은 이젤을 들고 밖으로 나가야지."

목부터 얼굴까지 확 붉어진다.

"놀리지 마세요."

그는 진지한 얼굴로 돌아보더니 자기도 모르게 그녀의 손을 잡는다. 구애의 손짓은 아니다.

"아니, 아니. 난 진심이야. 내게 너 같은 재능이 있었다면, 나는 1분도 허비하지 않았을 게다."

"허비해요?"

화가 나기도 하고, 울고 싶기도 하다.

"아, 아가야. 말이 서툴렀구나."

그는 사과의 뜻으로 그녀의 손에 키스하고 그녀가 뭐라 말하기 전에 손을 놓는다.

"내가 너의 작품에 얼마나 신뢰를 갖고 있는지 알아야 해. 화내지 말거라. 내일은 같이 그림을 그리는 거야. 그러면 네가 얼마나 그림을 사랑했는지 기억나서 내 서툰 말은 모두 잊을 게다. 그냥 좋은 경치를 볼 수 있는 곳으로 데려가 주마. 알겠지?"

　다시, 상처받기 쉬운 소년의 눈빛이 그녀를 바라보고 있다. 그
녀는 그의 이마를 손으로 쓰다듬는다. 지금 이 순간 그에 대한 마음
보다 누군가를 더 사랑해 본 적이 없는 것 같다. 그의 편지나 정중함
에 대한 사랑이 아닌, 그라는 남자와 그를 제련해서 자신감과 나약
함이 공존하도록 한 세월에 대한 사랑. 그녀는 침을 삼키고 다시 바
늘을 정확하게 천에 꽂는다.

　"네, 고맙습니다. 갈게요."

　3주 후, 그녀는 바다와 배와 하늘이 가득 찬 작은 캔버스 다섯
개를 가지고 파리로 돌아간다.

36

케 이 트

로버트는 곧장 집을 비우지 않았고, 나도 마찬가지였다. 나는 어머니와 아이들에게서 보금자리를 빼앗거나, 내가 꿈꾸었고, 사랑했고, 어머니의 도움으로 얻은 집에서 떠날 생각은 추호도 없었다. 화병을 깨뜨린 뒤, 로버트는 편지를 모아 자기 주머니에 넣더니 칫솔 하나, 갈아입을 옷 한 벌 챙기지 않은 채 집을 나갔다. 그가 위층으로 가서 꼼꼼하게 짐가방이라도 쌌다면 마음이 더 편했을 것이다.

나는 로버트를 며칠 동안 보지 못했고 그가 어디 있는지도 몰랐다. 심하게 다투어서 시간이 필요하다고 말했더니, 어머니는 걱정하시긴 했지만 누구 편을 들지는 않았다. 이러다 화해하려니 생각하는 것 같았다. 나는 그가 메리와 같이 있을 거라고 나 자신을 납득시키려 애썼지만, "그녀는 죽었어"라고 씁쓸하게 내뱉었을 때 그가 진실을 말하고 있었다는 기분을 떨칠 수가 없었다. 그게 최악이었다. 그는 진정 남의 죽음을 슬퍼할 줄 모르는 것 같았다. 그녀의 죽음으로 인해 관계가 끝났다는 사실은 상처받은 내 마음을 달래 주지 못했다. 사실 으스스한 나의 일상에 뭔가 따라다니는 듯한 기분이 오히려 심해지기만 했다.

　그주의 어느 날 오후 나는 현관 계단에 앉아 책을 읽고—그리 집중하지 않은 채—어머니는 테라스 의자에 앉아 옷을 수선하며 아이들을 지켜보고 있는데, 로버트의 차가 조용히 나타나더니 그가 차에서 내렸다. 차 뒷자리에 이젤과 포트폴리오, 온갖 상자가 실려 있는 것이 보였다. 심장이 목구멍에 쿡 막히는 것 같았다. 그는 현관 으로 다가오더니 테라스로 돌아와 어머니에게 키스하고 안부를 물 었다. 어머니가 괜찮다고 말하는 것을 알 수 있었다. 전날 다시 현기 증이 일어 나와 같이 병원에 다녀왔는데도. 어머니도 이제 그가 떠 난다는 사실을 알고 있는데도.

　로버트는 천천히 내게 다가왔고, 잠시 나는 그의 존재를 온몸으 로 느꼈다. 날씬하지도, 뚱뚱하지도 않은 육중한 몸, 셔츠와 바지 아 래에서 성큼성큼 움직이는 근육. 옷은 어느 때보다 더 지저분했고, 페인트가 묻는 것도 전혀 신경쓰지 않았는지 걷어 올린 소매에는 붉은 얼룩이 묻어 있었으며 작업복 바지에는 흰색과 회색이 묻어 있었다. 얼굴과 목에는 세월의 흔적이 조금씩 나타나기 시작했다. 눈 밑의 주름, 갈색과 녹색이 섞인 깊은 눈길, 숱 많은 머리, 흰 머리 가 조금 섞인 천사 같은 곱슬머리, 그의 커다란 존재감과 거리감, 그 의 자족과 외로움. 벌떡 일어나서 그의 품에 안기고 싶었지만, 그래 야 할 사람은 그쪽이었다. 나는 어느 때보다 더 왜소해진 기분으로 그대로 계단에 앉아 있었다. 예술에 대한 거대한 열정 때문에 그가 돌봐주는 것을 잊어버린, 작고, 지나치게 깨끗한, 틀에 갇힌 인간. 그 는 자신의 열정이 무엇을 향한 것인지 내게 알려 주는 것조차 잊어 버렸다.

　그는 계단에서 멈춰 섰다.

　"물건 좀 가지러 왔어."

　"좋아."

"돌아오면 안 될까? 당신이 그리웠어. 아이들도 보고 싶고."

나는 목소리가 떨리지 않도록 애써 나즈막히 말했다.

"정말 돌아오려는 거야, 아니면 여전히 유령과 같이 살 거야?"

로버트가 다시 화를 낼 줄 알았지만, 그는 잠시 후 이렇게만 말했다.

"그 이야기는 그만두자, 케이트. 당신은 이해 못 해."

이때 만약 '내가 이해 못 해? 이해 못 한다고?' 이렇게 쏘아붙였다면, 나는 아마 아이들과 어머니 앞에서 계속 고래고래 외치게 될 거라는 것을 알고 있었다. 나는 대신 손가락이 아플 정도로 책을 꽉 붙잡고 아무 말도 하지 않았다. 그는 계단을 올라갔다가 잠시 후 짐가방을 들고 다시 내려왔다. 사실 벽장 안에 있던 낡은 더플백이었다.

"몇 주 정도 어디 갈 거야. 전화할게."

그는 정원으로 나가서 아이들에게 키스하고 오스카를 허공에 던져 올렸다. 아이들의 옷에 묻은 물기가 그의 셔츠를 적셨다. 그는 한동안 시간을 끌었다. 나는 그가 겪는 고통으로 인해 그가 더욱 미웠다. 마침내 그는 차에 타고 떠났다. 그제서야 그가 어떻게 몇 주 동안 학교에 안 나가도 된다는 걸까 하는 생각이 들었다. 그가 대학까지 그만둘지도 모른다는 생각은 떠오르지도 않았다.

어머니가 보통 사람처럼 생활한 것은 그때가 마지막이었다. 의사가 우리를 병원으로 불러서 백혈병 말기라는 사실을 알려 주었다. 화학치료를 받을 수도 있지만, 그래 봐야 고통만 더할 뿐이라고 했다. 어머니는 대신 호스피스 치료 광고물을 들고 나오며 슬퍼하지 말라는 듯 내 팔을 지그시 눌렀다.

37

케이트

이 부분은 건너뛰고 싶다. 나머지는 다 건너뛰고, 로버트가 어
떻게 돌아왔는지만 밝히고 넘어가겠다. 나는 그날 밤 그에게 전화했
고, 그는 어머니가 거의 움직일 수 없을 정도로 약해지는 6주 동안
집에 머물렀다. 알고 보니 그동안 그는 대학 밖으로 나가지 않았다.
어디서 잤는지는 말해 주지 않았지만, 아마 작업실이나 빈 사택에
머물렀을 것이다. 우리가 살던 집이 아직 비었는지 궁금했다. 어쩌
면 갓 태어난 잉그리드와 오스카를 처음 집으로 데려왔던 방 바닥
에 담요를 깔고 우리의 유령들과 함께 지냈는지도 모른다.

어머니의 병간호를 돕기 위해 잠시 집에 있었던 기간 동안 로
버트는 작업실에서 지냈지만 항상 친절하고 평온했으며, 내가 어머
니에게 진통제를 주고 점점 더 오래 잠만 자는 모습을 지켜보는 동
안 아이들을 데리고 놀러 나가기도 했다. 나는 그에게 대학에서의
일에 대해 묻지 않았다. 호스피스 간호사가 들어오기 전까지는 로버
트와 내가 같이 기다리는 것이 좋을 것 같았다. 모든 준비가 다 되어
있었고, 어머니 자신도 내가 준비하는 것을 도와주었다. 어머니가

내게 손짓으로 표현을 하면, 내가 부엌으로 가서 전화를 거는 식이었다.

그러나 마지막을 지켰던 것은 로버트와 나뿐이었고, 수없이 많았던 이전의 마지막을 제외하면 그것이 우리 결혼 생활의 마지막이었다. 이후 전화는 점점 뜸해졌고, 그는 워싱턴으로 사라졌고, 나는 이혼 서류를 접수하고 1년 넘게 그의 사무실에 손을 대지 않았고, 그가 그린 우울한 여인의 그림은 대부분 치워 버렸다. 이후 나는 그가 그림을 공격하고 체포당했다는 소식을 들었고 정신병원에 수용되었다는 소식을 들었다. 하지만 그의 어머니가 내는 병원비를 조금이나마 돕고 싶었고, 가능하면 조금이라도 상태가 나아져서 나중에 아이들의 졸업식이나 결혼식에는 참석했으면 하는 마음이었다.

결혼 생활이 무너져 본 경험이 없는 사람, 배우자가 자신을 떠나는 대신 사별한 사람들은 결혼이 단 하나의 마지막으로 끝나는 것이 아니라는 것을 모른다. 결혼은 마지막 페이지를 넘기고 이제 이야기가 끝났다고 생각하는 순간 에필로그가 나오고 그 뒤에도 계속 등장인물이 앞으로 어떻게 될지 상상하게 되는 그런 책과 같다. 내용 대부분을 잊어버릴 때까지는, 책을 덮고도 계속 인물들이 어떻게 되었는지 궁금한 것이다.

그러나 로버트와 내게 단 하나의 마지막이 있었다면, 그것은 어머니가 돌아가시던 날이었다. 어머니는 우리가 예상했던 것보다 갑작스럽게 돌아가셨기 때문이다. 어머니는 거실 소파에 누워 햇볕을 쬐며 쉬고 있었다. 내게 차를 끓여 달라고까지 부탁했는데, 갑자기 심장이 멈췄다. 기술적으로 맞는 용어는 아니지만, 내게는 그랬다. 내 심장도 멎었으니까. 나는 쟁반을 거실 양탄자 위에 떨어뜨리고 어머니에게 달려갔다. 우리의 심장이 멎는 순간 나는 무릎을 꿇고 어머니의 팔을 끌어안고 있었다. 그 순간을 지켜보는 것은 너무나, 너무나 고통스러웠지만, 아주 빨랐다. 그 오랜 세월 나를 돌봐 주신 어머니의 마지막을 지켜보고 안아 주지 못했다면 더욱 고통스러웠을 것이다.

모든 것이 끝나고 어머니가 더 이상 어머니가 아니게 되었을 때, 나는 어머니를 아주 꼭 껴안았다. 그제서야 목소리가 돌아왔다. 비명처럼 큰 소리로 로버트를 불렀지만, 한편으로는 어머니를 방해하는 게 아닐까 하는 생각도 들었다. 그는 내 목소리에서 심상치 않은 기색을 느꼈는지 부엌 뒤 사무실에서 달려나왔다. 어머니는 이미 몸무게가 대부분 줄어 있었기 때문에, 내 힘으로 쉽게 들어 안고 뺨을 마주 댈 수 있었다. 어쩌면 어머니를 똑바로 쳐다보고 싶지 않았기 때문일 것이다. 나는 대신 로버트를 쳐다보았다. 어머니의 생명이 끝나는 순간, 나는 그의 얼굴에서 우리의 결혼도 끝났다는 것을 알 수 있었다. 그의 눈은 공허했다. 그는 우리를, 생명이 다한 어머니의 육신을 안고 있는 나를 쳐다보고 있지 않았다. 이 순간 나를 어떻게 위로해야 할지, 어머니의 죽음에 어떤 예의를 보여야 할지, 자신은 어떻게 이 죽음을 슬퍼해야 할지도 생각하고 있지 않았다. 나는 그가 다른 사람을 보고 있다는 것을 분명히 알 수 있었다. 그는 내가 볼 수도, 이해할 수도 없는 뭔가를 보며 경악한 얼굴을 하고 있었고, 그것이 내 인생의 이 최악의 순간보다 더 나빴다. 그는 거기에 없었다.

245

1878. 11.

파리

사랑하는 베아트리스

감동적인 편지 감사하게 받았다. 아무리 최고의 몰리에르와 함께했다지만, 너와 함께하는 저녁을 놓쳤다니 생각하기도 싫구나. 내가 없었던 것을 용서해 다오. 세련된 토마 형제가 같이 있었을까 생각하니 약간은 질투심이 나는 것 같기도 하고. 아마 그들이 너와 좀 더 비슷한 나이라 보호본능이 생기는 거겠지. 사실 요즘 그들이 너와 자주 어울리는 건, 심미안이 있는 눈으로 보아야만 하는 네 작품에 그치들이 눈길을 보내는 건 마음에 들지 않는다. 어울리지 않게 퉁명스러운 말투 용서해 다오. 편지를 쓰지 않을 수 있다면 그렇게 할 텐데, 아침의 아름다움이 너무나 커서 너와 나누지 않을 수 없구나. 너는 네 창문 앞에, 어쩌면 자수나 내가 전에 두고 온 책을 들고 앉아 있을 테지. 내가 네 손을 찬미한다는 분별없는 말을 했을 때, 너는 네 손이 너무 크다고 했지. 하지만 네 손은 사랑스럽고—힘 있고—네 우아한 키에 잘 어울린다. 게다가 네 손은 겉보기뿐만 아니라 붓과 연필을 다루는 능력이 있고, 네가 하는 다른 모든 일들도 잘 해내지. 내가 그 손을 잡을 수 있다면(내 손은 더 크지만 능력은 너보다 못하지), 하나씩 차례대로 정중하게 키스할텐데.

용서해 다오. 오늘 아침의 아름다움을 너와 나눈다는 목적을 벌써 잊어버렸구나. 오늘 아침에는 테니스장까지 산책하면서 간밤 극장에 갔다 온 피로를 떨쳐냈다. 늘 일찍 일어나다 보니 매일 밤 늦게까지 움직이는 것이 힘들구나. 차라리 어제 저녁 네 곁에 있었으면 좋았을 텐데. 내일 밤에는 다시 쾌활한 벽난로 앞에 앉아 네게 책을 읽어 주거나, 아무 말도 하지 않고 네 생각을 읽을 수 있으면 좋으련만. 내가 너와 함께 있지 못할 때도 가끔은 그렇게 앉아 있어 다오.

쓸데없는 말이 또 길었구나. 테니스장에 가는 길에 나폴레옹의 마지막 전투도 목격했을 만한, 한때 아주 잘생겼을 법한 늙은 신사가 모자를 삐딱하게 쓰고 참새 가족에게 모이를 주는 것을 보았다. 내 천진한 상상에 너는 웃겠지. 공원을 걷다가 젊은 사제가 가운을 걷어차며 걸어가는 것도 보았다. 아주 급한 모양이었어. 바쁠 일이 전혀 없는 나는 추운 날씨에도 불구하고 벤치에 앉아 10분쯤 공상을 즐겼다. 아마 무슨 상념에 젖었는지 너도 일부는 눈치채겠지. 부디 그 애석한 마음을 비웃지 말아다오.

이제 집에 돌아와서 몸을 녹이고 아침을 먹었으니, 오늘 하루 만남과 일을 할 준비를 해야겠구나. 그동안에도 나는 끊임없이 널 생각할 테고, 너는 나를 완전히 잊고 지내겠지. 하지만 내일은 널 즐겁게 할 만한 소식을 전할 수 있었으면 좋겠구나. 오늘 만남 중 하나가 이 소식에 관련된 일이란다. 어쩌면 올해 살롱에 출품하게 될 내 새로운 그림과도 관련이 있어. 수수께끼를 남기는 것을 용서해 다오! 하지만 너와 이 이야기를 나누고 싶으니, 내일 아침 시간이 난다면 10시에서 12시 사이 내 작업실에 와 다오. 업무적인 일이고 아주 중요한 일이라, 이브도 네게 그림에 대한 의견을 물어보라고 했단다. 주소와 작은 지도를 동봉한다. 번잡스러운 동네이지만 재미없는 곳은 아닐 게야.

그때까지, 네 날씬한 손에 정중한 키스를 보내며, 기꺼이 꾸짖음을 기다리며—그리고 초대를 받아들여 주기를 바라며.

진실된 친구

O.V.

247

38

말로우

나는 진심으로 케이트에게 감사 인사를 한 뒤 그동안 메모한
내용을 들고 그 집을 떠났다. 케이트는 따뜻하게 내 손을 흔들어 주
었지만, 한편으로는 내가 떠나서 마음이 놓이는 것 같았다. 나는 시
내 외곽 커피숍 앞에 잠시 멈췄지만, 차에서 내리지 않고 휴대전화
를 꺼냈다. 수소문은 잠깐으로 충분했다. 그린힐 대학의 전화 교환
원은 친절하고 사무적인 목소리였다. 일을 하면서 점심을 먹는지,
배경에는 어수선한 소리가 들렸다. 전화는 미술대학으로 연결되었
고, 역시 친절한 비서의 목소리가 흘러나왔다.

"갑자기 전화드려서 죄송합니다만, 저는 앤드루 말로우 박사라
고 합니다. 〈미국의 미술〉에 예전에 귀 대학 교수였던 로버트 올리
버에 대한 기사를 쓰고 있는데요. 맞습니다, 네, 지금 여기 안 계신
건 압니다. 사실 그분은 워싱턴에서 만나 뵙고 왔어요."

그때까지만 해도 나는 아주 침착했지만, 머리 밑에 땀이 배는
것이 느껴졌다. 특정한 잡지 이름을 대지 말걸 하는 생각이 들었다.
로버트가 체포되어 정신병원에 수용된 걸 대학도 알고 있을까? 내

셔널 갤러리에서 있었던 사건이 주로 워싱턴 지역 신문에만 보도되었기를 바라는 마음이었다. 팔로 머리를 괴고 발목을 겹친 채 쓰러진 거인처럼 침대 위에 누워 있던 로버트의 모습이 떠올랐다. 그는 천장을 응시하고 있었다. 원한다면 누구하고라도 이야기해 보시오.

나는 밝게 말을 이었다.

"오늘 그린힐을 지나가다가, 갑작스럽다는 건 알지만, 혹시 오늘 오후나 내일 아침에 올리버의 동료에게 잠깐 그의 작품에 대한 이야기를 들을 수 있을까 하는 생각이 들어서요. 네. 감사합니다."

비서는 잠시 연결을 끊더니 놀랄 정도로 빨리 돌아왔다. 넓은 창고 같은 스튜디오에서 이젤 앞에 앉은 사람을 아무나 붙잡고 물어보는 광경이 떠올랐다. 하지만 그럴 리가 없다.

"리들 교수? 감사합니다. 갑작스럽게 찾아뵙게 되어 죄송하다고 전해 주시고, 오래 걸리지 않을 거라고 말씀드려 주십시오."

나는 전화를 끊고 커피숍에서 아이스커피를 사온 뒤 종이 냅킨으로 이마를 닦았다. 카운터의 젊은이가 내 얼굴을 보고 거짓말쟁이라는 걸 알아보지 않았을까 하는 생각이 들었다. 예전에는 이런 적이 없었어, 그에게 말해 주고 싶었다. 어쩌다 보니 점점 이렇게 돼버린 거야. 아니, 그렇지 않다. 얼마 전, 우연히 이렇게 된 거다. 로버트 올리버라는 사건 때문에.

대학까지 가는 길은 20분 거리, 멀지 않았지만 긴장 탓인지 끝없이 오래 걸리는 것 같았다. 산 위의 둥근 하늘, 종류를 알아볼 수는 없지만 분홍색과 흰색 야생화가 삼각형으로 피어 있는 고속도로, 매끄러운 아스팔트. "원하신다면 메리와 이야기해 보시든지." 로버트는 내게 이렇게 말했다. 내 앞에서 말한 것이 워낙 적었기 때문에 그의 말을 기억하는 것은 쉬웠다.

세 가지 가능성이 있다, 나는 생각했다. 첫째, 케이트와 헤어진 뒤 환각증세를 보일 정도로 상태가 급격히 악화되어서 죽은 여자가 아직 살아 있다고 생각할 가능성. 그러나 이 가설을 뒷받침할 증거는 없었다. 게다가 환각을 겪는다면 이렇게 용의주도하게 침묵을 지킬 수가 없을 것이다. 둘째, 그가 의도적으로 케이트에게 거짓말을 했고 메리는 죽지 않았을 가능성. 혹은… 세 번째 가능성은 아직 제대로 윤곽이 잡히지 않았다. 나는 대학으로 빠져나가는 출구를 찾느라 잠시 생각을 중단했다.

내가 상상하던 애팔래치아 깊은 산골의 풍경은 아니었다. 그러려면 고속도로를 좀 더 달려야 할 것 같았다. 고속도로에서 빠져나가 단정한 시골길을 달리니 그린힐 대학이라는 안내판이 나왔고, 이를 증명이라도 하듯 오렌지색 조끼를 입은 젊은이들이 노변에서 얼마 되지도 않는 쓰레기를 줍고 있었다. 도로는 산으로 접어들었고, 케이트가 말했던 회색 돌을 깎아 만든 오래된 표석을 지나 대학으로 이어졌다.

대학도 두메산골이라고 할 수 있는 풍경은 아니었지만, 솔송나무와 철쭉 뒤에 반쯤 숨은 입구 근처의 건물 몇 개는 오래된 오두막이었다. 사무용 같은 커다란 건물은 식당이었다. 식당 뒤 언덕에는 목재 기숙사와 벽돌 강의실이 줄지어 있었고, 그 너머는 사방이 숲이었다. 이렇게 숲 속에 아늑하게 자리잡은 대학은 처음 보는 것 같았다. 경내의 나무는 골든그로브보다 더 컸고―기품이 있었고 야생의 분위기를 풍겼다―참나무와 단풍나무, 훤칠한 가문비나무가 바람 부는 하늘을 향해 우쑥 솟아 있었다. 학생 세 사람이 삼각형으로 단정하게 정돈된 풀밭에서 프리스비를 하고 있었고, 금빛 턱수염을 기른 교수가 광장에서 수업 중이었으며, 학생들은 양반다리를 하고 무릎 위에 노트를 올려놓고 있었다. 목가적인 분위기였다. 나도 학교로 돌아가서 새로 시작하고 싶다는 기분이 들었다. 로버트 올리버는 이 작은 천국에서 몇 년 동안 살면서 정신질환을 앓고 종종 우울해했다.

미대는 캠퍼스 한쪽 끝의 콘크리트 상자였다. 나는 건물 앞에 차를 대고 그 옆의 미술관 건물을 바라보았다. 길고 좁은 오두막에는 화려하게 색칠한 문이 있었다. 바깥의 표지판을 보니 학생 전시회가 열리고 있었다. 이렇게 긴장되리라고는 미처 예상하지 못했다. 무엇을 두려워하는가? 기본적으로 나는 남을 돕기 위해 여기 와 있다. 내 직업이나 로버트 올리버라는 전직 미술강사와의 관계를 솔직하게 털어놓지 않은 것은, 그랬다가는 정보를 전혀 얻을 수 없다는 것을 알고 있기 때문이다. 얻더라도 그리 많이 얻지는 못할 것이다.

아까 전화를 받은 비서는 학생이거나 학생이라 해도 이상하지 않을 정도로 젊었고, 흰 티셔츠와 청바지 차림이었다. 나는 그녀에게 아놀드 리들을 만나러 왔다고 했고, 그녀는 복도를 지나 어느 사무실로 나를 안내했다. 책상 위에 다리를 얹은 사람이 보였다. 비쩍 마른 다리에 빛 바랜 회색 바지를 입고 있었고, 양말 바람이었다. 우리가 들어가자 다리는 얼른 밑으로 내려갔고, 남자는 전화를 받다가 얼른 끊었다. 무선전화가 아니라 구식 일반 전화였고, 팔에 엉킨 용수철 모양의 선을 푸느라 잠깐 시간이 걸렸다. 그런 뒤 그는 일어서서 내 손을 잡았다.

"리들 교수님?"

나는 물었다.

"아놀드라고 부르십시오."

비서는 벌써 나간 뒤였다. 아놀드는 마르고 생기 있는 얼굴이었고, 연한 적갈색 머리카락이 목깃 뒤에 엉켜 있었다. 파랗고 큰 눈은 쾌활했고, 코는 길고 붉었다. 그는 미소 짓고 내게 한쪽 구석의 의자를 가리키더니 다시 다리를 책상 위에 올렸다. 나도 신발을 벗고 싶은 충동이 일었지만, 참았다. 사무실은 복잡했다. 알림판에는 전시회 우편엽서가 붙어 있었고, 책상 위에는 깡마른 아이 둘이 자전거

251

를 타고 있는 재스퍼 존스의 큰 포스터가 걸려 있었다. 아놀드는 의자가 마음에 든다는 듯 더욱 깊이 몸을 파묻었다.

"어떻게 도와드릴까요?"

나는 손을 겹치고 편안한 표정을 지으려고 애썼다.

"비서한테 제가 로버트 올리버에 대해 인터뷰를 한다고 들으셨는지 모르겠습니다만, 당신이 도움을 줄 수 있을 거라고 하더군요."

나는 아놀드를 주의 깊게 바라보았다.

그는 침묵을 지키며 잠시 생각에 잠겼지만 특별히 경계하는 것 같지는 않았다. 내셔널 갤러리 사건에 대해서는 못 들었거나 신문도 못 본 것 같았다. 안도감이 밀려왔다. 그는 마침내 입을 열었다.

"로버트는 7년 정도 내 동료였고, 그의 작품도 잘 알고 있습니다. 친구였다고 할 수는 없을 것 같은데―말수가 많지 않은 사람이라서요―저는 항상 그를 존경했지요."

말을 어떻게 이어야 할지 알 수 없는 것 같았다. 감이 오지 않는 모양이었다. 그가 내 신분이나 로버트 올리버에 대해 묻는 이유를 궁금해하지 않는 것이 놀라웠다. 비서가 뭐라고 했는지는 몰라도, 그 설명에 만족하는 모양이었다. 〈미국의 미술〉에서 나왔다는 이야기도 했을까? 편집자가 혹시 그의 미대 동기라면 어쩌지?

"로버트는 여기서 작업을 많이 했지요?"

"아, 네. 작품을 아주 많이 했습니다. 수퍼맨처럼 늘 그림을 그렸어요. 개인적으로 그를 획기적이었다고 평가하지는 않습니다만, 기술적으로는 상당했습니다. 사실 아주 뛰어났죠. 한번은 학교에서 한동안 추상화 작업을 했는데 별로 마음에 들지 않는다고 말하더군요. 오래 하지는 않았을 겁니다. 여기 있는 동안 그는 두세 가지 연작 작업을 했습니다. 어디 보자, 하나는 창문과 문에 대한 작품이었는데, 약간 보나르풍의 실내라고나 할까, 좀 더 사실적이었습니다. 여기 미대 입구에 그 연작 두 점이 걸려 있었죠. 그중 하나는 정물이었는데, 정물을 좋아하는 사람이 볼 때는 아주 탁월했습니다. 과일, 꽃, 술잔, 마네와 비슷했지만, 항상 아스피린 병이나 전기 콘센트처럼 독특한 물건, 글쎄요, 변칙적인 물건이 들어 있었지요. 아주 잘 된 작품이었습니다. 여기서 큰 전시회도 열었고, 그린힐 미술관에도 적어도 한 점 정도 있을 겁니다. 다른 미술관에 걸린 것도 있고요."

아놀드는 책상 위의 연필꽂이를 뒤지고 있었다. 그는 연필 하나를 꺼내더니 손가락 두 개로 휘릭 돌렸다.

"떠나기 전 2년 동안은 새로운 연작 작업을 했는데, 마지막 즈음에는 여기서 개인전도 열었습니다. 그 연작은, 솔직히 말하자면, 기괴했습니다. 그가 작업실에서 작업하는 것도 봤지요. 보통은 집에서 작업했을 겁니다."

나는 지나친 관심을 보이지 않으려고 애썼다. 어느새 나는 기자처럼 침착하게 노트를 꺼내 들고 있었다.

"그 연작도 전통주의적인 분위기였나요?"

"아, 네. 하지만 기묘했어요. 모든 그림이 기본적으로 같은 장면을 다루고 있었으니까요. 상당히 잔인한 장면이었죠. 젊은 여인이 늙은 여인을 안고 있는 장면이었습니다. 젊은 여자는 충격을 받은 얼굴로 늙은 여인을 바라보고 있고, 늙은 여자는… 음, 머리에 총을 맞아서 죽어 있었습니다. 빅토리아풍 멜로드라마라고나 할까. 옷이나 머리카락, 디테일은 아주 충실했어요. 부드러운 붓질과 약간의 리얼리즘이 혼합된. 누구를 모델로 썼는지 모르겠는데, 아마 학생이겠죠. 그 작품을 같이 작업한 모델은 못 봤습니다. 여기 미술관에 그 연작도 한 점 있습니다. 개축할 때 그가 로비에 기증한 거죠. 제 작품도 거기 있습니다. 모든 교수진의 작품이 다 있죠. 로버트 올리버를 잘 아십니까?"

그는 갑자기 물었다. 나는 퍼뜩 긴장했다.

"워싱턴에서 몇 번 인터뷰했습니다. 그렇게 잘 안다고는 할 수 없지만, 재미있는 분이더군요."

"그는 어떻게 지냅니까?"

아놀드는 아까보다 더 예리한 눈으로 나를 바라보고 있었다. 그 연한 눈동자에 담긴 영리한 두뇌를 왜 미처 깨닫지 못했을까? 그는 느슨하고 편안한 태도로 책상 위에 팔다리를 척 올려놓은 채 상대의 무장을 해제시키는 사람이었다. 호감이 가는 사람이었고, 이제는 두려웠다.

"음, 요즘은 새 스케치 작업을 한다고 하더군요."

"돌아올 생각은 없겠지요? 돌아온다는 말은 못 들었는데요."

"그린힐로 돌아올 계획이 있다는 말은 못 들었습니다. 그런 이야기가 나오지 않았다 뿐이지, 계획은 있는지도 모르지요. 모르겠습니다. 강의는 좋아했나요? 학생들하고는 관계가 좋았습니까?"

"음, 그는 학생 한 사람과 달아났어요."

나는 완전히 허를 찔렸다.

"네?"

그는 재미있다는 표정이었다.

"그가 그 말을 안 하던가요? 음, 그 여자는 여기 학생은 아니었습니다. 아마 한 학기 동안 다른 대학에서 가르칠 때 만난 모양인데, 갑자기 휴가를 낸 뒤에 워싱턴에서 같이 살았다는 소식을 들었어요. 공식적으로 사직서도 내지 않았습니다. 무슨 일이 있었는지 모르겠습니다. 그냥 그렇게 안 돌아왔으니까요. 강사 경력으로서는 치명적이죠. 경제적으로 어떻게 그럴 수 있는지 늘 궁금했어요. 돈이 많은 사람 같지는 않았는데, 뭐, 모르는 일이죠. 그림이 잘 팔렸을 수도 있고. 그럴 가능성은 충분하죠. 어쨌든 안됐어요. 내 아내가 그의 아내를 좀 알고 지냈는데, 그의 아내는 아무 말도 안 하더라는군요. 교내 관사를 나가서 시내에 따로 산 지 한참 됐거든요. 사랑스러운 여자였습니다. 도대체 로버트는 무슨 생각을 했는지 알 수가 없어요.

사람이 그렇게 미치는 수가 있으니….”

이 말에 뭐라고 대답을 해야 할지 알 수가 없었지만, 아놀드는 눈치채지 못한 것 같았다.

“음, 어쨌든 로버트가 잘되길 빕니다. 사람은 좋은 친구거든요. 늘 그렇게 생각했어요. 큰 물에서 놀아야 할 친구라 여기서는 갑갑했겠지요. 제 생각은 그렇습니다.”

그는 자신이 지금 앉아 있는 의자처럼 편안하게 생각하고 있는 이 대학이 로버트에게는 그렇지 않았을 거라는 이야기를 전혀 분한 기색 없이 말했다. 그는 연필을 돌리며 잠시 생각에 잠기더니 수첩에 뭔가 그리기 시작했다.

“기사에서는 뭐에 초점을 맞추실 생각입니까?”

나는 정신을 차렸다. 아놀드에게 그 여학생의 이름을 물어봐야 할까? 감히 그럴 수는 없었다. 분명 그의 뮤즈, 케이트가 그토록 싫어한 그림 속의 여인일 것이다. 메리?

255

“음, 저는 올리버의 여성 그림에 관심이 있습니다.”

아놀드가 코웃음을 치는 성격이었다면 틀림없이 그랬을 것 같았다.

“여자 그림은 많이 그렸죠. 시카고 전시회는 주로 여자, 그것도 전부 똑같은 검은 곱슬머리 여자였어요. 그가 그 연작을 작업할 때 몇 번 봤는데요. 부인이 갖다 버리지 않았다면, 도록이 여기 어디 있을 겁니다. 한번은 아는 사람이냐고 물었는데, 대답이 없더군요. 그러니 누가 모델을 했는지는 모르겠습니다. 그 여학생일 수도 있겠죠. 여기 살지는 않지만. 어쩌면… 모르겠어요. 독특한 친구죠, 로버트는. 그 친구는 대답을 들어도 나중에 돌아서서 생각해 보면 아무 정보도 얻지 못했다는 걸 깨닫게 되는 그런 친구예요.”

“그가… 대학을 떠나기 전에 뭔가 평소와 다른 점을 느끼셨습니까?”

아놀드는 스케치를 책상 위에 놓았다.

"평소와 다른 점? 아뇨, 그렇게까지 말할 수는 없을 것 같은데. 마지막의 특이한 그림만 제외하면요—동료의 작품에 대해 이렇게 이야기하는 건 뭣하지만, 전 워낙 솔직한 사람으로 소문이 나 있으니 터놓고 말씀드리죠. 솔직히 그 그림은 좀 섬뜩했습니다. 로버트는 19세기 화풍을 그리는 데 대단한 능력을 가지고 있어요. 모방을 싫어하는 사람이라도 그 기술은 감탄하지 않을 수 없을 겁니다. 정물 시리즈도 놀라웠고, 한번은 인상주의풍의 풍경화를 그리는 것도 봤습니다. 꼭 진짜 같더군요. 한번은 자연만이 중요하다, 나는 개념미술이 싫다는 말을 한 적도 있어요. 저도 개념미술을 하는 사람은 아닙니다만, 싫어하진 않습니다. 전 이렇게 생각했죠. 그럼 도대체 왜 이런 무거운 빅토리아풍 그림을 그리지? 요즘 세상에 그게 개념미술이 아니라면 뭐죠? 그런 화풍으로 그린다는 것 자체가 자기주장을 내세우는 건데요. 하지만 이런 건 그에게서 직접 다 들으셨겠죠."

아놀드에게서는 더 이상 알아낼 것이 없을 것 같았다. 그는 회화를 관찰하는 사람이지, 인간을 관찰하는 사람이 아니었다. 로버트 올리버가 내면이 깊고 진지하고 문제도 많다면, 내 앞의 그는 영리하고 사람 좋고 대단찮은 사람으로 차츰 인상이 흐려져 가고 있었다. 둘 중 친구를 골라야 된다면, 전혀 망설이지 않고 우울하고 섬세한 올리버를 택할 것 같았다.

아놀드가 계속 말하고 있었다.

"더 필요하신 게 있다면, 올리버가 그린 그림을 보여 드리겠습니다. 요즘 여기서 그에 대해 찾을 수 있는 건 그 정도가 전부입니다. 그의 아내가 어느 날 그의 사무실을 치우고 교직원 작업실에 있던 그의 그림도 모두 가져갔거든요. 그때 전 여기 없었지만 다른 사람이 말해 주더군요. 어쩌면 로버트가 직접 치우고 싶지 않았는지도 모르겠습니다. 그랬다면 그 그림은 여기 영영 남았겠지요. 누가 알겠습니까? 그 친구는 여기서 친한 사람이 없었을 겁니다. 이리 오세요. 저도 마침 좀 걸어야 하니."

그는 황새 같은 다리를 폈고, 우리는 함께 밖으로 나갔다. 현관문을 나서자마자 햇빛이 눈부시게 쏟아졌다. 예술가가 이 작은 콘크리트 사무실에서 어떻게 버틸 수 있을지 의아했지만, 아놀드에게는 상관이 없는 것 같았다. 그는 이 사무실을 최대한 잘 이용하고 있는 것 같았다.

39

말로우

나는 그를 따라 통나무로 지어진 옆 건물로 향했다. 내부는 의외로 넓고 세련된 분위기였고, 건축가가 지방 건축 대상이라도 받고 싶어서 계획한 듯 뒤쪽에는 유리와 흰 회반죽으로 지은 부분도 딸려 있었다. 천창이 달린 입구에는 캔버스와 도자기가 가득 찬 유리장이 줄줄이 늘어서 있었다.

아놀드는 문 맞은편의 커다란 그림을 가리켰다. 그림을 보자마자 나는 그의 말뜻을 깨달을 수 있었다. 기괴하고 끔찍할 정도로 살아 있는 그림이었지만, 동시에 빅토리아 시대극처럼 지나치게 극적이었다. 부풀린 치마와 몸에 끼는 보디스를 입은 여자가 날씬한 몸을 굽히고 있었다. 그녀는 거칠게 돌이 깔린 길에 무릎을 꿇고 있었고, 아놀드가 말한 대로 나이 많은 여자의 시체를 안고 있었다. 나이 많은 여자의 얼굴은 잿빛이었고 눈을 감고 있었으며 입가는 축 처졌고, 이마에는 총구멍이 터널처럼 또렷하게 나 있었다. 늘어진 한쪽 머리카락과 숄에 흘러내린 피는 이미 말라붙어 있었다.

젊은 여자의 옷차림은 우아했지만, 연녹색 가운은 지저분하고 찢겨 있었고 죽은 여자의 머리를 끌어안은 앞섶에는 피가 묻어 있었다. 윤기가 흐르는 곱슬머리는 흐트러져 있었고, 리본으로 묶은 모자는 어깨에 떨어져 있었으며, 얼굴은 죽은 여자 쪽으로 숙이고 있어서 이미 그림 속에서 여러 번 만나 낯익은 눈빛은 보이지 않았다. 배경은 보다 흐릿했지만 좁은 도시 길거리의 벽 같았다. 가게 간판에 적힌 글씨가 희미하게 보였지만 읽을 수는 없었고, 알아볼 수 없는 빨간색과 파란색 물체가 옆에 있었다. 한쪽 끝에는—갈색, 아니면 베이지 색?—나무 조각? 모래자루? 목재? 같은 것이 쌓여 있었다.

전체적인 풍경은 보는 사람의 눈을 확 사로잡았지만 의도적으로 과장된 것 같았고, 감동적인 동시에 소름끼쳤다. 공포와 무기력한 절망의 분위기였다. 인물의 자세와 그 안에 담긴 슬픔은, 너무나 유명해서 젊은 사람이 아니라면 더 이상 아무도 자세히 관찰하지 않는 미켈란젤로의 피에타를 처음 보았을 때를 연상시켰다. 나는 대학을 졸업한 뒤 이탈리아로 여행을 갔을 때 피에타를 처음 보았다. 아직 유리장 안에 보관하기 전이어서, 1.5미터 정도 거리에서 밧줄 하나를 사이에 두고 볼 수 있었다. 햇빛이 마리아와 예수 그리스도를 비추자 두 육체는 마치 살아 있는 듯 했고, 슬퍼하는 어머니는 물론 방금 숨을 거둔 아들조차도 혈관에서 피가 흐르는 것만 같았다. 정말 감동적이었던 점은 예수가 죽지 않았다는 것이었다. 종교를 믿지 않는 내게 그런 느낌이 들었던 것은 예수가 부활한다는 것을 예상해서가 아니라, 마리아의 충격, 병원에서 끔찍한 상처로 죽어가는 젊은 사람을 볼 때 느끼는, 아직 육체를 떠나지 못한 생명력이 너무나 생생히 묘사되어 있었기 때문이었다. 그 순간 나는 천재와 그렇지 않은 재능 사이의 차이를 배웠다.

장면 자체의 끔찍함 외에 로버트의 그림에서 가장 인상적이었던 것은, 예전에 본 이 여인의 그림들이 모두 초상화인데 반해 이 그

259

림에는 서사가 있다는 점이었다. 하지만 어떤 이야기일까? 어쩌면 로버트는 모델을 쓰지 않았는지도 모른다. 로버트가 종종 상상을 통해 그림을 그렸다는 케이트의 말이 떠올랐다. 어쩌면 모델은 썼지만 서사는 자기가 상상했을 수도 있다. 19세기 드레스가 상상력을 자극했을 것이다. 이 여인이 죽은 어머니를 끌어안고 있는 장면을 상상했을까? 어쩌면 질병으로 인해 두 갈래로 나뉜 자신의 심리의 밝은 면과 어두운 면을 묘사했을 수도 있다. 로버트 올리버가 어떤 이야기를 염두에 두었을 것 같지는 않았다.

"당신도 마음에 안 드십니까?"

아놀드는 즐거운 것 같았다.

"기술적으로 아주 뛰어나군요. 당신 작품은 어떤 겁니까?"

"아, 이쪽 벽에 있습니다."

아놀드는 등 뒤 문 옆의 커다란 캔버스를 가리켰다. 그는 그 앞에 팔짱을 끼고 섰다. 커다랗고 부드러운 연한 파란색 사각이 서로 번지듯 합쳐지는 추상화였다. 물에 사각형 조약돌을 떨어뜨려서 파문이 사각으로 퍼져나가듯, 희미한 은색 광채가 캔버스 위를 덮고 있었다. 매력은 있었다. 나는 아놀드를 돌아보며 미소 지었다.

"좋은데요."

그는 유쾌하게 말했다.

"감사합니다. 요즘은 노란색을 합니다."

우리는 몇 년 전 아놀드가 낳은 파란색을 바라보며 잠시 서 있었다. 고개를 한쪽으로 기울이고 있는 모습을 보니, 그 자신도 한동안 이 작품을 제대로 본 적이 없다는 것을 알 수 있었다.

"자, 이제 그림."

"네. 이제 보내 드려야겠습니다. 친절하게 대해 주셔서 감사합니다."

"로버트를 다시 만나면 안부를 전해 주십시오. 무슨 일이 있었건, 여기서는 그를 잊지 않았다고."

"그렇게 하지요."

거짓말인가?

"생각나면 쓰신 기사도 보내 주십시오."

그는 문으로 나가는 내게 손짓을 하며 덧붙였다.

나는 고개를 끄덕인 뒤 고개를 젓고 차에 타기 전에 마주 손짓을 해 주었지만, 그는 이미 사라진 뒤였다. 나는 손에 머리를 묻지 않으려고 애쓰며 잠시 운전석에 앉아 있었다. 그러다 나는 빌딩 안에서 내다보는 사람들의 시선을 느끼며 천천히 차에서 내려 미술관으로 돌아갔다. 나는 입구의 그림과 전시대에 놓여 있는 반짝이는 도자기, 화병, 면직과 모직으로 된 태피스트리 앞을 지나쳤다. 주 전시관으로 가서 지금 전시 중인 학생들의 그림을 하나씩 훑어보면서 건성으로 설명문도 읽고 빨간색과 녹색, 금색의 색채 앞을 지나쳤다. 나무, 과일, 산, 꽃, 육각형, 자동차, 단어, 어떤 작품은 훌륭했지만 어떤 것은 놀랄 정도로 서툴렀다. 나는 색채들이 눈앞에서 소용돌이칠 때까지 모든 작품을 살펴보다가 천천히 로버트의 그림으로 돌아갔다.

그녀는 아직 거기에 앉아 끔찍한 시체 위에 허리를 굽힌 채 총구멍이 난 머리를 녹색의 풍만한 젖가슴에 누르고 있었다. 얼굴은 망연하다기보다는 비탄에 빠져 있었고, 굳게 다문 턱은 눈물에 젖어 있었으며, 섬세한 검은 눈썹은 이 사태가 믿기지 않는다는 듯 격분을 드러내고 있었다. 어깨선에도 분노가 드러났으며, 서둘러 움직이느라 치마는 아직까지도 떨리고 있는 것 같았다. 그녀는 지저분한 거리에 주저앉아 소중한 사람을 붙들고 있었다. 죽은 여인은 그녀가 잘 아는 사람, 사랑하는 사람이었다. 추상적인 동정심이 아니었다. 이것은 엄청난 작품이었다. 나도 미술 공부를 한 사람이지만, 로버트가 어떻게 이 정도의 감정과 움직임을 그림 속에서 표현할 수 있었는지 감히 상상도 할 수 없었다. 몇몇 붓질, 색채의 혼합은 알아볼 수 있었지만, 어떻게 이 정도로 살아 있는 여인에게 생명력을 불어넣고 죽은 여인에게 생명이 없음을 표현할 수 있었는지 내게는 수수께끼였다. 이것이 상상력의 산물이라면, 그것이 더욱 무서울 것 같았다. 대학에서 어떻게 매일같이 학생 앞에 이런 작품을 걸어 놓을 수 있는지?

그렇게 그녀를 응시하고 있으니, 여자는 금방이라도 비탄에 젖어 비명을 지르거나, 도움을 청하거나, 달려가거나, 사랑스러운 등과 허리를 펴고 무거운 시체를 들어 올리려 할 것 같았다. 금방이라도 무슨 일이 일어날 것 같았다. 이것이 놀라운 점이었다. 로버트는 믿기지 않을 정도의 충격, 완전한 변화가 일어나는 순간을 포착해 낸 것이다. 나는 내 목에 손을 얹고 온기를 느꼈다. 나는 그녀가 고개를 들기를 기다렸다. 그녀가 올려다본다면 내가 도와줄 수 있을까? 이것이 문제였다. 그녀는 내게서 몇 인치 떨어진 곳에서 숨을 쉬며, 완벽한 비통의 순간에 믿기지 않을 정도로 평온하게 살아 있었지만, 나는 무력했다. 나는 그때 처음으로, 로버트가 무엇을 성취해냈는지 깨달았다.

40

말로우

그날 오후 결단을 내리는 데는 몇 시간이 걸렸다. 다시 케이트의 집 현관에 도착했을 때는 이미 어두워져 있었다. 하루를 더 썼으니, 내일 저녁 약속을 지키려면 새벽에 워싱턴으로 출발해서 하루 종일 운전을 해야 할 것이다. 그린힐을 떠나는 대신, 나는 정처없이 걷고 시내에서 저녁을 먹은 뒤 마지막 순간 헤들리네 집을 출발해서 계곡 반대편으로 돌아갔다. 케이트의 동네에 들어서자 키 큰 나무들이 주위에 늘어서 있었고, 튜더풍의 집들은 불을 밝히고 있었다. 개 한 마리가 짖었다. 나는 천천히 그녀의 집 앞길에 차를 세웠다. 늦은 시각은 아니었지만, 예의에 어긋나지 않을 정도로 이른 시각도 아니었다. 도대체 왜 미리 전화를 하지 않았을까? 무슨 생각을 한 거지? 하지만 이제는 어쩔 수가 없었다.

포치에 올라서자 자동으로 불이 켜졌다. 경보음이라도 울릴 것 같은 기분이었다. 거실에는 등이 하나 켜져 있었다. 인기척은 느껴지지 않았지만, 뒷방 쪽에 불이 켜져 있는 것이 보였다. 나는 초인종을 누르려고 손을 들다가 마지막 남은 이성의 도움으로 마음을 고쳐먹고 대신 노크를 했다. 저 안쪽 문간에서 누군가 나타나더니 이쪽으로 다가왔다. 케이트였다. 섬세한 몸매와 반짝이는 머리카락이 경계심 어린 몸짓으로 전등불 밑에 나타났다가 다시 사라졌다. 그녀는 긴장한 얼굴로 유리창 밖을 내다보다가 나를 알아보았는지 더욱 조심스럽게 현관으로 다가와서 천천히 문을 열었다.

"죄송합니다. 이렇게 늦은 시간에 다시 찾아와서 정말 죄송합니다. 저는 제정신입니다만…."

나 자신도 확신할 수 없는 말이었다. 입 밖으로 내뱉고 보니 차라리 이 말을 하지 말걸 하는 후회가 일었다.

"새벽에 떠날 예정인데… 다른 그림들을 좀 볼 수 있을까요?"

그녀는 문 손잡이를 놓더니 고개를 돌려 나를 똑바로 쳐다보았다. 그 표정에는 슬픔과 경멸, 거의 한계에 이른 무한한 인내심이 어려 있었다. 나는 꼼짝도 않고 서서 차츰 희망을 잃어가고 있었다. 당장이라도 싫다, 미쳤구나, 무슨 소리를 하는지 모르겠다, 이제 볼일이 없다, 떠나 줬으면 좋겠다고 말할 것 같았다. 하지만 그녀는 옆으로 비켜서며 나를 안으로 들였다.

집 안은 고요하고 평화로웠다. 눈치없고 둔한, 최악의 손님이 된 기분이었다. 그녀가 이런 평화를 위해 치러야 했던 대가가 무엇이었던가? 편안함이 나를 둘러싸고 있었다. 전등, 완벽한 질서, 아이들의 호흡처럼 부드럽게 숨을 쉬고 있는 나무와 꽃들. 아마 아이들은 위층에서 자고 있을 것이다. 보이지도 않는 그 아이들의 연약함을 생각하자 더욱 죄책감이 느껴졌다. 저 계단을 올라가서 아이들의 나직한 숨 소리를 듣는 것이 두려웠지만, 놀랍게도 케이트는 식당 문을 열더니 계단을 내려가기 시작했다. 지하실이었다. 먼지와 마른 흙, 오래된 마른 나무 냄새가 풍겼다. 우리는 천천히 계단을 내려갔다. 천장에는 전구가 하나 달려 있었지만, 암흑으로 내려가는 기분이 들었다. 지하실 냄새는 어린 시절의 뭔가를 연상시켰다. 어렸을 때 찾아간 적이 있거나 뛰어놀았던 곳, 묘하게 즐거운 느낌이었다. 케이트의 날씬한 몸이 내 앞에서 움직이고 있었다. 금빛이 섞인 갈색 머리를 어두운 불빛에서 내려다보니, 마치 그녀가 내 곁을 떠나 꿈속으로 들어가는 것 같았다. 한쪽 구석에는 장작 더미가 있었고, 다른 한쪽 구석에는 오래된 물레와 플라스틱 양동이, 빈 도자기 화분이 있었다.

케이트는 말없이 지하실 안쪽 벽의 나무 벽장으로 안내했다. 아직도 꿈결 같은 기분으로 벽장 문을 열어 보니, 그것은 캔버스를 하나하나 깔끔하게 정리할 수 있게 특별 제작된 보관함이었고 안에는 그림이 가득 차 있었다. 그녀는 흰 손으로 문을 붙잡아 주었다. 나는 나직하게 진동하는 듯한 어둠 속에서 손을 뻗어 아무 그림이나 꺼낸 뒤 옆 벽에 세웠다. 한 장, 또 한 장, 보관함이 빌 때까지 계속 꺼내놓고 보니 벽에는 여덟 장의 큰 캔버스가 늘어서 있었다. 이 중에는 로버트의 전시회에 진열되었던 작품도 있을 것이다. 그가 거기서 다른 작품들을 많이 팔았는지, 어떤 가정이나 미술관에 가 있을지 궁금했다.

조명이 좋지 않았지만, 오히려 그 때문에 그림은 더욱 사실적으로 느껴졌다. 일곱 점은 내가 그날 오후 그린힐 대학 미술관에서 봤던 장면을 묘사하고 있었다. 여인은 사랑하는 시체 위로 허리를 굽히고 있었는데, 어떤 그림은 아직 젊고 윤곽이 또렷한 얼굴과 늙고 시든 노인의 얼굴을 근접으로 커다랗게 묘사하고 있었다. 어떤 그림은 비슷한 장면이었지만, 젊은 여인이 마치 피라도 빨아먹듯이 죽은 여인의 목에 얼굴을 묻고 흐느끼고 있었다. 통속적인 멜로드라마풍이기는 했지만, 가슴 아플 정도로 감동적이었다. 다른 그림에서는 여자가 시체를 발치에 두고 서서 손수건을 입에 댄 채 도움을 구하느라 주위를 미친 듯이 둘러보고 있었다. 그린힐 대학에서 묘사된 장면 앞의 일일까, 뒤의 일일까? 이 모든 그림 속에서 곱슬머리의 여인은 충격과, 비탄과, 두려움에 젖어 있었다. 이야기는 앞으로도, 뒤로도 전개되지 않았다. 여인은 영원히 이 한순간에 갇혀 있었다.

여덟 번째 그림은 가장 컸고, 상당히 달랐다. 케이트는 이미 그 그림 앞에 서 있었다. 세 여자와 한 남자를 묘하게 형식적인 구도로 묘사한 작품이었는데, 로버트 특유의 19세기 분위기가 없는 극사실주의풍, 이 집 2층 위 로버트의 작업실에서 보았던 육감적인 작품처럼 분명 현대적인 기법으로 그려져 있었다. 남자는 전면에, 여자 둘은 그의 등 뒤 오른쪽, 여자 하나는 왼쪽에 서 있었으며, 네 사람 다 현대 의상을 입고 심각하게 이쪽을 바라보고 있었다. 세 여자는 청바지와 연한 실크 셔츠, 남자는 찢어진 스웨터와 작업복 바지 차림이었다. 한 사람을 제외하고는 다 알아볼 수 있었다. 가장 작은 여자는 케이트였다. 금발은 지금보다 더 길었고, 커다랗게 뜬 파란 눈은 진지했으며, 몸은 꼿꼿하게 세우고 있었고, 주근깨 하나하나까지 다 그려져 있었다. 그녀 옆에 선 사람은 내가 모르는 여자였다. 역시 젊고 큰 키, 긴 다리, 곧게 뻗은 빨간 머리, 날카로운 얼굴이었으며, 두 손은 바지 주머니에 찌르고 있었다. 어디서 본 얼굴인가? 누구지? 남자의 왼쪽에 서 있는 여자는 그 익숙한 얼굴이었다. 현대적인 회색 실크, 빛바랜 청바지, 맨발, 꿈에서 보았던 강한 얼굴, 어깨 위로 늘어뜨린 검은 곱슬머리. 그녀가 우리 시대의 옷을 입고 있는 모습을 보니 실제로 어딘가에서 찾을 수 있을 것 같다는 기분이 들어 가슴이 두근거렸다.

그림 속의 남자는 물론 로버트 올리버였다. 마치 그가 직접 내 앞에 서 있는 것 같았다. 헝클어진 머리, 닳은 옷, 커다란 녹색 눈동자. 그는 주위의 여자들을 별로 의식하지 못하는 것 같았다. 이 그림의 주제는 그였다. 관람자에게조차 자기 자신의 어떤 것도 내보이지 않으려는 강한 반항기로 전면에서 앞을 주시하는 시선, 우아한 세 여인이 그를 둘러싸고 있었지만, 그는 사실상 혼자였다. 당혹스러운 그림이다, 나는 생각했다. 노골적이고, 자기중심적이고, 알 수 없는 그림이었다. 케이트는 그림 속의 모습과 비슷하게 눈을 커다랗게 뜨고 댄서처럼 꼿꼿한 자세로 서서 그림을 바라보고 있었다. 나는 머뭇거리며 그녀의 곁으로 다가가서 어깨에 팔을 둘렀다. 단순한 위안의 뜻이었다. 그녀는 냉소가 어린, 미소 같기도 한 표정을 띠고 나를 돌아보았다.

"없애지 않으셨군요."

내가 물었다.

그녀는 내 팔을 거부하지 않고 침착하게 나를 쳐다보았다. 작고 가벼운 뼈, 마치 새 같은 어깨였다.

"로버트는 대단한 예술가예요. 상당히 좋은 아버지, 상당히 나쁜 남편이었지만, 그가 대단하다는 건 나도 알고 있어요. 이걸 없애는 건 내가 할 일이 아니죠."

그녀의 음성에는 고상한 척하는 기색은 없었다. 그저 사무적이고 직설적인 표현일 뿐이었다. 문득 그녀는 내 팔에서 우아하게 벗어났다. 마음의 문이 다시 닫히는 듯했다. 그녀는 미소 짓지 않았다. 그녀는 가장 큰 그림을 지켜보며 머리를 매만졌다.

"어떻게 하실 겁니까?"

나는 마침내 물었다. 그녀는 내 말뜻을 이해했다.

"어떻게 해야 할지 결정할 때까지 갖고 있을 거예요."

충분히 이해할 수 있었기에, 나는 더 이상 묻지 않았다. 이 불편한 그림들은 잘만 처분하면 언젠가 아이들의 대학 등록금이 될 수도 있을 것 같았다. 그녀는 내가 그림을 도로 장에 넣는 것을 도와주었고, 문도 같이 닫았다. 마침내 나는 그녀를 따라 다시 나무계단을 올라가서 거실을 지나 포치로 나갔다. 우리는 잠시 머물렀다.

"어떻게 하시든 괜찮아요. 선생님이 옳다고 생각하는 대로 하세요."

나는 이 말이 로버트에게 아내를 만나 봤다, 아이들은 사진을
통해서밖에 보지 못했다, 그가 한때 살았던 우아하고 깨끗한 집과,
앞을 멀리 내다볼 수 없는 불안한 미래를 위해 전처가 보관하고 있
는 그림을 보고 왔다고 말해도 된다는 뜻이라는 것을 알 수 있었다.

　우리 둘 다 한동안 말이 없었다. 문득 그녀는 자세를 곧게 펴더
니―그래도 로버트 올리버의 뺨에는 닿지 않을 것 같았다―내게
조용히 키스했다.

　"안전하게 돌아가세요. 운전 조심하시고요."

　별다른 전갈은 없었다.

　아무 말도 할 수 없었다. 고개를 끄덕이고 계단을 내려가는데,
등 뒤에서 현관 문이 마지막으로 닫히는 소리가 들렸다. 차를 출발
시킨 뒤, 나는 라디오를 켰다가 다시 끄고 정적 속에서 핸들을 두드
리며 커다랗게, 더 커다랗게 노래를 불렀다. 알전구 밑에서 빛나는
로버트의 그림이 눈에 보이는 듯했다. 그 그림을 다시는 보지 못하
리라는 것은 알고 있었다. 하지만 나는 내 인생을 박차고 나왔다. 어
쩌면, 그녀가 그 문을 열어 주었는지도 모른다.

41

1878

라마르틴 가의 작업실 외관은 특별할 것이 없었다. 그녀는 마차에 앉아 건물을 올려다본다. 어제부터 하녀를 데리고 가야겠다고 거듭 다짐했다. 하지만 마지막 순간, 집을 나서기 직전에 다른 목격자를 데려가고 싶지는 않다는 것을 깨달았다. 그녀는 친구를 만나러 외출하니 시아버지 방에 점심을 갖다 드리라고 하녀에게 굳이 불필요한 쪽지를 남겨 놓았다.

건물 앞면이 너무나 실감나게 다가와서, 그녀는 보닛 밑에서 침을 삼킨다. 끈을 너무 당겨 묶은 모양이다. 늦은 오전의 거리는 소란스러운 마차와 한 쌍을 이룬 육중한 말발굽 소리, 배달 마차로 혼잡하다. 웨이터들이 카페 밖에 일렬로 의자를 내어 놓고, 노파 한 사람이 길가에서 쓰레기를 쓸어 담는다. 베아트리스는 너덜거리는 장갑과 기운 치마를 입은 노파가 긴 앞치마를 두른 남자에게 동전 몇 개를 받아든 뒤 빗자루와 들통을 들고 다른 곳으로 가는 것을 지켜본다.

베아트리스의 작은 가방 안에 든 쪽지에는 건물의 주소와 스케

269

치가 적혀 있다. 그가 그녀를 초대한 이유는 새 대형 캔버스를 다음 주 살롱에 출품할 예정이니 지금 보든지 그때까지 기다리든지 하라는 것이었다. 살롱에 합격될지 누가 알겠는가? 서투른 핑계다. 살롱에 그림이 걸리지 않아도 나중에 이브와 같이 보면 된다. 하지만 올리비에는 살롱에 출품했다, 크고 다루기 힘든 캔버스다, 합격 여부는 불확실하다는 점을 몇 번이나 언급했다. 그림에 대한 생각과 그의 고뇌는 어느 새 두 사람의 공동 관심사이자 공동 프로젝트가 되어 있었다. 얼마 전 그는 이 그림이 젊은 여인의 초상화라고 말했다. 베아트리스는 그녀가 누구인지 감히 물을 수 없었다. 물론 모델일 것이다. 그는 최신 풍경화를 대신 출품하는 것도 생각해 보았다고 했다. 이 모든 상황을 자신이 알고 있고 그림에 깊이 관여하며 조언을 하고 있다는 것이 자랑스러웠다. 새 보닛을 쓰고 혼자 나타난 것을 정당화하는 핑계가 바로 이것이었다. 게다가 그의 집에서 만나는 것도 아니다. 작업실로 오라고 했으니 그림을 구경하며 다과를 나누는 다른 사람들도 있을 것이다.

그녀는 한 시간 동안 마차를 기다려 달라고 하고 치마를 살짝 들어 올려 마차에서 내린다. 자두색 외출복 차림이었고, 위에는 회색 털이 달린 파란 모직 망토를 썼다. 보닛도 망토와 잘 어울린다. 파란 벨벳 바탕에 은색 띠가 둘러져 있는 새로운 디자인의 모자에는 마치 들판에서 만든 듯 파란 실크로 된 물망초, 치커리, 부채꽃이 진짜 꽃처럼 잔뜩 붙어 있다. 집에서 거울을 보니 뺨은 이미 상기되어 있었고, 눈은 죄의식 같은 빛을 담고 반짝이고 있었다.

그녀는 검은 가죽신을 신은 자신의 발이 마차에서 내려서서 지저분한 물웅덩이를 피해 포석을 밟는 것을 바라본다. 여기는 사건사고가 자주 생기는 동네이고 몇 년 전에도 바리케이드와 시체가 쌓였던 적이 있지만, 지금 다른 상상을 하고 싶지는 않다. 그녀는 위층 어딘가에서 기다리고 있을 남자만 생각하고 있다. 그를 만날 수 있을까? 그녀는 다시 위를 올려다보지 않으려고 노력한다. 장갑 낀 손으로 치맛단을 움켜쥐고 현관으로 다가가서 문을 두드리던 그녀는 그냥 들어가면 된다는 것을 깨닫는다. 문을 열어 줄 하인도 없다. 안으로 들어가서 낡은 계단을 올라가니 3층 그의 작업실이 나왔다. 다른 층의 문은 모두 닫혀 있다. 그녀는 그의 이름이 적힌 명판을 보고 문을 두드리기 전에 잠시 숨을 고른다. 코르셋이 너무 몸을 조인다.

올리비에가 바로 문 뒤에서 기다리고 있었다는 듯 곧장 문을 연다. 두 사람은 말없이 잠시 서로를 지켜본다. 일주일 이상 얼굴을 본 적이 없었고, 그동안 그들 사이에 뭔가가 깊어진 것 같다. 이 사실을 알고 있는 두 사람의 눈이 마주쳤고, 그녀도 그가 이런 변화를 알고 있다는 것을 깨닫는다. 오랜만에 보니 그의 나이를 실감할 수 있고, 점점 더 남자로서의 그를 객관적으로 바라보게 된다. 중년을 약간 넘긴 잘생긴 얼굴이지만, 코 주변부터 입가까지, 눈 밑에는 수직으로 깊은 주름이 패어 있으며, 머리카락은 연한 은빛이다.

그 얼굴 한 꺼풀 아래에는 예전과 같은 젊은 남자가 들어 있으며, 청년은 마치 쓰고 싶지 않았던 가면을 쓴 듯 연약하고 표정이 풍부한 밝은 눈으로 그녀를 바라보고 있다. 하지만 젊을 때는 저런 눈빛이 아니었을 것이다. 눈 밑은 붉게 늘어져 있고, 파란 눈동자는 물을 탄 듯 색이 옅다. 그가 고개를 숙이자, 분홍색 가르마를 중심으로 좌우로 빗질한 머리가 보인다. 턱수염에는 아직 뿌리 부분에 따뜻한 갈색이 돌고, 그녀의 손등에 닿는 입술도 따뜻하다. 이 짧은 접촉에서, 그녀는 그의 눈에서 내다보고 있는 사랑에 빠진 청년도, 노인도 아닌, 그의 본질을 느낀다. 나이가 없는, 오랫동안 축적된 인생을 살아가고 있는 예술가를. 그의 존재가 예기치 않은 종소리처럼 그녀를 꿰뚫고 지나가는 것 같아 숨을 고를 수가 없다.

"들어오십시오. 들어오세요. 내 작업실입니다."

그는 그녀를 '너'라고 부르지 않는다. 문을 잡아 주고 있는 그는

271

예전에 봤던 것보다 더 낡은 작업복을 입고 있고 재킷 위에 앞치마를 뒤집어쓰고 있다. 소매는 그에게도 너무 긴 듯 걷어 올렸다. 흰 셔츠 가슴에는 페인트 몇 방울이 튀어 있고, 검은 실크 넥타이도 올이 다 드러나 있다. 그녀가 온다고 해서 굳이 차려입지 않은 모습이었다. 실제 작업하는 모습을 보여 주려는 것이다. 그녀는 방 안으로 들어가서 아무도 없는 것을 확인하고 문간에 그가 가까이 서 있는 것을 의식한다. 그는 두 사람의 명예에 누가 될까 봐 남의 주의를 끌지 않으려는 듯 그녀의 등 뒤에서 문을 조용히 닫는다. 문이 닫혔다. 이제 일은 일어났다. 좀 더 후회나 죄책감이 느껴졌으면 하는 기분이다. 그녀는 바깥 세상이 그를 단순한 친척으로 볼 거라는 사실을, 그림을 보여 주기 위해 조카의 아내를 얼마든지 초대할 수 있는 점잖은 웃어른으로 볼 거라는 사실을 애써 떠올린다.

그러나 문을 닫으니 마치 새로운 문이 열리고 두 사람 사이에 햇빛이 내리쬐는 긴 공간과 공기가 들어서는 것 같다. 잠시 후 그는 움직였다.

"망토를 다오."

그녀는 일상적인 예의를 기억하고 보닛 끈을 풀어서 곱슬거리는 머리가 풀어지지 않도록 조심스럽게 모자를 들어 올린다. 망토 고리를 목덜미에서 푼 뒤 섬세한 모피가 상하지 않도록 안감이 겉으로 나오게 수직으로 한 번 접는다. 그녀는 그에게 모자와 망토를 건네고, 그는 옷을 들고 다른 문으로 나간다. 혼자 작업실 안에 서 있으니 주인이 없는 방이 더욱 내밀하게 느껴진다. 안쪽은 깨끗하지만 바깥쪽에 지저분한 얼룩이 묻은 긴 유리창에서 들어오는 햇빛이 가득 차 있고, 머리 위에도 장식 무늬가 새겨진 천창이 있다. 아래 길거리의 소음들이 들려온다. 쿵쿵거리는 소리, 쇠가 긁히고 부딪히는 소리, 말발굽 소리. 모두 너무나 희미하게 들려와서 더 이상 현실이 아닌 것 같다. 그녀를 데려다 준 뒤 거리의 마굿간에서 한 시간 동안 다른 마차꾼과 어울려 뜨거운 음료라도 마시고 있을 마차꾼 생각도 나지 않는다. 올리비에는 돌아와서 그림을 가리킨다. 그녀는 의도적으로 그림 쪽을 보지 않고 있다.

"숨긴 것은 아무것도 없다. 너는 동료 예술가니까."

가식 없는, 수줍어 보이기까지 하는 말투다. 그녀는 미소 짓고 시선을 돌린다.

"고맙습니다. 작업실을 있는 그대로 볼 수 있어서 영광이에요."

그러나 그림을 보려니 용기가 필요하다. 그는 가리킨다.

"이게 작년에 살롱에 걸려 있던 작품이다. 오만인지 모르겠다만, 아마 너도 기억할 거야."

똑똑히 기억한다. 가로 3~4자 길이의 섬세한 풍경화로서, 표면에 흰색과 노란색 꽃이 떠 있는 듯한 들판 한구석에 소가 풀을 뜯고 있고 갈색 나무들이 녹색과 엉겨 있는 정경이다. 약간 구식이고 코로퐁에 가깝다는 생각이 들지만, 그녀는 자신을 꾸짖는다. 그는 늘 그리던 대로 그림을 그렸고, 솜씨도 좋은 화가다. 하지만 그들을 갈라놓은 세월을 다시 떠올리게 하는 그림이기도 하다.

"마음에는 들지만 구식이라고 생각하겠지."

"아니, 아니에요."

그녀는 부정했지만 그는 한 손을 들어 말을 막는다.

"친구 사이에는 정직해야 하는 게야."

그의 눈은 아주 파랗다. 왜 저 눈을 늙었다고 생각했을까? 지금 그 눈은 단순한 젊음보다 더 빛나는 열정을 발산하고 있다.

"좋아요. 전 이 작품의 용감함이 더 마음에 드네요."

그녀는 바닥에 기대 세워져 있는 대형 캔버스 쪽으로 돌아선다.

"이게 살롱에 출품할 건가요?"

"저런, 아니다."

그가 웃는다. 옆에 서 있는 그의 몸이 현실로 다가온다. 그를 돌

273

아보지 않는 한, 그녀는 그 몸 안에 갇힌 젊은이의 존재를 느낄 수 있다.

"이건 네 말대로 좀 지나치게 용감해. 아마 받아주지 않을 게다."

그림 전면에는 나무가 서 있고, 우아한 정장과 모자 차림의 남자가 그 아래 잔디 위에 다리를 아무렇게나 꼬고 손을 무릎 위에 늘어뜨린 채 앉아 있다. 원근법이 능숙해서, 그림 속을 걸어서 나무 뒤에 뭐가 있는지 확인하고 싶다는 기분이 든다. 붓질은 소 그림보다는 더 현대적이다. 여기서는 다른 화가의 영향이 느껴진다.

"마네를 존경하는 마음이 느껴지네요."

"인정하기 싫지만, 그렇다. 눈이 정말 날카롭구나. 살롱에서는 목적의식이 없기 때문에 도발적이라고 할 거야."

"남자아이는 누구죠?"

"내가 가진 적이 없는 아들."

그는 가볍게 말했지만, 그녀는 무슨 말이 나올까 당혹스러운 기분으로 그의 얼굴을 관찰한다.

"아, 그냥 내가 그 아이를 그렇게 생각한다는 뜻이야. 노르망디 출신의 내 대자, 지금은 파리에 살지. 1년에 몇 번 만나서 산책도 한두 번 한다. 친구의 아들인데 사랑스러운 녀석이야. 몇 년 뒤에는 좋은 의사가 될 게다. 늘 공부만 해. 그 녀석을 시골로 끌어내서 운동을 시키는 게 나뿐인데, 그 녀석은 불쌍한 늙은 대부님을 위해서 하는 일이라고 생각하지. 자기 건강을 위해서라는 핑계로 내가 나가자고 하면, 그런 생각으로 따라 나선단다. 그러니 우리 둘 다 서로를 속이려고 하는 셈이야."

"그 마음이 보기 좋군요."

그녀는 진심으로 말한다. 그는 그녀의 자두색 소매를 건드린다.

"아, 그래. 이리 오거라. 나머지를 보여 주마. 그리고 차를 마시자."

다른 그림들은 보기가 더 힘들었지만, 그녀는 동요하지 않고 지켜본다. 반쯤 옷을 벗은 모델들, 벌거벗은 여자의 등, 우아한 미완성 작품들이다. 이 여자들이 언젠가 다시 작업실에 와서 이렇게 옷을 또 벗는다는 뜻일까? 그녀는 동료 화가로서 생각하려고, 신경 쓰지 않으려고 애쓴다. 다들 알듯이 모델들은 대개 행실이 헤픈 여자들이지만, 그녀도 남자의 개인 공간, 작업실에 들어와 있다. 나라고 나은 점이 있나? 그녀는 두려움을 억누르고 정물 쪽으로 돌아선다. 꽃과 과일, 그는 젊은 작품이라고 소개한다. 그녀에게는 약간 진부해 보이지만 기술은 좋고 섬세하다. 옛 대가들의 솜씨가 보인다.

"이걸 그리기 전에 네덜란드에 있었지. 요즘은 어떻게 보이나 싶어 얼마 전에 사람에게 보여 주기도 했다. 아주 옛날풍이지. 안 그러냐?"

그녀는 조심스럽게 대답을 하지 않는다.

"올해 살롱에 보낼 작품은 뭔가요? 지금까지 본 작품 중에 있나요?"

"아직."

그는 긴 방을 가로질러 낡은 안락의자 두 개와 차 대접용인 것 같은 원탁 뒤로 간다. 벽에는 천을 씌운 대형 캔버스가 있다. 두 손으로 들어야 할 정도로 크다. 그는 캔버스를 의자에 기대 세운다.

"정말 보고 싶으냐?"

처음으로 그녀는 익숙한 이 남자가 두렵다. 편지 때문에, 자신을 내보이는 솔직함 때문에, 그의 어깨 옆에 서 있으면 이상하게 반응하는 그녀 자신의 심장 때문에 완전히 새로운 눈으로 다시 이해하게 된 이 남자가. 그녀는 궁금하다는 듯 그를 향해 돌아섰지만, 물어볼 말은 없다. 왜 그림을 보여 주는 걸 망설이지? 아마 충격적인 누드이거나 그녀가 상상할 수조차 없는 다른 소재이기 때문일 것이다. 그녀가 지나친 행동을 하고 있다는 듯 팔짱을 끼고 못마땅한 표정으로 서 있는 남편의 존재가 느껴진다. 하지만 올리비에는 편지에서 이브도 이 그림을 그녀에게 보여 주라고 했다고 썼다. 무슨 말을 해야 할지 아무 생각이 나지 않는다.

올리비에가 천을 들어 올리자, 그녀는 두 사람의 귀에 다 들릴 정도로 크게 숨을 훅 들이쉰다. 금발머리 하녀가 장미색 소파에 앉아 있는 풍경을 느슨하고 자유롭게 묘사하려고 애썼던, 그녀의 그림이다.

"내가 왜 이 그림을 올해 살롱에 출품하려고 했는지 알겠지. 이건 나보다 더 훌륭한 화가의 그림이야."

그녀는 얼굴에 손을 댄다. 민망하게도 눈물로 눈앞이 흐려진다. 목소리가 약하게 흘러나온다.

"무슨 말씀이세요? 절 놀리시는 거예요?"

그는 놀란 듯 얼른 돌아섰다.

"아니야. 아니야… 기분을 상하게 할 뜻은 없었다. 지난 주 네가 밤에 작별 인사를 하고 들어간 뒤, 내가 집으로 가져왔어. 부디 출품하게 해 다오. 이브도 전적으로 찬성했고, 가명을 써서 사생활을 보호해 달라는 부탁만 덧붙였다. 하지만 놀라운 그림이야. 너는 오래된 것과 새로운 것을 한데 섞어 넣었어. 네가 나에게 이 그림을 보여 주었을 때, 너무 현대적인 그림일지라도 심사위원들이 이 그림을 꼭 봐야 한다고 생각했다. 널 설득하고 싶었어."

"이브도 당신이 그림을 가져온 걸 아나요?"

왠지 남편의 이름을 여기서, 다른 남자의 방에서 입에 올리고 싶지 않다.

"그럼, 당연하지. 너에게 말고 그에게 먼저 부탁했다…. 이브는 괜찮다고 하고 넌 안 된다고 할 게 뻔해서."

"안 돼요."

눈물이 넘쳐 뺨을 타고 흘러내린다. 남편 앞에서조차 울지 않는 성격인지라 굴욕감이 몸을 휩싼다. 이 사적인 그림을 낯선 환경에서 보니, 무엇보다 칭찬을 받으니 형용하기 힘든 기분이 든다. 그녀는 얼굴을 닦고 손목에 찬 벨벳 가방에서 손수건을 찾는다. 그는 재킷 주머니에서 뭔가 꺼내며 좀 더 가까이 다가온다. 그는 오랜 세월 동안 붓과 연필, 팔레트 칼을 잡던 손으로 조심스럽게 그녀의 얼굴을 두드리며 닦아 준다. 그는 손을 오목하게 펴서 마치 무게를 달듯 팔꿈치를 붙들더니 그녀를 그 쪽으로 끌어당긴다.

눈물을 달래 주는 것이니 허락된다는 생각에, 처음으로 그녀는 그의 목과 뺨에 머리를 묻는다. 그는 그녀의 머리카락과 목 뒷덜미를 어루만진다. 그의 손이 닿는 곳에 차가운 소름이 솟는다. 손가락 끝이 뒤통수의 머리가닥으로 움직이더니 꼼꼼하게 매만진 머리를 흩트리지 않고 가만히 쓰다듬는다. 팔이 그녀의 어깨를 감는다. 그가 그녀를 가슴에 끌어당겨서, 그녀는 한 손을 그의 등에 뻗어 몸의 중심을 잡는다. 그는 그녀의 뺨과 귀를 어루만진다. 이미 너무 가까이 와 있다. 그의 입술이 손보다 먼저 그녀의 입술을 찾는다. 그의 입술은 따뜻하고 말랐지만 부드러운 가죽처럼 약간 두툼한 느낌이 들고, 숨결에서는 커피와 빵 냄새가 풍긴다. 그녀도 여러 번 키스해 보았지만 모두 이브와 한 것이라, 이 새로운 입술에서 가장 먼저 느껴지는 것은 낯설다는 기분이다. 다음 순간 그녀는 이 입술이 남편의 입술보다 더 능숙하고 더 집요하다는 것을 깨닫는다.

그가 그녀에게 키스하고 그런 그를 자신이 원한다는 불가능한 상황이 벌어졌다는 것을 깨닫자, 얼굴과 목에 열기가 확 뻗는다. 이전에는 욕망과 결부시키는 법을 몰랐던 욕망이 가슴속에서 주먹처럼 불끈 치민다. 그는 그녀가 도망칠까 봐 두려운 듯 이제 그녀의 팔을 붙잡고 있다. 그 힘센 손에서, 살아가고 일하기 위해 이런 힘을 길러야 했던, 그녀가 그를 몰랐던 세월이 다시 느껴진다.

"허락할 수 없어요."

이렇게 말하려 했지만, 말은 그의 입술 밑에서 사라진다. 그림을 살롱에 보내는 것을 허락할 수 없다는 뜻인지, 키스하는 것을 허락할 수 없다는 뜻인지 스스로도 알 수가 없다. 그가 먼저 부드럽게 그녀를 밀어낸다. 그녀가 초조한 만큼, 그도 떨고 있다.

"용서해 다오."

그의 목구멍에서 쉰 목소리가 흘러나온다. 그의 시선은 그녀를 뚫어지게 쳐다보고 있다. 이제 다시 그를 바라보니, 그가 늙었다는 사실을 실감할 수 있다. 용감하다는 것도 깨닫는다.

"널 불쾌하게 할 생각은 없었다. 내가 제정신을 잃었구나."

그녀는 그의 말을 믿는다. 그는 그녀 생각에 자기 정신을 잃은 것이다.

"불쾌하지 않았어요."

소매와, 가방과, 장갑을 매만지며, 그녀는 자기 귀에도 거의 들리지 않는 목소리로 중얼거린다. 그의 손수건이 발치에 떨어져 있다. 코르셋 때문에 허리를 굽혀 주울 수가 없다. 몸의 균형을 잃을까봐 두렵다. 그는 허리를 굽혀 손수건을 주웠지만, 다시 그녀에게 주지 않고 천천히 재킷 주머니에 넣는다.

"내 잘못이다."

그녀는 끝이 약간 닳고 한쪽에 노란 페인트가 묻은 그의 갈색 가죽신만 내려다보고 있다. 그가 일할 때 신는 신발, 진짜 그의 인생.

"아뇨. 제가 오지 말았어야 했어요."

"베아트리스."

그는 진지하게, 예의바르게 그녀의 손을 잡는다. 몇 년 전 이브가 똑같이 정중한 태도로 청혼했을 때가 당혹스러운 기분 속으로 떠오른다. 삼촌과 조카 사이이니 몸짓도 비슷하지 않을 이유가 없다.

"가 봐야겠어요."

그녀는 손을 빼내려고 하지만 그가 놓아주지 않는다.

"가기 전에, 내가 널 존경하고 사랑한다는 걸 부디 알아다오. 난 네게, 너라는 사람에게 매혹되었어. 네 발에 키스하게 해 달라는 것 말고는 절대 아무것도 요구하지 않으마. 단지 이 기회에 모든 것을 털어놓게 해다오."

익숙한 얼굴과 대비되는 이 목소리의 강렬함이 그녀를 움직인다.

"영광이에요."

그녀는 망토와 모자를 찾아 주위를 두리번거리며 무기력하게 말한다. 다른 방에 있다는 것이 기억난다.

"나는 네 그림과, 예술에 대한 직감을 사랑한다. 너에 대한 사랑과는 다른 문제야. 너는 대단한 재능을 지니고 있어."

그는 이번에는 보다 조용히 말한다. 당황스러운 순간이지만, 그녀도 그가 진지하다는 것을 깨닫는다. 그는 슬프고, 솔직하다. 이미 인생을 뒤로한 사람, 남은 시간이 별로 없는 사람. 그는 잠시 그녀 앞에 서 있다가 그녀의 물건을 가지러 옆방으로 향한다. 그녀는 떨리는 손가락으로 보닛 끈을 묶는다. 그는 그녀가 단추를 목에서 잠그는 동안 조심스럽게 망토를 받쳐 준다.

다시 돌아서는 순간 그의 얼굴에 어린 절망을 보고, 그녀는 미처 다른 생각을 할 사이도 없이 그에게 다가간다. 그의 뺨에 키스한 뒤, 잠시 멈췄다가, 얼른 그의 입술에 키스한다. 이미 익숙해진 느낌이다.

"가야 해요."

둘 다 차나 그림 이야기는 하지 않는다. 그는 문을 열어 주고 말없이 허리를 숙인다. 그녀는 난간을 꽉 붙잡고 계단을 내려가서 도로로 나선다. 문이 닫히는 소리가 들리나 싶어 귀를 기울여 보지만, 들리지 않는다. 아직 문간에 서 있거나 계단참에 있는 것이리라. 마차는 30분 동안 돌아오지 않을 것이니 길 끝 마굿간까지 걸어가거나 다른 마차를 찾아야 한다. 그녀는 잠시 건물 앞 벽에 기대서 장갑을 통해 벽을 느끼며 마음을 진정하려고 애쓴다. 성공이다.

그러나 나중에 모든 것을 단순하게 생각하려고 애쓰며 포치에 홀로 앉아 있으니, 키스의 기억이 되살아나고 주변의 공기가 바뀐다. 그 기억은 높은 창문에서, 양탄자에서, 접힌 치맛자락에서, 책갈피 사이사이에서 흘러나온다. "내가 널 존경하고 사랑한다는 걸 부디 알아다오." 그녀는 그 키스의 기억을 사라지게 할 수가 없다. 다음 날 아침이 되자, 이제는 그 기억을 잊고 싶다는 생각은 들지 않는다. 나쁜 마음은 없지만―절대 나쁜 짓은 하지 않을 것이다―최대한 오랫동안 이 기억을 간직하고만 싶다.

42

말로우

새벽이 오기 전에, 나는 버지니아를 향해 차를 몰기 시작했다. 고속도로 변은 내려올 때보다 더 녹색으로 변한 것 같았다. 부드럽고 서늘한 날이었으며, 비가 잠시 내리다가 그치기를 반복했다. 집이 그리웠다. 나는 늦은 시간에 잡은 약속을 지키기 위해 듀폰 서클로 곧장 갔다. 환자는 이야기했다. 오랜 습관 덕분에 나는 적절한 질문을 하고, 귀를 기울이고, 처방을 하고, 내 결정에 자신감을 가지고 환자를 보냈다.

어둠 속에서 아파트에 도착한 뒤, 얼른 짐을 풀고 수프 한 캔을 데웠다. 해들리의 낡은 시골집에서 지내고 나니—이제 인정할 수 있었다. 나라면 당장 그 집을 무너뜨리고 창문이 두 배쯤 많은 집을 새로 지으리라—내 방은 너무나 깨끗하고 아늑해 보였고, 그림마다 전등이 적절한 조명을 비춰 주었으며, 지난 달 드라이클리닝을 한 면 커튼은 반듯했다. 며칠 동안 집을 비우지 않으면 잘 못 느끼는 석유용제와 유화물감 냄새가 풍겼고, 부엌에는 수선화가 활짝 피어 있었다. 집을 비운 동안 꽃이 피어 있는 것을 보고, 고마운 마음으로 조심스럽게 지나치지 않도록 물을 주었다. 나는 아버지에게서 물려받은 백과사전으로 다가가서 책등에 손을 대다가 문득 멈췄다. 다음에 시간이 있을 것이다. 대신 나는 샤워를 하고 불을 끄고 잠자리에 들었다.

다음 날은 바빴다. 한동안 자리를 비웠는지라 골든그로브의 직원들은 나를 계속 찾았다. 내 예상보다 경과가 좋지 않은 환자들이 있어서 간호사들은 짜증을 부리는 것 같았다. 책상에는 서류가 잔뜩 쌓여 있었다. 나는 몇 시간 뒤에 로버트 올리버의 병실에 겨우 가 볼 수 있었다. 로버트는 책상 겸 선반으로 쓰이는 작업대 옆 접이식 의자에 앉아서 스케치를 하고 있었다. 편지는 그의 옆에 두 뭉치로 나뉘어 놓여 있었다. 무슨 기준으로 나누었는지 궁금했다. 그는 내가 들어오는 것을 보고 스케치북을 덮더니 돌아앉아 나를 보았다. 나는 이를 좋은 징조로 받아들였다. 보통 그는 일을 하든 말든 내 존재를 완전히 무시했고, 그것도 불편할 정도로 아주 오랫동안 아랑곳하지 않았기 때문이었다. 그는 피곤하고 까칠한 표정이었고, 내 얼굴을 알아본 그의 시선은 곧 내 옷차림으로 향했다.

혹시 그가 질병에 얼마나 휘둘리고 있는지 침묵 때문에 과소평가하고 있는 게 아닌가 하는, 벌써 수없이 했던 생각이 다시 들었다. 아무리 유심히 관찰했다 해도, 내가 판단할 수 있는 이상으로 상태가 심각한지도 모른다. 내가 어디 갔다 왔는지 혹시 짐작한 게 아닐까 하는 생각도 들었다. 나는 큰 의자에 앉아 그에게 붓을 씻고 내 앞 의자에 앉아 보라고 한 뒤 전처 소식을 전해 줄까 잠시 생각해 보았다. 전처와 첫 키스를 할 때 당신은 그녀를 바닥에서 들어 올렸다지. 당신 집 새모이통에는 아직도 홍방울새가 날아들고 있고 철쭉이 한창 피어나고 있더라, 이제 당신이 얼마나 천재인지 더 잘 알게 되었다, 이렇게 말해 볼까. 아니, '에트르타'가 당신에게 무슨 의미가 있나? 이렇게 물어볼까?

"잘 지냈습니까, 로버트?"

나는 문간에서 물었다.

그는 다시 스케치 쪽으로 돌아앉았다.

"좋습니다. 음, 전 다른 사람들을 만나러 가겠습니다."

왜 이런 말을 했을까? 원래 이런 말을 좋아하지 않았는데. 나는 얼른 방을 둘러보았다. 달라지거나, 위험하거나, 어질러진 것은 없는 것 같았다. 나는 그에게 스케치를 잘 하라고 격려하고, 오늘은 날씨가 화창할 것 같다고 말한 뒤, 돌아보지도 않는 그에게 최대한 진심에서 우러나오는 미소를 지어 보였다.

나는 하루 일과를 힘들게 다 끝낸 뒤 늦게야 책상 앞에 앉았다. 주간 직원들은 퇴근했고, 환자들에게 배급된 저녁 식사를 한창 치울 시각이었다. 나는 사무실 문을 닫고 잠근 뒤 컴퓨터 앞에 앉았다.

가물가물하던 기억이 맞았다. 에트르타는 노르망디의 해안도시로서, 19세기 회화, 특히 외젠 부댕과 그의 열정적인 젊은 제자 클로드 모네의 그림에 즐겨 등장한 곳이었다. 익숙한 정경이 보였다─모네의 깎아지른 거친 절벽, 저 유명한 아치 형태의 해안가 바위. 그러나 그 외에도 에트르타를 찾은 화가들은 많았던 것 같았다. 올리비에 비뇨, 내셔널 갤러리에 동전이 있는 자화상이 걸려 있는 질베르 토마, 둘 다 에트르타의 해안을 화폭에 남겼다. 새로 깔린 북부 철도를 이용할 능력이 된 화가는 거의 대부분 에트르타에 가서 이 풍경에 도전한 것 같았다. 거장부터 중소 화가, 주말 화가, 주로 수채화를 그리는 사교계 사람들. 모네의 절벽은 에트르타 풍경화의 역사를 이루는 풍경화 중에 단연 돋보였지만, 그도 이런 풍속의 일부일 뿐이었다.

나는 최근 찍은 에트르타 마을 사진을 찾았다. 거대한 절벽은 인상파 화가의 시대에서 변함이 없었다. 여전히 넓디넓은 모래사장

283

에 배가 정박해 있거나 뒤집혀져 있고, 절벽 꼭대기는 녹색 풀로 덮여 있었고, 작은 거리에는 우아한 옛 호텔과 집들이 늘어서 있었다. 그중에는 모네가 몇 야드 떨어진 곳에서 그림을 그리던 시절부터 있었던 집들도 있으리라. 하지만 서재에 있던 프랑스에 관한 책들에서 로버트 올리버가 에트르타라는 마을의 이름과 그 극적인 풍경을 보았을 거라고 짐작할 수 있을 뿐, 이 중 어떤 것도 로버트의 벽에 적혀 있던 낙서와 관계는 없어 보였다. 혹시 '기쁨'을 경험하기 위해서 직접 찾아간 적이 있을까? 어쩌면 케이트가 말했던 프랑스 여행길에서? 그가 다소 망상증을 겪고 있을 수도 있지 않나 하는 생각이 다시 들었다. 에트르타는 막다른 길, 아름다운 종점이었고, 화면 속의 절벽은 영불해협 쪽으로 아치 모양을 그리며 물속으로 사라지고 있었다. 모네는 이 절벽을 놀랄 정도로 여러 번 화폭에 담았고, 로버트는 내가 아는 한 한 번도 그리지 않았다.

다음 날은 토요일이었고, 아침에 나는 그린힐 인근의 산악지대를 떠올리며 국립 동물원까지 조깅을 하고 돌아왔다. 동물원 정문에 기댄 채 쥐가 나는 햄스트링 근육을 스트레칭으로 풀면서, 내가 로버트를 낫게 해 주지 못할지도 모른다는 생각이 처음으로 들었다. 그렇다고 포기해야 할 때가 언제인지 어떻게 알겠는가?

43
말로우

동물원까지 조깅한 다음 주 수요일 아침, 골든글로브의 내 앞으로 그린힐의 회신 주소가 적힌 편지가 왔다. 필적은 깔끔하고 여성적이며 정연했다. 케이트였다. 나는 로버트나 다른 환자를 만나 보지 않고 먼저 사무실로 들어와서 문을 닫고 대학 졸업 선물로 어머니에게서 받은 편지 개봉용 칼을 꺼냈다. 이렇게 소중한 의미가 있는 물건을 여러 사람이 드나드는 업무용 사무실로 둬서는 안 된다는 생각도 가끔 했지만, 그대로 가까운 데 두는 것이 좋았다. 편지는 한 페이지였고, 봉투의 주소와 달리 타자기로 쳐져 있었다.

친애하는 말로우 박사님.
편지가 무사히 도착해야 할 텐데요. 그린힐까지 수고롭게 와 주셔서 감사합니다. 당신이나 로버트에게(간접적으로) 조금이나마 도움이 되었다면, 전 기뻐요. 박사님과 오래 대화할 수 없는 기분이었는데, 이해해 주시리라 생각합니다. 좋은 만남이었다고 생각하고 있고, 누군가 로버트를 도울 수 있는 사람이 있다면 그건 당신 같은 사람일 거라고 믿습니다.

개인적인 이유로, 또한 윤리적으로 올바른 행동인지 알 수 없어서 여기 오셨을 때 말씀드리지 않았던 것이 한 가지 있는데, 박사님께 말씀드려야겠다고 결심했습니다. 로버트에게 그때 말씀드린 편지를 썼던 여자의 성이에요. 편지 중 한 통은 전용 편지지에 적혀 있었는데, 편지지 위에 여자의 정식 이름이 적혀 있었답니다. 말씀드렸듯이 그녀도 화가이고, 이름은 메리 R. 버티슨입니다. 제게는 아직도 아주 고통스러운 화제라 박사님에게 말하고 싶지도 않았고 과연 올바른 일인지 알 수가 없었답니다. 하지만 박사님이 진지하게 그를 돕고 싶다면 그녀의 이름을 알려 드리는 게 도리라고 생각해요. 과연 어떻게 도움이 될지 정확히 알 수는 없지만, 박사님이 그녀에 대해 뭔가 알아낼 수 있을지도 모르지요.

하시는 모든 일에, 특히 로버트를 치료하는 일에 행운이 가득하기를 빕니다.

케이트 올리버

관대하고, 꼿꼿하고, 민감하고, 어색하고, 친절한 편지였다. 줄마다 케이트의 결의가, 올바르다고 생각하는 대로 행동하겠다는 그녀의 결심이 들려오는 것 같았다. 아마 아침 일찍 위층 서재 탁자에 앉아 마음의 아픔에도 아랑곳없이 꼿꼿이 타자기를 쳐 나간 뒤, 마음이 바뀌기 전에 편지를 봉하고, 그 뒤 부엌에서 차를 만들며 우표를 붙였을 것이다. 로버트를 위한 노력으로 인해 고통을 겪으면서도, 자기만족을 느꼈을 것이다―몸에 붙는 윗옷과 청바지, 반짝이는 귀걸이 차림의 케이트가 현관문 옆 탁자에 편지를 놓은 뒤 얼굴에 미소를 떠올리며 아이들을 깨우러 가는 모습이 눈에 보이는 것 같았다. 갑자기 묘한 상실감이 가슴을 찔렀다.

어쨌거나 편지는 문이 닫히는 것을 의미했지만, 다른 문을 열어 주는 기회이기도 했다. 그녀의 뜻을 존중해야 했다. 나는 짤막하고 정중한 감사편지를 써서 나중에 직원이 부치도록 봉투에 넣어 봉했다. 케이트는 이메일 주소를 알려 주지 않았고, 그린힐에서 주었던 명함에 있는 내 이메일도 사용하지 않았다. 아마 익명의 우편 제도를 타고 미국을 가로질러 오는 느리고 공식적인 통신 수단을 사용하고 싶었던 것 같았다. 편지는 모두 봉해져 있었다. 이 정중하고 거리를 둔, 비밀스러운 서면 통신은 19세기 사람들의 방식이었다. 나는 케이트의 편지를 로버트의 진료 기록이 아닌 개인 서류철에 넣었다.

나머지는 놀랄 정도로 쉬웠다. 메리 R. 버티슨은 워싱턴 외곽에 살고 있었고, 전화번호부에는 또렷하게 박힌 풀네임 아래 북동쪽 3번가에 산다고 나와 있었다. 즉, 예상했듯이 실제 존재하는 사람이라는 뜻이었다. 말없는 로버트 올리버의 삶이 이렇게 훤히 드러나는 것을 보니 묘한 기분이 들었다. 워싱턴에 똑같은 이름을 지닌 여자가 한 사람 이상일 수도 있지만, 그럴 것 같지는 않았다. 점심을 먹은 뒤 나는 다른 사람의 눈과 귀를 피해 문을 닫고 책상에 앉아 전화를 걸었다. 메리 버티슨은 화가이니 집에 있을지도 모른다. 하지만 달리 생각해 보면 화가이기 때문에 나처럼 따로 정식 직업을 갖고 있을 수도 있다—내 경우에는 일주일에 55시간 정식 의사로 근무하는 약소한 업무이긴 하지만. 신호음이 다섯 번인가, 여섯 번 울렸다. 한 번 신호가 갈 때마다 희망이 조금씩 사그라들었고—전혀 예상하지 못할 때 연락을 하고 싶었던 것이다—전화는 딸깍 자동 응답기로 넘어갔다. "메리 버티슨입니다. 용건을⋯." 단호한 여자 목소리였다. 전화메시지 녹음을 하는 것을 의식해서인지 약간 깐깐한 것 같기는 했지만 상냥한 목소리였고, 단호하고 교육 수준이 높은 저음이었다.

모르는 번호에서 걸려온 전화를 대뜸 받기보다는 정중한 음성 메시지에 더 잘 응답할지 모른다는 생각이 들었다. 내 요청에 대해 미리 생각해 볼 시간을 줄 수도 있을 것이다. "안녕하십니까, 베티슨 씨. 저는 록빌 골든그로브 요양병원 정신과 의사 앤드루 말로우 박사입니다. 저는 현재 당신 친구분으로 알고 있는 화가를 진료하고 있는데, 혹시 저희에게 조금 도움을 주실 의향이 있으신지 궁금해서 전화드렸습니다."

조심스러운 '저희'라는 표현—나조차도 말을 해 놓고 뜨끔했다. 이 일은 공동 업무가 아니었다. 메시지 자체도 그녀가 아직 그를, 최소한 가까운 친구로 생각하고 있다면 걱정할 만한 내용이었다. 하지만 케이트가 의심한 대로 그가 그녀와 살았거나 그녀와 함께 지내기 위해 워싱턴으로 왔다면, 왜 진작 자진해서 골든그로브에 나타나지 않았을까? 물론 그가 정신과에 입원했다는 사실이 신문에 보도되지는 않았다. "주중에는 주로 병원에 있으니 이쪽으로 연락하시면 최대한 빨리 연락드리겠습니다. 전화번호는…." 나는 또박또박 번호를 불러 주고 호출기 번호까지 알려 준 뒤 전화를 끊었다.

그런 다음 나는 손에 피를 묻힌 듯한 찜찜한 기분으로 로버트를 만나러 갔다. 케이트는 그에게 메리 버티슨의 이야기를 하지 말아 달라는 부탁을 하지 않았지만, 그의 방에 도착했을 때까지도 나는 이야기를 하는 것이 좋을지 갈등하고 있었다. 나는 로버트가 정신과에 입원했다는 사실을 모르고 있을 수도 있는 사람에게 전화를 한 것이다. 메리와 이야기해 보든지, 골든그로브에 온 첫날 로버트는 경멸하듯 말했다. 하지만 더 이상은 아무 정보도 주지 않았고, 미국에는 메리라는 이름을 지닌 사람이 수없이 많을 것이다. 그는 자신이 무슨 말을 했는지 정확히 기억하고 있을지도 모른다. 메리의 성을 어디서 알아냈는지 설명해야 할까?

문은 약간 열려 있었지만, 나는 노크를 하고 들어가겠다고 말했다. 로버트는 이젤 앞에 침착하게 서서 커다란 어깨에서 자연스럽게 힘을 뺀 채 붓을 들고 그림을 그리고 있었다. 순간 지난 며칠 동안 좀 회복된 게 아닌가 하는 생각이 들었다. 그냥 말을 하려 하지 않는다는 이유 때문에 여기 가둬 놓을 필요가 있을까? 그때 로버트는 미간을 찌푸리며 눈길을 들었다. 눈에는 핏발이 서 있었고, 나를 보자 그의 얼굴에는 노골적인 괴로움이 떠올랐다.

나는 팔걸이 의자에 앉은 뒤 용기가 사라지기 전에 얼른 입을 열었다.

"로버트, 그냥 나한테 다 말해 주는 게 어때요?"

말투가 내 의도보다 더 답답하게 흘러나왔다. 내심 반갑게도, 로버트는 흠칫 놀라는 것 같았다. 최소한 반응이 온 것이다. 하지만 다음 순간 이번에도 헛짚었다는 승리감, 혹은 정복감 같은 희미한 미소가 입가에 떠오르는 것을 보고 나는 낙심했다.

아니, 다음 순간 미치도록 화가 났다. 아마 결심을 한 것은 그 때문이었을 것이다.

"예를 들어 메리 버티슨에 대해 이야기해 줄 수도 있었잖습니까? 연락할 생각은 해 봤나요? 아니, 이렇게 묻는 게 더 낫겠군요. 왜 그녀는 여기 찾아오지 않았습니까?"

그는 붓을 든 손을 들어 올리며 앞으로 성큼 다가오려다 다시 진정했다. 커다랗게 부릅뜬 눈에는 처음 만나던 날에 감지했던 억눌린 지능이 가득 차 있었다. 내 앞에서 숨기는 법을 터득한 뒤로 볼 수 없었던 눈빛이었다. 그러나 대답을 했다가는 자기 자신의 게임에서 지고 만다. 그는 아무 말도 하지 않았다. 동정심이 가슴을 찔렀다. 제 손으로 자신을 구석에 몰아넣었으니 그냥 이대로 쭈그리고 있을 수밖에. 나에 대한, 세상에 대한, 혹 메리 버티슨에 대한 분노를 입밖에 냈다가는—내게 어떻게 그녀에 대해 알아냈느냐고 물어보기만 해도—지금까지 지켜 온 유일한 사생활이자 권력, 고통을 감수하고 침묵을 지키는 권리를 포기하게 된다.

"좋습니다."

말이 부드럽게 나오기를 바라며, 나는 말했다. 그가 안쓰러웠지만, 한편으로는 그가 오히려 더 유리한 입장에 서게 되었다는 것도 알고 있었다. 내가 무엇을 하고 돌아다녔는지, 메리 버티슨의 성을 어떻게 알아냈는지 곰곰이 추측할 시간을 충분히 벌게 된 것이다. 이 메리라는 여자를 혹시 찾아내서 이야기를 나누고 나면 그냥 내 입으로 알려 주는 게 낫지 않을까 하는 생각이 들었다.

하지만 이미 너무 많은 것을 내보였기 때문에, 나는 다시 입을 다물기로 결정했다. 그가 할 수 있다면, 나도 못할 것 없다. 나는 침묵을 지키며 5분 더 그와 앉아 있었고, 그는 커다란 손으로 붓을 만지작거리며 캔버스만 응시하고 있었다. 마침내 나는 일어섰다. 문간에서 잠시 돌아보는 순간 미안한 마음까지 스쳤다. 푹 숙인 헝클어진 머리, 바닥을 응시하는 눈길, 그의 고통이 파도처럼 내게 밀려왔다. 아니, 그 파도는 복도를 지나 다른 환자들의 병실까지, 보다 평범한 환자들(어떤 환자에게도 이런 표현을 쓰고 싶지는 않지만, 이것이 솔직한 내 심정이었다), 보다 평범한 광기를 앓고 있는 환자들의 병실까지 끈질기게 따라왔다,

오후 내내 상담해야 할 환자들이 있었지만 대부분 비교적 안정된 상태였다. 나는 만족스럽고 심지어 뿌듯하기까지 한 기분을 안고 집으로 차를 몰았다. 락 크릭 파크웨이 인근의 하늘은 금빛이었고, 모퉁이를 돌 때마다 수면이 햇빛에 반짝였다. 그주 내내 작업하고

있던 그림은 잠시 뒤로 미뤄야 할 것 같았다. 아버지의 사진을 보며 초상화를 그리고 있었는데, 코와 입이 좀처럼 제대로 표현되지 않았지만 며칠 동안 다른 일을 하다 보면 잘 풀릴 것 같았다. 일주일 정도 상하지 않을 토마토가 있었다. 토마토는 먹기에 좋은 철이 아니었지만, 색감은 그럭저럭 훌륭했다. 스튜디오 창가에 놓아 두면 현대로 거슬러 올라온 보나르, 혹은 자괴감을 조금 접는다면 새로운 말로우 화풍이 될 것 같았다. 빛이 문제이지만, 날이 길어졌기 때문에 퇴근 후에 햇빛을 좀 더 활용할 수 있을 것이다. 힘을 좀 더 낸다면 일찍 일어나서 아침 작업을 할 수도 있다.

벌써 토마토의 색감과 위치를 고민하는 데 정신이 팔려서 차를 차고에 넣은 것도 기억이 나지 않았다. 아파트 임대료의 절반에 달하는 돈으로 임대한, 건물 아래 습한 공간이었다. 정기적으로 D.C. 교외의 적대적인 도로에서 차를 몰지 않아도 되는, 그래서 차를 처분해도 되는 다른 일을 하고 싶다는 생각이 들 때가 있었다. 하지만 골든그로브를 어떻게 떠날 수 있을까? 듀폰 서클의 사무실에 하루 종일 앉아 자기 발로 상담을 찾아 들어올 수 있을 정도로 멀쩡한 환자만 보는 것도 내키지는 않았다.

정물화, 록 크릭의 좁은 물줄기에 반사되는 석양, 도로 운전자들의 성깔, 이런 생각들로 머리가 가득 찬 채 내 손은 열쇠를 찾아 주머니를 더듬고 있었다. 나는 언제나처럼 운동을 하기 위해 계단으로 올라갔다. 내 방 문 앞에 거의 다 와서야 그녀가 눈에 띄었다. 그녀는 가슴 앞에 팔짱을 단단히 낀 채, 한동안 기다리고 있었는지 느긋하게, 하지만 초조한 기색으로 벽에 기대서 있었다. 기억하기로 청바지와 흰색 긴 셔츠를 입고 있었고, 이제는 그 위에 검은 블레이저를 걸치고 있었으며, 홀의 어둑한 불빛 속에서 머리카락은 마호가니 빛을 띠고 있었다. 나는 너무 놀라 그 자리에 우뚝 멈췄다.

"당신은…."

이 말로도 혼란스러운 기분은 누그러지지 않았다. 분명 미술관에서 본 그 여자, 내셔널 갤러리 마네 정물화 앞에서 내게 의미심장하게 미소 지었던 그 여자, 질베르 토마의 〈레다〉를 유심히 관찰했던, 보도에서 내게 다시 미소 지었던 바로 그 여자였다. 한 번, 어쩌면 두 번 정도 다시 떠올랐지만, 완전히 잊고 있던 여자였다. 어디서 왔을까? 마치 요정이나 천사처럼 다른 영역에 존재하고 있다가, 불가사의하게 시간의 흐름에 상관없이 불현듯 다시 나타난 것 같았다.

그녀는 똑바로 서서 손을 내밀었다.

"말로우 박사님?"

44

말로우

"맞습니다."

나는 한 손으로 열쇠를 손가락에 축 매달고 다른 손으로 그녀의 손을 잡은 채 정신을 차렸다. 은근하지만 강렬한 동작과, 역시 외모가 나를 사로잡았다. 30대, 나만큼 키가 컸으며, 전형적이지 않은 미인. 대단한 존재감이었다. 불빛이 머리카락에서 빛났고, 흰 이마 위에는 너무 짧은 머리카락이 너무 일직선으로 늘어져 있었으며, 길고 매끄러운 붉은기 도는 보라색 곱슬머리는 어깨 밑으로 한참 길었다. 내 손을 잡는 손길이 강해서, 나도 반사적으로 그 손을 세게 쥐었다.

그녀는 마치 내 입장에서 상황을 바라보기라도 하는 듯 약간 미소 지었다.

"놀라게 해 드려서 죄송합니다. 저는 메리 버티슨이에요."

나는 그녀의 얼굴에서 눈을 뗄 수가 없었다.

"한데 미술관에 계셨잖습니까. 내셔널 갤러리."

순간 혼란스러운 와중에도 실망감이 내려앉았다. 그녀는 로버트의 꿈속에 존재하던 곱슬머리의 뮤즈가 아니다. 다시 놀라움이 스쳤다. 얼마 전 청바지와 느슨한 실크 셔츠를 입은 그녀를 다른 그림에서 본 적이 있다.

이제 그녀 쪽이 혼란스러운지 미간을 찌푸리며 내 손을 놓았다.

"아니, 우리 전에 만난 적 있지 않습니까. 〈레다〉 앞에서, 마네 정물화 앞에서, 그 유리잔과 과일 그림 말입니다."

바보 같은 기분이었다. 왜 그녀가 나를 기억할 거라고 생각했지?

"그러니까, 당신도 로버트의 그림을 보러 갔잖습니까. 아니, 질베르 토마의 그림."

"이제 기억나네요."

그녀는 느릿느릿 말했다. 비위를 맞추기 위해 거짓말할 여자는 분명 아니었다. 그녀는 나의 개인 공간을 침해한 데 대해 민망한 기색도 없이 나를 바라보고 있었다.

"박사님이 미소 지었죠. 나중에 바깥에서도…."

"로버트의 그림을 보러 가지 않으셨습니까?"

그녀는 고개를 끄덕였다.

"맞아요. 그가 찌르려던 그림. 누가 몇 주 지난 신문기사를 줘서 얼마 전에 알았어요. 친구가. 평소에 신문을 잘 안 읽거든요."

문득 그녀는 웃었다. 쓸쓸한 웃음이 아니라, 지금 이 묘한 상황이 재미있다는 듯한, 어울린다는 듯한 웃음이었다.

"재미있네요. 당신이나 내가 상대가 누구인지 알았더라면, 거기서 바로 대화를 나눴을 텐데."

나는 정신을 수습하고 열쇠로 문을 열었다. 내 집에서 환자에 대한 상의를 한다는 것은 절대 있을 수 없는 일이었고 이 매력적인 낯선 사람을 집에 들여놓는 것도 좋은 생각이 아니라는 것을 알고 있었지만, 주인으로서의 예의와 호기심을 이미 억누를 수가 없었다. 어쨌든 내가 연락을 취했던 사람이 마법으로 소환된 것처럼 즉시 내 앞에 나타난 것이다.

"내 아파트를 어떻게 찾았습니까?"

그녀와 달리 내 주소는 전화번호부에 등록되어 있지 않았다.

"인터넷요. 이름과 전화번호를 알고 있으니 어렵지 않더군요."

나는 그녀를 앞세웠다.

"들어가시죠. 일단 오셨으니 이야기를 하는 게 좋겠습니다."

"네, 두 번째 기회도 날려 버릴 수는 없죠."

그녀의 이는 희고 반짝였다. 카우보이 같기도 하고 우아한 귀부인 같기도 하던 그 경쾌한 자세, 부츠와 청바지 차림의 균형 잡힌 몸, 재킷 아래의 섬세한 블라우스가 기억난다.

"정돈하는 동안 잠시 앉으십시오. 차를 드릴까요? 주스?"

집에 들여도 최소한 술을 권하지 않으면 되겠지. 하지만 나답지 않게 내가 술이 몹시 당겼다.

"감사합니다."

그녀는 대단히 예의바르게 말한 뒤 빅토리아풍 거실에 초대된 손님처럼 면 덮개를 씌운 의자에 앉더니 단정한 몸짓 하나로 자세를 정돈했다. 부츠를 서로 꼰 채 두 다리를 한쪽으로 나란히 모으고 가느다란 손은 무릎 위에 우아하게 내려놓은 자세였다. 그녀는 수수께끼였다. 자동응답기의 세련된 화법에서도 느꼈지만, 말투에서는 교육 수준을 감지할 수 있었다. 목소리는 부드럽지만 동시에 단호하고 또렷했다. 선생님일까. 그녀의 시선이 나를 따랐다.

"네, 괜찮으시다면 주스 주세요."

나는 부엌으로 들어가서 집에 있는 유일한 주스인 오렌지 주스 두 잔을 따르고 접시에 크래커 몇 개를 놓았다. 쟁반을 가지고 돌아오는데, 문득 그린힐의 집 거실에서 나를 접대하던 케이트, 점심 식탁에 연어를 날라 달라고 부탁하던 케이트가 떠올랐다. 이 낯설고 우아한 여인의 이름, 그녀를 찾아내는 열쇠를 알려 주었던 케이트.

"제가 찾는 메리 버티슨이 확실한지 알 수 없었습니다."

나는 그녀에게 유리잔을 건넸다.

"하지만 로버트 올리버가 찌르려던 그림 앞에 서 계셨으니, 우연의 일치는 아니겠지요."

"당연히 아니죠."

그녀는 주스를 한 모금 마신 뒤 잔을 놓고 나를 바라보았다. 허세가 사라지고, 처음으로 간절한 빛이 떠올랐다.

"이런 식으로 갑자기 찾아와서 죄송해요. 거의 석 달 동안 로버트에게서 직접 연락을 받지 못해서, 걱정이 되고…."

'마음이 아팠다'는 말을 덧붙이지 않았지만, 솔직하던 표정이 갑자기 굳어지는 것을 보니 혹시 하려던 말은 그 쪽이 아닐까 하는 생각이 들었다.

"내가 먼저 연락할 생각은 없었어요. 아주 크게 싸웠거든요. 아마 나를 무시하고 어딘가 잠적해서 일을 하다가 언젠가 연락을 하려니 생각했어요. 몇 주 동안 걱정을 하고 있던 차에, 박사님의 연락을 받고 몹시 놀랐어요. 이제 주말이니 골든그로브에 전화해도 연락이 닿지 않을 것 같은데, 당장 용건을 듣지 않으면 잠을 못 잘 것 같아서."

"왜 호출기로 연락하지 않으셨습니까? 당신과 이렇게 만나게 된 게 불만이라는 건 아닙니다만. 이렇게 와 주셔서 아주 기쁩니다."

"그러세요?"

입에 발린 말이지만 그냥 용서한다는 투였다. 로버트 올리버가 선택한 여인들은 분명 흥미로웠다. 그녀는 미소 지었다.

"호출기로 연락했어요. 확인해 보시면 알겠지만, 전원이 꺼져 있더군요."

나는 확인했다. 그녀의 말이 맞았다.

"죄송합니다. 다시는 이런 일이 없을 겁니다."

"어쨌든 직접 만나 이야기하게 됐으니 더 잘됐어요."

떨림은 사라지고, 자신감이 되돌아왔다. 미소가 떠올랐다.

"로버트가 괜찮다고 말해 주세요. 직접 만나게 해 달라고 청하는 건 아니에요. 사실 그러고 싶지는 않아요. 그냥 안전한지만 알고 싶어요."

"저희가 안전하게 돌보고 있습니다. 제 생각에는 괜찮을 겁니다."

나는 조심스럽게 알렸다.

"지금으로서는, 우리와 함께 있는 한은요. 하지만 우울증을 앓고 있고 가끔 흥분하기도 합니다. 제게 가장 큰 걱정은 그가 협조하지 않는다는 겁니다. 말을 하려 하지 않아요."

그녀는 입안을 깨물며 잠시 생각에 잠기더니 나를 응시했다.

"전혀?"

"전혀. 음, 첫날에는 말을 약간 했습니다. 사실 그날 그가 몇 마디 한 이야기 중에 '원하면 메리와 이야기해 보라'는 내용이 있었습니다. 그래서 당신에게 연락을 해도 되겠다는 생각이 든 겁니다."

"나에 대해서는 그 말밖에 없던가요?"

"다른 사람에 대해 이야기한 게 거의 없습니다. 아니, 내 앞에서 한 말은 그게 거의 답니다. 전처도 언급했습니다."

그녀는 고개를 끄덕였다.

"그가 내 이름을 말해서 날 찾으셨군요."

나는 직감적으로 이렇게 말해 보았다.

"정확히 말하자면, 케이트가 당신의 성을 알려 줬습니다."

이 말에 그녀는 놀란 것 같았다. 놀랍게도 그녀의 눈에 눈물이 가득 찼다.

"고맙네요."

목 메인 음성이었다. 나는 일어서서 휴지를 갖다 주었다.

"고맙습니다."

"케이트를 알고 계십니까?"

"그런 셈이에요. 딱 한 번, 잠시 만난 적이 있어요. 케이트는 나를 몰랐지만, 난 그녀가 누구인지 알고 있었죠. 로버트가 예전에 케이트의 가족이 저처럼 필라델피아의 퀘이커 출신이라고 한 적이 있어요. 우리 조부모님이나 증조부님이 서로 아는 사이였을지도 모르죠. 묘하지 않나요? 난 케이트가 마음에 들었어요."

그녀는 속눈썹의 물기를 찍어내며 덧붙였다. 예기치 않았던 말이 내 입에서 흘러나왔다.

"저도 그랬습니다."

"만나셨어요? 여기 있나요?"

그녀는 로버트의 전처가 당장이라도 나타날 것처럼 주위를 둘러보았다.

"아뇨, 워싱턴에서 말고. 사실 케이트는 로버트를 만나러 오지 않았습니다. 그를 방문한 사람은 아무도 없습니다."

"그가 언젠가는 혼자 남게 될 거라고 생각했죠."

이번에는 사무적인, 약간 딱딱한 말투였다. 그녀는 다리를 약간 뻗어서 청바지 주머니에 공간을 만든 뒤 그 안에 휴지를 넣었다.

"그는 진정으로 누군가를 사랑할 수 없는 사람이에요. 그런 사람들은 한때 아무리 많은 사람의 사랑을 받더라도 결국에는 항상 혼자가 되죠."

"그를 사랑하셨습니까? 지금도?"

나도 최대한 사무적으로 물었다.

"아, 네. 그럼요. 남다른 사람이죠."

그녀는 '남다르다'는 단어가 갈색 머리나 큰 귀처럼 어떤 사람의 독특한 특징이라도 되는 양 말했다.

"안 그래요?"

나는 주스 잔을 비웠다.

"그렇게 재능 많은 사람은 거의 본 적이 없습니다. 그가 차도를 보이기를, 나아 주기를 바라는 이유 중의 하나가 그것이기도 하고요. 하지만 한 가지, 아니, 몇 가지 혼란스러운 게 있습니다. 그가 사라졌다는 걸, 그가 어디로 갔는지 왜 더 빨리 알아차리지 못하셨죠? 같이 안 사셨습니까?"

그녀는 고개를 끄덕였다.

"네. 그가 워싱턴에 처음 왔을 때. 처음에는 늘 같이 있고 아주 좋았는데, 그러다 그가 후회하기 시작했어요. 오랫동안 말이 없고, 사소한 일로 화를 내고. 아마 가족을 버린 것이 표현할 수 없을 정도로 끔찍하게 마음에 걸리는 데가 있었을 거예요. 아내가 받아 준다 해도 이제 결코 돌아갈 수 없다는 것도 알고 있었던 것 같고. 그는 아내와 행복하지 못했어요, 아시겠지만."

그녀는 간단하게 덧붙였다. 그랬으면 좋겠다 싶은 소망이 깃든 말 같기도 했다.

"우린 몇 달 전에 헤어졌어요. 이따금 그가 전화를 걸기도 하고, 저녁도 같이하고, 전시회나 영화를 보러 가기도 했지만, 잘 되지 않았어요. 마음속 깊은 곳에서 나는 그가 돌아와 줬으면 하는 마음이 있었는데, 그럴 때마다 알아채고 다시 사라졌어요. 결국 난 나를 위해서 포기했어요. 최소한 마음의 평화는 조금쯤 얻을 수 있었거든요. 마지막으로 그가 떠나기 직전에 대판 싸웠던 것도 도움이 됐어요. 미술 때문이기도 했지만, 사실은 우리 관계 때문에 생긴 싸움이었죠."

그녀는 단념한 듯 한 손을 들어 올렸다.

"그를 혼자 내버려 두면 언젠가 전화를 하려니 생각했는데, 안 오더군요. 로버트 같은 사람의 문제는 쫓아가기가 불가능하다는 점이에요. 다른 사람을 원한다는 건 상상할 수조차 없어요. 그와 비교하면 다른 사람들은 존재감이 흐려지고 지루해지기 시작하기 때문에. 언젠가 로버트에게 당신은 단점도 많지만 쫓아갈 수 없는 사람이라고 했더니 웃더군요. 그 말이 사실이 돼 버렸어요."

그녀는 한숨을 쉬었다. 겉으로 슬픔을 내보이는 그녀의 모습은 나이 들고 피곤해 보이기는커녕 열 살 정도 젊고 소녀 같아 보였다. 묘했다. 물론 내가 고등학교 동급생들처럼 스무 살쯤 자식을 낳았다면 내 딸 또래라고 해도 좋을 정도로 젊은 것은 사실이었다.

"그러면 그가 체포되기 전에 얼마나 오래 못 보셨습니까?"

"석 달 정도. 그가 어디 살고 있는지도 몰랐어요. 지금도 모르고요. 가끔은 친구의 아파트를 빌리거나 소파 신세를 지기도 했을 거고, 시내 낡은 여관도 전전했겠지요. 그는 휴대전화가 없었어요. 싫어했죠. 연락할 방법이 없었어요. 케이트와는 연락했을까요?"

"모르겠습니다. 몇 번 아이 문제로 전화한 것 같은데 그뿐이었어요. 아마 자신을 격리시키고 서서히 정신이 무너져내리다가 결국 그림을 공격하자는 생각으로 치달은 것 같습니다. 체포했을 때 경찰이 케이트에게 연락했어요."

로버트의 여자들을 찾아 이야기를 나누게 된 뒤로, 내가 더 이상 이것이 환자의 비밀을 누설하는 행위라는 것을 의식하지 않고 있다는 것이 언뜻 느껴졌다.

"그가 정말 아픈가요?"

그녀는 '정신이 이상하다'라는 말 대신 '아프다'란 표현을 사용했다.

"네, 아픕니다. 하지만 입을 열거나 치료에 완전히 협조한다면 상당히 좋아질 거라고 확신합니다. 환자가 나으려면 본인이 낫고자 하는 욕구를 가지는 게 중요합니다."

"모든 일이 그렇죠."

생각에 잠겨 이렇게 말하는 그녀는 어느 때보다 더 젊어 보였다.

"같이 사실 때 정신과적인 문제가 있다는 것을 알고 계셨습니까?"

나는 그녀에게 크래커 접시를 내밀었고, 그녀는 크래커 하나를 집었지만 먹지 않고 그냥 두 손으로 들고만 있었다.

"아뇨, 아니, 아주 막연히. 그러니까, 정신과적인 문제라는 생각을 한 적은 없어요. 기분이 안 좋거나 무슨 일로 초조할 때 가끔 약을 먹는다는 것은 알고 있었지만, 그런 사람들은 많고 그도 잠을 자는 데 도움이 된다고 했어요. 심각한 문제를 가지고 있다고 말한 적도 없어요. 과거에 정신적인 문제가 있었다는 이야기는 확실히 안 했어요. 진짜 심각한 문제가 있었으면 말했을 거예요. 우린 아주 가까웠으니까."

그녀는 내게서 반박이 들어올 거라고 예상한 듯 마지막 말을 약간 호전적으로 끝맺었다.

"정체 모를 어떤 문제가 드러나는 건 본 것 같아요."

"뭡니까?"

나는 크래커를 집어들었다. 아파트 문간에서의 혼란스러운 만남까지, 긴 하루였다. 게다가 하루는 아직 끝나지 않았다.

그녀는 잠시 생각에 잠겼다가 한 손으로 머리카락 한 가닥을 쓸어 올렸다.

"대체로 그는 예측할 수가 없었어요. 집에서 저녁을 먹겠다고 했다가도 밤새도록 들어오지 않고, 연극이나 친구 전시회 개막전에 간다고 했다가도 소파에서 한 발자국도 움직이지 않고. 그냥 잡지를 읽다가 잠들어 버리곤 했는데, 기다리는 친구가 무슨 생각을 하겠느냐고 물을 수도 없었어요. 그런 질문을 워낙 짜증스러워해서 결국에는 일상의 계획을 물어보는 게 두려운 지경에 이르렀죠. 마지막 순간에 계획을 바꿔 버리니 저도 그와 약속을 하는 게 두려웠어요. 처음에는 그냥 둘 다 자유로운 생활에 익숙해서 그런 거려니 생각했는데, 그런 식으로 외면당하는 건 싫었어요. 다른 사람들과 같이 뭔가 계획했다가 다 같이 외면당하는 건 더 싫었고요. 무슨 뜻인지 아시겠죠."

그녀는 입을 다물었다. 나는 격려하는 의미로 고개를 끄덕였고, 그녀는 말을 이었다.

"한 번은 회의가 있어 워싱턴에 온 제 여동생 부부와 약속을 잡았는데, 로버트는 아무 말 없이 식당에 나타나지 않았어요. 저녁 내내 동생과 같이 앉아 있는데 점점 참을 수가 없더군요. 동생은 아주 계획적이고 실질적인 사람이니, 아주 놀랐을 거에요. 로버트가 날 떠났다고 전화로 울먹였을 때도 동생은 별로 놀라지 않더군요. 그날 저녁 식사가 끝나고 집에 오니 로버트는 침대에 옷을 입은 채로 있었어요. 흔들어서 깨워 보니 저녁 약속을 전혀 기억하지 못했어요. 다음 날에도 그 이야기는 하지 않으려 했고, 자기가 잘못했다는 것도 인정하지 않았어요. 전반적으로 자기 감정에 대해 이야기하는 걸 거부했어요. 실수를 인정하는 것도."

나는 서로 가까운 사이였다고 말하지 않았느냐고 묻고 싶은 마음을 억눌렀다. 그녀는 기억 때문에 배가 고파지기라도 한 듯 마침내 크래커 위로 몸을 숙이고 먹은 뒤 내가 준 냅킨으로 손가락을 정성들여 닦았다.

"어쩌면 그렇게 무례할 수 있죠? 난 우리가, 그와 내가 진지한 관계라고 생각해서 동생 부부에게 소개시켰는데. 그는 자기 아내를 떠났다, 아내도 같이 있는 걸 원하지 않는다, 우린 오랫동안 함께 지낼 것 같다고 했어요. 그 뒤에 아내가 이혼을 요구했고 자기도 합의했다고 하더군요. 결혼에 대해 이야기한 적은 없어요. 난 누구와도 결혼하고 싶은 마음이 없었고, 아이를 원하지 않으니 굳이 결혼할 이유도 못 느꼈어요. 하지만 로버트는, 보다 정확하게 표현할 말이 없지만, 제 영혼의 단짝이었어요."

그녀의 눈에 다시 눈물이 고이는 것 같았다. 하지만 그녀는 환

302

멸에 젖어 분노한 듯 도전적으로 머리를 저었다.

"왜 이런 이야기를 하고 있을까? 로버트에 대한 정보를 얻으러 왔지, 내 사생활을 털어놓으려고 온 게 아닌데."

그녀는 자기 손을 보며 다시, 이번에는 슬프게 미소 지었다.

"말로우 박사님은 돌덩이도 입을 열게 하실 것 같아요."

나는 퍼뜩 놀랐다. 내 친구 존 가르시아가 나에 대해 한 말과 같았다. 가장 고맙게 생각한 칭찬이자 오랜 우정의 주춧돌 중 하나이기도 했다. 다른 사람에게서는 그런 말을 들어 본 적이 없었다.

"고맙습니다. 난 당신이 하고 싶지 않은 말을 억지로 끌어내려고 하지는 않았습니다. 하지만 지금까지 해 주신 말들은 아주 도움이 됐습니다."

"어디 보자."

그녀는 다시 발랄하고 즐거운 듯한 진짜 미소를 지었다.

"그럼 박사님은 이제 로버트가 당신에게 연락하기 전에 약을 복용하고 있었다는 걸 알아내셨고, 로버트가 같이 산 여자에게도 자기 감정을 털어놓지 않았던 사람이라는 걸 아셨으니 박사님은 손해 본 게 없네요."

"무서운 분이군요. 맞습니다."

케이트에게서 이미 알아낸 사실이라는 것을 굳이 말할 이유는 없을 것 같았다.

그녀는 소리 내어 웃었다.

"제가 아는 로버트를 말씀드렸으니, 그럼 이제 당신이 아는 로버트에 대해 저한테 말해 주세요."

나는 환자의 비밀을 누설하고 있다는 것을 의식하며, 정직하게, 아는 대로 말해 주었다. 물론 케이트가 이야기했던 내용은 입 밖에 내지 않았지만, 나에게 온 이후 로버트의 행동에 대해서는 상세히 묘사해 주었다. 이 모든 것을 입 밖에 내는 것이, 목적으로 수단을 정당화할 수 있어야 할 텐데. 그녀에게 물어볼 것도 아직 많았고, 이렇게 날카롭고 집중력이 강한 사람이라면 자진해서 털어놓는 게 낫다. 골든그로브에서 로버트를 신중하게 관찰하고 있다, 지금 당장은 안전하다고 본다, 그림을 칼로 찌르려다가 병원에 들어왔지만 자해를 하거나 다른 사람을 해칠 것 같지는 않다는 말도 마지막으로 덧붙였다.

그녀는 중간에 질문 한 번 던지지 않고 주의 깊게 들었다. 물색 같은 묘한 빛깔의 눈은 커다랗고 맑고 솔직했고, 미술관에서 본 대로 솜씨 좋게 화장을 한 듯 눈가를 따라 짙은 빛깔의 선이 그려져 있었다. 그녀 역시 돌덩이도 입을 열게 할 수 있을 것 같았다. 나는 그녀에게 그렇게 말했다.

"감사합니다. 영광이에요. 사실 저도 한 때 정신과 의사가 될까 생각한 적이 있는데, 아주 오래전 이야기예요."

"대신 예술가이자 선생님이 되셨잖습니까."

나는 과감하게 넘겨짚었다. 그녀는 가만히 앉아 나를 응시했다.

"아, 알아내기는 어렵지 않았습니다. 〈레다〉의 표면을 비스듬한 각도에서 아주 가까이 관찰하고 계시더군요. 보통 화가들, 혹은 미술사학자들이나 그렇게 관찰합니다. 순수 학문적인 직업은 지루해하실 것 같으니 그림 그리기를 가르치시거나 뭔가 미술에 관련된 직업을 갖고 계실 것 같았고, 타고난 선생님 같은 자신감이 엿보이더군요. 제가 너무 무례했나요?"

"네."

그녀는 청바지 차림의 무릎 위에 두 손을 깍지 꼈다.

"박사님도 그림을 그리시죠. 코네티컷에서 자라셨고요, 저기 벽난로 위에 있는, 박사님이 자란 소도시 교회 그림은 직접 그리신 거죠. 좋은 그림이에요. 진지하시고, 잘 아시겠지만 재능도 있어요. 아버님은 목사였지만 상당히 진보적인 분이고 아들이 의대에 가지 않왔더라도 자랑스러워하실 분이었어요. 창조성 심리학에, 로버트와 같이 창조적이고 탁월한 사람들을 괴롭히는 신경증에 특별히 관심을 갖고 계시고, 로버트를 다음 논문 주제로 생각하시는 것도 그 때문이겠죠. 본인 스스로 과학자이자 예술가라는 특이한 부류이시고 그래서 그런 사람들에 관심이 많지만, 본인은 자신의 이성을 효과적으로 관리하고 계시고요. 운동도 도움이 되지요. 조깅이나 가벼운 운동을 수년간 해 오셨고, 그래서 나이보다 10년이나 젊어 보이세요. 질서와 논리를 좋아하고 그로 인해 살아가기 때문에, 혼자 살고 장시간 일하면서도 멀쩡하신 거예요."

나는 두 손으로 귀를 덮었다.

"그만! 그걸 어떻게 다 알았습니까?"

"인터넷. 그리고 이 아파트, 박사님을 관찰한 것도 있고요. 그림에는 오른쪽 아래 구석에 박사님의 이니셜이 있더군요. 이런 정보를 모두 조합해서 알아낸 거예요. 어렸을 때 제일 좋아했던 작가가 아서 코넌 도일이기도 했어요."

"저도 그랬습니다."

손가락이 길고 반지를 끼지 않은 그녀의 손을 덥석 잡고 싶은 충동이 일었다.

그녀의 얼굴에서는 미소가 사라지지 않았다.

"손님이 방에 남긴 지팡이를 보고 셜록 홈스가 성격과 직업을 추론해내던 거 기억하세요? 저한테는 아파트 전체가 단서였으니까요. 홈즈에게는 인터넷도 없었어요."

나는 천천히 말했다.

"로버트를 돕는 데 당신이 누구보다 도움이 될 것 같습니다. 로버트와 함께 지냈던 경험을 모두 말씀해 주실 수 있겠습니까?"

"모두요?"

그녀는 내게 시선을 주지 않았다.

"죄송합니다. 로버트를 이해하고자 하는 사람에게 도움이 될 만한 것들 말입니다."

나는 그녀에게 내 제안을 받아들이거나 거절할 시간을 주지 않고 말을 이었다.

"그가 찌른 그림에 대해 알고 계십니까?"

"〈레다〉? 네. 음, 약간요. 일부는 그저 추측이지만, 저도 찾아봤어요."

"저녁에 뭘 하실 생각입니까, 버티슨 씨?"

그녀는 고개를 한쪽으로 기울이고, 아직 미소가 남아 있다는 것이 신기하다는 듯 손끝을 입술에 갖다댔다. 고개를 돌리자, 수정 같은 눈 밑의 그늘은 더욱 짙었다. 회청색, 눈 위의 그림자, 눈 오는 효과. 피부는 아주 창백했다. 그녀는 빛바랜 청바지 차림의 아름다운 엉덩이와 다리를 소파에 기대고, 재킷으로 감싼 날씬한 어깨를 곧추세운 채 허리를 똑바로 펴고 앉았다. 이 젊은 여인은 몇 주, 심지어 몇 달 동안 고통스러워했고, 슬픔을 달래 줄 두 아이도 없다. 의사로서의 객관적인 배려심이 불현듯 자취를 감추고, 로버트 올리버를 향한 추한 분노가 다시 끓어올랐다.

하지만 그녀는 분노하지 않았다. 그녀는 손을 깍지 끼었다.

"저녁? 늘 그렇지만 계획 없어요. 계산을 반씩 한다면, 좋아요. 하지만 로버트에 대해서 더 이상 물어보지는 마세요. 전혀 모르는 사람 앞에서 울고 싶지는 않으니, 괜찮으시다면 차라리 글로 써서 드릴게요."

"저는 전혀 모르는 사람이 아니라, 그냥 잘 모르는 사람일 뿐입니다. 같이 미술관에 있었던 날 잊지 마세요."

그녀는 어둑어둑한 거실에서 나를 똑바로 쳐다보았다. 그녀가 옳았다. 이 모든 것은 아주 질서정연하고 논리적이었다. 잠시 후 나는 일어서서 다른 전등을 켤 것이고, 집을 나서기 전에 필요한 게 있느냐고 물어볼 것이고, 화장실에 다녀오겠다고 양해를 구한 뒤 손을 씻고 가벼운 외투를 꺼내 입을 것이다. 저녁 식사를 하며 우리는 분명 로버트에 대해 최소한 조금은 이야기를 나누겠지만, 또한 그림과 화가들에 대해서, 아서 코난 도일을 읽으며 자랐던 어린 시절에 대해서, 서로의 직업에 대해서 이야기를 나눌 것이다. 그리고 희망하지만, 우리는 이번에도, 앞으로도 로버트 올리버에 대해 이야기를 나누게 될 것이다. 그녀의 눈은 표현력이 풍부했다. 행복한 눈빛은 아니었지만, 방 건너편에 있는 사람에 대해 희미한 관심을 나타내고 있었다. 걸어 갈 수 있는 식당의 가장 좋은 자리에서 그녀를 미소 짓게 해 줄 시간이 최소한 두 시간은 있었다.

1878.

변명의 여지가 없는 내 행동을, 부디, 용서해 주렴. 충동적인 행동이었고, 너를 존중하지 않아서가 아니었다는 것을. 최근 오직 너만이 내 마음속에서 일깨운 갈망에서 나온 행동이었다. 생의 마지막을 앞둔 남자가 한순간 자기 자신을 완전히 망각할 수도 있다는 것을. 한순간 치밀어 오른, 언젠가 잃어버리게 되어 있는 욕망 외에는 아무것도 생각할 수 없게 될 수도 있다는 것을 너도 언젠가는 이해할 때가 올지 모른다. 네게 무례를 범할 의도는 전혀 없었고, 네게 그림을 보여 주기 위해 초대했던 내 동기가 순수했다는 것은 너도 분명 알고 있을 게다. 특별한 작품이야. 네가 앞으로도 이런 작품을 계속 그려낼 것이라고 확신한다만, 부디 사과와 속죄의 뜻으로 이 첫 위대한 작품을 심사위원단에게 공개하는 것을 허락해 다오. 심사위원들도 분명 그 섬세함과 미묘함, 우아함을 알아볼 것이고, 설사 어리석어 알아보지 못한다 하여도 최소한 누군가에게 보일 기회가 있었다는 데 의미가 있을 것이야. 네 이름을 사용할 것인지, 이름을 바꿀 것인지는 네 뜻에 따르겠다. 너의 재능에 조금이나마 보답을 했다는 기쁨을 느끼게 해 다오.

나는 네가 좋아했던 내 젊은 친구의 그림을 출품할 생각이지만, 물론 내 이름으로 접수할 것이고 거절될 가능성이 더욱 높겠지. 각오하자꾸나.

너의 겸허한 시종

O.V.

308

45
메리

로버트 올리버와 함께했던 시간 속에는 나 자신조차 이해할 수 없었던, 가능하다면 지금이라도 이해하고 싶은 부분이 있었다. 마지막으로 말다툼이 잦아졌을 때, 로버트는 내가 자신을 다른 여자에게서 빼앗아 왔기 때문에 우리 관계도 시작부터 꼬인 거라고 공격한 적이 있다. 이건 사실과 다른, 말도 안 되는 소리였지만, 내가 처음 그와 사랑에 빠졌을 때 그가 유부남이었다는 것은 분명 사실이고 두 번째로 사랑에 빠졌을 때 역시 결혼한 사람이었다.

오늘 아침 여동생 마사에게 한 정신과 의사한테 로버트에 대해 생각나는 것은 다 말해 달라는 부탁을 받았다고 이야기했더니, 동생은 이렇게 말했다. "메리, 다른 사람 짜증나게 하지 말고 원 없이 그에 대해 이야기해." 나는 말했다. "넌 읽어 보지 않아도 돼." 사랑을 담아 가볍게 빈정거리는 건 동생 잘못이 아니다. 최악의 순간 로버트로 인해 흘린 눈물 거의 대부분을 닦아 준 것이 동생이었으니까. 마사는 훌륭한 동생이고 나 때문에 오랫동안 걱정이 많았다. 동생이 로버트를 떨쳐내도록 도와주지 않았다면 어쩌면 나는 그로 인해 더 큰 상처를 입었을 것이다. 반면 동생의 충고를 따랐더라면, 나는 지금도 후회하지 않는 수많은 경험들을 하지 못했을 것이다. 동생은 현실적인 여자이지만, 종종 후회를 하곤 한다. 하지만 난 보통 후회하는 법이 없다. 로버트는 드문 예외라고 할 수 있을 것이다.

속속들이 털어놓고 싶으니 우선 내 이야기부터 하겠다. 나는 필라델피아에서 태어났고, 마사도 마찬가지다. 부모님은 내가 다섯 살, 마사가 네 살 때 이혼했고, 아버지는 그 이후로 우리에게 존재감이 흐려졌다. 아버지는 우리가 살던 체스트넛 힐을 떠나 센터 시티의 휑하고 넓은 아파트로 이사했고, 우리는 일주일에 한 번, 그러다 2주에 한 번씩 아파트를 찾아가서 아버지가 서류를 읽는 동안 만화를 읽곤 했다. 한번은 침대 밑에서 아빠의 속옷과 다른 속옷이 엉켜 있는 것을 찾아낸 적도 있었다. 다른 속옷은 베이지색 레이스였다.
속옷을 어떻게 해야 할지 알 수 없었지만 그 자리에 내버려 두는 것은 좋지 않은 일 같아서, 우리는 아버지가 베이글과 〈선데이 인콰이어러〉지를 사러 나가는 서너 시간 정도의 외출 일과를 틈타 수프 냄비에 속옷을 담은 뒤 브라운스톤 건물 뒤뜰로 나가서 쇠울타리와 담쟁이로 뒤덮인 나무둥치 사이에 함께 묻었다.

아홉 살 때 아빠는 필라델피아에서 샌프란시스코로 이사했고, 우리는 1년에 한 번씩 찾아갔다. 샌프란시스코는 더 재미있었다. 아빠의 아파트는 안개로 덮인 바다 위 높은 언덕에 자리 잡고 있었고, 발코니에서 갈매기에게 모이를 줄 수도 있었다. 엄마 머지는 우리가 충분히 컸다고 생각되는 나이가 되자마자 우리만 비행기에 태워 보냈다. 샌프란시스코 나들이는 2년에 한 번, 3년에 한 번, 엄마한테 돈이 있을 때만 어쩌다, 이런 식으로 뜸해졌고, 마침내 아빠는 도쿄에 직장을 얻어서 일본 여자의 어깨에 팔을 두른 사진 한 장을 보낸 뒤 우리 삶에서 멀어져갔다.

아빠가 샌프란시스코로 사라졌을 때 엄마는 마사와 나를 마음대로 키울 수 있게 되어서 기뻤던 것 같다. 엄마가 너무나 열과 성을 다해 우리를 키운 나머지, 어른이 된 우리는 둘 다 자녀를 원치 않게 되었다. 마사는 애를 가지면 엄마가 우리에게 해 준 이상으로 키워야 할 의무감이 들 것 같아서 따분하게 살게 될 거라고 하지만, 사실은 우리 둘 다 내심 엄마만큼 할 수 없다는 것을 알고 있을 것이다. 퀘이커 교도였던 외조부님의 든든한 유산으로—정유인지, 귀리인지, 철도 주식인지, 실제 돈이었는지는 전혀 모른다—엄마는 우리를 12년 동안 좋은 퀘이커 프렌드 학교에 보냈다. 희끗거리는 머리를 단정하게 자른 학교 선생님들은 누가 돌로 얻어맞으면 무릎을 꿇고 앉아 부드러운 목소리로 괜찮냐고 묻는 사람들이었다. 우리는 조지 폭스의 저작을 공부했고, 노스 필라델피아의 저소득층 주거지역 정화 모임에 참석하고 해바라기를 심었다.

사랑을 처음 경험한 것은 프렌즈 학교 시절 중등반에 있을 때였다. 학교 건물 중 하나가 한때 도망 노예를 탈출시키던 지하 철도역으로 쓰였던 집이었는데, 다락의 낡은 찬장 바닥 밑에 비밀 출구가 숨겨져 있었다. 이 건물에 7학년과 8학년 교실이 있었다. 그 학년으로 올라갔을 때, 나는 동급생들이 점심시간에 교실을 나간 뒤 잠시 혼자 남아 자유를 찾아 탈출하던 사람들의 영혼의 소리에 귀를 기울이곤 했다. 1980년 2월(나는 열세 살이었다) 에드워드 로운 틸린저가 점심시간에 교실에 같이 남았다가 7학년 독서실에서 나한테 키스했다. 2년 동안 기다렸던 경험이었고 첫 키스로는 나쁘지 않았지만, 그의 혀끝은 거칠게 자른 고깃덩어리처럼 느껴졌고 교실 반대편 초상화에서 조지 폭스가 우리를 내려다보고 있었다. 다음 주 에드워드의 관심은 시골에서 살던 부드러운 빨강 머리 페이지 헤네시에게 옮겨 갔다. 페이지를 미워하는 마음이 사라지기까지 몇 주가 걸렸다.

311

한 여성의 역사가 온통 남성으로 이루어진다는 것은 한심한 일이다. 이 아이, 그다음 저 아이, 그리고 남자들, 남자들, 남자들. 학교역사 교과서가 온통 전쟁과 선거로 가득 차 있는 것과 비슷하게 느껴진다. 전쟁, 잠시 지루한 평화기는 건너뛰고 또 다음 전쟁(선생님도이 점을 한탄하면서 사회사와 인권운동의 역사에 대한 보조자료를 덧붙였지만, 그래도 교과서가 전달하는 메시지는 마찬가지였다). 여성들이 왜 그런식으로 이야기를 하는 경우가 많은지는 모르겠지만, 나 역시 비슷하게 이야기를 시작한 것 같다. 아마 당신이 내가 누구인지, 로버트 올리버와의 만남은 어떠했는지 동시에 물었기 때문일 것이다.

자세한 이야기를 계속하자면, 내 고등학교 시절에는 남자들 외에도 다른 것들이 많았다. 에밀리 브론테, 남북전쟁, 필라델피아 공원 언덕의 식물상, 묘비명 탁본, 실낙원, 뜨개질, 아이스크림, 자유분방한 친구 제니(나는 남자 앞에서 셔츠를 벗는 경험을 해 보기도 전에 제니를 낙태 시술소에 데리고 갔다). 나는 그때 펜싱을 배웠다. 흰 복장과 작은 퀘이커 체육관에서 나는 눅눅한 곰팡이 냄새, 상대의 조끼에 검이 스치는 순간이 좋았다. 체스트넛 힐 병원에서 자원봉사를 하면서 내용물을 흘리지 않고 요강을 나르는 법도 배웠고, 엄마의 수많은 자선모임에서 차를 따르며 미소 짓는 법도 배웠다. 엄마 친구들은 이렇게 말하곤 했다. "정말 귀여운 딸이네, 도로시. 당신 엄마도 금발이었어?" 나는 이 말을 듣는 것이 좋았다. 아이섀도를 바르는 법, 탐폰을 편안하게 장착하는 법(친구에게서 배웠다. 엄마는 그런 일을 입에 담지 않았다), 필드하키 스틱으로 공을 제대로 때리는 법, 알록달록한 팝콘 볼을 만드는 법, 서툴게 프랑스어와 스페인어를 말하는 법, 다른 여자애를 무시하고 내심 미안한 마음을 품는 법, 필요할 때 작은 의자에 자수를 새로 놓는 법도 배웠다. 그 와중에 붓에 묻은 물감의 느낌도 처음 발견했지만, 그 이야기는 좀 있다 하겠다.

처음에는 나 혼자, 혹은 선생님들한테 이런 것들을 배웠다고 생각했지만, 지금 와서 생각해 보면 이 모든 것이 엄마의 주도면밀한 계획이었다. 유아 시절 매일 밤 욕조에서 손가락에 때수건을 단단히 감아 발가락과 손가락 사이의 부드러운 주름을 문질러 주었듯이, 어머니는 브라를 입기 전에 매번 끈을 단단히 조여야 하고, 실크 블라우스는 찬물에 손빨래만 해야 하고, 외식을 할 때는 샐러드를 주문해야 한다고 딸들에게 가르쳤다(물론 가장 중요한 영국 왕과 여왕들의 이름, 펜실베이니아의 지리, 주식시장이 움직이는 원리도 가르쳤다). 작은 수첩을 들고 학부모 회의에 참석했고, 크리스마스 때마다 새 파티 드레스를 사 입었고, 딸들의 청바지는 직접 수선했지만 머리는 센터시티의 특별한 미용실에서 자르도록 했다.

요즘의 마사는 세련된 옷차림이고, 나는 한동안 낡고 후줄근한 옷만 입고 지냈지만 그럭저럭 봐 줄만은 하다. 어머니는 기관절개술을 받았지만—어머니는 아직도 집에서 사시고 2층에는 하녀가 들어와 있다. 꼭대기 층은 유치원 교사에게 임대하셨다—우리가 만나러 가면 늘 바람 새는 목소리로 이렇게 말씀하신다. "너희들은 정말 예쁘게 자랐어. 얼마나 고마운지 모르겠다." 마사와 나는 어머니가 고마움을 표현하는 대상이 주로 어머니 자신이라는 것을 알고 있지만, 그래도 작은 골동품이 가득 찬 거실에 들어서면 어깨가 당당하게 펴지는 느낌이 들고 무적의 아마존 여전사처럼 사회적으로 성공한 우아하고 잘난 여성들이라는 기분이 든다.

하지만 이 모든 야무진 몸단장과 브라 끈 잘 매기 같은 건 결국 뭘 위한 것인가? 결국 남자 이야기로 돌아온다. 어머니는 남자나 성관계에 대한 이야기를 입에 올리지 않았고, 우리 집에는 남자 친구에게 협박을 하거나 남자 친구가 있는지 넌지시 물어봐 주는 아버지가 없었다. 남자에게서 딸들을 보호하려는 엄마의 노력은 너무 점잖아서 별 소용이 없었다.

"남자들이 데이트 비용을 전부 다 내면 너희들에게 바라는 게
있게 마련이야."

그러면 마사는 눈동자를 굴리면서 대꾸하곤 했다.

"엄마, 지금은 1980년대예요. 1955년이 아니라고요. 정신 차리
세요."

"너나 정신 차려라. 나도 지금이 몇 년인지 잘 알아."

엄마는 부드럽게 대답한 뒤 추수감사절에 쓸 호박파이를 주문
하거나 브린 모어에 사는 아픈 친척에게 전화를 걸거나 골동품 촛
대를 수선했는지 물어보려고 가게에 들르곤 했다. 늘 자기도 직장을
구해서 일할 생각도 있었다고 말씀하곤 했지만, 엄마 돈으로 우리
학비를 댈 수 있으니(엄마 돈이라는 건 은행에 있는 정유나 귀리 투자금을
가리켰다) 자신은 집에 있는 것이 우리에게 더 좋다고 생각했다.

사실 나는 엄마가 집에 있었던 게 주로 우리를 감시하려는 목
적이었다고 생각했다. 하지만 엄마가 묻지 않았기 때문에 우리도 남
자 친구 이야기는 별로 털어놓지 않았다. 남자애가 집에 찾아온 것
은 졸업 무도회 날 단 하루뿐이었다. 그는 턱시도 차림으로 엄마와
악수를 나누고 엄마를 '버티슨 부인'이라고 불렀다(엄마는 나중에 이
렇게 말했다. "좋은 청년이구나, 메리. 오래 알고 지낸 사이니? 그 친구 엄마가
학교에서 유기농 채소 먹기 운동 하는 사람 아니던가? 내가 다른 사람으로 착
각하는 거니?"). 이 작은 의식이 왠지 죄책감을 덜어 주었고, 남자 친
구가 나중에 내 허리를 슬그머니 쓰다듬었을 때도 정식으로 허락을
받은 듯한 기분을 주었다. 자라면서 엄마에게 털어놓는 이야기는 점
점 줄어들었고, 로버트 올리버는 친구들이나 남자 친구, 이따금 일
기장에 속마음을 털어놓았던 청소년기가 끝난 뒤 내 인생에 나타났
다. 함께 살던 때 로버트에게서 그 역시 어린 시절부터 외로움을 느
꼈다고 털어놓은 적이 있다. 아마 내가 그에게 가장 애착을 느꼈던
부분은 그 점이었을 것이다.

46
메리

    나는 대학에 들어가기 전에 시내 서점에서 2년 일했고, 어머니는 심하게 실망하셨다. 하지만 대학은 충실하게 다녔고 이제 주머니에 돈도 제법 있었다. 바닛 대학은 내게 잘 맞았다. 대학 시절에는 장래와 인생의 의미를 실컷 고민하며 젊음의 분노에 가득 차 있었다고 말할 수 있을 것이다. 안락한 부잣집에서 물정 모르고 자란 소녀가 심오한 책들을 만나서 스스로의 진부함에 눈을 뜬 시절이랄까. 혹은 그 물정 모르는 부잣집 소녀가 바닛 대학 역시 마찬가지라는 것을 깨닫고 가진 것을 모조리 팔아치운 뒤 진짜 세상을 구경하려고 10년 동안 개를 끌고 노숙 생활을 하는 것 비슷한 이야기랄까.

    물론 나는 그렇게까지 물정을 모르지는 않았다. 어머니는 할아버지가 남긴 유산으로 스키 여행이나 멋진 이탈리아제 구두를 즐기는 인생을 살 수 없다는 것을 분명하게 가르치셨고, 몸치장을 하는 용돈은 얼마 주지 않았다. 고교 봉사 프로젝트였던 북 필라델피아 저소득층 봉사, 가정 폭력 피해자 쉼터, 체스트넛 힐 병원에서 환자 돌보기 등을 통해 고통받는 사람들도 접해 알고 있었다. 바닛 대학의 학교 공부에서는 대단한 깨달음을 얻지 못했고, 나는 책값과 집으로 오는 기차 비용을 충당하기 위해 도서관에서 일했다. 사실 학부 시절 흔히 겪는 남자 문제나 기말고사 준비 이상의 별다른 위기 상황을 경험한 적도 없었다. 하지만 나는 누구도 내게서 빼앗아 갈 수 없는 것이 있다면 그것은 위기 그 자체, 위기를 경험하는 즐거움이라는 것을 그곳에서 발견했다.

나는 프렌즈 학교 시절부터 늘 미술 수업이 좋았다. 키가 작고 활달하던 고교 미술 선생님과 물감이 묻은 선생님의 보라색 앞치마도 좋았고, 선생님은 내가 찰흙으로 만들어서 색칠한 사람 모형들이 좋다고 했다. 엄마의 보물상자 안에 있던, 엄마가 4학년 때 만든 하마상과 비슷하게 생긴 모양이었다. 보통 학생들이 아이비리그에 갈 수 있을까 고민하는 동안 주에서 수여하는 미술상을 받고 로드아일랜드 디자인 대학이나 사바나 미술&디자인 학교에 진학하는 외톨이 미술영재들과 달리, 나는 학교에서 미술에 두각을 드러낸 적은 없었다. 하지만 바넷 대학에서 나는 내 안의 미술적 재능을 발견했다.

묘하게도 그것은 실망스러운 사건, 거의 실수였던 사건에서 시작되었다. 나는 원래 영어를 전공할 생각이었지만, 예술 분야에서도 부문별 필수 선택 과정을 수강해야 했다. 무슨 선택 부문이었는지는 기억이 나지 않는다. 아마 '창조적 표현' 부문이었을 것이다. 나는 대학의 두 번째 학기에 시 작문 과정을 신청했다. 1학년 시절에 데이트 하게 될 거라고 생각했던 사람이 시인이었는데, 그 사람 앞에서 무식하다는 느낌이 들고 싶지는 않았기 때문이었다.

한데 작문 과정 정원이 벌써 가득 차는 바람에, 나는 〈시각적 이해〉 부문을 수강하게 되었다. 대학에서 방문 화가로 모셔서 이 과정을 가르치는 형벌을 받았던 로버트 올리버가 이 과정을 〈시각적 오해〉라고 불렀다는 것은 아주 나중에 알게 되었다. 대학은 비 예술 전공자들에게 유명 예술가와 접할 수 있는 기회를 마련해 준다는 것을 자부심으로 삼고 있었으며, 내키지도 않는 온갖 전공생들을 불러 모아놓고 회화와 미술사를 가르치는 〈시각적 이해〉는 로버트가 바넷 대학에서 책임진 유일한 수업이었다. 1월의 어느 아침, 학생들은 작업실의 긴 탁자에 둘러앉았다.

올리버 교수는 수업 시간에 늦었고, 나는 난생처음 만나는 학생들과 눈을 마주치지 않으려고 애쓰며 거기 앉아 있었다. 어떤 수업이든 처음 시작할 때마다 이렇게 수줍음을 탔다. 나는 학생들의 시선을 피해 회색으로 때가 낀 높은 유리창 밖을 내다보았다. 창문 너머로 흰 들판이 펼쳐졌고, 창틀에는 눈이 날리고 있었다. 길게 다닥다닥 붙어 있는 이젤과 걸상, 낡은 탁자, 찍히고 물감이 묻은 바닥 위에, 모자와 쭈그러진 사과, 앞쪽 교단에 진열된 아프리카풍 석상 위에, 색상환과 미술관 포스터 위에 햇빛이 내리쬐고 있었다. 반 고흐의 노란 의자와 빛 바랜 드가의 작품이 눈에 익었지만, 약동하는 색채의 사각형 안에 사각형이 반복되는, 로버트가 나중에 학생들에게 요제프 알버스의 작품이라고 했던 작품은 알아볼 수가 없었다. 학생들은 서로 잡담을 하고 껌을 씹으며 수첩에 낙서도 하고 몸을 긁고 있었다. 내 옆에 앉은 여학생은 머리카락이 보라색이었다. 그날 아침 교내 식당에서 눈에 띈 여학생이었다.

그때 작업실 문이 열리고 로버트가 들어왔다. 그는 겨우 서른네 살이었지만 그때는 몰랐다. 나는 여느 학부생들처럼 그나 다른 강사들이 모두 50살은 넘은 늙은이들이라고 생각하고 있었다. 그는 키가 컸고, 실제 덩치보다 더 덩치가 크고 활력이 넘치는 인상을 풍겼다. 손은 길었으며, 얼굴은 여위어 보였지만 몸은 그렇지 않았다. 옷 아래의 몸은 탄탄하고 강해 보였다. 얼룩이 묻은 묵직한 황갈색 코듀로이 바지 무릎과 허벅지에는 닳은 흔적이 있었다. 위에는 노란 셔츠 차림이었고, 소매는 팔꿈치까지 걷어 올렸으며, 손뜨개로 보이는 낡은 올리브색 스웨터 조끼를 입고 있었다. 손뜨개가 맞았다. 그의 아버지가 돌아가시기 전에 어머니가 떠서 아버지에게 입힌 조끼라고 했다.

사실 이후에 로버트에 대해 알게 된 것이 워낙 많기 때문에, 그를 처음 본 순간의 인상을 정확히 분리해내기는 어렵다. 그는 잔뜩 미간을 찌푸리고 있었고, 이마에 주름이 깊었다. 뚱한 표정에 부스스한 차림만 아니라면 흥미롭게 생긴 얼굴인데, 그를 처음 본 순간 이렇게 생각했던 기억이 난다. 입이 크고 입술이 두꺼웠으며 피부는 살짝 올리브색이었고 콧날은 길고 강렬했고 짙은 색 머리카락은 붉은 기가 도는 곱슬머리였고 대충 자른 티가 났다. 실제보다 나이가 더 들었을 거라고 생각했던 것도 아마 머리가 그렇게 덥수룩했기 때문일 것이다.

문득 그는 탁자에 둘러앉은 우리를 바라보는 것 같더니 잠시 움직임을 멈추고 미소 지었다. 그 미소를 본 순간, 그가 깔끔하지 않고 성격도 더러울 거라고 생각한 것이 오해일 수도 있겠다는 느낌이 들었다. 우리를 만나서 기쁘다는 표정이 역력했던 것이다. 그는 따뜻한 피부색과 따뜻한 눈빛을 지닌, 부드러운 색감의 낡은 옷을 입은 따뜻한 사람이었다. 미소 짓는 얼굴을 보면, 유행에 지난 허름한 옷차림도 얼마든지 용서할 수 있는 그런 사람이었다.

로버트는 겨드랑이에 책 두 권을 끼고 있었다. 그는 등 뒤에서 문을 닫고 탁자 맨 윗자리로 향한 뒤 책을 내려놓았다. 우리는 기대감에 가득한 눈빛으로 그를 쳐다보았다. 그의 손에는 못이 많이 박혀 있어서 나이보다 손만 더 늙어 보였다. 아주 크고 묵직하지만 우아한, 흔치 않은 손이었다. 그는 광택이 없는 금으로 된 두꺼운 결혼반지를 끼고 있었다.

"좋은 아침입니다."

목소리는 낭랑하지만 까칠했다.

"이 수업은 〈시각적 이해〉로서 비전공자들을 위한 회화 수업입니다. 여러분 모두 저와 마찬가지로 이 수업을 듣게 되어 즐거울 거라고 믿으며,"

반어적인 거짓말이었지만, 그 순간에는 설득력이 있었다.

"혹시 교실을 착각해서 들어온 분은 없을 기라고 생각합니다." 그는 종이 한 장을 펼치더니 천천히 또박또박 학생들의 이름을 읽으며 이따금 발음을 확인하기도 하고 해당 학생이 대답하면 고개를 끄덕여 주었다. 그는 팔뚝을 긁었다. 그는 계속 서 있었다. 손등에는 짙은 색의 털이 나 있었고, 손톱 밑에 끼어 굳은 물감은 씻어도 지워지지 않을 것 같았다.

"이름은 여기까집니다. 혹시 불리지 않은 학생?"

한 여학생이 손을 들었다. 나처럼 다른 수업에서 밀려난 학생이었지만 나와 달리 명단에 이름이 없는데 그래도 수업을 들을 수 있는지 물었다. 그는 잠시 생각에 잠겨 이마에 흘러내린 머리카락을 헤치고 머리선을 긁적거렸다. 그러더니 학생이 아홉 명인데 학교 측의 약속보다 적은 숫자라고 말하고 얼마든지 남아도 좋다고 대답했다. 학과장으로부터 승인서를 받아오면 문제될 게 없다. 다른 질문은? 궁금한 점은? 좋습니다. 전에 그림을 그려 본 사람은?

몇 사람이 쭈뼛거리며 손을 들었다. 내 손은 탁자 위에 그대로 놓여 있었다. 이런 초급자 대상 강좌를 처음 맡던 시절 그가 얼마나 주눅이 들었는지 나는 나중에야 알았다. 나도 그랬지만 그 역시 나름대로 수줍음이 많았고, 단지 수업 중에는 그런 면을 잘 숨겼다.

"아시다시피 이 강좌를 수강하는 데는 사전 경험이 필요 없습니다. 실제로 모든 화가는 매일매일 그의(his) 초심으로 돌아간다는 점을 기억하는 게 중요합니다."

이 말은 실수였다. 학부생들은 자기들을 위에서 내려다보듯이 말하는 교수를 싫어하는 데다, 여성주의적 사고를 가진 학생들은 남성이 모든 예술가들을 대표한다는 듯이 말하는 것을 불쾌하게 느낄 수 있으니까. 나 역시 그런 학생 중의 하나였지만, 내가 아는 몇몇 젊은 여학생들처럼 강의 시간에 야유를 보낸다거나 하지는 않았다. 교수가 학기 내내 힘든 수업을 치를 거라는 예감이 들었다. 나는 더욱 흥미진진하게 그를 지켜보았다.

하지만 강의는 여기서 다른 방향으로 흘렀다. 그는 앞에 놓은 책을 두드리더니 자리에 앉았다. 그리고 물감투성이 손을 기도하듯 포겠다. 그는 한숨을 쉬었다.

"회화에 있어서 무엇부터 시작하느냐 하는 문제는 항상 어렵습니다. 유럽의 동굴 벽화에서도 알 수 있지만, 그림의 역사는 인간의 역사 초창기로 거슬러 올라갑니다. 우리는 형태와 색채로 가득 찬 세상에서 살고 있으며, 그 형태와 색채를 재현하고 싶어하지요. 합성염료가 발명된 뒤로 현대의 색채는 한결 밝아졌습니다. 한 예로 그 티셔츠나…."

그는 내 맞은편 남학생을 고갯짓으로 가리켰다.

"실례가 안 된다면 그 머리카락."

그는 보라색 머리를 한 여학생을 향해 미소 지으며 반지를 낀 커다란 손으로 편하게 손짓을 해 보였다. 다들 웃었고, 여학생은 자랑스럽게 씩 웃었다.

순간 그 자리, 학기를 시작하는 예감이 좋아졌다. 물감 냄새, 작업실을 가득 채운 겨울 햇살, 우리의 서툰 그림을 맞이하기 위해 줄지어 늘어선 이젤, 우리를 색채와 빛, 형태의 수수께끼로 인도해 줄 이 어수선하지만 어딘가 상냥한 남자. 그의 수업에 앉아 있는 동안, 순간 고등학교 시절 미술반에서 느꼈던 즐거움이 떠올랐다. 대학에서 배웠던 다른 수업들과 전혀 다른 종류였지만, 떠올리고 보니 중요한 기억이었다.

그날 수업 나머지 부분은 기억이 나지 않는다. 분명 로버트는 미술의 역사나 미술 재료의 기본 지식에 대해 이야기를 했을 것이다. 가져온 책을 나누어 주고 반 고흐의 포스터를 가리켰을지도 모른다. 그 수업 시간이었는지 다음 수업이었는지 모르겠지만, 나중에는 각자 이젤 앞에 흩어져 앉았을 것이다. 그날은 아니었겠지만, 튜브에서 물감을 어떻게 짜는지, 팔레트를 어떻게 긁어내는지, 캔버스에 형태를 어떻게 스케치하는지도 가르쳐 주었을 것이다.

로버트는 드로잉이나 원근법, 해부학도 배우지 않은 우리들에게 유화를 시키는 것을 우스꽝스럽다고 해야 할지 황당하다고 해야 할지 모르겠지만 그래도 이 어려운 재료에 대해 조금은 이해하고 손에 묻은 물감의 냄새를 기억했으면 좋겠다고 말했다. 우리 역시 비전공자들에게 다른 수업에 앞서 미술에 대한 경험을 심어 준다는 발상이 그가 아닌 학교의 실험적인 결정이라는 것을 알고 있었다. 그는 그 발상에 대해 불만이 없다는 점을 우리에게 전하려 했다.

그러나 나는 그가 손에 묻은 물감의 냄새를 언급한 것이 더 인상적이었다. 고등학교 미술 시간에도 그랬지만, 〈시각적 이해〉 강좌에서 내가 가장 좋아했던 것들 중의 하나가 그것이었기 때문이었다. 저녁 식사 전에 손을 씻은 뒤에 냄새를 맡아 보고 유화 물감 냄새가 지워지지 않는다는 사실을 거듭 확인하면 기분이 좋았다. 물감 냄새는 어떤 비누를 써도 지울 수가 없었다. 나는 다른 수업 시간에도 냄새를 맡아 보고, 로버트의 지시대로 손을 꼼꼼히 씻지 않았을 때는 손톱 밑에 붙은 물감을 바라보곤 했다. 침대에 든 뒤 손이 베개 위에 놓여 있을 때도, 당시 데이트하던 1학년 시인의 부드러운 머리카락을 감싸고 있을 때도, 나는 내 손 냄새를 맡았다. 어떤 향도 매일 내 피부 위에서 한데 섞여 풍기는 그 독한 오일과, 물감을 완전히 지우지 못하는 테레핀의 날카로운 향을 감추거나 압도하지 못했다.

내게 이 냄새의 쾌락보다 더 큰 것은 캔버스에 물감을 바르는 쾌락이었다. 고등학교 미술 수업에서 경험이 있기는 했지만, 로버트의 수업 시간에 그렸던 형태는 분명 서툴렀다. 나는 작업실에 있는

321

그릇이나 나무, 아프리카 석상을 대략적으로 스케치했고, 로버트가 어느 날 가져와서 결혼반지를 낀 못 박힌 손으로 조심스럽게 높이 쌓아 올린 과일을 그리기도 했다. 그를 바라보고 있으면, 이미 나는 내 손에 묻은 물감 냄새가 좋다고, 수업이 끝나고 그림을 그리지 않는 시간에도 그 냄새는 영원히 잊어버리지 않을 거라고 말하고 싶었다. 아마도 그가 생각하는 것만큼 우리가 회화 수업에 무관심하지 않다는 것을 알려 주고 싶었다. 수업 중에 그런 이야기를 할 수 있을 것 같지는 않았다. 그랬다가는 보라색 머리의 여학생이나, 정물화를 그릴 때 자기 러닝슈즈를 사용했던 육상부 스타 남학생의 조롱을 받았을 것이다. 하지만 올리버 교수의 근무 시간에 사무실로 찾아가서 내 손에 묻은 물감 냄새가 좋다고 말할 수도 없는 노릇이었다. 그것 역시 못지않게 우스꽝스러울 것이다.

대신 나는 진짜 질문이, 진심으로 그에게 묻고 싶은 것이 떠오를 때까지 지켜보고 기다렸다. 그때까지는 아직 질문할 것이 없었다. 옛날 미술 선생님이 말했던 것보다 내 연필과 붓 솜씨가 더 서툴다는 것, 내가 그린 오렌지가 담긴 파란 그릇 그림이 올리버 교수의 마음에 들지 않았다는 것밖에 아는 것이 없었다. 오렌지 색깔은 배합이 잘됐는데 그릇의 비율이 맞지 않는다고 지적받은 적이 있었고, 올리버는 더 심각한 문제가 있는 다른 학생들의 캔버스로 곧장 넘어갔다. 오렌지로 넘어가려고 서두르지 말고 그릇에 시간을 좀 더 들여 잘 그렸더라면 하는 생각이 들었다.

그러나 이 점에 대해 뭔가 똑똑하게 물어볼 만한 질문거리는 없었다. 나는 그리는 법을 배워야 했고, 놀랍게도 나는 이 일에 몰두하기 시작했다. 도서관에서 책을 빌려다 기숙사 방에 가져가서 사과와 상자, 육면체, 말 엉덩이, 심지어 미켈란젤로가 그린 사티로스의 머리 스케치 같은 불가능한 작품까지 모방했다. 그림은 신기할 정도로 서툴렀고, 나는 선 몇 군데가 보다 쉽게 손에서 그려질 때까지 몇 번이고 그려 보았다. 내가 미술 학교에 진학할까 하는 꿈에 몰두하는 것을 보고 엄마는 걱정이 많았다. 엄마는 내가 인문학이라는 뷔페가 차려진 식탁을 만끽하는 것은 허락했지만(음악사, 정치학), 이것저것 발을 담가 보다가 언젠가 법이나 의학 쪽으로 진출하기를 원했다.

미술 학교는 아직 먼 꿈이었기 때문에, 나는 방에서 실제 사물들을 그려 보기 시작했다. 아저씨가 이스탄불에서 몇 년 전에 가져다 준 꽃병, 1930년경 기숙사 창문에 깔끔하게 설치된 창틀의 격자무늬, 자연주의자 룸메이트가 산책 나갔다가 따 온 개나리 다발도 그렸고, 룸메이트가 네 시간짜리 독서 세미나에 참석한 동안 내 침대에서 잠들어 있는 시인 애인의 섬세한 손도 그렸다. 다양한 크기의 스케치북을 사서 책상에 두거나 가방에 넣어 가지고 다니기도 했다. 대학 미술관치고는 놀라울 정도로 훌륭한 작품들을 보유하고 있는 미술관에 가서 거기서 본 것들을 모사하기도 했다. 마티스의 복제품, 베르트 모리조의 드로잉. 작품을 모사할 때마다 나는 특별한 맛을 가미했고, 그 맛은 새로운 기법을 배울 때마다 점점 더 강해졌다. 나 자신을 위해서 하는 일이기도 했지만, 올리버 교수에게 물어볼 좋은 질문거리를 찾기 위한 일이기도 했다.

1878.

사랑하는 사람

네 편지를 받고 감동해서 곧바로 쓴다. 그래, 네가 다정하게 암시했듯이, 지난 몇 년간 외로웠어. 이상하게 들릴지는 몰라도 네가 내 아내를 알았더라면 하는 마음이 있구나. 그랬더라면, 이런 표현을 써도 될지 모르겠지만, 우리는 서로를 세속을 초월한 이런 사랑이 아닌, 보다 적절한 관계로 알게 되었겠지만 말이다. 동정을 받는 것은 홀아비의 운명이지만, 나는 네 편지에서 동정이 아닌, 단지 친구로서 내 처지에 대해 표하는 너그러운 유감의 감정만을 느꼈다.

네 말이 맞다. 나는 그녀를 애석하게 생각하고 언제나 그럴 것이지만, 그녀가 살아 있지 않다는 단순한 사실이 아니라 그녀가 세상을 떠난 방식이 내겐 가장 큰 아픔이란다. 너한테조차, 최소한 아직은, 아내가 어떻게 죽었는지 말할 수가 없구나. 언젠가는 말해 주마. 약속한다.

네가 빈자리를 채워 주었다는 말도 하고 싶지 않구나. 아무도 다른 사람이 남긴 빈 공간을 채울 수는 없으니. 넌 그저 내 가슴을 다시 가득 채워 주었고, 아직 젊고 인생의 경험이 적은 네게 설명할 수는 없지만 나는 그 점에 너무나 감사한다. 오만해 보이거나 윗사람 행세를 하려는 것처럼 보일 수도 있겠지만—그래도 넌 나를 용서할 방법을 찾아 주겠지—언젠가 너도 틀림없이 너에 대한 사랑이 내게 가져다 준 편안함을 이해할 수 있을게야. 너는 아마 내게 위안을 준 것이 너의 사랑이라고 생각하겠지만, 너도 나만큼 오래 살고 보면, 내 안의 적막함을 덜어 주

었던 것은 너를 사랑할 수 있도록 허락해 준 것 그 자체라는 것
을 언젠가 깨닫게 될 거다.

마지막으로 내 제안을 받아들여서 고맙다. 내가 너무 고집을 부
린 게 아니었으면 좋겠구나. 이름은 당연히 네가 제안한 대로
하마—마리 리비에르라는 이름은 앞으로 나의 존경하는 동료
가 되겠지. 이 그림은 극비로 내가 직접 심사위원에게 넘기겠
다. 시간이 촉박하니, 내가 내일 가져가마.

감사의 마음으로

O.V.

추신: 이브의 친구 질베르 토마가 말수가 적은 동생과 함
께—아르망은 너도 알 거다—퐁텐블로에서 내가 그린 풍경화
한 점을 사러 작업실에 들렀다. 언젠가 그의 화랑을 통해 팔겠
다고 약속했었지. 그가 네게 도움이 될 수도 있지 않을까? 그는
네가 그린 금발머리 소녀 초상에 감탄했지만, 물론 나는 누구
작품인지 말하지 않았다. 화풍에서 어딘가 낯익은 느낌이 느껴
진다고 한두 번 언급했는데 뭔지는 모르겠다고 하더구나. 그가
화랑의 그림 값을 너무 비양심적으로 올린다는 생각이 들기는
하지만, 내가 너무 까다로운 것이겠지. 누가 그렸는지 모를지언
정 네 붓질을 칭찬하는 것만 봐도 안목 있는 사람이라는 걸 알
수 있지 않니. 언젠가 너도 마음이 내키면 그를 통해 그림을 팔
수도 있겠지.

47

메 리

마침내 나는 올리버 교수에게 할 만한 질문은 단 하나도 없다
는 것을 깨달았다. 내게는 일종의 포트폴리오 같은 것이 있었다. 사
티로스와 상자, 정물화로 가득 찬 큼직한 스케치북이었다. 선 여섯
개로 페이지 위에서 마음껏 춤추는 마티스의 여인들 중 한 점을 따
로 종이에 모사한 작품도 있었고(아무리 따라 그려 봐도 실제로 춤추는
느낌이 들게 그릴 수가 없었다), 탁자 위에 그림자를 늘어뜨리고 있는
꽃병을 따로 다섯 번 그린 종이도 있었다. 그림자가 올바른 자리에
그려졌나? 그 질문을 해야 할까? 나는 미술상에서 두툼한 마분지 화
첩을 사서 전부 다 그 안에 정리했고, 다음 수업 시간에 올리버 교수
와 개인적으로 약속을 잡을 기회만 노렸다.

그는 새로운 과제를 제시했다. 이번 주에는 인형을, 다음 주에
는 실제 모델을 그리는 일정이었다. 인형은 수업 시간 외에 따로 시
간을 내서 마무리한 뒤 다음 시간에 평가받기로 했다. 인형을 그리
는 과제는 마음에 들지 않았지만, 그가 인형을 꺼내서 나무 인형 의
자에 올려놓은 모습을 보니 조금 기분이 좋아졌다. 나무에 색칠한

듯한 날씬하고 뻣뻣한 골동품 인형은 빛바랜 금발머리, 앞을 똑바로 주시하는 파란 눈을 가지고 있었지만, 어쩐지 영리하게 세상을 관찰하는 듯한 느낌을 준다는 점이 마음에 들었다. 올리버는 뻣뻣한 인형의 손을 무릎에 올려놓고 살아 있는 사람처럼 경계하듯 우리를 바라보도록 앉혔다. 인형은 파란 드레스 차림이었고, 목깃에는 실크로 된 빨간 꽃이 핀으로 꽂혀 있었다. 올리버 교수는 우리를 향해 돌아섰다.

"내 할머니가 쓰던 인형입니다. 이름은 아이린이에요."

그는 스케치북을 꺼내더니 인형의 형태를 부위별로 구성하는 법을 소리 없이 보여 주었다. 달걀형 머리, 드레스 밑의 관절이 달린 팔과 다리, 꼿꼿하게 세운 상체. 그는 우리가 인형을 정면에서 바라보기 때문에 무릎을 잘 관찰해서 짧게 표현해야 한다고 말했다. 치마에 가려져 있지만 무릎은 그 자리에 있다. 드레스 밑의 무릎 앞쪽을 표현하는 법을 찾아야 한다. 이 문제는 옷자락 표현법으로 이어지는데, 이번 학기에 그것까지 배울 수는 없다, 아주 깊이 들어가야 하는 문제다. 그러나 이 연습을 해 보면 천 아래 가려진 팔다리를, 옷으로 감싼 단단한 몸의 존재감을 조금이나마 느낄 수 있을 것이다. 화가가 조금쯤은 고민해 보아야 할 문제다, 로버트는 말했다.

그는 시범을 보여 주었고, 나는 그를 지켜보았다. 빛 바랜 소매를 걷어 올리고 스케치를 하고 있는 팔, 녹색과 갈색이 섞인 눈동자가 인형과 스케치북을 왔다 갔다 하는 동안, 꿈쩍도 않고 사냥감에 집중하고 있는 몸. 뒤통수의 곱슬머리는 자고 일어나서 빗질을 잊었는지 납작하게 눌려 있었고, 앞머리는 식물처럼 비죽 솟아 자라 있었다. 그는 학생들도 머리카락도 의식하지 않았고, 오로지 얇은 드레스 앞자락에 무릎이 동그랗게 튀어나온 인형만을 의식하고 있었다. 갑자기 그 무심함을 나도 닮고 싶었다. 나는 주위에 무심해 본 적이 없었다. 나는 언제나 다른 사람들을 지켜보고 있었다. 다른 사람들이 나를 지켜보는지 시선을 늘 의식했다. 주위를 둘러싼 사람들 앞에서 자신을 잊어버리고 당면한 문제에, 스케치북에 긁히는 연필 소리와 그 끝에서 흘러나오는 선에만 저렇게 집중할 수 없다면, 어떻게 올리버 교수 같은 미술가가 될 수 있을까. 절망감이 밀려왔다. 콧날이 긴 올리버의 옆모습에 하도 집중한 나머지, 그의 머리 주변에 후광이 비치는 것 같았다. 시덥지 않은 질문 따위 던질 수 없을 것 같았고, 포트폴리오랍시고 봐 달라고 내밀 수도 없을 것 같았다. 그가 내 나머지 작품들을 다 본다고 생각하니 몸 둘 바를 모를 것 같았다. 나는 아직 미술 전공 1학년이 듣는 드로잉 수업조차 듣지 않은 상태였다. 나는 작은 의자에 천을 씌우고 베토벤 피아노 소나타를 칠 줄 아는, 비전공자를 위한 미술 수업이나 듣는 아마추어였다. 올리버 교수는 나 같은 사람을 위해서 진짜 회화의 어려움을 조금씩 보여 주고 있었다. 해부학도 배워야 하고, 옷감 처리, 그림자 처리, 빛, 색채를 알아야 했다. 어쨌든 회화라는 것이 얼마나 어려운지는 알 수 있었다.

나는 내 캔버스로 시선을 옮겨 관절 인형을 스케치하고 색칠하는 흉내를 낼 준비를 시작했다. 학생들도 모두 작업하기 시작했다. 삐딱한 학생들조차도 발언할 필요가 없고 기숙사 사교 활동에 참여할 필요가 없는 작고 조용한 공간에 있게 된 것이 좋았는지 진지하게 몰두했다. 나도 작업을 시작했지만, 그저 다른 사람들에게 가만히 있는 모습을 보여 주기 싫어서 멍하니 연필을 움직이고 그런 다음 잘 긁어낸 팔레트 위에 유화 물감을 짰다. 머릿속에서 나는 가만히 있었다. 눈가에 눈물이 배어 나왔다.

미처 시작하기도 전에 그날 그림을 그만둘 수도 있었지만, 이젤에서 이젤로 돌아다니던 로버트가 갑자기 내 뒤에 와서 섰다. 손이 떨리지 않기만 바라는 마음이었다. 제발 내가 그리는 것을 보지 말라고 부탁하고 싶었지만, 그때 그는 허리를 숙이더니 유난히 커다란 손가락으로 내가 그리던 머리 부분을 가리켰다.

"아주 좋아. 자네는 대단히 많이 발전했군."

말이 나오지 않았다. 뭔가 대답을 하려고 고개를 돌리는 순간, 로버트의 노란 면 셔츠가 너무 가까이 있어서 시야를 채웠다. 그의 팔과 그림을 가리키는 손가락은 볕에 그을려 있었다. 그는 놀라울 정도로 존재감이 있었고, 못생겼고, 선명했고, 자신만만했다. 나라는 존재는, 내가 가진 모든 것들은 아주 보잘것없고 따분하게 느껴졌지만, 그의 존재감 덕분에 순간적으로나마 그 모든 것이 중요하게 느껴졌다.

나는 용감하게 말했다.

"감사합니다. 아주 열심히 연습했어요. 혹시 근무하시는 시간에 사무실로 가서 몇 가지 질문을 드리고 가을에 드로잉 수업을 들으려고 연습했던 그림들을 보여 드려도 될까요?"

말하는 동안, 나는 몸을 더 뒤로 돌려 그를 쳐다보았다. 그의 각진 얼굴은 생각했던 것보다 부드러웠고, 코와 턱에 살집이 있었으며, 피부는 늘어지기 시작하고 있었다. 주인이 의식하지 않기 때문에 유난히 빨리 늙을 얼굴이었다. 내 매끈한 얼굴이 얼마나 단단한지, 턱과 뺨이 얼마나 부드러운 곡선을 그리는지, 잘 빗질해서 반듯하게 자른 머리카락에 얼마나 윤기가 나는지 실감할 수 있었다. 그는 무서웠지만, 늙고 망가진 모습이었다. 나는 세상에 이제 막 나서는 사람이었다. 어쩌면 내가 유리한 입장일 것이다. 그는 미소 지었다. 개인적인 미소는 아니었지만, 인형을 그리느라 주변을 잊어버릴 수는 있어도 사람들을 싫어하지 않는 남자의 따뜻한 미소였다.

"물론이지. 언제든지 들러도 돼. 사무실에 있는 시간은 월요일과 수요일 10시부터 12시까지야. 내 사무실이 어디 있는지 알고 있나?"

"네."

329

나는 거짓말을 했다. 나중에 찾아가야 한다.

로버트 올리버가 사무실에 들르라고 초대한 일주일 뒤, 나는 포트폴리오를 그에게 들고 갈 용기를 낼 수 있었다. 커다란 마분지 화첩을 움켜쥐고 도착해 보니, 문은 열려 있었고 그의 커다란 덩치가 작은 방 안에서 움직이는 모습을 볼 수 있었다. 나는 우편엽서, 만화, 묘하게도 압정으로 장갑 한 짝이 붙어 있는 문간의 알림판을 소심하게 밀고 노크 없이 들어갔다. 뒤늦게 노크를 해야 했다는 생각이 들어 돌아서려 했지만, 로버트가 이미 나를 보고 있었다.

"아, 잘 왔어."

그는 파일함에 서류를 넣고 있었다. 서랍 안에 세워 놓은 파일이 없고 납작하게 눕혀서 쌓는 것을 보니, 마치 숨겨 놓고 싶거나 책상에서 치워 버리고 다시 찾을 마음이 없는 것 같았다. 사무실은 온통 공책, 드로잉, 회화 재료, 이런저런 정물(수업 시간에 사용했던 물건도 있었다), 목탄과 파스텔 상자, 전기선, 빈 물병, 샌드위치 포장지, 스케치, 커피잔, 대학 서류 투성이였다. 사방이 종이였다.

벽에도 온갖 것들이 더덕더덕 붙어 있었다. 책상 위에 붙여 놓은 풍경과 그림 우편엽서, 메모, 인용구(가까이 가지 못했기 때문에 읽을 수는 없었다), 물건들로 반쯤 가려진 커다란 미술 포스터 몇 장. 포스터 중 한 장이 엄마와 같이 여행가서 구경했던 내셔널 갤러리 〈니스의 마티스〉 전시회에서 배포한 작품이었던 기억이 난다. 로버트는 줄무늬 가운 자락을 헤친 마티스의 여인 위에다 손으로 메모를 한 포스트잇을 잔뜩 붙여 놓았다.

무슨 이유에서인지, 복잡한 책상 위에 시집 한 권이 있던 것도 기억난다. 체슬라브 밀로즈의 시 모음집 번역서 새 책이었다. 나는 화가가 시를 읽는다는 사실에 놀랐다. 내 시인 남자 친구가 당시 시인만이 시를 읽을 자격이 있다고 세뇌를 시켰기 때문이었다. 밀로즈의 시에 대해 들은 것도 그때가 처음이었는데, 로버트는 그의 시를 사랑해서 나중에 내게도 읽어 주었다. 나는 아직도 그날 그의 책상에 놓여 있던 그 책을 가지고 있다. 그가 준 선물 중에 끝까지 간직한 몇 가지 중 하나다. 그는 자신이 다른 사람들의 물건을 당연하게 사용하는 만큼 자기 물건도 남들에게 잘 나누어 주었다. 처음에는 마음이 너그러운 사람처럼 보였지만, 알고 보면 다른 사람들의 생일도 기억하지 못하고 사소한 빚도 갚는 일이 없었다.

"들어와."

로버트는 한쪽 구석의 의자 위에 놓인 서류를 파일함 안에 대충 집어넣었다. 그는 서랍을 다시 닫았다.

"앉아."

나는 길쭉한 알로에 화분과 수업 시간에 한 번 정물로 활용했던 인디언 북 사이에 고분고분하게 앉았다. 북에 달린 구설과 조개껍질이 사진처럼 머릿속에 박혀 있었다.

"시간을 내주셔서 감사합니다."

나는 최대한 자연스럽게 말했다. 복잡한 작은 사무실 안에 있으니 그의 육체적인 존재감이 교실에서보다 더 위압적으로 다가왔다. 벽이 그를 중심으로 부풀어 오른 것 같았고, 머리가 천장에 닿아 위로 밀어낸 듯한 느낌이 들었다. 긴 팔을 뻗으면 양쪽 벽에 동시에 손이 닿을 수도 있을 것 같았다. 신들을 인간과 비슷한 형태이지만 훨씬 거대한 존재로 묘사했던 어린 시절 그리스 신화가 떠올랐다. 그는 카키 바지 허벅지를 틀어쥐며 책상 의자에 앉았더니 휙 돌아 나를 바라보았다. 그의 얼굴은 친절하고 선생다운 관심을 보이고 있었지만, 나는 그의 주의가 다른 곳에 가 있다는 것을 감지할 수 있었다. 그는 이미 귀를 기울이고 있지 않았다.

"그럼. 내가 영광이지. 수업은 어땠나? 무슨 용건으로 왔지?"

나는 포트폴리오 모서리를 만지작거리다가 침착하게 앉아 있으려고 애썼다. 열심히 정성을 쏟은 드로잉을 보고 그가 무슨 말을 할지 수없이 생각했지만, 정작 내가 무슨 말을 해야 할지 연습하는 것은 잊어버리고 있었다. 옷차림에 그렇게 신경을 쓰고 건물에 들어서기 전에 머리도 한 번 더 빗질했던 것을 생각해 보면, 이상한 일이었다.

"음, 수업은 정말 마음에 들었어요. 아니, 좋았어요. 미술가가 된다는 생각은 한 번도 안 해 봤는데, 요즘은 연습하고 있어요. 뭐랄까, 사물을 다르게 보기 시작했습니다. 무엇을 보든지."

하려던 말이 아니었지만, 내게 집중된 가늘게 뜬 눈빛을 보니 내가 뭔가 발견하고 있다는 느낌이 들어서 그냥 이런 말이 흘러나왔다. 그의 눈빛은 가까이서 보니 인상적이었다. 일부러 치켜뜨지 않으면 큰 눈은 아니었지만, 모양이 아름다웠고 갈색이 도는 녹색 올리브 빛깔이었다. 부스스한 머리와 나이 들어가는 피부에 어울리지 않을 정도였다. 아니, 어쩌면 그 완벽한 눈과 헝클어진 행색이 이루는 대조가 더 인상적이었던 것은 아닐까? 그 답은 이후 그를 속속들이 관찰하게 된 이후에도 결코 알 수가 없었다.

"사물을 그냥 보는 것이 아니라 관찰하게 된 것 같습니다. 아침에 기숙사에서 나올 때도 나뭇가지를 처음으로 의식하게 되었어요. 그걸 잘 기억해 두었다가 나중에 스케치하죠."

그는 이제 귀를 기울이고 있었다. 수업이 한창 진행되는 도중에도 자기 내면의 목소리에 귀를 기울이는 기색을 보이는 사람이었지만, 지금 그의 시선은 집중하고 있었다. 평소처럼 서글서글한 얼굴로 무심하게 돌아다니는 기색이 아니었다. 그는 커다란 손을 무릎 위에 얹고 나를 바라보고 있었다. 나라는 사람이나 완벽하게 빗질한 머리카락에는 관심이 없었다. 그는 내가 몰래 손이라도 내밀었거나 어린 시절 알고 지냈지만 오랫동안 한 번도 들은 적이 없는 언어로 무슨 말을 하기라도 한 것처럼 내 말에 집중하고 있었다. 헝클어진 짙은 눈썹이 놀란 듯이 위로 올라갔다.

"이게 자네 작품인가?"

그는 마분지 화첩을 가리켰다.

"네."

나는 화첩 모서리를 더듬으며 그에게 건넸다. 심장이 쿵쿵거렸다. 그는 무릎 위에 화첩을 펼치고 첫 드로잉을 관찰했다. 식당에서 훔쳐 온 과일 그릇과 나란히 놓인 아저씨의 꽃병이었다. 나는 그의 무릎 위에 펼쳐진 그림을 거꾸로 쳐다보았다. 그림은 형편없었다. 수업 시간에 그는 구체적인 전등이나 인형이 아닌 형태의 배열과 구도에 대해 생각해 보게 하려고 종종 우리가 그린 그림을 거꾸로 들어 보이곤 했다. 순수한 형태를 보여 주고 부정확한 부분을 걸러 내게 하려는 방식이었다. 로버트 올리버는커녕, 이 따위 그림을 다른 사람에게 왜 보여 주겠다는 생각을 했을까. 그에게서, 모든 것들로부터 숨어 버리고 싶었다.

"최소한 10년은 더 공부해야 한다는 건 알아요."

그는 대답하지 않고 내 스케치를 눈에 좀 더 가까이 가져가더니 천천히 다시 떼어 놓았다. 10년도 너무 낙관적인 전망처럼 들릴 수 있다는 생각이 들었다. 마침내 그는 말했다.

"알겠지만, 별로 좋지는 않아."

앉아 있는 의자가 거친 바다 위의 배처럼 기우뚱하는 것 같았다. 생각할 시간이 없었다.

"하지만 살아 있어. 그건 가르칠 수가 없는 거지. 그건 재능이야."

그는 스케치를 몇 장 더 넘겼다. 이제 그는 나뭇가지와 셔츠를 벗은 시인을 관찰하고 있을 것이다. 나는 큰 담요도 용의주도하게 배치했다. 이제 세잔의 과일 그림 모작, 다음은 테이블에 가만히 놓인 룸메이트의 손. 나는 모든 것을 조금씩 시도했고, 화첩에 스케치 한 장을 넣을 때마다 똑같은 그림 열 장은 버렸다. 최소한 그 정도의 판단력은 있었다. 로버트 올리버는 다시 얼른 눈길을 들었다. 나를 보는 것이 아니라 내 머릿속을 보는 눈빛이었다.

"고등학교에서 미술 수업을 들었나? 오랫동안 그림을 그렸어?"

"그렇다고도 할 수 있고, 아니라고도 할 수 있고요."

대답할 수 있는 질문이 나와서 반가웠다.

"매년 미술 수업이 있었지만, 느슨했어요. 진짜 그림을 그리는 법을 배우지는 않았고요. 그거 말고는 올해 이 수업이 처음이에요. 그림을 제대로 그릴 수가 없어서 교수님 말씀대로 몇 주 전부터 혼자 드로잉을 연습하기 시작했어요. 드로잉을 배우기 전에는 진짜 그림을 그릴 수가 없다고 말씀하셨잖아요."

"맞아."

그는 중얼거렸다. 그는 천천히 스케치를 도로 앞으로 넘겼다.

"그래서 이제 막 시작했다고?"

그는 마치 이제 막 상대를 발견했다는 듯 갑자기 시선을 집중하는 습관이 있었다. 그 시선은 불안하기도 하고 흥분되기도 했다.

"자네는 꽤 재능이 있어."

그는 다시 어리둥절한 듯 페이지를 돌려 보더니 포트폴리오를 덮었다.

"그림 그리는 게 즐겁나?"

그는 심각하게 물었다.

"지금까지 접해 본 어떤 것보다 더 즐거워요."

말해 놓고 보니 이 말은 올바른 대답일 뿐 아니라 사실이었다.

"그렇다면 뭐든지 그려. 하루 백 개씩."

그는 힘주어 말했다.

"미술가라는 게 지옥 같은 인생이라는 것도 명심해."

머리 위에서 입을 벌리고 있는 저 천국이 어째서 지옥일 수 있을까? 무슨 일을 하라는 지시를 받는 것은 좋아하지 않았고 그럴 때

마다 속에서 뭔가 치밀어 오르는 느낌이 들었지만, 그는 나를 행복
하게 해 주었다.

"감사합니다."

"나중에 돌이켜 보면 감사하지 않을 거야."

암울하다기보다, 서글픈 말투였다. 기쁨을 잊어버린 걸까? 나는
생각했다. 나이 든다는 건 정말 끔찍한 거야. 그가 안쓰러웠고, 내
젊음과 낙관주의와 이제 내 인생이 찬란해질 거라는 깨달음이 기뻤
다. 그는 고개를 저으며 미소 지었다. 일상적인, 피곤한 미소였다.

"열심히 연습해. 여름 회화 워크숍에 참여해 보지 않겠나? 내가
추천해 주지."

엄마가 질색하겠군, 나는 생각했지만 이렇게 대답했다.

"감사합니다. 안 그래도 그 생각을 하고 있었어요."

여름 동안 대학에 머무를 계획조차 없었다. 친구들은 모두 일자
리를 찾아 뉴욕에 갈 계획이었고, 나도 거의 그쪽으로 마음을 먹고
있었다.

"교수님도 워크숍에서 가르치시나요?"

"아니, 아니."

그는 서랍 안에 물건이라도 더 집어넣어야 하는지, 해야 할 일
이 있는 듯 다시 멍해진 상태였다.

"난 이번 학기에만 여기 있기로 했어. 방문 자격으로. 나는 내
인생으로 돌아가야 해."

잊고 있었다. 어디에서나 할 수 있는 그림과 드로잉, 나 같은 학
생들을 제외한 그의 인생은 어떨지 궁금했다. 왼손에는 결혼반지를
끼고 있었지만, 어쩌면 내가 한 번도 본 적이 없는 그의 아내도 여기
같이 와 있을지도 모른다.

"다른 곳에서도 가르치시나요?"

말이 튀어나온 뒤에야 그 정도는 이미 알고 있어야 했다는 것

을 깨달았지만, 그는 신경을 쓰지 않는 것 같았다.

"난 노스캐롤라이나의 그린힐 대학에 있어. 좋은 작업실이 있는 아늑한 곳이지. 집에도 가야 해."

그는 미소 지었다.

"딸이 날 보고 싶어할 거야."

이건 약간 충격이었다. 나는 예술가들은 아이를 낳지 않는다고, 그래서는 안 된다고 생각하고 있었다. 그에게 갑자기 세속적인 분위기가 감도는 것 같아서 마음에 들지 않았다.

"몇 살인가요?"

나는 예의상 물었다.

"1년 2개월 됐어. 미래의 조각가지."

그의 미소가 깊어졌다. 그는 저 멀리, 자신이 속한 가정으로 가 있었다.

"왜 같이 오지 않으셨어요?"

나는 그에게 가족이 있다는 사실에 나름대로 벌을 주고 싶은 마음으로 물었다.

"아, 거기서 워낙 잘 지내고 있어. 대학에 좋은 유아원이 있고, 아내도 이제 막 파트타임으로 일을 시작했거든. 곧 돌아가야지."

그는 향수에 젖은 것 같았다. 그는 그 수수께끼 같은 세상에 있는 아이를 사랑한다는 것을 알 수 있었고, 아마 부지런한 아내도 사랑할 것이다. 나이 많은 사람들에게 평범한 일상이 있다는 것을 깨달을 때 늘 그렇듯, 실망스러웠다. 너무 시간을 오래 빼앗지 않는 것이 좋을 것 같았고, 환상이 더 깨어지는 것도 싫었다.

"그럼 이만 하시던 일 계속 하세요. 스케치를 봐 주시고 격려해 주셔서 감사합니다."

"천만에. 잘 풀렸으면 좋겠어. 언제든지 작업한 게 있으면 다시 가져오고 워크숍도 꼭 신청해. 제임스 래드가 가르칠 건데, 아주 좋은 선생이지."

당신이 아니잖아요. 나는 생각했다.

"감사합니다."

나는 뭔가 특별한 의식으로 이 만남을 마무리하고 싶어서 손을
내밀었다. 그가 거인처럼 일어서서 내 손을 잡았다. 나는 진지한 자
세와 감사의 마음을 전하기 위해서, 어쩌면 앞으로 동료가 될 수도
있을 거라는 기분으로 그의 손을 단단히 잡았다. 손은 기분이 좋았
다. 전에는 한 번도 잡아 본 적이 없었다. 그의 손은 내 손을 완전히
감쌌다. 관절은 두껍고 습기가 없었고, 내 손을 힘 있게, 조금은 반
사적으로 잡는 그의 손은 마치 포옹처럼 느껴졌다.

"고맙습니다."

나는 포트폴리오를 겨드랑이에 낀 채 약간 허둥거리며 문을 향
해 돌아섰다.

"다시 보세."

그는 책상으로 돌아가서 다시 일을 하려는 것 같았다. 하지만
그 마지막 순간, 나는 정체를 알 수 없는 무언가를 그에게서 보았다.
그 역시 내 손에서 뭔가를 느낀 것 같은, 아니, 내가 그의 손에 깊은
인상을 받았다는 것을 그가 눈치챈 것 같은 그런 느낌이었다. 그 생
각을 하니 수치심이 온몸을 에워쌌다. 바람 부는 맑은 날씨에 점심
을 먹으러 학생들을 지나쳐 기숙사까지 절반쯤 걸어가는 동안에도
화끈거리는 얼굴은 식지 않았다. 그때 그 말이 떠올랐다. 하루 백 개
씩 그려.

로버트, 나는 그 말을 10년 가까이 기억했어. 아직도 기억하고
있어.

사랑하는 친구

어디서부터 시작해야 할지 모르겠지만, 당신의 편지에 아주 감동받았다는 말부터 전하고 싶어요. 사랑하는 아내에 대해 후련하게 털어놓고 싶다면 언제든지 그렇게 하세요. 당신이 갑작스럽게 아내를 여의었고 해외로 나가기 전에 거의 앓아누울 정도로 슬픔에 잠겼다는 이야기를 예전에 아버님께 아주 잠깐 들은 적이 있답니다. 그 일 때문에 오랫동안 외롭게 해외에서 지내셨을 거라고, 파리를 떠나신 데도 부인을 잃은 슬픈 마음이 영향을 주었다고 짐작합니다. 제게 이야기해서 마음이 편해지신다면, 비록 그런 슬픔에 대해 아는 것이 없는 저이지만 최대한 열심히 들어드릴게요. 제게 해 주신 모든 일들과 제 작품에 대한 격려와 믿음을 생각한다면, 이 정도야 얼마든지 해 드릴 수 있어요. 요즘 저는 제 작품을 좋아해 주는 사람이 최소한 하나는 있다는 생각을 하면서 아주 즐겁게 매일 아침 작업실로 쓰는 포치로 향하곤 한답니다. 저 역시 당신과 마찬가지로 심사위원들의 평가를 조마조마한 마음으로 기다리겠지만, 당신의 말이야말로 그 어떤 좋은 소식과 나쁜 소식보다 제게 더 큰 의미가 있습니다. 어쩌면 당신은 이걸 젊은 화가의 허세라고 생각하실지도 모르고, 어쩌면 그게 어느 정도 맞을 거예요. 하지만 전 진심이랍니다.

깊은 사랑으로
베아트리스

338

48

메 리

로버트가 바넷에 있는 동안 둘만 같이 있었던 시간은 그때가
마지막은 아니었다. 한 번 더 만난 적이 있지만, 그보다 우선 몇 가
지 다른 이야기를 해야겠다. 미술 강의는 끝났다. 학생들은 대부분
서툰 솜씨로 정물화 세 점, 인형 한 점, 모델 한 점을 그렸다. 모델은
누드가 아니라 점잖게 옷을 입고 있는 근육질의 화학 전공 남학생
이었다. 로버트가 우리와 함께 그림을 그리고 드로잉을 하면서 실제
화가가 어떻게 작업하는지 보여 주었으면 좋겠다는 마음이 들었다.
교수 봄 전시회에 그의 작품 몇 점이 전시되었고, 나도 보러 갔다.
그는 캔버스 신작 네 점을 출품했다. 모두 우리 학교에 있을 때 그린
작품들이었다. 어디서 그렸을까? 집에서? 밤에? 나는 그가 수업 시
간에 가르쳤던 내용을 바탕으로 그림을 바라보려고 애썼다. 형태,
구도, 색채 선택, 물감 혼합. 작업하면서 그도 그림을 뒤집어 보았을
까? 나는 그 속에서 삼각형과 수직선, 수평선을 찾아보려고 애썼다.
하지만 소재 자체와 살아 있는 듯한, 숨 쉬는 듯한 붓질이 너무나 강
렬해서 화폭의 이면을 꿰뚫어 보는 것이 쉽지 않았다.

전시된 로버트의 작품 중 하나는 무심한 강렬함이 가득 찬 자화상이었고(나는 몇 년 뒤, 그가 파기하기 전에 이 작품을 다시 보았다), 두 점은 산기슭에 풀밭과 숲이 펼쳐지고 캔버스 가장자리에 현대적인 옷차림의 남자 둘이 걷고 있는 인상주의에 가까운 그림이었다. 19세기풍의 필치와 현대적인 인물들 사이의 대조가 마음에 들었다. 나는 로버트가 자신에게 특정한 화풍이 있다고 남들이 생각하든 말든 관심이 없는 사람이라는 것을 조금씩 깨달았다. 그는 자신의 작업을 하나의 긴 실험이라고 생각했고, 몇 달 이상 한 가지 화풍이나 기법을 고수하는 법이 거의 없었다.

다음으로 네 번째 그림이 있었다. 나는 그 앞에 아주 오랫동안 서 있지 않을 수 없었다. 나는 로버트와 연인이 되기 아주 오래전에 그녀를 만났다. 그녀는 이미 거기에, 언제나 그 자리에 있었다. 그것은 가슴이 깊이 파인, 무도회복 같은 옛날 드레스 차림으로 한 손에 접은 부채를 들고 다른 손에 책을 든 채 파티에 갈지 집에서 책을 읽을지 고민하고 있는 여인의 초상이었다. 숱 많고 짙은 머리카락은 부드럽게 곱슬거렸고 꽃으로 장식되어 있었다. 표정은 생각에 잠긴 것 같았고 아주 지적이었으며 경계심이 약간 엿보였다. 뭔가를 생각하다가 문득 누군가 지켜보고 있다는 것을 깨달은 것 같았다. 로버트가 저 찰나의 표정을 어떻게 포착해냈을까 궁금했던 기억이 난다.

아내가 옛날 옷차림으로 모델이 되어 준 거겠지. 나는 생각했다. 초상화에는 그런 종류의 내밀함이 엿보였다. 무슨 이유에선지 나는 이런 식으로 그의 아내를 만나는 것이 마음에 들지 않았다. 아이를 기르며 세속적인 직업에 종사하는 성실하고 따분한 여자로 상상하고 있었기 때문이기도 했다. 그녀가 로버트에게 이렇게 생기 있고 사랑스러운 여자일 거라는 생각에 묘한 불쾌감과 놀라움이 느껴졌다. 그녀는 젊었지만 로버트에게 종속될 정도로 어리지는 않았고, 미묘한 움직임으로 가득 차 있어서 금방이라도, 나를 알아보기만 한다면 미소 지을 것 같았다. 으스스한 기분이었다.

그림에서 주목할 만한 다른 점은 배경이었다. 여인은 커다란 검정 소파에 앉아서 몸을 뒤로 약간 기울이고 있었고, 등 뒤와 위쪽 벽에는 거울이 있었다. 거울을 표현한 솜씨는 너무나 능숙해서 내 모습도 비칠 것 같았다. 그러나 거울 안에는 저 멀리 현대적인 옷차림의 로버트 올리버가 이젤 앞에서 그녀를 그리는 모습이 그려져 있었고, 한복판에는 여인의 부드럽게 틀어 올린 머리와 날씬한 목 뒷면이 비쳤다. 여인은 진지하게 생각에 잠겨 있었고, 그는 고개를 들어 여인을 바라보고 있었다. 여인은 아내이자 모델이었다.

그렇다면 여인이 금방이라도 미소 지을 것 같은 상대는 바로 그였다. 그녀가 나를 향해 미소 짓는 거라고 생각했기 때문인지, 로버트가 그녀를 향해 마주 미소 짓는 것을 상상하고 싶지 않기 때문인지는 몰라도, 질투가 날카롭게 가슴을 찔렀다. 거울에 비친 그와 이젤 뒤쪽에는 창틀이 돌로 된 격자 무늬 창문을 통해 빛이 들어오고 있었다. 바넷에는 1920년대 혹은 30년대에 지은 고딕 부흥풍 건물이 몇 개 있었다. 로버트는 어쩌면 거기 식당이나 오래된 교실에서 이런 건축을 발견했을지도 모른다. 거울에 비친 창문 너머로 한쪽에 절벽이 우뚝 솟은 바닷가 같은 것이 펼쳐져 있었고, 푸른 하늘이 수평선과 맞닿아 있었다.

초상, 자화상, 대상과 관찰자, 거울과 창문, 풍경과 건축. 그것은 기숙사와 식당에서 학생들이 즐겨 쓰는 표현을 빌리자면, 보는 사람의 '머릿속을 갖고 노는' 비범한 그림이었다. 나는 그림 속의 이야기를 해독하며 언제까지나 그 앞에 서 있고 싶었다. 그는 그 그림에 〈캔버스에 유화〉라는 제목을 붙였지만, 다른 세 캔버스에는 진짜 제목이 붙어 있었다. 이 그림이 무슨 의미인지 물어볼 수 있도록, 얼마나 숨 막히도록 사랑스럽고 알쏭달쏭한지 이야기할 수 있도록 로버트가 전시장에 나타나 주었으면 하는 생각이 들었다. 전시장을 걸어

나오는 것이 고통스럽게 느껴졌다. 들고 있던 도록을 확인해 보았지만, 대학 전시관 측에서는 그의 다른 작품 한 점만 선택해서 자세하게 설명했고 나머지는 그냥 제목과 날짜만 적혀 있었다. 이 자리를 떠나면 갈망에 가득한 눈빛으로 내 눈을 바라보았던 이 여인을 다시는 볼 수 없을 것이다. 전시회가 막을 내리기 전에 두 번 더 찾아갔던 것은 아마 그 때문이었을 것이다.

49

메리

학기 말의 어느 날, 나는 로버트를 다시 둘만 만났다. 미술 수업
은 작업실에서 조촐한 파티로 끝이 났고, 그는 마지막에 우리를 모
두 문까지 자애롭게 배웅했다. 그는 누구 한 사람에게 특별한 인사
를 남기지는 않았지만, 모두에게 자부심 어린 미소를 보내며 다들
생각보다 훨씬 잘해 주었다고 털어놓았다. 며칠 뒤 나는 시험 기간
에 도서관으로 걸어가는 길에 꽃잎이 흩날린 산책로로 들어서다 그
와 부딪힐 뻔했다.

"여기서 마주치다니."

그는 갑자기 멈춰 서더니 나를 잡으려는 건지 부딪히는 것을
막으려는 건지 긴 팔을 뻗었다. 그의 손이 내 팔 윗부분을 잡았다.
어쩌면 그가 의도했던 것보다 더 친밀하게 느껴졌겠지만, 어쨌든 내
가 그의 갈비뼈를 거의 들이받으려던 찰나였다.

"그렇군요."

따뜻하게 웃어 주어서 고마웠다. 전에 보지 못했던 모습이었다.
그는 고개도 약간 뒤로 젖혔다. 자신을 의식하지 않는, 웃음의 즐거

움에 취해 있는 모습이었다. 행복한 소리였고, 그 소리를 들은 나도 웃었다. 같이 하던 일이 끝난, 나이 많은 사람과 더 젊은 사람 둘이 봄 나무 아래 기분 좋게 서 있었다. 그렇기 때문에 할 말은 없었지만, 따뜻한 날이었고 긴 겨울도 서로 다른 우리의 꿈을 꺾어놓지 않았으며 학기가 끝나서 모두 해방되는 시기였기에, 우리는 거기 서서 미소 지었다. 변화의 시기, 한숨을 더는 시기였다.

"여름 학기에 그 회화 워크숍을 들으려고 해요."

나는 기분 좋은 침묵을 메우려고 말했다.

"추천 감사드립니다."

문득 기억이 났다.

"아, 전시회를 봤어요. 교수님 그림 정말 좋았습니다."

세 번이나 갔다는 말은 하지 않았다.

"고마워."

그는 더 이상 길게 말하지 않았다. 나는 그가 자신의 작품에 대한 다른 사람의 의견에 말을 덧붙이는 것을 좋아하지 않는다는 사실을 깨달았다.

"사실 그중 한 작품에 대해 물어보고 싶은 게 많았는데요. 음, 궁금한 점이 몇 가지 있어서 그 자리에 계시면 좋겠다고 생각했어요."

묘한 표정이 그의 얼굴을 스쳤다. 봄 하늘을 가로지르는 섬세하고 옅은 구름 같은 미세한 표정. 내가 무슨 그림을 말하는지 짐작했는지, '그 자리에 계시면 좋겠다'는 말에서 뭔가를 느낀 것인지는 알수 없었다. 어떤 예감 같은 오싹한 느낌? 모든 사랑이 이런 식으로 자신을 표현하지 않던가. 처음 나누는 몇 마디 말들, 처음 나누는 숨결, 처음 떠오르는 생각 속에 그 시작과 끝의 씨앗이 이미 뿌려져 있지 않던가. 그는 미간을 찡그리고 나를 주의 깊게 쳐다보았다. 그의 관심이 나를 향한 것인지, 다른 뭔가를 향한 것인지 궁금했다.

"물어봐."

그는 잠시 후 대답했다. 그리고 미소 지었다.

"잠시 어디 앉을까?"

그는 주위를 둘러보았고, 나도 둘러보았다. 교정 건너편 학생식당 뒤쪽에 의자와 탁자가 있었다. 그가 물었다.

"저기 어때? 잠시 쉬면서 레모네이드 한 잔 할 생각이었어."

우리는 대신 학생들과 배낭 사이에 섞여 앉아 점심을 먹었다. 어떤 이는 시험 공부를 하고 있었고, 어떤 이는 햇빛 아래서 커피를 저으며 이야기를 나누고 있었다. 로버트는 피클을 곁들인 어마어마한 참치 샌드위치와 봉투에서 넘쳐흐르는 감자칩을 먹었고, 나는 샐러드를 먹었다. 그는 밥값을 내겠다고 고집했고, 나는 레모네이드 큰 종이컵 두 잔을 사기로 했다. 기계에서 뽑은 것이었지만 맛은 괜찮았다. 둘 다 한동안 말없이 먹었다. 마지막 그림도 제출했고, 마지막 수업 시간에 작별 인사도 했다. 비록 〈캔버스에 유화〉에 대해 물어볼 기회를 노리고 있었지만, 더 이상 강사와 학생이 아니니까 이제 벌써 친구 비슷한 사이가 된 것 같은 기분이 들었다. 그런 생각이 떠오른 순간, 나는 얼른 주제넘은 생각 하지 말자고 고개를 저었다. 그는 대단한 대가였고, 나는 별거 아닌 재능만 지닌 일개 학생이었다. 눈 내린 겨울이 지나고 돌아온 새들, 나무와 건물에 밝게 비치는 햇빛, 격자 창문을 활짝 열어 놓고 봄 공기를 한껏 들이고 있는 식당을 그렇게 완전하게 의식한 적이 없는 것 같았다.

로버트는 양해를 구한 뒤 담배에 불을 붙였다.

"보통 담배를 피우지 않아. 이번 주에는 축하하려고 한 갑 샀지. 다 피우면 다시 살 생각은 없어. 1년에 한 번이야."

그는 식당으로 들어가서 재떨이를 가지고 나왔고, 다시 자리에 앉은 뒤 말했다.

"자, 이야기해 보게. 하지만 나는 보통 내 그림에 대한 질문에는 대답하지 않아."

나는 몰랐다. 그에 대해 아무것도 아는 것이 없다고 말하고 싶었다. 그러나 그는 재미있다는, 아니, 재미있을 준비가 된 얼굴이었다. 어깨 너머로 머리를 넘기는 순간, 그의 시선이 내 머리를 의식하는 것 같았다. 당시 내 머리는 허리까지 길었고, 그때만 해도 타고난 그대로 금발이었다.

하지만 그는 아무 말도 하지 않았다. 그래서 내가 말했다.

"그럼 여쭤보면 안 된다는 뜻인가요?"

"물어봐. 하지만 대답하지 않을 수도 있어. 그뿐이야. 나는 화가들이 자기 그림에 대해 해답을 가지고 있다고 생각하지 않아. 그림에 대해 아는 건 아무것도 없어. 그림 자체를 빼놓고는. 어쨌든 잘된 그림은 일종의 수수께끼 같은 것을 지니고 있어야만 하고."

나는 레모네이드를 비운 뒤 용기를 냈다.

"교수님 그림은 전부 다 좋았어요. 풍경도 정말 대단했고요."

당시 나는 너무 어려서 천재에게 이 말이 어떻게 들릴지 알지 못했지만, 그래도 자화상에 대해서는 언급하지 말자 정도는 판단할 줄 알았다.

"궁금했던 그림은 가장 큰 작품, 소파에 여자가 앉아 있는 그림이었어요. 부인이시겠지만, 정말 멋진 옛날 드레스를 입고 있던데요. 사연이 뭔가요?"

그는 나를 다시 보았지만, 이번에는 경계심 어린 시선이었다.

"사연?"

"네. 워낙 묘사가 상세해서요. 창문이랑 거울요. 아주 복잡했고, 여자는 완전히 살아 있는 것 같았어요. 부인이 모델을 해 주신 건가요, 아니면 사진을 쓰신 건가요?"

그의 시선은 나를 꿰뚫고 지나가서 등 뒤의 학생회관 돌 벽까지 가 닿을 것 같았다.

"여자는 내 아내가 아니고, 난 사진을 쓰지 않아."

그의 목소리는 무심하지만 온화했다. 그는 담배 연기를 빨아들였다. 그는 탁자 위에 올려놓은 손을 관찰하며 손가락을 뻗고 관절을 만지작거렸다. 나중에 그것이 긴 세월 동안 고질병으로 악화되는 화가의 관절염이라는 것을 알았다. 다시 시선을 든 그의 눈은 가늘어져 있었지만, 이번에는 어딘가 먼 지평선이 아니라 나를 바라보고 있었다.

"누구인지 말해 주면 비밀 지킬 수 있나?"

이 말에 어딘가 곤두서는 기분이었다. 어릴 때 어른이 내밀한 슬픔이라든지, 이미 짐작하고 있었지만 어린 시절 몇 년 동안은 모른 척할 수 있는 경제적인 문제라든지, 성적인 문제라든지 하는 뭔가 어른들의 이야기를 해 주겠다고 할 때 들던 그런 느낌이었다. 숨겨 왔던 부도덕한 사랑 이야기를 털어놓으려는 걸까? 중년 어른들은 나이가 많아서 그만큼 현명해야 하지만 때로 그런 일을 저지르곤 한다. 젊고 자유롭기 때문에 사랑과 실수와 육체를 마음껏 과시할 수 있다는 것은 얼마나 좋은 일인가. 내게는 서른 살이 넘은 모든 사람들을 동정하는 버릇이 있었고, 담배 한 대를 물고 풍상의 흔적이 역력한 로버트 올리버 역시 예외는 아니었다.

"그럼요. 비밀은 지킬 수 있어요."

심장 박동이 빨라졌다.

"음."

그는 빌린 재떨이에 재를 떨었다.

"사실 나는 그녀가 누구인지 몰라."

속눈썹이 빠르게 깜빡였다. 절망으로 가득한 음성.

"아, 누군지 알 수만 있다면!"

너무 놀랍고, 답할 말도 없었고, 섬뜩해서 나는 잠시 아무 말도 하지 않았다. 그의 마지막 말은 없었던 것으로 하고 싶을 정도였다. 어떻게 대답해야 할지 알 수가 없었다. 누군지 모르는 사람을 어떻

게 그릴 수 있나? 나는 친구나 아내, 필요할 때 고용하는 모델이 자
세를 취해 줄 거라고 생각하고 있었다. 피카소처럼 길에서 멋진 여
자에게 부탁할 수는 없나? 대 놓고 물어보아서 나의 혼란과 무지를
드러내고 싶지는 않았다. 그때 한 가지 가능성이 떠올랐다.

"상상 속의 여자란 말씀인가요?"

이번에 그는 음산한 표정을 지었다. 내가 과연 그를 좋아하는
건가 의심스러웠다. 어쩌면 심술궂은 사람인지도 모른다. 정신이 약
간 이상할 수도 있다.

"아, 실재하는 여자야. 어떤 의미에서."

그의 미소에 한없이 마음이 놓았다. 하지만 어쩐지 불쾌한 느낌
도 들었다. 그는 두 번째 담배를 꺼냈다.

"레모네이드 한 잔 더 하겠나?"

"아뇨."

자존심이 상했다. 고민스러운 수수께끼를 던져 놓고도 단서 하
나 주지 않다니. 자기 학생이자 점심 식사를 같이하는 손님, 아름다
운 머릿결을 지닌 여자를 이런 식으로 따돌리는 것이 전혀 마음에
걸리지 않는 모양이었다. 어딘가 으스스한 데도 있었다. 그가 방금
한 묘한 말을 내게 설명해 준다면 그림의 본질, 예술이라는 기적에
대해 한순간에 깨우칠 수 있을 거라는 기분이 들었지만, 그는 내가
이해하지 못할 거라고 생각한 것 같았다. 마음 한 켠으로 그의 기묘
한 비밀을 알고 싶지 않다는 생각이 들었지만, 그래도 입맛은 썼다.
나는 엄마 친구들이 모인 작은 저녁 모임에 참석했을 때처럼 접시
위에 컵과 흰 플라스틱 포크를 단정하게 놓았다.

"죄송합니다. 도서관에 돌아가 봐야겠어요. 시험이 있어서요."

나는 청바지와 부츠 차림으로 도전적으로 일어섰다. 이 순간만
큼은 내가 앉아 있는 강사보다 키가 더 컸다.

"점심 감사드립니다."

나는 그에게 눈길을 주지 않고 쓰레기를 챙겼다.

그도 일어서더니 내 팔에 커다랗고 부드러운 손을 얹어 쟁반을 다시 내려놓게 했다.

"화가 났군."

그의 목소리에는 놀란 듯한 기색이 있었다.

"내가 뭘 잘못했지? 자네 질문에 대답하지 않아서?"

나는 뻣뻣하게 대답했다.

"교수님의 답을 제가 이해하지 못할 거라고 생각하시는 건 어쩔 수 없죠. 하지만 그럴 거면 왜 절 갖고 노셨죠? 그 여자를 아시든지 모르시든지 둘 중 하나잖아요."

블라우스 소매 위로 느껴지는 그의 손은 놀랍게도 따뜻했다. 그 손이 영원히 떠나지 않기를 바랐지만, 다음 순간 손은 떨어졌다.

"미안해. 내가 한 말은 사실이야. 난 내 그림 속의 그 여자가 정말 누구인지 몰라."

그는 다시 앉았고, 그가 손짓을 할 필요도 없이 나도 천천히 따라 앉았다. 그는 한쪽 모서리에 새똥 같은 얼룩이 있는 탁자를 응시하며 고개를 저었다.

"아내에게조차 설명할 수가 없어. 들으려 하지도 않고. 난 그 여자를 몇 년 전 메트로폴리탄 미술관 사람 많은 전시실에서 우연히 만났어. 뉴욕에서 발레 무용수들만 다룬 전시회를 준비하고 있을 때였지. 몇몇은 어린아이였어. 정말 작은 새처럼 완벽한 존재였지. 나는 드가를 참조하려고 메트로폴리탄에 드나들기 시작했어. 드가는 춤의 표현에 있어 어쩌면 가장 위대한 대가니까."

나는 자랑스럽게 고개를 끄덕였다. 이건 나도 알았다.

"그린힐로 이사하기 직전 미술관에 들렀을 때 봤는데, 그 모습이 마음속에서 지워지지 않았지. 조금도. 잊을 수가 없었어."

"아름다웠나보군요."

"아주. 아름답기만 한 게 아니라."

그는 다시 미술관으로 돌아가서 몇 초 만에 군중 속으로 사라진 여인을 응시하고 있는 것 같았다. 그 순간의 낭만이 느껴지는 것 같았다. 그의 마음에 그토록 오래 남은 낯선 여인에 대한 질투가 일었다. 제아무리 로버트 올리버라 해도 사람의 얼굴을 그렇게 짧은 순간에 기억할 수는 없다는 생각이 든 것은 그러고도 오랜 시간이 지나서였다.

"돌아가서 찾아보지 않으셨나요?"

그러지 않았기를 바라는 마음이었다.

"물론 찾았지. 두 번 더 보고, 다시는 보지 못했어."

이루어지지 않은 로맨스.

"그래서 상상하기 시작하셨군요."

이번에 그는 나를 보고 미소 지었다. 목덜미를 타고 따뜻한 온기가 흘러내려갔다.

"음, 그 말은 맞아. 상상하기 시작했지."

그는 자신감 있는 동작으로 다시 일어섰고, 우리는 학생회관 앞쪽을 향해 친구처럼 걷기 시작했다. 그는 햇빛 속에서 멈춰 서서 손을 내밀었다.

"여름 잘 보내게, 메리. 가을 학기에도 행운이 있길 바라고. 계속 노력한다면 자네는 좋은 그림을 그릴 수 있을 거야."

"교수님도요."

나는 미소 지으며 한심하게 대답했다.

"아니, 그러니까, 가르치시는 것과 작업에 행운이 있길 바란다고요. 곧바로 노스캐롤라이나로 돌아가시나요?"

"아, 그래. 다음 주에."

그는 나를 대표 삼아 대학 전체와 거기서 그가 가르친 모든 학생들, 추운 북부에 작별을 고하듯, 고개를 숙여 내 뺨에 키스했다.

그 몰인격적인 키스에 가슴이 가라앉는 것 같았다. 그의 입술은 따뜻하고 기분 좋게 바삭거렸다.

"안녕히 가세요."

나는 돌아서서 애써 걸음을 옮겼다. 놀랍게도 그가 돌아서서 반대쪽으로 걸어가는 소리가 들리지 않았다. 그가 오랫동안 거기 서 있다는 기분이 들었지만, 자존심 때문에 돌아볼 수는 없었다. 아마 그는 거기 서서 자기 발이나 보도를 내려다보며 뉴욕에서 몇 번 본 여인의 얼굴을 떠올렸거나 집에 있는 아내와 아이를 생각했으리라. 그는 분명 그 모든 것을 떠나 가족과 자신의 진짜 인생으로 돌아가게 된 것을 기뻐하고 있었다. 하지만 그는 이렇게 말했다. 아내에게 조차 설명할 수가 없어. 그는 자신의 예술적 상상에 대해 내게 뭔가 이야기하려고 시도해 주었다. 내게 그것은 특혜였다. 낯선 여인의 얼굴이 그에게 남았듯, 그 기억은 언제까지나 내게 남았다.

50

메리

몇 달 전 로버트와 헤어진 뒤부터, 나는 요즘도 단골로 가는 한 카페에서 아침마다 스케치를 시작했다. 나는 '단골 카페'라는 표현이 좋다. 요즘 가르치는 대학 작업실에서 멀어질 수 있는 공간이 필요했다. 그 지역에는 교직원이 방해받지 않고 앉아 있을 만한 카페가 많지 않다. 예전에 가르쳤던(재수가 더 없으면 요즘 가르치고 있는) 학생을 만나서 인사를 나누어야 할 때가 너무 잦기 때문이다. 대신 내가 사는 곳과 일하는 곳 사이의 지하철역에서 카페를 하나 찾아냈다.

학생들을 좋아하지 않는 것은 아니다. 오히려 학생들은 나의 생명줄, 내 유일한 자녀, 내 미래다. 나는 그들의 위기와 변명, 이기심까지도 사랑한다. 학생들이 그림에 대해 갑자기 영감을 얻는 모습, 수채화에 대한 갑작스러운 애정, 목탄과 연애하는 모습을 사랑하고, 하늘색에 대한 갑작스러운 집착도 사랑스럽다. 갑자기 모든 그림에 하늘색이 나타나기 시작하고, 수업 시간에 설명해야 할 때가 되면 대답은 "그냥… 좋아요."다. 보통 이유도 설명하지 못한다. 새로운 사랑에 그저 푹 빠지는 것이다. 그림이 아니라면, 알콜이나 코카인

(사실 그런 건 내게 털어놓지 않지만), 역사 시간이나 연극 연습 시간에 만난 젊은 여자나 남자다. 그럴 때는 눈 밑에 검은 그늘이 생기고 수업 시간에 구부정하게 웅크리고 있다가도 고등학교 시절에 좋아했던 고갱을 꺼내면 얼굴이 밝아진다. "제 그림이에요!" 학생들은 소리친다. 학기 말에는 색칠한 달걀을 내게 선물한다. 학생들은 사랑스럽다.

그러나 내 작업을 하려면 학생들에게서 멀어질 필요가 있기 때문에, 나는 한동안 아침 식사를 마치고 수업이 시작될 때까지 시간이 비면 카페에서 습관적으로 스케치를 하게 되었다. 선반에 줄지어 놓인 찻주전자, 모조 명나라 꽃병, 탁자와 의자, 출구 표지판, 신문가판대 옆의 너무나 낯익은 무하 포스터, 모두 다르지만 비슷한 상표가 붙은 이탈리아 시럽 병, 그리고 사람들. 낯선 사람들을 스케치하는 데도 학생 시절처럼 다시 대담해졌다. 스콘과 종이컵을 놓고 빠르게 이야기를 나누는 아시아계 중년 여성 세 명, 긴 말총머리를 하고 식탁에서 졸고 있는 젊은 남자, 노트북을 가지고 있는 40대 여자.

이 작업은 내게 사람들을 다시 바라보게 해 주었다. 내가 수많은 사람 중의 하나일 뿐이며, 각자 다른 재킷과 안경과 다양한 형태와 색깔의 눈을 지닌 저 많은 사람들에게도 각자의 로버트와 엄청난 절망과 기쁨과 후회가 있을 거라는 생각은 로버트로 인한 상처를 조금 아물게 해 주었다. 나는 기쁨과 후회를 스케치 속에 표현하려고 노력했다. 어떤 이는 모델이 되는 것을 즐기고 내게 곁눈질로 미소를 보냈다. 그런 아침이면 내가 혼자이고 다른 남자에게 눈길을 주고 싶지 않다는 사실을 받아들이기가 조금 쉬워진다. 어쩌면 이 기분도 조금씩 지워지리라. 100년쯤 지나면.

353

1879.

사랑하는 친구

몇 주 동안 왜 편지도 없고 찾아오지도 않으시는지 알 수 없군
요. 저 때문에 기분 상하신 일이라도 있나요? 아직 출타 중이신
줄 알고 있었는데, 이브에게 시내에 있으시다는 말을 들었습니
다. 어쩌면 저에 대한 당신의 애정이 당신에 대한 저의 애정만
큼 강하다고 생각한 것이 착각이었을지도 모르겠습니다. 그렇
다면 부디 친구의 실수를 용서해 주세요.

베아트리스 드 클레르발

354

51

말로우

메리 버티슨과 저녁을 먹은 다음 날 아침, 출근이 늦어서인지 도로는 붐볐다. 나는 남들보다 일찍 하루를 시작하는 것이, 한가한 도로와 주차장, 골든그로브 복도를 혼자 독점하고, 비서보다 먼저 출근해서 20분 동안 혼자 서류 작업을 하는 것이 좋다. 그날 아침 나는 아침 식탁에 햇빛이 움직이는 것을 바라보며 달걀을 두 개 익혀 느긋하게 아침을 시작했다. 전날 저녁 화기애애한 저녁 식사를 마친 뒤 메리를 택시까지 배웅해 주었지만—그녀는 집까지 차로 바래다 주겠다는 정중한 제안을 거절했다—아침이 되었는데도 아파트는 그녀의 자취로 가득 차 있는 것 같았다. 그녀가 조바심을 내다가, 적대적인 태도를 보이다가, 마침내 마음을 털어놓던 모습이 눈에 선했다.

나중에 후회할 것이 뻔했지만, 나는 커피를 두 잔째 따랐다. 그리고 여름을 맞아 새 잎이 돋아 완연한 녹색을 띠고 있는 창밖의 가로수를 내다보았다. 내가 뭐라고 하자 메리가 긴 손을 내저으며 반박하던 모습이 떠올랐다. 우리는 저녁을 먹으면서 책과 그림에 대해 이야기했다. 그녀는 하룻밤에 로버트 올리버에 대한 이야기는 이 정도로 충분하다고 했다. 그러나 말보다는 글로 적어 보내겠다고 했을 때 그녀의 목소리에 실려 나온 떨림은 아침까지도 기억에 생생했다.

골든그로브로 절반쯤 차를 달리다가, 나는 보통 이 시점에 음량을 한층 높이던 음악을 꺼 버렸다. 요즘 즐겨 듣던 안드라스 쉬프의 J.S 바하 프랑스 모음곡집이었다. 장쾌한 급류가 흐르다가 잔잔한 물결처럼 빛이 퍼지고 다시 물살이 세차게 흐르는 음악이었다. 나는 이렇게 교통이 복잡할 때는 운전을 하면서 음악을 제대로 감상할 수가 없다고 스스로를 설득했다. 운전자들은 빈 진입로에서 서로 추월하고, 경적을 울리고, 갑자기 브레이크를 밟고 있었다.

그러나 바하의 음악과 메리라는 존재를, 저녁 식사 도중 몇 분 동안 로버트 올리버에 대해 잊고 최근 그린 흰옷 차림의 여인 연작에 대해 열심히 이야기하던 모습을 이 좁은 차 안에 동시에 둘 수 있을까. 나는 언제 한번 그림을 구경할 수 있느냐고 정중하게 물었다. 당신도 그다지 잘 그리지도 못한 내 소도시 풍경을 구경하지 않았는가. 그녀는 망설이다 애매하게 그러자고 대답하며 우리 사이에 선을 그었다. 아니, 내 차 안에는 프랑스 모음곡과 도로변의 짙어가는 녹음, 메리 버티슨의 영민하고 순수한 얼굴이 모두 들어올 자리는 없었다. 아니, 내가 들어갈 공간조차 충분하지 않은 것 같기도 했다. 내 차가 이렇게 작다고 느껴진 것은, 시원하게 열 수 있는 뚜껑이 필요하다고 느껴진 것은 처음이었다.

아침 회진이 끝난 뒤, 로버트의 병실에 가 보니 방은 비어 있었다. 마지막 순서로 남겨 뒀는데, 로버트는 온데간데없었다. 복도의 간호사는 그가 직원 한 사람과 함께 밖에서 산책하고 있었다고 했지만, 뒷문으로 나가 베란다를 가로질러 봐도 그의 모습은 곧장 보이지 않았다. 골든그로브의 건축 양식은 듀폰 서클의 내 사무실과 달리 찬란했던 시절의 유산으로서, 개츠비와 MGM 시절에 화려한 연회를 자주 베풀었던 맨션이었다. 나는 복도에서 힘없이 걷고 있는 환자들이 데코 양식의 우아한 건물과 햇볕 찬란한 벽, 이집트풍의 조각 장식을 보면 기분이 좀 나아지고 치유 효과를 얻지 않을까 하는 생각을 종종 하곤 한다. 내가 근무하기 몇 년 전에 안팎으로 개수한 건물이었다. 특히 구불구불한 점토 벽과 길쭉한 화분에 흰 제라늄이 가득 피어 있는(내가 각별히 요구한 사항이기도 했다) 베란다가 마음에 들었다. 여기 서면 병원 경내 반대편으로 포토맥 강의 지류인 리틀 셰리던 기슭에 늘어선 나무들이 보였다. 정원도 일부 예전 모습대로 가꾸고 있었지만, 전부 다 되살린다는 것은 병원 능력으로는 무리였다. 원래 저택에는 없던 화단과 커다란 해시계도 있었다. 정원 너머에는 작고 얕은 호수가 펼쳐져 있었고(빠져 죽을 수도 없을 정도로 얕았다) 반대편에는 여름 별장이 있었다(지붕은 뛰어내려 봤자 다치지 않을 정도로 낮았고, 목을 매다는 것을 방지하기 위해 실내의 서까래는 천장으로 가려져 있었다).

　사랑하는 사람을 비교적 고요한 공간으로 보내는 가족들은 이런 점들을 마음에 들어했다. 때로 여기 베란다에서 눈물을 닦으며 서로를 위안하는 가족들의 모습을 보곤 한다. 봐, 얼마나 아름다워. 잠깐만 지내다 나오는 거야. 보통은 잠깐이다. 여기 오는 가족들은 돈 없는 사람들이 내면의 악마와 싸우기 위해 가는, 정원도 없고 벽을 새로 칠하는 일도 없으며 때로 화장실 휴지도 충분하지 않은 시 공공병원을 구경할 일은 없는 사람들이다. 인턴 시절에 그런 병원을 구경한 적이 있는데, 그 풍경은 좀처럼 잊히지 않았다. 그러나 지금 나는 사립병원 의사로서 앞으로 계속 이곳에 근무하게 될 확률이 높다. 사람이 정확히 언제 한 곳에 정착하게 되는지, 변화를 시도할 에너지를 상실하게 되는지는 모르지만, 그건 현실이다. 어쩌면 더 열심히 노력해야 했는지도 모르겠다. 하지만 나는 나름대로 사람들에게 도움이 된다고 느끼고 있다.

베란다 반대쪽으로 나와 보니 정원 저쪽에 로버트가 보였다. 그는 산책을 하고 있지 않았다. 내가 준 이젤을 저쪽 강변을 향하게 놓고 그림을 그리고 있었다. 직원 한 사람이 멀지 않은 곳에서 환자와 함께 산책하고 있었다. 환자는 목욕 가운을 벗지 않겠다고 고집한 모양이었다. 하긴 선택의 여지만 있다면 이런 곳에서 옷을 차려입을 사람이 얼마나 되겠는가. 직원이 내 지시를 따라 약간 거리를 두고 로버트 올리버를 잘 지켜보고 있는 것을 보니 흡족했다. 로버트는 감시가 있는 것 자체가 마음에 안 들지도 모르지만, 분명 약간의 사생활이 보장되는 것은 고마워할 것이다.

그가 풍경을 관찰하는 동안, 나는 거기 서서 그의 모습을 관찰했다. 아마 왼쪽으로 셰리단 강 건너 나무 위로 불쑥 솟은 농작물 저장고는 무시하고, 저 오른쪽의 키 크고 제멋대로 자란 나무쪽을 그리고 있겠지. 그의 어깨는(내가 새 셔츠를 몇 개 구해 주었지만, 매일 입는 빛바랜 셔츠 차림이었다) 곧았고, 이젤 다리를 최대한 길게 뽑아 나사로 고정시킨 것 같았지만 고개를 캔버스 쪽으로 약간 숙이고 있었다. 볼품없는 카키 바지 차림이었지만, 로버트의 다리는 우아했다. 그는 생각에 잠긴 채 다리를 바꿔 디뎠다.

그림을 그리는 그를 지켜보는 경험은 색달랐다. 전에도 본 적이 있었지만 그때는 실내였고 그도 내가 보고 있다는 것을 알고 있었다. 비록 캔버스는 보이지 않지만, 지금 나는 그가 나의 존재를 모르는 상태에서 지켜볼 수 있었다. 메리 버티슨에게 잠깐 이런 기회를 준다면 얼마나 좋아할까 하는 생각이 들었다. 아니, 그녀는 로버트를 다시 보고 싶지 않다고 했다. 내가 그를 호전시켜서 사회로 돌려보낼 수 있다면, 그가 다시 선생이나 화가, 전시자, 전남편, 양육권을 지닌 사랑하는 아버지로서, 채소를 사고 체육관에 다니고 워싱턴이나 그린힐 도심이나 산타페에 아파트를 얻고 집세를 낼 수 있다면,

그래도 그는 메리와 떨어져 지내는 생활을 선택할까? 무엇보다 그에 대한 메리의 분노가 그때도 여전할까? 여전하기를 바라는 것은 나의 저열한 욕심일까?

나는 뒷짐을 진 채 말없이 그에게 다가갔다. 몇 미터 떨어진 위치까지 다가가자 그는 휙 돌아서더니 공격적인 눈빛을 보냈다. 철창에 갇힌 사자 같은 눈빛. 저 창살을 건드리면 안 된다. 나는 선의로 접근했다는 뜻을 전달하기 위해 고개를 숙였다.

"좋은 아침입니다, 로버트."

그는 다시 작업으로 돌아갔다. 최소한 내게 신뢰를 갖고 있다는 뜻인 것 같기도 했고, 정신과 의사조차 방해가 되지 않을 정도로 몰입해 있다는 뜻인 것 같기도 했다. 나는 그의 옆에 서서 어떤 반응이 나오지 않을까 하는 마음으로 솔직하게 캔버스를 응시했지만, 그는 경치를 바라보며 구도를 확인하고 물감을 바르고 있었다. 지금 붓은 저 멀리 수평선 쪽에 가 닿아 있었으며, 그는 캔버스로 시선을 떨어뜨린 채 색칠한 호숫가의 바위에 집중하고 있었다. 상상할 수 없을 정도로 작업 속도가 빠른 것이 아니라면, 최소한 두 시간 이상 작업한 캔버스 같았다. 형태가 완전히 모습을 드러내기 시작하고 있었다. 나는 수면의 햇빛과―캔버스 위의 수면―멀리 떨어진 나무의 부드러운 생기에 감탄했다.

그러나 나는 밖으로 감탄의 마음을 드러내지는 않았다. 그의 침묵이 두려웠고, 아무리 따뜻한 말 한 마디조차 머쓱해질 것 같았다. 로버트가 짙은 눈빛의 여인과 고통스러운 미소 외에 다른 무언가를, 실제로 존재하는 무언가를 그리는 것을 보니 마음이 가벼워졌다. 그는 손에 두 개의 붓을 들고 있었고, 나는 그가 붓을 번갈아 사용하는 모습을 조용히 지켜보았다. 반평생 단련한 능란한 습관이었다. 메리 버티슨을 만났다는 이야기를 해야 할까? 좋은 와인과 생선 요리를 먹으며, 그녀가 자신의 일생과 그의 삶 일부를 털어놓기 시작했다는 것을? 그녀가 치료를 돕고 싶은 마음이 있을 정도로 아직 그를 사랑한다는 것을? 그를 다시 보고 싶어하지 않는다는 것을? 그녀의 머리카락이 적갈색과 금빛과 보랏빛을 찬란하게 반사한다는 것을? 그의 이름을 말할 때마다 목소리에 떨림이나 도전적인 느낌이 실려 나온다는 것을? 그녀가 포크를 어떻게 쥐는지, 벽에 어떻게 기대서는지, 어떻게 세상을 상대로 도도하게 팔짱을 끼는지, 그의 전처와 마찬가지로 그녀 역시 그의 성난 붓 끝에서 수없이 탄생하는 저 초상의 모델이 아니라는 사실을 내가 알고 있다는 것을? 메리 역시 그 모델의 비밀을 어느 정도 알고 있다는 것을? 내가 그가 누구보다 사랑한 여인을 반드시 찾아내서 그녀가 그의 심장뿐만 아니라 이성까지 빼앗아간 이유를 꼭 알아내고야 말겠다는 것을?

의학적인 정의를 다 접어 두고 인간의 삶만을 놓고 볼 때 그것이야말로 정신병의 본질이라고, 나는 그가 흰 물감을 조금 찍는 것을 바라보며 생각했다. 타인에게, 혹은 어떤 신념이나 장소에 심장을 바치는 것은 질병이 아니다. 그러나 그런 것들에 자신의 이성을 바치고 판단력을 포기한다면 결국 그것은 인간을 병들게 하며, 그런 짓을 한다는 것 자체부터 어쩌면 병적인 징후일 수 있다. 나는 로버트에게서 캔버스로, 구름을 그릴 생각인지 회색으로 남겨 둔 하늘과, 구름이 비친 자리로 들쑥날쑥 남겨 둔 듯한 호수 표면으로 시선을 돌렸다. 매일같이 진료하는 질병에 대해 무언가 새로운 생각이 든 것은 오랜만이었다. 사랑 그 자체에 대해서도.

"감사합니다, 로버트."

나는 소리내어 말하고 그의 옆을 떠났다. 그는 나를 돌아보지 않았지만, 그랬다 해도 나는 이미 등을 돌리고 있었다.

메리는 그날 저녁 전화했다. 상당히 놀라운 일이었고—내가 먼저 전화할 생각이었지만 며칠 여유를 두려고 했기 때문이었다—나는 잠시 상대가 누구인지 어리둥절해했다. 같이 저녁을 먹으며 더욱 좋아진 알토 음성은 로버트에 대한 기억을 글로 적어 주겠다고 약속한 일에 대해 다시 생각해 보았는데, 몇 편으로 나누어 보내는 게 좋을 것 같다, 자신에게 그게 더 편할 것 같다, 우편으로 보내겠다고 말했다. 원한다면 이야기로 재구성해 보든지, 탁자 받침대로 쓰든지, 재활용 쓰레기 처리하든지 상관없다. 이미 쓰기 시작했다. 그녀는 약간 초조하게 웃었다.

그렇다면 직접 만날 수 없다는 뜻이었기 때문에, 나는 잠시 실망했다. 하지만 무슨 용건으로 다시 만날 이유가 있을까? 그녀는 자유로운 독신 여성이지만 내 환자의 예전 여자 친구이기도 하다. 그때 메리는 언제 한 번 다시 식사를 하자―내가 사양했는데도 당신이 굳이 음식값을 내겠다고 했으니 이번에는 내가 초대할 차례다―회고록을 다 보낸 다음에 만나는 것이 좋을 것 같다고 덧붙였다. 얼마나 오래 걸릴지는 모르겠지만 다시 식사할 기회를 기다리고 있다, 요 전날은 즐거웠다. '즐거웠다'는 단어가 무슨 이유에선지 마음에 와 닿았다. 나는 좋다, 이해한다, 편지 기다리겠다고 답했다. 그리고 나도 모르게 미소 지으며 전화를 끊었다.

52
메 리

손에 넣을 수 없는 사람을 사랑한다는 것은 내가 언젠가 본 적이 있는 어느 그림과 같다. 전시회나 미술관, 책, 혹은 누군가의 집에서 깊은 인상을 받은 그림에 대해 기본적인 정보를 메모하는 습관이 생기기 전에 봤던 그림이다. 내 집의 작업실에는 그림 우편엽서 외에도 인덱스카드가 한 상자 있고, 카드에는 그림 제목, 화가 이름, 내가 그 그림을 봤던 날짜와 장소, 안내판이나 책에서 알아낸 뒷이야기, 때로는 교회 첨탑이 왼쪽에 있다든지, 전면에 길이 있다든지 하는 그림에 대한 간략한 묘사까지 곁들여 있다.

작업이 잘 안 되거나 답답할 때, 나는 이 카드를 뒤져 아이디어를 얻곤 한다. 교회 첨탑을 그려 넣어야겠다, 모델에게 붉은 옷을 입혀야겠다, 파도에 날카로운 봉우리를 다섯 개 그려 넣어야겠다. 때로 실제로, 혹은 마음속으로 카드를 넘겨 보면서 카드를 작성해 놓지 않은 중요한 그림을 떠올릴 때도 있다. 그 그림을 본 것은 20대 시절(몇 년이었는지도 기억나지 않는다), 대학을 졸업한 뒤에는 갈 수 있는 모든 미술관에 어딜 가든 다 다녔으니 아마 미술관에서였을 것이다.

인상주의 회화였다. 확실한 것은 그것뿐이다. 한 남자가 자연 그대로의 무성한 정원 의자에 앉아 있다. 획일적인 프랑스식 정원과 회화의 형식에 반기를 들었던 프랑스 인상주의 화가들은 이런 정원을 좋아했고 필요하면 가꾸기도 했다. 키 큰 남자는 신사처럼—아마 정말 신사였을 것이다—격식을 차린 외투와 조끼, 회색 바지, 희끄무레한 모자를 쓴 차림으로 녹색과 라벤더 빛이 감도는 그늘의 의자에 앉아 있다. 평화롭고 만족스러운 표정이지만 뭔가에 귀를 기울이듯이 약간 긴장을 하고 있다. 그림에서 물러서면 표정이 보다 날카롭게 보인다(그 그림을 책을 통해서가 아니라 직접 봤다고 생각하는 이유 중의 하나가 그것이다. 뒷걸음질 쳐서 봤던 기억이 난다).

정원 의자에 앉은 남자 가까이에는 흰 바탕에 검은 줄무늬의 우아한 옷차림을 한 숙녀가 앉아 있다. 높에 틀어올린 머리 위에 작은 모자가 앞쪽으로 약간 기울어져 얹혀 있고, 옆에는 줄무늬 양산이 놓여 있다. 더 물러서서 보면 배경의 꽃이 핀 덤불 사이로 부드러운 옷의 색채가 정원과 거의 섞여 있듯이 다른 여자가 걷고 있다. 전면의 두 사람과 달리 머리색이 연하고 모자는 쓰지 않은 것으로 보아 젊거나 지위가 낮은 사람인 것 같다. 그림은 장식이 화려하지만 약간 때 묻은 금색 틀에 걸려 있었다.

처음 봤을 때 특별한 동질감을 느꼈는지 기억은 나지 않지만, 이 그림은 꿈처럼 계속 머릿속에 머물렀고 이후 몇 번이고 거듭 떠오르곤 했다. 사실 오랫동안 인상주의 회화를 샅샅이 살펴봤지만 찾을 수가 없었다. 우선 프랑스 인상주의풍이었다 뿐이지 증거가 없었다. 신사와 두 여인은 19세기 말 샌프란시스코나 코네티컷, 서섹스, 심지어 투스카니의 정원에 있었을 수도 있다. 그 그림을 너무나 많이 머릿속에서 펼쳐 본 나머지, 때로는 내가 만들어낸 그림 같기도 하고 단순히 꿈을 꾼 기억이 남아 있는 게 아닐까 하는 생각이 들기도 한다.

그러나 정원의 그 사람들은 내게 너무나 생생하다. 격식을 차린 줄무늬 옷차림의 여인을 화면 왼쪽에서 떼어내어 완벽한 구도를 흐트러뜨리고 싶지는 않지만, 분명 그 그림 안에는 긴장감이 있다. 왜 꽃에 둘러싸인 젊은 여인은 자기 자리가 없는 것처럼 보일까? 남자의 딸일까? 아니, 무엇 때문인지는 몰라도, 아니다. 여인은 영원히 화폭 오른편에서 떠나기 싫어하며 방황하고 있다. 왜 우아한 옷차림의 남자는 여인이 멀어지기 전에 소매를 붙잡고 옆에 끌어당겨 자신도 그녀를 사랑한다고, 언제나 사랑했다고 말해 주지 않는 것일까?

나는 그 두 인물이 움직이는 것을 상상해 본다. 둥글고 거친 붓질로 묘사된 꽃과 덤불 위에 영원한 햇살이 내리쬐고, 잘 차려입은 여인은 남자 옆자리가 자신의 자리라는 것을 확신하고 양산을 쥔 채 동요 없이 앉아 있다. 신사는 일어선다. 그는 충동적으로 갑작스레 나무그늘을 떠나 부드러운 드레스를 입은 여인의 팔을 잡는다. 그녀 역시 단호하다. 두 사람 사이에는 여인의 치맛자락과 잘 재단된 바지에 꽃가루를 뿌리는 꽃들뿐이다. 그의 손은 올리브 빛이고 약간 두껍고 관절에는 못이 약간 박혀 있다. 그는 그녀를 꽉 잡아 세운다. 그들은 예전에 이런 식으로 이야기해 본 적이 없다. 아니, 지금도 이야기하고 있지는 않다. 그들은 갑자기 서로의 품에 몸을 던지고 쏟아지는 햇빛 아래에서 따뜻한 뺨을 마주 댄다. 그 순간 키스를 나누는 것 같지는 않다. 이마에 와 닿는 남자의 턱수염이 상상했던 느낌과 똑같아서, 여인은 안도감으로 흐느끼고 있다. 어쩌면 남자도 흐느끼고 있지 않을까?

1879.

사랑하는 여인

편지를 쓰지 않은 내 나약함을, 보기 흉하게 거리를 두었던 내
나약함을 용서해 다오. 처음에는 그래, 일상적인 출타였지. 말
했듯이 몸이 가볍게 아파서 일주일 정도 남부에 가서 쉬었다.
하지만 그건 변명이기도 했지. 감기에서 회복하고 오랫동안 보
지 못했던 풍경을 그리려는 생각도 있었지만, 얼마 전에 네게
암시했던 더욱 깊숙한 마음의 병에서 치유되고 싶은 마음도 있
었다. 하지만 이 편지 서두를 보면 알듯이, 마음의 병에는 차도
가 없구나. 나의 뮤즈, 너는 항상 내 곁에 있었고, 너의 아름다
움과 따뜻한 우정은 물론 너의 웃음, 아주 작은 몸짓 하나, 네가
곁에 있거나 없거나 항상 느꼈던 애정, 처음 내가 너를 친지 이
상으로 생각하기 시작했던 그 순간부터 네가 했던 모든 말들이
한 마디도 빼놓지 않고 놀라울 정도로 생생하게 떠올랐다.
그래서 나는 떠날 때보다 조금도 차도가 없는 상태로 파리에 돌
아왔고, 너를 평화롭게 내버려 두고 싶다는 생각으로 도착하자
마자 일에 몰두하기로 결심했다. 네 편지가 가져다 준 기쁨은,
너도 날 그리워했다는, 어쩌면 내가 널 혼자 내버려 두는 것을
바라지 않았다는 생각이 가져다 준 기쁨은 숨기지 않겠다. 아
니, 아니, 기분이 상한 것은 아니야. 나의 어리석음이 어쩌면 네
게 불쾌함을 주었을지는 모르겠지만, 나는 최대한의 평정을 끌
어내서라도 네 가까이 살지 않을 수 없구나.
나이 든 남자의 마음이 이렇게도 흔들리다니, 친절한 너는 입
밖에 내지 않겠지만 이 얼마나 어리석은 꼴이냐고 생각할지도

365

모르겠구나. 그게 맞다. 하지만 그건 너의 힘을, 네 존재의 힘을, 인생에 대한 네 포용력과 그 점이 내게 주는 감동을 과소평가하는 것이기도 해. 난 너를 최대한 평화롭게 내버려 두겠지만, 더 이상 완전히 네게서 멀어질 수는 없구나. 너 역시 나와 마찬가지로 그것을 원치 않는 모양이니. 그 점은 이탈리아에서 본 그 모든 오만하고 고압적인 신들에게라도 감사를 드리고 싶다. 하지만 이건 내가 하고 싶은 이야기의 일부에 지나지 않아. 일단 심호흡을 하고 잠시 마음을 진정시키면서 최대한 용기를 끄집어내야겠다. 떠나 있는 내내, 내게 한 가장 어려운 약속을 지키지 않으면, 설사 네가 원하더라도 다시는 너를 직접 만나지도, 편지조차 쓸 수 없을 거라는 기분이었다.

언젠가 내 아내에 대해 이야기하겠다고 말했었지. 그 약속을 얼마나 후회했는지. 나는 이기적이게도 네가 그녀에 대해 알지 못하면 나를 모르는 거라고, 심지어 그 이야기를 털어놓으면 네 추측대로 내 마음이 조금이나마 후련해질 거라고 생각했다. 내가 살아 있는 한 나는 네게 한 약속을 절대 의도적으로 깨뜨리지는 않겠다. 네게 내 과거를 모조리 털어놓고 네 미래를 훔쳐 달아날 수 있다면, 기꺼이 그렇게 하겠지. 하지만 그럴 수가 없다는 것이 내게는 영원한 슬픔이구나. 너는 이미 모든 행복을 다 가지고 있는데 그런 네가 나와 함께하면 나처럼 행복할 거라고 생각하다니, 내 이기심이 얼마나 큰지.

그러나 사랑스러운 순진함, 세상에 대한 희망을 품고 있었던 아내의 이야기는 자진해서 네게 털어놓고 싶은 그런 이야기가 아니기에, 이런 약속을 한 것이 정말 큰 실수였다는 생각이 들었다(이렇게 말하면 분명 너는 마음이 상하겠지만, 다 읽고 나면 이 말이 얼마나 서글픈 진실인지 알게 될 게다). 어쨌든 끔찍한, 그러나 적나라한 진실을 읽을 준비가 될 때까지 한 시간 정도 마음의 준비를 하고 다음 페이지로 넘기길 바란다. 이 편지를 읽고 나면, 너는 내 동생보다 약간 더 많이, 내 조카보다 훨씬 더 많은 것을 알게 될 게다. 정치적인 문제이니까, 내 일신의 안전도 어느 정도 네 손에 맡기는 셈이 되겠지. 내가 왜 이런 일을 해야만 할까, 널 절망시킬 이야기를 군이 왜 해야만 할까? 사랑이란 본시 잔인한 요구를 하는 법이니까. 언젠가 그 잔인함을 깨닫게 되는 날이 온다면, 너도 과거를 돌아보고 나를 더 잘 이해하고 용서할 수 있을 게다. 아마 나는 이미 오래전에 가고 없겠지만, 그래도 내가 어디에 있건 그때가 되면 그 마음에 축복을 보내마. 나는 아내를 비교적 늦게 만났다. 나는 마흔셋, 아내는 마흔이었지. 내 동생에게 들어 알고 있겠지만 이름은 헬렌이었다. 루앙의 좋은 집안 출신이었어. 아내는 그 나이까지 결혼을 한 적이 없었지만, 모자란 데가 있어서가 아니라 홀로 된 어머니를 모시느라 그렇게 됐지. 아내의 어머니는 우리가 만나기 2년 전에 돌아가셨다. 어머니가 죽은 뒤 아내는 파리에 사는 언니 가족과 같이 살았는데, 어머니에게 그랬던 것처럼 언니 가족에게도 없어서는 안 될 존재가 되었어. 품위 있고 다정한 사람이었고, 진지하지만 유머가 있었지. 그 품성과 타인에 대한 배려에 첫 만남부터 끌렸어. 그녀도 그림에 흥미가 있었지만, 따로 예술에 대해 배운 것은 없었고 책에 더 관심이 많았다. 딸들도 가르쳐야 한다고 믿었던 아버지 덕분에 독일어를 읽을 줄 알았고 라틴어도 조금 알았다. 또한 내 경박한 불신이 그 앞에서는 민망할 정도로 신앙심이 깊었지. 나는 매사에 변함없는 그녀의 군건함을 존경했다.

아내의 형부는 내 오랜 친구였는데 청혼할 때 많은 도움을 주었고, (나를 지나치게 잘 알고 있기는 했지만 말이다) 지참금도 넉넉히 챙겨 주었지. 우리는 생제르맹 록세루아 성당에서 몇몇 친구와 친지를 모시고 결혼식을 올렸고, 생제르맹에 정착했다. 조용한 생활이었어. 나는 그림을 그리고 전시회를 계속 열었고, 그녀는 훌륭한 살림꾼으로 언제나 내 친구들을 환대해 주었지. 어쩌면 열정보다는 존경심이 더 큰 사랑이었는지는 모르겠지만, 난 그녀를 많이 사랑하게 되었어. 아이를 낳기에는 둘 다 나이가 너무 많았지만 우리는 서로에게 만족했다. 그녀의 영향으로 내 자신도 깊어지고 예전의 방종하던 생활에도 조금은 중심이 잡히는 것 같았다. 나에 대한 그녀의 변함없는 믿음 덕분에 그림에도 더욱 깊이 몰입하게 되었고 기술도 더욱 발전할 수 있었어.

황제가 러시아를 침입해서 그 희망 없는 전쟁을 시작하지만 않았더라면 우리는 영원히 그렇게 행복하게 살 수 있었을 텐데. 너는 아직 어린아이였던 시절이지만, 세당 전투 소식은 네 기억에도 충격으로 남아 있을 거야. 이어 적군의 끔찍한 보복이, 우리가 살던 도시를 초토화한 포위전이 닥쳤지. 말해 두지만, 솔직히 나는 그 모든 상황에 참을 수 없을 정도로 분노한 사람들 중 하나였다. 물론 야만적인 폭도에 가담하지는 않았지만, 나도 파리와 프랑스가 생각 없고 사치스러운 독재자와 그에 대항해 일어선 사람들 때문에 지나치게 고통받았다고 믿었던 중도파에 속했어.

알다시피 나는 최근 이탈리아에서 많은 세월을 보냈지만, 사실 그것은 언젠가 고향 도시에서 조용한 생활로 되돌아갈 수 있을 때까지 불가피하게 다가올 위험과 슬픔, 냉소를 피해 도망쳤던 망명이었다. 나는 사실 파리 코뮌의 동료였고 그 사실에 부끄러움이 없지만, 신념 때문에 자신이 속한 국가의 용서를 받지 못했던 동지들에 대한 비탄이 있구나. 도대체 왜 애당초 시민이 승인하지도 않은 사안에 대해 파리 시민이 혁명적인 대응 없이,

최소한 가장 강력한 반발 없이 견뎌야 한단 말이냐. 나는 그 믿음을 아직도 가지고 있지만, 결과를 미리 알았더라면 행동에 옮기지 않았을지 모를 정도로 믿음의 대가는 너무나 컸다.

코뮌은 3월 26일에 성립되었고, 내 구역 내에서는 별다른 문제가 없다가 4월 초 우리가 주둔한 거리에서 전투가 시작되었다. 돌아온 뒤 이브에게 물어보니 너는 당시 이미 안전한 교외에 살고 있었더구나. 이브가 네 가족을 알게 된 것은 그 뒤였지만, 너는 그 재앙의 시기를 무사히 보냈다고 들었다. 어쩌면 저 멀리 길거리에서 총성을 들었을 수도 있고, 그조차 못 들었을 수도 있겠지. 총격전이 벌어질 때, 나는 대대에서 대대로 소식을 전하면서 나 외에 다른 사람의 목숨이 위험에 처하지 않은 상황이라면 어디에서나 그 역사적인 현장을 스케치로 남기려고 노력했다.

헬렌은 내가 코뮌에 동조하는 것을 이해하지 못했다. 그녀는 최근 몰락한 왕권의 강력한 지지자였지만, 내가 믿는 바를 배려해 주었다. 혹시 둘 중 한 사람이 잡힐 수도 있으니, 나의 신변을 위태롭게 할 수 있는 정보는 자신에게 알리지 말라고 하더구나. 이 부탁대로 나는 가장 밀접하게 연루되어 있던 부대가 야영하던 장소를 그녀에게 알리지 않았다. 지금도 그건 말할 수가 없구나. 오래된 도로였다. 예상대로 다음 날 가짜 정부가 군대를 보낸다면 그 지점이 도시 방어에 가장 요충이라는 것을 알고, 우리는 5월 25일 그 거리를 막았다.

나는 헬렌에게 늦지 않게 돌아오겠다고 약속했지만, 밤 동안 몽마르트르의 동지들에게 전갈을 전해야 할 필요가 생겼다. 아직 경찰의 의심을 받지 않고 있던 내가 자원했지. 들키지 않고 몽마르트르로 이동했다가 왔던 길로 되돌아갈 생각이었지만, 그만 잡혀서 구금되고 말았다. 그것이 정부군과의 첫 만남이었다.

369

심문이 길어지면서 여러 번 폭행 협박을 받았고, 다음 날 정오까지 잡혀 있었지. 몇 시간 동안 그 자리에서 처형당할지도 모른다는 생각에 사로잡혀 있었어. 이 역시 자세하게 쓰지는 않겠다. 8년이나 지난 일이지만, 네게 알리고 싶지 않구나. 끔찍한 경험이었다.

하지만 지금부터 그보다 한없이 불행했던 일을 털어놓아야겠구나. 내가 들어오지 않아 밤새도록 걱정했던 헬렌은 동이 트자마자 나를 찾아 나서서 이웃들에게 수소문했고, 결국 그중 한 사람이 헬렌을 바리케이드로 데리고 갔어. 나는 아직 감옥에 갇혀 있었다. 헬렌이 내 소식을 물으러 바리케이드 앞에 도착한 바로 그 순간, 본대가 들이닥쳤다. 군대는 코뮌 대원과 행인을 가리지 않고 현장에 있던 모든 사람들에게 무차별 발포했다. 물론 정부는 그 사실을 인정하지 않았지. 헬렌은 이마에 총을 맞고 쓰러졌다. 내 동료 한 사람이 그녀를 알아보고 현장에서 끌어내 돌무더기 뒤에 숨겨놓았다.

집에 들렀다가 집이 빈 것을 보고 내가 그 자리에 도착했을 때, 그녀는 이미 싸늘하게 식어가고 있었다. 나는 머리카락과 옷에 총상에서 흐른 피가 말라붙어 있는 몸을 끌어안았다. 눈은 감고 있었지만, 얼굴에는 놀란 표정만 남아 있더구나. 나는 그녀를 흔들고, 이름을 부르고, 깨우려고 해 보았다. 그나마 내 유일한 위안은 그녀가 즉사했다는 것, 그녀가 무슨 일이 생길지 알았더라면 그 순간 하느님의 손에 자신을 맡길 사람이었다는 믿음뿐이다.

나는 그녀를 몽파르나스 공동묘지에 서둘러 묻어야 했다. 며칠 만에 대의가 패배하고 수천 명의 동지와 우리 조직원들이 처형되면서 비탄은 점점 커져갔다. 이 마지막 학살의 순간, 나는 시가 성문 근처에 살던 친구의 도움으로 프랑스를 몰래 빠져나갔다. 혼자 망통의 국경을 향해 여행하는 동안, 유일한 정의의 희망을 거부한 국가를 위해서는 더 이상 내가 할 일이 없다, 체포당할지도 모른다는 두려움 속에서 살고 싶지 않다는 기분이었다.

이 힘든 시기 내내 충직한 동생은 헬렌의 유품과 묘를 묵묵히 지켜 주었고, 돌아가도 될지 종종 편지로 정보를 전해 주었다. 나는 그 드라마의 조연에 불과했고, 재건해야 할 일들이 많은 정부에서 관심을 둘 만한 존재가 아니었다. 내가 돌아온 것은 프랑스의 안녕을 위해 봉사하겠다는 욕구가 아니라 동생에 대한 감사의 마음, 아픈 동생에게 도움이 되고 싶다는 일념 때문이었다. 그가 시력을 잃어간다는 소식은 동생이 아닌 이브에게서 들었다. 너를 만나기까지 내게 남아 있던 유일한 즐거움은 작으나마 동생에게 도움을 줄 수 있다는 것, 그리고 집요하게 그림을 그리는 습관뿐이었다. 나는 아내도, 자식도, 조국도 없는 가련한 인간이었어. 사고하는 모든 인간의 성취 동기가 되어야 할 사회의 개혁이라는 이상 없이 살았고, 무익하고 잔혹한 희생으로 내 품에 안겼던 죽음으로 인해 밤마다 악몽에 시달렸다.

찬란한 너의 존재, 너의 타고난 재능, 연약한 사랑과 우정은 내게 말로 다할 수 없는 의미가 있구나. 이제는 굳이 설명할 필요가 없을 거라고 생각한다. 비밀을 약속하라는 말로 너를 모욕하지 않겠다. 내 행복의 대부분이 이미 네 손에 있으니. 혹여 진실을 전하겠다는 약속을 깨뜨리고 싶은 마음이 생길지도 모르니, 얼른 마음과 영혼을 담아 서명을 하고 편지를 접어야겠다.

O.V.

53
말로우

로버트 올리버가 메트로폴리탄 미술관의 관중 속에서 초상화의 여인을 처음 만났다는 메리의 이야기가 특히 주의를 끌었다. 나는 로버트에게 그 일에 대해 직접 물어볼 수 있을까 생각해 보았다. 거기서 무슨 일이 있었든, 그가 그녀에게서 무엇을 보았든, 그 일이 로버트의 사고를 장악하고 정신질환의 원인이 되었다는 것은 분명했다. 혹시 미술관의 관중 속에서 여자를 상상한 것이었다면, 즉 환상 속의 여인이었다면, 로버트의 질환에 대한 내 진단을 재검토하고 치료 방식에도 심각한 변화를 주어야 한다는 것을 의미한다. 여자가 진짜이든 아니든, 그는 지금 기억을 바탕으로 그림을 그리는 것일까? 아니면 아직도 환각을 보고 있는 것일까? 그가 한 번 본 현대의 여성에 19세기 복장을 입혀서 그림을 그리고 있다는 사실은 그 자체가 상상에서 비롯된, 어쩌면 무의식적인 행위라는 점을 암시한다. 다른 환각도 겪었을까? 그렇다 해도 최소한 지금은 다른 환각은 그리지 않고 있다.

어쨌든 케이트와 함께 그린힐으로 이사할 당시에 이미 그는 여인의 얼굴을 가끔 상상하고 있었다. 케이트는 남쪽으로 차를 타고 가는 도중에 로버트의 셔츠 주머니에서 스케치를 발견했다. 그러나 로버트에게 그 여자를 처음 만난 이야기를 꺼내고 미술관에 대한 정보도 입에 올린다면, 그는 내가 자신과 가까운 사람을 만났다는 것을 즉각 알아차릴 것이다. 내가 메리의 성을 알고 있다는 것을 그도 이미 알고 있으니, 누구인지 알아차리는 것도 어렵지 않다. 그는 메리에게 여자에 대한 이야기를 털어놓았지만 케이트에게는 하지 않았고, 당시 뉴욕에서 알고 지낸 친구들에게 잊을 수 없는 여인과의 첫 만남을 털어놓았는지는 몰라도 달리 이야기한 사람도 없었던 것 같았다. 그는 메리에게 낯선 여인을 몇 번 보았을 뿐이라고 암시했지만, 케이트의 집에서 그 강렬한 그림을 본 뒤라 그 말은 믿기가 힘들었다. 분명 로버트는 여인을 내밀하게 알고 있었을 것이고, 오랜 시간에 걸쳐 그 얼굴과 존재를 흡수했을 것이다. 그는 자신이 사진으로 작업하지 않는다고 했지만, 과연 낯선 사람이 앞으로 그리게 될 그 많은 초상화의 재료를 확보할 수 있을 만큼 오랫동안 모델을 서 주었을까?

373

그러나 로버트에게 직접 물어보는 모험은 감수할 수 없었다. 내가 어디까지 알고 있는지 털어놓았다가는 영영 그의 신뢰를 얻지 못할 것이다. 메리의 이름을 알고 있다고 이야기한 것도 어쩌면 실수였는지 모른다. 언젠가 아침 회진 때 병실의 큰 안락의자에 앉아 대부분의 작품에 등장하는 여인을 처음 어떻게 알게 되었는지 그에게 물어본 적이 있다. 그는 나를 흘끗 보더니 다시 읽던 소설로 눈을 돌렸다. 나는 잠시 후 실례를 고하고 작별 인사를 할 수밖에 없었다. 그는 그림을 그리지 않을 때면 환자 휴게실에 비치된 낡은 페이퍼백 범죄 스릴러를 빌려와서 따분하다는 듯 골똘히 읽곤 했다. 일주일에 한 권 정도, 늘 조잡한 마피아나 CIA, 혹은 라스베이거스를 무대로 한 살인 추리물이었다.

체포될 때 손에 칼을 들고 있었으니, 나는 로버트가 이런 소설에 등장하는 범죄자들에게 공감을 느낄까 궁금하지 않을 수 없었다. 케이트는 그가 종종 스릴러를 읽었다고 했고 그의 사무실 책장에도 그런 책들이 있었지만, 그녀는 그가 전시회 도록이나 역사물도 읽었다고 했다. 환자 휴게실에는 미술가나 작가의 전기처럼(그가 집어드는지 보려고 내가 일부러 꽂아 놓은 책도 있었다) 그런 형사 소설보다 더 나은 책들이 많았지만, 그는 손을 대지 않았다. 그가 살인을 다룬 책에서 더 이상의 폭력성을 습득하지 않기를 바라는 마음이었지만, 그런 징후는 나타나지 않았다. 왜 휴게실 책장에서 가장 조잡한 책들만 읽는지 털어놓지 않는 것처럼, 그가 어디서 어떻게 가장 좋아하는 모델을 만났는지도 내게 이야기해 줄 것 같지는 않았다.

그러나 로버트와 여인의 첫 만남에 대한 메리의 이야기를 들으니 또 다른 한 가지 생각이 떠올랐다. 어쩌면 그녀가 셜록 홈스의 천재성에 대해 웃으며 이야기했기 때문에 그 작은 이야기를 자꾸만 떠올리게 되는지도 몰랐다. 나는 메리에게 전화해서 바넷 대학에서 로버트가 해 준 이야기를 다시 들려달라고 부탁했고, 그녀는 거의 비슷한 이야기를 되풀이했다. 왜 물었을까? 그녀는 다음에 설명하겠다고 약속했고, 그렇게 할 텐데. 나는 그녀가 보내고 있는 회고록에 대하여 정중하게 감사의 뜻을 표했고, 어떤 종류의 만남이든 그녀에게 강요하지 않도록 주의했다.

그러나 그 순간에 대한 느낌은 떨쳐 버릴 수가 없었다. 홈스 같은 추리가 나를 사로잡았다. 원칙적으로 범인은 사건 현장에 반드시 돌아온다는 측면에서의 의심이었다. 장소는 메트로폴리탄. 나도 오랜 세월에 걸쳐 수없이 다닌 곳이었지만, 나는 로버트가 처음 환각을 본, 혹은 영감을 얻은, 혹은 사랑에 빠진 정확한 지점을 찾고 싶었다. 현장에 총이나 천장에 매달린 밧줄, 확대경으로 관찰할 물건이 없다 하더라도, 우스꽝스러운 생각이기는 하지만 그래도 보다 중요한 개인적인 임무, 아버지를 방문하는 길에 갔다 오면 된다. 벌써 1년 가까이 코네티컷에 가지 않았다. 전화로 통화할 때도 그렇고 교회 편지지에 써 보내는 짧은 편지에서도 그렇고(아버지는 빨리 써서 없애 버려야 한다고 하셨고, 이메일을 경멸했다) 아버지의 말투는 쾌활했지만, 편지나 전화를 통해 털어놓지 않는 뭔가 안 좋은 일이 있으면 어쩌나 걱정스러운 마음도 있었다. 안 좋은 일이 있다면 우울한 기분일 텐데, 그런 이야기를 아버지가 할 리가 없다.

이런 생각으로 나는 다가오는 주말에 기차표 두 장을 끊었다. 한 장은 워싱턴과 펜 역 왕복표였고, 한 장은 고향 집에 들러 뉴욕으로 돌아오는 표였다. 워싱턴 광장 근처의 누추하지만 기분 좋은 오래된 호텔도 예약했다. 언젠가 결혼까지 생각했던 젊은 여인과 주말을 보냈던 곳이었다. 그게 얼마나 오래전이었는지, 한때 호텔 침대에서 껴안았던, 워싱턴 스퀘어 파크 벤치에 나란히 앉아서 거기 자라는 모든 수목의 종류에 대해 이야기를 듣곤 했던 여인에 대해 내가 얼마나 완전히 잊어버리고 있었는지 생각해 보니 놀라웠다. 지금 어디 살고 있는지도 몰랐다. 아마 다른 사람과 결혼해서 할머니가 되었을 것이다.

메리와 함께 뉴욕으로 가자고 초대해 볼까 하는 생각이 잠깐 스쳤지만, 어떤 상황이 생길지, 그녀가 어떻게 받아들일지, 호텔 방을 예약하는 문제는 어떻게 처리해야 할지, 심지어 어떻게 이야기를 꺼내야 할지 엄두가 나지 않았다. 로버트 올리버의 과거는 나보다 그녀에게 더욱 깊은 흔적을 남겼으니, 미술관에 같이 가는 것은 적절한 처신일 것이다. 하지만 실행에 옮기기에는 까다로운 문제가 많았다. 결국 나는 그녀에게 여행 계획에 대해 말하지 않았다. 2주 동안 그녀에게서 연락도 없었고, 준비가 되면 로버트에 대해 내게 더 많은 이야기를 해 줄 수 있을 것이다. 갔다 와서 연락하자, 나는 결정했다. 나는 직원에게 하루 휴가를 내어 아버지를 만나고 오겠다고

알리고, 로버트와 몇몇 걱정스러운 환자들을 특별히 잘 봐 달라고
평소대로 당부했다.

나는 펜 역에서 그랜드 센트럴 역으로 곧장 가서 메트로 노스
뉴 헤이븐 선을 탔다. 뉴욕에 들어가기 전에 아버지와 밤새도록 시
간을 보낼 생각이었다. 기차 여행은 나쁘지 않았고, 난 언제나 기차
를 좋아해서 독서나 몽상을 하곤 했다. 이번에는 가져간 《적과 흑》
번역서를 읽기도 하고, 차창 밖으로 스치는 초여름 경치 구경도 했
다. 노스이스트 코리더 선이 관통하는 황량한 풍경, 벽돌 창고, 소도
시와 교외의 철도변 뒷마당, 천천히 빨래를 너는 여인, 아스팔트 학
교 운동장에서 노는 아이들, 갈매기가 맴돌처럼 선회하고 있는 산처
럼 솟은 매립지. 여기저기 땅에서 비죽 솟아 나온 반짝이는 철물.
    잠시 졸았는지, 코네티컷 해안에 도착하자 짠 바닷물 위로 해가
뜨고 있었다. 롱아일랜드 사운드 초입의 풍경은 언제나 아름다웠다.
팀블 아일랜드, 낡은 부교, 반짝이는 새 보트로 가득 찬 항구의 풍
경. 나는 이 해안에서 자랐다고 할 수 있었다. 우리 도시는 내륙으로
10마일 가량 떨어져 있었지만, 어린 시절에는 토요일마다 인근 그
랜트포드 공공 해수욕장에 소풍을 가기도 하고, 라임 매너에서 산책
을 하기도 하고, 습지 길을 따라 걷다가 막다른 전망대에서 어머니
의 쌍안경으로 붉은 날개 찌르레기를 관찰하곤 했다. 나는 바다나
그 지류의 짠내가 풍기는 지역에서 멀리 떨어져 본 적이 없었다.
    우리 마을은 1812년 마을 지도자들이 서둘러 영국 함장과 협
상하지 않았다면 화재로 함락되었을 코네티컷 강변에 자리 잡고 있
었다. 함장은 마을 시장이 자기 아버지의 사촌이라는 사실을 알게
되었고, 양쪽은 조용히 목례를 나누고 고향 소식을 주고받았다. 시
장이 국왕을 인정한다는 뜻을 밝히자 함장은 사촌의 맹세가 건성이
라는 것을 눈감아 주었고, 모두가 화기애애하게 헤어졌다. 그날 저

녁 마을 사람들은 교회에 모여서—아버지의 교회가 아니라 해변가에 서 있는 아주 낡은 교회였다—감사 기도를 올렸다. 주변 촌락들은 모두 영국군의 손에 불탔지만, 우리 마을 시장은 죄책감 때문이었는지 너그럽게 피난민을 받아들여 보호해 주었다. 우리 마을은 지역 역사유적지 보존의 자존심이다. 교회 건물들과 여관, 가장 오래된 저택들은 그 시절 그대로 보존되고 있다. 핏줄이라는 인연으로 보존된 처녀림이라고 할까. 아버지는 즐겨 그 이야기를 하셨다. 어린 시절에는 지겨웠지만, 다시 강물을 바라보고 밀집해 있는 콜로니얼풍 건물을 바라보노라면 언제나 그 이야기가 떠오르면서 감동이 차오르곤 한다. 이제 구도심의 건물들은 값비싼 양초와 핸드백을 파는 가게로 이용되고 있다.

신사적인 함장이 떠나고 겨우 30년 뒤 철도가 들어왔지만, 역은 도시 반대쪽 끝이었다. 최초의 역은 오래전에 사라졌고, 이제는 그 자리에 1895년에 건설된 멋진 건물이 들어서 있다. 황동, 대리석, 짙은 색 목재로 꾸민 대기실에서는 아직도 1957년 부모님과 내가 라디오 시티 뮤직홀에서 열리는 쇼를 구경하러 뉴욕으로 가는 기차를 기다리던 시절의 가구 광택제 냄새가 풍긴다. 두 발이 바닥에 닿지도 않던 시절부터 내가 좋아했던 나무 의자에는 오늘 승객 두 사람이 앉아 〈보스턴 글로브〉를 읽고 있었다.

아버지가 거기서 나를 기다리고 있었다. 쭈글쭈글하고 살갗이 투명해 보이는 손에는 트위드 모자를 쥐고 있었고, 내 얼굴을 발견한 순간 파란 눈동자는 기쁨으로 밝게 빛났다. 아버지는 나를 포옹하고 어깨를 한 번 꼭 쥔 뒤 다시 뒤로 물러서서 아직 잘 자라고 있는지 확인해야겠다는 듯 내 몸을 훑어보았다. 아버지 눈에 평범한 바지와 폴로 셔츠, 주말 재킷 차림의 비교적 날씬한 50대 남자가 보이는지, 아니면 아직 갈색 머리카락이 무성하게 나 있고 대학에서 집에 돌아올 때 입던 플란넬 바지와 두툼한 스웨터 차림의 남자가 보시는지 알 길은 없었지만, 나는 미소 지었다. 누군가의 성장한 자식 노릇을 하는 익숙한 기쁨이 밀려왔다. 아버지를 그렇게 오랫동안 못 보았다는 것이 새삼 놀라웠다. 예전에는 이보다 자주 찾아왔는데. 나는 좀 더 자주 찾아오겠다고 그 자리에서 다짐했다. 아흔 살이 다 된 이 남자는 내게 삶의 영속을 증거하는 산 증인이었고, 나와 죽음 사이의 완충지대였다. 아버지에게 이런 말을 한다면 과학자를 포용하는 성직자로서 꾸짖듯이 미소 지으며 '죽음'이 아니라 '불멸'이라고 고쳐 말했을 것이다. 아버지가 내 곁을 떠나면 천국에 가실 거라는 점은 의심하지 않았지만, 열 살 이후 나는 천국을 믿지 않았다. 이런 인간은 어디로 가야 할까?

아버지의 품에 안겨 있으려니, 내가 부모의 죽음을 통해 경험하는 트라우마를 이미 알고 있다는 생각이 스쳤다. 언젠가 아버지를 잃고 나면 어머니가 먼저 떠나셨을 때 느꼈던, 우리가 함께 나누었던 기억의 상실 때문에, 나의 마지막 보호자를 잃었다는 사실 때문에 슬픔은 더욱 깊어질 것이다. 사실 나는 이런 상황에 처한 환자들을 돕는 사람이고, 그들의 슬픔은 종종 복잡하고 오래갔다. 어머니를 잃었을 때, 나는 부모라는 존재가 아무리 고요히 세상을 떠나도 자식에게는 더없는 절망일 수 있다는 것을 이해하게 되었다. 보다 심각한 징후나 기존에 정신질환을 앓고 있던 환자라면, 부모의 죽음은 미묘한 균형을 깨뜨려 조심스럽게 유지해 온 방어기제를 무너뜨릴 수 있다.

그러나 DMV(미국 차량국) 직원들에게 미심쩍다는 눈길을 받으면서도 매년 시력 검사를 조용히 통과하곤 하는, 낙관과 냉소로 인간의 본성을 바라보는, 가벼운 여름 외투를 걸친 온화한 백발 남자가 언젠가 세상을 떠날 거라는 생각에는 어떠한 직업적인 지식도 위안이 되어 주지 않았다. 올가을에 여든아홉이면서도 아직 정정한 아버지가 내 앞에 서 있는 모습을 보니, 아버지의 존재감과 다가올 상실감이 동시에 엄습했다. 아버지가 자동차 열쇠와 지갑으로 바지 주머니가 불룩한 단정한 옷을 입고 윤기 나는 구두를 신고 나를 기다리는 모습을 보니, 늘 그렇듯 아버지의 실재와 언젠가 그 자리를 대신할 가벼운 공기가 느껴지는 것 같았다. 묘한 생각이지만, 때로 돌아가실 때까지 아버지는 내게 완전하지 않을 거라는 생각이 든다. 인생의 종말에 다가가는 사람을 사랑하는 긴장감 때문일지도 모른다.

어쨌든 아직 여기 계시는 동안, 나는 아버지가 놀라서 비틀거릴 정도로 단단히 껴안았다. 아버지는 쭈그러들어 있었다. 이제 내가 아버지보다 머리 하나가 더 컸다.

"잘 왔다."

아버지는 미소 지으며 내 팔을 단단히 쥐었다.

"나갈까?"

"네, 아버지."

나는 아버지가 뻗은 손을 거절하고 배낭을 어깨에 걸쳤다. 주차장에서 내가 운전할까 여쭈었다가, 나는 후회했다. 아버지는 짐짓 꾸짖는 듯한 짓궂은 눈빛으로 나를 쳐다보더니 스포츠 재킷 속주머니에서 안경을 꺼내 손수건으로 닦고 꼈다.

"언제부터 안경 끼고 운전하세요?"

나는 실수를 모면하려고 물었다.

"아, 오래전부터 써야 했는데, 사실 별 필요는 없었어. 이젠 이렇게 쓰고 다니니 솔직히 약간 편하기는 하구나."

아버지는 시동을 걸었고, 우리는 당당하게 주차장을 빠져나갔다. 아버지가 기억보다 더 천천히 운전하는 것이, 앞을 똑바로 열심히 쳐다보고 있는 것이 눈에 띄었다. 아마 오래된 안경일 것이다. 완고함은 아버지가 외아들에게 물려준 중요한 특징 중의 하나인 것 같았다. 우리를 유지해 주고 힘을 준 것이 그 완고함이었지만, 혹 우리가 외로워진 것도 그것 때문이 아니었을까?

379

54
말로우

우리 집은 역에서 겨우 몇 마일 떨어져 있고 잠깐 걸으면 바다가 나오는 구시가에 있다. 이번에는 왜 그런지 측백나무가 늘어서 있는 짧은 길 끝 현관문을 보는 순간 가슴이 시려 왔다. 어머니가 마지막으로 저 문을 여는 모습을 본 지도 수십 년이 지났다. 왜 그 사실이 이번에는 유난히 가슴을 치는지 알 수 없었다.

나는 마음을 달래기 위해 마당이 잘 가꾸어져 있다고 한마디 했고, 아버지는 바로 전주에 새로 정돈한 생울타리와 기계로 직접 단정하게 깎은 잔디를 가리켜 보였다. 작은 현관문 주위에 놓인 화분들에서 정다운 회양목 향이 풍겼다. 17세기 상인이 처음 집을 지을 때 현관을 도로에 가깝게 배치했기 때문에 집 앞쪽 뜰은 크지 않았다. 뒤뜰은 더 넓게 펼쳐져 있어서 지금은 황폐해진 과수원과 어머니가 시간이 날 때마다 돌보았던 텃밭으로 이어진다. 아버지는 아직도 매해 여름 토마토를 심는다. 사이사이에 파슬리 뿌리가 돋아나와 있지만, 아버지는 어머니만 한 정원사는 아니다.

아버지는 현관문을 열쇠로 열고 나를 안으로 들였다. 늘 그렇듯 내가 둘러싸여 자랐던 물건들과 향이 나를 엄습했다. 현관에는 올이 닳은 터키풍 양탄자가 깔려 있었고, 구석의 선반에는 내가 예전에 미술 시간에 만들어서 어머니의 이집트 미술책에 나온 도자기처럼 유약을 칠했던 도자기 고양이가 놓여 있었다. 어머니는 나의 발상과 시각을 아주 자랑스러워했다. 모든 아이들이 이런 물건들을 만들지만, 그걸 영원히 보관하는 어머니는 흔치 않다. 현관의 라디에이터가 울리면서 소리를 내기 시작했다. 라디에이터는 18세기 물건이 아니었지만, 그래도 아래층을 따뜻하게 데워 주고 내가 늘 좋아했던 눅눅한 옷감 냄새 같은 향을 풍겼다.

"오늘 아침에 켰다. 여름 치고 아주 추웠어."

"잘하셨어요."

나는 가방을 그 옆에 내려놓고 손을 씻으러 부엌 화장실로 향했다. 집은 깨끗하고 단정하고 쾌적했으며, 바닥에서는 윤기가 났다. 아버지는 가정부를 들이라는 내 간청에 못 이겨 작년부터 딥 리버에 사는 폴란드 여자를 2주에 한 번씩 부르고 있었다. 아버지는 가정부가 부엌 싱크 아래 파이프까지 닦는다고 했다. 나는 어머니가 봤다면 좋아하실 거라고 했고, 아버지는 동의했다.

둘 다 씻고 나서, 아버지는 늦은 점심을 때우려고 화덕 위 냄비에 수프를 붓기 시작했다. 아버지의 손은 약간 떨리고 있었고, 이번에는 내가 고집해서 기어이 식사 준비를 맡았다. 나는 수프를 데우고, 피클과 호밀흑빵, 아버지가 좋아하는 영국 차를 꺼내고, 차가 식지 않도록 우유도 데웠다. 아버지는 어머니가 부엌 한구석에 놓기 위해 샀던 등나무 의자에 앉아서 교인들의 이야기를 하기 시작했다. 이름을 대지는 않았지만, 대부분 아버지의 교회에 다닌 사람이거나 그 자녀들이었기 때문에 나도 대부분 알고 있었다. 한 사람은 자동차 사고로 남편을 잃었고, 한 사람은 40년 동안 고등학교 교사로 일하다 은퇴한 뒤 절망적인 내적 신앙의 위기를 겪고 있었다.

"사랑의 힘 외에 확신할 수 있는 것은 아무것도 없다. 자신의 인생을 통해 사랑을 계속 주고받을 수만 있다면 그 사랑의 원천을 굳이 믿어야 할 필요가 없다고 말해 줬다."

"그래서 그는 다시 하느님을 믿게 됐나요?"

나는 차 주머니를 짜며 물었다.

"아, 아니야."

아버지는 손을 무릎 사이에 끼우고 조용히 앉아서 물기 많은 눈으로 내 얼굴을 응시하고 있었다.

"그런 기대는 하지 않았다. 사실 오래전부터 믿음을 잃었을 텐데 가르치는 일이 바빠서 그런 문제에 신경 쓸 시간이 없었던 게지. 요즘 한 주에 한 번씩 찾아와서 같이 체스를 둔다. 내가 항상 이기지."

그리고 항상 사랑받는 기분을 느끼게 해 주시려는 거지요, 나는 존경스러운 마음으로 말없이 덧붙였다. 아버지는 내 무신론을 조금도 무시한 적이 없었고, 고등학교와 대학 시절 도발적으로 아버지와 입씨름을 벌였을 때조차 마찬가지였다.

"신앙은 각자에게 진실한 것이면 돼."

아버지는 늘 이렇게 대답하고 성 아우구스티노나 수피 신비주의를 한 구절 인용한 뒤 배를 한 조각 잘라 주거나 체스 판을 꺼냈다.

점심을 먹고 후식으로 아버지의 검소한 즐거움인 다크 초콜릿을 먹는 동안, 아버지는 일이 잘 되어 가느냐고 물었다. 나는 로버트 올리버 이야기는 하지 않을 생각이었다. 무엇보다 그에 대한 걱정이 다른 환자들에 불공평할 정도로 지나친 것이 아닌가 하는 기분이었고, 심하게는 내가 로버트를 위한답시고 취하는 행동들을 아버지 앞에서 정당화하지 못할 것 같다는 느낌까지 있었던 것이다. 그러나 나는 어느새 식당의 깊은 고요 속에서 거의 모든 이야기를 다 털어놓고 있었다. 아버지처럼 나 역시 환자의 이름은 말하지 않았다. 아버지는 호밀빵에 버터를 바르며 내 이야기를 진심으로 흥미롭게 들었다. 나처럼 아버지 역시 인간의 초상만큼 좋아하는 것이 없는 사람이었다. 나는 케이트와 나눈 대화에 대해 이야기했지만, 저녁에 케이트의 집에 돌아갔다는 이야기와 메리를 저녁 식사에 초대했다는 이야기는 하지 않았다. 아마 이야기했더라도 아버지는 로버트를 위하는 내 마음이 진심이라고 당연히 생각하고 용서했을 것이다.

로버트가 세탁할 때까지 똑같은 옷만 입는다, 본인의 지적 수준 이하의 책만 고집스럽게 읽는다, 언제까지나 침묵을 지킨다고 이야기하자, 아버지는 고개를 끄덕였다. 그는 수프를 다 비우고 숟가락을 내려놓았다. 숟가락은 손에서 미끄러져 접시에 쨍그랑 하고 떨어졌고, 아버지는 숟가락을 반듯이 놓았다.

"고행이로구나."

"무슨 뜻이죠?"

나는 마지막 초콜렛 조각을 입에 넣었다.

"그 남자는 고행하고 있어. 네가 말한 건 그것 같구나. 육체를 벌하고, 고통을 털어놓고 싶은 영혼의 갈구를 억누르는 거지. 뭔가 속죄하기 위해 몸과 정신을 고문하는 거다."

"속죄하기 위해? 뭘 말입니까?"

아버지는 차를 조심스럽게 한 잔 더 따랐다. 나는 돕고 싶은 마음을 억눌렀다.

"음, 그건 네가 나보다 더 잘 알겠지. 안 그러냐?"

"그는 아내와 자식을 버렸습니다. 아마 다른 여자한테 가기 위해서요. 하지만 그렇게 간단한 것 같지는 않아요. 전처는 그가 진정 자신의 남자였던 적이 없다고 느끼는 것 같고, 그가 새로 만난 여자도 마찬가지였어요. 그는 두 번째 여자도 얼마 후 버렸습니다. 나한테 이야기를 하지 않으려고 하니, 그가 그 두 사람에게 얼마나 죄책감을 느끼는지 짐작할 방법이 없어요."

아버지는 파란 종이 냅킨으로 입술을 두드리며 말했다.

383

"내가 보기에는 그 모든 그림이 고행의 일부인 것 같구나. 어쩌면 그 여자에게 사과하고 있는 게 아닐까?"

"그가 그리는 여자에게요? 여자는 상상의 산물일 수도 있습니다. 아내가 생각하듯이 그 여자가 실재하는 사람이라 해도, 진짜 아는 사람은 아닙니다. 최근에 떠난 두 번째 여자도 그 수수께끼의 여자가 실재한다 해도 그가 잘 아는 사람은 아닐 거라고 생각하고 있어요. 전 그렇게 생각할 수 없지만 말입니다."

"그렇게 생각하는 것이 그 여자에게는 마음이 편하지 않을까?"

아버지는 의자에 등을 기대고 체스 판의 졸을 바라보듯 빈 점심 접시를 유심히 바라보았다.

"그가 사적으로 잘 아는 진짜 여자를 그렇게 거듭해서 그려 왔다면, 더구나 그 그림 속에 네가 말한 대로 그런 정열이 담겨 있다면 그 여자에게는 끔찍한 일이겠지."

384

"그렇지요. 하지만 모델이 실재든 환각이든, 그가 그 여자를 위해서 왜 고행을 하겠습니까? 그가 상처를 준 사람일까요? 만약 그가 환각을 향해 사죄하고 있는 거라면, 제가 지금까지 생각해 온 것보다 상태가 더 심각하다는 이야깁니다."

묘하게도 아버지는 고등학교 시절 내게 늘 하던 말을 했다. 바로 조금 전 내가 떠올렸던 말의 다른 표현이기도 했다.

"신앙은 우리에게 진실한 것이면 돼."

"네."

갑작스럽게 분한 기분이 치밀어 올랐다. 부모님의 집에, 나의 성지에 되돌아와서도 로버트 올리버에게 쫓기고 있다니.

"그에게 여신 같은 존재라는 건 확실합니다."

"그녀 역시 마찬가지일 수도 있지. 자, 이제 접시를 치우자. 먼 길 와서 피곤할 테니 낮잠이라도 자거라."

늘 그렇듯 집이 자장가를 불러 주는 느낌은 부정할 수가 없었다. 방마다 벽난로 못지않게 오래된 시계들이 '잘 자라, 잘 자라' 말을 건네는 듯한 소리를 내고 있었다. 바깥 세상에서는 충분히 휴식을 취하는 경우가 거의 없었고, 주말에도 낮잠으로 시간을 낭비하기는 싫었다. 나는 아버지를 도와 식탁을 정리하고 거품 묻은 스펀지를 손에 든 아버지를 뒤로한 채 계단을 올랐다.

내 방은 언제까지나 나를 위해 비어 있었고, 안에는 어머니가 돌아가시기 1년쯤 전 내가 그렸던 어머니의 초상이 걸려 있었다(사진을 보고 그린 작품이었다. 나는 로버트 같은 순수주의자가 아니다). 어머니가 그렇게 빨리 돌아가실 것을 알았더라면, 아무리 둘 다 불편하다 해도 실물을 보고 앉은 자리 주변도 배치해 가면서 그렸을 것이다. 초상화가 더 잘 그려졌을 것이기 때문에 그런 것이 아니라(그때는 그림 솜씨도 별로였다) 여덟 시간, 열 시간 정도 더 오래 같이 있을 수 있었을 테니까. 그랬더라면 어머니의 얼굴을 실제대로 기억하고, 붓을 수평으로, 수직으로 들어가면서 조금씩 불규칙한 얼굴의 비율을 측정하고, 작업에서 눈길을 들 때마다 어머니의 눈을 바라보며 미소 지을 수 있었을 텐데. 초상화에는 단정하고 예쁘장한, 품위 있는 여인이 깊은 생각에 잠긴 표정을 띠고 있었지만, 내가 실제로 알고 있는 어머니의 생명력과 강인한 힘, 번득이는 건조한 유머는 조금도 담겨 있지 않았다. 어머니는 검정 카디건을 입고 목을 감싸는 칼라를 찬 채 점잖은 미소를 짓고 있었다. 분명 교구 소식지나 사무실 벽에 걸기 위해 찍은 사진이었을 것이다.

내가 열두 살이었을 때 아버지가 크리스마스 선물로 어머니에게 사 준 진홍색 드레스 차림으로 그렸다면 얼마나 좋을까 하는 생각이 다시 들었다. 내가 아는 한 아버지가 어머니를 위해 사 준 유일한 옷이었다. 어머니는 우리를 위해 옷을 입고 머리를 올리고 결혼식에 걸었던 진주 목걸이를 둘렀다. 목사의 아내이자 최근 목사가 된 여자에게 적절한, 부드러운 모직의 조신한 옷이었다. 어머니가 크리스마스 저녁에 그 옷차림으로 계단을 내려왔을 때 우리는 둘다 할 말을 잃었고, 아버지는 어머니와 나의 흑백 사진을 찍어 주었다. 어머니는 진홍색 드레스, 나는 난생처음 산, 벌써 소매가 짧아지고 있는 스포츠 재킷 차림이었다. 그 사진은 어디 갔을까? 나중에 아버지에게 여쭤어봐야겠다.

내 방 벽지는 빛바랜 갈색과 녹색 줄무늬였다. 작은 깔개는 지나치게 보송보송한 것을 보니 세탁한 지 얼마 되지 않은 것 같았고, 나무바닥에는 윤이 났다. 폴란드 가정부의 솜씨였다. 나는 아직도 나의 잠자리라고 생각하고 있는 좁은 침대에 누워 잠시 졸았다가 다시 정적 속에서 잠에 깬 뒤 겨우 20분 잤다는 것을 깨닫고 한 시간 동안 더욱 깊은 잠에 빠져들었다.

55

말로우

잠에서 깨자 아버지가 문간에 서서 미소 짓고 있었다. 아버지가 천천히 계단을 올라올 때 삐걱거리는 소리가 알람시계처럼 나를 깨운 모양이었다.

"네가 오래 낮잠 자는 것을 좋아하지 않아서 말이다."

아버지는 미안한 듯 말했다.

"아, 네."

나는 한쪽 팔꿈치로 몸을 받치려고 애썼다. 벽에 걸린 시계를 보니 벌써 5시 30분이었다.

"산책할까요?"

나는 아버지에게 찾아올 때마다 함께 산책하는 것을 좋아했다. 아버지의 얼굴이 밝아졌다.

"그러자. 덕 레인에 갈까?"

어머니의 묘지를 가리키는 말이었다. 오늘은 마음이 내키지 않았지만, 나는 아버지를 위해서 그러자고 한 뒤 일어나서 신발을 신기 시작했다. 아버지가 아래층으로 내려가는 소리가 들렸다. 틀림없이 난간을 붙잡고 한 계단씩 내려가고 있을 것이다. 조심하시는 것은 고마웠지만, 아버지가 아침 식사를 하러 내려오거나 교회 사무실에 가기 전에 깜빡 잊은 책을 가지려 쿵쿵거리며 계단을 올라가던 소리를 떠올리지 않을 수 없었다. 길을 걸을 때도 아버지는 내 팔에 손을 얹고 머리에 모자를 쓴 채 천천히 걸었다. 길 양쪽은 여름의 시작을 알리고 있었다. 습지에 부들이 자라고 그 속에서 까마귀가 날아올랐다. 현관문에 1792, 1814(시장이 영국군의 약탈에서 도시가 불타는 것을 막았던 시기 직후의 연도였다) 같은 연도가 적힌 이웃집 지붕에서 늦은 오후의 햇살이 부서지고 있었다.

여느 때처럼 아버지는 날이 저물 때까지 열려 있는 공동묘지 입구에서 잠시 멈춰서 내 팔에 부드럽게 힘을 주었다. 우리는 안으로 들어서서 잊혀진 조상들의 이름이 적힌 이끼 낀 묘비명 앞을 지나쳤다. 몇몇 묘비 꼭대기에 달린 청교도의 날개 달린 두개골 조각이 죄지은 자든 아니든 인간이면 누구나 맞이하는 운명을 경고하고 있었고, 이어 요즘 새로 생긴 묘지들이 이어졌다. 어머니의 무덤은 우리가 모르는 펜로즈라는 집안의 묘지 옆에 있었고, 아버지가 어머니 곁에 들어갈 수 있을 만큼 충분한 공간이 있었다. 나도 여기 묘역을 살지 말지 결정해야 한다는 생각이 처음으로 들었다. 부모님과 달리 나는 과학에 육신을 기증한 뒤 화장하기로 이미 결정했지만, 어쩌면 부모님 사이에 유골을 안장할 만한 자리가 있을지도 모른다. 나는 내 쭈그러든 유골이 든든한 부모님의 보호를 받으며 이 킹 사이즈 침대에 영원히 함께 잠들어 있는 모습을 상상해 보았다.

이런 상상은 실재처럼 느껴지지 않아서 그다지 우울한 느낌은 아니었지만, 화강암에 단순한 활자로 새겨진 어머니의 이름과 짧은 생몰년도를 보았을 때는 마음이 무거워졌다. 셰익스피어의 시구였나. "여름의 영광은 너무나 짧구나."

나는 아버지에게 시구를 들려주었고, 아버지는 허리를 굽히고 묘에 떨어진 나뭇가지 하나를 치우더니 미소 지으며 고개를 저었다.

"이 경우에는 더 어울리는 시구가 있어."

그는 천천히, 그러나 울타리 근처 덤불에 정확히 떨어지도록 나뭇가지를 던졌다.

"그러나 그대를 생각하는 동안에는, 친구여 / 잃어버린 모든 것이 되돌아오고 슬픔이 사라진다."

아버지가 뜻하는 그대가 어머니는 물론 곁에 남아 있는 친구인 나를 지칭한다는 생각이 들어 고마웠다. 요즘 나는 어머니를 생각할 때 우리를 떠나기 싫어서 몸부림을 치던 마지막 순간보다는 평화로운 모습으로 잠들어 있는 모습을 상상하려고 노력했다. 종종 하던 생각이었지만, 어머니가 쉰네 살에 세상을 떠나야 했다는 것이 더 힘든지, 그런 방식으로 돌아가셔야 했던 것이 더 힘든지 알 수 없었다. 그 두 가지 슬픈 현실은 언제나 함께했지만, 나는 늘 그 두 고통을 따로 떼어 놓고 생각하곤 했다. 거기 서 있는 동안 차마 아버지의 팔을 잡을 수도, 내 팔을 아버지의 몸에 두를 수도 없었지만, 나는 아버지의 깡마른 늙은 손이 내 등을 단단히 붙잡아 주는 순간 가슴이 뭉클했다. 아버지는 담담하게 말했다.

"나도 마음이 아프다, 앤드루. 하지만 너도 내 나이가 되면 사람이 그렇게 멀리 있는 게 아니라는 걸 알게 될 게다."

우리의 관점이 늘 갈라지는 지점을 굳이 지적하지는 않았다. 나는 어머니와의 재회란 우리의 몸을 구성했던 분자들이 수백만 년에 걸쳐 한데 섞이는 것을 의미한다고 믿고 있었다.

"네, 저도 아주 노력하면 가끔 어머니가 가까이 계신다는 생각이 들 때가 있어요."

목이 막히는 기분이라 더 말을 할 수가 없어서 입을 다물었다. 무슨 이유에선지 흰 블라우스와 청바지 차림으로 내 소파에 앉아서 로버트 올리버를 다시는 보고 싶지 않다고 말하던 메리의 모습이 떠올랐다. 서로 다른 상황에서 슬픔을 극복하는 방법에는 여러 가지가 있다. 어머니는 마지막 작별을 고하던 순간에도 자의로는 나를 버리지 않았다.

덕 레인을 조금 더 걷다가, 아버지는 잠시 걸음을 멈추더니 충분히 걸었다는 듯 발을 끌며 돌아섰다. 우리는 더 천천히 집을 향해 걸었다. 나는 서쪽으로 도시가 더 넓게 개발되었는데도 이 동네는 아직 평화롭다고 말했고, 아버지는 강 덕분에 고속도로가 더 가까이 접근하지 못해서 고맙다고 했다. 도로의 정적은 염려스러웠다. 산책을 나온 동안 단 한 사람의 이웃도 보지 못했는데, 이 동네에 아버지의 말동무는 얼마나 될까. 아버지는 주변의 정적이 그저 좋다는 듯 고개를 끄덕였다. 집 앞길에서, 나는 묘지에서 생각했지만 입에 내지 못했던 말을 하려고 잠시 멈췄다. 어머니에 대한 그리움이 아니라 거기서 내게 엄습했던 다른 유령에 대한 이야기였다.

"아버지? 제가 올바른 일을 하고 있는지 모르겠어요. 그 환자 말입니다."

아버지는 곧바로 알아들었다.

"그 환자와 가까웠던 사람한테 캐묻고 다니는 것 말이냐?"

나는 측백나무 둥치에 한 손을 짚었다. 어린 시절의 기억대로 털이 많고 껍질이 우툴두툴했으며 그 아래 나무의 단단함이 느껴지는 질감이었다.

"네. 환자도 구두로 동의하기는 했지만…."

"네가 무슨 일을 하고 있는지 그 사람이 모르기 때문이냐, 너 자신의 동기에 대해서 확신이 없기 때문이냐?"

늘 그렇듯 중요한 문제를 내밀면, 아버지의 날카로움 때문에 말문이 막힐 때가 있다. 둘 다 내 입으로 아버지에게 말한 적이 없었다.

"둘 다 같아요."

"그러면 네 동기에 대해 먼저 고민하거라. 나머지는 저절로 제

자리를 찾아갈 게다."

"그러죠. 고맙습니다."

내가 하겠다고 고집해서 준비한 저녁을 먹고 거실 테이블에서 체스를 두면서, 아버지는 요즘 글 쓰는 작업과 에섹스에서 한 달에 한두 번 찾아와서 책을 읽어 주는 열 살 연하의 여자에 대해 이야기 했다. 아버지가 그 여자에 대해 이야기한 것은 처음이었고, 나는 약간 놀라 어떻게 만났느냐고 물었다.

"내가 은퇴하기 전에 이 동네에 살면서 교회에 다녔던 사람인데, 남편과 같이 이사갔지만 아주 멀지 않아서 나중에 내가 1년에 한 번씩 설교를 할 때 들으러 오곤 했다. 남편은 죽었고 오랫동안 연락도 끊겼는데, 그러다 편지가 와서 요즘 이렇게 만나고 있구나. 물론 내 나이에 대단한 일이 생길 리는 없지."

아버지는 덧붙였다.

"그 사람 나이도 그렇고. 하지만 말동무는 되지."

앞으로 남은 얼마 안 되는 미래를 새로이 계획할 정도로 어머니나 내가 아닌 누군가를 사랑할 수는 없다는 뜻이었다. 아버지는 퀸에 손을 뻗다가 마음을 바꿨다.

"요즘 너는 어떤 사람들을 만나고 지내냐?"

아버지가 거의 하지 않는 질문이었고, 나는 기꺼이 대답했다.

"아버지보다 제가 더 고약한 홀아비라는 거 아시잖아요. 하지만 누굴 만난 것 같긴 합니다."

아버지는 부드럽게 말했다.

"그 젊은 여자겠지. 그렇지? 네 환자가 최근에 버렸다는 여자."

"아버지는 모르시는 게 없군요."

나는 아버지가 비숍을 안전한 곳으로 옮기는 것을 지켜보았다.

"네. 하지만 그 여자는 제겐 너무 젊습니다. 아직 그 남자의 기억을 극복하지 못했고요."

　업무상 정보 조사에 여자를 이용했기 때문에, 혹은 그녀가 지금 애인이 없다 해도 한때 환자의 애인이었으므로 윤리적인 문제가 생기기 때문에, 그녀와 개인적인 관계를 맺는 것은 복잡한 일이라는 말은 덧붙이지 않았다. 말하지 않아도 아버지는 다 짐작하셨을 것이다.

　"최근 남자에게 버림받은 여자는 복잡할 수 있잖습니까."

　"복잡할 뿐 아니라 독립적이고 독특하고 아름다운 여자겠지."

　"그럼요."

　나는 체스판 위의 킹이 위험해서 놀란 듯한 표정을 지어 보였다. 아버지는 속지 않았다.

　"무엇보다 그 여자가 최근까지 네 환자와 사귀는 사이였기 때문에 더 걱정되는 거겠지."

　"음, 간과할 수 없는 문제죠."

　"하지만 지금은 헤어졌고 실질적으로 혼자 지내는 거 아니냐?"

　아버지는 날카로운 시선을 보냈다. 고개를 끄덕일 수 있는 것이 기뻤다.

　"네. 그럴 겁니다."

　"몇 살이지, 정확히?"

　"30대 초반. 지방대학에서 회화를 가르치고 그림도 많이 그립니다. 작품을 보지는 못했지만, 잘 그릴 거라는 느낌이 들어요. 진지하게 화가가 되고 싶어서 온갖 직업을 전전했고요. 배짱이 있습니다."

　"결혼했을 때 네 어머니는 20대였지. 난 네 어머니보다 몇 살 많았고."

　"알아요, 아버지. 하지만 나이 차이가 훨씬 적잖습니까. 모든 사람이 아버지와 어머니처럼 결혼생활에 어울리는 것도 아니고요."

　"모든 사람이 잘 할 수 있어."

아버지의 얼굴에 기분 좋은 빛이 스쳤다. 전등과 벽난로의 어스름한 불빛 속에서, 아버지는 내 수를 알아차렸다. 아버지는 내가 당신을 일부러 이기게 해 주려고 한다 해도 킹은 절대 희생하지 않는다는 것을 알고 있었다.

"내게 어울리는 사람을 찾는 게 문제지. 플라톤에게 물어봐. 여자에게 네 생각을 보여 주고, 너도 상대의 생각을 충분히 들어. 그거면 된다."

"알아요, 알아요."

"그런 다음 이렇게 말해야지. '아가씨, 마음이 많이 아프셨군요. 제가 그 상처를 아물게 해 드리겠습니다.'"

"아버지한테 그런 면이 있는 줄은 몰랐는데요."

그는 웃었다.

"아, 나는 어떤 여자한테도 그런 말은 못 하지."

"그럴 필요가 없으셨잖습니까."

그는 고개를 저었다. 눈동자는 평소보다 더 푸르게 빛났다.

"그럴 필요가 없었다. 게다가 내가 네 엄마한테 그런 말을 했다면, 네 엄마는 정신 차리고 쓰레기나 치워 달라고 했을 게야."

이마에 키스하면서 그렇게 말씀하셨겠죠.

"아버지, 내일 같이 뉴욕에 가는 게 어때요? 미술관에 갈 생각인데, 호텔 방에 침대가 하나 더 있습니다. 뉴욕에 가신 지 오래됐잖아요."

아버지는 한숨을 쉬었다.

"이제 나한테는 상상할 수 없을 정도로 거창한 여행이구나. 이제 너랑 같이 보통 사람처럼 걸어 다닐 수도 없잖니. 식료품 가게도 요즘은 엄청난 여정이야."

"알겠습니다."

하지만 고집하지 않을 수 없었다. 이렇게 아버지가 세상 구경을 끝내게 내버려 두고 싶지 않았다.

"그럼 이번 여름에 워싱턴에 오시는 건 어때요? 제가 와서 차로 모시겠습니다. 가을에 날씨가 선선해지면 오시던가요."

아버지는 체크를 선언했다.

"고맙다, 앤드루. 생각해 보마."

나는 아버지가 오지 않을 거라는 것을 알았다.

"최소한 안경은 바꾸시죠, 시릴."

이건 오래된 농담이었다. 아버지에게 특별한 부탁이 있을 때는 이렇게 이름을 부르곤 했다.

"거참, 귀찮은 녀석이군."

아버지는 체스판을 바라보며 미소 지었다. 나는 아버지가 이기 도록 내버려 두기로 했다. 어차피 넘어간 판이었다. 분명 아버지는 아직 말을 보는 데는 전혀 지장이 없는 모양이었다.

56

1879

그녀는 비명을 지르며 잠에서 깬다. 수면모자를 쓴 이브가 그녀의 어깨를 흔들고 옷방에서 코냑 한 잔을 가져 온다. 그녀는 숨을 몰아쉬며 그냥 꿈이라고 말한다. 그는 당연히 꿈일 뿐이라고 한다. 무슨 꿈을 꾸었지? 아무것도 아니에요. 그냥 상상이 묘한 장난을 치는 거죠. 그녀를 달래 주고 나니 그는 다시 졸린다. 그는 요즘 짐말처럼 일했다. 그녀는 이제 괜찮으니 다시 꿈나라로 돌아가도 좋다고 그를 안심시킨다. 그는 부드럽게 호흡하고 있고, 그녀는 촛불을 켜고 가장자리에 장미꽃 수가 놓인 가운 차림으로 침대 가장자리에 걸터앉는다. 촛불 빛이 커튼 틈으로 부드럽게 새어 나오기 시작한다.

그러다 요강을 써야 할 필요성을 느낀다. 그녀는 조심스럽게 침대 밑에서 요강을 꺼내 가운을 걷어 올리고 사용한다. 몸을 닦자 붉은 카드뮴 같은 얼룩이 묻어나고, 그녀는 옷방 서랍장 맨 윗칸을 뒤져 에스메가 접어서 정리해 둔 천 조각을 꺼낸다. 다시 희망 없는 한 달. 악몽 뒤라 피는 더욱 끔찍하다. 흰 얼굴에서 넘쳐흘러 포석을 적시고 신념을 위해 죽어간 남자들의 피와 흙에 한데 엉기던 그 여자의 피가 보이는 듯하다.

　이브가 다시 깰까 봐 그녀는 촛불을 불어 끈다. 눈물이 눈시울을 적신다. 올리비에를 생각한다. 그에게 꿈에 대해서 말할 수는 없다. 그런 고통을 주고 싶지는 않다. 하지만 지금 그가 이 방에 있다면, 저 창가 다마스크 의자에 앉아 날 안아 주고 있다면 얼마나 좋을까. 그녀는 따뜻한 옷을 찾아 혼자 의자에 앉았다. 머리카락이 헝클어져 있고 눈물이 목을 따라 흘러내린다. 그가 여기 있다면, 의자를 가득 채우는 길고 마른 그의 몸 위에 어린아이처럼 몸을 말고 안길 텐데. 그가 안아 주고, 눈물을 닦아 주고, 어깨와 무릎을 옷으로 덮어 줄 텐데. 손에 스케치북을 들고 총알을 피해 살아남은 그는 그녀가 아는 가장 자상한 사람이다. 하지만 그가 무엇 때문에 나를 위로해야 할까? 나보다 더한 위로가 필요한 사람인데. 악몽이 다시 떠오른다. 그녀는 팔로 가슴을 잔뜩 껴안고 몸을 움츠린 채 그의 과거가 머릿속에서 가라앉기를 기다린다.

57

말로우

　아버지의 집에서 뉴욕으로 향하는 기차 여행은 언제나 그렇듯
아름다웠다. 진격하는 창병처럼 도시보다 스카이라인이 먼저 모습
을 드러냈다. 세계무역센터, 엠파이어 스테이트 빌딩, 크라이슬러
빌딩, 그 외 이름과 기능을 알지 못하는, 앞으로도 모를 수많은 마천
루들, 아마 은행이거나 초거대 사무용 건물일 것이다. 40년 전에도
똑같았을 저 스카이라인이 없는 뉴욕을 상상하기는 어렵고, 이제는
쌍둥이 타워가 있는 모습을 상상하기가 점점 더 어려워진다. 그러나
그날 아침 기차를 타고 있으니, 숙면을 취한 가뿐한 기분과 도시의
생명력에 대한 기대감이 느껴졌다. 휴가를 즐기는, 최소한 업무에서
해방된—두 달 만에 벌써 두 번이지만—기분이기도 했다. 나는 수
없이 확인한 휴대전화를 다시 확인했다. 골든그로브나 다른 개인 환
자에게서는 연락이 없었고, 나는 진정 자유였다. 메리가 전화했을지
도 모른다는 생각이 들었지만, 그녀 역시 전화하지 않았다. 무엇 때
문에? 나 역시 최소한 몇 주는 기다렸다가 다시 전화를 걸어야 할
것이다. 케이트처럼 메리도 직접 말로 털어놓아 주면 좋았을 텐데

하는 생각이 다시 들었지만, 그녀의 언어를 활자로 읽는 것도 각별한 즐거움이었다. 직접 얼굴을 보고 이야기하는 것보다 어쩌면 더 솔직해질 수도 있을 것이다.

워싱턴 호텔에 가방을 내려놓고 빌리지로 나온 뒤에야, 나는 내가 무의식적으로 왜 이곳을 선택했는지 깨달았다. 여기는 로버트와 케이트의 거리였다. 그는 매일 여기서 학교로 걸어갔을 것이고, 친구와 함께 바에 앉아 의견을 교환하고 셔츠를 바꿔 입었을 것이고, 멀지 않은 작은 갤러리에서 전시회를 열었을 것이다. 케이트가 같이 살았던 집의 주소를 알려 줬다면 좋았을 거라는 생각이 들었지만, 그렇다고 해서 직접 찾아가 로버트 올리버가 살았던 곳을 고개를 빼고 올려다볼 생각은 없었다. 하지만 묘하게도 나는 그의 존재감을 느꼈다. 곱슬거리는 머리카락에 흰 머리가 없는 것만 빼면 지금과 똑같은 스물아홉의 그를 상상하는 것은 쉬웠다. 좀 더 까다로운 것은 케이트 쪽이었다. 그녀는 당시 분명 달랐을 것 같았지만, 나로서는 상상할 수가 없었다.

나는 놀이처럼 거리에서 그들을 찾았다. 금발을 짧게 자르고 긴 치마를 입은 젊은 여자, 어깨에 포트폴리오 끈을 걸치고 있는 학생—아니, 로버트는 붐비는 이 보도의 그 누구보다 더 키가 크고 힘세게 생긴 사람이었다. 아마 골든그로브에서처럼 여기서도 눈에 띄는 사람이었을 테지만, 뉴욕은 그의 존재감이 훨씬 잘 묻히는 공간이었을 것이다. 그의 우울증의 일부는 어쩌면 단순히 이 공간을 떠난 것 때문이 아니었을까 하는 생각이 처음으로 들었다. 대부분의 사람보다 눈에 띄는 존재감을 지닌 사람에게는 그 에너지와 어울리는 배경이 필요하다. 맨해튼에서 떨어져 살면서 차츰 시들어 간 것이 아닐까? 아이들을 키우기 좋은 조용한 동네를 원한 것은 케이트 쪽이었다. 혹시 이 약동하는 도시에서 떠나온 것이 자신의 숙명을 따르겠다는 결단을, 다락방에서 그림을 그리느라 그린힐 대학의 수업 시간에 잠을 자곤 했던 맹렬한 열정을 더욱 굳게 해 준 것은 아닐까? 뉴욕으로 돌아가는 것을 정당화하기 위해 대학에서 의도적으로 쫓겨나려고 했던 것은 아닐까? 왜 그는 마침내 그곳을 떠났을 때 뉴욕 대신 워싱턴으로 갔을까? 다른 도시를 선택한 것은 메리와의 유대감이 강했다는 뜻일 수도 있고, 혹은 수수께끼의 여인이 더 이상 뉴욕에 있지 않았다는 증거일 수도 있다.

나는 딜런 토머스가 시궁창 속에서 죽어간, 혹은 마지막으로 병원에 실려갔던 지점을 지나쳤고, 헨리 제임스가 《워싱턴 광장》의 무대로 삼았던 집 앞을 지나쳤다―아버지가 오늘 아침 서재 책장에서 이 책을 꺼내 도수가 맞지 않는 안경 너머로 나를 바라보며 물어보았기 때문에 기억이 난 장소였다. "요즘도 책 읽을 시간은 있겠지, 앤드루?" 그 책의 여주인공은 광장을 내려다보는 아름다운 집에 살고 있었고, 탐욕스러운 구혼자를 마침내 거절한 뒤 조용히 앉아 수를 놓았다. "예전 그대로 평생." 아버지는 소리 내어 읽었다.

다시 19세기 말. 나는 풍성한 치마와 작은 단추가 달린 옷차림의, 검은 눈동자에 그림답지 않은 생기를 띤 수수께끼의 여인과 로버트를 떠올렸다. 오늘 아침 여름 햇빛으로 가득 찬 워싱턴 광장은 평화스러웠고, 수 세대 전에 그랬듯, 내가 한때 결혼할 거라고 생각했던 여인과 그랬듯, 여전히 사람들이 벤치에 앉아 이야기를 나누고 있었다. 시간이 모든 사람들을 스치고 사라지듯, 우리 모두 시간과 함께 사라질 것이다. 인간과 상관없이 도시가 계속되는 방식을 생각하니 일종의 위안이 느껴졌다.

나는 길가 카페에서 샌드위치를 산 뒤 크리스토퍼 스트리트에서 지하철을 타고 웨스트 79번가까지 가서 횡단버스를 탔다. 센트럴 파크는 녹색으로, 롤러블레이드를 타고 자전거를 타는 사람들로 흘러넘치고 있었고, 조깅을 하는 사람들은 바퀴 달린 물체를 탄 사람들을 가까스로 피하며 죽음을 모면하고 있었다. 오랫동안 구경하

399

지 못했던 멋진 뉴욕의 토요일 그 자체였다. 여기서 지내던 시절 컬럼비아 대학과 학부 교실, 기숙사를 중심으로 남쪽으로 반원을 그리던 나의 세상이 그 어느 때보다 또렷이 떠올랐다. 로버트와 케이트에게 그랬듯, 뉴욕은 내게도 젊음이었다. 나는 버스에서 내려 메트로폴리탄을 향해 두 블록 걸었다. 미술관 계단은 사람들로 뒤덮여 있었다. 새처럼 쭈그리고 앉아 있는 사람, 서로 떠들썩하게 사진을 찍어 주는 사람, 근처 푸드카트에 핫도그나 콜라를 사러 내려가는 사람, 자동차나 친구를 기다리는 사람, 그저 다리를 쉬는 사람. 나는 그들 사이를 지나 문으로 올라갔다.

생각해 보니 이 안에 들어선 지 거의 10년만이었다. 이 경이로운 입구를, 하늘을 찌르는 천장, 생화가 꽂힌 현관, 지나치는 사람들의 물결, 한쪽에서 입을 벌리고 있는 고대 이집트의 관문을 어떻게 그렇게 무심하게 오랫동안 외면할 수 있었을까. 그 후 몇 년 뒤, 아내가 혼자 미술관에 갔다가 주 계단 아래 새로운 공간을 개장했다고 알려 주었다. 돌아다니다 지쳐서 우연히 거기 들어가 보니 비잔틴 이집트 전시관이 있었다는 것이었다. 한 번에 두 명 이상 들어갈 수 없는 공간이었다. 아내는 모퉁이를 돌아 거기로 들어갔다가 완벽하게 불을 밝힌 고대의 유물을 혼자 마주하게 되었다. 그 광경을 보니 자신과 다른 인류 사이의 연대감이 느껴져 눈물이 차올랐다고 했다(하지만 당신은 혼자 있었잖아, 내가 말하자 그녀는 대답했다. 응, 누군가 만든 그 물건들과 같이 혼자 있었지).

로버트의 용건은 5분 정도로 끝난다 해도, 오후 내내 머물고 싶었다. 거의 잊고 있던 보물들이 하나둘 기억났다. 콜로니얼풍 가구, 스페인풍 발코니, 바로크 만화, 예전에 아주 좋아했던 고갱의 커다랗고 나른한 캔버스. 방문객이 가장 많은 토요일에 오는 것이 아니었다. 하나라도 가까이서 볼 수 있을까? 하지만 로버트 역시 그 여인을 관객 사이로 보았다니, 어쩌면 나도 관객의 일부로 섞여 있는 것이 더 적절할 수도 있다. 셔츠 주머니 위쪽에 색칠한 미술관 단추를 달고 재킷을 팔에 걸친 채, 나는 큰 계단을 올라갔다.

드가 작품이 모두 한 곳에 모여 있는지, 로버트가 드가에 집착했던 80년대 이후 옮긴 적이 있는지 물어보는 것을 깜빡 잊었지만 큰 문제는 아니었다. 언제든지 안내 데스크에 가서 물어보면 되고, 사실 대단한 정보를 찾는 것도 아니었다. 인상주의 전시실들은 내가 기억하는 그대로 남아 있었다. 나는 파릇파릇한 색채에 넋을 잃었다. 관객은 아주 많았지만, 난초와 정원 오솔길, 고요한 물, 배, 당당하게 곡선을 그린 모네의 절벽이 시야를 갑자기 가득 채웠다. 이 이미지가 우상화되면서 어느덧 사람들이 그 콧노래에 질려 버린 것은 얼마나 안타까운 일인가. 하지만 캔버스에 가까이 다가갈 때마다 그 옛 노래는 잦아들고 어마어마한, 거의 음률에 가까운 색채, 초원과 대양의 냄새를 실은 두터운 페인트가 밀려왔다. 케이트가 로버트의 다락방 소파 옆에서 발견했다는 책더미, 벽과 천장을 그림으로 뒤덮도록 영감을 주었던 그 책들이 떠올랐다. 그에게 이 작품들은 죽기는커녕 도서관에서 빌린 번들번들한 도록의 사진 속에서도 신선한 생기를 지닌 현대작품이었을 것이다. 물론 화가로서 전통주의자였지만, 그는 그 수많은 전시와 포스터 속에서도 아직 혁명적인 뭔가를 찾아내었다.

드가는 주로 전시실 네 곳에 걸려 있었고, 몇몇 작품은—주로 기억나지 않는 큰 초상들이었다—19세기 회화관에 흘러 나와 있었다. 나는 메트로폴리탄이 소장한 드가 컬렉션이 다른 어느 미술관보다, 어쩌면 세상에서 가장 규모가 클지도 모른다는 것도 잊고 있었다. 나는 그 점을 확인해 보기로 기억해 두었다. 첫 전시실에는 드가의 가장 유명한 조각, 빛바랜 진짜 발레 망사 스커트를 두르고 등 뒤로 머릿단을 묶은 새틴 리본이 늘어져 있는 〈열네 살의 어린 무용수〉의 청동 주조물이 있었다. 양손을 등 뒤에서 깍지 끼고 허리를 우아하게 젖힌, 앞으로 내민 오른발을 훈련에 의해 아름답게, 기형적으로 바깥으로 꺾은 무용수는 들어서는 모든 관객 앞에 우뚝 서서 고개를 들고 맹목적이고도 수동적인 분위기로, 그러나 무용수가 아니면 이해할 수 없는 꿈에 젖어 있었다.

주변의 벽은 주로 드가였고, 여기저기 다른 화가가 섞여 있었다. 평범한 여자들이 집에서 꽃향기를 맡는 초상, 무용수들을 그린 캔버스. 다음 두 전시실은 거의 무용수로 가득 차 있었다. 발을 바나 의자에 올리고 마치 물 밑에서 물고기를 찾는 백조의 깃털 같은 발레스커트를 위로 솟구친 채 상체를 숙이고 신발을 묶고 있는 발레리나들. 발레를 구경할 때처럼 무용수의 육체의 선에 탐닉하게 하는 관능, 훈련 중일 때, 무대 밑에서, 현장 뒤에서 그들의 일상을 관찰하는 내밀함. 피곤한, 수줍은, 기형적인, 야심만만한, 미성년이거나 농익은, 섬세한 무용수들. 나는 한 점 한 점 걸음을 옮기다가 세 번째 전시실 앞에서 다시 뒤돌아보았다.

무용수를 지난 뒤에는 드가 누드화를 배치한 작은 전시실이 있었다. 여인들이 욕조에서 나와서 커다란 흰 수건으로 몸을 감싸고 있었다. 누드는 발레리나가 나이 들어 살이 붙었거나, 엄격하게 몸을 옥죄는 보디스와 솜털 같은 치마 속에 이런 곡선을 감추고 있었다는 듯 한결같이 풍만했다. 로버트가 지나친 흔적이라든가 그가 전시실에서 보았던 여인에 대해 알려 주는 것은 전혀 없었다. 어쩌면 그 여인 역시 드가 팬이었는지도 모른다. 로버트가 미술관에서 스케치 허락을 받았을 수도 있다. 80년대 후반 어느 바쁜 아침 스케치 허락을 받은 뒤 이젤을 세우고, 혹은 드로잉 북을 꺼내 그림을 그리다가 관중 속에서 한 여인을 발견한 것일지도 모른다. 스케치를 하고 싶었다면 왜 사람이 많을 때 갔을까? 전시실이 당시와 똑같이 배치되어 있는지조차 모르지만, 그것까지 확인하는 것은 광적인 행동 같았다. 애당초 우스꽝스러운 순례 길이었다. 인상주의자들의 인상에 대한 인상을 얻으려고 나와 있는 북적이는 관객들, 이미 두 번의 매개를 거쳐 알고 있는 이미지에 대한 직접적인 이미지를 얻고자 나와 있는 사람들 때문에 벌써 피곤했다.

나는 인기가 덜한 가구나 중국 화병이 가득 찬 조용한 전시실로 내려가기로 작정했다. 어쩌면 로버트 역시 그랬는지도 모른다. 피곤한 마음으로 돌아서서 관객을 훑어보다가—나도 그렇게 해 보았다. 이미 피곤에 지쳐 그림보다 멍하니 사람들을 둘러보는 어린 소녀의 손을 잡고 있는 머리가 희끗희끗한 빨간 옷차림의 여자가 눈에 띄었다. 하지만 그날 로버트는 관객 사이로 영원히 잊지 못할 여인을 곧바로 발견했다. 여인은 연극 연습이든, 사진 촬영이든, 그냥 장난이든 19세기 복장을 하고 있었을지도 모른다. 이런 가능성은 한 번도 떠오른 적이 없었다. 어쩌면 군중 속에서 다가가서 말을 걸었을지도 모른다.

"드가의 작품은 여기 말고 더 없습니까?"

나는 문간에 선 경비에게 물었다. 그는 미간에 주름을 잡았다.

"드가? 네, 저 방에 두 점 더 있습니다."

나는 그에게 감사하다고 말한 뒤 전부 다 보자는 생각으로 그 방에 들어섰다. 어쩌면 로버트가 영감을, 혹은 환각을 얻은 것이 여기인지도 모른다. 모네 작품이 적어서인지, 다음 전시실에는 사람이 적었다. 나는 갈색 바탕에 분홍색과 흰색 파스텔로 스케치한, 긴 팔을 긴 다리 쪽으로 뻗고 스트레칭을 하는 무용수 그림과, 서너 명의 발레리나가 화가 쪽으로 등을 돌리고 서로의 허리에 팔을 감고 있거나 머리의 리본을 매만지는 그림을 살펴보았다.

끝났다. 나는 돌아서서 방금 지나쳐 온 군중들 반대편 쪽에 출구가 없는지 전시실 끝으로 시선을 주었다. 거기 그녀가 있었다. 가로세로 2피트(약 60센티미터) 가량 되는 유화, 느슨하지만 완벽할 정도로 정밀한 초상화였다. 내가 아는 얼굴, 수수께끼 같은 미소, 턱

403

아래 끝으로 묶은 보닛. 눈빛이 너무나 살아 있어서 시선을 마주치지 않고 돌아설 수가 없을 정도였다. 나는 멍하니 전시실을 가로질렀다. 전시실이 광활하게 느껴졌다. 몇 시간이 걸린 것 같았다. 파란 옷을 입은 어깨 위쪽으로는 분명 같은 여인이었다. 가까이 다가가면 갈수록 그녀는 더 환히 미소 짓는 것 같았다. 얼굴은 놀라울 정도로 살아 있었다. 화가를 추측하라고 하면 마네라고 말할 것 같았지만, 이 초상에는 그만한 천재성은 없었다. 그러나 분명 같은 시기인 것 같았다. 옷의 어깨 부위를 그린 신중한 붓질, 목덜미의 레이스, 풍성하고 검은 머리카락은 인상파가 아니었다. 얼굴에는 그 전 시대의 리얼리즘의 흔적이 있었다. 나는 명판을 확인했다. 〈베아트리스 드 클레르발의 초상, 1879. 올리비에 비뇨.〉 베아트리스 드 클레르발! 올리비에가 그린! 그녀는 실재하는 여인이었다. 하지만 살아 있는 여인은 아니었다.

404

1층 안내 데스크 직원이 최대한 도움을 주었다. 아니다, 올리비에 비뇨의 다른 작품은 소장한 것이 없고, 베아트리스 드 클레르발이라는 이름이 들어간 다른 작품도 없다. 1966년 파리에서 개인이 소장품을 메트로폴리탄이 사들였다. 로버트가 뉴욕에 체류하던 시절 1년 동안 인상주의가 태동하던 시절의 프랑스 초상을 주제로 한 순회 전시에 대여된 적이 있다. 그는 미소 짓고 고개를 끄덕였다. 그가 아는 정보는 그뿐이었다. 도움이 되셨습니까?

나는 마른 입술로 감사 인사를 했다. 로버트는 그림이 순회 전시 일정에 오르기 전에 한두 번 봤을 것이다. 그는 환각을 본 것이 아니라, 놀라운 이미지에 충격을 받은 것뿐이었다. 그림이 어떻게 되었는지 다른 사람에게 물어보지 않았을까? 그랬을 수도, 그러지 않았을 수도 있다. 그의 신화에 어울리는 점은 여인이 사라졌다는 사실 그 자체였다. 몇 년 뒤 그가 미술관에 돌아왔다 해도, 그림이 다시 걸려 있는지 없는지는 중요하지 않았을 것이다. 그때쯤에는 직접 그녀의 모습을 그리고 있었을 테니까. 그가 그림을 몇 번밖에 못 봤다고 해도 나중에 그가 그린 초상이 그렇게 정확하게 닮은 것으로 보아 분명 아주 좋은 스케치를 해 뒀을 것이다.

아니, 혹시 도록에서 그림을 다시 발견했을까? 화가도, 모델도 잘 알려지지 않은 사람들이었지만, 비뇨의 초상화는 메트로폴리탄이 구매해서 소장할 정도로 질이 높았다. 선물가게를 둘러보았지만, 우편엽서나 사진이 실린 책은 없었다. 나는 다시 계단을 올라가서 전시실로 돌아갔다. 여인은 미소 지으며 당장이라도 말을 걸 것처럼 거기 기다리고 있었다. 나는 스케치북을 꺼내 그녀를, 머리의 자세를 그렸다. 더 잘 그릴 수만 있다면. 나는 일어서서 그녀의 눈을 바라보았다. 그녀를 가슴에 품지 않고는 그 자리를 떠날 수가 없을 것 같았다.

58

메리

미술 학교를 졸업한 뒤 나는 온갖 일을 전전하다 마침내 워싱
턴에서 가르치는 일을 얻었다. 가끔 한두 작품 전시를 하기도 하고,
소액의 지원금을 받기도 했으며, 좋은 워크숍에 참여하기도 했다.
지금 이야기하고 싶은 워크숍은 몇 년 전 8월 말에 참가했던 워크숍
이다. 메인 주 해변의 오래된 저택에서 열렸는데, 그곳은 오래전부
터 가서 그려 보고 싶던 지방이었다. 나는 지금은 폐차한 작은 픽업
트럭, 파란색 셰비를 타고 워싱턴에서 출발했다. 사랑하던 트럭이었
다. 나는 이젤과 커다란 장비 상자, 침낭과 베개를 뒷자리에 싣고,
아버지가 한국에서 군복무를 할 때 썼던 더플백에 청바지와 흰 티
셔츠, 오래된 수영복, 낡은 수건 등 낡은 물건을 몽땅 다 집어넣었다.

가방을 싸다 보니 새삼 어머니에게서 받았던 가정교육에서 멀
리 벗어났다는 실감이 났다. 어머니는 내가 짐을 싸는 방식이나 너
덜너덜한 옷가지, 회색 테니스 신발, 미술용품 상자 등등 내가 가져
가는 물건들을 절대 용납하지 못했을 것이다. 가슴팍에 새겨진 문양
에 금이 가 있는 바넷 스웨트셔츠나 뒷주머니가 찢어진 카키 바지

도 질색하셨을 것이다. 하지만 지저분한 물건은 없었다. 머리는 여전히 길고 윤기 있게 관리하고 있었고, 피부도 탄력 있었고, 오래된 옷도 아주 깨끗했다. 목에는 가냇 장식물이 달린 금줄을 걸고 있었고, 누추한 겉모습 안쪽을 꾸며 줄 새 레이스 브라와 속옷도 샀다. 나는 비밀스럽게, 어떤 남자의 눈에도 띄지 않게(대학을 졸업한 뒤 남자에게 질렸던 시절이었다) 날렵한 곡선을 감추는 나 자신이 좋았다. 밤에 물감이 묻은 흰 블라우스와 무릎이 들여다보이는 청바지를 벗을 때만 겉으로 드러나는 몸은 내 것이었다. 오로지 나를 위한 보물이었다.

나는 아주 일찍 출발해서 메인을 향해 도로를 달렸고, 텅 비다시피 한 로드아일랜드 도로변 모텔에서 하룻밤을 보냈다. 멋진 검정색 활자로 된 간판이 붙어 있는, 50년대에 지어진 작고 흰 오두막이었는데 어쩐지 〈사이코〉에 등장하는 모텔을 연상시키는 불길한 분위기였다. 하지만 살인마는 없었다. 나는 8시가 다 되어갈 때까지 평화롭게 잔 뒤 연기가 자욱한 옆집 식당에서 달걀 프라이를 먹었다. 거기 앉아서 창문 양쪽으로 묶어 놓은, 파리가 달라붙은 반투명한 커튼과 조화가 가득 꽂힌 창틀, 커피를 마시고 있는 사람들을 스케치하기도 했다.

메인 주 경계에는 무스가 길을 건널 수도 있으니 조심하라는 안내판이 붙어 있었고, 도로변은 점점 상록수가 많아졌다. 푸르른 나무가 거인 군단처럼 길 양편에 늘어서 있었다. 집도, 도로 출구도 없었고, 그저 전나무만 몇 마일이고 이어졌다. 그러다 길 가장자리에 희끄무레한 모래가 보이기 시작했고, 나는 바다가 가까워지고 있다는 것을 깨달았다. 어머니가 매년 휴가 때 뉴저지의 케이프 메이에 데려다 줄 때마다 느꼈던 흥분이 가슴을 찔렀다. 나는 해변 풍경을 그리고, 달빛 아래 혼자 물가 바위에 앉아 있는 모습을 상상해 보았다. 그때만 해도 아직 '나 혼자'라는 낭만을 즐기던 시절이었다.

그것이 얼마나 외로워질 수 있는지, 그것이 이따금 하루를, 주의하지 않으면 더 오랜 시간을 망가뜨리는 날카로운 칼날이 될 수 있다는 것을 알지 못했다.

시내를 지나 휴양지로 가는 길을 찾느라 시간이 걸렸다. 워크숍 소개서에는 마을에서 떨어진 만에서 끝나는 작은 지도가 그려져 있었다. 막바지는 빽빽한 소나무 숲 사이로 난 흙길이었지만, 점점 흙이 부드러워지면서 어둑어둑한 숲 가장자리에 소나무 묘목들이 돋아나고 있었다. 이렇게 몇 마일을 가다 보니 생강과자 집 비슷한 목재 수위실이 나타났고, 벽에 〈로키 비치 휴양센터〉라는 간판이 달려 있었다. 주위에는 아무도 없었다. 조금 더 올라가 보니 모퉁이를 돌아 녹색 정원이 펼쳐졌다. 처마 밑에 수위실과 비슷한 장식이 달린 커다란 목재 저택이 우뚝 서 있었고, 그 너머 바다가 언뜻 보였다. 탁한 분홍색으로 칠한 저택은 웅장했고, 정원은 그냥 정원이 아니라 잔디밭, 정자, 산책로, 분홍색 여름용 움막, 오래된 나무, 크로켓 구장이 설치된 평평한 구역, 해먹이 모조리 딸려 있었다. 나는 시계를 보았다. 등록할 때까지 시간은 충분했다.

그날 밤 모두가 처음 만난 식당은 칸막이를 모두 부순 마차 차고였다. 서까래가 높고 거칠었으며, 창틀에는 사각형 스테인드글라스가 둘러져 있었다. 여덟 개 내지 열 개 정도 되는 식탁이 벗겨진 나무 바닥에 배열되어 있었고, 젊은 남녀가―대학생이었다. 이제 내 눈에도 그들이 나보다 더 젊어 보였다―돌아다니며 식탁에 물병을 놓고 있었다. 홀 한쪽 끝에는 뷔페와 와인 몇 병, 유리잔, 꽃병이 마련되어 있었고, 그 옆에는 뚜껑이 열린 쿨러 안에 맥주가 가득 차 있었다. 속이 미식거렸다. 새 학교에서의 첫날(어린 시절에는 12년 동안 같은 학교만 다녔지만) 같은, 혹은 아는 사람이 아무도 없고, 그렇기 때문에 누구도 나를 신경 쓰지 않으며, 지금부터 내가 뭔가를 해야만 한다는 사실을 깨닫게 되는 대학 오리엔테이션 같은 기분이었다. 맥주 옆에서 옹기종기 모여 담소를 나누는 사람들이 보였다. 나는 그쪽으로 성큼성큼 다가가서(그때는 내 걸음걸이에 자부심을 갖고 있었다) 주위를 둘러보지 않고 얼음 통에서 맥주 하나를 꺼냈다. 허리를 펴고 병따개를 찾아 두리번거리는데, 그때 내 어깨와 팔꿈치가 로버트 올리버의 몸을 쳤다.

분명 로버트였다. 그는 4분의 3 정도 몸을 비스듬히 돌린 각도에서 누군가 이야기하며 돌아보지도 않고 내게서 물러서고 있었다. 대화 상대는 숱이 적은 머리카락과 희끗희끗한 턱수염을 지닌 남자였다. 분명히, 틀림없이 로버트 올리버였다. 곱슬거리는 머리카락은 예전보다 뒷머리 쪽이 약간 더 길었고, 새로 난 회색 머리카락이 반짝거리고 있었으며, 파란 면 셔츠 한쪽 팔꿈치에 난 구멍을 통해 갈색 피부가 내 보였다. 워크숍 카탈로그에는 그의 이름이 없었다. 그가 왜 여기 있을까? 아이처럼 엉덩이에 손을 닦았는지, 연한 색 면바지 뒤쪽에 물감이나 기름때 같은 것이 묻어 있었다. 문을 통해 서늘한 뉴잉글랜드의 여름 저녁 공기가 흘러들어오고 있었지만, 묵직한 샌들을 신고 있었다. 그는 한 손에 맥주를 들고, 다른 한 손으로 두상이 좁은 남자를 향해 손짓을 하고 있었다. 기억 그대로 키가 크고 압도적이었다.

나는 그 자리에 얼어붙은 채 그의 귀와 귀 주변의 숱 많은 곱슬머리, 아직 익숙한 어깨, 논쟁을 벌이느라 허공에 들어 올린 긴 손날을 응시했다. 그는 내 시선을 느꼈는지 반쯤 돌아보다가 다시 대화에 집중했다. 작업실을 어슬렁거리던 단단하고 우아하게 균형 잡힌 동작도 그대로였다. 문득 그는 미간에 주름을 잡고 다시 돌아보았지만, 영화에 흔히 나오는 그런 눈길은 아니었다. 뭔가 잊어버린 게 있었나, 혹은 이 방에 뭘 찾으러 들어왔더라 기억을 더듬는 그런 눈빛에 가까웠다. 그는 나를 알아보지 못했지만, 한편으로는 알아보았다. 나는 얼굴을 돌리며 물러섰다. 다가가서 파란 셔츠 차림의 어깨를 두드리고 대화를 끊는 것은 생각만 해도 두려웠다. 그가 어리둥절한 표정을 짓고 모호하게 "아, 죄송합니다. 어디서 만났죠?" 혹은 "누구신지 모르겠지만 다시 만나서 반갑습니다." 이런 식으로 대답할 것이 두려웠다. 그는 그 뒤로 수백 명의(혹은 수천?) 학생들을 가르쳤을 것이다. 내가 수많은 사람들 속의 희미한 점 하나라는 것을 확인할 바에야 말을 걸지 않는 것이 낫다.

나는 얼른 돌아서서 눈이 마주치는 첫 번째 상대를 향했다. 가슴뼈까지 셔츠를 풀어 헤친 마르고 젊은 남자였다. 볕에 그을리고 툭 튀어나온, 인상적인 가슴뼈였다. 그 위에는 평화의 상징이 달린 큰 목걸이가 걸려 있었다. 양쪽으로 평평하고 그을린 젖가슴이 지방질이 적은 닭살처럼 붙어 있었다. 나는 목걸이와 어울리는 복고풍의 장발을 기대하며 시선을 들었지만, 머리는 아주 짧았다. 얼굴은 가슴뼈처럼 앙상했고, 코는 새부리 같았으며, 갈색의 작은 눈동자는 나를 향해 머뭇거리고 있었다.

"재미있는 파티네요."

그가 말했다.

"아뇨, 별로 재미는 없어요."

나는 반감으로 가득 차 있었다. 로버트 올리버의 어깨가 나를 향해 돌아섰다가 다시 외면하는 것을 본 순간 생긴 삐딱한 감정이라는 것도 알고 있었다.

"저도 별로 재미는 없습니다."

젊은이는 어깨를 으쓱하며 웃었다. 드러난 가슴이 잠시 푹 꺼졌다. 생각보다 젊었다. 나보다도 젊었다. 미소는 우호적이었고, 눈빛도 친절했다. 심술궂게도 다시 비호감이 일었다. 너무 잘나서 사람들의 모임 따위는 즐기지 않는다는 소리 아니면, 다른 사람이 재미없다고 하는 파티를 재미있다고 말하기가 싫다는 거겠지.

"안녕하세요, 저는 프랭크라고 합니다."

그는 복고풍의 껄렁한 분위기를 버리고 갑자기 착실하고 신사다운 태도로 돌변해서 손을 내밀었다. 상대의 마음을 누그러뜨리는 완벽한 타이밍이었다. 내가 연장자라는 것을—여섯 살이었다—인정하는 존중심도 느껴졌다. 내가 섹시한 연상녀라고 인지하는 불꽃 같은 것도 있었다. 상대의 존경의 기술은 인정하지 않을 수 없었다. 당신이 거의 서른 살쯤 된 나이 든 여자라는 것을 알지만, 물기 없는 따뜻한 손길을 통해 서른이 좋다, 아주 좋다고 말하는 듯한 분위기였다. 나는 웃고 싶었지만, 웃지 않았다.

"메리 버티슨이에요."

로버트는 내 시야 가장자리로 옮겨갔다. 그는 다른 사람과 이야기를 나누며 식당 문 쪽으로 가고 있었다. 나는 그대로 등을 돌린 채 서 있었다. 머리카락이 커튼처럼, 망토처럼 내 얼굴을 보호해 주었다.

"여기는 어떻게 오셨습니까?"

"과거의 인물 앞에 나서려고요."

그래도 그는 내가 강사진으로 왔는지 묻지는 않았다. 프랭크는 미간을 찌푸렸다.

"농담이에요. 풍경화 워크숍을 들으러 왔어요."

프랭크는 환히 미소 지었다.

"잘됐군요. 저도요. 저도 그걸 듣습니다."

"학교는 어디 다니셨어요?"

나는 로버트 올리버의 옆모습으로 쏠리는 관심을 맥주 한 모금으로 돌리려고 애썼다. 그는 대수롭지 않게 말했다.

"서배너. 석사를 했습니다."

서배너 미술 디자인 대학은 상당히 좋은 학교로 성장하고 있었고, 그는 이미 학위를 마친 사람치고는 너무 젊어 보였다. 그런 상황에서도 존중심이 약간 일었다.

"언제 졸업했어요?"

"석 달 전에요."

그렇다면 대학 파티에 나온 것 같은 태도나 최근에 연습한 듯한 미소도 설명이 된다.

"여기서 풍경 과정을 밟는 지원금을 받았습니다. 가을부터 학생들을 가르쳐야 하기 때문에 이런 경력도 내 그림에 붙여 놓으려고요."

그림. 나의 그림. 재능 있는 화가 프랭크, 나의 멋진 미래. 뭐, 미술 학교를 졸업하고 몇 년 지나면 그런 망상도 치료가 되겠지. 한데 벌써 교수직을 얻었다고? 이제 고개를 약간 기울여 시야를 돌려 봐도, 로버트 올리버는 이미 전혀 보이지 않았다. 나를 전혀 알아보지 못하고, 알아봐 달라는 내 간절한 마음조차 전혀 감지하지 못하고 다른 곳으로 가 버린 것이다. 대신 나는 이 '프랭크'라는 인물에게 붙잡혀 있었다.

"어디서 가르치나요?"

나는 마음속의 악의를 숨기려고 애쓰며 물었다.

"서배너요."

프랭크는 다시 말했다. 나는 잠시 사이를 두었다. 석사를 마치자마자 모교에 임용되었다고? 이건 드문 일이었다. 어쩌면 그가 꿈꾸는 미래는 옳을지도 모른다. 나는 몇 초 동안 아무 말도 하지 않고 저녁이 언제 시작될까, 로버트 올리버와 최대한 멀리 앉아야 할까 가까이 앉아야 할까 생각하고 있었다. 멀리 앉는 게 좋겠지, 나는 결정했다. 프랭크는 관심 어린 눈빛으로 나를 관찰하고 있었다.

"머리카락이 멋진데요."

그는 마침내 말했다.

"고마워요. 3학년 때 학교 연극에서 공주 역을 맡으려고 길렀어요."

그는 다시 미간에 주름을 잡았다.

"한데 풍경을 하신다고요? 재미있을 겁니다. 쥬디 더빈의 다리가 부러진 게 기쁠 지경이에요."

"다리가 부러졌어요?"

"네. 정말 훌륭한 분이라는 것도 알고 남의 다리 부러진 걸 기뻐할 수는 없는 노릇이지만, 그래도 얼마나 좋습니까. 로버트 올리버가 왔는데요."

"네?"

애써 참고 있었지만 나는 나도 모르게 로버트 쪽으로 시선을 주었다. 그는 학생들 한가운데 서서 어깨와 머리를 위로 쭉 내밀고 등을 보인 채, 멀리, 저 멀리 건너편에 있었다.

"대신 로버트 올리버가 왔다고요?"

"오후에 도착해서 들었습니다. 벌써 왔는지는 모르겠어요. 더빈이 하이킹을 하다가 다리가 부러졌는데, 비서 말로는 다리 부러지는 소리가 들릴 정도였다고 하더군요. 아주 심하게 다쳐서 대수술을 하고 그랬답니다. 그래서 워크숍 디렉터가 친구 로버트 올리버에게 연락한 겁니다. 믿어지세요? 정말 행운 아닙니까. 더빈한테는 안됐지만."

필름이 내 주위에서 흘러가는 것 같았다. 로버트 올리버가 우리와 함께 들판을 걷고, 빛의 각도를 지적하고, 내가 차를 몰고 지나온 내륙의 나지막한 푸른 언덕의 구도를 잡는 모습이. 해안 쪽에서 볼 수 있을까요? 첫날에 그에게 말해야겠군. 아, 안녕하세요. 기억 못하실 거라고 생각하지만…. 그런 뒤 일주일 내내 그와 함께 그림을 그리고 이젤 사이를 누벼야겠지. 나는 소리내어 한숨을 쉬었다.

프랭크는 어리둥절한 것 같았다.

"그의 작품을 안 좋아하세요? 물론 전통주의자이고, 그렇긴 하지만, 그래도 정말 좋지 않습니까."

다행히 식사를 알리는 종소리가 바깥에서 커다랗게 울렸다. 닷새 동안 하루 두 번씩 듣게 될 소리, 지금도 생각할 때마다 온몸을 관통하고 지나가는 그 종소리. 모두가 식탁에 둘러앉기 시작했다. 나는 프랭크 옆에서 잠시 물러서 있다가, 로버트가 같이 있던 학생들과 대화를 계속하려는 듯 그쪽에 가장 가까운 테이블에 앉는 것을 보았다. 나는 로버트와 부지런한 동료들에게서 최대한 먼 자리로 프랭크를 밀고 갔다. 우리는 함께 앉아 음식 비평을 시작했다. 저녁은 건강식 그 자체였고, 이어 딸기 파이와 커피가 나왔다. 음식을 나르는 사람들은 프랭크 말로 미술 학교나 대학에서 일하면서 공부하는 화가들이라고 했다. 줄을 설 필요는 없었고, 아름다운 젊은이들이 우리 앞에 음식이 가득한 접시를 내려놓았다. 내 잔에 물까지 부어 주는 학생도 있었다.

식사하는 동안 프랭크는 수업과 학생 전시회, 서배너를 졸업하고 미국 전역의 대도시로 흩어진 재능 있는 친구들 이야기를 계속했다.

"제이슨은 시카고로 갑니다. 내년 여름에 저도 그쪽으로 갈지 몰라요. 시카고가 앞으로 큰 무대가 될 테니까요. 확실해요."

이런 식이었다. 지루해서 죽을 것 같았지만 덕분에 혼란스러운 마음을 억누를 수 있었고, 딸기 파이가 나올 때쯤에는 로버트 올리버가 내 얼굴을 알아보지도, 못 알아보지도 않은 채 무사히 밤을 보냈다는 안도감이 들었다. 내 어깨 옆에 있는 프랭크의 근육질 어깨와 내 귀에 가까이 다가오는 그의 입, '어쩌면 이것이 뭔가의 시작 아닐까요. 제 방은 남자 기숙사 맨 끝방입니다.'라는 무언의 속삭임이 느껴졌다. 디저트를 먹는 동안 프로그램 디렉터가 일어서서 차고 한쪽 끝의 마이크 앞에 나오더니—알고 보니 로버트와 이야기하던 희끗희끗한 머리의 남자였다—훌륭한 수강생을 맞이하게 되어서 기쁘다, 여러분은 아주 재능 있는 분들이다, 훌륭한 다른 지원자를 거절하는 일이 힘들었다는 말을 늘어놓았다("워크숍 수강료를 거절하는 게 힘들었겠지." 프랭크가 내게 중얼거렸다).

연설이 끝나자 모두 일어나서 잠시 서성거렸고, 학생들은 접시를 거두려고 돌아다녔다. 보라색 드레스와 커다란 귀걸이 차림의 여자가 헛간 뒤에 모닥불을 지필 예정인데 같이 어울리자고 프랭크와 나에게 말했다. "첫날 밤 전통이에요." 그녀는 워크숍에 여러 번 와 본 사람처럼 설명했다. 우리는 어둠 속으로 걸어 나갔고—바다 냄새가 다시 풍겼고, 머리 위에는 별들이 반짝이고 있었다—건물 모서리를 돌자 벌써 어마어마한 불꽃이 하늘을 향해 날아오르며 사람들의 얼굴을 밝히고 있었다. 정원 가장자리 숲 너머는 보이지 않았지만, 철썩이는 파도 소리가 들리는 듯했다. 지원 서류에 캠프에서 잠시 걸으면 해변이 나온다는 설명이 있었다. 내일 한번 가 봐야겠다. 마치 축제라도 즐기러 모인 것처럼, 나무에 종이 전등 몇 개가 걸려 있었다.

예기치 않은 희망의 물결이 불쑥 일었다. 이건 마술적인 시간이 될지도 모른다. 시립 대학이나 커뮤니티 센터나 최근까지 오랫동안 이어진 시시한 강사 일자리에서 벗어날 수 있는, 집에서 그림을 그리고 드로잉을 하는 비밀스러운 개인 생활과 생계를 위한 일 사이의 격차를 줄일 수 있는, 학위를 마친 뒤로 한 번도 충족시키지 못하고 커져 가기만 했던 동료 예술가들과 어울리고 싶은 갈망을 채워줄 수 있는 기회다. 여기서 며칠이라면 나는 차마 꿈도 꾸지 못했던 더 나은 화가가 될 수 있을 것이다. 프랭크의 발랄한 냉소조차 갑작스럽게 솟은 터무니없는 희망을 꺾지는 못했다. "정신없군요." 그는 평계처럼 이렇게 말하더니 자신 있는 손길로 내 팔을 잡고 연기가 덜한 쪽으로 이동했다.

로버트 올리버도 연기에서 벗어나서 손에 맥주 병을 든 채 나이 많은 사람들—교수진들, 자주 오는 사람들(보라색 옷차림의 여자도 있었다)—사이에 서 있었다. 병에 모닥불 빛이 반사되어 토파즈 색깔로 안에서부터 빛을 발했다. 그는 디렉터의 말에 귀를 기울이고 있었다. 말하는 것보다 더 많이 듣던 그의 재주가 기억났다. 그는 누구와 이야기하든 고개를 약간 숙여야 하기 때문에 주의 깊게 열심히 귀를 기울이는 인상을 주었고, 그러다가도 상대가 말하는 내용이 하늘에 적혀 있기라도 한 듯 눈길을 들거나 다른 곳으로 돌리곤 했다. 그는 목에 실밥이 풀린 스웨터 차림이었다. 우리 둘 다 낡은 옷을 좋아하는 공통점이 있었다는 것이 떠올랐다.

나는 불빛이 환한 모닥불에 좀 더 가까이 다가가서 로버트와 눈을 마주쳐 볼까 하다가 생각을 접었다. 어차피 내일이면 민망한 순간이 온다. 아, 네. 기억 (못) 합니다. 그가 과연 거짓말을 할지 말지 지켜보는 것도 흥미로울 것이다. 프랭크가 내게 맥주를 건네주었다. "도수가 더 높은 걸 드릴까요?" 나는 맥주를 받아 들었다. 그는 낡은 스웨트셔츠를 입은 내 어깨에 몸을 밀착하고 있었고, 맥주가 조금 들어가자 그의 단단한 팔의 감촉도 불쾌하지 않았다. 별빛 속에서 로버트 올리버의 머리가 보였다. 잠시 불꽃에 집중하는 시선, 악마처럼 솟구친 거친 머리카락, 부드럽고 침착한 얼굴. 기억에 남아 있는 것보다 주름이 좀 더 깊었지만, 이제 아마 마흔이 넘었을 것이다. 입가에도 깊은 홈이 패어 있었고, 미소를 지으면 주름이 사라졌다.

나는 내 셔츠에 보다 확실하게 몸을 누르고 있는 프랭크를 돌아보고 최대한 무심하게 말을 건넸다.

"이제 자러 가야겠어요. 잘 자요. 내일은 중요한 날이니까."

나는 마지막 말을 후회했다. 위대한 화가인 프랭크에게는 내일이 재능 있는 무명인 나처럼 중요한 날이 아닐 것이다.

프랭크는 맥주 병 너머로 섭섭하게 나를 응시했다. 너무 젊어서 감정을 숨기지도 못하는 눈빛이었다.

"아, 네. 푹 주무세요."

길쭉한 헛간을 개조해서 좁고 밀폐된 칸막이 안에 여학생들을 묵게 하는 기숙사에는 아직 잠자리에 든 사람이 없었다. 손님들 사이에 단단한 벽을 제공하려고 노력은 했지만, 사생활 보장은 기대할 수 없었다. 아직 말 냄새가 희미하게 풍겼고, 그 냄새를 맡으니 어머니가 3년 동안 나와 마사를 억지로 승마 학교에 보냈던 시절의 향수가 밀려왔다. "말 등에 앉은 자세가 아주 좋더구나." 어머니는 마치 이것이 그 모든 시간과 돈을 정당화해 줄 수 있다는 듯 수업이 끝날 때마다 격려하곤 했다. 나는 복도 끝의 차가운 변기를 사용한 뒤 내 칸막이 안에 들어가 짐을 풀려고 문을 닫았다. 안에는 그림을 그릴 만한 책상과 딱딱한 의자, 거울이 위에 붙은 작은 화장대, 흰 시트가 깔린 좁은 침대, 압정으로 구멍만 숭숭 나 있지 아무것도 붙어 있지 않은 안내판, 갈색 커튼이 쳐진 창문이 있었다.

잠시 멍하니 서 있던 나는 커튼을 치고 침낭 지퍼를 연 뒤 온기를 더하려고 침대 위에 깔았다. 누추한 옷가지는 서랍에 넣고 스케치북과 일기는 책상 위에 놓았다. 스웨터는 문에 걸었다. 나는 파자마와 책을 꺼냈다. 닫힌 창문 너머에서 흥겨운 소음과 목소리, 아득한 웃음소리가 들려왔다. 왜 저기 참여하지 않고 떨어져 나왔을까? 나는 자문했지만 우울함 못지않게 즐거운 기분도 많았다. 트럭은 캠프 근처 주차장에 세워져 있었고, 오래 운전을 해서 당장이라도 침대에 뻗고 싶을 정도로 피곤했다. 나는 거울 앞에 서서 티셔츠를 머리 위로 끌어 올리며 의식을 치르듯 옷을 벗었다. 티셔츠 아래에는 섬세하고 값비싼 브라가 있었다. 나는 꼿꼿하게 서서 자신을 바라보았다. 밤마다 대면하는 자화상. 나는 브라를 벗어서 옆에 놓고 다시 바라보았다. 오직 나만을 위한 나. 자화상, 누드. 한참 그 모습을 응시하다가, 나는 회색 파자마를 입고 침대에 몸을 던졌다. 시트는 차가웠다. 읽으려고 준비한 책은 아이작 뉴턴의 전기였다. 손이 전등 스위치를 더듬었고, 머리가 베개 위에 툭 떨어졌다.

1879.

사랑하는 친구

네 편지는 내게 크나큰 감동을 주었고, 용감하고 사심 없는 행
간에서 내가 네게 아픔을 주었다는 사실이 눈에 보여 너무나 마
음이 아팠다. 저번 편지를 보낸 뒤, 혹여 그 글이 내가 평생 지
고 살아가야 하는 끔찍한 이미지를 네 머릿속에 남길 뿐만 아니
라 동정을 사려는 비겁한 마음으로 비칠까 봐 매 순간 후회했구
나. 나는 인간이고 너를 사랑하지만, 둘 다 절대 나의 의도가 아
니었다는 것을 맹세한다. 주저했겠지만 네가 악몽에 대해 말해
준 것이 고맙구나. 나 때문에 네가 잠 못 드는 밤을 보내는 것이
송구하지만, 그래도 함께 고통을 나눌 수 있으니 말이다.

내 아내가 너처럼 사랑이 넘치는 인간의 품에서 세상을 떠났다
면, 분명 그것은 천사의 포옹이나 그녀가 가져 본 적이 없는 딸
의 포옹과 같은 기분이었겠지. 네 편지를 읽으니 그날에 대한
생각이 묘하게 바뀌는구나. 오늘 아침까지만 해도 그녀가 죽어
야 했다면 차라리 내 품 안에서 죽었더라면 얼마나 좋을까 하는
마음이 아직까지도 종종 나를 사로잡고 괴롭히는 가장 절박한
소망이었다. 하지만 이제는 그녀가 딸의 부드러운 포옹 속에서
죽었다면, 너처럼 본능적인 자상함과 용기를 지닌 사람의 품에
서 죽었다면, 그녀에게나 내게나 훨씬 위안이 되었을 거라는 생
각이 든다. 내 어깨에서 조금이나마 짐을 덜어 주고 마음속에서
우러나는 너그러움을 느끼게 해 주어서 고맙다, 나의 천사. 네
가 위험한 과거를 알고 있다는 사실이 혹시 새어나가지 않도록
내키지 않는 마음으로 네 편지는 파기했다. 너도 이번 편지와

지난 편지는 그렇게 해 주었으면 좋겠구나.

이제 잠시 나가 봐야겠다. 오늘 아침에는 침착한 마음으로 집 안에 있을 수가 없구나. 잠시 걸으며 이 편지가 절대 안전하게 네 손에 전달되도록 해야겠다. 감사하는 마음을 담아.

O.V.

59
메리

다음 날 아침 나는 누가 귀에 대고 속삭이기라도 한 것처럼—완전히, 내가 어디 있는지 정확하게 의식하고—일찍 잠에서 깨었다. 처음 든 생각은 바다에 대한 것이었다. 깨끗한 바지와 스웨트셔츠를 걸친 뒤 천장에 거미가 매달린 싸늘한 기숙사 욕실에서 머리를 빗질하고 양치질을 하는 데는 몇 분밖에 걸리지 않았다. 나는 헛간을 빠져나갔다. 테니스 신발이 이슬에 촉촉히 젖었다. 다른 신발이 없기 때문에 나중에 후회하게 될 거라는 것은 알고 있었다. 아침은 안개로 희뿌옇게 뒤덮여 있었지만, 머리 위로 구름이 흘러가며 티끌 하나 없는 파란 하늘이 조금씩 드러나고 있었다. 숲은 까마귀와 거미줄로 그득했고, 자작나무 잎은 이미 하나둘 누렇게 물들어가고 있었다.

바라던 대로 캠프 밖으로 나온 길은 재만 남은 모닥불 너머로 이어졌다. 나는 바다 쪽으로 올바로 접근하고 있었다. 신발이 타박타박 길을 두드리는 소리와 숲의 소리에 귀를 기울이며 잠시 걷다 보니 돌멩이 해변이 펼쳐졌다. 출렁이는 바다와 해초, 회색 손가락처럼 뻗은 육지 사이로 파도가 거품을 일으키고 있었다. 물 위에 내려앉은 안개가 조금씩 흩어진 틈으로 뿌연 하늘이 언뜻 눈에 띄었지만, 바다는 몇 야드 이상 보이지 않았다. 바다 쪽으로는 안개와 육지 끝으로 서 있는 꼿꼿한 전나무 숲의 윤곽, 그 사이에 자리 잡은 오두막 몇 채밖에 보이지 않았다. 나는 신발을 벗고 바지를 무릎까지 걷었다. 물은 시원하다가 이내 차가워졌고, 냉기는 점점 뼛속까지 스며들어 장단지에 소름이 돋았다. 해초가 발목에 휘감겼다.

숲과 소나무 향, 눈에 보이지 않는 대서양에 둘러싸여 이렇게 혼자 있으니 갑자기 무서워졌다. 파도 외에는 모든 것이 고요했다. 발목 이상 물에 들어갈 수가 없었다. 상어와 몸에 휘감기는 해초를 두려워했던 어린 시절의 공포, 물 밑으로 끌려가서 사라질지도 모른다는 느낌이 되살아났다. 바라볼 수 있는 풍경이 없었다. 안개가 맹인처럼 시야를 가로막았다. 안개를 어떻게 그려야 할까 궁금했다. 나는 주로 안개로 덮여 있던 그림을 본 적이 있는지 기억을 더듬어 보았다. 터너나 일본 그림에서 본 것 같았다. 눈도 있었고, 비, 산 위에 덮인 구름은 많았지만, 이런 안개를 그린 작품은 없는 것 같았다. 마침내 나는 바다에서 물러나 바지 엉덩이를 적시지 않으려고 높고 마르고 평평한 바위와 등을 기댈 만한 더 높은 바위를 찾았다. 자신이 앉을 왕좌를 찾았다는 어린아이 같은 즐거움이 밀려왔고, 나는 꿈에 젖었다. 그렇게 앉아 있는데 로버트 올리버가 숲에서 나타났다.

그는 혼자였고, 나처럼 생각에 빠져 있는 것 같았다. 그는 발치를 내려다보며 천천히 걸었고, 이따금 주위 숲이나 저 멀리 안개 낀 바다를 둘러보았다. 그는 맨발이었고, 낡은 코듀로이 바지, 단추를 열어젖힌 구깃구깃한 노란색 면 셔츠 아래에 티셔츠 차림이었다. 티셔츠에는 글자가 적혀 있었지만, 내가 앉은 자리에서는 알아볼 수가 없었다. 이제 원하든 원치 않든 인사를 나누어야 할 때가 왔다. 일어서서 말을 건넬까 생각해 보았지만, 그의 시선 방향은 아직 이쪽이 아니었다. 나는 당혹감에 젖어 다시 바위 뒤에 앉았다. 일이 잘 풀린다면 그는 바다에 잠시 발을 담그고 온도를 확인한 뒤 돌아서서 캠프 쪽으로 향할 것이다. 나는 20분쯤 기다리다가 얼굴을 식히고 몰래 돌아가면 된다. 나는 차가운 바위 옆에서 몸을 웅크렸다. 그에게서 눈을 뗄 수가 없었다. 무엇보다 그가 날 본다면 나를 알아보는지 확인하고 싶었다. 아마 그렇지 않을 테지만.

그때 그는 무의식적으로 내가 가장 두려워하고 원했던 행동을 했다. 옷을 벗은 것이다. 바다 쪽으로 몸을 돌리지도, 숲 가장자리에 몸을 숨기지도 않았다. 그저 손을 뻗어 바지 단추를 끄르고 바지를 벗은 뒤―속옷도 입지 않았다―셔츠를 벗고 물이 밀려오는 선 위쪽에 옷가지를 모두 쌓더니 바다를 향해 걸어갔다. 나는 꼼짝도 할 수가 없었다. 그는 내게서 겨우 몇 야드 떨어져 있었다. 그는 근육질의 긴 등과 다리를 완전히 드러낸 채 부스스한 머리카락을 눕히려는지, 잠기운을 떨쳐내려는지 머리를 문지르더니 손을 엉덩이에 느슨하게 갖다 댔다. 수업이 없는 동안 뻣뻣한 팔다리에 긴장도 풀 겸 스튜디오 모델을 해도 될 것 같았다. 그는 긴장을 푼 채 바다를 바라보며 완전히 홀로 서 있었다(그는 그렇게 생각하고 있었다). 그는 내가 앉은 반대 방향 쪽으로 고개를 약간 돌렸다. 그가 몸을 데우기 위해 부드럽게 돌리자 곱슬곱슬한 검은 털과 그 밑으로 늘어진 성기가 언뜻 보였다. 그러다 그는 민첩하게 물을 헤치고 들어가더니―내가 거기 앉아 덜덜 떨며 어떻게 해야 할까 생각하며 바라보는 동안―마지막 바위에서 멀리, 느긋하게 몸을 던져 몇 번 헤엄을 쳤다. 나는 그를 에워싼 물이 얼마나 찬지 알고 있었지만, 그는 20야드(약 18미터) 정도 헤엄쳐 나갈 때까지 돌아오지 않았다.

마침내 그는 방향을 돌려 좀 더 빨리 돌아오더니 발을 딛고 서서 약간 비틀거리며 물을 헤치고 나왔다. 몸에서 물이 뚝뚝 떨어졌고, 그는 숨을 몰아쉬고 있었다. 온몸의 털과 숱 많은 곱슬머리에서 물방울이 반짝였다. 해변으로 나온 뒤에야 그는 나를 보았다. 그런 순간에는 외면하고 싶어도 그럴 수가 없고, 못 본 척하는 것은 불가능하다. 포세이돈이 바다에서 걸어 나오는 장면을 어떻게 보지 못할 수 있을까. 손톱을 쳐다본다든지, 바위에 붙은 달팽이를 떼어내는 척할 수 있을까? 나는 당황스러운 기분으로 벙어리가 된 채 거기 앉아서 눈을 떼지 못하고 있었다. 그 순간 그 광경을 그릴 수 있다면 얼마나 좋을까 하는 생각까지 스쳤다. 뭔가를 경험하고 있는 도중에는 거의 하지 않는 진부한 생각이었다. 그는 약간 놀라 멈춰 서서 나를 바라보았지만, 몸을 가리려는 동작은 하지 않았다.

"안녕."

그는 약간 경계심 어린 태도로 조심스럽게 말했다. 어쩐지 재미있는 것 같기도 했다.

"안녕하세요."

나는 최대한 아무렇지 않은 목소리로 답했다.

"죄송합니다."

"아, 아니. 괜찮아."

그는 돌 해변에서 옷을 집어 들더니 티셔츠로 서두르지 않고 얌전하게 몸을 닦은 뒤 바지와 노란 옥스퍼드 티셔츠를 입었다. 그는 좀 더 가까이 다가왔다.

"놀라게 했다면 내가 미안해."

그는 거기 서서 나를 관찰하고 있었다. 그의 눈빛에 내가 두려워하던 표정이 떠올랐다. 어디서 본 것 같기는 하지만, 누구인지 알아차리지 못하는 눈빛이었다.

"설상가상으로 우린 서로 아는 사이예요."

의도했던 것보다 차갑고 냉정한 말투가 튀어나왔다.

그는 내 이름과 그가 기억해야 할 내용을 땅이 알려 주기라도 한다는 듯 한쪽으로 고개를 기울였다. 그는 마침내 말했다.

"미안해. 정말 죄송한데, 누군지 알려 줘야겠는걸."

"아, 괜찮아요."

그래도 그가 먼저 눈길을 피한 것으로 벌을 준 기분이었다.

"워낙 많은 학생들을 가르치실 테니까요. 오래전 바넷에서 한 학기 동안 수업을 들은 학생이에요. 〈시각적 이해〉 과목. 하지만 제가 미술을 본격적으로 시작하게 된 계기가 당신이었기 때문에 늘 감사 인사를 드리고 싶었어요."

그는 나를 뚫어지게 쳐다보았다. 내게서 젊은 시절의 모습을 찾아보려는 의도를 점잖게 숨기지 않는 눈빛이었다.

"잠깐. 한 번 점심을 먹은 적이 있지 않나? 기억이 나는 것 같은데. 한데 자네 머리가⋯."

"맞아요. 그때는 다른 색이었어요. 금발. 사람들이 머리카락만 보는 데 질려서 염색을 했죠."

"그래, 미안해. 이제 기억나는군. 자네 이름이⋯."

"메리 버티슨."

이제 그가 옷을 입었기 때문에, 나는 손을 내밀었다.

"다시 만나서 반가워요, 로버트 올리버."

나는 더 이상 그의 학생이 아니었고, 오늘 아침 10시까지는 배우는 입장도 아니었다. 나는 삐딱하게 말했다.

"당신이 로버트 올리버라는 건 알고 있어요."

그는 웃었다.

"여기서 뭘 하지?"

"당신이 가르치는 풍경 수업을 들어요. 당신이 가르칠 줄은 몰랐지만요."

"그래, 갑자기 맡게 됐어."

그는 수건이 아쉬운 듯 양손으로 머리를 문질렀다.

"하지만 재미있는 인연이군. 이제 얼마나 발전했는지 확인할 수 있겠어."

"하지만 그전에 제 그림이 어땠는지는 기억 못하잖아요."

그는 다시 웃었다. 모든 근심을 떨쳐내는, 냉소의 흔적이 전혀 없는 사랑스러운 웃음. 로버트의 웃음은 어린아이 같았다. 이제 그의 손과 팔의 동작이, 입가를 구부리는 미소가, 얼굴의 묘한 골격이, 스스로 의식하지 못하기 때문에, 그저 잠시 빌려 쓰는 몸이라고 생각해서 별로 신경을 쓰지 않기 때문에 더욱 매력적이던 매력이 모두 다 기억났다. 우리는 같이 천천히 걷기 시작했고, 길이 좁아서 한 줄로 서서 가야 할 때는 그는 신사답지 않게 앞장섰다. 내 등에 와 닿는 그의 시선이 어떤 빛을 띠고 있을까 의식하지 않아도 되어서 오히려 마음이 놓였다. 아침 이슬이 내려 반짝이는 정원 가장자리에 도착하자 저택이 완전히 모습을 드러냈고, 아침을 먹으러 서둘러 움직이는 사람들이 보였다. 일른 가서 먹어야 할 것 같았다.

"당신 말고는 아는 사람이 없어요."

나는 충동적으로 고백했다. 우리 둘 다 숲 가장자리에서 멈춰 섰다.

"나도 마찬가지야."

그는 단순한 미소를 내게 보냈다.

"디렉터밖에 아는 사람이 없는데, 그 친구 정말 따분해."

도망가고 싶었다. 몇 분이라도 혼자 있고 싶었다. 방금 벌거벗은 채 바다에서 나오는 모습을 본 남자와 나란히 공동 식당에 들어가고 싶지 않았다. 그는 한때 가르쳤던 〈시각적 이해〉 수업과 마찬가지로 그 일에 대해서도 마치 오래전 일이라는 듯 이미 까맣게 잊어버린 것 같았다.

"방에서 가져올 물건이 있어요."

"수업 시간에 봐."

그는 남자 대 남자처럼 내 어깨를 두드리거나 등을 칠 듯한 몸짓을 하다가, 마음을 고쳐먹었는지 그대로 나를 보내 주었다. 나는 천천히 헛간으로 돌아가서 회칠한 내 칸막이 안에서 문을 닫았다. 그리고 몇 분 동안 꼼짝도 않고 앉아 있었다. 문이 잠긴 것이 고맙게 느껴졌다. 그렇게 웅크리고 있으려니, 3년 전 힘들게 떠난 내 유일한 이탈리아 여행, 플로렌스 여행길에서 성 프란체스코 수도원에 갔다가 수도사들이 살던 빈 독방에서 프라 안젤리코 벽화를 보았던 기억이 났다. 복도에는 관광객들이 있었고 여기저기 현대의 수도사들이 경비를 서고 있었지만, 나는 아무도 보지 않는 틈을 타 작은 흰 독방에 들어가서 규정을 어기고 문을 닫았다. 마침내 혼자가 되자 죄책감이 느껴졌지만, 나는 단호한 기분으로 거기 서 있었다. 작은 방에는 한쪽 벽에 금빛과 분홍색, 녹색으로 빛나는 프라 안젤리코의 천사가 있을 뿐 그 외에는 아무것도 없었다. 천사는 날개를 고이 접고 있었고, 창살이 쳐진 창문을 통해 햇빛이 내리 쬐고 있었다. 그 순간 나는 한때 그 감옥 같은 곳에 혼자 살았던 수도사가 원했던 것은 오로지 거기 있는 것이었을 뿐, 다른 것은 조금도 원치 않았다는 것을 깨달았다. 아무것도, 신조차도.

60
말로우

메트로폴리탄 미술관 밖으로 나온 나는 한 블록을 걸어서 센트럴 파크로 들어섰다. 녹색이 무성하고 화단에 꽃이 활짝 핀 공원은 내가 바랐던 대로 찬란했다. 나는 깨끗한 벤치를 찾아 휴대전화를 꺼낸 뒤 그주 동안 연락하지 않았던 전화번호를 눌렀다. 토요일 오후였다. 그녀는 토요일에 어디 있을까? 사실 그녀의 생활에 대해서는 내가 무단 침입을 하고 있다는 사실 외에 아는 것이 전혀 없었다.

두 번 신호음이 울린 뒤 그녀는 전화를 받았다. 배경에서 식당이나 공공장소 같은 소음이 들려왔다.

"여보세요?"

단호한 목소리, 날렵하고 긴 손이 기억났다.

"메리. 앤드루 말로우입니다."

메리가 워싱턴 광장으로 나를 찾아오는 데는 다섯 시간이 걸렸다. 저녁 시간에 도착했기 때문에, 우리는 내가 묵는 호텔 식당에서 함께 식사를 했다. 갑작스러운 버스 여행을 한 터라 그녀는 몹시 배고파했다. 스스로 말은 하지 않았지만 분명 기차보다 싸서 버스를 타고 왔을 것이다. 식사를 하는 동안, 그녀는 마지막 버스표를 구하느라 우스꽝스럽게 동분서주했던 이야기를 늘어놓았다. 사실 나는 그녀가 굳이 오겠다고 고집해서 놀랐다. 그녀는 즉흥적으로 일을 벌인 흥분에 상기되어 있었고, 긴 머리카락은 양쪽으로 갈라 핀으로 고정시키고 있었다. 그녀는 얇은 하늘색 스웨터 차림에 목에는 묵직한 검은 구슬 목걸이를 걸고 있었다.

나는 그녀의 얼굴에 떠오른 섬세한 홍조가 로버트 올리버를 위한 것이라는 사실을, 그의 배신을 설명해 주고 자신의 헌신을 정당화해 줄 만한 이유를 발견했다는 안도감, 혹은 기쁨 때문이라는 사실을 의식하지 않으려고 노력했다. 스웨터 때문인지 그녀의 눈동자는 오늘 파랗게 보였다. 하늘색, 날씨에 따라 색이 바뀌는 바다처럼 변하는 것 같았다. 그녀는 나이프와 포크를 우아하게 사용해 가며 어마어마한 양의 닭과 쿠스쿠스를 공손한 늑대처럼 해치웠다. 그녀의 부탁으로, 나는 베아트리스 드 클레르발의 초상화를 발견한 상황과 로버트가 그 초상을 본 직후 임대 전시 때문에 다른 곳으로 옮겨졌다는 사실을 자세히 이야기했다.

"한두 번 본 것만으로 몇 년 뒤까지 그림을 그릴 정도로 생생하게 기억했다니 이상하긴 합니다."

나는 덧붙였다. 내 팔꿈치는 이미 식탁에 내려놓은 상태였다. 그녀의 만류에도 불구하고 두 사람분의 커피와 디저트도 주문해 놓았다.

"아, 그런 건 아니에요."

그녀는 나이프와 포크를 접시에 나란히 내려놓았다.

"기억을 못 해요? 너무 정확히 그려서 나도 초상화를 보는 순간 동일인이라는 걸 알아차렸는데요."

"아뇨. 기억할 필요가 없었다고요. 그가 가진 책에 그 초상이 있었어요."

나는 무릎에 손을 내려놓았다.

"알고 계셨군요."

그녀는 흔들리지 않았다.

"네. 죄송해요. 이야기를 써 나가다 때가 되면 말씀드릴 생각이었어요. 사실 벌써 써 놨어요. 하지만 미술관에 그림이 걸려 있었다는 건 몰랐어요. 책에는 그림의 소재가 안 나와 있었거든요. 사실 난 프랑스에 있는 줄 알았어요. 다 말씀드릴 생각이었어요. 나머지 회고록도 가져왔어요. 전부 다 적느라 시간이 걸렸고, 그런 다음에도 잠시 가지고 있었어요."

그녀의 어조에는 미안한 기색은 없었다.

"나하고 살 때 그는 소파 옆에 책을 쌓아 두고 있었어요."

"케이트도 똑같은 말을 했습니다. 책 더미 말입니다. 하지만 케이트는 책에서 초상을 본 것 같지 않아요. 그랬다면 이야기를 했을 겁니다."

문득 나는 케이트의 말을 메리에게 직접 언급한 것이 처음이라는 사실을 깨달았다. 나는 속으로 다시는 이러지 말라고 다짐했다.

메리는 눈썹을 치켜 올렸다.

"케이트가 어떤 사람과 살았는지 상상할 수 있어요. 나도 상상해 봤죠. 여러 번."

"케이트는 로버트와 같이 살았습니다."

"네, 맞아요."

밝은 빛이 구름 뒤로 사라졌다. 그녀는 와인 잔을 만지작거렸다.

"내일 그림을 보여 드리죠."

나는 그녀의 기분을 북돋아 주려고 덧붙였다. 그녀는 미소 지었다.

"보여 줘요? 메트로폴리탄이 어디 있는지 제가 모를 것 같아요?"

429
◆

"물론이죠."

잠시 그녀가 쉽게 기분이 상할 정도로 아직 젊은 나이라는 것을 잊고 있었다.

"같이 가서 보자는 뜻입니다."

"그렇게 하죠. 그러려고 온 거니까요."

"이유는 그것뿐입니까?"

나는 즉각 후회했다. 추파 비슷한 것을 던지려던 것이 아니었다. 아버지와 나눈 대화가 문득 떠올랐다. 최근 남자에게 버림받은 여자는 복잡할 수 있잖습니까. 복잡할 뿐 아니라 독립적이고 독특하고 아름다운 여자겠지. 그럼요.

"전 그가 혼자 프랑스로 갔던 게 초상화 때문이었다고 생각했어요. 그림이 거기 있어서 다시 보러 간 거라고."

나는 침착한 표정을 유지했다.

"그가 프랑스로 갔습니까? 당신과 살 때?"

"네. 나한테 말도 안 하고 훌쩍 비행기를 타고 외국으로 갔어요. 왜 여행을 비밀로 했는지 말해 준 적도 없고요."

그녀의 표정은 굳어 있었다. 그녀는 두 손으로 머리카락을 쓸어 올렸다.

"집세나 식비를 도울 만한 돈도 없어 보이는 사람이 혼자 여행에 돈을 써서 화가 난다고 그에게 말했지만, 정말 화가 났던 건 그걸 내게 비밀로 했다는 거였어요. 그가 나를 케이트와 같이 취급하고 있다는 걸 깨달았으니까요. 내게 같이 가자고 말할 생각조차 나지 않은 것 같았어요. 둘 다 그림 때문에 그런 척했지만, 그때 가장 크게 싸웠죠. 여행에서 돌아온 뒤 며칠 있다가 그는 집을 나갔어요."

메리의 눈에 눈물이 고였다. 내 소파에서 울던 밤 이후로 처음 보는 눈물이었다. 그 순간 내가 로버트의 병실 밖에 있었다면, 들어가서 안락의자에 앉는 대신 주먹으로 얼굴을 쳤을 것 같았다. 그녀는 눈물을 닦았다. 둘 다 몇 분 동안 숨을 쉬지 않은 것 같은 기분이었다.

"메리, 물어볼 게 있는데, 당신이 먼저 나가라고 했습니까? 아니면 그가 나갔나요?"

"제가 나가라고 했어요. 그러지 않으면 자기 발로 나가 버릴 것 같아서, 그러면 남아 있는 제 자존심까지 완전히 잃어버릴 것 같아서."

나는 한참 기다렸다가 다시 물었다.

"로버트가 그 그림을 공격했을 때 오래된 편지 묶음을 가지고 있었다는 거 아십니까? 베아트리스 드 클레르발과 초상화를 그린 올리비에 비뇨가 주고 받은 편지 말입니다."

그녀는 잠시 얼어붙은 듯 앉아 있다가 고개를 끄덕였다.

"그 편지도 올리비에 비뇨가 보낸 건 줄은 몰랐어요."

"편지를 봤습니까?"

"네, 약간. 그 이야기는 다음에 할게요."

더 물어볼 수가 없었다. 그녀는 내 눈을 똑바로 쳐다보고 있었다. 증오가 없는, 깨끗한 얼굴이었다. 내 앞에 적나라한 알몸으로 놓여 있는 이것이야말로 어쩌면 로버트에 대한 사랑이 그녀에게 의미하는 것일지도 모른다는 생각이 들었다. 미술관 캔버스의 물감을 비스듬히 응시하고, 덩치 좋은 남자처럼 먹고. 요정처럼 머리카락을 넘기는 이 여인보다 매력적인 여자는 본 적이 없었다. 유일한 예외가 있다면 아마 오래된 편지와 초상화를 통해서만 알게 된 저 여인일 것이다. 올리비에 비뇨의 여자이자 로버트 올리버의 여자였던 사람. 하지만 로버트가 죽은 사람과 사랑에 빠져 있는 와중에도 살아 있는 다른 여자를 사랑하게 된 이유는 충분히 이해할 수 있었다.

그녀에게 유감스러운 마음을 전하고 싶었지만, 손윗사람 같은 말투로 들릴까 봐 뭐라 말할 수가 없었다. 나는 대신 그냥 앉아 최대한 부드러운 눈빛으로 그녀를 바라보았다. 그녀가 커피를 마시고 재킷 주머니를 뒤지는 모습으로 보아 식사가 끝났다는 것도 알 수 있었다. 그러나 오늘 저녁 풀어야 할 마지막 문제가 남아 있었다. 나는 적절한 표현을 고심했다.

"프런트에 확인해 봤는데, 빈 객실이 있답니다. 제가 기꺼이⋯."

"아니, 아니에요."

그녀는 접시 밑에 지폐 두 장을 놓으며 이미 의자에서 일어서고 있었다.

"28번가에 친구가 사는데 기다리고 있을 거예요. 아까 전화했거든요. 내일 아침 9시에 올게요."

"네, 그렇게 하십시오. 커피를 마시고 북쪽으로 올라가죠."

"그러면 되겠네요. 이거 가져가세요."

그녀는 가방 안에 손을 집어넣더니 두꺼운 봉투를 꺼냈다. 종이 외에도 책이 들어 있는지 이번에는 딱딱하고 두툼했다.

그녀는 이미 매무새를 바로잡고 있었고, 나는 서둘러 일어섰다. 이 젊은 여인은 도무지 따라가기가 힘들었다. 이렇게 우아하지만 않다면, 이렇게 약간 미소 짓고 있지만 않다면, 아마 까칠한 여자라고 생각했을 것이다. 놀랍게도 그녀는 한 손을 내 팔에 얹고 중심을 잡으며 내 뺨에 키스했다. 내 키와 거의 비슷했다. 입술은 따뜻하고 부드러웠다.

객실에 올라왔을 때는 아직 이른 시각이었다. 저녁 시간이 남아 있었다. 나는 뉴욕에 사는 오랜 친구에게 연락을 해 볼까 생각해 보았다. 1년에 두어 번 서로 전화를 걸기 때문에 연락이 끊기지 않은 고등학교 친구 앨런 글릭맨이었다. 날카로운 유머 감각이 좋은 친구이지만, 미리 전화를 걸지 않았으니 이미 바쁠지도 모른다. 게다가 메리의 봉투가 침대 가장자리에 놓여 있었다. 몇 시간이나마 봉투를 혼자 두고 나간다는 것은 사람을 버려 두는 것과 같을 것이다.

　나는 앉아서 봉투를 열고 타자로 친 종이 더미와 컬러 도판으로 가득 찬 얇은 페이퍼백을 꺼냈다. 나는 메리의 원고를 들고 침대에 누웠다. 문이 잠겨 있고 커튼도 내려져 있었지만, 방 안은 어떤 존재로, 내 곁을 지나칠 수도 있었던 갈망으로 가득 차 있었다.

61

메리

프랭크는 아침 식사 시간에 내게 다가왔다.

"준비됐나요?"

그는 콘플레이크 두 접시, 달걀과 베이컨 한 접시, 오렌지 주스 세 컵이 놓인 쟁반을 들고 있었다. 아침은 직접 타다 먹는 방식이었다. 민주적이다. 나는 햇빛이 잘 드는 구석에 자리 잡고 커피를 두 잔째 마시며 달걀 프라이를 먹고 있었다. 로버트 올리버는 보이지 않았다. 어쩌면 아침을 안 먹는지도 모른다.

"무슨 준비요?"

"첫날 준비요."

그는 합석해도 좋은지 묻지도 않고 쟁반을 내려놓았다.

"마음대로 하세요. 나도 마침 이 아름답고 외로운 장소에서 말 동무를 찾던 참이니까."

그는 내 까칠한 태도가 마음에 드는지 미소 지었다. 왜 빈정거리면 물러갈 거라고 생각했을까? 그는 앞머리를 몇 가닥 비죽하게 세우고 있었고, 낡은 청바지와 스웨트셔츠, 닳은 농구화, 빨간색과 파란색 구슬 목걸이 차림이었다. 그는 날렵한 허리를 굽히고 콘플레이크 위로 어깨를 움츠렸다. 미숙한 자신만의 방식으로 그는 완벽했고, 스스로 그 사실을 알고 있었다. 나는 예순다섯살이 되어 수척해지고 힘줄이 잔뜩 불거진, 발가락에 관절염이 생기고 아마 어딘가 있을 문신도 쭈글쭈글해진 그의 모습을 상상해 보았다.

"첫날은 길 겁니다. 그래서 준비됐냐고 물어봤어요. 올리버는 몇 시간이고 작업을 시킨다는군요. 아주 치열해요."

나는 커피를 다시 음미하려고 애썼다.

"이건 풋볼 연습이 아니라 풍경화 수업이잖아요."

"아, 글쎄요."

프랭크는 음식을 열심히 먹으며 말했다.

"그 사람에 대해 이야기를 들었는데, 절대 그만두는 법이 없답니다. 초상화가로 명성을 얻었지만, 요즘은 풍경에 몰두하고 있대요. 하루 종일 짐승처럼 야외에 있답니다."

"모네처럼이겠죠."

나는 이렇게 말하고 즉시 후회했다. 프랭크는 내가 코라도 팠다는 듯 외면하고 있었다.

"모네?"

나는 음식을 입에 가득 문 그의 말투에서 경멸과 당혹감을 읽었다. 우리는 그다지 화기애애하지 않은 침묵 속에서 달걀을 마저 먹었다.

로버트 올리버가 첫 풍경 연습으로 선택한 산비탈은 바다와 돌섬이 환히 내려다보이는 곳이었다. 주립공원에 속하는 지역이라, 그가 이 놀라운 풍광을 어떻게 알고 오게 되었는지 궁금했다. 로버트는 이젤 다리를 땅에 박았다. 다들 그림 도구를 들거나 잔디 위에 놓은 채 주위에 모였고, 그는 스케치를 해 보이며 우선 대상이 무엇인지 생각하지 말고 순수한 형태에 집중하는 법을 보여 준 뒤 다음으로 색채에 대해 토론했다. 그는 주위가 온통 밝고 차가운 빛으로 가득 차 있으니 땅은 회색을 띠는 것이 좋겠지만, 나무 둥치나 풀밭, 심지어 물은 따뜻한 갈색이 좋을 거라고 했다.

그날 아침 교실에서 진행된 수업은 아주 간단했다. "여러분 모두 기량이 뛰어난 화가들이니 말을 많이 할 필요는 없을 것 같군요. 바로 현장으로 나가서 작업을 시작합시다. 그림을 그린 뒤에 검토하면서 구도를 나중에 논의하도록 하지요." 그 말을 마치고 곧장 야외로 나가게 된 것이 반가웠다. 우리는 여기까지 차를 타고 와서 장비를 들고 주차장에서 숲을 지나 걸어 올라왔다. 주최측에서는 샌드위치와 사과를 준비해 주었다. 나중에 비가 오지 않기만을 바랄 뿐이었다.

직접 그려 보인 그림 앞에 서 있는 로버트 올리버를 바라보고 있으니, 이제 그에 대한 많은 것이 다시 기억났다. 형태에 대한 열정적인 강조, 풍경의 형태를 제대로 포착할 때까지 다른 것은 모두 무시하라고 말하던 확신에 가득 찬 깊은 목소리, 몇 분마다 뒤꿈치에 체중을 싣고 뒤로 물러서서 작업 중인 그림을 바라보다가 다시 허리를 굽히던 모습. 로버트는 한 사람도 빼놓지 않고 모든 사람과 이야기를 나누고 있었다. 교실이든 식당이든 부스스하고 편안한 태도로 사람들을 대하는 친절함도 여전했고, 우리 모두 같은 식탁에서 식사를 했다. 거부할 수 없는 매력이었다. 학생들은 그에게 곧장 빨려 들어가서 신뢰하는 눈빛으로 그의 캔버스를 둘러싸고 있었다. 그는 손가락으로 경치를 가리키고 그 풍경이 캔버스 위에 구성할 형태에 주목한 뒤, 선택한 풍경의 형태를 간략하게 스케치하고 색깔을 입혔다. 암갈색, 짙은 갈색이 많았다.

산기슭에는 여섯 사람이 이젤을 세우고 편안하게 작업할 만한 평평한 장소가 충분했다. 우리는 한동안 좋은 경치를 찾아 헤매 다

넜다. 잘못 고르기도 힘들었다. 180도로 웅장하게 펼쳐진 풍광 속에서 어디를 선택해야 할지 고르는 것이 힘들었다. 나는 해변까지 전나무 숲이 길게 펼쳐져 있고 오른쪽 끝에 육중한 데로시 섬이, 왼쪽으로 평평한 수평선이 하늘과 만나는 풍경을 선택했다. 균형이 잘 잡힌 구도는 아니었다. 나는 캔버스에 흥미를 더하기 위해 왼쪽 끝으로 해변의 상록수가 조금 들어오도록 이젤을 몇 도 돌렸다.

내가 장소를 정하자, 프랭크도 마치 내가 그가 옆에 있어 주는 것을 영광으로 알고 초대하기라도 했다는 듯 근처에 열심히 이젤을 놓았다. 다른 학생들은 유쾌해 보였다. 나와 나이가 비슷하거나 조금 더 많았고 대부분 여자였기 때문에, 프랭크는 조숙한 어린애처럼 보였다. 나는 밴을 타고 오면서 산타페의 학회에서 이미 만나 알고 있었다는 여자 두 사람과 화기애애하게 이야기를 나누었다. 그 둘은 아래쪽 비탈에 이젤을 세우고 팔레트에 대해 서로 상의하고 있었다. 작년에 윌리엄스 대학에서 전시회를 열었다고 프랭크가 소곤거렸던 수줍음 많고 나이가 꽤 많은 남자도 있었다. 그는 우리 근처에 자리를 잡고 연필보다 물감으로 스케치를 하기 시작했다.

437

프랭크는 이젤 다리를 내 근처에 박았을 뿐만 아니라 방향도 비슷하게 잡았다. 아주 유사한 풍경을 그리기 때문에 실력이 곧바로 비교될 거라는 사실에 짜증이 났다. 그래도 즉각 작업에 몰두해서 방해가 되지는 않을 것이다. 그는 이미 팔레트를 열고 기본 색 몇 가지를 섞고 있었고, 멀리 둔중한 섬의 윤곽과 전면의 해안선을 흑연으로 스케치하고 있었다. 그는 빠르고 자신감이 있었고, 셔츠 아래에서 날씬한 등이 우아하고 리듬감 있게 움직이고 있었다.

나는 시선을 돌리고 팔레트를 준비하기 시작했다. 녹색, 암갈색, 회색이 섞인 부드러운 파랑색, 죽 짜 놓은 흰색과 검정. 워크숍 전에 붓 두 자루를 교체할걸 하는 생각이 들었다. 아주 좋은 붓이었지만, 너무 오래 써서 털이 몇 가닥 빠져 있었다. 학생들을 가르쳐서

버는 돈으로는 집세와 식비를 내고 나면 비싼 미술용품 비용에는 큰 도움이 되지 않았고, 워싱턴은 생활비도 비쌌다. 내가 아파트를 구한 동네는 어머니가 절대 탐탁하게 생각하지 않을 만한 곳이었지만, 다행히 한 번도 어머니가 찾아온 적은 없었다. 진로 문제로 어머니를 실망시킨 뒤로, 돈을 부탁하는 것은 꿈도 꾸어 본 적이 없었다("하지만 미술 학위를 가진 사람들도 요즘은 많이들 변호사가 되지 않니? 넌 항상 말재주가 좋았잖아."). 나는 매일 거듭하는 맹세를 되풀이했다. 포트폴리오를 충분히 쌓고, 전시회에도 많이 참가하고, 훌륭한 추천서도 확보해서 언젠가 진짜 교수에 도전하리라. 프랭크가 나를 보고 있지 않는 틈을 타, 나는 그를 노려보았다. 이 워크숍에서 잘하면, 혹시 로버트 올리버가 나를 도와줄지도 모른다. 몰래 주위를 둘러보았더니, 로버트도 자기 작업에 몰두하고 있었다. 내가 있는 자리에서는 그의 캔버스가 보이지 않았지만, 크기는 아주 컸다. 그는 그 캔버스를 긴 붓질로 채우고 있었다.

물 색깔은 매시간 변화해서 포착하기가 힘들었고, 데로시 섬 꼭대기도 까다로웠다. 내가 그린 섬은 희끄무레한 바윗덩어리라기보다는 커스터드나 생크림처럼 너무 부드러웠고, 해안 쪽의 마을은 잘 봐 줘도 그냥 얼룩 같았다. 로버트는 아래쪽에서 오랫동안 그림을 그렸다. 그가 올라와서 우리의 작업을 볼까 봐 두려웠다.

마침내 점심시간이 되자 로버트는 커다란 손바닥을 바깥으로 뒤집어서 팔을 죽 뻗으며 스트레칭을 했고, 우리도 모두 그 비슷하게 고개를 들고 붓을 놓으며 팔을 들었다. 빨리 먹어야 할 것 같았다. 로버트가 더 아래쪽으로 내려가서 햇빛이 내리쬐는 지점에 앉아 커다란 천가방에서 점심을 꺼내자, 다들 샌드위치를 들고 그의 옆에 모였다. 그는 내게 미소 지었다. 혹시 아까도 내가 어디 있는지 둘러보았을까? 프랭크는 친절한 여자 둘에게 서배너에서 최근 열었던 개인전의 성공에 대해 이야기하기 시작했고, 로버트는 몸을 기울여 내 풍경화가 어떻게 되어 가고 있는지 물었다.

"형편없어요."

무엇 때문인지 그는 씩 웃었다. 용기가 났다.

"혹시 '물 위에 뜬 섬'이라는 디저트 먹어 본 적 있어요?"

그는 웃더니 나중에 가서 봐 주겠다고 약속했다.

62

메리

점심 식사가 끝난 뒤, 로버트는 우리를 떠나 숲 속으로 사라졌
다. 소변을 보러 간 것 같았다. 나도 남자 셋이 다시 안전하게 작업
을 시작한 것을 확인하자마자 그 문제를 해결했다. 주머니에 휴지
조각이 있었고, 휴지는 뒷처리가 끝난 뒤에 축축한 낙엽과 이끼 긴
나뭇가지 아래 묻었다. 점심을 먹은 뒤 우리는 빛의 변화를 반영한
새 캔버스를 시작했고 몇 시간 더 그렸다. 나는 로버트가 요즘 자연
에 몰두하고 있다는 프랭크의 말이 정확했다는 것을 깨닫기 시작했
다. 그는 다른 학생들의 작업을 전혀 보러 오지 않았다. 마음이 놓이
기도 하고 약간 실망스럽기도 했다. 다리와 등이 쑤셨고, 물과 전나
무의 질감보다 저녁 식사가 눈앞에 어른거리기 시작했다.

마침내 거의 4시가 다 되어서 로버트는 천천히 학생들 사이를
돌아다니며 제안을 하고 문제를 들은 뒤, 우리를 불러 놓고 이 풍경
속에서 오전과 오후의 빛이 어떻게 다른지 묻고 절벽을 그리는 것
도 눈꺼풀을 그리는 것과 다를 게 없다, 대상이 무엇이든 빛이 그 형
태를 드러낸다는 사실을 기억하라고 말했다. 그는 마침내 내 이젤

옆에 서서 팔짱을 낀 채 캔버스를 관찰했다.

"아주 좋아. 여기, 섬 이쪽 편에 그림자를 만들면 어떨까?"

나는 고개를 저었다. 그는 붓을 빌렸다.

"대비 효과가 필요할 때는 두려워하지 말고 그림자를 더 어둡게 해."

그는 중얼거렸다. 나는 내 섬이 그의 손아래에서 현실감 있는 지형으로 부풀어 오르는 과정을 지켜보았다. 그가 내 작업에 손을 대는데도 불만이 느껴지지 않았다.

"자. 내가 더 망가뜨리면 안 되겠군. 자네가 이어서 해 봐."

그는 큰 손가락으로 내 팔을 건드리더니 자리를 떠났다. 나는 해가 지기 시작해서 시야가 잘 보이지 않을 때까지 작업에 깊이 몰두했다.

"배고파요."

프랭크는 내 쪽으로 허리를 굽히며 말했다.

"저 사람 정말 미치광이 같군. 배 안 고파요? 나무 좋군요."

그는 덧붙였다.

"나무 좋아하나봐요?"

그의 말을 해석하려고 해 보았지만 이해가 되지 않았고 "뭐요?"라는 말 한 마디도 나오지 않았다. 몸이 완전히 굳어 있었고, 스웨트셔츠와 바닷바람이 점점 쌀쌀해지면서 목에 감았던 스카프 밑에 냉기가 가득 차 있었다. 거의 매일 틈틈이 시간을 내서 작업해 왔지만 이렇게 열심히 그린 것은 아주, 아주 오랜만이었다. 그림자에 집중하고 전체적으로 흰 점을 추가해서 화면을 밝게 해야 한다고 생각하니 로버트에게 물어볼 것이 하나 더 생겼다. 기다렸다가 내일 빛 상태가 작업을 시작할 때와 비슷해지면 추가할까, 그냥 지금 할까? 기억나는 대로.

나는 붓을 씻고 팔레트를 긁어내고 있는 로버트의 이젤 쪽으로 내려갔다. 그는 몇 초마다 손을 멈추고 캔버스와 풍경을 번갈아 바라보고 있었다. 그가 한동안 가르치는 일을 잊고 있었다는 생각이 들자 갑자기 동지애가 밀려왔다. 그 역시 의식하지 못할 정도로 붓과 손, 손가락, 손목의 움직임에 몰두하고 있었던 것이다. 나는 그의 작품 앞에 섰다. 기본적인 형태의 파악과 배치, 색채의 추가, 사물에 닿는 빛, 나무, 물, 바위, 저 아래 좁은 해변, 그 모든 것이 수월해 보였다. 표면은 아직 완성되지 않았다. 그도 우리와 마찬가지로 시간이 있다면 하루 더 오후 내내 이 캔버스 작업을 계속해야 할 것이다. 나중에 형태는 좀 더 확장될 것이다. 여기저기 나뭇가지, 잎, 파도 묘사가 세부적으로 더해질 것이다.

하지만 한 부분만은 아름답게 완성되어 있었다. 이건 왜 다른 부분보다 먼저 끝냈을까? 바다로 뻗어 있는 바위투성이 해변과 희뿌연 바위, 부드러운 색감의 바위와 불그스레한 해초였다. 우리는 해변 위쪽에 있었고, 로버트는 아래를 비스듬히 내려다보는 각도를 절묘하게 포착했다. 두 사람이 손을 잡고 해변을 따라 걷다가 키가 작은 쪽이 물웅덩이에서 뭔가 집으려는 듯 허리를 굽히고 있었고 키가 큰 사람은 바로 서 있었다. 두 사람의 모습은 너무나 선명하고 가까워서 바람에 날리는 여자의 긴 치맛자락, 파란 리본에 매달린 아이의 보닛까지 다 보였다. 오후 내내 위쪽 언덕에서 열리는 그림 수업 말고는 주위에 사람 하나 없는 곳에서 호젓하게 산책을 즐기는 모습이었다. 나는 그들을 응시하다 로버트를 바라보았다. 그는 발톱에 매니큐어라도 바르듯 여인의 작은 신발에 붓질을 하더니 흑담비 붓을 다시 닦았다. 내가 무슨 질문을 하러 왔는지 잊어버렸다. 빛의 변화에 대한 질문이었는데.

그는 내가 거기 있는 줄 알고 있었다는 듯, 심지어 내가 누구인지 알고 있다는 듯 미소 띤 얼굴로 나를 돌아보았다.

"오후는 좋았나?"

"아주 좋았어요."

그의 느긋한 태도를 보니 우리 앞에 펼쳐진 여름 풍경 속에 왜 가상의 두 인물을 집어넣었는지 묻는 것은 어리석은 질문 같았다. 그는 19세기 회화의 재해석으로 유명한 사람이고, 로버트 올리버라면 풍경 수업 도중에 원하는 것은 무엇이든 집어넣을 권리가 있다. 누가 대신 물어 주었으면 하는 마음이었다.

문득 다른 소원이 생겼다. 언젠가 그에게 뭐든지 물어볼 수 있을 정도로 잘 아는 사이가 되고 싶다는 소원이었다. 그는 대학 시절부터 기억에 남아 있는 친절하지만 무심한 눈빛으로 나를 바라보았다. 수수께끼 같은, 암호 같은 얼굴. 셔츠 깃이 벌어진 가슴에 희끗해지고 있는 짙은 색의 털이 보였다. 손을 뻗어 그 털을 만져 보고 싶었다. 나이 들어 뻣뻣해졌는지 부드러워졌는지 확인해 보고 싶었다. 어느 쪽일까? 소매는 거의 팔꿈치까지 걷어 올린 채였다. 그는 이제 낯익은 자세로 우뚝 서서 팔짱을 낀 채 두 손으로 팔꿈치를 감싸고 비스듬한 경사면을 내려다보고 있었다.

"끝내주는 경치야."

다정한 말투.

"슬슬 저녁이니 정리를 해야겠지."

정말 끝내주는 경치지만, 긴 치마를 입고 해변을 걷는 사람은 없잖아요. 나는 말하고 싶었다. 이렇게 텅 빈 해변도 또 없을 텐데. 사람이 없는 풍경, 그게 원래 풍경화 연습 아닌가요?

63

1879

3월 말, 금발머리 하녀 그림이 마리 리비에르라는 이름으로 살롱에 초청되었다. 올리비에가 직접 그 소식을 전하러 찾아왔다. 그와 이브, 아버지는 저녁 식탁에서 가장 좋은 잔으로 축배를 들고, 그녀는 입술에 떠오르는 미소를 억누른다. 최대한 올리비에를 쳐다보지 않으려고 노력한다. 사랑하는 이 사람들이 한 식탁에 둘러앉아 있는 풍경에는 이미 익숙해지고 있다. 그날 밤은 행복감으로 가슴이 벅차 잠들 수가 없다. 그림 자체로 인한 흥분까지 앗아갈 정도로 복잡한 즐거움이다. 올리비에는 다음 편지에서 그것이 자연스러운 반응이라고 말한다. 들뜨기도 하겠지만 벌거벗은 기분이기도 할 것이다, 여느 화가들처럼 그냥 계속 그림을 그리라고 한다.

그녀는 새 캔버스를 시작한다. 이번에는 불로뉴 숲의 백조 그림이다. 이브가 그녀 혼자 산책하거나 그림을 그리지 않도록 토요일마다 시간을 내서 동행해 준다. 때로 올리비에가 대신 따라와서 물감 섞는 것을 도와주기도 하고, 한 번은 물가 벤치에 앉은 그녀의 모습을 목 밑의 레이스부터 보닛 꼭대기까지 그린다. 그는 모자를 뒤로 비스듬히 기울여 써서 커다랗게 뜬 눈동자가 보이는 이 초상화가 자기 인생 최고의 초상이라고 말한다. 그는 뒷면에 인쇄체로 '베아트리스 드 클레르발의 초상, 1879'라고 쓰고 구석에 서명한다.

올리비에가 집에 없는 어느 날 밤, 질베르와 아르망 토마가 저녁에 다시 찾아온다. 형인 질베르는 계산적인 태도를 지닌 잘생긴 남자였고 거실에서 말동무하기 좋은 상대다. 아르망은 말수가 적고 질베르처럼 우아한 옷차림이었지만, 어딘가 무기력한 데가 있다. 아르망은 질베르의 강렬함을 돋보이게 해 주고 질베르는 아르망의 침묵을 지루하다기보다는 세련되어 보이게 해 주기 때문에, 서로 잘 보완해 주는 형제. 질베르는 요즘 전시되고 있는 살롱의 출품작들에 특별히 접근할 수 있는 경로가 있다. 다른 손님들이 떠나고 응접실에 네 명이 남았을 때, 그는 올리비에 비뇨가 출품한 나무 밑의 젊은이 그림과 그가 무명 화가 리비에르 양, 혹은 부인 대신 접수한 수수께끼 같은 작품을 보았다고 말한다. 묘하게도 그 그림에서 뭔가 연상되는 것이 있다, 비뇨가 마담 리비에르의 정체를 밝히지 않아서 답답했다는 것이다. 분명 본명이 아닐 것이다.

질베르는 이브를 향해서 말하다가 베아트리스를 돌아보았다. 그는 크고 잘생긴 머리를 한쪽으로 기울이고 혹시 그 화가를 아느냐고 묻는다. 아마 젊고 자신감이 없는 사람일 텐데. 무명의 여인이 살롱에 작품을 출품하다니 얼마나 용감하냐! 이브는 고개를 젓고, 베아트리스는 시선을 피한다. 이브는 뭔가를 숨기는 데 재주가 없는 사람이다. 질베르는 모른다니 유감이다, 비뇨 씨는 너무 비밀스럽다고 덧붙인다. 전부터 올리비에 비뇨에게는 뭔가 숨기는 것이 있다는 생각이 든다, 그는 사연이 많은 사람이다. 물론 화가로서. 방은 여느 때처럼 쾌적하다. 새로운 색으로 갈아 놓은 가구 덮개, 아버지의 커다란 벽난로, 난로와 섬세한 양초에서 흘러나오는 불빛이 방 건너편 금빛 액자에 걸린 베아트리스의 정원 그림을 비추고 있다. 질베르의 말투는 신중하고, 태도는 예의 바르고 품위 있다. 그는 그림과 그녀를 번갈아 바라보며 티끌 하나 없는 소맷자락을 반듯하게 편다. 올리비에에게 작품을 출품해도 좋다는 허락을 한 이래 처음으로 경계심이 인다. 하지만 작품도 이미 선정되었겠다, 질베르 토마가 그녀의 정체를 안다고 해서 나쁠 일이 뭐가 있겠는가?

그가 좀 더 깊이 캐물으려 드는 것 같아서 마음이 정말 불편해진다. 어쩌면 계속 가명으로 그림을 그릴 생각이라면 자신이 작품을 대신 팔아줄 수 있다는 우아한 암시이자 칭찬일 수도 있다. 계속 가명을 쓸 생각은 있을 수도 있지만, 그에게 무슨 뜻인지 물어볼 마음은 없다. 올리비에가 바로 이 벽난로 옆에서 보낸 최초의 저녁에 친절과 이상주의를 느낄 수 있었듯이, 질베르 토마라는 사람의 속에서는 뭔가 단단한 것이 제자리를 잡지 못하고 멋대로 움직이고 있다는 느낌이 전해져 온다. 그가 이만 가 주었으면 좋겠다는 생각이 들지만, 스스로도 그 이유는 알 수 없다. 이브는 그를 영리한 사람이라고 생각한다. 그는 급진적인 드가의 사랑스러운 그림 한 점을 질베르에게서 샀다. 엉덩이에 손을 얹은 채 바 연습을 하고 있는 동료 무용수들를 바라보는 어린 무용수 그림이다. 베아트리스가 그 그림으로 화제를 돌리자, 질베르는 열심히 대답한다. 아르망이 드가는 위대한 화가가 될 것이라고 확신하며 이미 투자를 많이 했다고 덧붙인다.

그들이 떠날 때가 되자 마음이 놓였다. 질베르는 그녀의 손에 힘주어 키스한 뒤 이브를 향해 백부에게 안부를 전해 달라고 부탁한다.

64
메리

로버트 올리버와 내가 그때부터 품위 있는 우정을 나누었다고 이야기할 수 있다면 얼마나 좋을까. 그는 내게 스승이자 현명한 조언자, 내 그림의 적극적인 후원자가 되어 주었다고, 그는 화가로서의 내 경력을 밀어 주고 나는 그의 경력을 존경했다고, 그렇게 순수한 우정을 나누다가 그가 여든셋에 세상을 떠나면서 유언으로 내게 자기 작품 두 점을 남겼다고 말할 수 있다면. 하지만 그렇게 되지 않았다. 로버트는 아직 살아 있고, 우리의 기묘한 사연은 이미 지나간 과거 이야기가 되었다. 그가 지금 그 과거를 얼마나 기억하고 있는지는 알 수 없다. 추측하자면 전부 다 기억하지도, 전부 다 잊지도 않았을 것이다. 약간. 아마 나의 일부, 같이 지낸 세월의 일부만 기억할 뿐, 나머지는 홍수를 만난 흙처럼 쓸려 내려갔을 것이다. 그가 모두 다 기억했다면, 내가 그랬듯 그 모든 것을 송두리째 흡수했다면, 지금 나는 그를 치료하는 정신과 의사와 이야기를 나누고 있지도 않을 것이고 어쩌면 그는 정신이상이 되지도 않았을 것이다. 정신이상, 이게 올바른 표현일까? 타인과 다르다는 측면에서 그는 예

447

전에도 정신이 이상한 사람이었고, 내가 그를 사랑한 것은 그 때문이었다.

첫 풍경화 실습이 끝난 저녁, 나는 식사 시간에 로버트의 옆에 앉았고 셔츠 단추를 풀어헤친 프랭크도 물론 내 옆에 앉았다. 그에게 단추 잠그고 정신 차리라고 말하고 싶었다. 로버트는 반대쪽 옆에 앉은 금속공예의 대모인 70대 여강사와 주로 이야기를 나누었지만, 이따금 주위를 둘러보고 내게 미소를 보내기도 했다. 주로 무심한 미소였지만 한 번은 너무나 직접적인 웃음이라 깜짝 놀랐는데, 알고 보니 프랭크에게도 똑같은 미소를 보내고 있었다. 프랭크의 물과 수평선 처리가 내 그림보다 더 마음에 든 모양이었다. 프랭크가 로버트 앞에서 그림으로 나를 눌러 주고 싶다면, 그건 큰 착각이지. 나는 프랭크가 로버트의 주의를 끌기 위해서 나를 건너뛰어 열심히 주절거리는 소리를 들으며 스스로에게 다짐했다. 프랭크가 기술적인 질문을 하는 척하며 길게 자기 자랑을 늘어놓고 나자, 로버트가 다시 나를 돌아보았다. 나는 그의 턱 밑에 있었다. 그는 내 어깨를 건드렸다.

"자넨 아주 조용하군."

그는 미소 지으며 말했다.

"프랭크가 아주 시끄럽네요."

나는 나직하게 말했다. 좀 더 크게 말해서 프랭크에게도 들리게 할 생각이었지만, 목소리는 로버트 올리버의 귀에만 들리도록 하려던 것처럼 나직하게 흘러나왔다. 그는 나를 내려다보았다. 말했듯이, 로버트는 거의 모든 사람을 내려다보는 입장이다. 진부한 표현은 유감이지만, 우리의 눈이 마주쳤다. 오랫동안 단절되기는 했지만 알고 지내게 된 뒤로 눈길이 이렇게 마주치는 것은 처음이었다.

"이제 막 화가로 출발하는 친구라서 그렇지."

이 말에 기분이 나아졌다.

"그간 어떻게 지냈는지 말해 봐. 미술 학교에 들어갔나?"

"네."

그가 내 말을 들을 수 있도록 몸을 아주 가까이 기울여야 했다. 귓구멍에 부드러운 검은 털이 보였다.

"안됐군."

그는 부드럽지만 커다란 목소리로 대답했다.

"그렇게 끔찍하지는 않았어요. 사실 은근히 즐겼어요."

그가 돌아앉았기 때문에 얼굴을 다시 똑바로 볼 수 있었다. 그를 이렇게 보는 것은 위험하다는 기분이 들었다. 그는 한 인간으로 불가능할 정도로 선명했다. 그는 웃었고, 커다랗고 강해 보이는 이는 누런색이었다. 중년의 특징이다. 그가 매사에 무심해 보이는 것도, 심지어 이가 누렇다는 것도 좋았다. 프랭크라면 서른도 되기 전에 한 달에 두 번씩 미백을 할 것이다. 세상에 로버트 올리버 같은 사람만 가득하다면 좋겠지만, 세상에는 프랭크 같은 사람만 잔뜩 있다.

"나도 사실 즐거울 때도 있었어. 학교 덕분에 분노할 대상이 생겼으니까."

나는 어깨를 으쓱했다.

"미술이 왜 사람을 분노하게 해야 하나요? 전 다른 사람이 무슨 일을 하든 신경쓰지 않아요."

나는 그의 무심함을 흉내내고 있었지만, 그에게는 그게 특이하게 보인 모양이었다. 그는 미간에 주름을 잡았다.

"그 말이 맞을 수도 있겠지. 어쨌든 자네도 그 단계는 극복했지?"

질문이 아니라 공통된 경험을 나누는 말투였다.

"네."

나는 다시 대담하게 그의 눈을 똑바로 쳐다보았다. 한두 번 하다 보니 어렵지 않았다.

"젊은 나이에 극복했군."

그는 진지하게 말했다.

"전 젊지 않아요."

공격적으로 말하려던 것은 아니었지만, 그는 더 주의 깊게 나를 응시했다. 그의 눈빛이 내 목을 타고 내려가 가슴 위를 스쳤다. 자동적이고 육욕적인, 남성의 여성성에 대한 인지. 그런 눈빛을 들키지 않았다면 좋았을 텐데. 그 시선은 비인격적이었다. 그의 아내가 궁금해졌다. 바넷 대학 때와 마찬가지로 굵은 금반지를 끼고 있는 것을 보니, 아직 결혼 생활을 계속하고 있는 모양이었다. 하지만 다시 입을 여는 그의 얼굴은 부드러웠다.

"자네 작품에는 이해가 많이 보여."

그리고 그는 다른 사람들의 대화에 이끌려 다시 다른 곳을 보더니 식탁에 앉은 사람들 전부를 향해 말하기 시작했다. 그래서 그가 말한 이해가 무엇을 가리키는지 적어도 그때는 알아낼 수 없었다. 나는 음식에 집중했다. 시끄러운 소음 때문에 어차피 잘 들리지도 않았다. 이렇게 한동안 이야기를 하더니 그는 다시 나를 돌아보았고, 우리 사이에는 다시 그 고요한 침묵과 기다림이 흘렀다.

"지금은 뭘 하고 있지?"

나는 사실대로 말하기로 했다.

"음, 워싱턴에서 따분한 일 두 가지를 하고 있어요. 석 달마다 나이 드신 어머니를 만나러 필라델피아로 가고요. 밤에는 그림을 그려요."

"밤에 그림을 그린다. 전시회는 열었나?"

나는 천천히 말했다.

"개인전도, 단체전도 한 번도 못했어요. 기회를 만들 수도 있었는데, 교내 전시회 같은 거 말이에요. 가르치는 일이 너무 바빠서 생각할 수가 없어요. 아직 준비가 안 된 것 같다는 기분도 들고. 그냥 시간이 날 때마다 계속 그리고 있어요."

"전시회를 열어야 해. 자네 같은 작품이면 방법이 있을 거야."

'자네 같은'이라는 말이 무슨 뜻인지 길게 설명해 주었으면 했지만, 내 풍경화에 '이해'가 담겨 있다고까지 해 줬는데도 굳이 칭찬을 바라는 것처럼 보이고 싶지는 않았다. 쉽게 넘어가지 말자. 하지만 로버트가 공치사를 하는 사람이 아니라는 것을 대학 시절의 기억으로 알고 있었다. 반사적으로 내 몸을 훑어보기는 했지만 그가 내게 접근하기 위해 칭찬을 늘어놓을 사람이 아니라는 것은 본능적으로 알 수 있었다. 그는 그저 그림의 진실에 너무나 열정적인 사람일 뿐이었다. 얼굴과 어깨의 선 하나하나를 통해, 목소리를 통해 알수 있었다. 그에게서 가장 믿을 수 있는 것이 그 점이라는 사실을, 꾸밈없는 칭찬과 노골적인 무시라는 것을 나는 아주 오랜 후에 깨달았다. 내 몸을 훑어본 시선과 마찬가지로, 그 역시 비인격적이었다. 따뜻한 색깔로 그을린 그의 피부와 미소 아래에는 싸늘함이, 차가운 눈길이, 내가 신뢰하는 특질이 있었다. 그는 어떤 작품이 좋다고 생각하지 않으면 언제든지 어깨 한 번 으쓱하고 무시할 수 있는 사람이었다. 일부러 그러는 것도 아니었고, 개인적인 이유로 타협하려는 갈등도 없었다. 자신의 작품이든 다른 사람의 작품이든, 그림을 대할 때 그는 개인적이지 않았다.

디저트는 신선한 딸기였다. 나는 일찍 잠들지 않으려고 크림을 넣은 홍차를 가지러 갔지만, 상황이 너무나 흥미진진해서 자고 싶은 기분도 들지 않았다. 늦게까지 그림을 그려도 된다. 기숙사에서 멀지 않은 곳에 밤새도록 열려 있는 작업실이 있었다. 한때 저택에서 처음 장만한 포드 모델 T 자동차가 들어 있었을 법한, 지금은 커다란 천창이 달려 있는 차고였다. 거기서 오늘 처음 그렸던 미완성 풍경을 몇 점 더 그려도 좋을 것이다. 그러다 다음 날 아침 식사 시간에, 혹은 언덕에서 로버트 올리버에게 뻔뻔스럽게 이렇게 말할 수도 있겠지. "약간 피곤해요. 새벽 3시까지 그림을 그렸거든요." 어쩌면

451

그도 어둠 속을 배회하다 차고 유리창을 통해 열심히 일하는 나를 볼지도 모른다. 들어와서 내 어깨를 건드리며 미소 띤 얼굴로 내 그림에 '이해'가 엿보인다고 말해 주겠지. 아주 잠시, 완전히 순수하지는 않은 의도로 내가 원했던 것은 그것이 전부였다. 그의 관심.

내가 차를 다 마실 때쯤, 로버트는 식탁에서 일어나 우뚝 섰다. 닳은 바지 엉덩이가 내 머리 높이에 있었다. 그는 모두에게 저녁 인사를 건넸다. 아마 자기 작업 같은 중요한 할 일이 있었을 것이다. 불쾌하게도 프랭크가 그를 따라가더니 조각 같은 옆모습을 보이며 로버트에게 열심히 말을 걸고 있었다. 덕분에 나를 쫓아다니느라 셔츠 자락을 약간 더 벌리고 숲으로 산책을 나가는 게 어떠냐고 묻지는 않게 됐군. 이 생각을 하니 한 남자가 아니라 두 남자에게 버림받은 듯한 외로움이 순간 밀려왔다. 나는 '혼자서' 모든 것을 할 수 있는 낭만적인 독립성을 되찾으려고 애썼다. 그림을 그려야지. 프랭크를 따돌리기 위해서도, 로버트 올리버를 잡아끌기 위해서가 아니라, 그냥 그림을 그리기 위해서. 난 시간을 유용하게 쓰기 위해서, 푸들거리는 엔진에 다시 시동을 걸기 위해서, 소중한 휴가를 만끽하기 위해서 여기 온 거야. 남자 따위.

로버트가 차고에서 나를 발견한 것은 그래서였다. 너무 늦은 시간이라 곰팡내 풍기는 넓은 공간 여기저기서 작업하던 다른 두세 명은 벌써 짐을 챙겨 떠났고, 나는 졸려서 파란색이 녹색으로 보이는 바람에 노란색을 너무 빨리 발랐다가 다시 긁어내며 이제 그만 하자고 생각하던 참이었다. 나는 오후에 그린 풍경을 내 침실에서 가져온 새 캔버스에 몇 가지 변화를 줘 가며 다시 그렸다. 햇빛 속에서 눈에 잘 띄지 않았던 풀밭의 데이지가 기억나서 언덕 표면에 둥둥 떠 있는 것처럼 그려 보려고 했지만, 꽃은 오히려 가라앉는 것 같았다. 다른 차이점도 있었다. 로버트가 들어와서 등 뒤로 문을 닫았을 때는 이런 변화에 대해 생각하느라 너무 피곤해서, 그가 와 주었으면 하는 기분 때문에 저녁 식탁에서 본 얼굴이 헛것으로 눈앞에 보이나 싶을 정도였다. 그에 대해서는 잊고 있었지만, 사실 한편으로 그는 내 머릿속을 가득 채우고 있었던 것이다. 이 사실을 깨닫지 못한 채, 나는 멍하니 그를 바라보았다.

그는 내 앞에 서서 팔짱을 끼고 살짝 미소 지었다.

"아직 일하고 있군. 언젠가 열게 될 전시회 준비라도 하나?"

나는 그를 뚫어지게 쳐다보며 일어섰다. 천장에 매달린 희끄무레한 불빛을 등진 모습이 현실 같지 않았다. 평범한 인간보다 큰 존재감, 긴 곱슬머리, 금빛 후광을 두른 머리, 천상의 메시지를 전하는 동안 잠시 걸리적거리지 않게 접은 거대한 날개, 중세 화폭에 나오는 대천사 같다는 생각이 들었다. 빛바랜 금빛 옷, 어둡게 반짝이는 머리카락, 올리브색 눈동자는 모두 날개와 잘 어울릴 것 같았고, 로버트에게 날개가 있다면 그 날개는 아마 거대할 것이다. 역사와 관습의 한계 밖에 나와 있는 기분이었다. 현실이기에는 너무나 인간적이고, 인간적이기에는 너무나 현실적인 세상의 거친 변경. 나 자신과, 더 이상 그에게 보여 주고 싶지 않은 이젤 위의 그림밖에 느껴지지 않았다. 하지만 곱슬머리의 덩치 큰 남자는 겨우 2미터 앞에 서 있었다.

"당신은 천사인가요?"

나는 말했다. 입 밖에 내고 보니 사실이 아니었다. 유치했다.

하지만 그는 검은 수염이 돋아난 턱 밑을 긁으며 웃었다.

"그럴 리가. 놀랐나?"

나는 고개를 저었다.

"금으로 된 옷을 입은 것처럼, 순간 몸에서 빛이 나는 것 같았어요."

어리둥절한 척해 주는 예의가 있었던 건지, 정말 놀란 건지 알 수 없었다.

"나는 어떤 사람의 기준으로도 좋은 천사는 되기 힘들 거야."

나는 억지로 웃었다.

"그럼 제가 피곤한 모양이네요."

"봐도 될까?"

그는 내 쪽으로라기보다 내 이젤 쪽으로 다가섰다. 너무 늦었다. 안 된다고 할 수 없었다. 그는 이미 내 등 뒤로 왔고, 나는 고개를 돌려 그의 얼굴을 보지 않으려고 애썼다. 하지만 보지 않을 수 없었다. 내 풍경화를 바라보고 서 있던 그의 얼굴은 심각해졌다. 그는 팔짱을 풀고 팔을 양옆으로 내렸다.

"왜 이걸 집어넣었지?"

그는 새로 그린 해변을 따라 걷고 있는 두 사람을 가리켰다. 긴 치마를 입은 여인과 작은 소녀였다.

"모르겠어요."

나는 말을 더듬었다.

"선생님이 그린 게 좋아 보여서."

"내 거라는 생각은 안 들었나?"

그의 목소리에는 어딘가 위험한 기색이 들어 있는 것 같기도 했다. 기묘한 질문이었지만, 그 순간에는 나 자신의 어리석음이 더 크게 느껴졌다. 감정은 주로 나 자신의 어리석음이었다. 어리석은 눈물이 치밀어 올랐지만, 분한 마음에 가까스로 눈물을 억누를 수 있었다. 나를 꾸짖으려는 걸까? 나는 빈정거렸다.

"화가 한 사람에게만 속하는 게 있기라도 한가요?"

그의 얼굴은 어두웠지만, 내 질문이 흥미로운 듯 생각에 잠긴 표정이었다. 그때 나는 아직 어렸다. 사람들이 자기 자신이 아닌 다른 것에 흥미를 가진 척할 수 있다는 것을 모르던 시절이었다. 마침내 그는 말했다.

"아니, 자네 말이 맞을 거야. 워낙 오랫동안 내 속에 같이 살아 왔던 이미지라 그냥 내 것이라는 기분이 들었던 것 같군."

갑자기 오래전 그 교정으로 되돌아 간 기분이었다. 그때도 똑같은 대화를 나눈 적이 있었다. 이제 내가 그의 캔버스에 있던 여인이 누구인지 물을 차례였고, 그는 "그녀가 누군지 알 수만 있다면!"이라고 대답할 것이다.

대신 나는 그의 팔을 잡았다. 건방진 태도였을 것이다.

"아세요? 전에도 이 이야기를 한 적이 있어요."

그는 이맛살을 찌푸렸다.

"그래?"

"네. 바넷 대학 교정에서요. 저는 학생이었고, 선생님은 거울 앞에 앉은 여인의 초상화를 전시하셨어요."

"그래서 이게 같은 여자인지 궁금하나?"

"네, 궁금해요."

넓게 탁 트인 작업실의 불빛은 차갑고 냉랭했다. 늦은 시각, 세월이 흘렀지만 오히려 매력은 더해 가는 이 기묘한 남자 곁에 있다는 사실로 인해 내 몸은 나직하게 긴장하고 있었다. 이렇게 오랜 시간이 지난 후에 그가 내 인생의 그 지점으로 되돌아왔다는 사실도 믿을 수가 없었다. 아니, 그는 나를 향해 미간을 찡그리고 있었다.

"그게 왜 궁금하지?"

나는 망설였다. 할 수 있는 대답은 수없이 많았지만, 미래도 없고 인과도 없는 듯한 그 순간 그 장소의 비현실성 때문이었을까, 전혀 생각지도 않았던, 내 본심에 가장 가까운 말이 튀어나왔다. 나는 천천히 말했다.

"이렇게 오랜 세월이 지났는데도 아직 똑같은 걸 그리고 계시는 이유를 안다면, 선생님을 알 것 같아서요. 선생님이 어떤 사람인지."

내 말이 방 안에 무겁게 울려 퍼졌다. 내 귀로 들어도 너무 단도 직업적인 소리여서 민망한 기분이 들어야 할 것 같았지만, 그렇지 않았다. 로버트 올리버는 나를 뚫어지게 바라보며 얼음처럼 거기 서 있었다. 마치 내 말에 귀를 기울이고 있었다는 듯이, 지금부터 하려는 말에 대한 내 반응이 궁금하다는 듯이. 하지만 그는 대꾸하지 않고 말없이 서 있다가 마침내 아무 말도 하지 않고 손가락으로 내 머리카락을 건드렸다. 그는 긴 머리카락 한 가닥을 어깨 위로 끌어당기더니, 내 몸은 건드리지 않고, 손가락 끝으로 아주 부드럽게 머리카락을 정돈했다.

나는 퍼뜩 이것이 어머니의 몸짓이었다는 것을 깨달았다. 지금은 훨씬 나이 드셨지만 내가 10대였던 시절 어머니가 내 머리카락을 한 가닥 집어 들며 정말 곧고 반질반질 매끄럽다고 한마디한 뒤 부드럽게 머리를 내려놓던 손길이 떠올랐다. 사실 그것이 어머니가 우리에게 보여 준 가장 부드러운 몸짓이었고, 내가 워낙 심하게 반발해서 양쪽에 앙금을 남겼던 규칙과 훈육에 대한 무언의 사과이기도 했다. 나는 최대한 꼼짝도 않고 서 있었다. 눈에 띄게 몸이 떨려 올까 봐 두려웠고, 로버트가 더 이상 만지지 말아 주기를 바라는 마음이었다. 그는 두 손을 들더니 그대로 초상화라도 그리고 싶은 손짓으로 어깨 뒤에서 내 머리카락을 쓸어 내렸다. 그의 얼굴은 서글펐고, 생각에 잠겨 있었고, 놀라움으로 가득 차 있었다. 문득 그는 손을 내리더니 뭔가 말하고 싶은 게 있는 듯 잠시 그대로 서 있었다. 그러다 그는 돌아서서 멀어졌다. 그의 등은 넓고 신중했고, 문을 열고 닫는 동작은 느리고 점잖았다. 작별 인사는 없었다.

그가 사라지자, 나는 붓을 닦고 내 이젤을 구석에 세워 놓고 불을 끈 뒤 건물을 나섰다. 밤공기는 촉촉했고, 주위는 캄캄했다. 하늘에는 별이 아직 총총했다. 워싱턴에는 존재하지 않는 별들이었다. 나는 어둠 속에서 머리카락 사이에 손을 넣고 가슴 위로 내려뜨렸다가, 다시 머리를 들어 올리고 그의 손이 닿았던 자리에 키스했다.

65

1879

날씨 좋은 어느 봄날, 마침내 그들은 살롱을 방문한다. 그날은 그녀와 올리비에, 이브가 같이 갔지만, 이후 그녀와 올리비에만, 그녀가 장갑 낀 손을 올리비에의 팔 밑에 끼고 서로 다른 전시실에 걸린 두 사람의 작품을 구경하기 위해서 둘만 다시 찾아오게 된다. 다른 해에도 여러 번 왔지만, 베아트리스가 저 벽에 걸린 수백 점의 그림 중에서 자신의 작품을 찾아야 하는 입장이 된 것은 처음이다. 의례적으로 참석하는 것은 익숙했지만, 오늘은 모든 것이 다르다. 인파로 가득 찬 홀, 여기 있는 모든 사람들이 그녀의 그림을 혹은 무심하게, 혹은 공감하며, 혹은 부족한 기술에 눈살을 찌푸리며 보았을 것이다. 관객들은 더 이상 맵시 있는 옷차림이 한데 엉긴 흐릿한 무리가 아닌, 각자가 의견을 내놓을 수 있는 개인으로 보인다.

이것이 화가가 된다는 것이겠지, 진열된다는 것. 지금 생각하니 실명을 쓰지 않은 것이 다행이다. 정부 관료들도 아마 그녀의 그림 앞을 지나쳤을 것이다. 마네나 그녀의 옛 스승 라멜도 보았을지 모른다. 그녀는 얇은 진홍색 단을 두른 진주색 새 드레스 차림이고, 뒤통수에 긴 빨강색 끈을 늘어뜨린 작고 납작한 진주색 모자를 앞으로 약간 기울여 쓰고 있다. 머리카락은 모자 밑에 단단히 틀어 올리고, 허리에는 코르셋을 단단히 두르고 있으며, 치마 뒷자락은 여러 겹으로 흘러내려 맨 아랫단이 바닥에 끌린다. 올리비에의 시선에는 찬탄의 빛이 있다. 그것은 젊은이의 눈빛이다. 이브가 등 뒤에서 두 손으로 모자를 쥔 채 멈춰 서서 그림을 봐 주는 것이 고맙다.

오후에는 찬란한 나날이 계속되었지만, 밤에는 악몽이 돌아온다. 그녀는 바리케이드에 있다. 그녀는 너무 늦었고, 올리비에의 아내는 그의 품에서 피를 흘리고 있다. 올리비에에게 악몽에 대해서 편지를 쓸 마음은 없지만, 이브는 그녀가 신음하는 소리를 듣는다. 며칠 뒤 그는 그녀에게 단호하게 의사를 만나보라고 한다. 초조해 보이고 창백하다는 것이다. 의사는 차를 처방하고, 이틀마다 스테이크를 먹고, 점심 때 적포도주 한 잔을 마시라고 한다. 몇 번 더 악몽이 되돌아오자, 이브는 두 사람이 좋아하는 노르망디 해안에 다녀오는 휴가 계획을 짰다고 말한다.

그들은 그녀가 저녁마다 책을 보며 시간을 보내는 작은 내실에 있다. 에스메가 난로를 피워 놓았다. 이브는 자기 말대로 꼭 해 달라고 한다. 좋지 않은 몸으로 집안일에 계속 신경을 쓰며 건강을 악화시킬 이유가 없다는 것이다. 그의 얼굴에 떠오른 걱정과 눈 밑의 주름을 보니, 싫다는 대답은 통하지 않을 것 같다. 그가 일에서 그렇게 성공을 거두고 도시 생활의 힘든 시기를 거듭해서 넘길 수 있었던 것도 바로 그 결단력과 의지력, 질서에 대한 사랑 때문이다. 한동안 그녀는 그의 얼굴에서 자신이 오랫동안 알았고 존경해 왔던 사람을 찾아보는 것을 잊어버리고 있었다. 단호한 회색 눈동자, 단정하고부터 나는 분위기, 놀랄 정도로 친절한 입매, 숱이 많은 갈색 턱수염. 그의 얼굴이 얼마나 젊은지 한동안 의식하지 못하고 있었다. 아마 그가 인생의 절정기에 있기 때문인지도 모른다. 그는 그녀보다 여섯 살 많다. 그녀는 책을 덮고 묻는다.

"당신은 어떻게 일을 쉬려고 해요?"

이브는 정장 무릎을 턴다. 저녁 식사 전에 옷을 갈아입지 않았기 때문에, 도시의 먼지가 아직 옷에 묻어 있다. 그녀의 파란색과 흰색 의자는 그에게 약간 작다. 유감스러운 말투다.

"나는 갈 수가 없을 거야. 나도 잠시 쉬는 건 좋겠지만, 지금은 새 사무실 일도 있고 해서 떠나는 게 아주 곤란한 상황이야. 백부님에게 당신을 데려가 달라고 부탁했어."

잠시 돌처럼 입을 꾹 다물고 있지만, 마음은 당황스러움에 젖는다. 이것이 내 운명이었을까? 이브에게 자신의 신경쇠약이 백부의 사연 때문이라고 털어놓을까 생각하지만, 올리비에의 신뢰를 저버릴 수는 없다. 게다가 이브는 누군가의 사랑이 왜 다른 사람에게 악몽을 주는지 절대 이해하지 못할 것이다. 마침내 그녀는 말한다.

"너무 큰 수고를 부탁드리는 거 아닐까요?"

"아, 처음에는 망설였지만 내가 강권했어. 당신의 얼굴에 핏기가 되돌아온다면 내가 얼마나 감사할지 백부님도 아시니까."

그들이 아직 아이를 잉태하지 못했다는 것을, 이브가 늘 바쁘거나 피곤해서 몇 달째 사랑을 나누지 못했다는 것을 두 사람 다 의식하고 있다. 그가 뭔가 새롭게 시작해 보기 전에 우선 그녀의 건강부터 챙기려는 게 아닐까 하는 생각이 든다.

"당신이 실망했다면 미안하지만, 난 지금은 떠날 수가 없어."

그는 무릎 위에 두 손을 겹쳐 올린다. 그의 얼굴은 초조하다.

"당신에게 좋은 일이고, 재미가 없으면 2주 이상 머무르지 않아도 돼."

"아버님은요?"

그는 고개를 저었다.

"아버지와 나는 잘 지낼 거야. 하인들이 알아서 돌봐 줄 텐데."

운명이 눈앞에 활짝 펼쳐지는 것 같다. 바리케이드 뒤에 아직 머리가 세지 않은 올리비에가 무릎을 꿇고 비탄에 젖어 있는 모습이 보인다. 이것이 운명이라면, 그녀는 그들을 만나러 갈 것이다. 이전에는 지금 눈앞에 앉아 있는 사업가의 부단한 노력에도 불구하고, 사랑을 이해하지 못했다. 그녀는 최악의 상황을 각오하고 그에게 미소 짓는다. 꼭 해야 하는 일이라면, 철저하게 하리라.

"알겠어요, 여보. 갈게요. 하지만 당신과 아버지를 돌봐야 하니 에스메는 여기 두고 갈게요."

"무슨 소리. 우리 둘이서 잘 지낼 수 있어. 에스메는 당신을 챙겨 줘야지."

그녀는 용감하게 말한다.

"올리비에가 절 돌봐 줄 거예요. 아버지에게는 저 못지않게 에스메가 필요해요."

"괜찮겠어, 여보? 당신 몸도 좋지 않은데 더 힘들게 하고 싶지 않아."

"괜찮아요."

그녀는 단호하게 말한다. 여행을 가지 않을 수 없다고 생각하니, 더 이상 걸음을 옮길 때마다 발밑을 확인하지 않기로 한 것 같은 활기가 솟아오른다.

"혼자 지내는 생활도 즐거울 거예요. 에스메가 사소한 일로 얼마나 호들갑을 떠는지 알잖아요. 아버지를 누군가 잘 돌본다고 생각하면 걱정도 훨씬 덜 될 거예요."

그는 고개를 끄덕인다. 의사가 그녀가 원하는 것은 뭐든지 다해 주고 쉬게 해 주라고 한 모양이다. 여자의 건강은, 특히 아이를 가져야 하는 나이 대 여자의 건강은 갑작스럽게 나빠질 수 있다. 분명 떠나기 전에 진료를 한 번 더 받아 보게 하고, 엄청난 진료비를 지불하고, 그제서야 마음을 놓을 것이다. 그녀는 변함없이 염려가 많은 이 남자에 대한 사랑이 밀려오는 것을 느낀다. 그림을 살롱에 출품하느라 긴장해서 그렇다고 탓할 수도 있지만, 그는 그런 말은 단 한 마디도 하지 않는다. 그녀는 일어서서 슬리퍼에 발을 밀어 넣고 방을 가로질러 그의 이마에 키스한다. 몸이 다시 좋아진다면, 그에게 기꺼이 보답하리라.

파리

1879. 5.

이브가 우리와 같이 에트르타에 가지 않는다니 유감이지만, 내가 정중하게 모실 테니 너는 괘념치 않으리라 믿는다. 네가 부탁한 대로 표를 준비했는데, 목요일 아침 7시에 이륜마차 편으로 도착할 거다. 그림 도구로 뭘 가져가야 할지 미리 편지로 알려 다오. 그것이 그 무엇보다 내가 해 줄 수 있는 가장 좋은 치료약일 거라고 확신한다.

올리비에 비뇨

66
메 리

둘째 날 아침 식사 시간에 로버트와 눈이 마주치면 피하겠다고 단단히 마음먹고 나갔지만, 다행히도 그는 없었고 프랭크조차 이야 기할 다른 사람을 찾은 것 같았다. 나는 힘든 작업과 수면 부족으로 멍한 기분으로 하루를 다시 시작하는 것이 싫어서 커피와 토스트 위로 몸을 웅크렸다. 머리는 위로 틀어 올렸고, 옷단에 물감이 묻은 빛바랜 카키 셔츠를 입었다. 어머니가 가장 싫어하는 차림이었다. 뜨거운 커피가 곤두선 신경을 달래는 데 도움이 되었다. 내 것으로 할 수도 없는, 이 낯설고 유명한 타인을 생각한다는 것은 어쨌든 쓸 데없는 짓이다. 나는 그러지 않기로 했다. 아침은 우울할 정도로 맑 았고 풍경화를 그리러 나가기에 완벽한 날씨였다. 9시에 나는 다시 밴에 올랐다. 로버트가 운전했고, 나이 많은 여자들 중 한 사람이 옆 에서 지도를 봐 주었다. 프랭크는 옆자리에서 팔꿈치로 나를 찌르고 있었다. 지난밤에 아무 일도 없었다는 기색이었다.

이번에는 반대편에 낡은 오두막이 있고 흰 자작나무가 레이스 처럼 주변을 둘러싸고 있는 호숫가에서 그림을 그렸다. 로버트는 농담처럼 무스는 그려 넣지 말라고 주의를 주었다. 긴 드레스 차림의 여자도 그리지 말라는 거겠지. 나는 이젤을 최대한 그에게서 멀리 놓고 프랭크와도 거리를 두었다. 로버트 올리버가 내가 자신을 따라다닌다고 생각하게 하고 싶지 않았고, 그 역시 오후 내내 나를 바라보지 않고 어차피 형편없는 내 그림을 평하러 와 주지도 않는 것이 고마웠다. 지난밤의 대화가 아직 기억에 남아 있는 것이리라. 그렇지 않다면 옛 제자인 그녀와 유쾌한 대화를 주고받았을 것이다. 나무에 대해, 그림자에 대해, 그 외 다른 것들에 대해 알고 있던 점들이 전혀 기억나지 않았다. 나 자신의 형체만 어른거리며 파문을 일으키고 있는, 낯설지만 불길한 진흙탕을 그리고 있는 것 같았다.

우리는 간이식탁 두 개에 둘러앉아 점심을 먹었고(나는 로버트와 같은 식탁에 앉지 않았다), 하루가 끝난 뒤 로버트의 캔버스 주위에 모여—어떻게 물을 저렇게 살아 있는 것처럼 보이게 할 수 있을까?—호수의 형태와 저 멀리 푸른 산의 색채 선택에 대한 그의 이야기를 들었다. 이 풍경의 난점은 푸른 산, 푸른 호수, 푸른 하늘, 모두 단색이라는 점과, 그에 대비되는 자작나무의 흰색을 과장하고 싶은 유혹이다. 하지만 잘 보면 저 잔잔한 색감 속에도 놀라운 다양성이 있다는 것을 깨달을 것이다. 프랭크가 한쪽 귀 뒤를 문지르며 "존중합니다만 나도 할 말이 있는데요."라고 말하고 싶은 분위기로 듣고 있는 것을 보니 뺨을 때려 주고 싶었다. 무슨 배짱으로 자기가 로버트 올리버보다 더 많이 안다고 생각하는 걸까?

저녁 식사는 더 심했다. 북적거리는 식당에 나보다 늦게 들어온 로버트는 내 자리로 시선을 한 번 훑더니 최대한 먼 자리를 택하는 것 같았다. 나중에 캄캄한 마당에 모닥불이 켜졌고, 사람들은 벌써 우정이 단단해지기라도 한 듯 한층 분방한 분위기로 맥주를 마시며 이야기를 하고 웃었다. 난 뭐가 단단해졌지? 친구를 사귀는 대신 완벽하신 프랭크와 어울렸고, 혼자 방에 처박혔고, 천재 선생을 피해 다녔다. 나는 풍경화 시간에 마음에 들었던 여자 한 사람을 찾아볼까 싶어 생각하고 맥주를 들고 그녀의 일상 생활을 들어 보려고 정원 벤치에 앉았다. 학교는 어디서 나왔는지, 단체전은 어디서 열었는지, 남편은 무엇을 하는지. 하지만 듣기도 전에 피곤해졌다. 나는 로버트의 곱슬머리를 찾아 사람들을 훑어보았고, 찾았다. 그는 같이 수업을 듣는 동료 두 사람이 속한 그룹에서 머리를 쑥 내밀고 있었다. 이번에는 프랭크가 그의 옆에 붙어 있지 않아서 흡족했다. 나는 스웨트셔츠 매무새를 다듬은 뒤 침대와 책이 있는 헛간으로 터덜터덜 걸어갔다. 자기들끼리 너무나 즐거운 시간을 보내고 있는 사람들보다 아이작 뉴턴이 더 좋은 말동무가 되어 줄 것 같았고, 세 시간 이상 자고 나면 나도 더 나은 말동무가 될 수 있을 것 같았다.

헛간에는 사람이 없었고, 줄지어 늘어선 작은 침실 문들은 내 방문만 제외하고 모두 닫혀 있었다. 나올 때 조심성 없이 열어 놓았던 모양이었다. 그래도 지갑은 청바지 주머니에 있고, 나머지 물건들은 걱정되지 않았다. 사실 여기서는 뭘 잠그고 다니는 사람들도 없었다. 안에 들어선 나는 멍하니 우뚝 서서 작게 비명을 질렀다. 프랭크가 허리춤까지 열어젖힌 깨끗한 흰 셔츠와 청바지, 내 것과 비슷하게 생긴 묵직한 갈색 구슬목걸이 차림으로 내 침대 가장자리에 앉아 있었다. 손에는 스케치북을 들고 있었고, 막 그린 선을 엄지손가락으로 문질러 번지게 하고 있었다. 몸은 감탄스러울 정도로 멋있게 그을려 있었고, 스케치북 위로 몸을 숙이고 있어서 가슴 근육이 수축되어 있었다. 그는 잠깐 더 집중한 채 앉아 있더니 고개를 들고 미소 지었다. 나는 엉덩이에 손을 얹고 싶은 기분을 억눌렀다.

"도대체 여기서 뭐하고 있는 거예요?"

그는 스케치를 내려놓고 씩 웃었다.

"아, 그러지 마세요. 며칠 째 날 피하는 겁니까?"

"주최측에 연락해서 당신을 쫓아낼 수도 있어요."

그의 얼굴에 좀 더 주의 깊은 표정이 떠올랐다.

"하지만 안 그럴 거잖아요. 나 못지않게 당신도 날 의식했잖아요. 이렇게 밀어내지 마세요."

"밀어내는 게 아니라 무시하는 거예요. 난 당신을 무시하고 있었는데, 당신은 그게 익숙하지 않은가 보죠."

"내가 버릇없는 망나니라는 걸 내가 모르는 것 같습니까?"

그는 짧고 뻣뻣한 금발머리를 한쪽으로 기울인 채 나를 쳐다보았다.

"당신은 어때요?"

안타깝지만, 그의 미소는 전염성이 있었다. 나는 팔짱을 끼었다.

"당신은 안 그래요?"

"버릇없는 망나니까 이런 식으로 부적절하게 내 방에 와 있겠죠."

"그런 식으로 적절하다, 부적절하다 따질 거 없어요. 당신한테 덤벼들려고 온 것도 아니라고요. 그냥 친구가 되고 싶다고 생각했던 것뿐이에요. 다른 사람들 앞에서 가식 떨 필요 없이 둘만 있으면 이야기를 좀 할 수 있을 줄 알았죠."

어디서부터 이야기를 해야 떼어 놓을 수 있을지 알 수 없었다.

"가식을 떨어? 너만큼 겉모습에 신경 쓰는 사람을 본 적이 없는데, 애송이?"

"아, 이제 진면목이 나오는군. 속물 알레르기. 이게 더 낫군요. 어쨌든 당신도 미술 학교 출신이니까, 분위기는 잘 알죠. 나쁘지 않아요."

그는 미소 짓고 스케치북을 보여 주었다.

"봐요, 거울을 보면서 자화상을 그리고 있었어요. 손질을 좀 했는데, 이게 가식 떠는 사람처럼 보입니까?"

나는 나도 모르게 그림에 시선을 주었다. 내가 본 프랭크와 전혀 다른, 우수에 젖은, 조용하고 생각에 잠긴 얼굴이었다. 솜씨도 좋았다.

"그림자가 형편없군. 입이 너무 커."

"큰 게 좋죠."

"내 침대에서 일어나."

"여기 와서 키스부터 해 줘요."

그의 뺨을 때리는 것이 좋았겠지만, 나는 웃기 시작했다.

"난 네 엄마뻘이라고."

"그럴 리가요."

그는 스케치북을 침대에 내려놓고 일어서더니―키와 몸매가 정확히 나와 같았다―내 양어깨에 손을 대고 벽에 밀어붙였다. 할리우드 영화에서 배운 동작 같았다.

"이렇게 젊고 아름다우신데, 까탈스럽게 굴지 말고 즐겨요. 예술하는 동네잖아요."

"내가 널 이 동네에서 쫓아낼 수도 있어."

"어디 보자, 나보다 여덟 살 많나? 다섯 살? 품위 있으시군요."

그는 내 얼굴에 한 손을 얹고 뺨을 쓰다듬기 시작했다. 어깨에서 머리카락까지 전율이 흘렀다.

"혼자 지내는 게 좋은 척하는 거예요, 정말 이 방구석에서 혼자 자는 게 좋은 거예요?"

"어쨌든 남자는 여기 들어오면 안 돼."

나는 그의 손을 밀어냈지만, 손은 곧장 내 관자놀이 주변과 턱 밑으로 옮겨서 부드럽게 움직이기 시작했다. 그 솜씨 좋은 젊은 손을 다른 곳으로, 온몸으로 끌어당기고 싶은 충동이 일기 시작했다.

"누가 그런 규칙 지켜요."

그는 최면이라도 거는 듯 아주 천천히 몸을 숙였다. 숨결에서 기분 좋은, 신선한 향이 풍겼다. 그가 그렇게 머물러 있는 동안 내가 먼저 굴욕적으로, 탐욕스럽게 키스했고, 이어 힘 있는 그의 입술이 서두르지 않고 내 입술에 완전히 겹쳐졌다. 그가 손을 올려 내 머리카락을 한 가닥 집어 들지 않았다면, 나는 아마 그 부드러운 가슴에 몸을 맞대고 하룻밤을 보냈을 것이다.

"멋지군요."

나는 그의 그을린 팔 밑에서 빠져 나왔다.

"너도 그래, 애송이, 하지만 잊어버려."

그는 놀랍게도 기분 좋게 웃었다.

"좋습니다. 마음이 변하면 말씀하세요. 이렇게 외롭게 혼자 있을 필요가 없어요. 당신이 그렇게 피하고 싶어하는 좋은 대화나 나누자고요."

"그냥 나가, 젠장. 이제 됐어."

그는 스케치북을 집어 들더니 로버트 올리버가 지난밤에 작업실을 나섰던 것처럼 조용히 방을 나갔고, 심지어 내가 과소평가했던 성숙함을 보여 주려는 듯 등 뒤에서 문까지 예의바르게 닫았다. 그가 건물을 나갔다는 확신이 들자, 나는 침대에 몸을 던지고 소매로 입을 닦으며 잠시, 하지만 격하게 울었다.

67

1879

기차가 해안에 도착했을 때는 밤이고, 그들은 말이 없다. 피곤하고, 베일에 작은 검댕이 묻어 시야가 어딘가 잘못된 것 같다. 그들은 페캉에서 에트르타로 가는 이륜마차를 타기 위해 기차에서 내릴 준비를 한다. 올리비에가 하루 종일 앉아서 이야기를 나누던 칸막이 객실 선반에서 작은 가방들을 내린다―트렁크는 나중에 올 것이다. 일어선 그의 몸은 뻣뻣해 보이고, 재단이 잘 된 여행용 정장 아래의 몸은 늙은 기색이 역력하며, 이야기를 나눌 때 그가 그녀의 팔꿈치를 건드리지 않는 것은 남편이 아니기 때문이 아니라 젊지 않기 때문이다. 하지만 그는 다시 앉아 그녀의 손을 잡는다. 둘 다 장갑을 끼고 있다.

"네 손을 잡고 있으마. 세상에서 가장 아름다운 손이니까."

기차는 부르르 떨더니 멈춘다. 비슷한 말을 해 줄 수가 없다. 대신 그녀는 손을 거두어들인 뒤 장갑을 벗고 다시 손을 그에게 내민다. 그는 손을 들어 관찰하고, 그녀도 흐릿한 객실 불빛 아래에서 자신의 손을 객관적으로 바라본다. 늘 그렇듯 손가락은 너무 길고, 작은 손목에 비해 손 전체가 너무 크며, 첫째 둘째 손가락 끝에는 파란 물감이 묻어 있다. 그가 손가락에 키스할 거라고 생각했지만, 그는 그저 뭔가 개인적인 일을 생각하는 듯 고개를 숙이고 있다가 손을 놓아 준다. 그런 뒤 날렵하게 일어서서 가방을 들고 먼저 객실을 나가라고 그녀를 향해 정중하게 손짓한다.

캄캄한 밤 역에서 안내원이 기차에서 내리는 것을 도와 준다. 석탄과 축축한 들판의 향기가 난다. 등 뒤의 괴물 같은 기차는 아직 굉음을 내며 캄캄하게 늘어선 집들을 배경으로 엔진에서 흰 증기를 뿜고 있고, 기술자와 승객들의 형상이 어스름하게 보인다. 마차에 오른 올리비에는 그녀를 조심스럽게 옆자리에 앉힌다. 말들이 앞으로 출발한다. 왜 이 여행을 승낙했을까, 벌써 수백 번도 더 한 의문이 다시 스친다. 이브가 고집해서일까, 올리비에가 같이 가자고 해서일까? 나 자신이 원해서, 이브를 설득시키기에는 마음이 너무 약하고 조심스럽기 때문에?

470

마침내 도착한 에트르타는 가스등불과 자갈길이 흐릿하게 엉켜 있다. 올리비에가 내릴 때 손을 잡아 주고, 그녀는 망토로 몸을 감싸고 얌전하게 몸을 뻗는다. 그녀 역시 여행 때문에 몸이 뻣뻣하다. 바람에서는 소금물 냄새가 풍긴다. 저 멀리 어딘가에서 영불해협이 외로운 소리를 내고 있다. 에트르타는 비수기 휴양지의 섭섭한 분위기를 풍기고 있다. 그녀도 여러 번 찾아왔던 마을이라 그 분위기를 알고 있지만, 오늘 밤은 왠지 새로운 장소, 황야, 세계의 변경 같은 기분이 든다. 올리비에가 짐에 대해 몇 가지 지시를 내리고 있다. 옆모습을 바라보니, 그는 어쩐지 소원하고 서글퍼 보인다. 그는 언제쯤 여기 왔을까? 오래전에 아내와 같이 왔을까? 그런 걸 물어봐도 될까? 가로등 불빛 아래에서 얼굴의 주름이 두드러지고, 입술은 우아하고 민감하고 쭈글쭈글하다. 역 건너편 굴뚝이 달린 높은 집 1층 창문에서, 누군가 촛불을 밝힌다. 안에서 돌아다니는 사람의 형상이 보인다. 잠자리에 들기 전에 방을 정돈하는 여인 같다. 저 집의 생활은 어떨까, 왜 나는 파리에서 다른 삶을 살고 있나. 두 운명이 서로 뒤바뀌는 것은 얼마나 쉬운 일일까.

올리비에는 모든 일을 우아하게 처리한다. 자신의 방식대로 살아가는 것이 편안한 남자, 자기만의 조용한 방식에 익숙한 남자. 그 모습을 바라보다, 문득 그녀는 언젠가 싫다고 말하지 않으면 이 마을에서 벌거벗은 채 그의 팔에 안기게 될지도 모른다는 것을 깨닫는다. 충격적인 생각이지만, 일단 든 생각을 외면할 수는 없었다. '싫다'는 단어를 말할 힘을 찾아야 하리라. 싫다, 영혼이 기묘하게 열려 있는 그들 사이에는 그런 단어가 없다. 그는 그녀보다 죽음에 가까운 사람이다. 그에게는 대답을 기다릴 시간이 없고, 그녀는 그의 욕망에 너무나 휘둘리고 있다. 그 불가피함이 가슴을 무겁게 짓누른다.

"피곤한 것 같구나. 호텔로 바로 갈까? 간단히 저녁을 먹을 수 있을 거다."

"객실은 괜찮을까요?"

이 말은 의도했던 것보다 노골적으로 나온다. 다른 뜻을 생각하고 있었기 때문이다.

그는 놀란 듯, 재미있다는 듯 온화하게 그녀를 바라본다.

"둘 다 아주 좋아. 네가 쓸 거실도 있을 거다."

수치심이 밀려온다. 당연하다. 이브가 두 사람을 이곳에 같이 보냈으니까. 올리비에는 사려깊게도 미소 짓지 않는다.

"늦게 잠들 테니까, 원한다면 오전 늦게 만나서 그림을 그리자 꾸나. 날씨가 어떨지 모르겠지만, 공기를 보니 좋을 것 같구나."

그는 이미 가방과 상자, 가죽끈으로 묶은 그녀의 트렁크가 실린 바퀴 달린 카트를 끌고 움직이고 있다. 그녀와 그녀의 남편의 백부는 어두운 소금물로 둘러싸인 다른 세상의 변경에, 그 외에 아는 사람이 아무도 없는 공간에 둘만 있다. 갑자기 웃고 싶어진다.

대신 그녀는 소중한 그림 도구가 들어 있는 가방을 내려놓고 베일을 들어 올린다. 그녀는 그의 옆으로 다가가서 어깨에 손을 올린다. 가스등 불빛에 그의 긴장한 눈빛이 비친다. 그녀의 치켜 든 얼굴과 무모함에 놀랐는지 알 수 없지만, 그는 그런 기색을 숨긴다. 그녀는 40년의 경험이 느껴지는 그의 키스에 망설이지 않고 답례하는 자신에 놀란다. 그의 입술은 따뜻하고, 움직이고 있다. 그녀는 수많은 사랑 중의 한 사람일 뿐이지만, 지금은 유일한 사랑이고 그의 마지막 사랑이 될 것이다. 잊을 수 없는 여인으로, 그가 최후까지 가져 갈 여인으로.

68

메 리

사흘째는 놀라운 날이었다. 로버트 올리버와 함께 지낸 500일 모두를 묘사할 수는 없겠지만, 누군가를 사랑하는 처음 며칠은 생생하게 기억에 남는 법이다. 다른 모든 날을 대표하기 때문에 아주 자세히 기억하게 되는 것이다. 그날의 기억들은 왜 그 사랑이 이루어지지 않았는지 설명해 주기도 한다.

워크숍 세 번째 날 아침, 나는 여자 교수 두 명과 같은 식탁에 앉아서 아침을 먹고 있었다. 그들은 반대쪽 끝에 앉은 내게는 관심을 주지 않았기 때문에 책을 가져온 것이 다행이었다. 둘 중 한 사람은 판화 강사였던 것 같은 60대 여자였고, 다른 한 사람은 탈색한 짧은 머리의 마흔다섯쯤 된 회화 강사였다. 그녀는 회화 수강생들의 수준이 지난해만큼 높지 않은 것 같다는 말부터 꺼냈다. 음, 그럼 책이나 읽고 있을게요, 선생님. 나는 생각했다. 달걀은 반숙이었다. 마음에 들지 않았다.

"왜 그런지 모르겠어요."

그녀는 커다란 커피 잔을 집어 들었고, 다른 여자는 고개를 끄덕였다.

"저 로버트 올리버가 실망하지 않았으면 좋겠다는 생각뿐이에요."

"괜찮을 거예요. 그도 지금 작은 대학에서 가르치고 있지 않나?"

"음, 맞아요. 노스캐롤라이나 그린힐일 거예요. 학부가 좋긴 하지만, 진짜 학교하고는 다르죠. 미술 과정 말이에요."

"학생들은 그를 좋아하는 것 같던데."

판화 강사는 부드럽게 대답했다. 같은 식탁에 앉아서 달걀을 뒤적이며 책을 읽는 사람이 로버트의 그룹 학생이라는 생각은 분명 못한 것 같았다. 나는 고개를 숙인 채로 앉아 있었다. 나는 타인의 무지 때문에 부끄러워하는 사람은 아니다. 그럴 때는 그냥 자리를 뜨고 싶어진다.

"당연하겠죠."

머리를 탈색한 여자는 커피잔을 밀어냈다.

〈아트뉴스〉 표지에도 실렸고, 작품도 안 실리는 데가 없고, 그런 시골에서 계속 가르치기에는 너무 떴잖아요. 덤으로 키도 188센티나 되고 주피터처럼 훤칠한데."

포세이돈이겠지. 나는 베이컨을 자르며 말없이 대꾸했다. 넵튠이든가. 아무것도 모르는 주제에.

"여학생들이 졸졸 따라다니겠지."

판화 강사가 말했다. 상대는 이 말에 활기를 띠는 거 같았다.

"그럴 수밖에요. 이런저런 소문도 있던데, 그거야 알 수 없는 일이지만. 그 사람은 그저 무심한 것 같아서 신선해요. 정말 자기 자신밖에 모르는 그런 유형의 남자일수도 있겠죠. 가족도 아직 젊을 거예요. 하지만 알 수 없죠. 나이 들수록 40대 남자들은 더 수수께끼 같다니까요. 불쾌한 수수께끼일 경우가 많죠."

그럼 좋아하는 나이 대는 어디쯤일까. 야심만만한 프랭크를 소개해 줄까.

판화 강사가 한숨을 쉬었다.

"알아. 나도 21년 동안 결혼 생활을 했지만, 아직 전남편에 대해서는 아무것도 아는 게 없는 것 같아."

"커피 더 마실래요?"

짧은 머리 여자가 물었고, 두 사람은 내 쪽을 쳐다보지 않고 탁자를 떴다. 멀어지는 모습을 보니 젊은 여자 쪽은 아주 우아했다. 호리호리한 검정 옷과 빨간 허리띠 차림, 마흔다섯이었지만 보통 스무살 여자보다 더 맵시 있고 사랑스러웠다. 어쩌면 본인이 로버트 올리버라는 까다로운 남자와 대결해서 〈아트뉴스〉 표지 사진을 비교해 보고 싶은지도 모른다. 로버트가 그런 경쟁에 관심이 없을 것 같다는 것이 문제였다. 아마 머리를 긁으며 팔짱을 끼고 다른 생각을 하고 있겠지. 그가 타락하지 않는 인간일 거라는 내 상상이 과연 올바른 것일까 하는 생각이 들었다. 방금 그 여자 말대로 그저 무심한 것일까? 이틀 전에 그는 내게 무심하지 않았지만, 그래도 우리 사이에는 별일이 일어나지 않았다. 나는 차를 급히 마시고 장비를 챙기러 헛간으로 돌아갔다. 그가 무심하지 않다면, 아마 내가 인상적인 여자가 아니라는 뜻이겠지.

로버트는 밴 근처에서 다시 장비를 챙기고 있었지만, 이번에는 차를 타는 대신 걸어갈 거라고 말했다. 놀랍게도 그는 첫날 내가 바닷가로 갔던 숲길로 앞장서서 학생들을 데려갔고, 우리는 그가 차가운 바닷물에 뛰어들었다 나온 돌투성이 해안에 이젤을 설치했다. 그는 나를 포함한 모든 학생들을 둘러보며 미소를 지었고, 빛의 각도와 하루 동안의 빛의 변화에 대해 몇 가지 지도했다. 아침에는 여기서 캔버스 하나를 그리고, 캠프로 돌아가서 점심을 먹은 뒤 오후에 새 캔버스 작업을 할 계획이었다. 그 말을 들으니 결론이 났다. 그가 이 지점에 돌아와서 여기서 풍경 수업을 지도할 수 있다면, 그는 진정 무심한 사람이다. 특히 내게는 더. 서글픈 안도감이 느껴졌다. 나는 비도덕적이고 나쁜 마음을 먹었을 뿐 아니라, 그가 나와 같은 감정을 느낀다는 착각까지 하고 있었다. 로버트가 학생들 사이를 돌아다니며 이젤 위치를 보며 여기저기 조언을 해 주는 모습을 보고 있노라니, 잠시 눈물이 날 것 같았다. 동시에 자유가, 혼자라는 낭만이, 외로움이 되돌아오는 것이 느껴졌다. 그 가치를 소중히 했던 것은, 프랭크를 내 방에서 몰아냈던 것은 올바른 선택이었다.

나는 머리를 뒤로 묶고 바다를 향해 가장 길게 뻗은 곳을 향했다. 그 위에는 대서양의 바위에 뿌리를 단단히 박은 큰 전나무숲이 있었다. 좋은 캔버스가 될 거라는, 좋은 아침이 될 거라는 직감이 곧장 들었다. 내 손은 쉽게 형태를 그려 나갔고, 내 눈은 저 멀리 검정색으로 보이는 전나무 아래 숨은 회색과 갈색, 녹색을 즉각 포착해 냈다. 로버트가 있는데도, 눈에 뻔히 보이는 위치에 이젤을 세우고 노란 면셔츠 차림으로 등을 구부리는 그의 모습이 보이는데도, 이 모든 것도 아주 오랫동안 나를 방해하지 못했다. 나는 간식 시간까지 열심히 그림을 그렸고, 붓을 닦다가 고개를 들어 보니 로버트가 내 결론을 입증하듯 학생들 한가운데서 나를 향해 태연한 얼굴로 미소 짓고 있었다. 나는 경치에 대해서, 까다로운 골칫거리에 대해서 그에게 뭔가 이야기를 하려 했지만, 그는 이미 다른 쪽을 돌아보며 다른 사람과 이야기를 하고 있었다.

우리는 점심 때까지 그림을 그렸고, 1시에 새 캔버스를 다시 시작했다. 나무에 기대 세워 말리고 있는 아침의 그림은 몇 달 동안 그린 그 어떤 작품보다 흡족했다. 나는 적당한 시간에 다시 와서 완성해야겠다고 생각했다. 이제 겨우 이틀 남은 워크숍이 끝나고 사람들이 다 떠난 뒤 아침나절에 오면 좋겠지. 로버트가 와서 봐 주었으면 좋겠다는 생각이 들었지만, 그는 오늘 학생들의 그림을 봐 주지 않았다. 오후에 우리는 조용히 흩어져서 여기저기 이젤을 놓고 작업을 계속했다. 로버트는 자기 이젤을 들고 숲 가장자리로 나갔지만, 오후 늦게 빛이 깊어지기 시작하자 되돌아와서 경치에 대해 이야기를 잠시 나눈 뒤 학생들을 데리고 캠프로 돌아왔다. 두 번째 캔버스는 첫 번째보다 마음에 덜 들었지만, 그는 지나치다가 칭찬을 조금 해 주었고 다른 학생들의 그림에도 똑같이 몇 마디 해 주다가 마지막 평을 하기 위해 학생들을 불러 모았다. 훌륭한 수업이었고, 기분 좋게 작업한 하루라는 생각이 들었다. 저녁에는 동료 화가 한두 사람과 맥주를 마시고 푹 자고 싶었다.

69

메리

나는 저녁 식사 시간에 일찌감치 맥주를 마시고 수채화 수업을 듣는 남자 둘과 같이 모닥불 옆에 잠시 앉았다. 풍경에 있어 유화와 수채화의 상대적인 장점에 대한 두 사람의 토론이 흥미로워서, 나는 예상보다 오래 그 자리에 머물렀다. 마침내 나는 양해를 구하고 일어서서 깨끗이 정돈한 침대에 들기 위해 청바지 엉덩이를 털었다. 프랭크는 모닥불 곁에서 젊고 예쁜 다른 사람과 이야기를 하고 있었기 때문에, 다시 내 방 거울 앞에 그가 앉아 있을 걱정을 할 일은 없었다. 나는 그를 피하느라 모닥불 불빛이 미치지 않는 캄캄한 정원 가장자리까지 크게 빙 둘렀다.

거의 숲 속에 다 들어간 지점에 키가 큰 남자가 서 있었다. 그는 흥겨운 사람들이 모여 있는 모닥불에서 등을 돌려 숲 쪽을 향한 채 두 손으로 눈을 문지르더니 피곤하고 잠생각이 많은 듯 머리를 문질렀다. 잠시 후 그는 내가 우리의 길이라고 생각하고 있던 그 오솔길을 따라 숲으로 들어갔고, 나는 그래서는 안 된다는 것을 알고 있었지만 그 뒤를 따랐다. 앞에서 걸어가는 그의 걸음걸이가 겨우 보일 정도의 희미한 불빛밖에 없었고, 내가 따라가고 있다는 것도 눈치채지 못한 것 같았다. 나는 그의 프라이버시를 위해서 돌아서야 한다고 몇 번 자신에게 중얼거렸다. 그는 그날 작업했던 해변으로 향하고 있었다. 지금은 잘 보이지도 않겠지만 거기서 그렸던 몇몇 형태를 다시 보고 싶은지도 모른다. 혼자 캠프를 떠났다면 누가 따라오는 것도 원치 않을 것이다.

나는 숲 가장자리에서 멈춰 서서 그가 저벅거리며 돌투성이 해변을 내려가는 것을 지켜보았다. 철썩이는 파도 소리가 들려왔다. 어둡게 반짝이는 수면이 더욱 어두운 수평선을 향해 넓게 펼쳐져 있었다. 별이 뜨기 시작했지만 하늘은 검정색이라기보다는 여전히 파란 사파이어 색이었고, 희끄무레한 셔츠를 입은 로버트의 형체는 이제 해변을 따라 움직이고 있었다. 그는 멈춰 서서 허리를 굽혀 뭔가를 집어 들더니 어릴 때 야구공을 던지듯 팔을 뒤로 한껏 젖혔다가 육지에서 먼 곳으로 던졌다. 돌이었다. 그것은 빠르고 격한 동작이었다. 절망, 분출 같기도 했다. 나는 그의 감정에 약간 겁에 질린 채 움직이지 않는 그의 모습을 지켜보았다. 문득 그는 큰 덩치에 어울리지 않게 다시 아이처럼 쭈그려 앉더니 두 손에 머리를 묻는 것 같았다.

잠이 모자라고 워크숍에서 늘 다른 사람과 함께 있어야 해서 나처럼 피곤하고 짜증스러운 걸까, 혹시 울고 있는 건 아닐까 하는 생각이 들었지만, 로버트 올리버 같은 사람이 울 만한 일이 뭐가 있을지는 상상할 수조차 없었다. 이제 그는 해변에 앉아서—축축하고 단단하고 미끄러울 텐데—손에 머리를 묻고 한참을 움직이지 않았다. 매끄럽게 밀려와서 희게 부서지는 파도가 어둠 속에서 희미하게 보였다. 나는 그렇게 쳐다보며 서 있었고, 그는 어깨와 등을 보인 채 그냥 앉아만 있었다. 나는 이성과 전통을 높이 평가하지만 사실 늘 감정에 따라 행동하는 사람이다. 이유를 설명할 수 있다면 좋겠지만, 나도 모른다. 나는 발밑에서 절걱거리는 돌멩이 소리를 들으며 한 번 넘어질 뻔하면서 해변을 향해 걸음을 옮기기 시작했다.

아주 가까이 다가가서야 그는 돌아보았고, 그때도 표정은 보이지 않았다. 곧바로 나를 알아보았는지는 몰라도 그는 나를 보았고, 놀라 일어섰다. 그 순간에야 그의 고독을 침입한 데 대한 민망함과 두려움이 엄습했다. 우리는 서로를 바라보며 서 있었다. 이제 그의 얼굴이 보였다. 어둡고 뒤숭숭한 표정이었고, 내 존재를 확인하고도 그 표정에는 변함이 없었다.

"여기서 뭐하는 거지?"

그는 억양 없는 목소리로 말했다.

입술을 달싹였지만 목소리는 나오지 않았다. 대신 나는 손을 뻗어서 그의 손을 잡았다. 그 손은 아주 크고 아주 따뜻했으며, 내 손을 자동적으로 감쌌다.

"돌아가, 메리."

그의 목소리에는 작은 떨림이 있는 것 같았다. 그가 내 이름을 자연스럽게 불러 주어서 고마웠다.

"그래야 한다는 건 알지만, 선생님을 보고 걱정이 됐어요."

"내 걱정은 하지 마."

오히려 내 걱정이 된다는 듯, 그의 손이 내 손을 더욱 세게 감쌌다.

"괜찮으세요?"

그는 부드럽게 말했다.

"아니, 하지만 그건 중요하지 않아."

"당연히 중요하죠. 사람이 괜찮은지 안 괜찮은지는 언제나 중요하다고요."

바보, 나는 속으로 중얼거렸지만, 그의 큰 손이 내 손을 여전히 잡고 있었다.

"예술가들이 괜찮아도 된다고 생각하나?"

그는 미소 지었다. 금방이라도 웃음을 터뜨릴 것 같은 표정이었다.

"모든 사람은 괜찮아야 해요."

나는 고집스럽게 말했다. 내가 정말 바보라는 것을, 그것이 내 운명이라는 것을 알고 있었고, 그래도 상관없었다.

그는 내 손을 놓고 바다 쪽으로 돌아섰다.

"과거에 살았던 사람들의 삶이 아직도 실재한다는 느낌이 든 적 있나?"

너무나 묘하고 뜬금없는 질문이라 소름이 오싹 끼쳤다. 기묘한 말에도 불구하고 그가 제발 괜찮아졌으면 싶은 마음에, 나는 아이작 뉴턴을 생각했다. 그러다 문득 로버트 올리버가 역사적인 인물이나 유사역사적 인물들을 종종 그렸고 심지어 워크숍 첫날 그의 풍경화에도 멀리 그런 인물을 집어넣었다는 생각이 들었고, 이것이 그에게는 자연스러운 질문이라는 것을 깨달았다.

"그럼요."

그는 물가를 향해 말을 거는 듯 말을 이었다.

"그러니까, 오래전에 죽은 사람이 그린 그림을 보면, 그 사람이 정말 살아 있었던 사람이라는 걸 확실히 알 수 있겠지."

"저도 가끔 그런 생각을 해요."

하지만 이건 그가 단순히 캔버스에 역사적인 인물을 그려 넣는 데 관심이 있을 거라는 아까의 추측과 별로 들어맞지 않는 말이었다.

"특별히 그런 사람이 있다는 뜻인가요?"

그는 대답하지 않았지만, 잠시 후 옆에 서 있는 내 몸에 팔을 두르더니 등 뒤로 늘어뜨린 내 머리를 쓰다듬었다. 이틀 전 손짓의 연장이었다. 이 남자는 생각했던 것보다 더 기묘했다. 단순한 괴짜가 아니라 진정 특이한, 자기 자신의 사고의 세상 속에 완벽하게 초점이 맞춰져 있는 사람, 바깥세상과 차단된 사람이었다. 동생 마사라면, 상식이 있는 보통 사람이라면 분명 그의 뺨을 꼬집고 바닷가로 걸어갔을 것이다. 그는 내 머리를 쓰다듬었다. 나는 손을 들어 그의 손을 잡은 뒤, 그 손을 내 얼굴로 끌어당겨 어둠 속에서 키스했다.

누군가의 손에 키스한다는 것은 여성의 몸짓이라기보다 남성의 몸짓이거나 존경의 몸짓이다. 군주에 대한, 주교에 대한, 죽어 가는 사람에 대한. 내 키스는 존경심에서 우러난 것이었다. 그의 존재가 내게 경외감과 떨림을 준다는 것, 조금은 두렵다는 뜻이었다. 그는 나를 향해 돌아서더니 부드럽게 내 목을 안아 끌어당기고 다른 한 손으로 먼지를 닦아내듯 내 얼굴을 쓰다듬다가 나를 약간 들어 올려 키스했다. 이렇게 키스해 본 적은 단 한 번도 없었다. 그의 입술에는 자신을 전혀 의식하지 않는 열정, 어쩌면 나조차도 의식하지 못하는 갈망, 행위 그 자체에 대한 몰입이 있었다. 그의 손은 내 허리를 안고 들어 올려서 자기 몸에 단단히 누르고 있었다. 닳은 셔츠 너머로 따뜻한 가슴이 느껴졌고, 작은 단추가 피부에 자국을 남길 것처럼 내 몸에 파고들었다.

그러다 그는 천천히 나를 놓았다.

"난 이러지 않아."

그는 술취한 사람처럼 말했다. 숨결에는 알콜 냄새가 풍기지 않았고, 내가 마신 맥주 냄새조차 없었다. 그는 내 얼굴에 손을 대고 다시 가볍게 키스했다. 이번에는 내가 누구인지 의식하는 것 같았다.

"가 봐."

"네."

엄마에게서는 고집스럽다, 고등학교 선생님들에게서는 약간 음울하다, 미술 학교 강사들에게서는 노력하는 학생이라는 말을 들었던 나는 고분고분하게 돌아서서 비틀거리며 캄캄한 해변을 올라가기 시작했다.

70
1879

하숙집의 객실은 바다를 내려다보고 있다. 그의 방은 같은 층 복도 반대편 끝에 있으니 시내가 보일 것이다. 낡은 물건을 이것저것 모아 놓은 가구는 단순하다. 광택을 낸 조개껍데기가 화장대 위에 놓여 있다. 레이스 커튼이 밤을 차단하고 있다. 하숙집 주인이 방에 전등을 켜고 초 한 자루를 켜 놓았고, 천을 덮은 쟁반을 갖다 놓았다. 식사는 끓인 닭, 파 샐러드, 차가운 사과파이 한 조각이다. 그녀는 손을 씻고 게걸스럽게 먹는다. 비수기라 피우지 않았는지, 연료를 아낄 생각이었는지, 벽난로는 차갑다. 불을 피워 달라고 할 수도 있었지만, 그러려면 올리비에가 와야 할지도 모른다. 지금은 역 구내에서 나눈 키스만 기억하고, 피곤한 그의 얼굴은 보고 싶지 않다.

그녀는 하녀를 데리고 오지 않아서 홀가분한 기분으로 여행복과 부츠를 벗는다. 이번만은 혼자 모든 일을 할 수 있다. 차가운 벽난로 옆에서 코르셋 덮개를 끄르고, 코르셋 끈을 풀고, 의자에 잠시 걸어 둔다. 속옷 윗도리와 페티코트도 흔들어서 빠져 나온 뒤, 집의 편안한 향이 풍기는 나이트가운을 머리부터 뒤집어쓴다. 목의 단추를 잠그다가 문득 손길을 멈추고 다시 벗는다. 그녀는 가운을 침대 위에 펼쳐 놓고 속옷바지만 입은 채 화장대 앞에 앉는다. 방 안의 냉기에 소름이 돋는다. 허리부터 벌거벗은 자신의 몸을 바라보는 것은 1년 만이다. 피부는 생각보다 젊다. 그녀는 스물일곱이다. 이브가 마지막으로 젖꼭지에 키스해 준 것이 언제인지 기억이 나지 않는다. 넉 달, 여섯 달? 긴 봄 동안 아이가 생길 수 있는 시기에 남편을 유혹하는 것도 잊고 있었다. 다른 데 정신이 팔려 있었다. 게다가 그는 보통 출장 중이거나, 피곤하거나, 어쩌면 다른 곳에서 원하는 것을 충족시키고 있다.

그녀는 부풀어 오른 젖가슴 위에 손을 댄다. 반지가 촛불을 받아 빛난다. 이제 그녀는 같이 사는 남자보다 올리비에에 대해 더 많은 것을 알고 있다. 올리비에의 인생 수십 년은 그녀 앞에 펼쳐져 있지만, 이브는 집을 규칙적으로 들락날락거리며 고개를 끄덕이고 찬사를 보내는 수수께끼에 지나지 않는다. 그녀는 양손으로 젖가슴을 꼭 쥔다. 거울에 비친 목은 길고, 기차 여행 때문에 얼굴은 창백하고, 눈은 너무 어둡고, 턱은 너무 각지고, 곱슬머리는 너무 곱슬거린다. 그녀는 머리에서 핀을 빼며 미인이라고 할 만한 점은 조금도 없다고 생각한다. 뒤통수에 묵직하게 틀어 올린 머리채를 푼다. 머리카락은 어깨 위와 젖가슴 사이로 늘어진다. 올리비에의 시선으로 자신을 바라보며, 그녀는 황홀감에 젖는다. 자화상, 누드, 절대 그릴 일이 없는 소재다.

71

메리

　다음 날 로버트와 나는 서로를 쳐다보지 않았다. 사실 내가 할
수 있는 일이라고는 손에 쥔 붓 외에 주변의 모든 것을 무시하는 것
뿐이었기 때문에, 그가 나를 봤는지 안 봤는지는 알 길이 없었다. 나
는 아직도 그 워크숍에서 그린 풍경화를 내가 그린 어떤 그림보다
더 좋아한다. 그 풍경에는 긴장감이 가득 차 있다. 지금 봐도 그 그
림에는 로버트가 한때 말했듯 그림이 성공하기 위해서 필수 불가결
한 작은 수수께끼가 감도는 것을 느낄 수 있다. 그 마지막 날, 나는
로버트를, 프랭크를, 마지막 세 번의 식사 시간에 주위에 있던 모든
사람들을 무시했다. 어둠과 별과 모닥불과 마굿간의 흰 침대에 웅크
리고 누워 있는 내 몸을 무시했다. 나는 피로에 지쳐 깊이 잠들었다.
다음 날 아침 로버트를 보게 될지조차 알 수 없었다. 그를 보고 싶으
면서도 보고 싶지 않은 모순되는 감정도 애써 잊었다. 어차피 모두
그에게 달린 일이었다.
　워크숍 마무리 날 아침은 바빴다. 융 심리학자들이 다음 날 도
착하기로 되어 있어서 직원들이 새 손님을 맞이하기 위해 식당과

485

마굿간을 청소해야 했기 때문에, 모두 10시까지 캠프를 비워야 했다. 나는 침대 위에 더플백을 놓고 질서정연하게 짐을 챙겼다. 아침 식사 시간에 프랭크는 아주 유쾌하게 내 어깨를 두드렸다. 신나게 즐긴 모양이었다. 나는 엄숙하게 그와 악수를 나누었다. 회화 수업을 같이 들었던 상냥한 여자 두 명이 내게 이메일 주소를 알려 주었다.

로버트는 어디에서도 보이지 않았다. 마음이 아팠지만 간신히 벽에 부딪히지 않은 듯한 기묘한 안도감도 들었다. 노스캐롤라이나까지 한참 운전해서 돌아가려면 아마 일찍 떠났을 수도 있을 것이다. 미술가들의 자동차가 줄지어 도로로 나서고 있었고, 많은 차들이 범퍼스티커를 잔뜩 붙이고 있었다. 장비를 가득 실은 낡고 거대한 타운카 두 대, 반 고흐의 아지랑이와 별이 그려진 밴, 사람들이 차창 밖으로 손을 흔들면서 워크숍 친구들에게 마지막 작별 인사를 외치고 있었다. 나는 내 트럭에 짐을 실은 뒤 다른 차들 뒤에 줄 서서 기다리려다 마음을 고쳐먹고 한 번도 가 보지 않은 방향으로 잠시 숲 속 산책길에 나섰다. 저택에서 멀지 않은 반경 안에 구불구불한 산책로가 40분이나 이어졌다. 이끼 낀 전나무 가지, 낮게 깔린 덤불들, 들판에서 숲으로 새어 들어오는 빛, 숲 속은 아름다웠다.

숲에서 나오자 길을 막고 있던 차들은 사라지고 이제 차는 서너 대밖에 남아 있지 않았다. 로버트가 그중 한 대에 짐을 싣고 있었다. 노스캐롤라이나 번호판을 찾아보았더라면 쉽게 알 수 있었을 테지만, 나는 그의 차가 작은 청색 혼다라는 것은 모르고 있었다. 가방이나 상자에 따로 짐을 싸지 않고 그냥 되는 대로 자동차 뒤 짐칸에 밀어 넣는 것이 그의 짐꾸리기 방식인 것 같았다. 옷가지와 책, 접는 의자를 구겨 넣는 모습이 보였다. 이젤과 포장한 캔버스는 이미 조심스럽게 따로 보관되어 있었고, 나머지 짐은 마치 완충재로 집어넣는 것 같았다. 트럭까지 조용히 걸어가려고 하는데, 그가 돌아서서 나를 보더니 불러세웠다.

"메리, 자네도 가나?"

나는 그에게 다가갔다. 어쩔 수가 없었다.

"다 가야죠."

"난 안 가."

놀랍게도 그는 집을 몰래 빠져나오는 10대 같은, 은밀한 미소를 짓고 있었다. 그는 생기 있고 밝아 보였고, 머리카락은 방금 샤워한 것처럼 아직 축축하게 반짝이며 늘어져 있었다.

"난 늦게까지 잤어. 일어나서 다시 그림을 그리러 가기로 작정했지."

"갔다 오셨어요?"

"아니, 지금부터 갈 거야."

"어디로 가시는데요?

어쩐지 그의 비밀스러운 행복에 소외된 듯한 질투심과 짜증이 밀려왔다. 하지만 그게 무슨 상관인가.

"여기서 남쪽으로 45분 정도 가면 해변에 넓은 주립공원이 있어. 페놉스콧 만 근처에. 오는 길에 둘러봤지."

"노스캐롤라이나까지 운전해야 하지 않으세요?"

"그건 그렇지."

그는 회색 스웨트셔츠를 뭉쳐서 이젤 다리 한쪽에 괴었다.

"하지만 사흘 남았으니까 열심히 달리면 이틀 만에 갈 수 있을 거야."

나는 우물쭈물 거기 서 있었다.

"음, 좋은 시간 보내세요. 안전하게 돌아가시고요."

"자네도 같이 갈까?"

"노스캐롤라이나로요?"

나는 멍청하게 물었다. 함께 그의 집으로 가서 그의 생활과 검은 머리의 아내—아니, 그건 그림 속의 여인이었지— 두 아이를 구경하는 광경이 갑자기 머릿속에 떠올랐다. 워크숍에 참석한 누군가에게 아이가 둘이라는 말을 들었다.

그는 웃었다.

"아니, 아니. 그림 말이야. 서둘러야 하나?"

'서두르고' 싶은 마음은 조금도 없었다. 그의 미소는 따뜻하고, 상냥하고, 너무나 평범했다. 그가 이런 기분이라면 위험할 일이 있을 리가 없다. 나는 천천히 말했다.

"아뇨. 저도 이틀 여유가 있는데, 열심히 밟으면 하루 만에 갈 수 있어요."

문득 내가 하룻밤 자고 갈 것처럼 말했다는 것을 깨달았다. 그의 말뜻은 그것이 아니었을 것이다. 얼굴이 달아올랐다. 그러나 그는 눈치채지 못한 것 같았다.

이렇게 해서 우리는 그날 해변에서 같이 그림을 그리게 되었다. 어디 남쪽이더라, 그건 중요하지 않다. 그것은 나의 비밀이고, 어차피 메인 주 해안은 어디든지 아름답다. 로버트가 선택한 장소는 정말 아름다웠다. 블루베리 덤불이 덮인 돌투성이 들판, 나지막한 절벽까지 피어 있는 여름 들꽃, 파도에 밀려 온 나무, 크고 작은 부드러운 돌이 깔린 해변, 물 위에 점점이 떠 있는 검은 섬. 밝고, 뜨겁고, 바람이 산들산들 부는 대서양 연안의 날씨였다. 어쨌든 내 기억으로는 그렇다. 우리는 회색과 녹색, 푸르스름한 바위틈에 이젤을 세우고, 육지의 곡선과 물을 그렸다. 로버트는 대학을 졸업한 직후 한 번 구경했던 노르웨이 남부 해안 같다고 했다. 나는 그에 대한 지식의 작은 창고에 이 사실을 챙겨 놓았다.

하지만 그날 우리는 말을 많이 하지는 않았다. 대부분 몇 미터 떨어져서 조용히 작업을 했다. 주의력이 갈려 있었지만, 어쩌면 오히려 그림은 잘 되었다. 나는 30분 동안 빠르게 최대한 붓을 가볍게 움직이며 실험적으로 작게 첫 캔버스를 그렸다. 물은 진한 청색이었고, 하늘은 거의 무색의 밝음이었으며, 파도 표면의 거품은 유기적인 색조를 띤 그윽한 상아색이었다. 로버트는 내가 캔버스를 말리려고 바위에 기대 세워 놓을 때 그림을 언뜻 돌아보았다. 그는 아무 말도 하지 않았지만, 이미 선생이 아니라 단순한 동료였기 때문에 신경이 쓰이지는 않았다.

두 번째 캔버스는 더 천천히 그렸고, 점심을 먹기 위해 작업을 멈췄을 때는 배경 일부만 겨우 마친 상태였다. 식당 직원이 아까 친절하게 준비해 준 달걀 샌드위치와 과일이 있었다. 로버트는 음식을 준비하지 않은 것 같았다. 내가 점심을 나눠 주지 않았다면 뭘 먹으려 했을지 궁금했다. 식사를 마친 뒤 나는 자외선 차단제를 꺼내 얼굴과 팔에 발랐다. 이곳의 산들바람은 제법 거칠고 선선했지만, 벌써 몸이 많이 탄 것 같았다. 나는 점심을 먹으며 로버트에게도 튜브를 내밀었지만, 그는 웃으며 거절했다.

"사람들 피부가 다 흰 건 아니야."

그는 다시 한 손으로 그저 감탄하듯 내 머리카락과 뺨을 건드렸고, 나는 대답 없이 미소만 지었다. 우리는 다시 작업으로 돌아갔다.

빛이 깊어지고 날이 저물어 가기 시작하자 섬 표면의 어둠이 변했고, 나는 밤 걱정이 들기 시작했다. 어디서든 자야 할 것이다. 나는 6시나 7시쯤 출발하면 포틀랜드까지 가서 모텔을 찾을 수 있을 것이다. 싼 곳이어야 할 것이고, 싼 집을 찾아다녀야 할 것이다. 로버트 올리버가 무슨 계획인지, 계획이 아예 없는 건지는 생각하지 않기로 했다. 그의 곁에서 하루 동안 작업한 것으로 충분하다. 충분해야 한다.

로버트는 속도를 줄였다. 그의 붓에서 피로감이 느껴졌다.

"다 그렸나?"

"네, 이제 됐어요. 15분 정도 더 그리면 색깔과 그림자를 기억할 수 있을 거예요. 한데 원래 빛은 잃어버렸어요."

잠시 후 그는 붓을 씻기 시작했다.

"어디 가서 식사를 할까?"

"뭘 먹어요? 들장미 열매?"

나는 등 뒤의 절벽을 가리켰다. 내가 본 것 중에 가장 큰 들장미 열매가 녹색 들장미 덩굴에 루비처럼 아름답게 박혀 있었다. 똑바로 위를 올려다보면 파란 하늘이 시야를 가득 채웠다. 우리는 그 세 가지 색채를 함께 응시하며 서 있었다. 초현실적으로 선명한 빨강, 녹색, 파랑.

"해초를 먹어도 되겠군. 걱정 마. 어디 먹을 게 있을 테니까."

72
1879

오후, 에트르타. 눈부신 빛이 해변을 가득 채우고 있지만, 그림은 잘 되지 않는다. 자갈 깔린 해변에 뒤집어진 고깃배. 두 번째 시도하는 풍경이었다. 그녀는 사람 형상을 그려 넣고 싶어서 고민하다가 마침내 절벽 옆에서 산책하는 두 여인과 신사로 결정한다. 연한 색 양산을 든 도시 여인은 저 멀리 기둥처럼 서 있는 검은 아치를 배경으로 완벽하게 어울린다. 오늘은 갈색 턱수염을 한 덩치 큰 남자 화가 한 사람도 나와서 이젤 다리가 바닷물에 거의 잠기는 위치에 자리를 잡고 있다. 그녀는 그 남자를 소재로 고르지 않은 것을 후회한다. 그가 물가로 가는 길에 이쪽을 흘끗 보았을 때, 그녀와 올리비에는 말없는 동지처럼 서로 마주 본다.

오늘은 흰색을 더 넣고 황토색을 가미했는데도 하늘이 좀처럼 제대로 되지 않는다. 올리비에가 몸을 기울이며 왜 고개를 젓는지 묻는다. 광대한 진짜 빛 속의 황토색이 그의 뻣뻣한 머리카락, 콧수염, 연한 색 셔츠 위에서 빛나고 있다. 의도한 것은 아니지만, 그가 가까이 몸을 숙였을 때 그녀는 한 손을 그의 뺨에 갖다댄다. 그는 그녀의 손가락을 붙잡고 키스한다. 따뜻한 열기가 온몸을 달려내려간다. 온 마을의 창문 앞에서, 절벽을 그리는 낯선 사람의 등 앞에서, 멀리 양산 아래의 여인들 앞에서, 그들은 끊없는 키스를 나눈다. 세 번째 키스. 이번에는 그의 입술도 집요하게 그녀의 입술을 벌린다. 이브라면 캄캄한 침실에서나 했을 법한 키스다. 그의 혀는 강하고 입은 신선하다. 그의 목에 팔을 감고, 그녀는 그의 안에 아직 젊음이 있다는 것, 이 입이 젊음으로 향하는 통로라는 것을 이해한다.

그는 갑자기 멈춘다. 그는 붓을 내려놓고 부츠로 돌을 밟으며 몇 걸음 멀어진다. 그는 먼 곳을 바라보며 마음을 진정시켜야 한다는 듯 바다를 바라보며 서 있다. 그녀는 그 뒤를 따라가 손을 그의 손 안에 밀어넣는다. 그의 손은 입보다 늙었다.

"이건 제 잘못이에요."

"나는 널 사랑해."

설명. 그는 여전히 수평선을 바라보고 있다. 그의 목소리는 황량하게 들린다.

"왜 그 말이 절망적으로 들리죠?"

그녀는 대답을 기다리며 그의 옆모습을 지켜본다. 그는 잠시 후 돌아서서 그녀의 다른 손을 잡는다.

"말을 조심해."

그의 얼굴은 이제 부드럽고 완전히 평정을 찾은 표정이다.

"늙은이의 희망은 네가 생각하는 것보다 나약하니까."

그녀는 돌멩이 위에서 발을 구르고 싶은 충동을 억누른다. 어린아이 같아 보일 뿐이다.

"왜 제가 그걸 이해 못 한다고 생각하세요?"

그는 여전히 그녀를 바라보며 그녀의 손을 잡고 있다. 바라보는 사람이 있을지도 모른다는 것을 그가 전혀 의식하지 않는 것이 좋다.

"그럴 수도 있겠지."

그의 얼굴에 다정하고 진지한 미소가 떠오르기 시작한다. 이는 누렇지만 고르다. 그 미소를 보니 그의 얼굴의 주름이 어디서 왔는지 알 수 있다. 매번 한 가지 수수께끼가 풀리는 것 같다. 이제 그녀는 그의 현재는 물론 그녀가 태어나기 오래전의 과거까지 사랑하고 있고, 언젠가 그녀의 이름을 부르며 세상을 떠날 것이기에 사랑한다. 그녀는 말없이 그의 마른 몸에, 겹겹이 입은 옷 밑의 갈비뼈와 엉덩이에 팔을 두르고 단단히 끌어 안는다. 뺨이 그의 낡은 재킷 어깨에서 제자리를 찾는다. 그의 팔도 그녀를 단단히 껴안고 있다. 그들은 살아 있는 온기로 가득 차 있다. 돌이켜 생각해 보면 그 순간, 남아 있는 그의 짧은 미래와 더 긴 그녀의 미래가 결정되었다.

73

메리

갓 바른 물감 냄새를 풍기는 차를 몰고 남쪽으로 몇 킬로 더 내려가서 발견한 식당은 병에 빨대를 꽂아 주고 빨간 식탁보와 커튼으로 장식된, 식탁에 분홍색 장미 꽃병이 놓인 이탈리아풍이었다. 월요일 밤이었고, 다른 손님은—커플이라고 쓸 뻔했다—혼자 식사하는 남자 한 명 뿐이었다. 로버트는 촛불을 부탁했다.

"이걸 무슨 색이라고 하지?"

그는 미성년 웨이터가 촛불을 켜 주자 물었다.

"불꽃이요?"

나는 이미 로버트를 이해할 수 없을 때가 종종 있다는 것을, 그의 내밀한, 때로 혼돈스러운 사고의 흐름을 따라갈 수 없다는 것을 알아가고 있었다. 하지만 그 사고의 종착지는 보통 마음에 들었다.

"아니. 장미."

"다른 것들이 전부 빨강색과 흰색만 아니라면, 분홍색이겠죠."

"맞아."

그는 그 장미를 그릴 때 사용할 물감과 브랜드, 색채, 섞어야 할 흰색의 양에 대해 이야기했다. 우리는 같은 라자냐를 주문했고, 내가 배는 고프지만 상대를 의식해서 얌전하게 식사하는 동안 그는 아주 맛있게 먹었다.

"자네에 대해 더 이야기해 봐."

"제가 당신에 대해 아는 것보다 당신이 저에 대해 아는 게 더 많아요. 사실 말할 것도 별로 없어요. 출근해서, 온갖 나이대의 학생들 수십 명에게 최선을 다해 가르치고, 집에 와서, 그림을 그려요. 가족은 없는데, 갖고 싶지는 않은 것 같아요. 그뿐이에요. 아주 지루하죠."

그는 주문한 적포도주를 마셨다. 나는 잔을 거의 건드리지 않았다.

"지루하지 않아. 자네는 헌신적으로 그림을 그리지. 그게 다야."

"당신 차례예요."

나는 라자냐를 조금 입에 집어넣었다.

그는 이제 긴장을 풀고 있었다. 그는 포크를 내려놓고 몸을 뒤로 기대며 흘러내린 소매를 걷어 올렸다. 미세한 주름이 잡힌 피부는 적당히 닳은 좋은 가죽 같았다. 눈동자와 머리카락은 촛불 아래서도 똑같은 색으로 보였고, 어딘가 기민하고 야생적인 데가 있었다.

"음, 나도 아주 따분해. 생활에 별로 질서가 없어서 그렇지. 내가 사는 곳은 소도시인데, 가끔 탈출하기도 하지만 사실 거기서 사는 게 좋아. 재능 없는, 혹은 약간 있는 학부생들 실습 과정을 끝도 없이 가르쳐야 하고. 난 학생들을 좋아하고, 학생들도 내 수업을 좋아해. 여기저기서 전시도 하지. 이제 뉴욕 미술가가 아니라는 건 좋지만, 그래도 뉴욕은 그리워."

나는 그가 '여기저기'라고 표현한 것이 상당히 특출한 경력이라는 말은 굳이 하지 않았다.

"언제 뉴욕에서 살았어요?"

"대학원 시절하고 그 뒤 몇 년."

당연하다. 그는 내 포트폴리오를 거절했던 뉴욕 미술 학교의 반항아였다.

"전부 8년 있었어. 거기서 작업을 많이 했지. 하지만 케이트, 내 아내가 도시 생활을 별로 안 좋아해서 이사했어. 후회하지는 않아. 그린힐은 아내와 아이에게 좋은 곳이지."

아주 정직한 말투였다. 순간 아주 멀리 떨어진 어딘가의 식당에 앉아 나와 내가 갖고 싶어 하지 않는 아이에 대해 이렇게 헌신적인 말을 당연하게 해 주는 사람이 있었으면 좋겠다는 생각이 스쳤다.

"작업 시간은 어떻게 내세요?"

화제를 바꾸는 것이 좋을 것 같았다.

"잠을 별로 안 자. 가끔. 가끔은 잠을 많이 안 자도 돼."

"피카소 같군요."

나는 진지하게 하는 말이 아니라는 것을 보여주려고 미소 지었다. 그도 미소 지었다.

"정확하게 피카소 같지. 집에 작업실이 있으니까, 밤에 학교에 돌아가서 겹겹이 잠긴 문을 열지 않아도 위층에 올라가면 일을 할 수 있어."

나는 그가 열쇠를 찾느라 온갖 주머니를 다 뒤지는 모습을 상상해 보았다.

그는 와인을 비우고 더 따랐다. 적당한 양이었다. 안전하게 운전할 계획이 있는 것 같았다. 이탈리아 음식점에는 모텔이 딸려 있지 않았다.

"어쨌든 지금은 대학에서 나와서 따로 집을 얻었어. 살기는 좋은데, 이제 출근할 때 걸어서 4분 대신 차로 20분씩 가야 하지."

"안됐군요."

나는 나중에 배고파서 후회하지 않으려고 남은 라자냐를 먹었다. 아직 읽을 아이작 뉴턴이 남아 있었지만, 그는 예상보다 훨씬 흥미로웠다. 이성이냐 믿음이냐.

로버트는 디저트를 주문했고, 우리는 좋아하는 화가에 대해 이야기했다. 나는 마티스에 대한 사랑을 고백했고, 이 유쾌한 식탁과 커튼과 장미가 그의 붓끝에서 어떻게 재구성될지 이야기했다. 로버트는 웃었다. 그는 그보다 더 고전적인 화가의 이름을 대지는 않았고, 인상파에 관심이 있다는 것도 말하지 않았다. 뻔히 알 거라고 생각했거나, 자기 작품에 대한 평을 알고 있기 때문에 더 이상 정당화할 필요가 없다고 생각했을 수도 있다. 그의 명성은 점점 더 높아 가고 있었다. 미대 시절의 강사와 개념미술에 탐닉하던 동료 학생들에게 멋지게 복수해 준 것이다. 그의 말투 사이사이에서 읽을 수 있었다. 우리는 책에 대해서도 이야기했다. 그는 시를 이야기했고, 나도 학교에서 조금 읽었던 예이츠와 오든, 오래전 로버트의 책상에서 우연히 보고 나도 시선을 찾아 읽었던 체슬라브 밀로즈를 인용했다. 그는 소설은 대체로 좋아하지 않았고, 나는 《문스톤》이나 《미들마치》처럼 아주 긴 빅토리아 소설을 폭탄처럼 우편으로 보내겠다고 협박했다. 그는 웃으며 그래도 절대 읽지 않겠다고 맹세했다.

"하지만 19세기 문학은 좋아하셔야 해요. 최소한 프랑스 작가는요. 인상파를 좋아하시니까요."

"난 인상파를 좋아한다고 말한 적이 없어. 내가 하는 일을 할 뿐이라고 했지. 나만의 이유로. 그중 어떤 것이 인상파를 닮았을 뿐이야."

그는 이런 말을 한 적이 없었지만, 나는 굳이 정정해 주지 않았다. 그가 금방이라도 떨어질 것 같은 비행기를 탔던 경험도 이야기한 기억이 난다.

"그린힐에서 뉴욕으로 돌아가는 길이었는데, 그게 자네 대학, 바넷에서 가르치던 때지. 라구아디아 공항에 거의 다 온 지점에서 엔진 중 하나가 이상이 생겨서 기장이 방송으로 비상 착륙을 해야 한다고 알렸어. 내 옆에 앉은 여자는 겁에 질렸지. 평범한 중년 여자였어. 그전까지만 해도 남편의 직장 이야기를 나한테 하고 있었지. 비행기가 들썩하고 안전벨트 표지등에 불이 들어오니까, 그 여자가 손을 뻗어서 내 목을 붙잡더군."

그는 냅킨을 돌돌 말아서 무거운 통에 넣었다.

"나도 겁이 났어. 그냥 살고 싶다는 생각이 들었던 기억이 나. 그 여자가 내 목을 그렇게 붙잡고 있으니 공황 상태가 오더군. 그래서 여자를 밀어냈어. 난 항상 위기에서 본능적으로 용감할 거라고 생각했는데, 화재 현장에 무의식적으로 뛰쳐들어가서 다른 사람들을 구해내는 사람 말이야."

그는 고개를 들고 어깨를 으쓱했다.

"내가 왜 이 이야기를 하고 있지? 어쨌든 몇 분 뒤 안전하게 착륙했을 때는 여자가 내 얼굴을 보지 않으려고 하더군. 그냥 외면하고 울고 있었어. 가방을 내려 주겠다는 것도 거절하고, 쳐다보지도 않았지."

뭔가 해 줄 말은 없었지만, 가슴을 찌르는 공감을 느꼈다. 그의 표정은 어둡고 무거웠다. 대학 시절 그가 얼굴을 잊지 못하는 여자에 대해 말했던 순간이 떠올랐다.

"아내에게도 말하지 못했어."

그는 두 손으로 냅킨을 평평하게 펼쳤다.

"안 그래도 내가 다른 사람들을 잘 돌보지 않는다고 생각하는 사람이니까 말이야."

그는 미소 지었다.

"자네는 터무니없는 고백을 하게 만드는군."

나는 만족했다.

마침내 로버트는 긴 팔을 죽 뻗고 음식값을 지불하겠다고 고집했지만 나는 굳이 반으로 나누자고 했다. 우리는 일어섰다. 그는 화장실에 갔고—나는 혼자서 거울을 보고 매무새를 다듬기 위해 벌써 두 번이나 갔다 왔다—그가 없는 식당은 한층 텅 비어 보였다. 그런 다음 우리는 바다 냄새와 튀긴 생선 냄새가 풍기는 어두운 주차장으로 나와서 내 차 옆에 섰다.

"음, 이제 나는 운전을 해야겠어."

이번에는 사무적인 말투는 아니었다. 그랬다면 더욱 질투심이 났을 것이다.

"나는 밤에 운전하는 게 좋아."

"네, 먼 길 가셔야죠. 저도 이제 출발해야겠어요."

그의 차를 먼저 출발하게 할 생각이었다. 그런 다음 가장 처음 도착하는 도시에서 가장 먼저 눈에 띄는 변변한 모텔을 찾을 생각이었다. 포틀랜드까지 가기에는 너무 늦었고, 피곤했고, 슬펐다. 로버트는 혼자 플로리다까지라도 운전할 준비가 된 것 같았다.

"즐거웠어."

그는 내 몸에 천천히 팔을 둘렀다. 여성적인 표현에 나는 놀랐다. 그는 잠시 나를 안고 있다가 뺨에 키스했고, 나는 움직이지 않으려고 노력했다. 그를 기억해야 했다.

"즐거웠어요."

나는 그를 놓아주고 트럭 문을 열었다.

"잠깐, 여기 내 주소와 전화번호가 있어. 남쪽에 오게 되면 연락해."

그럼요. 나는 명함이 없었지만, 대신 글러브 박스에서 종이조각을 꺼내 내 이메일 주소와 전화번호를 적었다.

로버트는 흘끗 보았다.

"난 이메일을 잘 안 써. 업무용으로 필요할 때 쓰지만 그뿐이야. 진짜 주소를 주면 내가 언제 드로잉이라도 보내지."

나는 진짜 주소를 덧붙여 적었다.

그는 마지막이라는 듯 내 머리를 쓰다듬었다.

"자네는 이해할 거야."

"아, 그럼요."

나는 그의 뺨에 얼른 키스했다. 아주 강렬한 맛, 아주 약간 오일 냄새가 감도는 최상급 엑스트라 버진. 그 맛은 몇 시간 동안 내 입술에 남았다. 나는 트럭에 올랐다. 그리고 출발했다.

열흘 후 그의 첫 드로잉이 우편함에 도착했다. 그냥 급히 기분 내키는 대로 접은 종이에 그린 스케치였다. 사티로스 같은 형태가 파도에서 솟아나고 있었고, 근처 바위에 처녀가 앉아 있었다. 동봉한 쪽지에는 우리가 나눈 대화를 생각했고 즐거웠다, 지금은 해변에서 그린 그림을 바탕으로 새 캔버스 작업을 하고 있다고 적혀 있었다. 그 여인과 아이의 형태를 그려 넣었을까 하는 의문이 불쑥 들었다. 그는 사서함 번호를 남기면서 그 주소를 쓰라고, 자기 그림보다 더 나은 그림을 보내서 콧대를 꺾어 달라고 덧붙였다.

74

메 리

로버트와 나는 아주 오랫동안 편지를 주고받았고, 그 편지는 아직까지도 내 인생 최고의 경험으로 남아 있다. 재미있었다. 내가 자랄 때도 없던 이메일과 음성 메일과 첨단 기술의 시대에, 평범한 일반 편지는 놀라운 친밀감을 전달한다. 하루 일을 마치고 집에 돌아오면 로버트의 필체로 내 주소가 적혀 있는 봉투에 편지나 스케치가 와 있곤 했고—안 오고 지나는 날도 많았다—둘 다 한 봉투에 밀어 넣어 보내는 날도 있었다. 나는 책상 위 일정판에 드로잉을 붙여 콜라주를 만들었다. 집에 있는 내 사무실은 침실이기도 하다. 밤에 책을 들고 침대에 누워 있을 때, 아침에 눈을 뜰 때, 점점 늘어나는 그의 스케치 전부를 볼 수 있었다.

묘하게도 그 스케치 두세 장을 핀으로 붙여 놓은 뒤에는, 혼자 지내면서 누군가를, 내게 딱 맞는 사람을 찾아 헤맨다는 그런 느낌이 사라졌다. 평생 어떤 것에도 속하고 싶지 않았던 내가 로버트에게 속하기 시작했다. 지금 생각해 보면 결국 우리는 우리가 사랑하는 대상에 속했을 것이다. 로버트를 내 것으로 할 수 있다거나, 그에게 충실해야 한다고 생각한 것은 아니었다. 처음에는 그저 다른 사람이 내 침대에서 저 그림을 보게 하고 싶지 않다는 기분이었다. 그는 나무, 사람들, 집, 기억 속의 나를 그렸다. 최신 프로젝트를 놓고 겁에 질려 있는 자신의 모습을 그렸다. 서류함에 집어넣거나 사무실 바닥에 버릴 수 있는데도 왜 굳이 내게 그 모든 이미지를 보냈는지, 나를 위해 그린다고 생각해서 더 많이 그렸거나 신선한 영감을 얻을 수 있었는지는 아직도 모르겠다.

　한 번은 자신이 가장 좋아하는 시 중 하나라면서 체슬라브 밀로즈의 시구를 보내기도 했다. 로버트 자신의 선언으로 받아들여야 할지 알 수 없었지만, 나는 그 시를 며칠 동안 주머니에 넣고 다니다가 일정판에 붙였다.

502

　오 나의 사랑, 어디에 있는가, 어디로 가는가
　번득이는 손, 전광석화 같은 움직임, 바그락거리는 손
　나는 슬픔이 아닌 경이감으로 묻는다

　하지만 그의 편지는 일정판에 붙이지 않았다. 편지에도 때로 따로 스케치가 그려져 있었고, 내용은 아주 짧은 생각, 상념, 이미지 같은 것이었다. 나는 로버트가 궁극적으로 작가였다고 생각한다. 그가 내게 보낸 모든 조각들을 정리하면, 아마 짧고 인상주의적인, 그의 일상과 그가 끊임없이 그리려 했던 자연에 대한 아주 좋은 소설이 될 것이다. 나는 매번 답장을 썼다. 균형을 맞추기 위해서 그가 무엇을 보내든 그 반향을 보여 주는 것을 규칙으로 삼았다. 그가 스케치를 보내면 나도 스케치를 보냈고, 메모만 보내면 나도 메모만 보냈다. 둘 다 보내면 편지를 좀 더 길게 쓰고 그 페이지에 그림을 곁들이는 것이 규칙이었다.

그가 이 패턴을 눈치챘는지는 모르지만, 나는 묻지 않았다. 이렇게 하면 지나치게 자주 그에게 편지를 보내는 것을 삼갈 수 있었다. 우리는 서신 교환에 익숙해지자 일주일에 몇 번이나 편지나 스케치를 교환하게 되었다. 마지막으로 그와 싸운 뒤, 나는 새로운 법칙을 정했다. 편지는 모두 태우고 스케치는 보관하자고. 나는 그가 보낸 첫 스케치를 제외하고 일정판에 붙였던 모든 스케치를 떼어냈다. 첫 스케치, 사티로스와 처녀 그림은 그가 떠난 지 몇 주 뒤에 마분지에 붙여서 수채로 채색한 뒤, 그것을 바탕으로 작은 연작 세 점을 그렸다. 눈물에 물감을 섞을 수도 있었을 것이다. 너무나 고통스러운 작업이었다.

나는 그가 며칠에 한 번씩 손을 넣는 사서함을 상상하곤 했다. 어떤 크기일지, 그의 손이 들어갈지 손가락만 들어갈지. 이상한 나라에서 몸이 너무 커진 앨리스가 도마뱀인가 생쥐인가를 잡으려고 굴뚝 안에 손을 넣었듯 상자 안을 더듬거리는 모습도 상상해 보았다. 그는 내 주소를 알고 있으니 내가 어디 사는지도 아는 셈이다. 나도 그린힐에 한 번 가 보았다. 서신을 주고받던 기간 중반쯤에 로버트가 거기서 열리는 개인전 개막일에 놀랍게도 나를 초대했던 것이다. 그가 가르치기 시작한 뒤로 두 번째 전시회였다. 자기 작품을 응원해 주어서 초대하는 것이라고 했고, 머무를 곳은 마련해 줄 수 없다고 넌지시 비쳤다. 나를 초대하고는 싶지만 내가 오는 것을 자신이 정말 바라는 것인지 확신이 없는 것 같았다.

그를 실망시키고 싶지 않았지만 나 자신도 실망시키고 싶지 않았기에, 나는 워싱턴에서 차를 몰고 가서—알겠지만 하루 정도밖에 걸리지 않는 거리다—시내 외곽의 모텔 6에 머물렀다. 그린힐 대학의 새 미술관에서는 와인과 치즈 파티가 열리고 있었다. 로버트에게 감히 전화할 수가 없어서 개막일에 도착하기 며칠 전에 사서함으로 쪽지를 보냈지만, 로버트는 쪽지를 뒤늦게야 받았다.

홀에 들어서는 순간에는 손이 떨리고 있었다. 메인 이후로—서신을 교환하기 시작한 뒤로—로버트를 한 번도 본 적이 없었고, 온 것이 벌써 후회되기 시작했다. 혹시 내가 자기 생활을 방해하러 왔다고 생각하고 불쾌해할지도 모른다. 내겐 그럴 의도가 없었다. 그저 먼 발치에서라도 그를 보고 싶었고, 몇 주 전부터 그 구상과 완성도로 소문이 자자하던 새 그림을 보고 싶었다. 나는 검정 터틀넥과 늘 입는 청바지로 아주 평범한 옷차림을 하고, 파티가 시작되기 30분 전에 미술관에 도착했다. 한쪽 구석에 모인 사람들 사이에 머리가 불쑥 솟아 있는 로버트가 곧장 보였다. 와인 잔을 든 몇몇 손님들이 그림에 대해 묻는 것 같았다. 학생들과 교수진은 물론, 작은 시골 대학에 어울리지 않는 우아한 사람들이 바글거렸다. 그림을 사려는 사람도 있었을 것이다.

그림은 보자마자 시선을 뗄 수 없었다. 우선 내가 본 그의 어떤 작품보다 더 컸다. 바넷 대학에서 내가 본 기억이 나는 여인이 거의 실물 크기로 풍경과 초상화에 들어 있었고 종종 전신상도 있었다. 한데 이번에는 단지 크기가 클 뿐만 아니라 더 나이 많은 여인의 시체 같은 것을 품에 안고 비탄에 젖은 끔찍한 현장이었다. 어머니일까. 나이 든 여인의 이마 한가운데에는 끔찍한 상처가 있었다. 땅에는 다른 시체들도 있었다. 포석에 얼굴을 묻은 사람, 등에 핏자국이 묻은 사람, 하지만 모두 남자였다. 배경은 인물보다 흐릿했다. 길거리 같았고, 벽과, 돌멩이, 혹은 쓰레기 더미 같은 것이 있었다. 19세기 중반에서 뛰어나온 듯한 이미지였다. 고야의 화풍을 닮은 마네의 〈막시밀리안 황제의 처형〉이 즉각 떠올랐지만, 로버트의 그림은 보다 세밀하고 사실적이었다.

이것이 무엇에 대한 것인지는 알아차리기 힘들었다. 그저 그림을 보는 순간 그 환상의 힘이 보는 사람을 휩쓸어 버릴 뿐이었다. 드레스 앞자락에 피가 묻은 창백한 여인은 그 어느 때보다 아름다웠지만, 로버트가 묘사하고 있는 것은 끔찍한 장면이었다. 여인이 사랑스럽기 때문에, 가운에 피가 묻고 절박한 얼굴을 한 그녀가 꼭 보고 싶었다는 듯한 화가의 욕망 때문에, 더욱 끔찍하기도 했다. 편지를 통해 그가 그리는 그림이 격렬하고 기묘하다는 것은 짐작하고 있었지만, 완성된 작품을 직접 보는 경험은 완전히 달랐고, 충격적이었다. 한순간 살인자와 공모하고 있었던 듯한 두려움이 오싹 밀려왔다. 몹시 착잡한 감정이었다. 로버트에 대해 점점 깊어 가는 사랑 속에서 어안이벙벙한 기분이 들었다. 다음 순간 인물의 놀라운 형태적 완성도, 그림에 담겨 있는 연민, 참혹한 상처보다 더 깊은 슬픔이 눈에 들어왔고, 나는 우리 모두 세상을 떠난 뒤에도 오랫동안 길이 남을 그림을 보고 있다는 것을 깨달았다.

한편으로는 충격 때문에, 다른 한편으로는 우리 사이의 비밀스러움을 지키고 싶다는 마음 때문에, 그리고 솔직히 수줍음 때문에, 로버트에게 인사를 하지 않고 떠날까 하는 생각도 들었다. 하지만 워낙 멀리까지 차를 몰고 온 터라, 나는 로버트의 숭배자 몇몇이 돌아선 뒤에 마침내 그쪽으로 걸어갔다. 그는 내가 관중 사이로 다가오는 것을 보더니, 한순간 얼어붙었다. 다음 순간 놀란 듯한, 즐거운 표정이 얼굴에 떠올랐고—이후 그 표정을 내가 얼마나 소중히 기억하고 간직했는지—그는 정신을 가다듬더니 다가와서 아주 따뜻하게 나와 악수를 나누며 아주 정중하게, 그 자리에 어울리는 태도로, 와 주어서 정말 고맙다고 중얼거렸다. 나는 그가 실제로 얼마나 큰지, 얼마나 묘하게 잘생긴 사람인지, 얼마나 눈에 띄는 사람인지 거의 잊고 있었다. 그는 내 팔꿈치를 쥐었다. 그리고 주위에 왔다 가는 사람들에게 이름으로만 나를 소개해 주었고 몇 번은 내가 화가라는 사실도 언급했다.

그 사람들 중에, 그 스쳐가는 만남 중에, 그의 아내도 있었다. 그녀도 내 손을 부드럽게 흔들고 내가 누구든 환대받는 기분을 느끼게 해 주고 싶었는지 친절한 질문을 던졌다. 고맙게도 잠시 후 누군가 그녀를 불러서 데려가 주었다. 나는 갑작스러운 그녀와의 만남에 어안이벙벙한 상태였고, 얼마나 터무니없는지 알면서도 질투 같은 감정으로 가득 차 있었다. 그럼에도 불구하고 나는 그녀가 마음에 들었다. 그녀는 로버트보다 많이 작았고(나는 여전사, 아마존, 웅장한 다이애나 같은 여인을 상상했다). 내 어깨까지밖에 오지 않았다. 머리카락은 황갈색이었고, 주근깨가 있었으며, 녹색 드레스 줄기에 달린 금빛 꽃송이 같은 모습이었다. 그녀가 내 친구였다면, 색깔을 고르는 즐거움이 있을 것 같아서 모델로 그림을 그리게 해 달라고 했을 것이다.

저녁 내내 그녀의 손의 온기는 내 손안에 남아 있었다. 어디서 머무를 거냐, 얼마나 오래 있을 거냐 하는 질문을 시키고 싶지 않아서 로버트에게 다시 말을 걸지 않고 눈치 있게 일찌감치 전시회를 나온 뒤에도, 워싱턴을 향해 차를 달리는 몇 시간 동안에도, 버지니아 남부의 어느 모텔 침대에 몸을 말고 말없이 누워 있는 동안에도, 나는 그를 만난 기억으로 가득 차 있었다. 로버트와 그의 아내를 만난 기억으로.

1879. 5.

에트르타
수신: M. 이브 비뇨
뤼 드 불로뉴, 파시, 파리

사랑하는 남편

편지가 당신과 아버지 손에 잘 들어가야 할 텐데요. 일은 바빴
나요? 니스로 돌아갈 건가요, 원했던 대로 몇 주 동안 집에 머
무를 수 있나요? 아직 비가 내리고 있나요?

나는 여기서 아주 잘 지내고 있어요. 쌀쌀하지만 5월 치고는 날
씨가 아주 맑아서 첫날은 내내 산책로에서 그림을 그렸고, 지금
은 저녁 식사를 하기 전에 잠시 쉬고 있답니다. 백부님이 같이
가 주셨어요. 그는 대형 캔버스에 바다와 절벽을 그리고 있어
요. 내가 그린 것 중에는 마음에 든 게 여자 둘이 풍성한 스커트
를 걷어 올리고 있고 아이 하나가 옆에서 물장구를 치는 단순한
그림 딱 하나뿐이지만, 언젠가 좀 더 거창한 소재를 시도해 봐
야겠지요. 풍경은 지난번 찾아왔을 때처럼 아름답지만, 계절이
변해 달라진 점이 많더군요. 산은 이제 녹색으로 물들어 가고
있고, 한여름의 뭉게구름이 없는 수평선은 회청색이랍니다. 호
텔은 편안하니까 걱정하지 않아도 돼요. 아주 깨끗하고 시설도
잘 되어 있고, 비교적 단순하고 소박한 것도 마음에 들어요. 오
늘 아침에는 당신이 봤다면 흡족할 정도로 아침을 넉넉하게 먹
었어요. 여행은 전혀 피곤하지 않았고, 방에 도착한 순간 편안
하게 잠들었어요. 백부님이 그림을 그리지 않을 때는 요즘 작업

하고 있는 글 참고문헌을 가져왔으니, 그때는 당신 당부대로 쉴 수 있겠지요. 심심풀이로 새커리도 읽기 시작했답니다. 날 위해서 사람을 보낼 필요는 없어요. 난 혼자 완벽하게 지내고 있고, 에스메가 다른 일을 하는 동안에 아버지를 따뜻하게 보살펴 줄 수 있어서 마음이 놓인답니다. 당신도 부디 잘 지내요. 거기도 봄기운이 완연해지기 전에는 외투 꼭 챙겨 입고요. 당신의 충실한 아내.

베아트리스

75

메 리

어느 날 아침 나는 로버트에게서 닷새째 편지도 그림도 오지
않았다는 것을 깨달았다. 우리로서는 이제 긴 기간이었다. 그가 마
지막으로 보낸 스케치는 강렬한 얼굴 윤곽을 우스꽝스럽게 캐리커
처하고 머리카락이 메두사처럼 제멋대로 비죽 서 있는 자화상이었
다. 밑에는 이렇게 써 있었다. "아, 로버트, 언제쯤이면 정신 차릴
래?" 그가 자기 자신을 직접적으로 비판한 것은 내가 알기로 이번이
처음이라 나는 약간 놀랐다. 하지만 나는 그 말을 가끔 로버트가 불
쑥 언급하곤 했던 '우울감'이나, 편지를 통해 점점 더 부풀어 가는
이중생활을 가리킨다고 생각했다. 사실 나는 그 말을 일종의 칭찬으
로 받아들였다. 한창 사랑에 푹 빠져 있을 때는 누구나 그렇지 않은
가? 하지만 사흘 동안 아무것도 오지 않고 이어 나흘, 닷새가 지나
자, 나는 규칙을 깨뜨리고 걱정스럽고 안달이 나는 마음으로, 아무
렇지도 않은 척하려고 애쓰며 연달아 두 번째 편지를 썼다.

그는 그 편지를 받지 못했다, 확실하다. 우체국에서 그의 사서
함을 폐쇄하고 내 편지를 버린 것이 아니라면, 절대 꺼내 주지 않을

509

손을 기다리며 아직 그 안에 있을 것이다. 어쩌면 케이트가 이후 사서함을 정리하다가 버렸는지도 모른다. 그렇게 된 거라면 케이트가 읽지 않았으면 하는 마음이다. 편지를 보낸 다음 날 아침 6시 30분 초인종이 울렸다. 나는 목욕가운 차림으로 젖은 머리카락을 빗질한 채 드로잉 수업에 나갈 준비를 하고 있었다. 그 시간에 내 초인종을 누르는 사람은 없었고, 순간 경찰에 연락할까 하는 생각이 들었다. 내가 사는 동네는 그런 곳이었다. 하지만 나는 무슨 일인지 일단 확인하려고 스피커 버튼을 누르고 누구냐고 물었다.

"로버트야."

크고, 깊고, 낯선 목소리. 피곤하고, 약간 망설이는 것 같았지만, 나는 그것이 그의 목소리라는 것을 알았다. 외계에서도 알아들었을 것이다.

"잠깐만요. 기다려요. 잠깐만 기다려요."

초인종으로 문을 열어 줄 수도 있었지만, 간절하게 직접 내려가고 싶었다. 믿을 수가 없었다. 나는 집히는 대로 옷을 걸쳐 입고 열쇠를 움켜쥔 뒤 맨발로 엘리베이터에 달려갔다. 1층에서 그가 안쪽 유리문을 들어서는 모습이 보였다. 어깨에 더플백을 메고 있었고, 아주 피곤하고 그 어느 때보다 헝클어진 모습이었지만 눈빛은 나를 찾아 주의깊게 로비를 둘러보고 있었다.

꿈꾸는 게 아닌가 하는 생각이 들었지만, 어쨌든 나는 문을 열고 그에게 달려갔고 그는 가방을 내려놓더니 내 몸을 들어 안고 으스러지도록 껴안았다. 그가 내 어깨와 머리카락에 얼굴을 묻고 냄새를 맡는 게 느껴졌다. 첫 순간 우리는 키스조차 하지 않았다. 나는 그의 뺨의 감촉이 상상했던 것과 같아서 안도의 마음에 흐느끼고 있었고, 그 역시 약간 흐느꼈던 것 같다. 우리는 눈물과 그의 이마에서 반짝이는 땀 때문에 서로의 얼굴에 머리카락이 달라붙은 채 몸을 떼어냈다. 턱수염은 며칠 동안 자란 것 같았다. 워싱턴 길거리에서 가끔 보이는, 낡은 셔츠를 두 장씩 겹쳐 입고 다니는 덥수룩한 벌목군 같았다.

"뭐죠?"

내가 할 수 있었던 말은 그뿐이었다.

"아내가 나를 쫓아냈어."

그는 추방의 증거라도 보여 주려는 듯 충격받은 내 얼굴을 향해 가방을 들어 보였다.

"당신 때문이 아니야. 다른 일 때문이야."

그가 내 어깨에 한 팔을 두른 것으로 보아, 나는 어느 때보다 충격이 큰 표정을 하고 있었던 모양이었다.

"걱정 마. 괜찮아. 그냥 내 그림 때문이야. 나중에 설명할게."

"밤새도록 운전했군요."

"응, 내 차 저기 둬도 되나?"

그는 표지판과 쓰레기, 알아볼 수도 없는 계량기가 널려 있는 거리를 가리켰다.

"그럼요. 9시 지나면 견인돼요."

우리는 둘 다 웃기 시작했고, 그는 내 머리를 캠프에서 만났을 때처럼 다시 쓰다듬고, 내게 키스하고 키스하고 키스했다.

"아직 9시 안 됐나?"

"안 됐어요. 두 시간 넘게 남았어요."

우리는 무거운 가방을 들고 위층으로 올라갔고, 나는 등 뒤에서 문을 잠근 뒤 병가를 냈다.

76

메 리

로버트는 내 집에 옮겨 오지 않았다. 그냥 커다랗고 묵직한 가
방과 차에 실어 온 이젤, 물감, 캔버스, 여분의 신발, 도착 선물로 나
를 위해 골라 온 와인 한 병을 내 집에 내려놓고 계속 머물렀을 뿐
이었다. 앞으로의 계획을 물어본다거나 살 곳을 찾으라고 말하는 것
은 꿈도 꾼 적이 없었고, 내가 아파트에서 나가고 싶은 마음도 추호
도 없었다. 내 베개에 늘어진 그을린 팔 안에서, 검은 곱슬머리가 내
어깨에 흐트러진 채 잠을 깨는 것은 천국 같았다. 나는 수업에 나갔
다가 여느 때처럼 학교에서 그림을 그리지 않고 곧장 집에 들어왔
고, 우리는 오후의 절반은 침대에서 뒹굴었다.

　　토요일과 일요일에는 정오쯤 일어나 공원에 가서 그림을 그리
거나, 버지니아로 차를 몰고 나가거나, 비가 오면 내셔널 갤러리를
찾았다. 〈레다〉와 그 초상들, 와인잔을 든 마네의 그 놀라운 작품이
걸려 있던 전시실을 최소한 한 번은 지나쳤던 기억이 분명히 난다.
맹세하지만 그는 마네에 더 관심이 있었고, 〈레다〉에는 별로 흥미가
없는 것 같았다. 우리가 거기 같이 갔을 때는 분명히 그렇게 행동했

다. 우리는 안내문을 낱낱이 읽었고, 그는 마네의 붓질에 대해 언급한 뒤 말로 다할 수 없는 존경심의 뜻으로 고개를 설레설레 저으며 걸음을 옮겼다. 첫 주가 지난 뒤, 그는 내가 그림을 충분히 그리지 않고 있다, 그것이 자신 때문이라고 생각한다고 엄격하게 말했다. 집에 돌아오면 규칙적으로 나를 위해 회색이나 베이지로 칠한 캔버스가 준비되어 있곤 했다. 나는 그의 지도 아래 아주 오랫동안 그래본 적이 없을 정도로 열심히 작업하기 시작했고, 더욱 복잡한 주제를 시도해 볼 수 있었다.

한 예로, 나는 허리 위쪽은 벌거벗고 카키 바지만 입은 차림으로 주방 의자에 앉은 로버트를 그렸다. 그는 내가 습관적으로 기피하는 것을 눈치채고 손을 더 잘 그리는 법을 가르쳐 주었다. 정물화를 그릴 때 꽃이나 꽃의 배치를 경멸하지 말라고 가르쳤고, 위대한 화가들이 꽃을 얼마나 중요한 과제로 여겼는지 지적했다. 언젠가 그는 죽은 토끼와 커다란 송어를 가져왔고—어디서 구했는지는 모른다—우리는 그 옆에 과일과 꽃을 쌓아 놓고 나란히 바로크풍으로 그린 뒤 그림을 보며 웃음을 터뜨리기도 했다. 나중에 그는 토끼 가죽을 벗겨서 송어와 함께 요리했고, 음식은 아주 맛있었다. 그는 프랑스 인 어머니에게서 요리를 배웠다고 했다. 하지만 내가 아는 한 그는 거의 음식을 하지 않았다. 보통 우리는 수프 통조림과 와인을 따서 식사를 때웠다.

우리는 거의 매일 밤 같이, 때로 몇 시간이고 책을 읽었다. 그는 좋아하는 밀로즈를 소리내어 읽어 주었고, 프랑스 시를 읽으며 나를 위해 즉석에서 번역해 주었다. 나는 그가 자라면서 읽지 못했던, 내가 늘 좋아했던 어머니의 고전 모음, 루이스 캐롤과 코넌 도일, 로버트 루이스 스티븐슨을 읽어 주었다. 우리는 옷을 입고, 혹은 벌거벗은 채, 혹은 연파랑 색 담요를 같이 두르고, 혹은 소파 앞 바닥에 낡은 스웨터를 깔아 놓고 앉아서 책을 읽었다. 그는 내 도서관 출입증을 이용해서 마네와 모리조, 모네, 시슬리, 피사로의 화집을 빌려 왔다. 그는 특히 시슬리를 좋아해서 나머지 화가를 전부 합친 것보다 낫다고 말하기도 했다. 가끔 이들 화가가 사용한 효과를 따로 그런 용도로 준비한 작은 캔버스에 모방해 보기도 했다.

때로 로버트는 조용하거나 슬픈 기분에 빠질 때가 있었고, 내가 팔을 쓰다듬으면 아이들이 보고 싶다고 말하면서 사진을 꺼내 보기도 했지만 케이트는 한 번도 언급하지 않았다. 그가 영원히 머무를 수 없을 것 같아서, 그러지 않을 것 같아서 두려웠다. 언젠가 결혼생활을 정리할 방법을 찾아서 보다 안정적으로 내 생활에 들어왔으면 하는 희망도 있었다. 우편물을 찾아왔는데 케이트가 이혼을 요구했다는 말을 들었을 때까지, 나는 그가 워싱턴에 새 사서함을 연 것을 모르고 있었다. 그는 급하게 연락할 일이 있을 때를 대비해서 사서함 번호를 알려 주었다, 잠깐 집에 가서 서류 정리를 하고 아이들을 보고 오기로 했다고 말했다. 모텔이나 친구 집에 머무를 거라고 했는데, 아마 케이트에게 돌아갈 생각이 없다는 마음을 그런 식으로 확실하게 해 두고 싶었던 것 같다. 되돌아가지 않겠다는 그의 단호함은 어쩐지 오싹했다. 그녀에 대해 그런 마음을 느낀다면, 언젠가 나에 대해서도 그럴 수 있다는 것을 알고 있었으니까. 내게서 떠날지도 모른다는 회의만 아니라면, 차라리 후회나 이중적인 감정이 보이는 편이 나았을 것이다.

그러나 그는 케이트를 떠나는 데 대해 묘한 확신을 가진 것 같았다. 무엇인지는 말하지 않았지만, 그녀가 자신에게 가장 중요한 것을 이해하지 못한다고 했다. 나 역시 이해하지 못하는 것처럼 보일까 봐, 물어보고 싶지 않았다. 그린힐에서 닷새를 지낸 뒤 돌아왔을 때, 그는 토머스 에이킨스의 전기를 가져다주면서(그는 내 그림이 에이킨스를 연상시킨다고, 어딘가 미국적인 향취가 보인다고 늘 말했다) 여행 중에 겪었던 사소한 사건들을 신나게 늘어놓았고, 아이들은 예쁘게 잘 크고 있다. 사진을 많이 찍었다고 했지만 케이트에 대해서는 말하지 않았다. 그는 이제 내가 우리 침실로 생각하고 있는 방으로 나를 데려가서 침대에 눕힌 뒤 그동안 내내 그리웠다는 듯 한결같은 열정으로 나를 사랑해 주었다.

이런 사소한 천국은 차츰 변해 가는 그의 기분에 대한 마음의 준비가 되어 주지 못했다. 가을이 되면서 그의 기분은 어두워졌다. 새로운 시작, 새 학교 신발, 새 학생들, 멋진 색채, 내가 가장 좋아하는 계절이었다. 하지만 로버트에게는 마치 시들어 가는 계절, 암울함이 잠식해 들어오는 계절, 여름이 죽는 계절, 우리의 첫 행복이 죽어 가는 계절 같았다. 동네의 은행잎은 누런 크레이프지처럼 변했다. 좋아하던 공원에는 밤이 흩어져 있었다. 나는 새로운 캔버스를 꺼내 평일에 하루 강의를 쉬고 머내서스 전적지로 여행가자고 졸랐다. 하지만 로버트는 웬일인지 그림을 그리려고 하지 않았다. 그는 역사적인 언덕의 나무 밑에 앉아 살육의 현장에서 들려오는 음산한 소리에 귀를 기울이듯 생각에 잠겨 있었다. 나는 한동안 혼자 내버려 두면 기분이 좋아지겠지 하는 마음으로 들판에서 그림을 그렸지만, 그날 저녁 그는 아무 이유도 없이 내게 화를 내고 접시를 깨뜨리려는 몸짓을 하더니 혼자 오랫동안 산책을 하러 나갔다. 애써 참았지만 눈물이 조금 나왔다—나는 우는 것을 싫어한다. 그런 상태의 그를 바라보는 것이, 함께 그토록 아름다운 시간을 보낸 뒤에 거부당하는 기분을 느끼는 것이 너무 고통스러웠다.

그러나 케이트와 법적으로 헤어지고—이혼이 성립되려면 석 달 더 남은 시점이었다—예전의 생활에서 영원히 빠져나오는 데서 생기는 후유증은 자연스러운 감정 같았다. 워싱턴에서 직장을 잡아야 한다는 압박감도 분명 느낄 것이다. 하지만 그는 직장을 찾는 것 같지는 않았다. 따로 적게 수입이 나오는 데가 있거나 그림을 팔아서 벌어 둔 돈이 있는 것 같았지만, 그 돈이 영원하지는 않을 것이다. 수입에 대해 묻고 싶지는 않았고 돈도 일부러 따로 관리했지만, 집세는 늘 그렇듯 내가 내고 식료품도 내가 샀다. 그가 종종 식료품이나 와인, 유용한 작은 선물을 갖고 와서 경제적으로 별다른 부담은 없었지만, 월말이 되면 쪼들렸기 때문에 언젠가 집세와 관리비를 나누어 내자고 말해야 한다는 생각이 조금씩 들기 시작했다. 어머니에게 도와 달라고 할 수도 있었지만, 어머니는 내가 곧 이혼할 미술가와 같이 사는 것을 탐탁치 않게 생각하셨기 때문에 손을 내밀 수가 없었다.("나도 사랑이 뭔지 잘 알아." 어머니는 로버트와 같이 지내는 동안 내가 찾아갔을 때 부드럽게 말씀하셨다. 끔찍한 종양으로 인해 기관절개수술을 받고 음성장치를 달기 이전이었다. "네가 생각하는 것보다 잘 안단다. 하지만 넌 재능이 많아. 널 조금 돌봐 줄 수 있는 사람을 만났으면 좋겠구나.") 로버트는 분명 양육비를 지불해야 할 것이다. 소파에 앉아 찌푸리고 있는 로버트에게 자세한 내용을 감히 물어볼 수는 없었다.

날씨 좋은 주말에 그의 기분이 가끔 좋아질 때면, 전날은 다 잊고 다시 희망이 솟아올랐으며 이런 것이 우리 관계에서 자라나는 고통일 거라고 스스로를 설득했다. 내가 꿈꾸던 것은 정확히 말해 결혼이 아니라, 서로에게 헌신을 맹세하고, 작업실이 있는 아파트를 빌리고, 서로의 힘과 돈과 계획을 모아 이탈리아나 그리스로 신혼여행 비슷한 여행을 떠나 그림도 그리고 보고 싶었던 위대한 조각과 그림, 풍경도 구경하는, 어떤 장기적인 관계였다. 아직은 희미한 꿈이었지만, 그 꿈은 침대 밑의 용처럼 보지 않는 사이에 차츰 자라났고 내가 미처 깨닫기도 전에 '뭐든지 혼자' 하겠다는 나의 낭만을 갉아먹었다. 그런 행복한 주말에는 주로 내가 고집해서 돈을 절약하기 위해 소풍 가방을 싸 들고 짧은 여행도 다녀왔다. 가장 행복했던 시간은 싸구려 모텔에서 묵으면서 시내를 온통 걸어다녔던 하퍼스 페리 여행이었다.

12월 초의 어느 저녁 집에 와 보니 로버트가 없었고, 며칠 동안 소식도 없었다. 그는 묘한 생기를 풍기며 돌아와서 볼티모어의 옛 친구를 방문했다고 했다. 사실인 것 같았다. 뉴욕에 다녀올 때도 있었다. 이때는 생기가 아니라 흥분해 있었으며, 그날 저녁 그는 너무 바빠서 사랑도 나누지 않고 거실 이젤 앞에 서서 목탄으로 스케치를 그렸다. 한 번도 없었던 일이었다. 나는 짜증을 억누르며 저녁 설거지를 했고—접시는 매일 저절로 씻기는 줄 아는 걸까?—로버트가 그림을 그리는 동안 작은 주방과 작은 거실을 나누는 작업대 너머로 시선을 주지 않으려고 애썼다. 그린힐 대학 전시회를 충동적으로 찾아간 뒤로 한 번도 보지 못했던 얼굴이었다. 로버트와 닮은 검은 곱슬머리, 섬세하게 각진 턱, 생각에 잠긴 미소, 그녀는 너무나 아름다웠다.

　나는 그 얼굴을 즉각 알아보았다. 아니, 행복했던 몇 달 동안 그 여인이 곁에 없다는 것을 왜 눈치채지 못하고 있었을까 하는 생각이 들었다. 나와 같이 지내는 동안 로버트의 그림과 드로잉에 그녀가 완전히 빠져 있다는 사실은 생각하지도 못했다. 워크숍이 열렸던 메인의 해안에서 그렸듯이, 예전 풍경화에서 원경으로 가끔 배치했던 어머니와 딸의 형태도 그동안 한 번도 그린 적이 없었다. 그날 저녁 여인의 귀환은 내게 묘한 감정을, 누군가 소리 없이 방 안에 들어와 등 뒤에 서 있는 스멀스멀한 공포 같은 것을 안겼다. 나는 이것이 로버트에 대한 공포가 아니라고 스스로를 달랬지만, 그것이 아니라면 내가 두려워한 것은 무엇이었을까?

517

77
1879

그녀는 올리비에가 그림을 그리는 것을 본다.

그들은 오후의 빛 속에서 해안에 서 있고, 그는 두 번째 캔버스
를 시작한다. 하나는 아침, 하나는 오후다. 그는 절벽과 어부들이 해
안 한참 위쪽으로 당겨 놓은 커다란 회색 보트 두 대를 그린다. 배
안에 노가 들어 있고, 그물과 코르크 부표가 햇빛을 아른아른 반사
하고 있다. 그는 밑칠을 한 캔버스에 우선 암갈색으로 스케치를 한
다음, 절벽 덩어리에 갈색과 청색, 어두운 회녹색을 더하기 시작한
다. 선생에게 배운 대로 색조를 좀 더 밝게 하라고 권하고 싶다. 빛
과 하늘이 변화하는 이 풍경이 올리비에에게는 왜 그렇게 어두워
보이는지 궁금하다. 하지만 이제 그의 그림도, 그의 인생도 크게 변
할 일은 없다. 그녀는 자기가 작업할 접는 의자와 휴대용 나무 이젤
준비를 미루고 묵묵히 옆에 서서 관찰하고 있다. 오후의 밝은 햇살
아래 공기는 싸늘하다. 그녀는 얇은 모직 드레스를 입고 그 위에 묵
직한 모직 재킷을 두르고 있다. 산들바람이 치맛자락과 보닛의 리본

을 날린다. 그녀는 그가 철썩이는 물에 생명을 불어넣는 모습을 지켜본다. 하지만 왜 빛을 더 넣지 않을까?

그녀는 돌아서서 옷 위에 작업복을 덮어쓰고 단추를 잠근 뒤 캔버스를 배치하고 나무 의자를 펼친다. 앉는 대신 그처럼 이젤 앞에 서서 부츠 뒤꿈치를 돌멩이 안에 박는다. 멀리 떨어져 있지 않은 곳에 등을 꼿꼿이 세우고 은빛 머리를 그림 쪽으로 숙이고 있는 그의 모습을 의식하지 않으려고 노력한다. 그녀의 캔버스는 이미 연한 회색으로 덮여 있다. 오후의 빛에 맞춰 선택한 색이다. 그녀는 팔레트에 옥색을 넉넉히 풀고 왼쪽과 오른쪽 끝 절벽의 양귀비 색으로는 카드뮴레드를 고른다. 그녀가 가장 좋아하는 꽃이다.

이제 그녀는 체인이 달린 시계로 30분 동안 그리기로 작정하고 눈을 가늘게 뜬 채 최대한 가볍게 붓을 쥐고 손목과 팔뚝만으로 재빨리 붓질을 한다. 물은 장미색과 청녹색이었고, 물에 가까운 하늘은 거의 무색이며, 해변의 돌은 장밋빛과 회색을 띠고 있고, 파도 가장자리의 거품은 베이지색이다. 어두운 정장 차림의 올리비에와 흰 머리도 그려 넣지만, 아주 먼 곳에 서 있는 것처럼 물가에 작게 그린다. 절벽에는 호박색을 칠한 뒤 녹색을 칠하고, 그런 뒤 양귀비를 붉은 점으로 표현한다. 흰 꽃도 있고, 크기가 좀 더 작은 노란 꽃도 있다. 절벽은 가까이에서도 보이고 멀리서도 보인다.

30분이 흘렀다.

올리비에는 그녀의 일차 작업이 끝났다는 것을 감지하기라도 한 듯 돌아선다. 그는 아직도 천천히 망망한 물을 표현하고 있고, 아직 낚싯배나 절벽에는 손을 대지 않고 있다. 조심스럽고 세심한, 아름다운 작품이 될 것 같고, 며칠은 걸릴 것 같다. 그는 그녀의 캔버스를 보러 다가온다. 그녀는 그의 팔꿈치가 어깨에 스치는 것을 의식하며 함께 자신의 그림을 내려다본다. 자신의 기술과 그림의 허점을 마치 그의 눈을 통해 보는 것처럼 깨달을 수 있다. 생동감이 있고 움직이는 듯한 그림이지만, 그녀의 취향에도 너무 거친, 실패한 실험이다. 그가 아무 말도 하지 말아주었으면 하는 마음이었고, 다행히 그는 입을 열지 않는다. 묵직한 자갈 위에 부서지는 파도 소리와 돌들이 바다 쪽으로 쓸려갔다가 다시 육지로 밀려오는 소리만 우르릉거린다. 대신 그는 고개를 끄덕이고 그녀를 내려다본다. 그의 눈은 늘 불그스레했고, 눈가의 피부는 약간 늘어져 있다. 그는 그녀보다 훨씬 세상의 끝에 가까이 있기에, 그 순간 그녀는 세상 그 어떤 것과도 그의 존재를 바꾸고 싶지 않다. 그는 그녀를 이해한다.

저녁에는 다른 손님들과 같은 식탁에 앉아 소스 접시와 작은 버섯 접시를 서로 건네주며 식사를 했다. 주인 여자는 올리비에에게 송아지 요리를 내놓으면서, 오후에 한 신사가 찾아와서 유명한 화가가 혹시 묵고 있지 않느냐고 물었다고 했다. 파리에서 온 친구라고 했지만, 명함은 남기지 않았다. 무슈 비뇨가 유명한가? 그녀가 묻는다. 올리비에는 웃으며 고개를 젓는다. 그는 수많은 유명한 화가들이 에트르타에서 작업했지만, 나는 그런 부류는 아니라고 답한다. 베아트리스는 와인을 마시고 곧 후회한다. 그들은 런던에서 가져온 신문을 부스럭거리며 연신 헛기침을 하는 콧수염을 기른 영국인과 같이 가장 큰 거실에서 책을 읽는다. 그러다 그녀는 책을 내려놓고 이브에게 두 번째 편지를 쓰려고 펜을 들지만 글이 잘 나오지 않는다. 아무리 잉크를 찍고 닦아도 펜은 종이가 싫은 것 같다. 여주인의 벽시계가 10시를 알렸고, 올리비에는 일어서서 그녀에게 인사하며 바람을 맞아 충혈된 눈으로 다정하게 미소 짓더니 그녀의 손에 키스할 것 같다가 하지 않는다.

그가 위층으로 올라갔을 때, 그녀는 이해한다. 그는 절대 그녀에게 더 많은 것을 요구하지 않는다는 것을. 그녀의 방을 찾아오지도, 자기 방을 찾아오라고 권하지도 않을 것이며, 신사와 그 친척 사이에서 해서는 안 될 행동은 절대 하지 않을 것이다. 절대 먼저 시작하지 않을 것이다. 작업실에서의 키스는 그가 약속한 대로 그의 첫 키스이자 마지막 키스였다. 기차역에서의 그녀의 키스는, 해변에서의 그들의 키스는 그녀의 책임이다. 둘 다 그가 예상하지 못했던 행동이었다. 그는 이 속박을 분명 선물로 받아들이고 있다. 존중심과 배려의 증거다. 그러나 그 결과는 잔인한 딜레마다. 무슨 일이 있든, 그녀 자신이 행동하고 그 결과를 감당해야 한다. 그들이 함께 무엇을 경험하든, 그것은 그녀의 욕망에서, 그녀의 젊음에서 비롯될 것이다. 위층 그의 방문을 두드리는 것은 상상할 수가 없다. 그는 동화 속의 소년처럼 그녀 앞에 빵가루 자취를 남겨 놓았다.

그녀는 흰 침대에 누웠지만 잠들지 못하고 열어 놓은 창문 앞의 커튼이 흔들리는 것을 바라본다. 불어 들어오는 밤 공기 속에서 주변의 마을을 느끼고, 바닷물이 이판암에 사정없이 철썩이는 소리를 듣는다.

78

메리

검은 머리의 여인이 그림에 되돌아온 이후 몇 주 동안, 로버트는 뭔가에 정신이 팔려 있었고 말이 없었으며 예민했다. 그는 잠을 많이 자고 목욕을 하지 않았으며, 그의 존재는 전에 없었던 방식으로 거부감을 주기 시작했다. 때로 그는 소파에서 잤다. 몇 주 전부터 동생 부부에게 그를 소개해 주기로 약속을 잡았지만, 로버트는 그 자리에 나타나지 않았다. 나는 동생과 내가 늘 좋아하던 라방두라는 작은 프로방스풍 식당 테이블에서 굴욕감에 젖어 앉아 있어야 했다. 고급 식사에 내버릴 돈이 생긴다 해도, 지금도 그 식당에는 다시 가고 싶지 않다.

그가 에너지를 쏟은 유일한 대상은 그림이었고, 그가 그린 것은 오로지 그 여인이었다. 누구인지 물어봤자 모호하고 수수께끼 같은 대답이 나와서 짜증만 나기 때문에, 묻지 않는 것이 좋다는 것도 이미 알고 있었다. 내가 학생이었고 그가 그 여인과 여인을 그리는 이유에 대해 의도적으로 모호하게 답했던 시절에서 변한 것은 아무것도 없었다.

어느 날 그가 캔버스를 사러 나간 동안 그의 책을 들춰 보지 않 았다면, 아마 로버트가 실제로 아는 여자라고—얼굴, 검은 곱슬머 리, 드레스, 전부 다—영원히 믿었을지도 모른다. 그가 외출한 것은 오랜만이었다. 자잘한 일처리를 하고 새 그림을 계획할 에너지가 생 긴 것 같아 좋은 징조로 보였다. 그가 나간 뒤, 나는 로버트의 서재 비슷하게 되어 버려서 체취까지 배어 있는 소파 언저리를 어슬렁거 렸다. 걸핏하면 짜증을 부리는 로버트가 없는 틈을 타 소파에 몸을 던지고 마음껏 그의 머리카락과 옷 냄새를 맡았다. 주변에는 진짜 서재처럼 온갖 물건이 흩어져 있었다. 종잇조각, 드로잉 도구, 시집, 벗어 던진 옷가지, 도서관에서 빌려온 초상화집. 이젠 모든 것이 초 상화였고, 검은 머리 여인은 그의 유일한 소재였다. 풍경화에 대한 사랑도, 능숙한 정물화 기법도, 타고난 다재다능함도 다 잊어버린 것 같았다. 나는 내가 바빠 직장을 왔다 갔다 하는 동안 작은 거실의 블라인드가 며칠째 내려져 있었다는 것을 깨달았다.

로버트가 우울증에 시달리고 있다는 것을 전혀 모르고 있었다 는 사실이 뇌리를 스쳤다. 그가 '우울감'이라고 편지에 써 보냈던 것 은 일반적인 우울증이었으며, 어쩌면 내가 생각하던 것보다 더 심각 했는지도 모른다. 약을 가지고 다니면서 가끔 꺼내 먹는다는 것을 알고 있었지만, 그는 밤에 장시간 그림을 그린 뒤 잠들기 위해 가끔 먹는 약이라고 했으며 정기적으로 뭔가 복용하는 것을 본 적도 없 었다. 하지만 그가 정기적으로 뭔가를 하는 것 자체를 본 적이 없 다. 내 영혼의 동반자가 변해 버린 모습을 슬퍼하고 싶지 않아서, 나는 거기 앉아 대신 밝았던 내 작은 아파트의 변화를 슬퍼하고 있 었다.

그러다 나는 로버트가 어질러 놓은 것들을 바구니에 집어넣고, 책을 침대 옆에 깔끔하게 쌓고, 담요를 접고, 소파 쿠션의 먼지를 털 고, 지저분한 유리잔과 시리얼 접시를 주방으로 치우기 시작했다.

갑자기 나 자신의 모습이, 키 크고, 깔끔하고, 능력 있는 인간이 양탄자 위에 놓아 둔 다른 사람의 접시를 치우는 광경이 눈앞을 스쳤다. 그 순간 나는 로버트의 괴벽 때문이 아니라 나의 자아 때문에 우리가 이루어질 수 없는 운명이라는 것을 깨달았던 것 같다. 눈앞에서 그가 조금씩 움츠러들고 있었고, 내 가슴도 죄어들었다. 나는 블라인드를 올리고 커피 탁자를 닦은 뒤 주방에서 꽃병을 가져와서 다시 환히 쏟아지는 햇빛 속에 내어놓았다.

거기서 이제 끝내야 할까 하는 일반적인 고민 정도로 상황을 끝낼 수도 있었다. 나는 소파에 좀 더 오래 앉아 슬프고 두려운 기분으로 나 자신이 되돌아오는 것을 느꼈다. 하지만 거기 앉아 있었기 때문에, 나는 로버트의 책들을 훑어보기 시작했다. 제일 위에 있는 세 권은 도서관에서 빌려온 렘브란트였고, 레오나르도 다 빈치에 대한 책도 있었다. 로버트의 관심사는 19세기에서 약간 벗어나고 있는 것 같았다. 그 밑에는 큐비즘에 대한 두꺼운 책이 있었지만, 그가 이 책을 펼치는 것은 전혀 본 적이 없었다.

그 옆에는 인상파에 대한 책 두 권이 있었다. 하나는 초상화집이었고—나는 익숙한 그림들을 넘겨 보았다—하나는 의외로 인상파의 여인들에 대한, 도판을 곁들인 얇은 책이었다. 최초의 인상파 전시회에 있어 베르트 모리조의 핵심적인 역할부터 20세기 초반에 이르기까지 활동했던 비교적 덜 알려진 여성 화가들까지 다루고 있었다. 로버트가 이런 책을 갖고 있다는 데 대한 존경심이 일었고—펼쳐 보니 도서관에서 빌려온 책이 아니라 그의 책이었다—많이 읽어서 닳아 있는 것이 은근히 놀라웠다. 열심히 읽고 자주 찾아본 것 같았고 심지어 물감까지 약간 묻어 있었다.

원래 있던 책을 그가 가지고 가 버렸기 때문에, 당신에게 보내려고 지난 한 달 동안 찾아낸 이 책을 동봉한다. 49페이지에 그날 내가 보았던 로버트의 여인의 초상과 그 여인이 그린 노르망디 해안의 풍경화가 있다. 베아트리스 드 클레르발은 20대 후반에 붓을 꺾은 대단히 재능 있는 화가였다. 짧은 일대기에는 스물아홉 살이라는 위험하고 늦은 나이에 아이를 낳았기 때문에 그림을 포기했다고 되어 있다. 그런 계층의 여성들은 가정 생활에만 전념하는 것이 미덕이라고 생각했던 시대였다.

초상화 도판은 컬러였고, 얼굴은 분명 그녀였다. 연녹색 드레스에 연노랑 목 주름 장식, 보닛의 리본, 뺨과 입술의 부드러운 카민색, 경계심과 즐거움이 섞인 표정까지 기억났다. 설명에 따르면, 그녀는 아주 유명한 젊은 미술가로서 열일곱 살부터 20대 중반까지 아카데미의 강사 조르쥬 라멜 밑에서 공부하고 마리 리비에르라는 가명으로 살롱에 단 한 번 출품했으며, 1910년 인플루엔자로 사망했다. 그녀의 딸 오드는 제2차 세계 대전 전 파리에서 기자로 일하다가 1966년 사망했다. 베아트리스 드 클레르발의 남편은 유명한 공직자로서 프랑스의 도시 네다섯 군데에 현대적인 우체국을 설립했다. 베아트리스는 마네, 모리조, 사진작가 나다르, 말라르메와 알고 지냈다. 클레르발의 작품은 현재 오르세 미술관, 맹트농 미술관, 예일 대학교 미술관, 미시건 대학교, 기타 아카풀코에 거주하는 페드로 카이유 등의 개인이 소장하고 있다.

이런 내용은 그 책에 다 들어 있지만, 그날 그 그림과 곁들여진 일대기가 내 감정에 어떤 흔적을 남겼는지는 설명하고 싶다. 자신의 파트너가 오래전에 살았던, 고작 한두 번밖에 보지 못한 여인에 집착하고 있다는 사실을 알게 되면 불안한 것은 당연하겠지만, 미술가라면, 동료 미술가라면 무엇인가에 집착하는 것도 당연하다. 살아 있는 모습을 한 번도 본 적이 없는 여인에게 로버트가 집착하고 있다는 사실을 알게 되니 훨씬 불안한 기분이 들었다. 아니, 사실은 충격이었다. 죽은 사람을 질투할 수는 없지만 그녀가 한때 살았던 사

525

람이라는 사실은 위험할 정도로 질투와 근접한 감정을 안겨 주었고, 게다가 오래전에 죽었다는 사실을 알게 되니 시체성애 비슷한 현장을 목격한 것처럼 괴기스러운 기분까지 들었다.

아니, 그것이 아니다. 살아 있는 사람도 종종 죽은 사람을 사랑하기도 한다. 홀아비가 아내의 추억을 사랑한다든지, 조금은 집착한다고 해서 뭐라고 하는 사람은 없다. 하지만 로버트가 자신이 태어나기 40년도 전에 죽은 사람을 알고 지냈을 리는 없었고, 알 수조차 없었다. 그것은 속이 뒤틀리는 기분이었다. 좀 지나친 표현일지 모른다. 하지만 구역질이 일었다. 너무나 기묘했다. 살아 있는 사람의 얼굴을 그리고 또 그린다고 해서 그가 미쳤을지도 모른다고 생각한 적은 없었다. 하지만 그것이 오래전에 죽은 여인의 얼굴이라는 것을 알게 되니, 그가 어딘가 정말 잘못되었을지도 모른다는 생각이 들었다.

나는 빠뜨린 것이 없나 해서 일대기를 여러 번 거듭 읽었다. 베아트리스 드 클레르발에 대해서는 별로 알려진 것이 없었거나, 가정생활을 위해 미술계에서 은퇴한 것이 미술사학자들을 따분하게 한 것 같았다. 그녀는 달리 언급할 만한 업적을 남기지 않고 수십 년 간 살다 세상을 떠났다. 이름을 기억할 수 없는 파리의 한 미술관에서 1980년대 그녀의 회고전이 열렸는데, 아마 개인 소장 중인 작품을 대여해서 전시한 다음 내가 대학에 입학하기도 전에 다시 내린 것 같았다. 나는 그녀의 초상을 다시 바라보았다. 서글픈 미소, 입가 왼쪽 뺨의 보조개는 여전했다. 번들거리는 도판에서도 그녀의 시선은 내 눈길을 잡아끄는 것 같았다.

더 이상 견딜 수가 없어서 나는 책을 덮고 쌓아 놓은 책 더미 위에 올려놓았다. 그러다 문득 다시 책을 집어 들고 제목과 저자, 서지정보, 클레르발에 대한 몇몇 정보를 적은 뒤 다시 조심스럽게 책을 돌려 놓고 쪽지를 내 책상 안에 숨겼다. 나는 침실로 들어가서 침대를 정리하고 그 위에 누웠다. 잠시 후 주방으로 들어가서 정돈을 하고 찬장에 있는 것으로 대충 음식을 만들었다. 뭔가 요리를 해 본 것은 오랜만이었다. 나는 로버트를 사랑했다. 그가 낫는 데 도움이 될 만한 최고의 치료 방법을 찾아보리라. 그가 아직 의료보험을 가지고 있다는 말을 들은 적이 있었다. 집에 돌아온 그는 기분이 좋아 보였다. 우리는 촛불을 켜고 함께 식사한 뒤 거실 깔개 위에서 사랑을 나누었고, 그는 담요를 뒤집어쓴 내 사진을 찍었다. 나는 책이나 초상화에 대해서는 아무 말도 하지 않았다.

그 주는 최소한 표면상으로는 조금 나았지만, 어느 날 로버트는 그린힐에 다시 갔다오겠다고 말했다. 케이트와 함께 변호사를 만나서 금전적인 문제를 정리해야 한다, 일주일은 걸릴 거라는 것이었다. 나는 실망했지만, 그 일을 처리하면 그의 기분이 좋아질 것 같아서 아무 말 없이 작별 키스만 하고 보냈다. 그는 비행기를 탔다. 이륙시간이 내가 학교에서 가르치는 시간과 겹쳐서 공항까지 차로 데려다 주지는 못했다. 그는 일주일 집을 비웠다가 어느 날 저녁 여행을 한 듯한 묘한 냄새, 지저분하지만 어딘가 이국적인 냄새를 풍기며 아주 피곤한 얼굴로 돌아왔다. 그는 이틀 동안 내리 잤다.

사흘째 되는 날 그는 자잘한 일처리를 위해 외출했고, 나는 뻔뻔스럽게, 아니, 부끄러웠지만 더 많은 것을 알아내야겠다는 일념으로 그의 물건을 샅샅이 뒤졌다. 아직 풀지 않은 가방 속에서 '파리'라는 단어가 들어간 프랑스 호텔, 식당, 드골 공항 영수증이 나왔다. 재킷 주머니에는 구겨진 에어프랑스 비행기 표와 내가 처음 보는 그의 여권이 들어 있었다. 대부분 여권에는 흉한 사진이 박혀 있는 경우가 많다. 로버트의 사진은 멋있었다. 옷가지 사이에 갈색 종이로 싼 꾸러미가 있었고, 그 안에는 리본으로 묶은 아주 오래 된 편지 묶음이 나왔다. 프랑스 어로 된 것 같았다. 전에 본 적이 없는 편지였다. 그의 어머니와 관련된 오랜 가족 편지일까, 프랑스에서 가져온 편지일까. 첫 편지의 서명을 본 순간, 나는 악몽처럼 아주 오랫동안 그 자리에 꼼짝도 않고 앉아 있다가 다시 편지를 접고 꾸러미를 다시 짐 속에 집어 넣었다.

이제 그에게 무슨 말을 해야 할지 결정해야 했다. 왜 프랑스에 갔어? 그보다 더 중요한 질문은, 왜 프랑스에 간다고 말하지 않았어, 왜 나를 데리고 가지 않았어, 일 것이다. 하지만 차마 물어볼 수가 없었다. 자존심이 상할 것이고, 이미 내 자존심은 상할 만큼 상해 있었다. 대신 우리는, 아니, 나는 그와 싸웠다. 나는 우리 둘이서 그리고 있던 정물화에 대해 시비를 걸어서 그와 싸웠고, 그를 쫓아냈다. 하지만 그는 기꺼이 나갔다. 나는 여동생 앞에서 울었고, 그가 다시 찾아온다 해도 절대 받아 주지 않겠다고 맹세했고, 그를 잊으려고 노력했다. 이것이 전부다. 하지만 그가 아예 연락이 없는 것은 걱정스러웠다. 그가 내 집을 떠난 몇 달 뒤 내셔널 갤러리로 가서 그림을 공격하려고 했다는 것은 오랫동안 모르고 있었다. 그것은 그답지 않았다. 절대로 그답지 않았다.

79

말 로 우

메리는 아침 식사를 하러 호텔로 왔고, 우리는 반쯤 빈 식당에서 만났다. 식사 분위기는 전날 밤 저녁보다 조용했다. 그녀는 처음의 흥분이 가라앉아 있었고, 눈 밑에는 다시 눈 위의 그림자 같은 보라색 얼룩이 드리워져 있었다. 오늘 아침은 눈빛 자체도 어둡고 그늘져 있었다. 콧등에는 케이트와 달리 이전에 눈에 띄지 않았던 주근깨가 있었다.

"잠을 설쳤습니까?"

나는 그녀의 차가운 시선을 각오하고 물었다.

"네. 로버트의 사생활에 대해서 정말 많이 이야기했는데, 당신이 지금 호텔 방에서 그걸 생각하고 있을 거라는 생각이 자꾸 들었어요."

"내가 그 생각을 할지 어떻게 알았습니까?"

나는 그녀에게 토스트 접시를 건넸다. 그녀는 짧게 답했다.

"저라면 그랬을 테니까."

"음, 저도 생각했습니다. 계속 생각하고 있어요. 당신이 그를 많이 알도록 해 주신 건 대단한 일이고, 그것이 로버트를 돕는 데 그 어떤 것보다 큰 도움이 될 겁니다."

그녀는 토스트에 손도 대지 않고 있었다. 나는 잠시 사이를 두었다가 조심스럽게 말을 이었다.

"그와 당장 맺어질 수 없는데도 그렇게 오래 기다리신 이유도 알 것 같습니다."

"아예 가질 수 없는 사람이었죠."

"왜 그를 사랑하시는지도."

"사랑했어요. 사랑하는 게 아니라."

더 이상 실수하고 싶지 않았다. 나는 그녀와 눈을 마주치지 않기 위해 에그 베네딕트에 집중했다. 우리는 거의 말없이 아침을 먹었지만, 얼마 지나니 침묵은 편안해졌다.

메트로폴리탄에서, 그녀는 로버트가 소파 옆에 놓아 둔 책에서 처음 보았던 베아트리스 드 클레르발, 1879년 초상화를 바라보며 서 있었다.

"로버트는 여기 돌아와서 그녀를 다시 찾은 것 같아요."

나는 그녀의 옆모습을 바라보고 있었다. 우리가 미술관에 같이 있는 것은 두 번째라는 기억이 불쑥 일었다.

"그래요?"

"편지에 썼듯이 그는 나하고 사는 동안 최소한 한 번 뉴욕에 왔고, 묘하게 흥분한 상태로 돌아왔거든요."

"메리, 로버트를 만나 보고 싶습니까? 워싱턴으로 돌아가서 병원에 오시면 됩니다. 원하시면 월요일에."

나도 모르게 구체적인 말이 튀어나왔다.

"내가 직접 그에게 알아봐 달라는 말인가요?"

그녀는 꼿꼿하고 뻣뻣하게 서서 나를 돌아보지 않고 베아트리스의 얼굴을 한 번 더 관찰하고 있었다.

나는 놀랐다.

"아니, 아닙니다. 그런 부탁을 드리려던 건 아니었습니다. 이미 새로운 각도에서 그를 바라볼 수 있게 도움을 주셨습니다. 단지 직접 만나 보고 싶으시면 막을 생각은 없다는 뜻에서 드린 말씀입니다."

그녀는 돌아섰다. 문득 그녀는 우리를 바라보고 있는 베아트리스 드 클레르발에게서 보호받고 싶다는 듯 가까이 다가왔다. 그녀의 손이 느닷없이 내 손안으로 미끄러져 들어왔다.

"아니, 보고 싶지 않아요. 감사합니다."

그녀는 손을 빼내고 걸음을 옮겨 드가의 발레리나와 커다란 수건으로 몸을 말리는 누드 여인들을 둘러보았다. 몇 분 뒤 그녀는 내게 돌아왔다.

"갈까요?"

바깥은 덥다기보다는 따뜻한, 밝고 편안한 여름날이었다. 나는 거리 매대에서 겨자를 친 핫도그를 하나씩 샀다("제가 채식주의자가 아닌 걸 어떻게 아셨죠?" 벌써 식사 두 번을 같이했는데도, 메리는 이렇게 물었다). 우리는 센트럴 파크로 들어가서 벤치에 앉아 종이 냅킨으로 손을 닦아 가며 먹었다. 메리는 의외로 내 손에 묻은 겨자까지 닦아 주었다. 아이를 낳는다면 정말 다정한 엄마가 될 거라는 생각이 들었지만, 당연히 그 말을 입 밖에 내지는 않았다. 나는 손가락을 죽 폈다.

"당신 손보다 훨씬 나이 들어 보이는 손이죠?"

"당연하지 않나요? 실제 나이가 더 들었는데요. 1947년에 태어나셨다면 20년 차이에요."

"어떻게 아셨는지는 안 묻겠습니다."

"그럴 필요 없어요, 셜록."

나는 그녀를 바라보며 앉아 있었다. 참나무와 너도밤나무 그림자가 그녀의 얼굴과 짧은 소매 흰 블라우스, 흰 목덜미 위에서 어른

531

거리고 있었다.

"정말 아름다우십니다."

"그런 소리 하지 마세요."

그녀는 무릎을 내려다보았다.

"그냥 정중한 찬사로 드린 말씀입니다. 당신은 그림 같아요."

"말도 안 되는 소리."

그녀는 냅킨을 구겨서 벤치 옆 쓰레기통에 조준해서 던졌다.

"그림이 되고 싶은 여자는 아무도 없어요."

하지만 그녀가 돌아섰을 때, 우리의 눈은 방금 나눈 묘한 말을 의식하고 서로 마주쳤다. 그녀가 먼저 시선을 돌렸다.

"결혼하신 적 있나요?"

"없습니다."

"왜 안 하셨어요?"

"아, 의대에 오래 다녔고, 적당한 사람을 못 만났습니다."

그녀는 청바지를 입은 다리를 겹쳐 꼬았다.

"음, 사랑은 하신 적 있나요?"

"여러 번."

"최근에요?"

"아뇨."

나는 다시 생각했다.

"그렇다고 해야 하나. 그런 셈입니다."

그녀는 짧은 앞머리 밑으로 눈썹이 숨을 때까지 치켜떴다.

"어느 쪽이에요?"

"생각해 보죠."

나는 최대한 침착하게 말했다. 마치 언제라도 펄쩍 뛰어 도망칠 수 있는 야생 사슴과 대화하는 기분이었다. 나는 한 팔을 그녀의 몸에 닿지 않도록 의자 등받이에 얹고 공원으로 시선을 주었다. 구불구불한 자갈길, 바위, 나무가 우거진 녹색 언덕, 근처 산책로를 따라 걷거나 자전거를 타는 사람들. 갑작스럽게 그녀가 내게 키스했다. 처음에는 그냥 얼굴이 아주 가까이 있는 줄 알았다. 그녀는 부드러웠고, 주저하고 있었다. 나는 천천히 허리를 펴고 앉으며 그녀의 관자놀이에 두 손을 대고 역시 부드럽게, 그녀가 더 놀라지 않도록, 키스를 돌려주었다. 가슴이 두근거렸다. 나이 든 내 가슴이.

잠시 후 그녀는 물러설 것이다. 내 몸에 몸을 기대고 소리 없이 울기 시작할 것이고, 나는 울음이 그칠 때까지 그녀를 안아 줄 것이고, 그녀는 미안해요, 앤드루, 난 아직 준비가 안 됐어요, 비슷한 말을 할 것이다. 하지만 직업상 내게는 참을성이 아주 많았고, 그녀에 대해 이미 알고 있는 부분도 있었다. 그녀는 나와 마찬가지로 오늘 버지니아에 그림을 그리러 가고 싶을 것이고, 자주 먹고 싶을 것이고, 자기 스스로 이런 결정들을 내리고 있다고 생각하고 싶을 것이다. 나는 소리 없이 그녀에게 말했다. 아가씨, 마음이 많이 아프셨군요. 제가 그 상처를 아물게 해 드리겠습니다.

533

80
1879

그녀는 끊임없이 자신의 몸에 대해 생각한다. 물론 흥미진진한 삶을 살아온 올리비에의 몸에 대해서도 생각해 보아야 할 것이다. 그 대신 그녀는 두 번째 날 아침 해안에서 그림을 그리면서 오른쪽 손목 안쪽의 벌레 물린 자국을 들여다보고, 긁고, 그에게 다정하게 보여 준다. 두 사람은 면으로 된 작업복 소매를 걷어붙인 흰 팔뚝을 함께 들여다본다. 작은 붉은 반점이 있는 손목과 긴 손, 반지. 그녀는 그와 마찬가지로 욕망에 가득한 눈빛으로 자신을 바라본다. 그들은 해변에 이젤을 내 놓고 작업하고 있다. 그녀는 붓을 내려놓았지만, 그는 아직 진한 청색 물감을 묻힌 작은 붓을 들고 있다.

얼마나 같이 그녀의 팔의 곡선을 바라보며 서 있었을까, 문득 그녀는 팔을 천천히 그의 얼굴 쪽으로 들어 올린다. 도저히 그녀의 속마음을 오해할 수 없는 지점까지 가까이 오자, 그는 그 피부에 입술을 갖다 댄다. 그녀는 입술의 감촉보다는 그 모습 자체에 몸을 부르르 떤다. 그가 팔을 부드럽게 내려놓고, 두 사람의 시선이 마주친다. 이 상황에 어울리는 말이 떠오르지 않는다. 감정 때문인지, 해협

534

에서 불어오는 바람 때문인지, 그의 얼굴은 흰 머리카락과 대비되어 붉게 달아올라 있다. 당혹스러운 것일까? 아직은 도저히 상상할 수 없는 내밀한 순간, 이 질문을 그에게 던질 수도 있을 것이다.

81

말로우

이 일이 있은 뒤, 나는 로버트의 병실에서 한 시간 가량 그와 함께 있어 보았다. 스케치북을 가져가서 의자에 앉은 뒤 그가 베아트리스 드 클레르발을 그리는 동안 나도 그를 그렸다. 그에게 그녀가 누구인지 알고 있다고 말하고 싶었지만, 여느 때처럼 조심성 때문에 그런 말은 나오지 않았다. 그 말을 하기 전에 그녀에 대해, 혹은 그에 대해 더 많은 것을 알아내는 것이 좋을 것이다. 처음 짜증스럽다는 눈으로 나를 돌아본 뒤 두 번째로 노려보는 눈빛을 보니, 내가 자신을 그리고 있다는 것을 로버트도 알아차린 것 같았다. 로버트는 나를 무시했지만, 나의 착각이었을까, 희미한 동료의식이 병실 안에 감돌았다. 우리 둘의 연필만 사각사각 긁히고 있을 뿐, 방 안에는 평화로운 정적이 흘렀다.

오전 일과가 한창일 때 그림으로 도피한다는 것은 골든그로브에서 내가 거의 경험할 일이 없는 일종의 평화를 가져다주었다. 로버트의 옆얼굴은 대단히 흥미로웠다. 그가 분노를 보이거나 일어서서 도망가거나 내 작업을 방해하지 않아서 기쁘기도 하고 적잖이 놀랍기도 했다. 자기 속으로 침잠해서 아예 신경을 쓰지 않는 것일 수도 있었지만, 나는 그가 내 존재를 참고 있다는 것을 느낄 수 있었다. 작업을 끝낸 뒤, 나는 재킷 주머니에 연필을 넣고 드로잉을 스케치북에서 찢어내 그의 침대 끝에 조용히 놓아두었다. 나쁘지 않은 그림이었지만, 물론 로버트의 초상화 같은 탁월한 표현력은 없었다. 내가 나갈 때도 그는 고개를 들지 않았지만, 이틀 뒤 확인해 보니 내가 준 선물은 그의 작은 갤러리 한구석에 테이프로 붙어 있었다.

로버트와 시간을 보냈다는 것을 알고 있기라도 한 듯, 메리가 그날 저녁 전화를 걸었다.

"묻고 싶은 게 있어요."

"뭐든지. 당연히 대답해 드려야죠."

"편지를 읽고 싶어요. 베아트리스와 올리비에의 편지."

나는 아주 잠시 망설였다.

"알겠습니다. 지금까지 받은 번역본부터 복사해 드리고 나머지도 받는 대로 드리죠."

"고마워요."

"어떻게 지냈습니까?"

"잘 지내요. 일도 하고. 아니, 그림 작업요. 학기가 끝났거든요."

"이번 주말에 버지니아에 가서 그림이나 그릴까요? 오후 한나절만? 봄 날씨 같아서 한번 가 볼까 생각 중이었습니다. 그때 편지를 갖다 드려도 좋을 텐데요."

그녀는 잠시 침묵을 지켰다.

"네, 좋겠네요."

"안 그래도 전화 드리려고 했습니다. 요즘 뜸해서서요."

"네, 알아요. 죄송합니다."

그녀는 진심으로 미안한 것 같았다.

"괜찮습니다. 작년에 힘든 시간을 보내신 걸 짐작하니까요."

"의사로서 짐작하신다는 말인가요?"

나도 모르게 한숨이 나왔다.

"아니, 친구로서 말입니다."

"고마워요."

그녀의 목소리에 눈물 기운이 감도는 것 같았다.

"저한테는 친구가 필요한 것 같아요."

"사실 저도 마찬가집니다."

여섯 달 전에는 누구에게든 할 수 있었던 말이었지만, 지금은 그 이상의 의미를 담고 있었다. 나도 알고 있었다.

"토요일에요, 일요일에요?"

"토요일에 가는 걸로 해 놓고, 날씨를 봐서 결정하죠."

"앤드루?"

그녀는 부드럽게, 미소 짓는 듯한 목소리로 불렀다.

"네?"

"아니에요. 고마워요."

"내가 고맙습니다. 같이 가 줘서 기뻐요."

토요일에 그녀는 두꺼운 빨강색 재킷을 입고 머리를 틀어 올려 막대기 두 개로 고정시킨 차림으로 나타났다. 우리는 그날 함께 그림을 많이 그렸다. 그리고 계절에 어울리지 않는 따뜻한 햇볕 속에서 소풍을 즐기고 이야기를 나누었다. 그녀의 얼굴에는 핏기가 돌았다. 내가 키스하려고 몸을 기울이자, 그녀는 팔로 내 목을 감고 나를 끌어당겼다. 이번에는 눈물은 없었고, 우리는 그저 키스만 했다. 우리는 교외에서 저녁을 먹었고, 나는 북동부의 쓰레기가 뒹구는 동네에 있는 아파트에 그녀를 내려 주었다. 그녀의 가방에는 편지의 복사물이 들어 있었다. 그녀는 나를 집에 들어오라고 하지 않았지만, 현관문에서 들어가기 전에 돌아오더니 내게 다시 키스해 주었다.

538

82
1879

수신: 이브 비뇨
파시, 파리

사랑하는 여보

편지가 잘 도착하고 아버지가 순조롭게 회복되셔야 할 텐데요. 친절한 편지 고마워요. 아버님의 증상이 걱정스럽군요. 제가 거기서 직접 돌봐 드릴 수 있다면 좋으련만. 가슴을 따뜻한 수건으로 눌러 드리면 보통 나아지시는데, 아마 에스메가 벌써 해 봤을 거예요. 아버님께 제 안부 전해 주세요.

에트르타는 비수기에 조용한 편이지만, 제 생활은 따분하지 않답니다. 미흡하나마 캔버스 하나를 완성했고, 파스텔 하나와 스케치 두 점도 그렸어요. 백부님은 색채에 대해 조언을 주시고 많은 도움이 되어 주신답니다. 붓을 다루는 방식은 워낙 달라서 그 부분은 알아서 방법을 찾아가야 하지만요. 하지만 그분의 지식은 전적으로 존중해요. 지금은 훨씬 더 큰 캔버스에 야심차게

도전해서 내년에 마담 리비에르라는 이름으로 살롱에 출품해
보라고 하시는군요. 하지만 그렇게 거창한 작업을 할 마음이 있
는지는 아직 모르겠어요.
지난 두 밤은 푹 자서 기분이 상쾌하답니다.

그녀는 펜을 놓고 벽지를 바른 침실을 둘러본다. 첫날 밤에는
녹초가 되어서 곯아떨어졌고, 세 번째 밤에는 팔에 다가오는 올리비
에의 단단하고 마른 입술을, 그 입술의 섬세한 형태와 그녀 자신의
길고 하얀 피부를 생각하며 잠을 이루지 못했다.

그녀는 자신이 해야 할 일을 알고 있다. 올리비에에게 여기서는
기분이 좋지 않다, 즉시 집에 돌아가자고 말해야 한다. 하지만 애당
초 이브가 그녀를 여기로 보낸 이유가 그 때문이다. 연기를 한다 해
도 올리비에가 간파할 것이다. 그녀는 숨 막히는 파리에서 벗어나
해협에서 불어오는 신선한 바람과, 몸을 뚫고 흐르는 망망한 물과
하늘 속에서 활짝 피어나고 있다. 따뜻한 망토에 몸을 감싼 채 해변
에서 작업하는 것도 좋다. 올리비에와 함께 있는 것, 같이 이야기를
나누는 것, 저녁에 같이 책을 읽는 시간도 좋다. 그는 생각했던 이상
으로 그녀의 세상을 넓혀 주고 있다.

대신 그녀는 편지의 마지막 단어를 지우고 'dormi'의 d의 둥근
곡선 부분을 들여다본다. 돌아가야 한다고 하면, 올리비에가 그녀의
거짓말을 알아차릴 것이다. 도망친다고 생각할 것이다. 그러면 그는
마음이 상할 것이다. 그럴 수는 없다. 그녀 앞에서 그가 나약함을 보
여 주는 대신 그녀는 신뢰를 보여 주어야 할 의무가 있다. 그녀의 손
을 잡는 것이 그에게는 여자와의 마지막 접촉일지도 모른다. 특히
그녀가 젊음이라는 무기로 우위에 서서 공격할 수 있는 상황에서는.

그녀는 창가로 가서 걸쇠를 열었다. 거리 위쪽에서 바라보니,

회색과 베이지가 섞인 해변과 더 짙은 회색 바닷물이 비스듬하게 보인다. 산들바람이 커튼을 스치고 의자에 반으로 걸쳐진 아침 드레스 자락을 흔들고 지나간다. 그녀는 이브에 대해 생각하려고 애쓰지만, 눈을 감을 때마다 그가 자주 보는 신문의 정치만화 캐릭터처럼 짜증스러운 캐리커처만 눈앞을 지나간다. 모자와 코트 차림으로 비율에 맞지 않게 머리만 엄청나게 큰 이브가 한 팔에 지팡이를 짚고 장갑을 낀 뒤 그녀에게 작별 키스를 하는 모습. 올리비에를 떠올리는 것은 더 쉽다. 그는 키 큰 몸을 똑바로 세우고 해변에서 그녀와 함께 서 있다. 희게 센 머리카락, 주름진 발그레한 얼굴, 축축한 파란 눈, 오래 입어 낡았지만 재단이 잘 된 갈색 정장, 끝이 각지고 약간 부어오른, 붓을 쥔 화가의 손가락. 그 모습을 상상하니 정작 같이 있을 때 느낄 수 없었던 서글픔이 밀려온다.

하지만 그 영상은 오래가지 않는다. 도로에 늘어서서 해변 전망의 절반을 가로막고 있는 새 가게들의 벽돌 전면과 섬세한 처마공예가 눈에 들어온다. 거기 질문이 도사리고 있다. 이 애매한 유예의 상태로 몇 밤이나 보낼 수 있을까? 오후에는 밝고 넓은 해안 어딘가로 그림을 그리러 갔다가, 방에 돌아와서 옷을 갈아입고, 다른 손님들과 다시 저녁 식사를 같이한 뒤, 가구가 지나치게 많은 호텔 거실에 앉아 책 이야기를 할 것이다. 이미 영혼만은 그의 품에 안겨 있는 기분을 느낄 것이다. 그것으로 충분하지 않은가? 그러다 그녀는 방으로 돌아와서 다시 뜬눈으로 밤을 새울 것이다.

창틀에 팔꿈치를 올려놓은 채 자기 자신에게 던진 다른 하나의 질문은 더 까다로운 것이다. 내가 그를 원하는가? 고깃배가 뒤집어진 길게 뻗은 해변의 아무것도 그 해답을 주지 못한다. 그녀는 입술을 비죽 내밀며 창문을 닫는다. 인생이 결정해 주겠지. 어쩌면 일주일 전에 결정했는지도 모른다. 약한 대답이었지만, 다른 대답은 없다. 이제 그림을 그리러 갈 시간이다.

541

83

말로우

어느 날 저녁 집에 돌아와 보니 편지가 와 있었다. 놀랍게도 페드로 카예에게서 온 의외로 흔쾌한 편지였다. 읽은 뒤 나는 충동적으로 전화를 들고 여행사에 연락했다.

말로우 박사님께

2주 전 보내신 편지 감사합니다. 베아트리스 드 클레르발에 대해서는 박사님이 저보다 많이 알고 계실지도 모르지만, 기꺼이 도와드리겠습니다. 가능하다면 3월 16일부터 3월 23일 사이에 방문해 주십시오. 그 뒤에는 로마로 여행갈 예정이기 때문에 맞아 드릴 수가 없습니다. 다른 질문에 대해서는, 클레르발의 작품을 연구하는 미국 화가에 대한 이야기는 들어 본 적이 없고, 그런 사람이 제게 연락한 적도 없습니다.

P. 카예

542

나는 메리에게 전화했다.

"다음다음 주에 아카풀코 어때?"

늦은 오후였지만 자고 있었는지 목소리가 쉬어 있었다.

"뭐라고요? 무슨 소리를… 글쎄. 무슨 광고 같아요."

"자고 있었어? 몇 시인지 알아?"

"잔소리 하지 말아요, 앤드루. 쉬는 날이라, 늦게까지 그림을 그렸어요."

"언제까지?"

"4시 30분까지."

"아, 이런 답답한 미술가들. 난 오늘 아침 7시에 글든그로브에 출근했어. 아카풀코 갈 거야?"

"진담이에요?"

"그래. 휴가 말고. 거기서 자료 조사 할 일이 있어."

"혹시 그 자료 조사가 로버트와 관계된 거예요?"

"아니. 베아트리스 드 클레르발에 대한 일이야."

그녀는 웃었다. 로버트의 이름이 입 밖으로 나온 지 얼마 안 돼서 그녀의 웃음소리를 들으니 마음이 따뜻해졌다. 어쩌면 정말 그를 잊어 가고 있는지도 모른다.

"간밤에 당신에 대한 꿈을 꿨어요."

"나에 대해서?"

우습게도 가슴이 덜컥했다.

"네. 아주 기분 좋은 꿈이었어요. 당신이 라벤더를 발명한 사람이라는 거예요."

"뭐? 색깔을, 식물을?"

"향이었을 거예요. 내가 가장 좋아하는 향인데."

"고마워. 그걸 알았을 때 당신은 꿈에서 뭘 했어?"

"됐어요."

"빌어야 말해 줄 건가?"

"알았어요. 고맙다는 뜻에서 당신한테 키스했어요. 뺨에. 그뿐이었어요."

"그래서 아카풀코는 갈 거야?"

그녀는 잠이 완전히 깼는지 다시 웃었다.

"당연히 가죠. 한데 난 그럴 돈이 없어요."

"내가 낼게."

나는 부드럽게 말했다.

"부모님이 늘 당부하셔서 몇 년째 저금하고 있거든."

그런데 돈을 쓸 사람이 없다는 말은 덧붙이지 않았다.

"당신 봄방학에 맞춰서 가면 될 것 같은데. 같은 주 아니야? 이건 무슨 징조가 아닐까?"

숲 속의 소리에 귀를 기울이는 듯한 잠깐의 침묵이 전화선을 통해 흘렀다. 나는 귀를 기울였다. 최초의 정적을 뚫고, 마치 하늘을 뒤덮은 나뭇가지 사이의 새 소리나 6피트 떨어진 낙엽을 헤치고 지나가는 다람쥐 소리처럼, 그녀의 숨소리가 들려왔다.

"음."

그녀는 천천히 말했다. 그녀 역시 어머니의 당부대로 몇 년째 저축을 하고 있을 것이다. 하지만 며칠, 몇 주, 몇 달 동안 모을 수 있는 자투리 시간과 현금으로 근근이 그림을 그리는 생활, 자식을 양육하고 남은 돈에서 어머니에게 한 번 정도 근소한 지원을 받은 정도였을 뿐, 두려움과 자존심으로 남에게 돈을 빌리지도 못하고, 집념 때문에 강의를 그만두지도 못하는 상황, 집세와 난방비, 식비를 내고 나면 거의 텅 비는 은행 잔고는 짐작조차 못하고 있을 학생들—나는 그녀의 목소리에서 내가 의대에 다녔기 때문에 피할 수 있었던 온갖 궁핍의 집대성을 감지할 수 있었다. 의대 시절 이후 내가 그린 그림 중에서 마음에 드는 것은 열 점 정도뿐이었다. 모네는

1860년대에 에트르타만 60번을 그렸고, 그중 여러 점이 명작으로 남았다. 나는 메리의 작업실 벽에 수십 점의 캔버스가 쌓여 있는 것을 보았고, 선반에는 판화와 드로잉이 수백 점 쌓여 있었다. 그중 아직도 마음에 드는 것이 몇 개나 될까.

"음."

그녀의 목소리는 좀 더 가벼워져 있었다.

"생각해 볼게요."

나는 내가 한 번도 보지 못한 침대에서 꿈틀거리는 그녀의 모습을 상상했다. 그녀는 수화기를 귀에 대고 일어나 앉으며 아마 넉넉한 흰 셔츠를 껴 입고 머리카락을 옆으로 쓸어 넘겼을 것이다.

"하지만 같이 가면 한 가지 문제가 더 있어요."

"내가 먼저 말하지. 내 초대를 받아들여도 나하고 같이 자지는 않아도 돼."

말하자마자 내 의도보다 더 딱딱하게 말이 나왔다는 생각이 들었다.

"따로 잘 수 있도록 방법을 마련하겠어."

놀라서 숨이 막히는지, 웃음을 터뜨리려는 건지, 숨을 들이마시는 소리가 들렸다.

"아뇨. 내가 말하는 건 같이 가면 당신하고 자고 싶을지도 모르는데, 혹시 당신이 그걸 초대해 준 데 대한 보답으로 생각할까 봐 그게 문제라는 거예요."

"음, 내가 무슨 말을 할 수 있을까."

"됐어요."

메리는 거의 웃음을 참고 있었다. 확실했다.

"제발, 아무 말도 하지 말아요."

하지만 워싱턴에 드물게 눈보라가 지나간 2주 뒤 공항에서, 우리는 말수가 적었고 서로에 대해 예의를 차렸다. 이 모험이 과연 좋

은 생각이었는지, 서로가 민망한 상황으로 빠지지 않을까 하는 생각
이 들기 시작했다. 우리는 탑승구에서 만나기로 했다. 창밖의 비행
기는 지저분한 눈을 뒤집어쓰고 다니는데도, 탑승구에는 벌써 여름
옷을 입은 학생들이 얼른 비행기를 타고 싶어서 줄지어 앉아 있었
다. 메리는 캔버스 가방을 한쪽 어깨에 메고 손에 휴대용 이젤을 든
채 내게 다가와 뺨에 어색하게 키스해 주었다. 머리는 등 뒤에서 말
아 올렸고, 긴 군청색 스웨터와 검은 치마 차림이었다. 짧은 바지와
알록달록한 셔츠 차림으로 바글거리는 10대 아이들을 배경으로 서
있으니, 마치 현장 학습을 위해 기도원을 떠나는 수녀 같았다. 그림
도구를 가져올 생각을 미처 못했다는 생각이 스쳤다. 대체 정신을
어디다 두고 있었을까? 그녀가 그리는 것만 구경하고 있을 수밖에
없다.

　우리는 오랫동안 같이 여행을 다닌 사람들처럼 비행기 안에서
두서없는 대화만 나누었고, 그러다 그녀는 자리에서 꼿꼿이 몸을 세
운 채 잠들었다. 그녀의 몸이 점점 내 쪽으로 기울어지면서 부드러
운 머리가 내 어깨를 건드리기 시작했다. 늦게까지 그림을 그렸어
요. 나는 함께 떠나는 첫 여행에 대해 열심히 이야기를 나눌 거라고
생각했지만, 대신 그녀는 내게 몸을 기대다시피 하고 잠든 채 가끔
이렇게 점점 쌓이는 친밀함이 두렵기라도 한 듯 잠에서 깨지 않고
반사적으로 몸을 도로 일으켜 세우곤 했다. 꾸벅거리는 머리 밑에서
어깨 신경이 곤두섰다. 나는 시간이 나면 읽으려고 벼르고 있
던─로버트와 베아트리스에 대한 자료 조사의 부담 때문에 전문적
인 독서에 할애할 여유가 없어지고 있었다─경계성 인격장애 치료
법에 대한 새 책을 조심스럽게 꺼냈지만, 한 번에 한 문장 이상 읽을
수가 없었다. 더 이상 읽으면 글자가 눈에 들어오지 않았다.

　그러다 언젠가 찾아오게 되어 있던 그 생각이 떠올랐다. 나는
그녀가 로버트 올리버의 벌거벗은 어깨에 머리를 기대고 있는 모습

을 상상했다. 더 이상 로버트를 사랑하지 않는다는 말이 진심이었을까? 내게서 치료를 받으면 그도 언젠가 나을 것이고, 최소한 호전될 것이다. 혹시 진실은 더 복잡하지 않은가? 혹시 그가 정상적인 생활로 되돌아 간 뒤의 상황이 두려워서 내가 더 이상 그를 돕고 싶지 않게 된다면? 나는 다음 페이지를 넘겼다. 바깥 구름을 뚫고 들어오는 햇빛에 비친 메리의 머리카락은 연한 밤색이었고, 표면은 희미한 비행기 독서등 불빛 아래서 금빛, 몸을 굴러 창에서 멀어지면 더 어둡게 변했다. 머리카락은 깎아 놓은 목재처럼 빛나고 있었다. 나는 손가락 하나를 들어 그녀의 이마 바로 위쪽을 극도로 가볍게 쓸었다. 그녀는 잠에서 깨지 않고 몸을 뒤척이며 뭐라 중얼거렸다. 흰 피부 위에 조용히 내려앉은 속눈썹은 장밋빛이었다. 왼쪽 눈가에 작은 점이 있었다. 케이트의 수많은 주근깨는, 돌아가시기 전 어머니의 수척하던 얼굴과 커다란, 아직도 연민에 가득 차 있던 눈동자를 연상시켰다. 페이지를 다시 넘기자, 메리가 일어나서 두 팔로 스웨터 위를 감싸더니 내 어깨를 피해 창가 쪽으로 몸을 웅크렸다. 여전히 잠든 채였다.

84

1879

그녀는 옷장 앞에서 낮에 입는 청색과 연갈색 드레스 두 벌 중에서 갈등하다가 마침내 갈색을 선택하고 따뜻한 스타킹과 단단한 신발을 신는다. 머리카락을 틀어 올려 고정시킨 뒤, 긴 망토와 진홍색 실크로 안감을 댄 보닛, 낡은 장갑을 집어 든다. 그는 거리에서 기다리고 있다. 그녀는 즐거워하는 그를 향해 스스럼없이 행복한 미소를 짓는다. 어쩌면 그들이 서로 주고받는 이 묘한 기쁨 외에 다른 것은 중요하지 않을 것이다. 그는 이젤 두 개를 들었고, 그녀는 가방을 들겠다고 고집한다. 그의 가방은 스물여덟 살 때부터 들고 다니던 낡은 사냥용 가죽가방이다―이제 그녀가 그에 대해 알고 있는 여러 가지 중 하나다.

해변에 도착하자, 그들은 방파제 밑에 장비를 정돈해 놓고 말없이 잠깐 산책을 나선다. 바람은 강하지만 오늘은 한결 따뜻하고, 풀 냄새를 싣고 있다. 양귀비와 데이지가 잔뜩 피어 있다. 길이 험해져서 도움이 필요할 때마다 그녀는 그의 손을 잡는다. 그들은 동쪽 절벽을 올라 해협 위쪽 평평한 지대에 서서 한층 극적으로 펼쳐진 아치와 기둥 모양의 해변 반대편 절벽을 내려다본다. 그녀는 높이가 두려워서 절벽 가장자리에 다가가지 않지만, 그는 아래를 내려다보고 오늘은 높고 극적인 파도가 아래 절벽을 적시고 있다고 말해 준다.

오직 둘뿐이다. 풍경이 너무나 아름다워서 다른 것은, 그들 둘처럼 작은 존재는 중요하지 않다는 기분이 든다. 늘 갈비뼈 아래 아픔으로 자리하고 있는 아이에 대한 갈망조차 이 순간에는 아무 의미도 없다. 죄의식이 어떤 것이었는지, 무엇 때문에 그런 것을 느껴야 하는지도 기억할 수 없다. 그가 가까이 있다는 것이 위안이고, 이 숭고한 자연 속에서 유일한 인간적인 음계이다. 그가 돌아오자, 그녀는 그에게 몸을 기댄다. 그는 그녀의 어깨를 그림 작업용 재킷 가슴에 누르고, 절벽 너머로 떨어지지 못하게 하려는 듯 그녀의 몸에 팔을 두른다. 단순한 안도감이, 이어 즐거움이, 이어 욕망이 온몸을 채운다. 바람이 그들을 강하게 잡아당기고 있다. 그는 보닛 아래로 그녀의 목덜미에, 핀을 꽂아 올린 머리 가장자리에 키스한다. 그가 보이지 않아서였을까, 나이 차이도 잊힌다.

불이 꺼지고 서로의 차이를 아늑하게 묻어 주는 어둠 속에서 아무런 장벽 없이 함께 있으면 아마 이런 기분일 것이다. 이 생각을 하니 발밑의 바위까지 몸의 열기가 찌릿하게 전달되는 것 같다. 그도 느낀 것 같다. 그는 그녀의 몸을 끌어안는다. 그녀는 묵직하게 부푼 치맛자락, 페티코트의 부피를 알고 있고, 지금 그가 느끼고 있을 감정, 서로에 대한 묘한 소속감, 바다와 수평선, 영원의 한가운데에서 서로 끌어안고 있다는 것을 느낀다. 그들은 세월의 흐름조차 잊어버릴 정도로 아주 오랫동안 그렇게 서 있다. 바람 때문에 몸이 싸늘해지기 시작하자, 그들은 말없이 해변으로 다시 내려가서 이젤을 세운다.

549

85
말로우

아카풀코의 거리는 꿈결 같았다. 52년을 살면서 국경 남쪽으로 가 본 적이 한 번도 없다는 사실이 그저 믿기지 않을 따름이었다. 도시로 진입하는 중앙 분리대가 있는 긴 고속도로는 영화처럼 낯익었다. 한창 건설 중인 콘크리트와 쇠, 부겐빌리아와 녹슨 자동차 부품으로 장식된, 금방이라도 무너질 듯한 2층 집들, 화려한 색깔의 작은 식당들과 바람에 흔들리는 거대한 대추야자. 택시 운전사는 카예와 내일 만나기로 약속한 오래된 도시를 가리키며 엉터리 영어로 설명했다.

나는 존 가르시아가 세계에서 가장 좋은 신혼여행지이고 자기도 거기로 신혼여행을 다녀왔다고 한 리조트 호텔 방을 예약했다. 내가 조언을 구하기 위해 전화해서 사랑에 빠졌다고 털어놓자, 그는 유머도 호기심도, 놀리는 기색조차 전혀 없이 그렇게 말했다. 물론 그녀가 누구인지는 말하지 않았다. 그 이야기는 나중에 자세한 설명과 함께 털어놓아야 할 것이다. "그거 잘됐군, 앤드루." 그가 한 말은 이 한마디뿐이었다. 아마 아내와 이런 이야기를 나눈 적이 있을 것이다. 말로우도 점점 나이 들어가는데. 그 친구가 여자를 만날 수 있을까? 그 말 속에는 오랫동안 결혼 생활을 계속해 온 부부의 뿌듯함이 숨어 있었으리라. 하지만 그는 더 이상 아무 말도 하지 않고, 라레이나라는 호텔 이름만 알려 주었다. 사방이 툭 트여서 따뜻한 공기가 상쾌하게 불어 나가고 바깥에 우거진 야자나무와 그 너머 바다가 환히 내려다보이는 로비로 메리가 들어서는 모습을 보며, 나는 말없이 그에게 감사했다. 내가 먹어 보지 못한 잘 익은 과일향 같은, 부드러운 열대의 향이 바람결에 실려 왔다. 그녀는 수녀 같은 긴 스웨터를 벗고, 얇은 블라우스와 산들바람에 펄럭이는 치마 차림으로 서서 고개를 들고 피라미드처럼 층층이 나 있는 발코니에 덩굴이 매달린 거대한 정원의 천장을 바라보고 있었다.

"바빌론의 공중정원 같군요."

그녀는 옆을 바라보며 말했다. 나는 그녀의 뒤로 다가가서 편안하게 허리를 감아 끌어안고 싶었지만, 낯선 사람들에 둘만 둘러싸인 이 새롭고 낯선 장소에서 그런 친숙함은 그녀가 내키지 않을 것 같았다. 나는 대신 눈을 들어 그녀와 함께 천장을 바라보았다. 우리는 긴 검정 대리석 카운터로 가서 객실 하나에 열쇠 두 개를 받았다. 그녀는 아주 잠시 망설이는 것 같다가 내가 자신의 말을 진심으로 받아들였다는 것을 이해했는지 열쇠를 받았다. 우리는 함께 엘리베이터를 타고 말없이 올라갔다. 엘리베이터는 유리로 되어 있었고, 거의 꼭대기층 가까이 올라갈 때까지 발 밑에서 정원이 멀어지는 광경이 보였다. 수백만 명의 국민들이 최저 임금을 벌기 위해 우리 나라의 문을 두드리고 있는 찢어지도록 가난한 나라에서 이런 호텔에 머무르는 것이 얼마나 부적절한 일인가 하는 생각이 다시 스쳤다. 하지만 이건 나를 위한 여행이 아니다, 나는 스스로에게 말했다. 이건 난방비를 절약하기 위해 밤에 난방 온도를 55도(섭씨 12.7도)로 낮추고 지내는 메리를 위한 여행이다.

객실은 넓고 우아하고 단순했다. 메리는 투명한 사각형 대리석 등과 부드러운 치장벽토를 만져 보며 잠시 방 안을 돌아다녔다. 침대는—나는 외면했다—넓었고 베이지색 면보가 깔려 있었다. 방 안에 하나 나 있는 큰 창문 너머로, 비슷한 덩굴과 검은 나무의자로 장식된 다른 발코니들이 아찔할 정도로 깊은 우물 같은 중앙정원을 중심으로 층층이 나 있는 광경이 내려다보였다. 추가 요금을 지불하고 바다가 보이는 객실을 얻는 게 낫지 않았을까 하는 생각이 들었다. 이미 나간 비용 때문에 인색하게 군 건 아닐까? 메리는 내게 돌아서서 자신없고 당혹스러운 기색으로 미소 지었다. 이런 호사를 누리게 해 준 데 대해 고맙다는 내색은 하고 싶지 않지만, 그래도 무슨 말을 하고 싶은 것 같았다.

"마음에 들어?"

나는 그녀 대신 어색한 말을 입 밖에 냈다. 그녀는 웃었다.

"마음에 들어요. 당신은 정말 어쩔 수 없는 사람이지만, 어쨌든 좋아요. 아주 푹 쉴 수 있을 것 같아요."

"명심하지."

나는 그녀를 안고 이마에 키스했다. 그녀는 내 입에 키스하더니 물러나서 바삐 짐을 풀기 시작했다. 우리는 서로 몸을 건드리지 않다가, 해변에 나간 뒤에 그녀가 내 손을 잡고 다른 손에 신발을 들었다. 우리는 밀려오는 물결을 찰랑거리며 걸음을 옮겼다. 물은 주전자에 남은 차처럼 놀랄 정도로 따뜻했다. 모래사장 가장자리에는 하늘을 찌를 듯한 야자나무가 서 있었고, 해변에는 작은 움막이 가득 들어차 있었으며, 사람들은 영어와 스페인어로 지껄이며 라디오를 틀어 놓고 볕에 그을린 아이들을 쫓아가고 있었다. 태양이 만물 위에서 억누를 수 없는 즐거움으로 부서지고 있었다. 나는 최근 몇 년 바다에 들어가 본 적이 없었고—생각해 보니 놀랍게도 6년, 아니면 7년이었다—스물두 살까지 태평양을 본 적이 없었다. 메리는 치맛자락을 약간 걷어 올리고 블라우스 소매를 걷었다. 바람 때문에 추워서인지, 그냥 단순히 흔들리는 건지, 그녀가 떨고 있는 것이 느껴졌다.

"내일 같이 가겠어?"

나는 거대한 파도 소리 위로 소리쳤다.

"그 사람 만나러요? 누구더라, 카예?"

그녀는 파도 속으로 들어섰다.

"같이 가고 싶어요?"

"남아서 그림 그리고 싶으면 그렇게 해."

"그림 그릴 시간은 많을 거예요."

호텔 정원으로 돌아가는 동안, 나는 M16을 어깨에 멘 제복 차림의 경비가 해변 쪽 출입구를 지키는 것을 보았다.

우리는 로비 바깥 베란다에서 점심을 먹었다. 메리는 살아 있는 홍학 두 마리가 노니는 바깥의 인공 석호와 폭포를 보러 한두 번 일어났다. 호텔에서 키우는 것일까, 야생일까? 우리는 두껍고 작은 잔에 데킬라를 따라 아무 말 없이 허공에 들어 보이며 우리가 거기 있다는 사실에 축배를 들었다. 우리는 세비체, 과카몰리, 토르티야를 먹었다. 라임과 고수의 향이 약속처럼 입안에 감돌았다. 따뜻한 바람과 바람결에 바스락거리는 야자나무, 태평양의 숨결에서 서서히 젖어오는 이런 기분은 내게 낯설지 않았다. 그것은 어린 시절 보물섬과 피터팬을 통해 쌓인 신념 — 이런 리조트가 불러일으키는 환상이 바로 그런 것이었다 — 열대는 안전한 마법의 공간이라는 환상이었다. 내가 좋아하는 책《로드 짐》속의 오랜 항해, 서구에 있는 우리에게 극동의 숨결이 불어오는 듯한 기분도 느껴졌다. 미스타 커츠, 그는 죽었다. 아니, 그건 다른 콘래드 소설 아니었던가?《어둠의 심연》. T.S. 엘리엇이 인용한. 섹스를 끝내고 오두막에서 나와 그림을 그리러 돌아가는 고갱. 옷을 많이 껴입을 필요가 없어서 태평스러운 1년의 주기. 열기.

"9시쯤에 카예를 만나러 가야 해."

나는 밀려오는 데킬라 기운과 귀 뒤로 머리카락 한 가닥을 넘기는 메리의 얼굴에서 주의를 돌리려고 입을 열었다.

"아침 일찍 더워지기 전에 오라고 했어. 만 쪽에 있는 오래된 동네에 산다는군. 어떤 곳인지는 몰라도 그가 사는 곳을 보는 것만으로도 모험일 거야."

"그도 그림을 그려요?"

"응. 비평가 겸 수집가이지만, 내가 읽은 인터뷰로 미루어볼 때는 무엇보다 화가일 것 같아."

객실에 돌아가자, 새로운 공간이 주는 해방감과 이른 아침부터 움직인 여행의 피로가 몰려왔다. 나는 메리가 내 옆 침대에 몸을 던지고 같이 자다가 점점 어색함을 씻어 버리기를 바라고 있었지만, 그녀는 이젤과 가방을 집어들었다.

"멀리 가지 마."

나는 출입구의 경비를 떠올리고 말했다. 하지만 다음 순간 후회했다. 그녀가 어려서 나를 이해하지 못할 거라고 생각한 것이 아니라, 내가 나이 들어서 상대에게 지시를 하거나 야단치는 것 같은 느낌이 들었던 것이다.

하지만 그녀는 가시를 세우지 않았다.

"알아요. 로비 옆 정원에서 그릴 거예요. 바다를 바라보고 오른쪽에 있을게요."

부드러운 말투에 나는 놀랐다. 내가 침대에 눕자—그녀가 있어서 셔츠조차 먼저 벗을 수가 없었다—그녀는 허리를 굽히더니 그날 오후 소풍 담요에 앉아서 나누었던 것처럼 키스했다. 온갖 욕망을 감추고 억누르는 키스였다. 나는 꼼짝도 않고 누워 그녀를 내보냈다. 그녀는 문간에서 돌아서서 다시 미소 지었다. 나와 같이 있으면 안전하다고 느끼는 듯한, 긴장이 풀린 다정한 미소였다.

그녀는 사라졌다. 나는 눈꺼풀 너머로 나무와 햇빛이 엉켜 약동하는 잠에 빠져들었다. 퍼뜩 놀라 일어났을 때, 햇빛은 차츰 기울고 있었다. 순간 로버트 올리버와 만나기로 한 약속을 잊어버린 게 아닌가 하는 착각에, 나는 벌떡 일어나 앉았다. 공포가 가슴을 죄었지만, 아니다. 로버트는 내가 아는 한 그럭저럭 잘 살아 있고, 골든그로브에 호텔 전화번호도 남겨 놓고 왔다. 나는 창가로 가서 묵직한 커튼과 얇은 커튼을 차례로 밀어 열고, 한참 아래 전등 몇 개가 켜져 있는 로비에서 걸어다니는 사람들을 바라보았다.

다시 두려움이 엄습했다. 메리는 어디 있지? 두 시간밖에 자지 않았는데도, 너무 오랫동안 그녀를 신경쓰지 않고 버려 둔 것 같은 기분이 들었다. 나는 비치샌들을 찾아 신었다. 정원의 야자수는 잎하나하나 요란하게 흔들리고 있었고, 바다에서 불어오는 바람이 이제 약간 위협적일 정도로 솟아오르고 있었으며, 호텔 앞바다에서는 파도가 거칠게 부서지고 있었다. 메리는 정확히 있겠다고 한 장소에서 캔버스를 건드린 뒤 붓을 허공에 잠시 든 채 물러서서 그림을 바라보고 있었다. 한쪽 엉덩이로 몸무게를 의지하다가 다른 발로 가볍게 바꿔 딛고 있었지만, 풍경을 그리는 막바지에 빛을 잃으면서 서두르는 기색을 엿볼 수 있었다. 시간과의 경주, 시시각각 길어지는 그림자, 시간을 되돌리고 싶은, 캔버스를 차츰 뒤덮는 그림자를 붓으로 털어 버리고 싶은 욕망.

잠시 후 그녀는 내가 온 것을 깨닫고 돌아보았다.

"이제 빛이 없어요."

나는 그녀 뒤에 섰다.

"훌륭해."

진심이었다. 부드럽고 거친 색감은 아주 완성도가 높았지만—바다의 파란색과 이미 표면에 내린 저녁의 무색 광택—그 안에는 뭔가 통렬한 점이 있었다. 때로 풍경화에 감정을 불어넣는 요소가 무엇인지는 알 수 없지만, 기술 수준과 관계없이 사람의 발길을 보다 더 오래 붙잡는 것은 그런 캔버스다. 그녀는 완벽한, 저물고 있기 때문에 완벽한 하루의 마지막 약동을 포착해냈다. 이런 이야기를 어떻게 전달해야 할지, 그녀가 더 이상의 말을 원하는지 알 수 없었기 때문에, 나는 말없이 서서 자기 작품을 바라보는 그녀의 얼굴 윤곽을 바라보았다.

"나쁘지 않아요."

그녀는 마침내 말하고 칼로 팔레트를 긁어 작은 상자에 부스러기를 모았다. 그녀가 이젤을 접고 도구를 모두 챙기는 동안, 나는 젖은 캔버스를 들고 있었다.

"배고파? 내일은 많이 움직여야 하니까 오늘은 일찍 자야 해."

말하자마자 어색한 기분이 들었다. 그녀를 급히 침대로 끌어들이려는 것 같으면서 동시에 아이 취급하는 것 같았다.

놀랍게도 그녀는 어둑어둑한 방 안에서 빙글 돌더니 캔버스를 피해 나를 붙잡고 웃으며 세게 키스했다.

"제발 걱정 좀 그만할 수 없어요? 그만해요."

나도 웃었다. 마음이 놓이기도 하고, 약간 민망하기도 했다.

"노력할게."

86

1879

그날 저녁 거실에서, 그녀는 그에게서 떨어진 건너편에 앉지 않고 가까이 자리를 잡는다. 손을 자수에 집중할 수가 없다. 그녀는 일감을 무릎에 내려놓고 그를 바라본다. 올리비에는 깔끔하게 빗질한 머리를 책 위로 숙인 채 독서를 하고 있다. 저녁 복장을 한 차림이지만, 그녀의 눈에는 거친 작업복 아래의 낡은 정장이 보이는 것 같다. 그는 눈길을 들고 소리 내어 읽을까 묻는 듯 미소 짓는다. 그녀는 고개를 끄덕인다. 《적과 흑》이었다. 한 번은 혼자, 한 번은 아버지에게 읽어 드리느라 두 번 읽은 뒤 치워 버린 책이었고, 한심한 쥘리앙에게 늘 짜증이 났다. 이제는 들을 수도 없다.

대신 그녀는 내용을 이해하지 못하는 자신의 어리석음에 서글픈 마음으로 그의 입술을 바라본다. 몇 분 뒤 그는 책을 내려놓는다.

"전혀 주의를 기울이지 않는구나."

"네, 맞아요."

"스탕달의 잘못은 아닐 것이니, 아마 내 탓인가 보다. 내가 잘못한 게 있니? 아, 그렇지. 알고 있어."

"무슨 말씀이세요."

다른 손님들도 합석한 이 점잖은 장소에서 가능한 한 최대한 갑작스럽게 대답이 튀어나온다.

"그만두세요."

그는 눈을 가늘게 뜨고 그녀를 바라본다.

"그럼 그만두마."

"실례했어요."

그녀는 목소리를 낮추고 치맛자락 앞의 레이스를 만지작거린다.

"당신이 절 어떻게 만드시는지 모르시는 것뿐이에요."

"널 짜증스럽게 하나 보지?"

하지만 그의 미소는 자신감에 가득 차 있다. 그는 자신이 그녀의 주의를 사로잡았다는 것을 잘 알고 있다.

"그러면 다른 것을 읽으마."

그는 하숙집 주인의 책장에 버려진 책들 중 한 권을 꺼낸다.

"기분이 밝아질 만한 것. 그리스 신화."

그녀는 의자에 좀 더 깊숙이 앉아 한 땀 한 땀 천천히 수를 놓지만, 그의 첫 번째 선택은 짓궂다.

"레다와 백조. 레다는 세상에 보기 드문 미녀였는데, 전능한 제우스 신의 사랑을 받았다. 그는 백조의 형태로 그녀에게 덤벼들어…."

올리비에는 책에서 고개를 든다.

"불쌍한 제우스. 자기 자신을 어떻게 하지 못했나 보다."

"불쌍한 레다."

그녀는 얌전하게 반박한다. 평화가 되돌아온다. 그녀는 가위로 실을 자른다.

"그건 그녀의 잘못이 아니에요."

"제우스가 레다에게 구애하는 건 접어두고, 백조로 변신하는 것은 즐거웠을까?"

올리비에는 펼친 책을 무릎 위에 내려놓는다.

"그만두자. 아마 제우스는 필요에 의해 다른 신들에게 벌을 주는 일만 아니라면, 자기가 하기로 한 일은 뭐든지 즐겼겠지."

"글쎄요."

그녀는 입씨름을 벌이는 것 자체가 좋아서 대꾸한다. 왜 그와 있으면 늘 즐거울까?

"어쩌면 인간의 모습으로 사랑스러운 레다에게 찾아가고 싶었거나, 몇 시간만이라도 그저 인간으로 평범하게 살 수 있기를 바랐을지도 몰라요."

"아니, 아니야."

올리비에는 책을 들어 올렸다가 다시 내려놓는다.

"그건 동의할 수 없구나. 백조가 되어 풍경 위를 날아다니다 그녀를 발견하는 즐거움을 상상해 보렴."

"네, 그건 그럴 거예요."

"그림으로 그린다면 정말 멋지지 않겠니? 살롱 심사위원들이 좋아할 만한 소재지."

그는 잠시 말이 없다.

"물론 전에도 다뤄진 소재지. 하지만 신선하게, 새로운 기법으로 시도해 본다면? 오래된 주제를 우리 시대에 맞게, 보다 자연스럽게 말이다."

"정말 그래요. 그려 보시지 그래요?"

그녀는 가위를 내려놓고 그를 본다. 그의 열정, 그의 존재가 그녀의 마음을 사랑으로 가득 채운다. 무릎에 놓은 자수를 매만지는 동안, 사랑은 목구멍까지, 눈동자 안까지 차올라 쏟아져 나온다.

"아니. 나보다는 대담한 작가가 아니면 안 돼. 백조를 잘 그릴 수 있는 사람, 붓질에 두려움이 없는 사람. 예를 들어 너 말이다."

그녀는 다시 바늘과 실크를 집어 든다.

"무슨 말씀을요. 제가 어떻게 그런 걸 그릴 수 있겠어요?"

"내가 도와주면."

"안 돼요."

자기도 모르게 '내 사랑'이라는 말이 튀어나올 뻔한다.

"그렇게 복잡한 캔버스는 그려 본 적이 없어요. 레다에는 모델도 필요할 거고, 배경도 있어야 할 거예요."

"대부분 야외에서 그릴 수 있어."

그의 시선이 그녀에게 집중되어 있다.

"네 정원 어떠냐? 거기라면 새롭고 신선할 게다. 백조는 불로뉴 숲에서 그리면 돼. 이미 그려 봤잖니. 아주 잘 그렸어. 모델은 전처럼 네 하녀로 하면 돼."

"그건… 모르겠어요. 제겐 너무 강한 주제예요. 여자에게는. 마담 리비에르가 그런 작품을 어떻게 출품하겠어요?"

"그건 네가 아니라 마담 리비에르가 고민하면 되지."

그는 진심이었지만 희미하게 미소 짓고 있고, 눈은 그 어느 때보다 빛난다.

"내가 돕겠다는데도 두려우냐? 모험을 해 볼 수 없겠어? 용기를 내 보지 않을래? 대중의 비난보다 위대한 것, 시도해 보고 소중하게 간직할 것이 있지 않을까?"

그 순간이 왔다. 그의 도전, 그녀의 두려움, 갈망, 그 모든 것이 가슴에 치밀어오른다.

"당신이 곁에서 도와주시면?"

"그럼. 그래도 두려울까?"

그녀는 용기를 내어 그를 본다. 그녀는 가라앉고 있다. 그 말을 입 밖에 내는 것을 피한다 해도, 그는 그녀가 그를 원한다는 것을 알아차릴 것이다. 그녀는 천천히 말한다.

"아뇨. 도와주신다면 두렵지 않을 거예요. 진정 두려울 것은 없을 거예요. 당신이 같이 있어 준다면."

그는 그녀의 눈빛을 지그시 바라본다. 그가 미소 짓지 않는 것이 좋다. 허영심에서 우러나오는 의기양양함은 없다. 아니, 그는 금방이라도 눈물을 터뜨릴 것만 같다.

"그럼 내가 도와주마."

그는 들릴락 말락 중얼거린다.

그녀도 눈물이 터질 것 같아 아무 말도 하지 않는다.

그는 아주 오랫동안 그녀를 응시하다가 책을 집어 든다.

"레다 이야기 듣고 싶으냐?"

87

말로우

우리는 건물 한쪽이 탁 트인 가장자리에 위치한 로비 바 근처의 식탁에서 저녁을 먹었다. 눈에 보이지 않는 파도가 끊임없이 해변을 두드리는 소리가 들렸고, 코코넛 나뭇잎이 바람결에 휘날리고 있었다. 오후의 미풍은 본격적인 바람으로 변해 파도 소리처럼 꾸준히 나뭇잎을 흔들고 있었고, 나는 다시 《로드 짐》을 떠올렸다. 메리에게 무엇을 읽고 있느냐고 물었더니, 들어 보지 못한 젊은 베트남 작가의 현대 소설 번역서 이야기를 해 주었다. 그녀의 이야기에 귀를 기울이던 내 주의는 촛불 빛에 묘하게 그늘진 그녀의 눈빛과 좁은 광대뼈로 옮겨갔다. 바의 웨이터는 의자에 올라서서 유리잔과 병 사이에 높게 자리한 한 쌍의 돌그릇 안에 든 횃불에 불을 붙였고, 바는 희생제단 같은 분위기로 변했다. 디자이너가 마야나 아즈텍 스타일로 극적인 효과를 노린 모양이었다.

메리도 소설에 등장하는 보트피플에 대해 계속 이야기하고 있었지만, 그녀의 주의도 다른 곳에 가 있다는 것을 알 수 있었다. 근처에서 저녁을 먹는 사람은 남녀 한 쌍뿐이었고, 아이 셋이 몇 야드 떨어진 횃대에 앉은 진홍색 앵무새를 놀리고 있었다. 관광객이 바람에 실려 들어왔다 나갔다. 휠체어를 탄 남자와 휠체어를 밀며 허리를 굽혀 그에게 뭐라 말하고 있는 여자. 윤기 나는 머리를 한 가족이 주위를 돌아다니며 평평한 청록색 분수와 성미 까다로운 새를 바라보았다.

이 모든 것을 바라보는 동안, 내 주의력은 둘로 갈렸다. 한쪽은 메리의 존재에 고정되어 있었고―팔에 난 금빛 털과 더욱 미세해서 촛불 아래에서 거의 보이지 않는 뺨의 솜털―한쪽은 이 공간의 새로움에 홀려 있었다. 냄새, 음향을 반사하는 공간, 그 공간을 지나가는 사람들…. 어떤 쾌락을 찾아가고 있는 것일까? 나는 오로지 쾌락을 위해 건설된 공간에 가 본 적이 거의 없었다. 부모님은 그런 경험을 전혀 믿지 않았고 그런 데 돈을 쓰는 것을 쓸데없는 일이라고 생각했으며, 성인이 된 뒤 나의 일상도 가끔 교양을 쌓거나 그림을 그리기 위해서 떠나는 여행을 제외하면 거의 업무를 중심으로 돌아갔다. 여기는 달랐다. 우선 바람의 부드러움이, 모든 표면의 호화로움이, 소금물과 야자 냄새가 달랐지만, 고대 건축이나 국립공원처럼 공부하거나 탐구할 대상이 있어서 내가 그곳에 온 것을 정당화해 줄 수 있는 요소가 없다는 점에서도 달랐다. 이곳은 오로지 휴식을 위한 장소였다.

"모두 바다를 숭배한다는 의미가 있겠죠?"

메리가 말했다. 나는 그녀가 내 상념을 가로막으려고 책에 대해 이야기하다가 불쑥 이런 말을 꺼냈다는 것을 깨달았다. 대답할 수가 없었다. 목구멍이 부풀어 올랐다. 우리의 생각이 일치한 것은 단순한 우연이겠지만, 식탁 위로 몸을 던져 그녀에게 키스하고 울고 싶었다. 무엇 때문에? 이제 이 세상에 없어서 이 순간을 보지 못하는 내가 알던 사람들 때문에, 혹은 이 순간 앞으로 펼쳐질 사건들이 너무나 많아 누구보다 행운아인 나 자신 아닌 모든 사람들 때문에.

나는 진지하게 동의하는 척 고개를 끄덕였다. 우리는 말없이 식사를 했다. 구아바와 살사, 섬세한 생선 맛에 잠시 마음을 빼앗겼지만, 나는 아직 그녀를 바라보고 있었고, 그녀로 하여금 나를 바라보도록 하고 있었다. 바 반대편에 거울이라도 걸려 있듯, 한창때를 약간 넘긴 나 자신의 모습이 보이는 것 같았다. 넓지만 약간 굽은 어깨, 아직 숱은 많지만 희끗희끗해지기 시작하는 머리카락, 희미한 불빛 아래에서 더욱 깊어 보이는 코 밑에서 입가에 이르는 주름, 최대한 팽팽하게 유지하고 있는 배(면 냅킨 아래 숨기고 있는). 나는 이 몸에 지나치게 힘든 일을 시키지 않고 직장을 왔다 갔다 하고 일주일에 몇 번 운동을 좀 하는 정도만 요구하면서 사이좋게 오랫동안 살았다. 옷을 입히고, 씻기고, 먹이고, 비타민도 공급해 주었다. 한두 시간 뒤, 그녀가 아직 원한다면, 나는 이 몸을 메리의 손에 넘길 것이다.

564

그 생각을 하자 몸이 떨려 왔다. 내 목에, 내 다리 사이에 닿는 그녀의 손가락, 블라우스 밑의 그늘진 윤곽선을 통해서만 알고 있는 그녀의 가슴에 닿는 내 손. 쾌락에 대한 상상은 민망함으로 이어졌다. 침대 맡 불빛 아래 노출될 나의 나이, 오랫동안 사랑을 경험하지 못했는데, 혹시 갑자스럽게 실패해서 그녀가 실망하면 어쩌나. 케이트에 대한 생각을 억지로 머릿속에서 밀어냈지만, 이번에는 로버트가, 그의 몸과 겹쳐 누워 있는 케이트와 메리가 떠올랐다. 나는 그의 두 번째 여자와 함께 여기서 무엇을 하고 있는가? 하지만 그녀는 이제 내게 어딘가 다른 존재였다. 그녀 자신이었다. 어떻게 해서 나는 그녀와 함께하지 못했던가?

"세상에."

내 입에서 말이 흘러나왔다.

메리는 포크를 입에 가져가다가 놀라 나를 보았다. 한쪽 어깨 위로 머리카락이 흘러내렸다.

"아니야."

나는 말했다. 그녀는 묻지 않고 침착하게 물을 마셨다. 나는 그
녀가 끊임없이 "무슨 생각을 해요?"라고 묻는 유형의 여자가 아니라
는 점에 말없이 감사했다. 문득 내가 하루 종일 정확히 그 질문을 사
람들에게 던지는 일로 많은 돈을 버는 사람이라는 사실이 떠올랐다.
나는 나도 모르게 미소 지었다. 그녀는 어리둥절한 표정으로 나를
바라보았지만, 말은 하지 않았다. 그녀는 심지어 모든 것을 알고 싶
어하지도 않는 사람이었다. 애정의 물결이 밀려왔다. 그녀는 자기
자신을 아름다운 소심함으로 감싸고 살아가는 사람이었다.

저녁을 먹은 뒤 우리는 말을 빼앗기기라도 한 사람들처럼 조용
히 위층으로 올라갔다. 객실 문을 여는 잠깐 사이 나는 그녀를 바라
볼 수가 없었다. 그녀가 객실이나 욕실을 사용하는 동안 복도에서
기다려야 하나 생각해 보았지만, 같이 들어가는 것보다 밖에서 기다
릴까 물어보는 것이 더 어색할 것 같았다. 그래서 나는 공동의 공간
에 같이 들어가서 옷을 다 입은 채 침대에 드러누워 〈워싱턴 포스트〉
를 집어 들었고, 그녀는 욕실 문을 닫아 놓고 샤워를 했다. 다시 욕
실에서 나왔을 때, 그녀는 호텔에서 제공한 희고 두꺼운 목욕가운을
입고 있었고, 젖은 머리를 가운 위로 늘어뜨리고 있었다. 얼굴과 목
은 붉게 상기되어 있었다. 우리는 그대로 꼼짝도 하지 않고 서로를
응시했다.

"나도 샤워를 해야겠어."

나는 신문을 어색하게 접으면서 침대 위에 아무렇지도 않은 척
내려놓았다.

"그래요."

그녀의 목소리는 냉담하고 딱딱했다. 후회하는 거다, 나는 생각
했다. 같이 오기로 한 것을, 나와 함께 이런 상황을 만든 것을 후회
하고 있다. 함정에 빠진 기분이다. 갑자기 차가운 기분이 들었다.

565

안 됐군. 우리 둘 다 어쨌든 여기 와 있고, 밤을 같이 보내면서 최대한 즐겨야 하는데. 나는 그녀에게 더 이상 말을 걸지 않고 일어나서 신발과 양말을 벗었다. 희끄무레한 양탄자 위에 놓인 내 발이 한심할 정도로 깡말라 보였다. 나는 가방에서 세면도구를 꺼냈고, 그녀는 내가 욕실로 가는 길을 방해하지 않도록 방 한구석으로 물러났다. 왜 이게 잘 될 거라고 생각했을까? 나는 등 뒤에서 조용히 문을 닫았다. 거울 속의 남자에게는 한 가지 잘못이 있었다. 그는 로버트 올리버가 아니었다. 흥, 로버트 따위 다 꺼져 버려. 나는 변변치 않은 은색 가슴털을 외면하지 않으려고 애쓰며 옷을 벗었다. 그래도 아직 몸매와 달리기 근육은 유지하고 있어. 하지만 그녀는 느껴 볼 일이 없겠지. 어쨌든 억지로 해야 할 일은 아무것도 없었다. 메리의 역사를 되돌릴 수는 없다. 시도해 보려고 생각한 것이 어리석었다.

나는 아플 정도로 뜨겁고 세찬 물줄기 아래에서 몸을 씻었고, 그녀가 만질 일도 없을 것 같았지만 성기를 비누로 씻었다. 거울 앞에서 중년의 턱수염을 깎고 두 번째 목욕가운을 입었다("우리 가운이 마음에 드시면 집에 가져가실 수 있습니다. 로비에 있는 호텔용품점에서 물어보세요." 그리고 어마어마한 금액이 페소로 적혀 있었다). 나는 이를 닦고 수건으로 닦은 머리를 빗질했다. 이 나이에 인생에 다른 사람을 들인다는 것은, 진지하게 들인다는 것은 불가능하다. 그건 분명했다. 우리 둘 다 사랑을 나누지 않고 잠을 잘 수 있을까 궁금했다. 지금이라도 독방을 하나 달라고 해 볼까. 더블침대는 편안하게 혼자 쓰라고 하고 여행 가방만 가지고 나오면 된다. 말다툼 없이 품위 있게, 점잖게 방을 나눌 수만 있으면 좋겠다는 심정이었다. 예정보다 일찍 아카풀코를 떠나고 싶다고 해도 이해한다고 꼭 말해야겠다. 혼자 마음을 정리하고 잠시 한 손 주먹을 꽉 쥐며 호흡을 가다듬은 뒤, 나는 김이 모락모락 오르는 천국을 떠나 까다로운 대화를 해야 한다는 탐탁지 않은 기분으로 욕실 문을 열었다.

놀랍게도 방은 캄캄했다. 잠시 그녀가 먼저 다른 방으로 옮긴 게 아닌가 하는 생각이 들었지만, 그때 한쪽 구석에 희게 어른거리는 형체가 보였다. 그녀는 욕실에서 흘러나오는 불빛이 미치지 않는 침대가에 앉아 있었다. 머리카락은 방 안만큼 칠흑이었고, 벌거벗은 몸의 윤곽은 희미했다. 얼어붙은 손가락으로 욕실 불을 끄고 그녀 쪽으로 두 걸음 다가간 뒤에야 나도 가운을 벗어야 한다는 생각이 들었다. 나는 책상 의자 위로, 아니, 의자가 있었다고 생각된 위치에서 가운을 벗어 떨어뜨리고 머뭇머뭇 몇 걸음 더 옮겨 그녀에게 다가섰다. 그때까지도 그녀 쪽으로 손을 뻗어야 할지 확신이 없었지만, 그녀의 손이 먼저 올라왔다. 따뜻한 입김이 내 입에 가까이 다가왔고, 따뜻한 피부가 내 몸에 와 닿았다. 내가 식어 있었구나, 나는 깨달았다. 아주 오랫동안 나는 식어 있었다. 그녀의 손이 차가운 내 벗은 어깨에 두 마리 새처럼 내려앉았다. 그녀는 천천히 내 모든 부족한 부분들을 채우기 시작했다. 말없는 내 입, 가슴속의 공허한 공간, 내 빈 손.

567

내가 인체 해부학을 처음 그리기 시작한 것은 조지 보가 가르쳤던 아트 리그 스쿨 수업에서였다. 나는 오랜 기간에 걸쳐 그 강좌를 두 번 들었고, 인체 그리기에 대한 강의를 한 번 더 들었다. 얼굴, 목, 팔, 손 아래 숨어 있는 근육을 이해하지 못하면 내가 그리려는 초상화는 절대 발전하지 못한다는 것을 깨달았기 때문이었다. 수업시간에 우리는 근육도 끊임없이 그렸지만, 나중에는 그 길고 부드러운 선 위에, 인체를 걷고 구부리고 뻗게 해 주는 근육 위에 피부도 입혔다. 관찰력이 뛰어난 사람도 인체에 대해서 알지 못하는 부분이, 우리 모두의 안에 숨어 있는 부분이 너무나 많았다.

의대에서 해부학을 공부한 지 아주 오랜 뒤에 화가로서 다시 인체를 공부하기 시작하면서, 나는 혹시 이 새로운 관점이 육체를 다시금 임상적으로 바라보게 하지 않을까 생각한 적이 있었다. 하지만 그렇지 않았다. 척추 맨 아래 양쪽을 움푹 패게 하는 근육을 이해한다고 해서 그 오목한 부분을 어루만지고 싶은 욕망이 줄어들지는 않았고, 척추 자체가 등을 길게 반으로 나누는 우아한 모양 역시 마찬가지였다. 허리를 양쪽으로 유연하게 구부러지게 하는 근육도 그릴 수 있었지만, 나는 가슴뼈 위쪽으로 어깨와 얼굴에 집중하는 것을 좋아했기 때문에 내가 그리는 대부분의 초상화에서는 그런 지식이 필요하지 않았다. 하지만 나는 그 뼈를 잘 알고 있었고, 그 뼈에서 뻗어 가는 근육, 부드럽게 휘어지고 말린 쇄골의 모양, 그 사이의 부드러운 피부도 잘 알았다. 필요하면 든든하게 몸을 받치는 허벅지의 잔근육, 무릎에서 엉덩이에 이르는 긴 선, 다리 안쪽으로 탄탄히 뻗어 가는 곡선도 정확히 그릴 수 있었다. 화가는 피부와 옷감 안의 근육을 보여 주지만, 그와 동시에 포착하기 어려운, 변치 않는 무언가를 묘사해낸다. 신체의 따뜻함, 그 열기와 고동치는 실존, 생명. 나아가 그 신체의 움직임, 나지막한 소리, 자기 자신을 망각할 정도로 사랑받는 순간 우리 속에 밀물처럼 차오르는 감각.

아침이 가까워 올 무렵, 메리는 내 목에 머리를 대고 잠들었다. 나 역시 텅 비어 있던 팔 안에 그녀의 온몸을 안고, 그녀의 머리에 뺨을 댄 채 곧장 잠에 빠졌다.

88

1879

그날 저녁 촛불을 밝힌 방에서 늦게까지 책을 읽었지만, 눈에는 아무것도 보이지 않고 내용이 머리에도 들어오지 않는다. 아래층의 시계가 자정을 알리자, 그녀는 머리를 빗고 옷을 옷장 안 고리에 건다. 두 번째 잠옷을 입고─목깃과 손목에 섬세한 주름 장식이 달려 있고, 가슴에도 자잘한 주름이 잡혀 가슴을 감싸는 가장 좋은 잠옷이다─그 위에 드레싱가운을 걸치고 끈을 묶는다. 세면대에서 얼굴과 손을 씻고, 소리가 나지 않는 금수 놓인 슬리퍼를 신고, 열쇠를 집어 들고, 촛불을 끈다. 침대 옆에 무릎을 꿇고 짧은 기도를 올리며, 지금부터 저버리려는 신의 은총을 향해 미리 용서를 구한다. 기묘하게도, 눈을 감았을 때 그녀의 뇌리에 떠오른 것은 제우스이다.

방문은 소리 없이 열린다. 복도 끝 그의 방문 손잡이를 잡고 힘을 주니 잠겨 있지 않았다. 심장이 확신으로 두근거린다. 그녀는 등 뒤에서 무한히 고요하게 문을 닫고 걸쇠를 잠근다. 그는 커튼을 친 창가 의자에 앉아 책상에 촛불을 켜 놓고 책을 읽고 있다. 알뜰한 촛불 빛에 두개골 모양이 두드러져 보이는 얼굴은 늙어 보이고, 그녀는 자기 방으로 돌아가고 싶은 충동을 억누른다. 그의 시선이 그녀의 눈을 향한다. 명징하고, 부드러운 눈빛. 그는 그녀가 본 적이 없는 진홍색 가운을 입고 있다. 그는 책을 덮고 촛불을 끈 뒤 일어서서 커튼을 조금 연다. 바깥에서는 방 안이 보이지 않겠지만 거리에서 스며들어오는 가스등 불빛에 서로의 모습은 희미하게 보인다. 그녀는 움직이지 않는다. 그는 그녀에게 다가와 어깨에 부드럽게 손을 얹는다. 어둑한 불빛 속에서 그의 시선이 그녀의 눈을 찾는다.

"사랑하는."

그는 중얼거린다. 그리고 그녀의 이름을 말한다.

그는 한쪽 구석부터 그녀의 입술에 키스한다. 두려움과 회의를 뚫고, 눈앞에 한 풍경이 열린다. 그녀가 그를 알기 오래전, 어쩌면 그녀가 태어나기 전 그가 걸었을, 길가에 단풍나무가 늘어선 햇빛 가득한 길. 그는 그녀의 입술에 아주 조금씩 키스한다. 그녀도 그의 어깨에 손을 얹는다. 실크 아래로 느껴지는 옹이진 뼈, 잘 설계한 시계처럼 정교하게 맞물려 돌아가는 뼈는 위풍당당한 나뭇가지 같다. 그는 그녀의 입에서 젊음을 들이마시고, 우물에 작은 돌멩이 하나를 던져 넣듯 수십 년 전 사랑이 그에게 가르쳐 준 것들을 그녀 속의 빈 공간에 속삭여 넣는다.

그녀가 숨을 헐떡이자, 그는 똑바로 서서 잠옷의 진주 단추를 하나씩 끄르고 부드러운 손을 오목하게 옷 안으로 집어넣어 잠옷을 어깨 너머로 바닥에 흘려 내린다. 순간 세상을 아는 그에게, 늙은 붓의 장인이자 모델들의 친구인 그에게 이것이 그저 또 하나의 해부학 수업에 지나지 않는 건 아닐까 하는 공포가 밀려온다. 하지만 그의 손이 그녀의 입에 와 닿고 다른 한 손도 천천히 그녀의 몸을 쓸어내리는 순간, 그녀는 그의 얼굴에서 반짝이는 소금물 자국을 본다. 껍질을 벗어던지고 있는 것은 그녀가 아니라 그이다. 그야말로 새벽이 될 때까지 그녀가 품에 안고 달래 주어야 할 사람이다.

89

말로우

카예는 아카풀코 만을 한참 위에서 굽어보는 집에 살고 있었다. 협죽도 사이에 우아한 어도비 하우스가 일렬로 늘어서 있고 치장벽토를 바른 벽마다 부겐빌리아가 피어 있는 동네였다. 초인종을 누르자 콧수염과 웨이터 복장 같은 흰 외투 차림의 남자가 나왔다. 대문 안에는 갈색 셔츠와 바지 차림의 다른 남자가 잔디와 오렌지 나무에 주의 깊게 물을 주고 있었다. 나뭇가지에는 새들이 앉아 있었고, 집의 덧문에 장미 덩굴이 매달려 있었다. 긴 치마와 연한 블라우스 차림의 메리는 옆에 서서 부끄러움도 없이 내 손을 잡은 채 고양이처럼 신경을 곤두세우고 주위의 색채를 둘러보고 있었다. 나는 오늘 아침 약속을 확인하기 위해 카예에게 다시 전화를 걸어서 화가 친구를 데려가도 되겠느냐고 덧붙였고, 그는 진지하게 승낙했다. 전화를 통해 들은 그의 목소리는 깊고 풍부했으며 프랑스 어로 짐작되는 억양이 있었다.

꽃 틈으로 문이 열리고, 한 남자가 우리를 맞으러 나왔다. 곧장 카예 본인이라는 직감이 들었다. 키는 크지 않았지만, 독특한 존재감이 있는 남자였다. 그는 진청색 셔츠와 검은 네루 재킷을 입고 있었고, 한 손에 불을 붙인 시가를 들고 있어서 현관에서 연기가 하늘하늘 올라가고 있었다. 머리카락은 희고 숱이 많고 뻣뻣했으며, 피부는 멕시코의 태양을 오랫동안 쬐어 수수께끼의 병이라도 걸린 듯 벽돌색이었다. 가까이서 보니 미소는 진심이라는 인상을 주었고, 검은 눈동자는 투명했다. 우리는 악수를 나누었다.

"잘 오셨습니다."

그는 전화에서 들은 바리톤으로 말한 뒤, 메리의 손에 사무적으로 키스했다. 그리고 문을 붙잡고 우리를 앞장서서 집 안으로 들였다.

에어콘과 두꺼운 벽 때문에 집 안은 아주 서늘했다. 카예는 천장이 낮은 홀에서 밝은 색으로 칠한 문간을 지나 군데군데 기둥이 서 있는 넓은 방으로 우리를 안내했다. 나는 벽마다 탁월함이 대번 눈에 들어오는 그림들을 놀라 둘러보았다. 가구는 현대적이고 두드러지지 않는 조연으로 물러나 있었지만, 한 줄에 네다섯 점씩 허리 높이부터 천장까지 걸려 있는 그림은 변화무쌍한 만화경이었다. 17세기 네덜란드나 플랑드르 미술로 보이는 캔버스에서부터 추상적인 형태, 앨리스 닐로 보이는 불길한 초상화까지, 화풍과 시대는 아주 폭넓었다. 하지만 가장 두드러진 테마는 인상파였다. 햇빛 찬란한 들판, 정원, 포플러, 물. 마치 멕시코와 프랑스를 나누는 문턱을 넘어 다른 빛 속으로 들어선 기분이었다. 물론 19세기 영국이나 캘리포니아 작품으로 보이는 것도 있었지만, 그런 것들은 한눈에 카예의 역사, 그가 알았고 방황했을 장소들이라는 느낌이 들었다. 아마 그가 이 그림들을 수집한 이유 중의 하나가 그 때문일 것이다.

메리가 움직이는 소리가 들렸다. 그녀는 돌아서서 우리가 들어온 문 옆에 걸린 커다란 캔버스 앞에 서 있었다. 겨울 풍경이었다. 눈과 강둑, 크림색의 무게를 이고 있는 금색 수풀, 연한 올리브색의 넓은 물 군데군데 그윽한 은색 녹처럼 얼어붙은 수면, 눈에 익은 붓질로 겹겹이 덧칠한 희지 않은 흰색, 금색, 라벤더. 오른쪽 아래 구석에 묵직한 검정색으로 이름과 날짜가 적혀 있었다. 모네였다.

나는 카예를 돌아보았다. 그는 이 보물들 사이로(경악스럽게도) 시가 연기를 날리며 미니멀한 소파 옆에 조용히 서 있었다.

"네."

그는 묻지도 않았는데 대답했다.

"이건 1954년 파리에서 샀소."

억양은 거칠었지만, 그 아래 음성은 풍부하고 부드러웠다.

"당시에도 아주 비쌌지. 하지만 단 1분도 후회해 본 적이 없어."

그는 연회색 면 의자에 같이 앉자고 손짓했다. 한복판에 유리탁자가 있었고, 탁자 위에는 꽃이 핀 가시식물과 그림에 대한 책 한 권이 놓여 있었다. 《앙트완과 페드로 카예: 2인 회고전》. 광택이 나는 표지에는 형태와 색채가 서로 너무나 다른 두 점의 그림이 한 쌍의 성상화처럼 수직으로 배치되어 있었다. 나는 그 그림에서 방에 걸린 추상화 몇 점과 공통된 스타일을 알아볼 수 있었다. 책을 집어 들고 들추어 보고 싶은 마음이 굴뚝 같았지만, 주제 넘은 짓을 하고 싶지는 않았다. 흰 재킷 차림의 남자가 유리잔과 피처를 가득 놓은 쟁반에 얼음, 라임, 오렌지주스, 광천수 한 병, 흰 꽃 한 다발을 담아 왔다.

카예는 우리를 위해 직접 음료수를 만들어 주었다. 처음에는 로버트 올리버처럼 거의 말이 없는 사람이 아닌가 생각했는데, 그는 꽃다발을 메리에게 건넸다.

"그림을 그리시라고 가져왔습니다, 젊은 숙녀분."

내가 그런 말을 할 때처럼 신경을 곤두세우면 어쩌나 싶었지만, 메리는 미소 짓더니 검은 치마를 입은 무릎 위에 꽃을 놓고 쓰다듬었다. 카예는 시가 재를 유리 탁자 위의 유리 그릇에 털었다. 그는 흰옷 차림의 남자가 방 한쪽 벽의 덧문을 닫는 동안 기다렸다. 그림 절반이 어둠 속으로 사라지자, 그는 마침내 우리를 돌아보고 입을 열었다.

"베아트리스 드 클레르발에 대해 알고 싶다고 하셨지. 내가 그녀의 초기작 몇 점을 갖고 있었는데—읽으셨겠지만—그녀의 작품은 죄다 초기작이오. 스물여덟에 그림을 그만둔 것으로 알려져 있지. 모네가 여든여섯까지, 르누아르가 일흔아홉까지 그렸다는 건 아실 거요. 물론 피카소는 아흔한 살에 세상을 떠날 때까지 그림을 그렸지."

그는 등 뒤의 투우 그림 넉 점을 가리켰다.

"화가는 대체로 계속 작업을 하지. 그러니 클레르발은 특이한 경우인데, 당시 여자들은 주위에서 지원을 받지 못했소. 정말, 정말 재능이 뛰어났어. 계속 그렸다면 위대한 화가로 이름을 남길 수도 있었을 텐데. 최초의 인상파 화가들보다 아주 조금 어렸어. 모네보다 열한 살 어렸으니. 생각해 보시오."

그는 시가 끝을 유리 그릇에 비벼 껐다. 손톱은 손질이 잘 되어 있었다. 노인의 손이, 특히 화가의 손이 그렇게 완벽한 것은 처음 보는 것 같았다.

"스스로 자신의 길을 가로막지 않았다면 모리조나 카사트처럼 중요한 화가로 남았을 거요."

그는 다시 의자에 몸을 묻었다.

"클레르발의 그림을 몇 점 갖고 계셨다고 하셨습니다. 그럼 지금은 안 가지고 계십니까?"

나는 동굴 같은 방을 다시 둘러보지 않을 수 없었다. 메리도 둘러보고 있었다.

"아, 몇 점 가지고 있소. 빚을 갚느라 1936년, 1937년 사이에 대부분 팔았지."

카예는 정수리 위로 머리카락을 쓸어 넘겼다. 이 결정을 전혀 후회하는 것 같지 않았다.

"그녀의 작품은 앙리 로빈슨이라는 사람에게서 샀소. 그 사람은 아직 살아 있지. 파리에. 연락은 하지 않지만, 아주 최근 잡지 기사에서 그의 이름을 읽었소. 아직 문학과 가구와 철학에 대해 글을 쓰고 있지. 철학이다 뭐다."

평소 대화 중에 코웃음을 치는 유형의 사람이라면 코웃음을 쳤을 것 같은 말투였다.

"앙리 로빈슨은 누굽니까?"

카예는 잠시 나를 바라보다가, 게발선인장인지 뭔지 모르겠지만 탁자 위의 식물에 눈길을 주었다.

"훌륭한 비평가이자 미술 수집가이고, 오드 드 클레르발이 죽기 전까지 연인 사이였소. 베아트리스의 딸. 그녀는 단연코 베아트리스의 가장 위대한 그림인 〈백조 도둑들〉을 그에게 남겼소."

지금까지 읽었던 자료에서는 이 작품에 대한 언급을 본 적이 없었지만, 나는 이야기를 계속 해 달라는 뜻에서 고개를 끄덕였다. 하지만 카예는 다시 깊은 침묵에 빠진 것 같았다. 잠시 후 그는 재킷 안주머니를 한참 뒤지다가 시가 하나를 더 꺼냈다. 이번에는 아까 시가의 아이뻘이 될 것 같은 작고 날씬한 시가였다. 다시 좀 더 뒤지니 은색 라이터가 나왔고, 아름답게 손질한 늙은 손은 아까 하던 일을 그대로 반복해 불을 붙였다. 그는 연기를 빨아들였고, 그의 입에서 흰 연기가 동그랗게 흘러나왔다.

"오드 드 클레르발을 알고 지내셨습니까?"

나는 마침내 물었다. 이 우아한 남자에게서 기본적인 정보 이상의 이야기를 과연 들을 있을까 슬슬 의심이 되기 시작했다.

그는 다시 몸을 뒤로 기대고 한 손으로 다른 쪽 팔을 받쳤다.

"그렇소. 알고 지냈지. 그녀가 내 연인을 빼앗아 갔어."

생각에 잠긴 한마디 뒤에 아주 긴 침묵이 흐르는 동안, 카예는 천천히 시가를 피웠고 메리와 나는 약속이라도 한 듯 서로를 쳐다보지 않았다. 우리의 조사를 무위로 돌아가게 만들지 않을 만한 말이 뭐가 있을까 생각하다가, 나는 마침내 진료실에서 즐겨 쓰던 말을 꺼냈다.

"아주 힘드셨겠습니다."

카예는 미소 지었다.

"아, 그때는 힘들었지만, 젊었을 때라 그런 게 중요하다고 생각했던 시절이었지. 어쨌든 나도 오드 드 클레르발을 좋아했어. 자기만의 개성이 있어서 아주 멋진 여자였고, 분명 내 친구를 행복하게 해 줬을 거요. 덕분에 친구는 내 소장품 절반을 사들일 수 있었고, 덕분에 나와 내 동생은 그림을 그릴 수 있었지."

그는 탁자 위의 미술관 도록을 가리켰다.

"인생이 그런 거지. 오드는 내가 산 어머니의 작품, 특히 〈백조 도둑들〉을 가지고 싶어했소. 나는 아주 잠시 소장했어. 파리에서 젊은 토마, 아르망 토마 소장품을 처분할 때 나온 거요."

576

카예는 작은 시가를 재떨이에 두드렸다.

"오드는 그 그림이 어머니의 가장 위대한 작품이라고 생각했고, 마지막 작품이라고 생각했는데 그 점은 잘 모르겠소. 모두 다 행복했지. 하지만 오드가 1966년에 죽었기 때문에, 앙리는 오랫동안 그녀 없이 살아야 했어. 앙리와 나 둘 다 오래 사는 저주를 받은 게지. 그 사람은 나보다 나이가 더 많아. 오드는 그보다 스물두 살 더 많았고. 동성애자와 늙은 여자, 재미있는 한 쌍이었소. 심장은 뒤로 돌아가지 않아. 뒤로 돌아가는 건 마음뿐이지."

이 말을 끝내고 너무나 오래 침묵이 이어졌다. 혹시 담배와 테킬라 말고 복용하는 약물이 더 있는 걸까, 아니면 그냥 혼자 살면서 침묵에 너무 익숙해진 걸까 하는 생각까지 들었다.

이번에는 메리가 그의 몽상을 깨뜨렸다. 그녀의 질문에 나도 놀랐다.

"오드가 어머니에 대해 이야기를 하던가요?"

카예는 그녀를 흘끗 보았다. 불그스레한 얼굴에 기억을 더듬는 민감한 표정이 떠올랐다.

"가끔. 많지는 않지만 기억나는 대로 이야기해 드리리다. 내가 오드를 알고 지낸 건 아주 잠깐이었소. 앙리가 그녀와 사랑에 빠진 뒤, 나는 파리를 떠나서 여기 아카풀코로 왔거든. 나는 여기서 자랐소. 내 아버지는 기술자였는데 주로 프랑스 핏줄이었고, 어머니는 멕시코인 학교 선생님이었지. 오드가 어느 날 자기 어머니는 평생 위대한 예술가였다는 말을 한 기억이 나. '예술가를 그만두는 사람은 없어.' 오드는 이렇게 말했소. 난 그림을 그만두는 화가는 더 이상 화가가 아니라고 싸웠지. 중요한 건 그리는 행위라고. 그래, 우리는 피갈 거리의 한 카페에 앉아 있었어. 한 번은 자기 어머니가 평생 자신의 가장 가까운 친구였다고 했는데, 그 말을 듣고 앙리는 상처받은 얼굴이었지. 오드는 화가가 아니었고, 어머니의 작품만 수집했소. 나에게서 〈백조 도둑들〉을 산 뒤로 아주 소중하게 그 그림을 열심히 지켰는데, 내가 알기로 그 그림이 어디에도 나타나지 않고 글도 쓰는 사람이 없는 걸로 보아 불쌍한 앙리도 그 전통을 열심히 지키고 있는 게지. 아마 앙리는 오드가 너무나 완벽하고, 완전한 사람이라 그녀를 원했던 것 같소. 하지만 오드는 아무도 필요 없는 사람이었어. 그도 영국 혼혈이었는데—그의 아버지의 부모님이 영국인이었지—그래서 그런지 언제나 조금은 외부인이었지만, 오드는 전적으로 프랑스 인이었어. 아마 그는 그녀에게 인생 마지막 친구가 되어 줄 수 있다는 걸 보여 주고 싶었던 것 같았소. 그들은 끔찍한 빈곤 속에서 함께 전쟁을 견뎠지. 그는 마지막까지 그녀에게 충실했어. 그녀는 천천히 죽었지."

카예는 시가를 두드리더니 손을 들어 올려 시가로 천장을 가리켰다. 한번 말을 시작했다 하면 길게 이야기하는 사람인 것 같았다.

"올리비에 비뇨의 작은 초상화로 미루어 보건대, 오드는 어머니만한 미인은 아니었소. 베아트리스 드 클레르발은 대단한 미인이었지. 하지만 오드는 키가 크고 얼굴이 아주 흥미로웠소. 프랑스어로 '예쁘지는 않지만 매력 있는 여자'랄까, 못생겼다가도 한순간 사람을 홀리는 그런 유형이었지. 나도 그녀를 만난 지 얼마 안 돼서 그녀를 한 번 그린 적이 있으니까. 앙리가 그 그림을 가져갔소. 나는 초상화를 자주 그리지 않고, 자화상은 믿지 않아."

그는 메리를 돌아보았다.

"자화상을 그리십니까, 마담?"

"아뇨."

카예는 한쪽 뺨을 손에 괸 채, 한때 자신이 연구했던 부족의 특사를 바라보듯 그녀를 잠시 바라보았다. 문득 그는 다시 미소 지었다. 미소 짓는 얼굴이 한없이 관대하고 친절해 보여서 손자가 있다면 정말 자상한 할아버지가 되어 줄 것 같다는 생각이 뜬금없이 들었다.

"수다장이 멕시코 노인네를 보러 온 게 아니라, 베아트리스 드 클레르발의 그림을 보러 오셨지. 이제 보여 드리겠소."

90

말로우

우리는 얼른 일어났지만, 카예는 곧장 베아트리스의 그림을 보여 주지 않았다. 대신 그는 느긋하게 소장품을 죽 보여 주면서 그림을 너무나 사랑하는 소장가답게 마치 한 점 한 점 사람이라도 되는 것처럼 소개해 주었다. 시슬리의 1894년 작 작은 캔버스는 진품이라는 것을 자신이 가장 먼저 알아보았기 때문에 푼돈으로 아를르에서 구했다고 했다. 독서하는 여자를 그린 메리 카사트의 캔버스 두 점과, 갈색 종이에 녹색 붓질 다섯 번, 청색 붓질 네 번, 노란색 한 번으로 그린 베르트 모리조의 파스텔 풍경화도 있었다. 메리는 그 그림을 가장 좋아했다.

"정말 단순하군요. 그리고 완벽해요."

금빛이 쏟아지는 야자나무의 녹음 속에서 솟아난 성을 그린 인상파 풍경화는 너무나 아름다워서 우리 둘 다 걸음을 옮기지 못했다. 카예는 뭉툭한 손가락으로 가리켰다.

"여기는 마요르카요. 내 어머니의 어머니가 여기서 사셨기 때문에 나도 어릴 때 놀러가곤 했지. 이름은 엘레인 구레비치. 물론 그성에서 산 건 아니지만 종종 저 성으로 산책을 가곤 했소. 그분이 그린 그림이오. 내 첫 스승이었지. 음악, 책, 미술을 사랑하는 분이었소. 할머니의 침대에서 자다가 새벽 4시에 깨 보면 늘 불을 켜 놓고 책을 읽고 계셨소. 어느 누구보다 내가 가장 사랑한 분이지."

그는 돌아섰다.

"그림을 좀 더 많이 그리셨더라면. 난 언제나 조금은 할머니를 위해서 그림을 그리는 것 같다오."

20세기 작품도 있었다. 데 쿠닝과 클레의 작은 그림, 페드로 카예 본인과 형의 추상화도 있었다. 페드로의 작품은 놀랄 정도로 다채롭고 생기발랄했지만, 앙트완의 그림은 대체로 은색과 흰색 선으로 이루어져 있었다. 카예는 무심하게 말했다.

"형은 죽었소. 6년 전 멕시코시티에서. 형은 내 가장 좋은 친구였소. 30년 동안 같이 작업했지. 나는 내 작품보다 앙트완의 그림이 더 자랑스럽다오. 그는 아주 깊이 있고 생각이 많고 놀라운 사람이었소. 그의 작품이 내게 영감을 주었지. 형의 전시회 때문에 로마로 여행을 떠나야 하는데, 이게 내 마지막 여행이 될 거요."

그는 머리를 쓰다듬었다.

"앙트완이 죽은 뒤에 나는 그림 그리는 것을 그만두기로 마음먹었소. 계속 움켜쥐고 있는 것보다 그게 더 깔끔했어. 때로 예술가가 너무 오래 끄는 것도 좋지 않다오. 그러니 나는 더 이상 화가가 아니라는 뜻이지. 나는 내 마지막 그림을 형과 함께 묻었소. 르누아르가 말년에 붓을 손에 묶어야 했다는 거 알고 있소? 뒤피도."

그렇다면 흠집 하나 없는 손톱과 파란색과 검정색의 완벽한 복장, 작업실 냄새가 없는 것이 설명된다. 그에게 요즘은 무엇을 하고 지내는지 묻고 싶었지만, 주인과 마찬가지로 세련된 집을 보니 그 답도 명백했다. 아무 일도 안 하고 지내는 것이다. 그에게는 일찍 대기실에 도착했지만 책이나 신문 하나 가져오지 않고 비치된 고급

잠지도 무시한 채 골똘히 생각에 잠겨 약속 시간만 기다리는 환자 같은 분위기가 있었다. 아무것도 하지 않는 것이 분명 페드로 카예의 직업인 것 같았다. 돈도 있고, 그림들이 말없이 동무가 되어 준다. 메리에게 자화상을 그리느냐고 물은 것을 빼고는 그가 우리에 대해 전혀 묻지 않았다는 생각이 퍼뜩 들었다. 그는 우리가 자신의 옛 친구에 대해 왜 관심을 가지는지 알고 싶지 않은 것 같았다. 심지어 호기심으로부터도 자신을 해방시킨 것이다.

카예는 동굴 같은 거실에서 노란색과 빨간색의 문간을 지나 식당으로 향했다. 식당에서는 다른 것을 볼 수 있었다. 바로 멕시코 전통 예술이었다. 긴 녹색 식탁을 중심으로 파란 의자가 놓여 있었고, 구멍이 뚫린 새 모양의 양철 등이 그 위에 매달려 있었으며, 아주 오래된 운반용 탁자가 찾아올 사람도 없는 식당에서 손님을 기다리고 있었다. 한쪽 벽에는 마젠타와 에메랄드, 오렌지색으로 수놓은 사람들과 동물들이 검은색을 배경으로 분주하게 오가는 태피스트리가 걸려 있었다. 반대쪽 벽에는(식당과 어울리지 않는) 인상파 회화 세 점, 20세기 작품으로 보이는 보다 사실적인 여자 두상 연필 초상화가 걸려 있었다. 카예는 그림들을 환영하듯 한 손을 들었다.

"오드가 특히 이 유화를 원했기 때문에, 나는 그녀에게 팔지 못하겠다고 했지. 그 외의 소장품은 아주 정중한 태도로 전부 다 팔았소. 많지는 않았어. 열두 점 정도였나, 어차피 베아트리스는 많은 작품을 남기지 않았으니까."

첫눈에도 고요하고 눈부신 인상주의적 재능이 드러나는 비범한 그림들이었다. 하나는 금발머리 소녀가 거울 앞에 있는 그림이었다. 어둑한 배경에 서 있는 하녀는 그녀에게 옷을 가져다 주고 있거나, 방에서 뭔가를 가지고 나가거나, 어쩌면 그녀를 그냥 바라보고 있는 것 같았다. 거울 안 저 멀리서 유령처럼 이쪽을 바라보고 있는 인물에게는 어딘가 은밀한 분위기가 있었다. 그 효과는 사랑스럽고,

감각적이고, 불안했다. 직접 베아트리스 드 클레르발의 작품을 보는 것은 그때가 처음이었지만, 이후 내가 본 몇몇 작품들에는 모두 다 이런 종류의 불편함이 깃들어 있었다. 캔버스 한구석에는 강렬한 검정색 기호가 그려져 있었는데, 언뜻 한자처럼 단순한 장식으로 보였지만 활자를 뜯어보니 BdC, 서명이었다.

가장 큰 유화는 거칠게 그린 꽃이 핀 수풀 그늘 의자에, 한 남자가 앉아 있는 풍경이었다. 나는 베아트리스의 편지에 묘사되었던 정원을 떠올리고 파란 의자에 걸려 넘어지지 않게 조심스럽게 한 걸음 물러나서 초점을 맞추어 보았다. 남자는 모자를 쓰고 있었고, 목에는 넥타이를 매고 있었으며, 재킷 앞자락을 열고 있었다. 그는 책을 읽고 있었다. 전경에는 진홍색과 노란색, 분홍색 꽃이 녹색을 배경으로 눈부시게 피어 있었지만, 느긋하고 안정되어 보이는 남자는 흐릿하게 처리되어 구도상 훨씬 중요하지 않아 보이는 자리를 차지하고 있었다. 베아트리스 드 클레르발이 남편보다 정원이 훨씬 개성 있는 존재라고 생각했을까, 아니면 부부 사이의 친밀감을 그냥 애매하게 숨기고 싶었던 것일까?

탁자 반대편에 앉은 카예가 내 추측을 확인해 주었다.

"저쪽은 베아트리스의 남편 이브 비뇨, 오드가 그렇다고 했소. 어머니가 죽은 뒤 오드가 이름을 오드 비뇨에서 오드 드 클레르발로 바꾼 걸 아시는지 모르겠는데, 광적인 충성심이었겠지. 아니면, 어머니가 화가로서 얼마나 위대했는지 알고 그 영광을 조금 나누고 싶었든지. 그녀는 어머니를 너무 자랑스러워했소."

그는 식당 반대편 끝으로 가더니 구멍 난 양철 찬장 위에 놓여 있는 오리 모양의 도자기 촛대를 바라보며 서 있었다. 메리와 나는 세 번째 베아트리스 드 클레르발의 그림을 구경하러 돌아섰다. 공원 연못의 잔잔한 수면에 바람이 물결을 일으키며 머리 위에서 늘어진 나뭇가지의 그림자를 흐트러뜨리는 그림이었다. 연못 한쪽 끝의 화단과 물 위에서 노는 새의 모양, 비상하기 위해 이제 막 날개를 펼치는 백조가 이 능숙한 풍경화에 밝은 분위기를 불어넣고 있었다. 너무나 아름다운 작품이었다. 나는 수면에 반사되는 빛을 다루는 솜씨는 모네와 필적한다고 속으로 중얼거렸다. 왜 이런 재능을 지닌 사람이 그림을 그만두었을까? 민첩한 붓질로 그려진 백조의 형태는 비행의, 갑작스럽고 자유로운 움직임의 정수였다. 메리가 말했다.

"백조를 많이 봤나 봐요."

"완벽하게 살아 있군."

나도 동의했다. 나는 의자 등받이에 몸을 기대고 우리를 바라보고 있는 카예를 돌아보았다.

"이건 어디서 그린 건지 알고 계십니까?"

"오드가 이 작품을 팔라고 하면서 파시에 있던 집 근처 불로뉴 숲에서 그린 거라고 했소. 어머니가 1880년 6월, 그림을 그만두기 직전에 그린 거라고 했지. 그녀는 이 그림을 〈마지막 백조〉라고 불렀소. 뒤쪽에 그렇게 적혀 있으니까. 정말 훌륭하지 않소? 앙리가 오드를 위해 어떻게든 이 그림을 사들이려고 안간힘을 썼지. 그녀가 죽어 갈 때 나한테 세 번이나 편지를 썼소. 세 번째 편지는 그 사람 기준으로는 아주 화가 나서 썼더군."

그는 감정 따위는 전혀 의미 없었다는 듯 한 손을 내저었다.

"나는 이것이 베아트리스 드 클레르발의 마지막 그림이라고 믿고 있는데, 증명할 수가 없군. 하지만 제목도 그렇고—이것이 그녀가 그린 마지막 백조라는 의미니까—이보다 더 이후 날짜로 된 그림에 대한 정보는 하나도 찾을 수 없었소. 물론 앙리는 자기가 가진 그림이 마지막 작품이라고 생각하지. 〈백조 도둑들〉이라는 그림 말이오. 그 그림에 대해 참 묘하게 굴어. 1980년대에 첫 전시회가 열린 뒤 다시는 전시회가 없었소. 파리 맹트농 미술관이었지. 그 전시회에 대해 알고 있소? 그때 나도 이 큰 캔버스를 대여해 줬지. 어쨌든 중요한 일은 아니야."

카예는 의자 등받이에 두 손을 얹고 천천히 몸을 앞으로 기울였다.

"이건 탁월한 그림이오. 내 소장품 중 최고 중의 하나지. 내가 죽을 때까지 이 그림은 여기 있을 거요."

그는 죽은 뒤에는 그림이 어떻게 될지 덧붙이지 않았고, 나는 물어보지 않기로 했다. 나는 대신 초상화 스케치를 가리켰다.

"이건 누굽니까?"

전문적인 화가의 솜씨는 아니었다. 1930년대 영화배우처럼 곱슬곱슬한 짧은 머리 여인이었는데, 기법은 약간 서툴렀지만 생명력이 넘치는 눈매와 얇고 민감한 입술은 잘 표현되어 있었다. 말을 하기보다는 쳐다보겠다는 듯한, 잠시 아무 말도 하지 않기로 작정한 듯한 표정이었고, 그 점이 눈길의 강렬함을 더해 주고 있었다. 정확히 미인이라고는 할 수 없었지만, 그녀에게는 어딘가 수려하고 눈길을 사로잡는 부분이 있었다. 대담하게도, 아름답기를 거부하는 여인이었다.

카예는 한쪽으로 고개를 기울였다.

"오드요. 친구로 지내던 시절에 오드가 그 초상화를 나한테 줬는데, 그녀에 대한 예의의 뜻으로 보관했소. 자기 어머니의 그림과 나란히 걸려 있는 걸 좋아할 거라고 생각했지. 지금 어느 세상에 있든지, 분명 좋아하고 있을 거요."

"누가 그렸습니까?"

스케치 한쪽 구석에 1936이라고 적혀 있었다.

"앙리요. 두 사람이 만난 지 6년 되던 해. 내가 떠나기 전해. 그는 서른네 살, 나는 스물네 살, 오드는 쉰여섯 살이었소. 나는 그가 그린 오드의 초상을 가지고 있고 그는 내가 그린 걸 가지고 있으니 훌륭한 대칭인 셈이야. 말했지만, 앙리는 미남이었지만 그녀는 미녀가 아니었소."

그는 이 말이 우리 대화의 논리적인 결론이기라도 하다는 듯 돌아섰다. 그가 그렇게 생각한다면 그런 것이다. 나는 얼른 그들 모두를 머릿속에 그려 보았다. 그는 사랑으로 인한 고통과 유럽에 닥쳐올 전운을 피해 전쟁 직전에 멕시코로 떠났다. 그는 앙리보다 열 살 젊고, 20대 화가에게 쉰여섯의 오드는(지금 내 나이보다 겨우 네 살 많다, 가슴 한쪽이 은근히 아렸다) 할머니로 보였을 것이다. 하지만 스케치 속 여인은 늙어 보이지 않았고, 비뇨의 초상화가 믿을 수 있는 것이라면, 베아트리스 드 클레르발과도 닮지 않았다. 눈빛을 제외한다면 전혀. 오드와 앙리는 어디서, 어떻게 전쟁을 견뎌냈을까? 둘 다 전후까지 살아남았다.

"그럼 앙리 로빈슨은 아직 살아 있습니까?"

카예를 따라 거실 전시관으로 돌아가면서 묻지 않을 수 없었다. 카예는 돌아보지 않고 대답했다.

"작년까지는 살아 있었소. 아흔일곱 번째 생일에 나한테 편지를 보냈더군. 아흔일곱이 되면 예전 연인들이 모조리 기억나는 게지."

다시 소파로 돌아왔을 때, 그는 정중히 앉으라는 손짓을 하지 않고 방 한가운데 선 채로 있었다. 나는 계산이 정확하다면 그가 지금 여든여덟 살이라는 것을 깨달았다. 가능한 일인 것 같지 않았다. 우리 앞에 서 있는 그는 꼿꼿하고 우아했으며, 검붉은 피부는 매끄러웠고, 단정하게 뒤로 넘긴 흰 머리는 숱이 많았고, 검은 정장은 잘 다려져 있었으며, 마치 영원한 생명이라는 선물을 어쩌다 받아서 그 것조차 피곤하다는 인상으로 완벽하게 보존되어 있었다.

"이제 피곤하군."

하루 종일 그렇게 서 있을 수도 있을 것 같았지만, 그는 이렇게 말했다. 나는 얼른 대답했다.

"친절한 대접 얼마나 감사한지 모르겠습니다. 한 가지 질문만 양해해 주십시오. 괜찮으시다면 앙리 로빈슨에게 편지를 보내 베아트리스 드 클레르발에 대한 정보를 더 묻고 싶습니다. 혹시 주소를 알려 주실 수 있을까요?"

"그러지."

그는 처음으로 귀찮다는 듯한 기색을 비치며 팔짱을 꼈다.

"내가 찾아 드리겠소."

그는 돌아서서 방을 나갔고, 나지막하고 침착한 목소리로 누군가를 부르는 소리가 들렸다. 잠시 후 그는 아주 오래된 가죽 주소록을 들고 돌아왔고, 음료수 쟁반을 가져다 준 남자가 뒤따랐다. 두 사람은 잠시 뭔가 협상을 했고, 카예가 바라보는 앞에서 그 남자가 주소를 적어 주었다.

나는 두 사람에게 감사했다. 파리 주소였고 아파트 번호가 적혀 있었다. 카예는 내 어깨 너머로 주소를 확인했다.

"늙은 프랑스 인이 동료 프랑스 인에게 안부 전한다고 말해 주시오."

그는 저 멀리 뭔가 낯익은 형상을 바라보듯 미소 지었다. 이렇게 개인적인 부탁을 한 것이 미안해졌다.

그는 메리를 돌아보았다.

"안녕히 가십시오, 아가씨. 아름다운 여인을 다시 보니 좋군요."

그녀는 그에게 손을 내밀었고, 그는 따뜻함 없이, 정중하게 손에 키스했다.

"잘 가시오, 친구."

그는 나와 악수를 나누었다. 그의 손은 아까처럼 강했고 습기가 없었다.

"다시 만날 일은 없겠지만, 조사에 행운이 깃들기를 바라겠소."

그는 말없이 현관으로 나가 우리를 위해 문을 열어 주었다. 이제 하인은 보이지 않았다.

"안녕히. 안녕히."

그는 우리 귀에 거의 들리지도 않을 정도로 나직하게 되풀이했
다. 나는 보도에서 돌아서서 장미와 부겐빌리아에 파묻혀 방부 처리
라도 된 듯 잘생긴 얼굴로 꼿꼿하게 홀로 서 있는 그를 향해 손을
한 번 흔들었다. 메리도 손을 흔들었고 말없이 고개를 저었다. 그는
손을 흔들지 않았다.

그날 밤 두 번째로 사랑을 나누는 동안—하룻밤 새 오래된 연
인들처럼, 보다 자신감 있는 몸짓으로—나는 메리의 뺨이 눈물로
젖어 있는 것을 보았다.

"왜 그래?"

"그냥. 오늘 일이."

"카예?"

"앙리 로빈슨. 사랑했던 늙은 여자를 그 오랜 세월 동안 돌보
다니."

그리고 그녀는 내 어깨를 쓸어내렸다.

91

1879

그녀는 아침 식사 시간에 약간 늦었지만 깨끗이 씻은 얼굴에 생기가 돌고 눈만 부어 있다. 스스로는 몰랐지만 온몸이 완전히 새로 태어난 것 같다. 머리는 에스메가 없을 때 늘 하던 대로 단순하게 정돈했다. 그녀 안의 영혼이 파르르 긴장하고 있다. 어쩌면 영혼의 형태를 깨닫고 그것이 몸속에서 이리저리 치이는 이런 느낌이 죄의 현현인지도 모른다. 그러나 수치스럽게도 심장은 가볍고, 그래서 더욱 아침이 맑아 보인다. 창밖의 바다는 거대한 거울 같다. 모슬린 치맛자락이 손에 스치는 느낌조차 기분 좋다. 그녀는 주인의 눈을 똑바로 바라보려고 노력하며 올리비에에 대해 넌지시 물어본다. 늙은 여자는 신사분이 일찌감치 산책을 하러 나가면서 현관 탁자에 베아트리스에게 보내는 전갈을 남겼다고 전한다. 가 보니 편지는 없다. 직접 전달하려고 치웠는지도 모른다. 나중에 물어봐야겠다.

주인은 뜨거운 커피와 롤, 잼 타르트를 그녀 앞에 놓는다. 어깨와 허리가 굽은 파란 드레스 차림의 뚱뚱하고 나이 지긋한 여인은 올리비에와 비슷한 나이이다. 올리비에가 정식으로 결혼해서 행복하

588

게 해 줄 수도 있었을 나이의 여인, 늙은 여주인이 안쓰러운 마음에 분노 비슷한 감정이 스친다. 문득 전날 밤의 한순간이 떠오른다. 길 어야 2, 3분쯤 계속되었던 애무였지만, 그 손길이 피부에 아직 남아 있는 것 같다. 그녀는 버터가 있느냐고 공손하게 여주인에게 물었 고, 여주인은 "네." 하고 대답하며 따뜻한 손을 의례적으로 그녀의 어깨에 얹는다. 왜 일에 매어 사는 배신당한 남편 이브에게보다 늘 유유자적한 분위기를 풍기는, 앞치마를 두른 이 낯선 사람에게 더 죄책감이 느껴지는 것일까.

한데 그가, 이브 비뇨가 거기 있었다. 그것은 그녀 인생에서 가 장 기묘했던 두 순간 중 하나였다. 지팡이는 벌써 입구 어디쯤 내려 놓았는지, 그는 장갑과 모자를 벗으며 환각처럼 식당으로 들어온다. 생각해 보니 현관문이 열렸다 닫히는 소리를 들은 기억이 난다. 작 은 호텔은 남편으로 가득 찬다. 단정한 짙은 색 재킷, 턱수염 안의 미소, "아, 여기 있군!" 하는 목소리가 사방을 가득 채운다. 그는 그 녀를 놀라게 할 생각이었지만, 그녀를 가득 채운 놀라움은 차라리 현기증이다. 그녀의 기쁨과 죄책감이 그를 그녀 곁으로, 그녀를 그 의 곁으로 소환한 것일까, 순간 약간은 누추하지만 쾌적하던 시골의 방이 파시의 집에 있는 방들과 겹쳐 보인다.

"내가 당신을 정말 놀라게 했군!"

그는 장갑을 내려놓고 그녀에게 키스하러 다가온다. 그녀는 겨 우 제때 일어난다.

"미안해, 여보. 내가 생각을 잘못했군."

그의 얼굴은 온통 미안하다는 기색이다.

"아직 몸이 완전하지 않겠지. 왜 당신을 놀라게 하자는 생각을 했을까."

키스로 그녀의 마음을 회복시켜 주겠다는 듯 뺨에 와 닿는 그 의 키스는 따뜻하다.

"기분 좋은 충격이죠."

그녀는 겨우 말한다.

"어떻게 빠져나왔어요?"

"내 사랑하는 아내가 아픈데 가 봐야겠다고 했어. 아, 위험한 병이라고 하지는 않았지만 감독관이 이해를 해 주고 다른 사람들도…."

그는 미소 짓는다.

무슨 말을 해도 목소리가 떨릴 것 같았고 거짓말처럼 들릴 것 같다. 다행히 그는 그녀를 만나는 기쁨과 여행이라는 모험의 즐거움에 푹 빠져 있다. 두 사람이 차갑게 식은 커피 앞에 다시 앉자, 그는 예상보다 얼굴이 좋아 보인다, 기차편이 예전 기억보다 좋았다, 사무실에서 해방되어서 정말 기쁘다고 말한다. 손을 씻고 커피 두 잔과 엄청난 양의 빵, 버터, 잼 타르트를 먹은 뒤, 그는 그녀의 방을 보고 싶다고 말한다. 자기 방은 이미 예약해 두었다, 그녀의 작은 왕국을 침범하고 싶지 않다, 그는 그녀의 어깨를 살짝 꼬집으며 말한다. 그는 너무나 크고, 너무나 품위 있지만 유쾌했으며, 턱수염은 숱이 많았지만 잘 정리되어 있었다. 그는 너무나 젊다, 그녀는 생각한다.

위층으로 올라가는 길에 그는 그녀의 허리에 팔을 감았다. 그는 예상했던 것보다 더 보고 싶었다고 말한다. 보고 싶지 않을 거라고 생각한 것은 아니지만, 그래도 훨씬 더 보고 싶었다. 그가 기뻐하는 모습을 보니 그녀는 울고 싶다. 그의 팔이 얼마나 든든하고 안전하게 느껴지는지 잊고 있었지만, 이제 그 팔이 몸에 닿아 있으니 기억이 되살아난다. 그는 침실에 들어서서 문을 닫더니 휴가를 즐기는 가벼운 마음으로 그녀가 꾸며 놓은 방을 칭찬한다. 화장대에 모아 놓은 조개껍질, 날씨가 좋지 않을 때 스케치를 하는 윤기 나는 작은 책상. 그녀는 하나하나 최대한 길게 설명한다. 그는 그녀를 향해 미소 지으며 선 채 다 듣고 있다.

"찬찬히 보니 정말 건강해 보여. 뺨에 장밋빛이 돌아왔군."

"음, 거의 매일 오전 오후에 밖에서 그림을 그렸어요."

이제 캔버스를 보여 줄 차례다.

"올리비에가 같이 가 주겠지."

그는 약간 엄격한 말투로 말한다.

"그럼요."

그녀는 첫날 그린 고깃배 그림을 찾아 그에게 건넨다.

"사실 그분이 매일 옷을 따뜻하게 입고 그림을 그리라고 격려
하셨어요. 그래서 늘 옷을 따뜻하게 입는 걸 기억해요."

"아름답군."

그는 그림을 잠시 들고 바라본다. 올리비에가 나타나기 오래전
부터 그가 얼마나 그녀를 격려했는지 기억이 나서 가슴이 찡하다.
그는 그림이 아직 마르지 않은 것을 알고 조심스럽게 내려놓더니
그녀의 손을 잡는다.

591

"당신도 정말 좋아보여."

"아직 조금 피곤하지만, 고마워요."

"그게 아니라 얼굴을 붉히고 있는데. 예전의 당신으로 돌아온
것 같아."

그는 그녀의 손을 양손으로 단단히 감싸고 한참 키스한다. 그의
입술은 그녀에게 있어 두 번째 천성이고, 두렵다. 그는 손으로 그녀
의 얼굴을 감싸고 다시 키스하더니 아직 목욕을 하지 않았다고 중
얼거리며 외투를 벗는다. 그는 문을 잠그고 커튼을 친다. 그는 일에
서 해방되어 여행을 하니 다시 젊어진 것 같다고 말했고, 아니, 그녀
의 귀에는 어쨌든 그렇게 들린다. 핀이 빠져나온 머리카락이 귀를
뒤덮고, 그의 부드러운 손이 단추를 끄르고, 허리띠를 풀고, 고리를
벗기고, 그녀의 몸을 침대에 눕히고, 특유의 느릿하고 사무적인 몸
짓으로 그녀를 다루고, 그녀는 오랫동안 익숙해진 반응을 보인다.

비록 눈꺼풀 뒤에서는 다른 이미지가 어른거리고 있지만 두 사람 사이의 간극은 익숙한 열정으로 메워진다. 그가 그녀에게 접근한 것은 몇 달 만이다. 그녀는 그가 그녀의 건강이 염려되어서 자제하고 있었을지도 모른다는 것을 깨닫는다. 어떻게 다른 짐작을 할 수 있었을까?

점점 늘어가는 은행잔고를 소유한, 놀랄 정도로 젊은 남자, 그녀 곁에 있기 위해 잠시 일상을 탈출해서 기차를 탄 남자는 마침내 피곤해서 그녀의 어깨에 기댄 채 깜빡 잠이 들었다.

무슈 로빈슨

낯선 사람이 이렇게 편지를 드리는 것을 양해해 주십시오. 저는 워싱턴 D.C.에서 일하는 정신과 의사로서, 최근 저명한 미국 화가의 치료를 담당하게 되었습니다. 그의 증세는 독특한 편이며, 프랑스 인상파 화가 베아트리스 드 클레르발에 대한 집착과 밀접하게 관련되어 있습니다. 선생님이 개인적으로나 업무적으로 클레르발과 관계가 있으셨던 것으로 알고 있으며, 그분의 작품도 수집하셨고 그중에 〈백조 도둑들〉이라는 캔버스도 있다고 들었습니다.

다음 달 중에 한 시간 정도 파리 자택으로 찾아뵈어도 될까요? 클레르발의 생애와 작품에 대해 조금이라도 정보를 주신다면 너무나 감사하겠습니다. 제게는 재능 있는 환자의 치료를 위해 아주 중요한 일입니다. 시간이 나시는 대로 곧바로 연락주십시오.

의학박사 앤드루 말로우

92

말로우

나 자신의 상념에서 벗어나고 싶기도 하고 그가 무엇을 하고 있는지 보고 싶기도 한 마음에, 나는 로버트의 병실을 너무 자주 찾았다. 금요일 그날은 오전에 이미 한 번 들렀다. 오후에 다시 병실로 가 보니, 그는 내가 준 이젤 앞에 서 있었다. 바쁜 한 주였고, 잠도 설친 상태였다. 메리가 좀 더 자주 찾아왔으면 하는 바람이었다. 그녀의 품 안에 있으면 늘 푹 쉴 수 있는 것 같았다. 늘 그렇듯 그의 병실에 들어설 때는 그녀가 생각났다. 어떻게 저렇게 나를 쳐다보면서 내가 숨기고 있는 비밀은 꿰뚫어보지 못할까 하는 의문이 들었고, 그러자 내가 그에 대해서 정말로 알고 있는 것이 거의 없다는 생각이 새삼 들었다. 저 깨끗하게 세탁한 낡은 옷가지, 올이 닳은 노란 셔츠와 물감이 묻은 바지 안에, 아니, 심지어 따뜻한 혈색의 얼굴과 걷어붙인 소매 안의 팔, 희끗희끗한 곱슬머리 안에 숨겨진 그의 인생에 대해 내가 들은 것이라고는 아무것도 없었다. 나를 돌아보는 붉게 충혈된, 피곤한 눈동자조차 꿰뚫어보지 못하고 있었다. 충분히 알지 못하는데 내가 어떻게 그를 해방시킬 수 있을까? 설령 해방시킨다 해도, 1910년에 죽은 여인을 향한 사랑에 대한 내 궁금증은 어떻게 잊을 수 있을까?

그는 오늘 그녀를 그리고 있었고—놀랄 일은 아니었다—나는 안락의자에 앉아 바라보았다. 그는 이젤을 돌리지 않았다. 침묵과 마찬가지로, 그것도 일종의 자부심이리라. 그녀는 얼굴이 없었다. 그는 가운의 장미색과 그녀가 앉아 있는 검은 소파를 대략 그리고 있었다. 그의 기술 중 하나는 모델 없이 그릴 수 있는 능력이라는 것을 나는 깨달았다. 그것도 그녀가 그에게 남긴 선물이었을까?

갑자기 이 모든 것을 참을 수가 없었다. 나는 의자에서 벌떡 일어나 한 걸음 다가갔다. 그는 나를 무시하고 팔을 들어 올린 채 붓을 움직이며 계속 그리고 있었다.

"로버트!"

그는 아무 말도 하지 않았지만, 아주 잠깐 내 쪽을 흘끗 보더니 다시 캔버스를 응시했다. 나는 키가 큰 편이고 말했듯이 몸도 탄탄한 편이지만, 내게는 로버트의 태연하고 위압적인 존재감 같은 것은 없었다. 그에게 주먹을 날리면 어떤 기분이 들까. 케이트는 분명 그렇게 하고 싶었을 것이다. 메리도, 그랬을 것이다. 그녀를 위해서 때리는 거다. 기분 나쁘면 누구한테든 신고해라.

"로버트, 나를 봐요."

그는 붓을 내리고 10대 시절 내가 부모님한테 의식적으로 짓곤 했던 참을성 있는, 재미있다는 듯한 표정으로 나를 바라보았다. 내게는 10대 자식이 없었지만, 무언가 의미가 있을 그의 이런 눈빛은 그 어떤 분노의 폭발보다 나를 더 화나게 했다. 그는 귀찮은 방해자가 얼른 물러가서 다시 그림을 그릴 수 있기만 기다리는 것 같았다.

나는 헛기침을 하고 마음을 진정시켰다.

"로버트, 내가 당신을 돕고 싶어한다는 걸 모르겠어요? 다시 정상적인 생활을 하고 싶지 않습니까? 저 밖에서?"

나는 창문 쪽으로 손짓을 했지만, '정상적'이라는 단어 하나로 이미 이 싸움에서 졌다는 것을 알고 있었다.

그는 다시 이젤을 돌아보았다.

"난 당신을 돕고 싶지만, 당신이 협조하지 않으면 그럴 수가 없어요. 당신 때문에 귀찮은 일도 많이 했는데, 그림을 그릴 수 있을 정도로 괜찮다면 말도 할 수 있을 것 아닙니까."

그의 얼굴은 부드러웠지만 이제 닫혀 있었다.

나는 기다렸다. 환자에게 고함을 지르는 것보다 최악의 행동이 어디 있을까?(어쩌면 환자의 예전 애인과 자는 것?) 나도 모르게 목소리가 올라가기 시작했다. 가장 화가 났던 것은 내가 오직 그만을 위해서 그를 돕고 싶은 것이 아니라는 사실을 그도 알고 있다는 느낌이었다.

"빌어먹을, 로버트."

나는 소리를 지르지 않고 조용히 말했지만, 목소리는 떨려 나왔다. 그 오랜 세월 훈련을 받고 진료를 하면서 그 누구에게도 이런 식으로 행동해 본 적이 없다는 생각이 뇌리를 스쳤다. 단 한 번도. 나는 그에게 눈길을 준 채 병실을 나섰다. 그가 내게 덤벼들거나 물건을 던질까 봐 두려웠던 것은 아니었다. 오히려 내가 그럴까 봐 두려웠다. 그 순간 그에게 시선을 주지 않았더라면 얼마나 좋았을까. 그랬더라면 그의 얼굴 표정이 변하는 광경을 보지 않을 수 있었을 텐데. 그는 내게 눈길을 주지 않고 캔버스를 향해 고개를 들었다. 그 얼굴에는 희미한 미소가 떠올라 있었다. 승리감. 보잘것없는 승리, 하지만 요즘의 그가 누릴 수 있는 유일한 승리감이었을 것이다.

93

1879

이브는 일주일의 절반 정도 머무르며 올리비에의 어깨에 손을 얹고 해변을 산책하기도 하고 핀으로 머리를 고정시키기 위해 앞으로 숙인 베아트리스의 목 뒷덜미에 키스하기도 한다. 그는 절실한 휴가를 누리고 있다. 둘만 있을 때는 신혼여행이라고 부르기도 했다. 그는 해협의 경치를 사랑한다. 해협은 그에게 어마어마한 휴식을 준다. 하지만 그는 유감스럽게도 돌아가야 했고, 이렇게 일찍 떠나게 되어 미안하다고 사과한다. 이브가 같이 있는 동안 그녀는 식탁에서 소금이나 빵을 건넬 때가 아니면 감히 올리비에를 쳐다보지도 못한다. 견딜 수 없는 기간이었지만, 거울에 비친 자신을 바라볼 때, 혹은 그들이 산책하는 모습을 볼 때, 두 남자의 사랑으로 둘러싸여 있다는 것을 느끼고 이것이 너무나 정상적인 일이라는 기분이 드는 순간이 있었다. 그들은 이륜마차를 타고 페캉 역까지 이브를 바래다준다. 올리비에는 거절했지만, 이브는 돌아오는 길에 베아트리스를 혼자 보낼 수 없으니 같이 가야 한다고 고집한다. 기차는 요란하게 연기를 뿜고, 바퀴가 거칠게 움직이기 시작한다. 이브는 창문에서 몸을 내밀고 손에 모자를 든 채 흔든다.

　　두 사람은 호텔로 돌아와서 베란다에 앉아 일상적인 이야기를 나눈다. 해변에서 그림을 그리고 저녁을 먹는다. 마치 손님이 간 뒤 둘만 남은 오래된 연인처럼. 암묵적인 동의처럼 그녀는 다시 올리비에의 방에 가지 않고 그 역시 그녀의 방을 찾지 않는다. 그들 사이의 모든 벽은 이미 무너졌고, 그녀는 반복을 원치 않는다. 가슴에 간직한 이 말없는 추억이면 충분하다. 그의 놀라움과 쾌락의 눈물이 그녀의 얼굴에 떨어지던 순간. 그녀는 그 일탈 이후에 그가 영원히 그녀의 것이 될 거라고 생각했지만, 그 반대도 마찬가지다.

　　파리로 돌아가는 기차 안에서 둘만 남자, 그는 그녀의 손을 커다란 장갑 안에 작은 새처럼 품고 키스한다. 그녀는 짐을 내리기 위해 손을 거둔다. 대화는 거의 없다. 묻지 않아도, 그가 다음 날 저녁 식사에 오리라는 것을 알고 있다. 그들은 함께 아버지에게 휴가에서 있었던 거의 모든 이야기들을 할 것이다. 계획한 큰 그림 작업을 함께 시작할 것이다. 그녀는 죽는 날까지 그를, 그의 길고 부드러운 몸을, 그의 은빛 머리카락을, 그의 안에 있는 사랑에 빠진 젊은 남자를 기억할 것이다. 해협의 영혼으로, 그는 언제나 그녀 곁에 머무를 것이다.

94

말 로 우

앙리 로빈스의 답장은 충격적이었다.

무슈

편지 감사합니다. 당신의 환자는 로버트 올리버라는 사람이겠
지요. 거의 10년 전 나를 만나러 파리에 찾아왔고 보다 최근에
도 온 적이 있는데, 정황상 나는 그가 두 번째 방문했을 때 내
아파트에서 중요한 물건을 가져갔다고 믿고 있습니다. 그를 돕
고 싶다는 말은 할 수가 없지만, 당신이 이 문제에 대해 뭔가 해
법을 주실 수 있다면 나도 기꺼이 당신을 돕겠습니다. 〈백조 도
둑들〉도 보여 드릴 생각을 하고 있습니다. 판매할 생각은 아니
라는 점은 알고 계십시오. 4월 첫 주 언제라도 오전 중이라면
괜찮으시겠습니까?

앙리 로빈슨

95
말 로 우

메리와 함께 파리에 가고 싶은 마음이 간절했지만, 그녀는 학생들을 가르쳐야 했다. 그녀가 거절하는 말투로 보아, 내가 다음 방학 중에 여행을 잡는다 해도 같이 가지 않을 것이라는 것을 알 수 있었다. 아카풀코 이후에 다시 받아들이기에는 그녀 입장에서 너무 큰 선물이었다. 한 번은 즐거움이었지만, 두 번은 빚이 될 것이다. 나는 메리가 간절히 가 보고 싶어 했던 오르세 미술관에 대한 책을 찾아 건넸고, 그녀는 책장을 천천히 넘겼다.

그래도 그녀는 내 주방에 서서 긴 머리를 불빛에 반짝이며 고개를 저었다. 단호한 거절이었다. 그녀 쪽에서는 거절이라기보다는 조용한 자각에 더 가까운 표현이었다. 그녀는 이야기를 나누며 아침을 만들고 있었다. 의외로 가정적인 모습이었다. 그녀가 내 아파트에서 밤을 보낸 것은 이번이 네 번째였다—아직도 나는 하루하루 세고 있었다. 그녀가 나보다 더 일찍 출근한 뒤에는—작업실이나 강의실, 혹은 업무가 적은 평일에 즐겨 그림을 그리는 카페로—그녀의 체취를 남기고 싶어서 침대를 정리하지 않고 침실 문을 닫곤

했다. 그날 그녀는 달걀 네 개와 베이컨을 만들더니 씩 웃으며 내 앞에 놓았다.

"같이 프랑스에 갈 수는 없지만, 이번 한 번은 당신에게 달걀 요리를 해 주죠. 하지만 기대는 하지 말아요."

나는 커피를 따랐다.

"프랑스에 가면 예쁜 컵에 담긴 삶은 달걀을 빵과 잼에 곁들여 먹을 수 있어. 커피도 이것보다 훨씬 맛있고."

"메르시, 하지만 대답은 같아요."

"알겠어. 하지만 같이 프랑스 여행 한 번 설득할 수가 없다면, 내가 청혼하면 뭐라고 할 거지?"

메리는 얼어붙었다. 거의 생각 없이 자연스럽게 불쑥 나온 말이었지만, 생각해 보니 몇 주째 나는 그 생각을 하고 있었다. 그녀는 포크를 만지작거리고 있었다. 뒤늦게야 깨달았지만, 나의 장애물은 로버트 올리버라는 형태로 내 등 뒤 어딘가에서 어슬렁거리고 있었다. 그녀의 눈빛이 무엇을 바라보고 있는지 물어볼 필요도 없었고, 그곳에는 아무도 없다고, 그녀가 알던 로버트 대신 정신병원 침대에서 그림을 그리는 무기력한 남자가 있을 뿐이라고 말해 줄 필요도 없었다. 로버트가 농담으로라도 청혼한 적이 있을까? 그녀의 입가 주름에, 그녀의 눈빛에, 그녀의 머리카락이 흘러내리는 모습에 그 해답이 적혀 있을 것 같았다.

601

그러다 그녀는 웃었다.

"결혼 안 하고 지금까지 잘 버텼다면, 지금도 필요 없어요, 박사님."

그녀 세대가 알고 있을 거라고 생각지도 못했던 것들을 알고 있어서 퍼뜩 놀랄 때가 있었다. 메리는 콜 포터를 인용했다.

"남편은 따분한 존재, 근심 걱정만 안겨 주지."

"키스해 줘, 케이트."

나는 장단을 맞춰 탁자를 탁 쳤다.

"어쨌든 어머니 허락 없이 결혼하기에는 너무 어린 나이지. 난 어린애 보쌈하는 도둑도 아니고…"

그녀는 웃으며 내게 오렌지 주스 한 방울을 튀겼다.

"아침 그만해요"

그녀는 다시 포크를 집어 들어 달걀을 잘랐다.

"당신이 여든이 되면 내가…"

"지금 내 나이보다 많겠지만, 그래도 얼마나 젊어. 이리 와서 키스해 줘, 케이트!"

나는 소리쳤고, 그녀는 보다 자연스럽게 웃으며 탁자를 돌아 와서 내 무릎에 앉았다. 그러나 방 안에는 묘한 메아리가 감돌았다. 그 이름, 로버트의 케이트. 입 밖에 내지 않았지만 우리 둘 다 느꼈다. 그 메아리를 잠재우고 싶었을까, 메리는 내게 깊이 키스했다. 나는 그녀에게 마지막 남은 베이컨 한 조각을 주었다. 우리는 악귀의 접근을 물리치기라도 하려는 듯 메리가 내 무릎에 올라앉은 그 자세대로 서로 끌어안은 채 아침 식사를 마쳤다.

여행을 떠나기 전에는 할 일이 많았고, 파리로 떠나기 전날 오전 대부분은 서류 작업을 하느라 바빴다. 나는 정오에 로버트를 찾았고, 늘 그렇듯 정적 속에서 같이 앉아 있었다. 앙리 로빈슨을 만나기로 했다는 사실을 알려 줄 생각은 없었다. 그도 내가 없다는 것을 의식하겠지만, 다른 사람에게 물어볼 사람은 아니니 어디 갔을까 궁금하도록 내버려 두고 싶었다.

처리해야 할 일이 하나 더 있었다. 나는 4시쯤 로버트가 정원에서 그림을 그리고 있다는 것을 확인하고 그의 방에 다시 들렀다. 문은 다행히 열려 있어서 불법가택침입 같은 기분을 느낄 필요는 없었지만, 그래도 어깨 너머로 복도를 여러 번 흘긋거려야 했다. 편지는 깔끔하게 묶여서 옷장 맨 윗 서랍 안에 들어 있었다. 원본을 다시 손에 쥐니, 그간 무의식적으로 그리워하고 있었던 듯한 기쁨이 밀려왔다. 나달나달한 종이, 갈색 잉크, 베아트리스의 우아한 필체. 편지가 없어졌다는 것을 알면 로버트는 화가 날 것이고, 누가 다시 가져갔는지 궁금해할 것이다. 어쩔 수 없었다. 나는 서류 가방에 편지를 넣고 조용히 병실을 나섰다.

메리는 그날 밤 내 아파트에서 지냈다. 한밤중에 깨어 보니 그녀 역시 자지 않고 어둠 속에서 나를 응시하고 있었다. 나는 한 손을 그녀의 얼굴에 갖다 댔다.

"왜 안 자?"

그녀는 한숨을 쉬고 내 손가락에 키스했다.

"자다 갑자기 놀라서 깼어요. 그러다 프랑스에 가 있는 당신을 생각하기 시작했죠."

나는 부드러운 그녀의 머리를 내 목으로 끌어당겼다.

"무슨 생각?"

"질투나는 것 같아요."

"같이 가자고 했잖아."

"그게 아니라. 가고 싶지 않아요. 하지만 어떻게 보면, 당신은 그 여자를 직접 보게 되는 거겠죠. 그렇죠?"

"잊지 마. 나는…."

"당신은 로버트가 아니죠. 알아요. 하지만 당신은 그 사람들과 같이 산다는 게 어떤 건지 몰라요."

나는 팔꿈치로 몸을 받치고 그녀의 얼굴을 똑바로 보았다.

"그들? 무슨 말을 하는 거야?"

"로버트와 베아트리스."

그녀의 목소리는 잠기운이 없이 날카롭고 분명했다.

"이런 건 정신과 의사에게만 털어놓을 수 있는 이야기일 거예요."

"내 입장에서는 사랑하는 마음으로만 들을 수 있는 이야기야."

어둠 속에서 그녀의 이가 희게 빛나는 것이 보였다. 나는 그녀의 얼굴을 붙잡고 키스했다.

"그만하고 자."

"그 불쌍한 여자를 제대로 쉴 수 있도록 해 줘요."

"그럴게."

그녀는 내 어깨에 이마를 놓을 자리를 찾았고, 나는 그녀의 머리카락을 넓은 숄처럼 주위에 펼쳐 주었다. 그녀는 잠들었지만, 이번에는 내가 잠을 이루지 못했다. 육중한 덩치에는 약간 작은 골든그로브의 침대에 누운 채 잠자고 있을, 혹은 잠을 이루지 못하고 있을 로버트가 떠올랐다. 그가 두 번 프랑스를 찾은 것은 무엇 때문이었을까? 나처럼 〈레다〉를 그린 것이 누구였는지 궁금해서였을까? 해답을 찾았을까? 어쩌면 1879년 가톨릭 국가에서 여성이 다루기에는 정말 너무 강렬한 소재였을 것이다. 자신의 여인이 그 그림을 그렸다고 믿었다면, 그는 왜 그 그림을 공격했을까? 내가 짐작할 수도 없을 어떤 이유로 백조를 질투한 걸까? 나는 이대로 일어나 옷을 입고 차 열쇠를 들고 나가 골든그로브로 가는 생각을 해 보았다. 비밀번호도 알고 있고, 현관 경비 절차도 알고 있고, 야간 근무 직원도 안다. 조용히 로버트의 병실로 가서 노크를 한 다음 문을 열고 그를 흔들어 깨운다. 놀라 잠에서 깬 그가 말을 하겠지. 칼을 들고 미술관에 갔다. 그녀를 공격한 이유는….

나는 그녀의 머리카락에 얼굴을 묻고 충동이 잦아들기를 기다렸다.

96

말로우

드골 공항은 내가 기억하던 것보다 시끄러웠고, 더 넓어 보였으며, 공공장소 같은 황량한 분위기가 더 많이 풍겼다. 이후 3년 뒤 뒤늦은 신혼여행길에서 이 공항에 내렸을 때는 똑같은 터미널을 경찰이 봉쇄하고 있었고, 나는 가게 뒤쪽의 안전한 위치에서 폭발음을 들었다. 넓은 홀 한복판에 누군가 놓고 간 서류 가방을 경찰이 터뜨린 것이었다. 가방 안에는 폭탄이 들어 있지 않은 것으로 밝혀졌지만, 폭발음은 우리의 신경을 뒤흔들었다. 하지만 2000년 내 신경은 보다 고요했고, 나는 혼자였다.

나는 택시를 타고 조가 추천한 호텔로 갔다. 객실은 건물 중앙 수직 통로를 향해 창문이 하나 나 있는 콘크리트 상자와 다를 게 없는 공간이었고, 침대는 딱딱하고 삐걱거렸다. 하지만 리옹 역에서 아주 가까웠고, 조금만 걸어가면 아침에는 커다란 크랭크로 말아놓는 파리 특유의 차양이 쳐진 비스트로가 있었다. 나는 가방을 내려놓고 그 식당으로 가서 파리의 첫 식사를 했다. 비행기에서 갓 내려서인지 식당은 믿기지 않을 만큼 만족스러웠고, 우유를 잔뜩 탄 뜨겁고 진한 커피도 훌륭했다. 그런 다음 나는 객실로 돌아가서, 카페인에도 불구하고 한 시간 정도 정신없이 잤다. 일어나 보니, 하루가 절반쯤 날아가 버린 것 같았다. 나는 뜨거운 물의 감촉에 신음 소리를 내며 샤워를 했다. 그런 다음 면도를 하고 휴대용 가이드북을 들고 도시를 걸어다녔다.

앙리는 몽마르트르에서 살았지만, 내일 아침에 찾아갈 생각이었다. 호텔을 나선 지 몇 분 뒤, 하늘을 배경으로 사크레쾨르 성당의 돔이 보였다. 12년인가 13년 전, 파리에 왔을 때 본 기억이 났다. 가이드북에는 저 꿈결 같은 흰 교회가 파리 코뮌이 분쇄된 뒤에 정부 권력의 상징으로 건설되었다고 적혀 있었다. 하지만 관광은 도무지 할 수가 없어서, 대신 나는 정처 없이 돌아다녔다. 책은 단 한 번 호텔에서 아주 멀리 떨어진 센 강변 가판대 앞에서 길을 잃어버렸을 때 참고했을 뿐, 그날 내내 주머니에서 한 번도 나오지 않았다. 따뜻한 날씨와 시원한 날씨 중간쯤의 눅눅한 날씨였고, 이따금 구름 사이로 모습을 드러내는 햇빛에 수면이 반짝였다. 워싱턴에서 비행기만 한 번 타면 될 것을, 왜 그렇게 오랫동안 한 번도 와 보지 않았던가. 강 수면으로 이어지는 계단에서, 나는 끈적끈적한 돌바닥에 손수건을 깔고 앉아 반대편 기슭에 정박해 있는 배를—화분으로 가장자리를 장식한 식당이었다—스케치했다.

폐관 시간 전에 오르세 미술관에 있는 베아트리스 드 클레르발의 그림도 얼른 보고 싶었다. 맹트농 미술관에 있는 그림은 내일 앙리 로빈슨을 찾아갔다 나와서 보면 된다. 나는 강변을 따라 오르세 미술관으로 향했다. 마지막으로 파리에 왔을 때 못 가 본 곳이었고, 그때는 미술관이 갓 개장한 때였다. 유리 지붕이 덮인 거대한 홀과 조각품의 배열, 베아트리스 드 클레르발의 세대에 기차역으로 사용되었던 건물이 찬란한 유령처럼 남아 있는 분위기는 굳이 묘사하지 않겠다. 그곳은 경이로웠다. 나는 몇 시간 동안 미술관을 거닐었다.

나는 우선 마네의 〈올랭피아〉를 찾아 그 도전적인 시선을 마주
보며 자극적인 감각을 느꼈다. 그러다 나는 우연히 아름다운 충격을
만났다. 겨울 루브시엔의 한 집을 그린 피사로의 캔버스였다. 불그
스름한 집과 눈을 낭창하게 인 나무들, 그 아래 쌓인 눈, 추위를 막
기 위해 몸을 둘둘 감은 채 손을 잡고 있는 여인과 어린 소녀. 다른
데서 본 기억이 없는 그림이었다. 베아트리스와 그녀의 딸이 떠올랐
지만, 이 그림은 오드가 태어나기 전 1872년 작이었다. 같은 전시관
에는 다른 겨울 풍경화도 있었다. 모네와 시슬리, 피사로, 겨울 인상,
눈과 수레와 울타리, 나무와 눈. 화가가 선택한 마을마다―루브시
엔, 마를리 르 루아, 그리고 다른 마을들―솟은 교회 첨탑 위로, 파
리의 공원 위로 무거운 하늘이 드리워져 있었다. 베아트리스와 마찬
가지로, 그들은 겨울 정원을 사랑했다.

시슬리와 피사로가 있는 전시관에 베아트리스 드 클레르발의
그림 두 점이 걸려 있었다. 하나는 바느질하는 금발머리 소녀였
다―분명 편지에 기술된 하녀일 것이다. 다른 하나는 갈색 수면 위
에 사색적으로 떠 있는 평범한 백조 그림이었다. 신성한 백조는 아
니었다. 베아트리스는 내일 앙리 로빈슨의 집에서 보게 될지도 모르
는 그 대작을 그리기 위해 백조의 형태를 열심히 연습한 것 같았다.
올리비에 비뇨의 풍경화 한 점도 있었다. 소들이 풀을 뜯고 있는 들
판에 포플러가 한 줄로 늘어서 있고 하늘에는 뭉게구름이 게으르게
떠 있는, 목가적인 장면이었다. 베아트리스는 내가 상상했던 것보다
그의 작품을 더 많이 존경한 것 같았다. 그것은 능숙한 그림이었지
만 창조적이라고는 할 수 없었다. 명판에는 1854년이라고 되어 있
었다. 베아트리스는 이때 세 살이었지, 나는 생각했다.

미술관 구경을 마친 뒤, 나는 저녁으로 스테이크와 감자를 먹고
호텔로 돌아갔다. 프랑스 프로이센 전쟁에 대한 탁월한 역사서를 한
장이라도 읽으려고 기를 쓰던 나는 그대로 잠이 들었고, 꼬박 열세

시간을 잔 뒤 다음 날 아침 적당한 시간에, 더 이상 젊은 여행자가
아니라는 적절한 변명과 함께 잠에서 깨었다.

97

말로우

앙리 로빈슨의 집이 있는 몽마르트르의 거리는 가팔랐다. 길이 좁지는 않았지만, 집집마다 붙은 연철 발코니 덕분에 그림 같은 풍경이기는 했다. 나는 집을 찾은 뒤 몇 분 정도 길에 서 있다가 초인종을 눌렀다. 그의 아파트는 건물 2층이었지만, 종소리가 아래층까지 들려왔다. 나는 위로 올라갔다. 계단은 어둡고 먼지투성이였다. 아흔여덟 살이나 된 남자가 어떻게 이런 곳에서 살 수 있는지 궁금했다. 2층의 유일한 문에 내가 손을 대기 전에, 문이 먼저 열렸다. 갈색 옷과 두꺼운 양말, 신발 차림의 늙은 여인이 서 있었다. 잠시 오드 드 클레르발이 아닌가 하는 생각이 들었다. 앞치마를 두른 여인은 싹싹한 미소를 띠고 내가 이해할 수 없는 말을 몇 마디 한 뒤 나를 응접실로 안내했다. 오드가 아직까지 살아 있다면 120살일 것이다.

앙리 로빈슨은 정글에서 살고 있는 것 같았다. 식물이 나름대로 질서 있게 집을 가득 채우고 있었다. 거리 쪽 창가에서 들어온 햇빛이 장미색 실크 블라인드 사이로 스며들고 있어서, 방은 밝았다. 벽은 연한 옥색이었고, 닫힌 문 두 개가 나 있었다. 방 안은 온통 그림이었지만, 그의 옛 친구 카예의 집처럼 주도면밀하게 배치되어 있지 않고 공간이라는 공간을 다 차지하고 있었다. 앙리의 의자 근처에는 오드 드 클레르발로 짐작되는 유화로 그린 초상화가 있었다. 긴 얼굴, 파란 눈, 1940년대 혹은 50년대 복식을 갖춘 나이 든 여성이었다. 혹시 페드로 카예가 그렸다는 오드의 초상화가 아닐까 하는 생각이 들었다. 쇠라풍으로 보이는—어쨌든 점묘파였다—작은 그림 몇 점도 있었고, 1차 세계 대전과 2차 세계 대전 사이의 그림이 잔뜩 있었다. 베아트리스 드 클레르발의 작품으로 보이는 것은 눈에 띄지 않았고, 〈백조 도둑들〉이라고 불릴 만한 그림도 보이지 않았다. 움푹 들어간 공간과 선반에서 책으로 움푹 내려앉아 있지 않은 자리에는 죄다 한국제로 보이는 골동품 청자가 놓여 있었다. 나중에 물어봐야겠다.

앙리 로빈슨은 본인만큼 늙어 보이는 안락의자에 앉아 있었다. 서툴게 프랑스 어로 몇 마디 하면서 만류했는데도 불구하고, 내가 들어서자 그는 천천히 일어서서 투명해 보이는 손을 내밀었다. 그는 나보다 약간 키가 작았고, 몸은 뼈대만 남아 있었지만 허리를 펴자 똑바로 설 수 있었다. 줄무늬 드레스 셔츠와 검은 바지, 금단추가 달린 붉은 카디건을 입고 있었다. 아직 남아 있는 얼마 안 되는 머리카락은 뒤로 빗질해 넘겼고, 코는 손처럼 투명했으며, 뺨은 붉고 거칠었고, 안경 너머의 눈은 갈색이었지만 서서히 빛이 바래고 있었다. 짙은 색 눈동자, 높은 광대뼈, 반듯한 콧날로 미루어 볼 때 젊은 시절에는 수려한 외모였을 것이다. 손과 팔은 부들거렸지만, 악수는 단호했다. 베아트리스가 언젠가 손을 잡고 쓰다듬었을 베아트리스의 딸, 그 딸을 어루만졌던 손을 잡고 있다고 생각하니 한기가 몸을 스쳤다.

"안녕하시오."

그는 억양이 있지만 정확한 영어로 말했다.

"들어와서 앉으시오."

파랗게 정맥이 솟은 손이 의자를 가리켰다.

"신문이 너무 많군."

그가 미소 짓자 놀라울 정도로 젊고 가지런한 이가 드러났다. 틀니였다. 나는 두 번째 의자에서 신문을 치우고 그가 가느다란 팔로 손잡이를 짚고 다시 자리에 앉을 때까지 기다렸다.

"무슈 로빈슨, 방문을 허락해 주셔서 감사합니다."

"나도 기쁩니다. 한데 말씀드렸듯이, 당신이 언급한 남자 이름은 달갑지가 않소."

"로버트 올리버는 환자입니다. 주기적이고 만성적인 질환이니까, 아마 당신에게서 그 물건을 가져갔을 때부터 증상이 있었을 거라고 생각합니다. 하지만 분명 어르신께는 불쾌한 일이었을 겁니다."

나는 재킷 안주머니에서 꾸러미를 조심스럽게 꺼냈다. 그리고 접은 봉투 안에서 편지를 꺼내 그의 손에 올려놓았다.

그는 놀란 얼굴로 내려다보더니 나를 보았다.

"어르신의 편지이지요?"

"그렇소."

순간 눈물 귀신이 들기라도 한 듯 얼굴이 조금 일그러지더니 코가 꿈틀거리면서 붉어지고 목소리가 갈라졌다.

"사실 원래는 나와 25년 이상 같이 살았던 오드 드 클레르발의 물건이었지. 그녀의 어머니가 죽어 가면서 오드에게 남긴 거요."

나는 베아트리스를, 젊고 열정적이던 시절의 베아트리스가 아니라 한창 나이에 질병으로 고통당하며 쇠약해진, 어쩌면 머리도 희게 세었을 중년 여인을 상상했다. 그녀는 50대 후반에 죽었다. 나와 비슷한 나이, 나는 뒤에 남길 딸도 없다.

나는 그가 견뎌야 했던 분노에 공감한다는 뜻을 보이기 위해 엄숙하게 고개를 끄덕였다. 금테 안경을 쓴 앙리 로빈슨의 시력은 충분히 좋아 보였다.

"제 환자, 로버트 올리버는 이 물건을 훔쳐낸 것이 당신에게 어떤 상처를 줄지 아마 알지 못했을 겁니다. 그를 용서하시라고 말씀드릴 수는 없지만, 그래도 이해하시겠지요. 그는 베아트리스 드 클레르발과 사랑에 빠져 있었습니다."

노인은 날카롭게 대답했다.

"알고 있소. 나 역시 집착이 무엇인지는 잘 알아. 당신이 말하는 게 그것이라면."

"솔직히 말씀드리자면, 저도 편지를 읽었습니다. 번역해서요. 그녀를 사랑하지 않을 수 있는 사람은 없을 겁니다."

"그녀는 분명 매력적인 사람이었지. 나도 그녀의 딸을 통해서, 그녀를 사랑했소. 한데 당신은 어떻게 관심을 갖게 되신 거요, 말로우 박사?"

그는 내 이름을 기억하고 있었다.

"로버트 올리버 때문입니다."

나는 로버트의 체포와 그를 진료한 처음 몇 주 동안 그에 대한 정보가 없어서 겪어야 했던 애로, 그가 말 대신 끊임없이 그리는 얼굴, 그를 몰아 가는 환상이 무엇인지 이해해야 하는 의사로서의 필요성에 대해 설명했다. 앙리 로빈슨은 손을 맞잡고 스웨터 차림의 어깨를 원숭이처럼 구부정하게 웅크린 자세로 몰입해서 들었다. 가끔 눈을 깜빡이기도 했지만 아무 말도 하지 않았다. 나는 묘하게 마음이 가벼워지는 것을 느끼며 케이트를 만난 일, 로버트가 그린 베아트리스의 초상화, 메리에 대한 일, 로버트가 베아트리스의 얼굴을 관중 속에서 처음 마주했던 순간의 이야기를 계속 털어놓았다. 내가 페드로 카예를 만나 보았다는 말은 하지 않았다. 나중에 상황을 봐서 그의 안부를 전할 생각이었다.

그는 말없이 들었다. 자동차와 여자 친구가 있는, 앙리 로빈슨과 비교하면 젊은 내 아버지가 떠올랐다. 로빈슨은 내 아버지와 마찬가지로 내가 모든 이야기를 하지 않는다 해도 짐작으로 많은 것을 알아낼 수 있는 사람으로 보였다. 나는 그의 영어가 어느 정도 수준일지 조금 걱정스러워서 천천히, 분명하게 이야기했다. 한편으로는 녹슨 내 프랑스 어를 시도해 볼 생각조차 하지 않고 있다는 것이 부끄러웠다. 그는 모든 면에서 나를 이해하고 있는 것 같았다. 내가 이야기를 마치자, 그는 무릎 위에 놓여 있는 편지 꾸러미를 손가락으로 톡톡 두드렸다.

"말로우 박사, 이걸 돌려주셔서 너무나 감사하오. 분명 로버트 올리버가 훔쳐 갔을 거라고 생각하고 있었소. 그가 두 번째 다녀간 뒤로 찾을 수가 없었으니까. 그는 몇 년이나 이 편지를 갖고 있었던 거요."

케이트의 사무실 바닥에 쭈그리고 앉아 에트르타라는 단어를 읽던 기억이 났다.

"그래, 그가 더 이상 말을 하지 않는다면, 그 이야기도 하지 않았겠지."

앙리 로빈슨은 앙상한 무릎을 앞에 나란히 가다듬었다.

"그는 90년대 초반에 어느 기사에서 오드 드 클레르발과 내 관계에 대해 읽고 처음 나를 찾아왔소. 내게 편지를 보냈는데, 나는 그 열정과 미술에 대한 진지한 마음에 크게 감동받아서 찾아오라고 했지. 우리는 많은 이야기를 나누었소. 그래, 그때는 분명 말을 많이 했어. 잘 듣기도 했고. 사실 아주 흥미로운 사람이었지."

"무슨 이야기를 나누었는지 말씀해 주실 수 있겠습니까, 무슈 로빈슨?"

"그러지."

그는 팔걸이에 손을 올렸다. 반듯한 콧날과 턱, 거미줄 같은 머리카락을 지닌 이 남자에게는 어딘가 아주 특출하게 강인한 면모가 있었다.

"그가 내 아파트로 들어오던 순간을 잊지 못해. 아시다시피 키가 아주 크지, 로버트 올리버는. 오페라 가수처럼 존재감이 대단한 친구였어. 약간 위압감까지 느끼지 않을 수 없었소. 전혀 모르는 사람이고, 난 혼자 있었으니까. 하지만 매력적인 사람이었어. 그는 의자에 앉았고, 아마 지금 당신이 앉은 그 자리일 거요. 우리는 우선 그림에 대한 이야기를 하다가 내가 단 한 작품만 빼고 맹트농 미술관에 보낸 소장품에 대한 이야기로 넘어갔지. 그는 그날 오후에 그 전시를 보고 와서 아주 깊은 인상을 받았소."

"저는 아직 맹트농에 가지 않았는데, 가 볼 계획입니다."

"어쨌든 여기 앉아서 이야기를 하다가, 그가 베아트리스 드 클레르발에 대해 알고 있는 것을 이야기해 달라고 했소. 그녀의 생애와 작품에 대해 약간 이야기해 줬더니 그건 이미 미리 자료 조사를 해서 많이 알고 있다고 하더군. 오드가 자기 어머니에 대해 어떻게 이야기했는지 알고 싶어했소. 그가 베아트리스의 그림을 사랑한다는 것을 확연히 알 수 있었지. '사랑'이라는 단어가 정확한지 모르겠지만 말이오. 그에게는 아주 따뜻한 데가 있었어. 사실 나는 그에게, 뭐랄까, 끌렸지."

앙리는 기침을 했다.

"그래서 나는 오드에게서 들은 이야기를 해 주기 시작했소. 어머니는 부드럽고 생기 있는 분이었다, 늘 미술을 좋아하셨지만 딸인 오드 자신에게 완전히 헌신했다. 오드가 아는 한 그 오랜 세월 동안 단 한 번도 그림을 그리거나 스케치를 한 적이 없다고 했소. 한 번도. 자신의 그림에 대해서도 후회하는 말을 입밖에 낸 적이 없었소. 오드가 물어보면 그냥 웃으면서 내 딸이 가장 행복한 작품이다, 더 이상 다른 것은 필요 없다고 말하곤 했다지. 10대 시절에 오드는 드로잉을 시작하고 그림도 약간 그렸는데, 어머니는 늘 열성적으로 도와주셨지만 같이 그림을 그리지는 않았다고 했소. 한 번은 오드가 어머니에게 같이 그림을 그리자고 졸랐는데 어머니가 이렇게 말씀하셨다고 했소. '엄마는 마지막 드로잉을 이미 끝냈단다, 그 그림들은 널 기다리고 있어.' 하지만 어머니는 그 말이 무슨 뜻인지, 왜 더 이상 그림을 그리지 않는지 설명하지 않았다고 했소. 그 점이 언제나 오드를 괴롭혔지."

앙리 로빈슨은 백내장 때문인지, 그저 안경에 빛이 반사되어서인지, 물 위에 뜬 비누거품처럼 반들거리며 윤이 나는 검은 눈동자로 나를 바라보았다.

"말로우 박사, 나는 늙은이고, 오드 드 클레르발을 너무나 사랑했소. 그녀는 나를 떠나지 않았어. 로버트 올리버가 오드의 이야기와 베아트리스 드 클레르발의 이야기에 깊은 흥미를 느낀 것 같아서, 나는 그에게 편지를 읽어 주었소. 그에게 읽어 줬지. 돌이켜 보면, 오드였어도 그걸 바랐을 거라고 생각해. 그녀와 나는 한두 번 서로에게 편지를 소리 내어 읽어 준 적이 있는데, 오드 말로 그 편지는 그걸 이해할 수 있는 사람들을 위한 거라고 했소. 내가 그 편지를 출판하지도, 기사화하지도 않은 것은 그 때문이오."

"편지를 로버트에게 읽어 주셨습니까?"

"음, 지금 생각하면 그러지 말았어야 했지만, 그때는 그가 워낙 관심을 갖고 있었으니 마땅히 들어야 한다고 생각했소. 실수였지."

나는 노인이 맞은편 의자에 앉아 베아트리스와 올리비에의 말들을 읽어 주는 동안 로버트가 커다란 팔꿈치를 팔걸이에 댄 채 몸을 내밀고 귀를 기울이는 광경을 상상해 보았다.

"그가 이해했습니까?"

"언어 말이오? 아, 필요할 때마다 내가 번역해 줬소. 프랑스 어도 꽤나 잘 하는 친구였어. 아니면, 편지 내용을 말하시는 거요? 그가 어떻게 이해했는지는 모르겠소."

"그의 반응은 어땠습니까?"

"편지가 끝나자, 그의 얼굴은, 뭐라고 해야 할까, 아주 음울했어. 울음을 터뜨릴지도 모른다고 생각했지. 그때 그가 혼잣말처럼 묘한 소리를 하더군. '그들은 살았어, 그렇지요?' 나는 그렇다고 대답했소. 오래된 편지를 읽으면 과거의 인물들이 진짜 살아 있었던 사람이라는 것을 이해하게 되는데, 그건 아주 감동적인 일이지. 나 자신도 그 낯선 사람에게 편지를 읽어 주면서 마음이 뭉클했으니까. 하지만 그는 아니라고 하더군. 그들은 정말 살았지만, 자신은 아니라고 했소."

앙리 로빈슨은 나를 바라보며 고개를 저었다.

"그때부터 약간 묘한 사람이라고 생각하기 시작했지. 하지만 나는 예술가들에게 익숙한 사람이오. 오드는 자신의 가족사와 어머니의 그림에 대해 아주 희한한 태도를 갖고 있었는데, 내가 그녀에게서 좋아한 건 그 점이었소."

그는 잠시 입을 다물었다.

"헤어지기 전에, 로버트는 베아트리스라면 자신이 무엇을 그리는 것을 원할지 편지를 통해 더 잘 알 수 있었다고 했소. 그녀를 기념하고 그 명예를 기리기 위해, 그녀의 인생을 그리는 데 자신을 바치겠다고 하더군. 당신 말대로 죽은 사람과 사랑에 빠진 사람 같은 말투였소. 나는 그것이 무슨 뜻인지 알아, 박사. 공감한다오."

그를 바라보고 있노라니, 한때는 좀처럼 가만히 있지 못하는 정력적인 사람이었을 거라는 생각이 들었고 아직도 얼마나 지적인 사람인지 알 수 있었다. 20년 전이었다면 아마 나와 이야기하는 동안 끊임없이 방 안을 서성거리며 책등을 만져 보고 그림을 바로잡고 화분에서 말라 죽은 잎을 떼어냈을 것이다. 아마 오드는 내가 본 두 점의 초상화처럼 침착하고 안정된 사람이었을 것이다. 위엄으로 가득 찬 강렬한 여인. 나는 그들 둘이 함께 있는 모습을, 정력적이고 매력적인 젊은 남자가 자신감 있고 고고한 여자를 사랑하는 것을 천직으로 삼고 그녀를 활기로 채워 주는 모습을 상상해 보았다.

"로버트가 다른 이야기는 하지 않았습니까?"

로빈슨은 어깨를 으쓱했다.

"기억나는 건 없소. 하지만 요즘은 기억이 예전 같지 않아서. 그는 그 뒤에 곧 떠났소. 아주 정중하게 감사 인사를 하고, 나를 방문한 경험이 자기 미술에 언제나 함께할 거라고 했지. 다시 만날 거라고 생각하지도 않았어."

"하지만 다시 찾아오지 않았습니까?"

"그건 갑작스러운 방문이었고, 훨씬 잠깐이었소. 지난 2년 사이였지. 오기 전에 미리 편지를 하지 않아서 나는 그가 파리에 있다는 것도 몰랐소. 어느 날 초인종이 울렸고 이본느가 나가더니 올리버를 데려오더군. 나는 깜짝 놀랐어. 작품 조사를 위해 파리에 왔다가 나를 만나러 왔다고 했소. 그때는 내 몸이 훨씬 좋지 않았지. 잘 걸을 수도 없었고, 가끔 이런저런 일이 기억이 안 나기도 했소. 내가 올해 아흔여덟이 됐다는 거 알고 계시오?"

나는 고개를 끄덕였다.

"네, 축하드립니다."

"그저 우연이라오, 말로우 박사. 명예가 아니라. 어쨌든 로버트가 들어왔고 우리는 이야기를 나눴소. 한 번 내가 화장실에 가려고 일어섰는데, 마침 이본느가 부엌에서 통화를 하고 있어서 그가 나를 부축해 줬지. 아주 힘이 세더군. 하지만 내가 이걸 다 기억하고 있는 이유는, 그가 떠나고 일주일쯤 뒤에 편지를 보고 싶어서 찾았는데 없어져 버렸기 때문이오."

"어디에 보관하셨습니까?"

나는 자연스럽게 물으려고 애썼다.

617

그는 흰 손가락으로 방 건너편의 서랍장을 가리켰다.

"저 서랍에. 원하면 열어 보시오. 단 한 가지 물건만 들어 있고, 아직 비어 있소."

그는 무릎에 놓은 편지를 한 손으로 덮었다.

"이제 돌려놓을 수 있겠군. 올리버가 아니면 가져갈 사람이 없었소. 손님은 거의 없고, 이본느는 절대 건드리지 않으니. 이본느는 내가 편지를 어떻게 생각하는지 잘 알고 있다오. 몇 년 전에 그림은, 베아트리스의 그림은 전부 처분했소. 〈백조 도둑들〉만 제외하고. 지금은 맹트농 미술관에 있다오. 나야 언제 죽어도 이상할 게 없는 사람이지. 오드가 어머니의 그림을 보관하려고 했던 건 우리 자신을 위한 것이기도 했지만 그림을 보호하려는 뜻이기도 했으니까, 난 최선의 결정을 했어. 〈백조 도둑들〉은 달라. 아직 그 그림은 어떻게 해야 할지 확실히 결정을 못하고 있다오. 로버트 올리버가 처음 방문한 날에는 언젠가 그 친구에게 줘도 되겠다는 생각을 잠깐 했지. 그러지 않아서 얼마나 다행인지. 오드가 어머니에 대한 사랑으로 지니고 있던 물건 중에 내가 가진 건 편지가 다였소. 편지는 내게 소중하다오."

우아한 단어로 말하고 있는 노인의 분노가 보인다기보다는 느껴지는 기분이었다.

"돌려받으려고 노력하셨습니까?"

"물론이오. 올리버가 처음 왔을 때 그가 남긴 주소로 편지를 보냈지만, 한 달 뒤 되돌아왔소. 누가 봉투에 그 주소에 그런 사람은 살지 않는다고 적어 보냈더군."

케이트, 그녀대로 분노하고 있었을 케이트였을 것이다.

"다시 그에게서는 연락이 없었습니까?"

"연락이 왔소. 그게 더 최악이었지. 내게 편지를 보냈더군. 지금 그 서랍에 들어 있는 건 그 편지뿐이라오."

98

말로우

나는 앙리 로빈슨의 시선을 받으며 일어나 천천히 그가 가리킨 서랍장으로 향했다. 거의 1세기를 살아온 노인의 온갖 물건으로 가득 찬 아파트에서, 미술품을 공격했을 뿐 아니라 개인이 소장한 편지를 훔치기까지 한 환자의 과거를 뒤지고 있다는 현실이 믿기지 않았다. 하지만 좀처럼 로버트를 비난할 수는 없었다. 시차가 온몸을 휩쓸었다. 메리의 팔이 생각났고, 갑자기 집으로, 그녀 곁으로 돌아가고 싶었다. 문득 그녀가 내 집이 아니라 그녀의 집에 있다는 사실이 떠올랐다. 네 번의 밤과 한 번의 아침 식사가 젊고 자유로운 여인에게 무슨 의미가 있을까? 나는 힘이 빠지는 손가락으로 서랍을 열었다.

안에는 로버트가 레다를 공격하기 이전의 날짜가 적힌 봉투가 있었다. 반송 주소는 적혀 있지 않았고, 워싱턴 소인이 찍혀 있는 국제 우편이었다. 안에는 접은 편지지 한 장이 들어 있었다.

로빈슨 씨

부디 당신의 편지를 빌린 것을 용서해 주십시오. 조만간 틀림없이 돌려드릴 생각이지만, 지금은 중요한 그림을 작업하는 중이라 매일 편지를 읽어야 합니다. 이건 그녀로 가득 찬 멋진 편지이고, 당신도 동의하시리라 생각합니다. 변명할 말은 없으나, 어쩌면 편지는 제 손에서 더 안전할 겁니다. 이미 지금까지 그린 제 작품 중 최고작이라고 생각하는 연작을 작업할 수 있을 정도로 내용은 충분히 기억하고 있지만, 그래도 단 하루도 빠지지 않고 편지를 '꼭 읽어야만 합니다.' 가끔 한밤중에 일어나서 편지를 읽기도 합니다. 제 새로운 연작은 중요한 작품인데, 베아트리스 드 클레르발이 당대의 위대한 여성 중 하나이자 19세기 최고의 화가 중 하나였다는 것을 세상 사람들에게 보여 줄 겁니다. 그녀는 너무 일찍 그림을 그만두었습니다. 제가 그녀를 위해 계속 그려야 합니다. 잔인하게 가로막히지만 않았더라면 몇 십 년 더 그림을 계속 그렸을지도 모르니, 누군가 그녀를 위해 복수해야 합니다. 무엇으로? 당신과 나는 그녀가 천재였다는 것을 알고 있습니다. 내가 어떻게 그녀를 사랑하고 존경하게 되었는지 당신은 이해하실 겁니다. 당신은 화가가 아니지만, 그림을 그리고 싶을 때 그릴 수 없다는 것이 어떤 것인지 당신도 어쩌면 아실 겁니다.

그간의 도움과 그녀의 언어를 사용할 수 있게 해 주신 데 대해 감사드리며, 부디 제 결정을 용서하십시오. 이 은혜는 언젠가 천 배로 보답하겠습니다.

로버트 올리버

편지를 읽고 가슴이 얼마나 무거웠는지 모른다. 로버트가 자신의 목소리로, 어쨌든 그 순간의 목소리로 길게 말한 것을 듣는 것은 이것이 처음이었다. 반복, 비이성, 자신의 임무가 중요하다는 환상, 모든 것이 조증의 징후였다. 타인의 보물을 자기중심적으로 도난한 행위 자체도 그렇지만, 그런 행위의 의미를 전혀 깨닫지 못하고 있다는 것이 서글펐다. 동시에 내게 이것은 레다를 공격한 행위로 정점에 이른 현실감각의 상실로 보였다. 나는 편지를 도로 내려놓으려 했지만, 앙리 로빈슨이 손짓으로 나를 막았다.

"원한다면 가져가시오."

"슬프고 충격적입니다."

나는 재킷 안에 편지를 넣었다.

"로버트 올리버가 정신과 환자이고, 편지는 어르신에게 무사히 돌아왔다는 사실만 부디 기억해 주십시오. 하지만 도저히 그를 변호할 수가 없군요. 그래서도 안 되고요."

"당신이 편지를 돌려줘서 반가워."

그는 짧게 답했다.

"그건 아주 사적인 거요. 오드를 위해서, 나는 절대 출판하지 않을 거요. 로버트 올리버가 혹시 그렇게 할까 봐 걱정이었다오."

"그러시다면 직접 파기하셔야 할지도 모르겠습니다."

나조차 차마 상상할 수 없었지만, 나는 그렇게 제안했다.

"언젠가 미술사가들의 지나친 관심의 대상이 될지도 모릅니다."

"생각해 보겠소."

그는 손가락을 깍지 꼈다.

너무 오래 생각하지는 마십시오, 나는 그에게 말하고 싶었다.

그는 나를 올려다보았다.

"죄송하오. 실례가 많았군. 커피 드시겠소? 차라도?"

"괜찮습니다. 아주 친절하게 대해 주셨고, 너무 오래 머무르지 않겠습니다."

나는 그의 맞은편에 앉았다.

"주제넘지 않다면 한 가지 더 호의를 부탁드려도 되겠습니까?"

나는 망설였다.

"혹시 〈백조 도둑들〉을 볼 수 있을까요?"

그는 지금까지 나누었던 모든 대화를 검토하듯 엄숙하게 나를 바라보았다. 혹시 그가 내게 부정확하거나 엉터리로 알려 준 정보가 있었을까? 알 수 없다. 그는 뾰족한 손가락을 턱에 갖다 댔다.

"로버트 올리버에게는 보여 주지 않았는데, 지금 생각하니 그러지 않은 게 다행이야."

이 말에 나는 놀랐다.

"그가 보여 달라고 하지 않았습니까?"

"내가 가지고 있다는 것을 몰랐을 거요. 잘 알려지지 않은 작품이니까. 아니, 사실 개인적인 정보지."

622

그가 턱을 치켜들었다.

"당신은 어떻게 알게 된 거요? 내가 가지고 있다는 걸?"

이제 진작 했어야 할 말을 해야만 한다. 혹시 오래 묵은 상처를 헤집는 말이 되지나 않을까 두려웠다.

"무슈 로빈슨. 아까 말씀드리고 싶었지만 혹시나 해서. 저는 멕시코에서 페드로 카예 씨를 만나봤습니다. 어르신처럼 절 아주 친절하게 대해 주셨고, 그분을 통해서 알게 됐습니다. 안부를 전해 달라고 하시더군요."

"아, 페드로의 안부라."

노인은 거의 장난스럽게 미소 지었다. 대양을 사이에 둔 낡고 퀴퀴한, 오래전에 용서한 경쟁 관계에는 아직 우정이 남아 있었다.

"그 친구가 자기가 오드에게 〈백조 도둑들〉을 팔았다고 하던가? 당신은 그 말을 믿었고?"

이번에는 내가 멍하니 쳐다볼 차례였다.

"네. 그렇게 말씀하셨습니다."

"아마 정말 그렇게 믿고 있을 거야, 불쌍한 친구. 사실은 그 친구가 오드에게서 그 그림을 사려고 했던 거요. 둘 다 특출한 작품이라고 생각했지. 오드는 파리의 갤러리 주인 아르망 토마의 소장품에서 그 그림을 샀소. 묘한 일이지만 그 그림은 그전에도 전시된 적이 없었고, 그 뒤로도 전시되지 않았지. 오드는 페드로에게든 누구에게든 그 그림을 절대 팔지 않았을 거요. 그녀의 어머니가 자기 작품 중에 유일하게 중요한 그림이라고 오드에게 말했으니까. 아르망 토마가 어떻게 그 그림을 손에 넣었는지는 모르겠소."

그는 무릎 위의 편지에 손을 올렸다.

"〈백조 도둑들〉은 토마의 사업이 망하고 남은 유일한 그림들 중 한 점이었소. 아르망의 형 질베르는 좋은 화가였지만 좋은 사업가는 아니었지. 베아트리스와 올리비에의 편지에도 등장하는데, 당신도 알 거요. 그 사람들은 용병 같은 사람들이라는 느낌이 늘 들곤 해. 뒤랑-뤼엘처럼 화가들에게 좋은 친구는 아니었을 거요. 결국 돈도 훨씬 못 벌었지. 그만한 취향이 없었어."

"네. 내셔널 갤러리에서 질베르의 그림을 두 점 봤습니다. 로버트가 공격한 〈레다〉가 그중 하나였지요."

앙리 로빈슨은 고개를 끄덕였다.

"들어가서 〈백조 도둑들〉을 보고 오시오. 난 여기 있겠소. 하루 몇 번이나 보니까."

그는 응접실 끝의 닫힌 문을 가리켰다.

나는 문으로 다가갔다. 작은 침실이었는데, 약병이 놓인 책상과 침대 머리맡의 탁자로 보아 로빈슨의 침실 같았다. 더블침대에는 녹색 다마스크 커버가 씌워져 있었다. 유리창에는 커버와 어울리는 커튼이 늘어져 있었고, 이 방에도 책장이 있었다. 햇빛이 들어오지 않아 어둑했고, 나는 불을 켰다. 앙리의 시선이 느껴졌지만 문을 닫고 싶지는 않았다. 처음에는 침대 머리맡에 정원을 내려다보는 창문이 있다고 생각했는데, 문득 백조 그림이라는 생각이 들었다. 하지만 다시 보니 그것은 방 반대편에 걸린, 이 방에서 유일한 그림을 비추는 거울이었다.

잠시 말을 멈추고 호흡을 가다듬어야겠다. 〈백조 도둑들〉은 말로 쉽게 설명할 수 없다. 아름다움이 들어 있을 것이라고는 예상했다. 하지만 사악함이 들어있으리라고는 예상하지 못했다. 가로 4피트(약 122센티미터), 세로 3피트(약 92센티미터) 정도 되는 비교적 큰 캔버스에 인상파 특유의 밝은 색채가 가득 차 있었다. 험한 옷차림을 한 갈색머리 남자 둘이 그려져 있었고, 한 사람은 입술이 유독 붉었다. 그들은 그림을 보는 사람 쪽으로, 갈대숲에서 놀라 날아오르는 백조 쪽으로 몰래 접근하고 있었다. 레다의 공포와 반대다, 나는 생각했다. 여기서 백조는 승리자가 아니라 희생자였다. 베아트리스가 빠르고 생동감 있는 붓질로 표현한 백조는 날개 끝까지 진짜 같았다. 둥지에서 급히 몸을 일으켜 세우고 있는 새, 수면에 떠 있는 백합과 그 아래 회색 물, 흰 가슴의 곡선, 멍한 검은 눈 주위의 회색, 날아오르지 못한 공포, 노란색과 검은색이 섞인 발밑에서 요동치는 물, 모든 것이 한데 번진 움직임으로 포착되어 있었다. 도둑들은 이미 너무 가까이 와 있었고, 덩치가 더 큰 남자의 두 손이 백조의 길게 뻗은 목을 붙잡으려는 찰나였다. 작은 남자는 몸을 날려 백조의 몸통을 금방이라도 덮칠 것 같았다.

백조의 우아함과 거친 두 남자의 대비가 민첩한 붓질에서 잘 드러나 있었다. 큰 남자의 얼굴은 예전에 내셔널 갤러리에서 본 적이 있었다. 그것은 동전을 세던 미술상의 얼굴이었고, 그가 지금은 먹잇감을 열심히 노리고 있었다. 이것이 질베르 토마라면 다른 사람은 분명 그의 동생일 것이다. 나는 하나의 그림에서 이 정도의 기술과 이 정도의 절박감을 본 기억이 거의 없었다. 베아트리스는 30분, 어쩌면 30일 정도 여유를 가졌을 것이다. 이 이미지를 머릿속 깊이 생각한 뒤 빠르게, 열정적으로 그렸을 것이다. 그런 뒤, 앙리의 말이 맞다면, 그녀는 붓을 놓고 다시는 들지 않았다.

얼마나 그렇게 그림을 바라보며 서 있었을까, 갑자기 피로감이 온몸을 덮쳤다. 타인의 인생을 상상한다는 무기력한 절망감. 이 여인은 백조를 그렸고, 거기에 어떤 의미가 있었지만, 우리들은 절대 이해하지 못할 것이다. 이 그림에 나타난 격렬함 이외에, 다른 것은 중요하지 않다. 그녀는 떠났고 우리는 여기 있으며, 언젠가 우리도 떠나겠지만 그녀는 그림을 남겼다.

그러다 나는 로버트를 생각했다. 그는 이 그림 앞에 서서 그 열정적인 고통을 골똘히 상상해 볼 기회가 없었다. 아니, 있었을까? 늙었지만 독립적으로 일상을 영위하는 앙리 로빈슨이 얼마나 오래 안전하게 방을 비웠을까? 내가 본 화장실은 아파트 입구 쪽에 하나뿐이었고, 침실에는 따로 욕실이 없었다. 오래된 아파트였고 구조가 독특했다. 로버트가 닫힌 문을 열어 보지 않았을까? 아니, 분명 그는 〈백조 도둑들〉을 보았다. 그렇지 않다면 왜 워싱턴으로 돌아온 직후 내셔널 갤러리에서 분노를 폭발시켰을까? 나는 그린힐에서 본 베아트리스의 초상화를, 그녀의 미소를, 가슴 앞에서 실크 옷자락을 쥐고 있던 손을 떠올렸다. 로버트는 그녀의 행복한 모습을 보고 싶었다. 〈백조 도둑들〉은 위협과 함정으로, 그리고 어쩌면 복수로 가득차 있었다. 어쩌면 로버트는 내가 절대 이해할 수 없을 방식으로 그녀의 비탄을 이해했을지도 모른다. 이해하기 위해 이 그림을 볼 필요가 없었을지도 모른다.

그때 나는 의자에 못 박힌 듯 앉아 있는 로빈슨을 기억하고 다시 응접실로 나갔다. 이제 다시는 〈백조 도둑들〉을 보지 못할 것이다. 나는 그 그림과 함께 5분을 지냈고, 그것이 세상을 보는 나의 시각을 바꾸었다.

"아, 감탄하셨군."

그는 손을 펼쳐 보였다. 칭찬이었다.

"네."

"당신도 그것을 베아트리스의 최고작이라고 생각하시오?"

"어르신이 저보다 더 잘 아실 겁니다."

"이제 피곤하군."

앙리는 말했다. 카예가 나와 메리에게 말했던 것처럼. 갑자기 그때가 떠올랐다.

"맹트농 미술관에서 내 소장품을 구경한 뒤에 내일 다시 오시오. 그러면 내가 남겨 둔 저 그림이 최고작인지 아닌지 말해 주실 수 있겠지."

나는 얼른 다가가서 그의 손을 잡았다.

"너무 오래 미적거려서 죄송합니다. 다시 방문할 수 있다면 영광이겠습니다. 내일 몇 시에 올까요?"

"3시에 낮잠을 자야 해. 오전에 오시오."

"뭐라고 감사드려야 할지 모르겠습니다."

우리는 악수를 나누었고 그는 다시 인공적으로 완벽한 이를 드러내며 미소했다.

"이야기 즐거웠소. 이제 로버트 올리버를 용서하기로 할지도 모르겠군."

99

말로우

맹트농 미술관은 불로뉴 숲 근처 파시에 있었다. 어쩌면 베아트리스 드 클레르발의 집과도 가까울지 모르겠지만, 알아볼 방법은 없었고 앙리에게 물어보는 것도 잊어버렸다. 어쩌면 미술관이 아닐지도 모른다. 베아트리스의 짧은 화가 인생으로 미루어 볼 때 명판이 따로 붙어 있을 것 같지도 않았다. 나는 지하철에서 내린 뒤, 그네와 현대적인 정글짐 놀이기구 주위에 알록달록한 외투를 입은 아이들이 바글거리는 공원을 지나 몇 블록 걸었다. 미술관은 천장에 석고 장식이 잔뜩 달려 있는 19세기풍의 높은 크림색 건물이었다. 나는 1층을 돌아다니며 마네, 르누아르, 드가의 대부분 처음 보는 작품들이 걸린 전시관을 지나 로빈슨이 기증한 베아트리스 드 클레르발의 그림이 있는 더 작은 방으로 들어섰다.

그녀는 내가 생각하고 있던 것보다 훨씬 많은 작품을 그렸고, 어린 시절부터 그림을 시작했다. 가장 이른 작품은 아직 부모님과 살면서 조르쥬 라멜에게서 사사받던 열여덟 살 되던 해였다. 후기작의 기술은 없었지만, 생동감 있는 화풍이었다. 로버트 올리버가 그녀에게 집착하면서 그랬듯이, 베아트리스 역시 자기 나름대로 열심히 작업했다. 아내이자 한 집안의 젊은 안주인, 심지어 연인으로서의 그녀는 상상해 본 적이 있었다. 하지만 저 모든 그림을 완성하고 한 해 한 해 기술이 발전하려면 얼마나 분주하고 정력적으로 일하는 화가였을까 하는 점은 미처 잊고 있었다. 때로 품에 아기를 안은 언니의 초상화도 여러 점 있었고, 자기 집 정원을 그렸는지 화사한 꽃 그림도 있었다. 작은 목탄 스케치도 있었고, 정원과 해변을 그린 수채화도 두 점 있었다. 새신랑 시절의 이브 비뇨를 유쾌하게 그린 초상화도 있었다.

나는 떨어지지 않는 걸음을 옮겼다. 맹트농 미술관 3층에는 지베르니에서 그린 거대한 모네의 캔버스가 줄지어 있었다. 주로 수련이었고, 대부분 거의 추상적인 기법으로 그린 말년의 작품이었다. 나는 모네가 수련을 얼마나 많이 그렸을지 이전에는 미처 실감하지 못했다. 아마 파리 전역에 걸쳐 몇 에이커 넓이의 수련을 그렸을 것이다. 나는 메리의 작업실 벽에 붙이도록 선물할 생각으로 우편엽서 몇 장을 산 뒤 미술관을 나서서 불로뉴 숲 쪽으로 걸음을 옮겼다. 숲 속의 작은 호숫가에 차양이 달린 배가 마치 나를 건너편으로 실어가려는 듯 서 있었다. 큰 저택이 서 있는 섬으로 향하는 배였다. 나는 요금을 내고 배에 올랐다. 특별한 날 입는 옷차림의 작은 어린아이 둘을 거느린 프랑스 가족이 뒤따라 탔다. 아이들 중 어린 소녀는 내가 미소를 보내자 어머니의 무릎 뒤로 얼굴을 숨겼다.

저택은 꽃이 핀 등나무 정원에 야외 탁자가 마련된, 어마어마하게 비싼 식당이었다. 나는 커피와 페이스트리를 먹으며 수면에서 빛나는 햇빛을 바라보며 평화로운 기분에 잠겼다. 백조는 없었지만, 베아트리스가 살던 시절에는 있었을 것이다. 나는 베아트리스와 올리비에가 물 옆에 이젤을 놓고 앉아, 그가 조용히 조언하는 가운데 그녀가 갈대숲에서 날아오르는 백조를 포착하려고 노력하는 광경을 상상해 보았다. 날아오르는 모습, 아니면 착륙하는 모습? 내가 그들의 대화를 너무 자유롭게 상상하고 있는 것일까?

섬에서 푹 쉬었는데도 불구하고, 리옹 역에 돌아왔을 때는 뼛속까지 피곤했다. 호텔 근처 식당은 열려 있었고, 웨이터는 파리 사람들이 외국인에게 불친절하다는 신화를 기분 좋게 부수면서 벌써 나를 오랜 친구처럼 대해 주었다. 그는 오늘 내 하루가 어땠는지 짐작하기라고 하는 듯, 적포도주 한 잔이 얼마나 절실한지 꿰뚫어 보는 듯 미소 지었다. 식당을 나설 때 그는 다시 미소 짓고 문을 열어 주면서 "다시 봅시다, 무슈."라는 내 인사에 몇 년째 거기서 식사하는 손님 대하듯 똑같은 인사말로 대꾸했다.

새로 산 전화카드로 메리에게 전화할 곳을 찾을 생각이었지만, 호텔에 돌아오자마자 나는 침대에 쓰러져 독서하는 시늉조차 못하고 죽은 사람처럼 잠들었다. 앙리와 베아트리스가 내 꿈을 가득 채웠고, 오드 드 클레르발의 얼굴이 꿈결에 스쳐 퍼뜩 놀라 잠에서 깨기도 했다. 로버트가 기다리고 있었다. 내가 전화해야 할 사람은 메리가 아니라 로버트였다. 나는 깨었다가 다시 잠들었고, 늦잠을 잤다.

100

1892년 6월 이른 아침, 해가 뜨기 전부터 부지런히 짐을 챙겨 나온 여행자의 초롱초롱한 분위기를 풍기는 단정한 옷차림의 두 사람이, 잠에서 깨어나는 마을의 소음에 초연한 얼굴로 지방의 한 기차역에서 기다리고 있다. 키가 큰 쪽은 한창 나이의 여자이고, 작은 쪽은 한 팔에 바구니를 낀 열한 살, 열두 살 정도 되어 보이는 소녀이다. 어른은 검은 옷을 입고 있고, 검은 보닛 끈을 턱 밑에 단단히 묶고 있다. 베일 때문에 세상이 검댕처럼 그을려 보인다. 여인은 베일을 들어 올리고 황토색 기차역의 색깔과 선로 건너 들판을 만끽하고 싶다. 금색과 녹색이 섞인 잔디, 막 돋아나기 시작하는 여름 양귀비는 컴컴한 베일을 통해 보아도 선홍색이다. 하지만 그녀는 손을 가방 위에 굳게 놓은 채 베일을 쓴 채로 서 있다. 마을 분위기는 특히 여성에게 전통적이고 엄격했으며, 그녀는 이 마을 사람들 속에서 숙녀였다.

그녀는 아이를 돌아본다.

"책을 가져온다고 하지 않았니?"

마지막 몇 밤 동안 그들은《위대한 유산》번역본을 읽었다.

"아뇨, 엄마. 대신 자수를 끝내려고 가져왔어요."

여자는 섬세한 검정 레이스로 감싼 손을 뻗어 자신과 닮은 소녀의 뺨에서 턱으로 이어지는 선을 만진다.

"아빠 생일까지 끝내려고?"

"잘 되면요."

소녀는 자수가 살아 있어서 항상 돌봐주어야 하는 존재이기라도 한 듯 바구니 안을 들여다본다.

"잘될 거야."

마치 하룻밤 사이에 이 아름다운 꽃 한 송이가 훌쩍 커서 자기 생각을 말할 줄 아는 소녀로 자란 듯한, 시간이 쏜살같이 흘렀다는 기분이 문득 그녀를 감싼다. 아직도 무릎 위에서 일어서려고 애쓰던 통통한 아기 다리의 감촉이 팔에 느껴지는 것 같다. 기억은 이렇게 한순간 찾아왔고, 그녀는 종종 이렇게 기쁨과 회한이 섞인 감정으로 그런 추억들을 불러내곤 했다. 하지만 마흔이 넘은 외로운 여인으로, 사랑하는 남편이 파리에서 기다리고 있는, 상복을 입고 슬퍼하고 있는 성숙한 여인으로 이렇게 서 있는 것은 단 한순간도 후회하지 않는다. 그녀의 마음속에서 아버지의 자리를 차지하고 있던, 앞이 안 보이던 친절한 노인은 작년에 세상을 떠났다. 그 역시 또 다른 슬픔의 원인이었다.

그러나 인생은 가야 할 길을 따라 충실히 흘러가고 있다. 아이는 자라고, 죽음은 상실감은 물론 안도감을 가져다 주었으며, 재봉사가 만들어 준 상복은 몇 년 전 어머니가 돌아가셨을 때 입었던 옷보다 약간 더 맵시 있었다―그때 이후로 치마 형태에 변화가 있었다. 생일 선물로 원하는 것이 있고 아버지를 세상 어떤 남자보다 더 사랑하는 자수 바구니를 든 아이에게도 이 모든 인생이 펼쳐질 것이다. 베아트리스는 아직 딸에게 딱딱한 검정 옷을 입히지 않았다.

대신 소녀는 회색 옷깃과 소맷단이 달린 흰 드레스를 입고 있고, 아직 가느다랗지만 곧 모양이 잡힐 예쁜 허리에 검은 끈을 매고 있다. 그녀가 아이의 손을 잡고 베일 너머에서 키스하자, 아이도 놀라고 그녀 자신도 퍼뜩 놀란다.

파리행 기차는 늦는 일이 거의 없다. 오늘 아침에는 조금 일찍 멀리서 우르릉거리는 기차소리가 들려온다. 두 사람은 기차를 탈 준비를 갖춘다. 아이는 늘 기차가 마을을 들이 받아서 집이 부서지고 닭장이 뒤집히고 시장 좌판이 망가져서 오래된 돌무더기와 먼지구름만 남는 광경을 상상하곤 했다. 동화책에 나오는 삽화처럼 늙은 아줌마들이 앞치마를 들어 올리고 커다란 발에 나막신을 신고 우왕좌왕 달아나는 뒤죽박죽이 된 세상. 그러다 먼지가 가라앉고 모든 것이 제자리로 돌아오고 나면, 엄마 같은 사람들이 조용히 기차에 오르는 것이다. 엄마는 모든 일은 조용히, 품위 있게 한다. 혼자 뭔가를 읽을 때도 조용하고, 오드를 앉혀 놓고 머리를 땋아 주면서 머리를 약간 오른쪽으로 돌리는 손길도 조용하고, 오드의 뺨을 만질 때도 조용하다.

아직 오드는 그것이 무엇인지 알 리가 없었지만, 갑자기 손에 키스한다든지, 정원 의자에 앉아서 신문을 보고 있는 아빠의 머리와 모자를 웃으면서 끌어안는다든지 할 때 보면 엄마에게도 영원히 떠나지 않는 젊음의 순간이 남아 있다. 오드의 할아버지가 돌아가시고 최근에 저 멀리 알제리에 계시던 아버지의 아저씨까지 돌아가셔서 상복을 입고 있지만, 엄마는 여전히 아름답다. 가끔 집 뒤쪽 창가에 서서 들판 위로 비가 내리는 모습을 바라보며 드물게 슬픈 눈빛을 할 때도 있었다. 마을에 있는 오드네 집은 다른 집들이 모여 있는 동네 외곽에 있어서, 정원을 지나면 곧장 들판으로 나갈 수 있었다. 들판 너머에는 부모님이 데려가지 않으면 오드 혼자 들어갈 수 없는 컴컴한 숲이 늘어서 있었다.

차장이 기차에 짐을 싣고 나자, 오드는 어머니를 본받아 자리에 앉는다. 하지만 얌전한 태도는 잠시다. 그녀는 가장 좋아하는 마부 피에르 르 트리스트가 모는 마차가 창밖에 나타나자 다시 벌떡 일어난다. 소포와 마을 중심가의 작은 상점에 물건을 배달하고 때로 엄마에게도 소포를 전하는 사람이다. 오랫동안 일해 왔기 때문에 서로 잘 알고 있다. 아빠는 오드가 태어나던 해, 동그라미가 많이 들어 있어서 좋은 1880년에 이 마을에 집을 샀다. 루브시엔과 마를리 르 루아 사이에 자리 잡은, 일주일에 세 번 기차가 지나가는 이 마을에 엄마와, 때로는 엄마 아빠와 같이 한 번도 놀러 오지 않은 해는 기억이 나지 않는다. 피에르는 마부석에서 내려와 밖에서 소포와 편지에 대해 차장과 이야기를 나누는 것 같다. 얼굴은 미소로 잔뜩 주름이 가 있다. 늘 유쾌함이 넘쳐흘러서 오히려 애정을 담아 반어적으로 '트리스트(슬픈)' 피에르라고 불리는 사람이다. 창문을 통해 마부의 목소리가 들리지만, 정확히 무슨 소리를 하는지 알아들을 수는 없다.

"뭐니, 아가?"

엄마는 장갑과 망토를 벗으며 가방과 오드의 바구니를 정리하고 있다.

"피에르예요."

차장이 그녀를 보고 손을 흔들었고, 피에르가 마주 손을 흔들며 기차 옆으로 다가오더니 차창을 내리고 꾸러미와 편지를 받아 가라는 듯 큰 팔로 손짓을 해 보인다. 엄마는 일어서서 꾸러미를 받아 들고 오드에게 건네며 바로 풀어 봐도 좋다는 뜻으로 고개를 끄덕인다. 파리의 아빠가 보낸, 늦었지만 반가운 선물이다. 오늘 밤 어차피 만나겠지만, 아빠는 구석에 데이지가 수놓인 아이보리 색 작은 숄을 보냈다. 오드는 만족스럽게 숄을 펼치고 무릎에 놓는다. 엄마는 머리카락에서 핀을 뽑더니 편지를 뜯는다. 아빠에게서 온 편지였지만, 안에서 봉투 하나가 더 떨어진다. 낯선 소인이 찍혀 있고, 오드가 한 번도 본 적이 없는 불안정한 필체로 적힌 봉투다. 엄마는 봉투를 집어 들더니 떨리는 손으로 조심스럽게 연다. 새 숄도 잊어버린 것 같다. 엄마는 한 장으로 된 편지지를 펼치고 읽더니 다시 접었다가 다시 펼쳐 한 번 더 읽은 뒤 천천히 봉투 안에 집어넣고 무릎에 놓인 검은 실크 위에 얹는다. 엄마는 의자에 등을 기대고 베일을 내린다. 하지만 오드는 엄마의 눈이 감기더니 울지 않으려고 애쓸 때처럼 입꼬리가 아래로 내려가서 바르르 떨리는 것을 본다. 오드는 눈길을 내리깔고 숄에 수놓은 데이지를 어루만진다. 엄마가 무엇 때문에 이런 기분일까? 달래 드려야 하나, 무슨 말을 해야 하나?

엄마는 꼼짝도 않고 앉아 있다. 오드는 해답을 찾아 창밖을 내다보지만, 밖에는 부츠와 커다란 재킷 차림의 피에르가 와인 상자를 내리고 있고 소년 하나가 상자를 손수레에 싣고 멀어지고 있다. 차장은 피에르에게 손을 흔들어 작별 인사를 하고, 기차는 한 번, 두 번, 요란한 기적 소리를 낸다. 마을은 아무 일 없이 잠에서 깨어 활기를 띠고 있다.

"엄마?"

그녀는 작은 목소리로 불러본다.

오드가 걱정했던 대로, 베일 뒤에서 열리는 검은 눈동자는 눈물로 반짝이고 있다.

"응, 아가?"

"무슨, 나쁜 소식이에요?"

엄마는 한참 그녀를 바라보다가 약간 떨리는 목소리로 말한다.

"아니, 소식은 아니야. 옛 친구가 보낸 편지가 시간이 오래 걸려서 도착했구나."

"올리비에 아저씨요?"

엄마는 숨을 잠시 멈추었다가 내쉰다.

"응, 그래. 어떻게 알았니, 아가?"

"아, 그분이 돌아가셔서요. 그건 아주 슬픈 일이잖아요."

"응, 아주 슬프단다."

엄마는 봉투 위에 손을 겹쳐 올린다.

"알제리와 사막에 대해 편지를 쓰셨어요?"

"응."

"그 편지가 너무 늦게 온 거예요?"

"너무 늦는 일이란 없단다."

엄마는 말하지만, 말은 흐느낌이 되어 끝난다. 오드는 긴장한다. 여행이 빨리 끝나고 아빠가 같이 있었으면 좋겠다. 오드는 엄마가 우는 것을 본 적이 없다. 엄마는 피에르 르 트리스트를 제외하면 그녀가 아는 누구보다 더 많이 미소 짓는 사람이다. 오드를 바라볼 때 더 잘 웃는다.

"엄마 아빠는 아저씨를 많이 사랑하셨어요?"

"응, 아주 많이. 네 할아버지도."

"저도 기억이 났으면 좋겠어요."

"나도 그랬으면 좋으련만."

엄마는 이제 진정하는 것 같다. 그녀는 옆자리를 두드렸고, 오드는 새 숄을 끌어당기며 냉큼 다가앉는다.

"저도 올리비에 아저씨를 사랑했을까요?"

"아, 그럼. 아저씨도 널 사랑하셨을거야. 넌 그분을 닮았단다."

오드는 사람들을 닮는 것이 좋았다.

"어떤 면에서요?"

"아, 인생에 대한 호기심이 많고, 손재주도 뛰어나고."

엄마는 잠시 말이 없다. 그녀는 한편으로는 반갑기도 하고 은근히 두렵기도 한 눈빛으로, 아주 똑바른, 심연처럼 어두운 눈빛으로 오드를 바라본다. 그러다 다시 말한다.

"넌 그분의 눈을 가졌어, 아가."

"그래요?"

"그분은 화가였단다."

"엄마처럼요. 엄마처럼 좋은 화가였어요?"

엄마는 편지를 쓰다듬는다.

"아, 훨씬 더 좋은 화가였어. 그림에 담을 인생의 경험이 훨씬 많으셨지. 그때 엄마는 미처 몰랐지만, 그건 아주 중요한 일이란다."

"편지를 보관하실 거예요?"

사막에 대해 읽고 싶지만, 보여 달라고 해서는 안 될 것 같다.

"어쩌면. 다른 편지랑 같이. 엄마가 보관할 수 있었던 모든 편지들과 같이. 네가 나이 들고 숙녀가 되면 그중 일부는 네 것이 될 거야."

"그때 제가 어떻게 편지를 찾아요?"

엄마는 베일을 들어 올리고 미소 지으며 장갑을 끼지 않은 손가락으로 오드의 뺨을 두드린다.

"엄마가 직접 너한테 줄 거야. 아니면 어디 두었는지 이야기해 주마."

"아빠가 주신 이 숄 마음에 드세요?"

오드는 자기가 입은 흰 모슬린 치마와 엄마의 묵직한 검은 실크 치마 위에 숄을 펼친다.

"아주 마음에 드는구나."

엄마는 편지와 낯설고 커다란 소인이 가려지도록 숄을 반듯하게 펼친다.

"데이지도 네가 수놓은 것처럼 예쁘다. 하지만 네가 놓은 것보다는 못해. 네 수는 언제나 살아 있는 것 같거든."

101

말로우

로빈슨은 내가 다시 찾아가자 응접실에서 반갑게 맞아 주었다.
일어서려고 하지는 않았지만, 응접실에서 꼼짝도 않고 앉아 있을 것
이 아니라 같이 점심이라도 먹으러 나갈 것처럼 회색 플란넬 바지
와 검은 터틀넥, 군청색 재킷을 깔끔하게 차려입고 있었다. 이본느
가 들어간 부엌에서 냄비 달그락거리는 소리가 들리며 버터에 양파
볶는 냄새가 흘러나왔다. 반갑게도 로빈슨은 점심 식사를 하고 가
고 권했다. 나는 맹트농 미술관 이야기를 했다. 그는 자신이 그 미술
관에 기증한 캔버스의 이름을 하나하나 대게 했다.

"베아트리스의 친구들도 나쁘지 않지."

그는 미소 지으며 말했다.

"네. 모네, 르누아르, 뷔야르, 피사로…."

"새 천년에는 그녀가 더욱 인정받을 게야."

똑같은 책과 그림이 아마 50년은 이대로 있었을 듯한, 식물조차
메리 나이와 같아 보이는 아파트에 앉아 있으려니 새 천년이라는
것을 믿기가 힘들었다.

"파리는 축하 행사가 성대했지요? 새 천년 행사 말입니다."

그는 미소 지었다.

"오드는 1800년대의 마지막 날을 기억하고 있었지. 그때 거의 스무 살이었거든."

그는 태어나지도 않았을 때였다. 그는 오드가 어린 시절을 보냈던 세기를 경험하지 못했다.

"실례가 안 된다면, 한 가지 더 부탁드려도 될까요? 너그럽게 생각해 주시면 로버트를 치료하는 데 도움이 될지도 모릅니다."

그는 이의 없다는 듯 어깨를 으쓱했다. 신사다운, 마지못한 용서였다.

"베아트리스 드 클레르발이 그림을 그만둔 이유를 무엇이라고 생각하시는지 궁금합니다. 로버트 올리버는 아주 영리한 사람이고, 그 문제에 대해 깊이 생각했을 겁니다. 하지만 어르신도 혹시 의견을 갖고 계십니까?"

"난 의견 따위 없어, 박사. 나는 오드 드 클레르발과 살았던 사람이야. 그녀는 뭐든지 내게 다 털어놓았소."

그는 허리를 약간 세웠다.

"그녀는 어머니와 마찬가지로 대단한 여성이었고, 그 질문이 마음에 걸렸지. 정신과 의사로서, 그녀가 어머니의 경력이 끝난 것에 대해 죄책감을 느꼈으리라는 건 짐작하실 수 있을 거요. 모든 여자가 아이를 위해 모든 것을 바치지는 않지만, 오드는 자기 어머니가 그랬다는 걸 알고 있었고, 그 사실을 평생 가슴에 지니고 살았어. 말했듯이 그녀도 그림을 시도했지만 재능이 없었소. 어머니나 자신의 인생에 대해 개인적인 기록을 남기지도 않았지. 그녀는 아주 엄격하고 전문적인 기자였고 아주 용감했어. 전쟁 중에 레지스탕스 편에서 파리를 취재하기도 했는데, 그건 다른 이야기요. 하지만 내게 가끔 어머니 이야기를 하곤 했소."

나는 로버트만큼 깊은 침묵을 지키며 기다렸다. 마침내 노인은 말을 이었다.

"당신이 여기 온 것도 그렇고, 그전에 로버트가 찾아온 것도 그 렇고, 나한테는 수수께끼군. 나는 낯선 사람들과 이야기하는 데 익숙하지 않아. 하지만 지금까지 아무에게도, 로버트 올리버에게도 하지 않았던 이야기를 해 드리지. 오드는 죽어 가면서 당신이 친절하게 돌려준 편지 꾸러미를 내게 남겼소. 편지에는 어머니가 오드에게 전하는 쪽지가 들어 있었지. 쪽지는 오드가 내게 읽어 보고 태우라고 해서 그렇게 했어. 나머지 편지는 내게 남겼지. 오드는 그전에 내게 그런 걸 보여 준 적이 없었소. 이해하시겠지만, 나는 우리가 모든 것을 공유했다고 생각했기 때문에 상처를 받았지. 어머니가 오드에게 남긴 쪽지에는 두 가지가 적혀 있었소. 첫 번째는 오드는 어머니가 가장 사랑했던 사람의 아이이기 때문에 그녀를 세상 무엇보다 사랑한다는 것. 두 번째는 그 사랑의 증거를 하녀 에스메에게 남겼다는 것."

"네. 편지에 그런 이름이 있었습니다."

"편지를 읽어 보셨소?"

나는 놀랐다. 문득 나는 그가 가끔 기억력이 안 좋다고 했던 말이 진담이었다는 것을 깨달았다.

"네, 말씀드렸지만, 환자를 위해 읽어야 할 것 같았습니다."

"아, 뭐. 지금은 상관없어."

그는 날카로운 손가락으로 의자 팔걸이를 두드렸다. 손잡이에 닳은 부분이 보이는 것 같았다.

"베아트리스가 에스메에게 뭔가를 남겼다는 겁니까?"

"그랬을 거요. 하지만 베아트리스가 세상을 떠난 직후 에스메도 죽었지. 갑자기 병이 들어서 오드에게 넘겨야 할 어머니의 물건을 전하지 못했던 것 같아. 오드는 늘 에스메가 가슴이 아파서 죽은 거라고 말하곤 했지."

"베아트리스는 친절한 여주인이었던 모양입니다."

"딸과 닮았다면, 정말 훌륭한 사람이었을 거요."

그의 얼굴이 서글퍼졌다.

"그럼 오드는 그 사랑의 증거가 무엇인지 결국 몰랐습니까?"

"결국 우린 몰랐지. 오드는 너무나 알고 싶어했소. 나는 에스메에 대한 자료를 찾다가 공공 기록상 그녀의 이름이 에스메 르나르라는 것, 1859년생이라는 것을 알아냈어. 하지만 다른 건 아무것도 찾을 수가 없었소. 오드의 부모님이 에스메의 고향 마을에 집을 샀는데, 이브가 죽었을 때 그 집은 팔렸지. 마을 이름도 기억나지 않는군."

"그럼 베아트리스보다 8년 뒤에 태어난 거군요."

그는 의자에서 자세를 고치더니 나를 보다 똑똑히 보려는 듯 눈 위의 햇빛을 가렸다. 그의 목소리에 놀라움이 실렸다.

"베아트리스에 대해 아주 많이 아는군. 당신도 로버트 올리버처럼 그녀를 사랑하시오?"

"원래 숫자를 잘 기억합니다."

노인이 다시 피곤해지기 전에 일어나야 하나 하는 생각이 들기 시작했다.

"어쨌든 나는 아무것도 못 찾았어. 죽기 직전에 오드는 어머니가 세상에서 가장 사랑스러운 사람이었다고 말했지."

그는 헛기침을 했다.

"나만 빼놓고. 그러니 어쩌면 더 이상 알 필요가 없었을지도 몰라."

"분명 그것으로 충분했을 겁니다."

나는 그를 위안하기 위해 말했다.

"그녀의 초상화를 보시겠소? 베아트리스의 초상화?"

"네, 물론입니다. 메트로폴리탄에서 올리비에 비뇨의 초상은 봤습니다."

"좋은 초상화지. 하지만 내게 사진이 있소. 아주 드문 거요. 오드는 어머니가 사진찍는 걸 좋아하지 않았다고 했어. 출판하는 건 절대 원하지 않았을 거요. 내 앨범에 들어 있어."

그는 아주 천천히 의자를 밀고 일어서더니 내가 뭐라 말하기 전에 의자 옆에서 지팡이를 집어 들었다. 나는 팔을 내밀었다. 그는 내키지 않는 듯 팔을 잡았고, 우리는 방을 가로질러 책장 앞으로 갔다. 그는 지팡이로 책장을 가리켰다. 나는 그가 가리킨 묵직한 가죽 앨범을 꺼냈다. 군데군데 닳아 벗겨져 있었지만, 아직도 사각형으로 금박이 남아 있었다. 안에는 여러 대에 걸친 가족 사진이 들어있었다. 전부 다 보여 달라고 하고 싶었다. 프릴 드레스 차림으로 똑바로 앞을 바라보고 있는 어린아이들, 흰 공작 같은 19세기 신부, 톱 햇과 프록코트 차림으로 서로의 어깨에 손을 얹고 있는 신사적인 형제와 친구들. 혹시 이 중에 이브도 있을까. 어쩌면 저 검은 턱수염을 기르고 미소 짓는, 어깨가 넓은 남자일지도 모르고, 치마폭이 넓은 드레스와 단추가 달린 부츠 차림의 저 어린 소녀가 오드일지도 모른다. 그들이 사진 속에 있는지, 혹시 그중에 올리비에 비뇨의 모습이 들어 있는지 알 수 없었지만, 앙리 로빈슨은 아랑곳하지 않고 원하는 사진을 찾아 페이지를 홀홀 넘기고 있었다. 언제 생각이 바뀔지 알 수 없으니 그 허약한 손길을 방해할 수는 없었다. 마침내 그는 멈췄다.

"이게 베아트리스요."

어디서든 알아보았을 것이다. 그래도 실제 그녀의 모습을 보는 것은 으스스한 기분이었다. 그녀는 스튜디오 받침대에 한 손을 얹고 다른 한 손으로 치맛자락을 모아 쥔 채 혼자 서 있었다. 극히 딱딱한 자세였지만, 그녀의 모습은 에너지로 가득 차 있었다. 검고 강렬한

눈동자, 턱의 모습, 날씬한 목, 귀 위로 당겨 올린 풍성한 곱슬머리
는 그대로였다. 길고 검은 드레스 차림이었고, 숄 같은 것이 어깨에
서 늘어져 있었다. 옷소매는 위쪽이 풍성했고 손목으로 오면서 점차
가늘어졌다. 허리는 가늘고 꼭 끼었으며, 폭이 넓은 치맛단에는 좀
더 연한 색으로 복잡한 기하학적 문양이 둘러져 있었다. 패션 감각
이 있는 숙녀였다. 더 이상 화가는 아니었지만, 옷에서는 예술적 재
능을 발휘하고 있었다.

사진에는 1895년이라는 연대가 찍혀 있었고, 사진을 찍은 파리
사진관의 이름과 주소도 있었다. 무언가 모호한 기억이, 어딘가에서
본 형태가 떨쳐낼 수 없는 우울처럼 기억이 날 듯 말 듯했다. 한참
머릿속을 더듬어 보았지만, 내 기억력도 앙리 로빈슨보다 별로 나을
것이 없는 것 같았다. 아니, 더 떨어졌다. 그러다 나는 돌아보았다.

"무슈, 혹시 그 화집 가지고 계십니까?"

"그림 한 장을 찾고 싶은데, 시슬리 화집 말입니다. 혹시 갖고
계십니까?"

"시슬리?"

그는 내가 집에 있지도 않은 음료수라도 부탁한 듯 얼굴을 찌
푸렸다.

"아마 있을 거요. 저쪽에 있을걸."

그는 지팡이로 다시 공기를 찌르며 내 팔에 몸을 기댔다.

"저기 인상파 화집이 있소. 최초의 6인부터."

나는 책장으로 가서 천천히 살펴보았지만 없었다. 인상파 풍경
화에 대한 책이 한 권 있었고, 목차에 시슬리가 있었지만 내가 찾던
그림은 아니었다. 마침내 나는 겨울 풍경화집을 찾았다.

"그건 새 책이야."

앙리 로빈슨은 놀라울 정도로 날카로운 눈으로 책을 바라보았다.

"로버트 올리버가 두 번째로 찾아왔을 때 나한테 줬어."

나는 책을 들어 보았다. 비싼 선물이었다.

"그에게 베아트리스의 사진을 보여 주셨습니까?"

그는 잠시 생각했다.

"그러지는 않았던 것 같아. 그랬더라면 기억이 날 거요. 게다가 그랬다면 그것도 훔쳐 갔겠지."

충분히 그럴 수 있다는 것을 인정하지 않을 수 없었다. 다행히 내가 내셔널 갤러리에서 보았던 시슬리 그림이 거기 있었다. 황량하고 우중충한 나뭇가지, 겨울의 석양, 눈을 밟으며 양옆으로 벽이 높이 솟은 마을길에서 걸어 나오는 한 여인. 도판이었지만 탁월한 작품이었다. 다리에 휘감기는 여인의 치맛자락, 다급한 기색, 짧고 검은 망토, 치맛단의 독특한 파란색 문양. 나는 앙리 로빈슨에게 그림을 보여 주었다.

"낯익어 보이지 않습니까?"

그는 한참 그림을 관찰하더니 고개를 저었다.

"이게 무슨 관련이 있다고 생각하시오?"

나는 앨범을 다시 가져와서 그림과 나란히 놓았다. 치마는 분명 똑같았다.

"이 드레스가 유명한 모델이었을까요?"

앙리 로빈슨은 내 팔을 꽉 붙잡았다. 다시 아버지가 떠올랐다.

"그럴 리는 없을 거요. 당시 숙녀들은 재단사에게 특별히 옷을 주문해서 만들었으니까."

나는 도판 아래 설명을 읽었다. 알프레드 시슬리가 그레미에르에서 죽기 4년 전에 살던 모레 쉬르 루앙 마을의 서쪽에서 그린 그림이었다.

"잠시 앉아서 생각을 해 봐야겠습니다. 잠깐 편지를 봐도 될까요?"

앙리 로빈슨은 내 부축을 받아 의자로 돌아가서 내키지 않는 손길로 다시 편지를 건넸다. 물론 프랑스 어는 읽을 수가 없었다. 호텔로 돌아가서 조의 번역본을 다시 찾아봐야 할 것 같았다. 가져왔더라면 좋았을 텐데. 왜 그 생각을 못했을까. 메리라면 지금쯤 분명 알아차리고 건방지고 쾌활하게 "그렇지, 셜록."이라고 말했을 텐데. 나는 답답한 기분으로 편지를 돌려주었다."

무슈, 오늘 저녁에 다시 전화를 드리고 싶습니다. 그래도 될까요? 이 사진과 시슬리의 그림이 무슨 관계가 있는지 생각하는 중입니다."

그는 친절하게 말했다.

"나도 생각해 보겠소. 드레스가 비슷하지만 별 관계가 있을 거라고는 생각하지 않아. 내 나이가 되면 당신도 이게 궁극적으로는 중요하지 않다는 걸 알게 될 거요. 자, 이본느가 점심 준비를 다 한 모양이군."

우리는 닫힌 녹색 문을 지나 윤기 나는 식탁에 마주 보고 앉았다. 식당 벽에도 그림과 1, 2차 세계 대전 사이의 파리 사진이 붙어 있었다. 맑고 아름다운 풍경이었다. 강, 에펠탑, 검은 코트와 모자 차림의 사람들, 내가 영원히 찾아갈 수 없을 도시. 양파를 넣고 끓인 닭은 맛있었다. 이본느가 나와서 음식 맛이 어떠냐고 묻더니 손등으로 눈썹을 닦으며 와인 반 잔을 놓고 식탁에 같이 앉았다.

점심을 먹은 뒤 앙리가 너무나 피곤해 보여서, 나는 전화를 걸겠다고 다시 한 번 말한 뒤 일어섰다.

"작별 인사도 하러 오셔야지."

그는 말했다. 나는 그를 부축해서 의자에 앉히고 잠시 같이 앉아 있었다. 내가 일어서자 그도 따라 일어서려 했지만, 나는 그를 제지하고 대신 악수를 나누었다. 그는 곧장 잠드는 것 같았다. 나는 조용히 일어섰다.

응접실 문간을 나서려는데 그가 다시 불렀다.

"내가 오드는 제우스의 자식이라는 이야기를 했던가?"

그의 눈이 반짝였다. 몽롱한 노인의 얼굴 뒤에서 젊은 남자가 바라보고 있었다. 오랫동안 생각해 왔던 의문의 해답을 알려 줄 수 있는 사람이 바로 그라는 것을 나는 왜 몰랐을까.

"네, 감사합니다, 무슈."

그는 손에 턱을 괴었고, 나는 방을 나섰다.

102

말로우

좁은 호텔 방에 돌아온 나는 조의 번역본을 들고 누워 원하던
내용을 찾았다.

> 오늘은 저도 조금 피곤해서 편지를 쓰는 것 말고는 집중해서 뭘
> 할 수가 없네요. 하지만 어제는 좋은 모델을 찾아서 그림이 잘
> 됐답니다. 다른 하녀 에스메예요. 예전에 사랑하는 루브시엔을
> 알고 있냐고 물었더니 수줍게 자기 동네는 바로 옆의 그레미에
> 르라고 대답하더군요. 이브는 모델을 해 달라고 하녀들을 괴롭
> 히지 말라고 하지만, 그렇게 참을성 있는 모델을 제가 어디서
> 구하겠어요?

나는 호텔 옆 가게에서 20달러짜리 전화 카드와―미국까지 충
분한 통화 시간이었다―프랑스 도로 지도를 살 수 있었다. 길 건너
리옹 역에 전화 부스가 여러 곳 보였고, 나는 머리 위로 치솟은 역사
와 산성비에 부식된 외장을 의식하며 편지를 손에 든 채 그쪽으로

다가갔다. 역 안에 들어가서 증기 기차에 올라 기차가 연기를 내뿜는 소리를 들으며 베아트리스라면 알아볼 수 있을 세계를 향해 떠날 수 있다면 얼마나 좋을까 하는 생각이 잠깐 머리를 스쳤다. 그러나 선로 끝에는 날렵한 우주시대 기차 TGV 세 대만 서 있었고, 역사 안에는 알아들을 수 없는 출발 도착 방송이 가득 메아리치고 있었다.

나는 가장 먼저 눈에 띈 빈 의자에 앉아 지도를 펼쳤다. 센 강과 인상파 화가들의 발자취를 따라 여행을 떠나고 싶다면, 루브시엔은 파리 서쪽이었다. 나는 도착한 날 오르세 미술관에서 루브시엔의 풍경화를 여러 점 보았고, 그중에는 시슬리도 있었다. 그가 세상을 떠난 모레 쉬르 루앙도 있었다. 그 근처의 한 점이 그레미에르였다. 나는 전화 부스 안에 들어가서 메리에게 전화를 걸었다. 미국은 오후이지만, 지금쯤 집에 도착해서 그림을 그리거나 저녁 수업 준비를 하고 있을 것이다. 다행히 신호음이 두 번 울린 뒤 메리가 전화를 받았다.

"앤드루? 괜찮아요?"

"그럼. 지금 리옹 역이야. 멋있군."

내가 서 있는 위치에서 고개를 들어 보니 유리창 너머로 베아트리스 시대, 혹은 오드 시대에 파리에서 가장 멋진 식당이었던 뷔페 드 라 가르 드 리옹, 지금은 르 트랑 블뢰로 불리는 식당 위의 벽화가 보였다. 한 세기가 지났지만 그곳은 여전히 식당이었다. 메리가 같이 있다면 얼마나 좋을까 하는 생각이 간절했다.

"당신이 전화할 줄 알았어요."

"뭐 하고 있어?"

"그림 그려요. 수채화. 이제 정물은 지쳤어요. 돌아오면 같이 풍경화 여행이나 떠나요."

"그러자고. 당신이 계획해."

"정말 별일 없어요?"

"괜찮은데, 한 가지 문제가 있어서 전화했어. 실질적인 문제는 아니고, 홈스가 있어야 해결되는 추리 문제야."

"그럼 내가 당신의 왓슨이 되어 드리죠."

그녀는 웃었다.

"아니, 당신이 홈스야. 문제는 이거야. 알프레드 시슬리는 1895년에 어느 마을의 풍경화를 그렸어. 치맛단에 독특한, 그리스풍 기하학적 문양이 박힌 검은 드레스 차림의 여자가 길을 걷는 풍경이야. 내셔널 갤러리에서 봤는데, 당신도 알지 몰라."

"그건 기억이 안 나요."

"그 모델은 베아트리스 드 클레르발의 드레스를 입고 있었던 것 같아."

"네? 그걸 어떻게 알아요?"

648

"앙리 로빈슨이 그 옷을 입은 베아트리스의 사진을 가지고 있어. 아, 그분은 아주 친절했어. 편지에 대해서는 당신 생각이 맞았어. 로버트가 프랑스에서 가져온 거야. 유감이지만 앙리에게서 훔친 거야."

메리는 잠시 말이 없었다.

"돌려줬어요?"

"물론이지. 앙리는 편지가 돌아와서 아주 기뻐했어."

그녀가 점점 늘어 가는 로버트의 범죄 행각에 대해 걱정할 줄 알았지만, 그때 그녀는 물었다.

"같은 드레스라는 게 확실하다고 해서, 그게 중요한 일인가요? 서로 아는 사이여서 모델을 서 줬을 수도 있죠."

"그가 그림을 그린 마을은 그레미에르라는 곳인데, 베아트리스의 하녀가 태어난 곳이야. 베아트리스의 딸 오드가 죽어 가면서 앙리에게 말하기를, 베아트리스는 하녀에게 뭔가 중요한 물건을, 오드에 대한 사랑의 증표를 남겼다고 했어. 오드는 그 물건이 무엇인지 결국 알지 못하고 죽었지."

"같이 그레미에르에 가자고요?"

"같이 갔으면 좋겠어. 내가 가 봐야 할까?"

"이렇게 오랜 시간이 흘렀는데, 그 마을이라는 것만 알고 무턱대고 찾아가서 뭘 알아내겠어요. 그중 거기 묻힌 사람이 있을까요?"

"에스메는 그럴 수도 있지. 나도 몰라. 비뇨 가문은 파리에 묻혔겠지."

"그렇겠죠."

"내가 로버트를 위해 이러고 있는 걸까?"

그녀의 확신 어리고 따뜻한, 놀리는 듯한 목소리를 다시 듣고 싶었다.

"바보 같은 소리 하지 말아요, 앤드루. 당신은 당신을 위해서 그러고 있는 거예요. 당신이 잘 알잖아요."

"당신을 위해서도."

"나를 위한 것도 있고요."

한없이 긴 대서양 횡단 케이블 저편에서는 잠시 침묵이 흘렀다. 아니, 요즘은 위성 통신이던가? 생각난 김에 아버지에게도 전화를 해야겠다는 생각이 들었다.

"파리에서 가까우니까 잠깐 다녀올 거야. 차로 가는 것도 힘들지 않겠지. 에트르타에도 갈 수 있었으면 좋겠어."

"언젠가 상황 봐서 같이 가요."

목소리가 조금 딱딱해졌다. 그녀는 헛기침을 했다.

"나중에 말하려고 했는데, 잠시 이야기해도 돼요?"

"해."

"어디서부터 말해야 할지 모르겠는데, 어제 내가 임신한 걸 확인했어요."

나는 손에 수화기를 쥔 채로 우뚝 서 있었다. 지진파 같은 변화의 신호가 육체를 쓸고 지나갔다.

"그게….

"확실해요."

내가 하려던 말은 다른 말이었다.

"그게….

전화 부스의 문은 단단히 닫혀 있었지만, 마음속의 문이 열리며 그 너머에 어른거리는 형체가 눈에 보였다.

"당신 아이예요. 그게 궁금하다면."

"나는….

"로버트의 아이일 리는 없어요."

전화를 통해 들려오는 그녀의 목소리는 단호했고, 있는 그대로 확실히 전하겠다는 각오로 가득 차 있었다. 대서양 반대편에서 수화기를 들고 있는 긴 손가락이 눈에 보이는 것 같았다.

"로버트는 몇 달 동안 만난 적도 없고, 만나고 싶었던 적도 없어요. 내가 병원에 찾아간 적이 없다는 건 당신도 잘 알 거고. 달리 만나는 사람도 없어요. 당신뿐이에요. 알다시피 약을 먹었지만, 무슨 일이든 실패율이란 게 있으니까. 전에는 임신한 적이 한 번도 없어요. 평생 단 한 번도. 아주 조심했다고요."

"하지만 나는….

답답한 듯한 웃음소리.

"무슨 말이라도 해 봐요. 기쁨? 두려움? 실망?"

"잠깐만 기다려 봐."

나는 지난 스물네 시간 동안 어떤 사람들의 머리가 스쳤는지 아랑곳하지 않고 몸을 기울여 부스 안 유리에 이마를 댔다. 그리고 울기 시작했다. 내가 운 것은 몇 년 만이었다. 좋아하던 환자가 자살을 했을 때 한 번 뜨거운 분노의 눈물을 잠깐 흘린 적이 있었고, 무엇보다, 그보다 더 오래전, 어머니의 침대 옆에서 따뜻하고 부드러운, 생명이 없는 손을 하염없이 쥐고 있다가 결국 어머니가 더 이상 내 말을 들을 수 없다는 것을, 내가 아버지의 든든한 버팀목이 되어 드리겠다고 아무리 약속해 보았자 이제 소용없다는 사실을 깨달았을 때도 울었다. 오히려 든든한 버팀목이 되어 준 쪽은 아버지였다. 우리 둘 다 직업적으로 죽음에 익숙했다. 하지만 아버지는 사랑하는 사람을 여읜 사람들을 평생 위안해 오신 분이었다.

"앤드루?"

메리의 초조하고 상처 입은 듯한 목소리가 전화선 너머에서 들려왔다.

"그렇게 기분 나빠요? 그러지 않은 척하지 않아도…."

나는 얼굴을 옷소매로 닦고 소매단으로 코를 문질렀다.

"그럼 나랑 결혼해도 괜찮겠어?"

이번에는 약간 목이 메는 듯한, 익숙한 웃음이 터져 나왔다. 로버트 올리버에게서 언젠가 느꼈던 전염성 있는 즐거움이었다. 내가 언제 느꼈더라? 그는 내 앞에서 웃은 적이 없었다. 아마 다른 사람이 그에 대해 했던 말 중에 그런 표현이 있었던 것이리라. 그녀는 애써 침착한 목소리를 내려고 노력하고 있었다.

"괜찮아요, 앤드루. 평생 아무하고도 결혼하고 싶은 마음이 들지 않을 거라고 생각했지만, 당신은 아무나가 아니잖아요. 아이 때문에 그런 건 아니에요."

아이라는 말을 들은 순간, 내 인생은 사랑이 세포분열을 하듯 둘로 나뉘어졌다. 절반은 아직 존재하지도 않았다. 하지만 전화선 너머로 들려오는 그 작은 한 단어가 새로운 세상을 조각해 주었다. 아니, 내가 알던 세상을 둘로 만들어 주었다.

103

말로우

코를 풀고 잠시 역 주위를 돌아다니다가, 나는 앙리가 준 번호
로 전화를 걸었다.

"내일 아침에 차를 빌려서 그레미에르로 가려고 합니다. 같이
가시겠습니까?"

"나도 생각해 봤는데, 앤드루, 뭔가를 알아낼 수 있을 것 같지는
않지만 그래도 자네는 가 봐야 만족이 되겠지."

그가 나를 이름으로 부르는 것이 기뻤다.

"아주 무리한 부탁이 아니라면, 같이 갈 수 있을까요? 최대한
편하게 모시겠습니다."

그는 한숨을 쉬었다.

"요즘 나는 의사를 찾아갈 때가 아니면 집을 자주 나서지 않아.
나 때문에 여행이 지체될 텐데."

"천천히 가는 건 상관없습니다."

나는 아직도 차를 몰면서 교구민들을 만나고 산책을 다니는 아
버지 이야기를 하려다 말았다. 아버지는 거의 열 살이나 젊다.

"아."

그는 잠시 생각에 잠겼다.

"최악의 상황이라면 내가 여행 중에 죽는 거겠지. 혹시 그렇게 되면 나를 파리로 데려와서 오드 드 클레르발 옆에 묻어 주게. 아름다운 마을에서 피로로 죽는 건 그리 나쁜 운명은 아니야."

무슨 말을 해야 할지 알 수 없었지만 그는 클클 웃고 있었고, 나도 웃어 버렸다. 그에게 내 소식을 전하고 싶었다. 길고 가느다란 다리와 교활한 유머감각이 서로 닮은 메리가 어쩌면 할아버지나 증조할아버지처럼 느껴질 이 노인을 만나지 못한다는 것이 안타까웠다.

"내일 9시에 갈까요?"

"그렇게 하게. 밤새도록 잠을 못 자겠군."

그는 전화를 끊었다.

파리에서 운전하는 것은 외국인에게 악몽이다. 베아트리스가 아닌 다른 이유였다면 절대 이런 모험에 나서지 않았을 것이다. 나는 이리저리 차선을 바꾸는 차량과 낯선 도로 표지판, 일방통행로를 만나면 차라리 눈을 질끈 감고 싶었다. 앙리의 아파트에 도착했을 때는 땀투성이였다. 이본느와 함께 앙리를 부축해서 내려오는 20분 동안 비상등을 켜 놓고 불법으로라도 주차를 할 수 있어서 그나마 다행이었다. 내가 로버트 올리버였다면 그냥 앙리를 번쩍 들어 나를 수 있었겠지만, 감히 그런 제안은 할 수 없었다. 그는 조수석에 앉았고, 고맙게도 가정부가 접이식 휠체어와 여분의 담요를 트렁크에 넣어 주었다. 마을 안에서 조금 돌아다닐 수 있을 것 같았다.

놀라울 정도로 기억력이 좋은 앙리가 가르쳐 주는 길로 주요 도로를 무사히 벗어난 뒤, 우리는 교외로 접어들었다. 넓은 센 강이 잠깐 보이는 구불구불한 도로를 따라 숲이 이어졌고, 첫 마을이 나왔다. 파리 서쪽으로 나오자 지형은 한층 거칠었다. 나는 이 지역에

와 본 적이 없었다. 가파른 산기슭에 자리 잡은 마을의 슬레이트 지붕과 그윽한 교회, 귀족적인 나무, 첫 장미가 피어나는 울타리가 스쳐 지나갔다. 나는 창문을 열어 신선한 공기를 들였고, 앙리는 밀랍 같은 얼굴로 조용히 주위 경치를 바라보며 가끔 미소 짓기도 했다.

"고맙네."

그는 한 번 말했다.

우리는 루브시엔에서 도로를 벗어나서 천천히 마을 안으로 접어들었고, 앙리는 위대한 화가들이 어느 집에서 살고 일했는지 가리켜 보였다.

"이 마을은 프러시아 침공 당시 거의 파괴되었어. 피사로가 여기 살았지. 그는 가족과 함께 도망쳤는데, 그 집을 차지한 프러시아군은 그의 그림을 양탄자로 사용했다네. 마을 도축업자는 앞치마로 썼지. 몇 년 동안 작업한 그림 100여 점을 잃었어."

그는 헛기침을 했다.

"나쁜 놈들."

루브시엔 마을을 지나자 길은 아래쪽으로 경사졌다. 우리는 커다란 나무 사이로 회색 돌로 지어진 작은 성이 흘끗 보이는 대문 앞을 지나쳤다. 다음 마을은 그레미에르였는데, 너무 작아서 모르고 지나칠 뻔했다. 교회 앞에 그냥 자갈이 약간 넓게 깔린 좁은 광장에 들어서자 표지판이 보였다. 교회는 노르만 양식으로 보이는 아주 오래된 건물이었는데, 납작한 본채에 어마어마한 종탑이 달려 있었으며 정문에 새겨진 야수 부조는 비바람에 거의 닳아 있었다. 튼튼한 고무 부츠를 신고 장바구니를 든 늙은 여자 둘이 흘끗거리는 가운데, 나는 근처에 차를 세우고 휠체어를 꺼낸 뒤 앙리를 부축해서 앉혔다.

이 마을에 굳이 온 이유를 우리들조차 알지 못했기 때문에 서두를 필요는 없었다. 나는 마을 찻집 바깥 식탁에 휠체어를 세운 뒤 앙리의 무릎 위에 담요를 덮어 주었고, 앙리는 느긋하게 커피를 즐기는 것 같았다. 쌀쌀한 아침이었지만, 햇빛을 받고 있으니 봄날 같았다. 오른쪽으로 이어진 길에는 밤나무가 늘어서 있었고, 분홍색과 흰색 꽃이 흐드러지게 피어 있었다. 나는 의자를 미는 요령을 습득했고—아버지도 언젠가 이런 것이 필요하리라—우리는 혹시 이 길일까 싶어 높은 벽이 이어진 첫 길을 따라 내려가 보았다. 나는 부서진 포석을 조심스럽게 피해 가며 휠체어를 밀었다. 아버지는 아마 생전에 손자를 보실 수 있을 것이다.

앙리는 굳이 시슬리 화집을 가져오겠다고 고집을 부렸다. 몇 번 골목길에 들어선 뒤, 우리는 그림과 비슷한 길을 찾았고 나는 사진을 찍었다. 삼나무와 버즘나무가 벽 위로 늘어져 있었고, 길 끝에는 집이 있었다. 그림 속에서 베아트리스가—그녀가 맞다면—걸어가고 있던 집이었다. 집에는 파란 덧문이 달려 있었고, 현관 옆에는 제라늄 화분이 놓여 있었다. 말끔하게 재건한 집이었다. 주인은 파리에 살지도 모른다. 앙리의 의자를 집 앞 골목에 세워 두고 초인종을 눌렀지만 대답은 없었다.

655

"소용없군요."

"소용없군."

우리는 식료품점으로 가서 주인에게 르나르라는 가족에 대해서 아느냐고 물었지만, 그는 소시지의 무게를 연신 달면서 기분 좋게 어깨만 으쓱했다. 우리는 계단 말고 다른 출입구를 찾아 교회로 들어갔다. 내부는 차갑고 불이 꺼져 있어서 동굴 같았다. 앙리는 몸을 떨더니 예배당 통로로 데려가 달라고 했고, 잠시 고개를 숙인 채 거기 앉아 있었다. 교회에서 나온 뒤, 우리는 에스메 르나르나 그녀의 가족에 대한 기록이 있는지 알아보기 위해 시청으로 갔다. 안내 데스크에 앉은 여자가 기꺼이 도와주었다. 아침 내내 찾아오는 사람 하나 없었고 타이핑하는 일에도 질린 것 같았다. 다른 공무원 한 사람이 나오더니—누구인지는 알 수 없었지만, 이런 작은 마을이라면 시장 본인일 수도 있을 것 같았다—같이 서류를 찾았다. 그들은 마을 역사에 대한 기록을 가지고 있었고, 원래 교회에 있던 출생 기록과 사망 기록도 불타지 않는 철제 상자에 보관하고 있었다. 르나르라는 이름은 없었다. 혹시 집을 소유하지 않고 그냥 빌려 산 것일까?

우리는 감사 인사를 하고 시청을 나섰다. 출구에서 앙리가 멈추라고 손짓하더니 뒤로 팔을 뻗어 내 손을 잡았다. 그는 친절하게 말했다.

"상관없어. 영원히 설명되지 않고 흘러가는 일들이 수없이 많지 않나. 그건 그렇게 안 좋은 일이 아니야."

"어제 그렇게 말씀하셨지요. 어르신 말씀이 맞을 겁니다."

나는 그의 손을 부드럽게 쥐어 주었다. 따뜻한 막대기 한 줌을 쥐는 기분이었다. 그의 말은 사실이었다. 내 심장은 이미 다른 일을 향해 달려가고 있었다. 그는 내 팔을 두드렸다.

656

휠체어를 출구 방향으로 돌리는 데 시간이 좀 걸렸다. 고개를 들어 보니, 거기, 스케치가 있었다. 시청 입구의 오래된 회벽 위에, 종이에 목탄으로 대담하게 그린 스케치가 액자로 걸려 있었다. 백조였지만, 전날 보았던 그림처럼 희생자는 아니었다. 이번 백조는 하늘로 날아오르려고 애쓰기보다 땅으로 급히 날아들고 있었다. 아래에는 인간의 형태가 누워 있었다. 옷감으로 약간 덮인 우아한 다리. 나는 앙리의 휠체어에 조심스럽게 브레이크를 걸고 한 발자국 다가갔다. 백조, 처녀의 종아리, 사랑스러운 발, 한쪽 구석에는 빠르게 휘갈기긴 했지만 분명 눈에 익은 이니셜이, 도둑들의 묵직한 부츠 옆 꽃과 잔디 위에 적혀 있었던 것과 동일한 이니셜이 적혀 있었다. 라틴 문자라기보다는 중국 한자에 더 가까워 보이는, 그녀 특유의 낯익은 서명이었다. 그녀는 너무나 짧은 시간 동안 너무나 적게 저 서명을 남기고 영원히 그림을 그만두었다. 등 뒤의 사무실 문은 닫혀 있었다. 나는 조심스럽게 작은 액자를 벽에서 떼어내 앙리의 무릎에 놓은 뒤 혹시 그가 실수로 떨어뜨릴까 봐 그대로 붙잡아 주었다. 그는 안경을 고쳐 쓰고 찬찬히 들여다보았다.

"세상에."

"다시 들어가 보죠."

나는 떨리는 손으로 그림을 다시 걸었다.

"이 그림에 대해 뭔가 아는 사람이 있을지도 모릅니다."

우리는 방향을 돌려 사무실로 돌아갔고, 앙리가 프랑스 어로 입구의 드로잉에 대해 물었다. 젊은 시장—확실히는 알 수 없었지만—은 이번에도 기꺼이 우리를 도와주었다. 서랍 안에 그것과 비슷한 드로잉이 몇 장 더 있다, 복구 중인 주택에서 그림이 발견되었을 때 자신은 이 마을에 없었지만, 전임 시장이 그 그림을 좋아해서 액자로 걸어 놓은 것이라고 했다. 우리는 다른 그림들도 보여 달라고 했고, 그는 잠시 뒤지더니 봉투 하나를 찾아 우리에게 건넸다. 그는 사무실에서 받아야 할 전화가 있지만, 원한다면 거기 앉아 비서가 보는 앞에서 드로잉을 보아도 좋다고 했다.

나는 봉투를 열고 스케치를 앙리에게 하나씩 건넸다. 대부분 두꺼운 갈색 종이에 그린 연습용 그림이었다. 날개, 풀숲, 백조의 머리와 목, 잔디 위의 소녀의 형상, 손이 땅을 파는 모양. 그림과 함께 두꺼운 종이 한 장이 있었고, 나는 종이를 펼쳐 앙리에게 넘겼다.

"편지군. 여기 이렇게 있었다니. 편지가."

앙리는 말했다.

나는 고개를 끄덕였다. 그는 더듬거리며 내게 번역을 해 주며, 가끔 목이 멜 때는 침묵하기도 하면서, 편지를 읽어 내려갔다.

1879. 9.

아름다운 사람

이렇게 멀 수 있을까 싶을 정도로 멀게 느껴지는 곳에서, 이렇
게 고통스러울 수 있을까 싶은 고통 속에서, 편지를 씁니다. 이
것이 당신과 영원한 이별일지도 모른다고 생각하니 가슴이 찢
어지는 것 같습니다. 작업실에서 급히 쓰는 편지이고, 답장은
절대 보내지 마세요. 대신 집으로 오세요. 어디서부터 시작해야
할지 모르겠습니다. 오늘 오후 당신이 떠난 뒤에, 저는 인물 작
업을 계속하고 있었습니다. 잘되지 않아서 예상보다 오래 있었
지요. 5시쯤 해가 지기 시작할 무렵 노크 소리가 들렸습니다.
에스메가 숄을 가지고 돌아온 거라고 생각했어요. 한데 그것은
당신도 아는 질베르 토마였습니다. 절을 하고 들어와서 문을 닫
더군요. 저는 놀랐지만, 이브가 제게 작업실을 내주었다는 소식
을 듣고 온 거라고 생각했습니다.

그는 집에 먼저 들렀다가 내가 가까운 곳에 있다는 말을 듣고
왔다고 했습니다. 정중했지요. 제 경력에 대해 잠시 이야기를
나누고 싶어서 왔다고 했습니다. 자기 화랑이 아주 성공을 거두
고 있고 새로운 작가들을 계속 발굴하고 싶다, 내 기술에 오래
전부터 감탄해 왔다고요. 모자를 가슴에 대고 다시 절을 하더군
요. 그러더니 올라와서 우리 작품을 관찰하고 아무 도움도 없이
혼자 그렸느냐고 물었습니다. 저는 작업복을 입고 있었지만 제
몸 상태를 아는 듯, 이때 미묘한 손짓을 하더군요. 곧 작업을 끝
내고 출산할 거라는 설명은 하고 싶지 않았습니다. 그러나 저
자신을 민망하게 하고 싶지 않았고 당신이 나를 돕는다는 말도

하고 싶지 않아서, 저는 그냥 아무 말도 하지 않았습니다. 그는 그림 표면을 찬찬히 관찰하더니 탁월한 작품이라고, 스승의 지도하에서 제가 완전히 무르익었다고 했습니다. 우리가 같이 작업해 왔다는 걸 그가 알 리가 없었지만, 저는 불편한 기분이 들기 시작했어요. 그는 이 그림을 얼마나 받고 팔 생각이냐고 물었고, 저는 살롱에 출품하기 전에는 팔 마음이 없다, 그런 뒤에도 내가 계속 가지고 있을지도 모른다고 했습니다. 그는 유쾌하게 미소 짓더니 저와 제 아이의 명예는 얼마나 하느냐고 물었습니다.

저는 생각할 시간을 벌려고 붓을 닦는 척하다가 최대한 침착하게 무슨 뜻이냐고 물었습니다. 그는 제가 마리 리비에르라는 이름으로 다시 출품할 생각 아니냐, 그건 매일같이 화가들의 그림을 보는 자기에게 비밀이 아니라고 했습니다. 하지만 마리에게도 제게도 그림보다는 자신의 명성이 중요할 것이다. 물론 자기도 여성의 그림에 대해 열린 마음을 갖고 있는 사람이다. 사실 5월 말 에트르타로 여행을 갔을 때 한 여자가 나이 많은 친척의 적절한 보호를 받으며 야외에서, 해안과 절벽에서 작업하는 모습을 보았다. 그때 그 여자가 잃어버린 것 같은 편지를 가지고 있다고 했습니다. 그는 편지를 주머니에서 꺼내 제게 읽어 보라고 내밀더니 제가 손을 뻗자 치워 버렸습니다. 당신이 그날 아침 쓰신 편지라는 것을, 봉인이 뜯겨 있는 것을 곧바로 알아볼 수 있었습니다. 제가 한 번도 본 적이 없는 편지였지만, 당신의 필적이었고, 우리에 대해, 그날 밤에 대해 제게 보낸 편지였습니다. 그는 편지를 다시 주머니에 넣었습니다.

그는 여성이 미술계에 진출하기 시작하는 것이 얼마나 멋진 일이냐, 제 그림은 자기가 본 다른 어떤 그림과도 충분히 경쟁할 수 있다고 했습니다. 하지만 여성이 어머니가 되면 그림에 대해

659

생각이 바뀔 수 있고, 공공연한 추문 역시 피해야 하지 않겠느냐. 아무리 큰돈도 이 탁월한 그림에 대해 충분한 보상이 되지 않겠지만, 최선을 다해 완성하고 나면 자신의 이름을 모퉁이에 적는 영광을 누리게 하겠다. 옛것과 새것, 고전주의와 자연주의가 완벽하게 조화된 이미 훌륭한 작업이니—특히 어린 소녀의 모습이 어느 누구의 눈도 홀릴 만큼 아름답게 표현되었다고 하더군요—앞으로 내가 그리는 모든 그림도 혹시나 겪어야 하실지 모를 불편함을 면하시도록 기꺼이 자기 이름을 적겠다고 했습니다. 단순히 작업실 설비에 대해서나 제가 사용한 색채가 흥미롭다고 말하기라도 하는 것처럼 계속 태연스럽게 주절거리더군요.

저는 그를 쳐다볼 수도, 말을 할 수도 없었습니다. 당신이 거기 계셨더라면 그를 죽였을지도, 어쩌면 그가 당신을 죽였을지도 몰라요. 정말이지 그가 죽는다면 얼마나 좋을까요. 하지만 그는 죽지 않았고, 저는 그의 말이 진심이라고 확신합니다. 돈도 그의 마음을 바꿀 수 없어요. 그림이 완성된 뒤 그에게 넘긴다 해도, 그는 우리를 평화롭게 놓아두지 않을 겁니다. 당신은 떠나야 해요. 제 삶의 즐거움이었고 제 붓에 이 모든 기술을 가져다준 우정에, 이제는 부끄러움 하나 없이 순수한 우리의 우정에 이 얼마나 끔찍한 일인가요. 제가 어떻게 해야 할지 말씀해 주시고, 당신이 어떤 결정을 하든 제 마음은 당신과 함께할 거라는 것을 알아주세요. 단지 이브에게만은, 부디 그에게만은 알리지 말아 주시길. 제가 보낸 모든 편지를 가지고 즉시 집으로 와주세요. 편지를 어떻게 처리할지 제가 생각해 보겠습니다. 작업이 끝나면 저는 이 괴물을 위해 다시는 그림을 그리지 않을 것이며, 혹 다시 그리게 된다 해도 단 한 번, 그의 악행을 기록하기 위해서일 것입니다.

앙리는 의자에서 고개를 들어 나를 쳐다보았다.

"맙소사. 저 사람들에게 알려야 합니다. 여기 무엇이 있는지. 이 드로잉도."

"아니야."

앙리는 종이를 봉투에 다시 넣으려 하다가 내게 도와달라고 손짓했다. 나는 천천히 그 말에 따랐다. 그는 고개를 저었다.

"저 사람들이 아는 게 있다면, 더 이상 알 필요는 없어. 모르는 게 낫지. 아무것도 모른다면, 그게 가장 좋은 일이야."

"하지만 이걸 아무도 모르고….'

나는 중간에서 입을 다물었다.

"아니야. 자네가 알지 않나. 이제 필요한 건 다 알고 있어. 나도 마찬가지고. 오드만 여기 있었다면. 그녀도 같은 말을 했을 걸세."

편지를 읽을 때 그랬듯 울음을 터뜨릴 것 같았지만, 그의 얼굴은 빛나고 있었다.

661
◆

"햇빛으로 나가세."

104

말 로 우

딜레스로 향하는 비행기 안에서 무릎 위에 담요를 덮은 채, 나는 올리비에의 마지막 편지를 상상해 보았다. 아마 베아트리스의 파리 침실 벽난로 안에서 불태워졌을 그 편지를.

1891.

사랑하는 사람

너에게 편지를 쓰는 것이 위험하다는 것은 알고 있으나, 동료에게 작별 인사를 남기고픈 늙은 예술가의 마음을 용서해 다오. 이 편지는 너 말고는 아무도 열 수 없도록 조심스럽게 봉하마. 네게서 편지를 받지는 않지만, 나는 이 황량하고 아름다운 이국 땅에서도 하루도 빼놓지 않고 네 존재를 느끼고 있다. 그래, 그림을 그리려고도 해 보았지만, 내 캔버스가 앞으로 어떻게 될지 누가 알겠니. 이브가 가장 최근, 여덟 달 전에 보낸 편지에서 네가 전혀 그림을 그리지 않고 딸을 키우는 일에만 전념하고 있다고 하더구나. 파란 눈에 열린 마음, 뛰어난 관찰력을 가진 아이라지. 네가 그 재능으로 돌보고 있다면 얼마나 사랑스럽고 밝은 아이로 자랐을까. 하지만 어떻게 그 천재성을 저버릴 수 있니? 최소한 혼자라도 즐길 수 있지 않니. 이제 나는 10년째 아프리카에 있고 토마는 죽었으니, 둘 다 이제는 네 명예에 위협이 될 수 없어. 그는 네 최고의 작품을 자신의 영광을 위해 빼앗았는데, 더 훌륭한 작품을 계속 그려서 복수할 수 있지 않겠니? 하지만 내가 기억하는 너는 고집 센, 최소한 결단력 있는 여인이었지.

상관없어. 여든이 되니 일흔에도 알지 못했던 것을 알게 되는구나. 인간은 결국 자기 자신을 제외한 거의 대부분의 것들을 용서하게 된다는 것을. 하지만 이제 나는 나 자신도 용서한다. 내가 약한 인간이기 때문이든지, 어떤 사람이라도 나처럼 네 발밑에 쓰러졌을 것이기 때문이든지, 그저 내가 이제 살날이 얼마 남지 않았기 때문이겠지. 넉 달일까, 여섯 달일까. 상관없어. 네가 내게 준 모든 것이 그간의 세월 위에 긴 빛을 드리우고 더욱 찬란하게 밝혀 주는구나. 그렇게 많은 것을 누렸으니 불평할 수는 없지.

하지만 오늘은 철학 강의로 네 인내심을 시험하려고 펜을 든 것이 아니야. 뇌리에 떠오를 때마다 격정이 밀려오는 그 순간 네가 내게 속삭였던 소망, 세상을 떠나는 순간에 네 이름을 불러 달라던 그 소망은 틀림없이 이루어질 거라는 말을 전하고 싶었다. 그렇게 하마. 군이 말할 필요도 없을 것이고, 이 편지가 네 손에 들어갈지도 알 수 없지만—이곳의 우편은 불확실하거든. 하지만 입속에서 중얼거리는 그 이름만은 어떻게든 네 귀에 들어가겠지.

부디, 네가 가슴속에서 이끌어낼 수 있는 최대한의 관용으로 나를 생각해 주기를. 네가 이 노인네보다 훨씬 더 나이 먹도록 신들이 네게 행복을 가득 내려 주시기를. 네 보살핌을 받는 네 어린 딸과 이브에게 축복 있기를. 아이가 자라면 나에 대한 이야기도 한두 가지 해 주거라. 내 돈은 오드에게 남긴다. 그래, 이브가 이름을 알려 주었어. 내가 오드에게 남긴 파리의 계좌는 그가 관리할 거다. 그중 일부는 언젠가 오드를 에트르타로 데려가는 데 써 주렴. 그 마을과 절벽과 산책로. 언젠가 네가 다시 붓을 들게 된다면, 그곳이야말로 화가의 천국 아니냐. 내 사랑, 네 손에 키스한다.

올리비에 비뇨

105
말로우

골든그로브로 돌아간 날 아침은 역시 화창했다. 내가 프랑스의 봄을 가져간 것 같았다. 루비와 금을 19세기풍으로 세팅한, 메리에게 줄 반지도 가져갔다. 이전 여섯 달 동안의 생활비를 다 합친 것보다 비싼 반지였다. 직원들은 내가 출근하자 반가워했고, 나는 커피 한 잔을 마시며 산처럼 밀려 있는 전갈과 서류를 처리했다. 직원들의 보고도 그렇고, 로버트를 부탁했던 크라운 박사의 전갈도 다행히 긍정적이었다. 로버트는 아직 말을 하지 않고 있지만, 바쁘고 활기차게 지냈고 공동 식당에서 식사를 하고 있었으며 환자와 직원들에게 미소도 짓고 있었다.

그런 다음 나는 다른 환자들을 진료했다. 두 사람은 새 환자였다. 그중 하나는 워싱턴의 병원에서 자살우려 환자로 입원해 있다가 가족에게 더 이상 고통을 주지 않도록 완전히 낫고 싶다고 해서 자발적으로 이쪽으로 옮긴 어린 소녀였다. 어머니가 자기 때문에 우는 것을 보고 여러 가지로 마음이 바뀌었다고 했다. 다른 새 환자는 나이든 여자였다. 육체적으로 여기 있어도 될 만한 상태로 보이지는 않았지만, 가족과 상의를 해야 할 것 같았다. 여자는 나뭇잎처럼 마른 손을 내게 내밀었고, 나는 그 손을 잡았다. 그런 뒤 서류 가방을 집어 들고 로버트에게 갔다.

그는 멍한 눈으로 무릎에 스케치북을 놓고 침대에 앉아 있었다. 나는 그에게 곧장 다가가서 어깨에 손을 얹었다.

"로버트, 잠시 이야기해도 될까요?"

그는 일어섰다. 그의 얼굴에서 분노와 놀라움, 상처 비슷한 것을 읽을 수 있었다. 지금은 입을 열지도 모른다는 생각이 들었다. 당신이 내 편지를 가져갔지. 어쩌면 내가 그랬듯 씁쓸하게 빌어먹을, 이라고 말할지도 모른다. 하지만 그는 그저 아무 말 없이 서 있었다.

"앉아도 될까요?"

그가 전혀 움직이지 않았기 때문에, 나는 늘 앉던, 익숙한 집과 같은 안락의자에 앉았다. 오늘은 그 자리가 묘하게 편안하게 느껴졌다.

"로버트, 프랑스에 다녀왔어요. 앙리 로빈슨을 만났습니다."

즉각 효과가 나타났다. 그의 머리가 휙 돌았고, 스케치북이 바닥에 툭 떨어졌다.

"앙리는 당신을 용서한 것 같아요. 내가 편지를 돌려줬습니다. 물어보지 않고 가져간 건 미안해요. 당신이 동의하지 않을까 봐 그랬습니다."

이번에도 즉 효과가 나타났다. 그는 앞으로 다가왔고, 나는 본능적으로 위험을 느끼고 일어섰다. 늘 그렇듯 문은 열어 두었다. 그러나 그의 얼굴을 보니, 공격적인 태도가 아니라 그저 놀랐을 뿐이라는 것을 알 수 있었다.

"그는 편지를 돌려 받아서 기뻐했습니다. 같이 편지에 언급된 마을에도 다녀왔어요. 당신이 기억할지 모르겠지만, 그레미에르, 베아트리스의 하녀의 고향 마을입니다."

그는 창백한 얼굴로 내 얼굴에 시선을 고정시킨 채 두 손을 양 옆으로 늘어뜨리고 있었다.

"하녀의 가족이 거기 살았던 증거는 없었지만, 베아트리스가 그 마을에 딸에 대한 사랑의 증표를 남겨 두었다는 앙리의 말을 듣고 갔습니다. 거기서 드로잉을 찾았어요. 이니셜이 적힌 습작 한 묶음 이더군요."

나는 서류 가방에서 내가 그린 스케치를 꺼냈다. 잠시 기술이 부족하다는 것을 날카롭게 의식하지 않을 수 없었다. 나는 말없이 그에게 건넸다.

"질베르 토마가 아니라 베아트리스 드 클레르발이었어요. 당신도 짐작했습니까?"

그는 내 스케치를 받아 들었다. 내가 그에게 주려고 했던 물건을 직접 받아 든 것은 처음이었다.

"습작과 함께 편지 한 통이 있었습니다. 복사해서 가져왔으니 읽어 보세요. 앙리가 번역을 해 줬습니다. 베아트리스가 올리비에 게 보낸 편지인데, 토마가 협박으로 그녀 최고의 작품을 자기 것으로 빼앗았다는 내용입니다. 당신도 짐작했을 거라고 생각해요."

나는 그에게 접은 종이를 주었다. 그는 손에 든 편지를 멍하니 바라보았다. 그러다 그는 한 손을 얼굴에 갖다 대더니 몇 초 동안 그렇게 서 있었다. 그 몇 초가 영원처럼 길게 느껴졌다. 손을 눈에서 뗀 그는 나를 똑바로 쳐다보았다.

"고맙습니다."

그의 음성이 얼마나 듣기 좋은지, 얼마나 깊고 낭랑한, 어울리는 목소리인지, 나는 미처 몰랐다. 아니, 잊고 있었다.

"한 가지 이해할 수 없는 게 있습니다."

나는 내 얼굴에 머물렀다가 스케치를 바라보는 그의 눈빛을 의식하며 그대로 옆에 서 있었다.

〈레다〉가 베아트리스의 작품이라고 생각했다면, 왜 그걸 공격하려고 했어요?"

"난 그럴 마음이 없었습니다."

"하지만 의도적으로 칼을 들고 들어가지 않았습니까?"

그의 얼굴에 미소 비슷한 것이 떠오르는 것 같았다.

"그녀를 찌르려던 게 아니라 그를 찌르려고 했던 겁니다. 하지만 그때는 제정신이 아니었으니까."

문득 눈앞에 상황이 펼쳐졌다. 질베르 토마가 동전을 세는 초상. 로버트는 혼자 미술관에 들어섰다. 그래, 그가 주머니에서 칼을 꺼내 재빨리 펼치고 덤벼드는 순간, 방금 들어온 경비도 그를 향해 덤벼들었다. 그러다 칼은 질베르 토마의 자화상 옆에 걸려 있던 풍경의 액자를 스쳤다. 이미 허약해진 정신 상태에서 자신의 사랑이었던, 그중의 하나였던 〈레다〉를 해치기라도 했다면, 로버트의 내면에는 어떤 일이 벌어졌을까. 나는 그의 어깨에 손을 댔다.

"지금은 제정신입니까?"

그는 맹세를 하는 사람처럼 진지하게 대답했다.

"오래전부터 그랬습니다. 난 그렇게 생각해요."

"베아트리스 문제건 아니건, 혹시 다시 재발할 수 있습니다. 정신과 의사나 상담사를 만나보고 약도 계속 복용해야 할 겁니다. 안전을 위해서 앞으로 죽."

그는 고개를 끄덕였다. 주의를 기울이는, 열린 표정이었다.

"워싱턴 지역에 머무르지 않는다면 다른 의사를 추천해 드리죠. 저한테 언제든지 전화해도 좋고요. 우선 이 점을 명심하십시오. 당신은 여기 아주 오래 있었습니다."

그는 미소 지었다.

"당신도 마찬가지죠."

나도 미소 짓지 않을 수 없었다.

"내일 다시 봅시다. 일찍 출근할 테니까, 당신이 준비가 되면 그때 퇴원 수속을 밟지요. 직원들에게도 알려 두겠습니다. 오늘은 필요한 곳에 마음대로 전화를 걸어도 됩니다."

마지막 말은 나로서는 가장 하기 힘든 말이었다. 그가 다시 건드리지 말아 주었으면 하는 사람이 있었으니까.

그는 부드럽게 말했다.

"아이들을 봐야겠습니다. 하지만 일단 어딘가에 정착하고 나서 전화해야겠죠. 곧."

그는 밝은 눈빛으로 방 한가운데 팔짱을 끼고 서 있었다. 나는 병실을 떠나ー그는 따뜻하게, 약간 무심하게 내 악수를 받아 주었다ー다른 업무를 처리하러 향했다.

아직 파리 시간대에 몸이 적응해 있었기 때문에, 다음 날 아침에는 아주 일찍 골든그로브에 도착했다. 로버트는 나를 기다렸던 모양이었다. 하루 일정을 준비하고 있는데, 그가 내 사무실 문간에 나타났다. 샤워를 하고 면도를 하고 처음 입원했을 때 입었던 옷을 단정하게 차려입고 있었다. 머리카락은 아직 물기로 촉촉했다. 100년 동안 자다 깬 사람 같았다. 복도에는 직원들이 소지품을 담으라고 내준 커다란 가방이 세워져 있었다. 아직도 내 목에는 메리의 팔의 감촉이 남아 있었고, 잠든 그녀의 손에 끼워져 있던 반지가 눈앞에 어른거렸다. 그는 그녀에게 전화하지 않았고, 그녀도 그와 연락할 마음이 없다는 데는 이제 한 점의 의혹도 없었다. 물론 케이트에게 그가 퇴원했다는 것을 알려야 할지는 좀 더 생각해 보아야 할 것이다.

로버트는 미소 지었다.

"준비됐습니다."

"확실해요?"

"안 좋은 상황에 처하면 당신한테 전화하겠습니다."

"안 좋은 상황에 처하기 전에 전화해야 합니다."

나는 그에게 내 전화번호와 서류를 건넸다.

"그러죠."

그는 서류를 받아 읽은 뒤 망설이지 않고 서명하고 펜을 돌려주었다.

"당장 차를 타고 가야 할 데가 있습니까? 택시를 불러 줄까요?"

"아니. 우선 조금 걷고 싶습니다."

그의 커다란 몸집이 사무실 문간을 가득 채우고 있었다.

"아는지 모르겠지만, 난 당신 때문에 규칙이란 규칙은 다 깨뜨렸어요."

그에게 꼭 들려주고 싶었던, 아니, 적어도 입 밖으로 소리 내어 말하고 싶었던 말이었다.

그는 웃었다.

"알고 있어요."

서로를 바라보며 서 있다가, 로버트는 내 몸에 팔을 두르더니 나를 포옹했다. 내 아버지도, 그 어떤 친구도, 내 몸을 짓누를 수 있겠다 싶을 정도로 이렇게 크지는 않았다.

"고생해 줘서 고맙습니다."

살아 주어서 고맙습니다. 그에게 말하고 싶었지만, 말하지 않았다. 아니, 나는 내 인생에 대해 그에게 고맙다는 말을 하고 싶었다.

바깥까지 데려다 주면서 다시 그에게 돌아온 이른 아침 공기와 병원 앞 오래된 진입로 가로수의 꽃향기를 같이 맡아 주고 싶었지만, 나는 그가 혼자 떠나도록 내버려 두었다. 그는 복도를 지나 주 현관으로 곧장 향하더니 문을 열고 나가서 가방을 들고 등 뒤에서 문을 닫았다.

나는 대신 그의 병실로 향했다. 그림 도구 외에는 텅 비어 있었다. 그림 도구는 한쪽 선반에 깔끔하게 쌓여 있었다. 방 한가운데는 이젤이 서 있었고, 그 위에 베아트리스의 완성된 초상화가 놓여 있었다. 베아트리스는 미소를 짓지 않았지만 얼굴은 환했다. 메리를 위한 그림이군. 그 그림을 전해 주는 것이 이제 꺼림칙하지 않았다. 다른 그림은 모두 로버트가 가지고 간 모양이었다.

나는 그날 내 짐작이 옳았다는 것을 이제 알고 있다. 로버트가 어딘가 새로운 곳으로 가서 그림을 그리리라는 것. 풍경, 정물, 각자 기벽과 매력이 있고 나이 먹고 늙어 갈 능력이 있는 살아 있는 사람들을, 그 어느 때보다 전시회를 빛내고 미술관 벽에 걸릴 수 있는 그림들을 계속 그리리라는 것. 비록 그가 미술사에 남을 명성을 얻으리라는 것. 그것이 내게 전해진 유일한 그의 소식이리라는 것은, 어쩌면 영영 내가 원했던 것은 그것뿐이었다는 것은 그때는 미처 짐작하지 못했지만. 그가 그린 자라나는 아이들과, 새로 만난 여인들과, 그가 이젤을 놓은 낯선 초원과 바닷가 풍경을 계속 감상하게 되리라는 것. 로버트가 옳았다. 나는 고생을 했지만, 그것은 전적으로 그만을 위한 것은 아니었다. 그 대가로 간직한 것이 있었으니까. 세상 사람들이 영영 보지 못할지도 모르는 그림 앞에서의 몇 분. 나는 커다란 대가와 즐거움을 누렸지만, 작은 대가들도 그 못지않게 달콤하다.

671

1895

거의 밤. 빛은 이제 가망이 없다. 어두운 나뭇가지들이 한데 엉키고 짙어지는 하늘에 빨려들어간다. 나는 그가 물건을 내려놓고 팔레트를 긁어내는 모습을 상상한다. 등불 옆에서 붓을 씻는데, 심부름을 마치고 돌아온 여인이 다시 창문 옆을 바쁜 걸음으로 지나친다. 두건 안의 얼굴은 거의 보이지 않는다. 아마 웅덩이가 얼어붙고 눈과 진흙이 군데군데 지저분하게 섞인 땅을 바라보고 있을 것이다. 그러다 여인은 고개를 든다. 그녀의 눈은 기대했던 대로 반짝인다. 몸매는 날씬하지만 젊은 얼굴은 아니다.

하지만 그의 심장이 젊을 때라면 사랑에 빠질 수도 있었을, 지금도 그림을 그리고 싶은 그런 얼굴. 그의 창가에서 흘러나오는 불빛이 그녀의 눈동자에 반사되고, 그녀는 다시 고개를 숙여 엉망진창인 길에 어울리지 않게 좋은 신발을 조심스레 내딛는다. 아까 안고 있던 물건은 어딘가에 남겨 두고 왔는지, 양옆으로 내린 손에는 아무것도 없다. 선물인지, 늙고 병든 사람을 위한 음식인지, 마을 재단사에게 보내 고치게 할 옷가지였는지, 혹은 아기였는지. 아니, 아기를 데려가기에는 너무 추운 날씨다.

그는 이 마을을 자기 마을만큼 잘 알지는 못한다. 4년 뒤 그가 죽게 될 모레 쉬르 루앙은 이 마을 서쪽이다. 이미 그 자신도 알고 있는 마지막. 꼼꼼히 감싼 목의 통증도 호기심을 잠재우지 못한다. 그는 부드럽게 창문을 열고 그녀의 뒷모습을 바라본다. 길 끝의 교회 앞에서 마차가 기다리고 있다. 좋은 말들, 높이 매달린 등이 불을 밝히고 있다.

여인은 단에 독특한 문양이 있는 검은 드레스 자락을 휘날리며 마차에 오른다. 마부가 굳이 내려서 여행길이 늦어지는 것이 싫은지, 그녀는 검은 장갑을 낀 손으로 직접 문을 닫는다. 말들은 유령 같은 입김을 하얗게 내뿜으며 힘을 주기 시작한다. 마차가 삐걱거리며 앞으로 움직인다.

어느새 마차는 사라지고, 마을은 이 시간에 늘 그렇듯 고요하게 밤으로 가라앉는다. 그는 문을 잠그고 뒷방의 하인을 불러 간단한 저녁을 주문한다. 내일은 강 상류로 조금 떨어진, 아내와 작업실이 기다리는 집으로 가서 겨울마다 이 집을 친절하게 빌려주는 친구에게 편지를 보내야 한다. 아침에 잠깐만 여행한 뒤, 그에게 남아 있는 시간 내내 다시 그림을 그릴 것이다.

어느 새 불은 방 안에 그림자를 드리우기 시작하고, 요리판 위에서 주전자가 끓고 있다. 그는 오후에 그린 풍경을 다시 살펴본다. 나무는 그럭저럭 괜찮고, 여인의 묘한 윤곽이 시골길에 독특한 개성을, 약간의 수수께끼를 풍긴다. 왼쪽 아래 모퉁이에는 자신의 이름과 숫자 두 개가 적혀 있다.

내일 여인의 옷을 좀 더 손보고 늙은 르나르가 마구를 수선하고 있는 길 끝의 가장 먼 집의 불빛을 수정해야겠지만, 지금으로서는 충분하다. 물감은 이미 새 캔버스 표면에서 굳어 가고 있다. 여섯 달 뒤에는 완전히 마를 것이다.

그는 이 그림을 작업실에 걸어 놓을 것이다. 그리고 어느 햇빛 좋은 아침 다시 그림을 내려서 파리로 보낼 것이다.

〈끝〉

백조
도둑

1판 1쇄 인쇄 2014년 7월 28일
1판 1쇄 발행 2014년 8월 4일

지은이 엘리자베스 코스토바
옮긴이 유소영

발행인 양원석
책임편집 김지아
전산편집 김미선
해외저작권 황지현, 지소연
제작 문태일, 김수진
영업마케팅 김경만, 정재만, 곽희은, 임충진, 장현기, 김민수, 임우열
　　　　　송기현, 우지연, 정미진, 윤선미, 이선미, 최경민

펴낸 곳 ㈜알에이치코리아
주소 서울시 금천구 가산디지털2로 53, 20층 (가산동, 한라시그마밸리)
편집문의 02-6443-8846 구입문의 02-6443-8838
홈페이지 http://rhk.co.kr
등록 2004년 1월 15일 제2-3726호

ISBN 978-89-255-5282-8 (03840)

RHK 는 랜덤하우스코리아의 새 이름입니다.